山东师范大学中国语言文学山东省一流学科
资助出版

李宗刚 著

跨界的文学对话

中华书局

图书在版编目(CIP)数据

跨界的文学对话/李宗刚著. —北京:中华书局,2021.4
ISBN 978-7-101-15102-2

Ⅰ.跨… Ⅱ.李… Ⅲ.文学评论-文集 Ⅳ.I06-53

中国版本图书馆 CIP 数据核字(2021)第 038163 号

书　　名	跨界的文学对话
著　　者	李宗刚
责任编辑	罗华彤　白爱虎
出版发行	中华书局
	(北京市丰台区太平桥西里38号　100073)
	http://www.zhbc.com.cn
	E-mail:zhbc@zhbc.com.cn
印　　刷	北京瑞古冠中印刷厂
版　　次	2021年4月北京第1版
	2021年4月北京第1次印刷
规　　格	开本/920×1250 毫米　1/32
	印张 18　插页 2　字数 430 千字
国际书号	ISBN 978-7-101-15102-2
定　　价	98.00 元

目　录

前　言 ········· 1

第一编　文学理论与文学文本解读

五四与传统文化并不是二元对立 ········· 3
中国文学研究论文被引存在的问题与对策 ········· 10
民国时期山东文学教育综论 ········· 30
从中心走向边缘
　　——《新华文摘》(1979—2013)文学作品与评论研究 ········· 76
论"文学想象"与"历史存在"的差异性
　　——对十七年文学英雄叙事的再反思 ········· 107
散文研究应建立在丰盈的资料基础上 ········· 124
学术经典是怎样炼成的？
　　——以樊骏《认识老舍》为例 ········· 131
选择的艺术 ········· 191
迎合型文化：文化的误区 ········· 205

第二编　现代学者与研究路径探析

吴晗和他的《海瑞罢官》 ………………………… 213
诗化的生命
　　——冯中一先生逝世一周年祭 ………………… 218
永远的绿色
　　——朱德发教授的生命之路 …………………… 220
郭延礼与中国近代文学研究 …………………… 226
房福贤和他的中国抗战小说研究 ……………… 240
张扬自我主体精神，凸显个人研究特色
　　——在"鲁迅与新文化"国际学术研讨会上的分阶段
　　讨论点评 ………………………………………… 243
五四精神在山东师范大学的传承脉络 ………… 247
历史的回顾与现实研究的深化
　　——郭澄清与中国现当代文学学术研讨会综述 … 249
重温青春梦　再铸新人生
　　——山师中文八四级同学聚会感言 …………… 258
让人生在自我超越中走向辉煌
　　——在山师2019届毕业典礼上的发言 ………… 261

第三编　写作理论与文学创作实践

如何学好写作学 ………………………………… 265

构思立意	269
确立主题	269
选择材料	275
构于巧思	280
谋篇布局	290
关于结构	291
过渡与照应	298
结构的技巧	300
文章的修改	304
修改的重要性	304
修改的态度	305
修改的内容	308
修改的原则	313
心的底片	317
一种背景	319
广告,挡不住的诱惑	321
旅游的文化意蕴	326
长征:铸造了真正大写的"人"	329
住院就是心跳	333
漫话"按机"	337
行进在求学的路上	341
对规则意识缺失的一次积极修补 　　——长清区交通安全征文观后	343
如期而至又如期而去的高考	346
在挥汗如雨的函授日子里	350
在圆明园崴了一下脚	359

第四编　管理理论与学报编辑实践

把握《行政管理学》的内在脉络 …………………… 365
管理理论 …………………………………………… 372
　　人本原理 ……………………………………… 372
　　系统原理 ……………………………………… 378
　　动态原理 ……………………………………… 384
　　效益原理 ……………………………………… 388
依法行政 …………………………………………… 392
　　行政法制概述 ………………………………… 392
　　行政管理法规的含义、种类和作用 ………… 397
　　行政管理法规的确立与实施 ………………… 403
难忘的学报七年 …………………………………… 412
大学期间我的两次编辑经历 ……………………… 422
我的八年办刊历程 ………………………………… 431
20年，弹指一挥间 ………………………………… 441
一分一厘总关情
　　——省城社会各界群众捐赠散记 …………… 443
回眸历史与畅想未来 ……………………………… 449
《山东师范大学学报》文粹书系总序 …………… 453
建立中国特色社会主义期刊评价体系 …………… 456
《大数据时代学术期刊编辑学研究》序 ………… 459
《未晚斋存稿》序言 ……………………………… 467

学报主编的现实情怀和历史担当
　　——李宗刚代表优秀主编在大会上的发言 …………… 174

附　编

《传承与再造》序 ………………………………… 朱德发 479
《创作成功学》序 ………………………………… 蒋心焕 485
学者散文拓开的文学新境域
　　——读李宗刚的《行走于文坛边缘》………… 曹明海 490
文学史的转型与史学主体的转型
　　——评李宗刚著《中国现代文学史论》……… 郑利萍 501
人生，在学术中绽放出光彩
　　——山东师范大学李宗刚教授侧记 ………… 谢慧聪 513

附录一：发表论文及散文随笔目录 ……………………… 524
附录二：著作（资料）、科研项目及成果获奖情况汇总 ……… 548
附录三：有关著作的评论文章目录 ……………………… 553

后　记 ……………………………………………………… 556

前　言

　　在通往学术前沿的艰难历程中,学者们的跋涉是各不相同的。有些学者走得较为顺畅,他们起步早,目标远,循着一条相对平坦的大道,砥砺前行,这些人往往也就成就大、成名早。而有些学者走得并不顺畅,他们踏着一条弯曲的小路踟蹰而行,常常徘徊于学术前沿之外,甚至折戟于学术探索途中;但是其中也有少数人能够排除寂寞,挣脱羁绊,勇往直前,终于抵达了学术研究的前沿。我不知道自己到底属于哪类学者,而从目前的心态来看,我还在努力呵护着燃烧在心中的学术火把,依然信心饱满地跋涉在通往学术研究前沿的道路上。

　　在大学读书时,我便喜欢上了中国现当代文学。那时候,山东师范大学中文系的中国现当代文学老师为我开启了新的窗口。由此,我瞭望到了中国现当代文学绚丽多姿的风景,这正是一个值得探究的好去处。但那时我对哲学抱有更高的热情,特别是对那些西方哲学家情有独钟。再加上不知天高地厚的少年天性,我并没有把文学研究放到最高的位置上。于是,在拿到文学硕士学位后,我曾一度独守在写作课的天地里,从而逸出了文学的边界:忙于文本的解读、学者的访谈、写作的实践、文秘的教学,等等。至于中国现当代文学研究则被我置于脑后了。这一时期,也许是我人生的探索期。

理想很丰满,现实却很骨感。在大学里,任何一个身在体制内的人都无法摆脱体制的规训,我自然也不能例外。1990年代末和新世纪之初,大学对博士学位特别推崇,很多在职教师着手攻读博士学位。在此潮流的裹挟下,我最终也踏上了攻读博士学位的求学之路。应该说,攻读博士学位是学者治学的一个重要支撑点。毕竟,博士论文的写作本身便凝聚了自我的学术研究对象和方向。由此,就可以找寻到与世界对话的坚实平台与有效方式。值得庆幸的是,经过艰苦奋斗,我最终成为朱德发先生的博士研究生,时间是2002年5月。从那时开始,我又重回当年的学术园地,重新耕耘那块显得荒芜和板结的土地。在撂荒多年的土地上耕耘,难度之大可想而知。但在朱老师的耳提面命和精心指导下,我的学术研究开始有节奏地运转起来了,荒芜的土地呈现出些许浅绿,板结的土壤也有了松动。这时,我的散文和随笔写作很少了,写作理论也不大顾及了;至于管理理论则已被遗忘,因为学校文秘专业不再招收新生了,中文系与我一样,那种动辄开疆拓土的时代已经成为过去。我转悠了一大圈后,又回到了自己赖以安身立命的文学研究上来了。

生活的辩证法就是如此诡异,你越是要逃离既有的精神家园,就越是被既有的精神家园所羁绊。我的学术研究正是在这种悖论中开始的。我的博士论文选题,最终还是回到了当初硕士论文的方向上。我的硕士学位论文是关于中国小说由传统向现代的转换研究,其实质是关于晚清时期的近代小说为什么会转化为民国时期的现代小说。今天看来,硕士论文的选题偏大,缺少必要的问题意识,论述也不够缜密,但这是我在中国现当代文学研究领域耕耘的第一块土地,也是我读博之后决定再次进行耕耘的土地。正是基于此,我对中国现代文学,尤其是五四文学的研究便具有了跨学科的特点,即从当初规划想象的五四文学发生论到最终聚焦于新式教育与五四文学发生的关系研究。这种跨界的文学对话,直接激活和重构了我的文学研究展开的平台和方式,使我的研究具有了多学科交叉的特点。

为了较好地呈现这种跨界的文学对话,我把本书分作五编。第一编是文学理论与文学文本解读。学术研究的历程,即笔者感悟研究真谛的历程。在这一上下求索的历程中,我似乎找到了学术研究的门径,那就是一定要在既有相关研究的基础上,在广泛涉猎相关研究成果的前提下,找出其存在的问题及局限,然后有针对性地予以回应和解答。这一感悟的外化,即本编收录的我与孙昕光合作撰写的《中国文学研究论文被引存在的问题与对策》一文。至于其他几篇文章,则属于我学术起步阶段的习作,选入本编,在某种意义上也算是从另一维度对此感悟的回应。

第二编是现代学者与研究路径探析。走上学术研究道路之初,我曾经撰写了一些有关现代学者访谈和解读的文章。我期待通过深入了解现代学者的治学之路,领悟其成为学术名家的内在规律。客观地说,这种探究直到今天也没有完成,尤其是对我的博士生导师朱德发先生来说更是如此。对朱老师在学术研究上的"逆生长",我还需要认真体悟。如果说我的学术研究尚有点滴进步的话,那么对学者们治学经验的不断体悟对此具有不可取代的作用。

第三编是写作理论与文学创作实践。在硕士研究生毕业之后,我便从事大学中文系基础写作课的教学工作,在讲解和参编写作理论基础教材之外,还尝试着进行文学创作实践。遗憾的是,这条路似乎在大学里无法通向学术的圣殿,既有的学术评价指标也放逐了文学创作。最后,竟然连我自己也不得不逃离出来。由此带来的得失参半——专业研究固然开始得到提升，但既有的创作兴趣却越来越少。好在世界上的经验都是相通的，我的写作理论与文学创作实践，依然对我的中国现当代文学研究起到了积极的作用。写作理论乃至文学创作实践，使我的学术研究更容易指向文学的内在规律。

第四编是管理理论与学报编辑实践。1990年代中期，我对管理理论曾产生过较大的兴趣，并参与编写了管理学的教材。随着文秘专业的日渐式微，我离这些理论也越来越远了。但没有想到的是，2011年，我到《山东师范大学学报》（人文社会科学版）编辑部负责学报管理工作，对于以往没有管理经验的我来说，既有的管理理论对管理工作还是产生了不小的作用，那就是注重建立科学的管理体制，用现代的管理理论促成学报循着健康的道路发展。同时，既有的一点管理理论的素养，也为我编辑文学之外的稿件提供了一定的支撑。

附编是有关著作的评介文章。收录的是学界对我本人和著作的部分评论性文章。正如我在开头所言，大多数学者的学术道路走得并不顺畅，他们长期徘徊于学术前沿之外，甚至最终丧失了通向学术研究前沿的信心。作为一个走过这段泥泞之路的人，我最切身的体会是前辈学者的鼓励与提携对后来者的意义。庆幸的是，在跋涉的艰难历程中，我遇到了不少鼓励者和提携者，他们以不同的方式给身处寂寞中的我以极大的信心，这也是我把部分文章作为其中一编放在这里的缘由。这里有我的硕士生导师蒋心焕先生和博士生导师朱德发先生为拙著撰写的序言，还有一些学界同仁撰写的有关拙作的评论文章。岁月悠悠，其中的有些文章或被遗忘，或被淡化，把这些文章一并辑录在这里是一种激励，也是一种纪念，更是我向这些作者表达的敬意。

日子似流水一般悄无声息,人生的踪迹似乎也逐渐模糊。为了对抗遗忘,也为了鞭策自己继续奋然前行,我把自己写过的文章、出版的著作以及成果获奖和科研立项等情况一并附录于后,算是我对过往行踪的一次回眸吧。

本书可以作为展示给大家的一个窗口。通过这个窗口,读者可以看到一个人既有的人生体验和知识结构对于学术研究的重要意义,一旦它们被激活和整合到学术研究之中,就会构成对前沿课题的自我解读。这恰如一些散乱的碎铁屑,一旦得到磁铁的吸引,原本的杂乱就会呈现出一定的秩序。我把本书命名为"跨界的文学对话",正是基于对既往的无秩序研究碎屑的一次整合,一次向学术研究的回归。

第一编
文学理论与文学文本解读

五四与传统文化并不是二元对立

今天是五四运动百年纪念日。五四运动是在新文化运动思潮中迸发而出的,站在五四百年的门槛上,如何理解新文化运动与对传统文化的弘扬,具有独特的文化价值。山东师范大学教授、博士生导师李宗刚五四前夕接受本报记者专访,李宗刚说,认为五四新文化与传统文化二元对立的观点,是非常错误的,"如果说在既往的五四研究中我们已经对其西方文化资源进行了较为详尽的疏浚和研究,那么,当下应该是对五四新文化发生的传统文化资源进行重新疏浚和研究的时候了"。

救亡图存的原动力是爱国情怀

齐鲁晚报:五四新文化是怎么发生的?现在我们说要从传统文化中汲取营养,五四新文化与传统文化是什么关系?

李宗刚:五四新文化发生的现场是什么呢?那就是国家面临着被瓜分的危险,当时的社会现实促使先觉者踏上了找寻救亡之道的漫漫路途。鲁迅在其小说集《彷徨》出版时题上"路漫漫其修远兮,吾将上下而求索",鲁迅在此借用了屈原的"酒杯"来"浇自

---

* 本文为《齐鲁晚报》记者倪自放先生对作者的访谈。

己块垒",他们的内在精神是一脉相承的;李大钊那句为后人耳熟能详的"铁肩担道义,妙手著文章",也是从传统诗词中借用而来的,当然,李大钊所要担的"道义"和写就的"文章",也不再是传统的道德文章;胡适则提出了"为大中华造新文学"的文化诉求。这都说明了鲁迅、李大钊、胡适等五四新文化的先驱,恰好是从传统文化中汲取了"取之不尽用之不竭"的精神资源。

五四新文化从表面上看似乎与传统文化是两种价值取向截然不同的文化,但就其内核来看,他们所认同和皈依的文化恰好是相同的,这便是自古便被读书人视为人生圭臬的"天下情怀"。不管是陈独秀还是胡适,不管是李大钊还是鲁迅,他们所弘扬的五四新文化恰好是从这一文化基点上孕育和诞生的。至于五四新文化与传统文化具体主张的差异,则是"技"的差异,就其根本而言,它们均是从"天下情怀"这一根本上衍生出来的。

传统文化绝不是一成不变的,它面对着自我所处的现实情景也处于不断的变化过程中。从这样的意义上说,五四新文化与传统文化不仅不是二元对立的,相反,它们是一脉相承的,我们完全可以这样说,五四新文化是传统文化在一定历史阶段的最新表现形式,只不过这种最新的表现形式既"别求新声于异邦",又"取今复古,别立新宗",显然,这样建构起来的文化,恰是中国历史上未曾有过的现代文化。

齐鲁晚报:五四新文化先驱者的"天下情怀",又是怎样衍变为爱国情怀的?

李宗刚:具体到当时特定情景来看,"天下情怀"促成了五四新文化的先驱者找寻救亡图存新文化。这也是鲁迅满怀愤懑地指出"保存国粹,还得国粹保存我们"的缘由所在。救亡图存的原动力又来自哪里呢?这就是为我们熟知的爱国情怀。当国家处于危亡之秋时,保全国便成为保全家的前提,也是保全自我的前提。事实上,在传统社会中,人们的眼里只有家而鲜有国,因为传统的生活方式使得人们固守土地,他们没有迈出家门,何谈迈出国门?而那些走出了国门的先驱者则不然,他们在异国体验到了前所未有的国家观念。由此出发,我们才会理解郁达夫为什么在其名作《沉沦》的结尾,借助主人公之口喊出了"你快富起来!强起来罢!"

重提"国学"是文化自然调节

齐鲁晚报:在五四新文化背景下,胡适等人为何提出"整理国故"?

李宗刚:在五四新文化的建设过程中,像陈独秀、胡适、李大钊、鲁迅等先驱者都深刻地意识到,要创造青春之中国,就需要创造青春之文化,也就是要创造与传统文化有所不同的五四新文化。在五四新文化运动中,五四新文化作为一种文化主张已经提了出来,但在如何建设,怎样建设等一系列问题上,文化先驱们各有不同尝试,相对来说,陈独秀、李大钊等人注重政治启蒙,鲁迅则注重思想启蒙,胡适则注重"整理国故"。

深受西方现代文化影响的留学生胡适,为什么会注重"整理国故"呢?这还得从胡适的五四新文化建设的方略上去找原因。我们应该承认,胡适注重"整理国故"与传统文人的保存"国粹"有着本质的差异,二者不可同日而语。胡适的"整理国故",是其对五四新文化提出的科学诉求的文化实践。在五四新文化运动中,要想建构起现代文化,一味地否定我们的既有文化只会邯郸学步,我们不但无法学到西方现代文化的精髓,而且还会丢掉自我的传统文化。对此,五四新文化先驱便在不同的层面对此做出了自我富有建设性的探索,胡适正是在此情形下走上了"整理国故"的道路。今天看来,胡适的"整理国故"对如何汲取传统的优秀文化和建构五四新文化的价值和意义,是不可低估的。在新时代的基点上,我们便会发现"整理国故"的工作依然任重道远。

在五四新文化建构的初期,人们对胡适的"整理国故"提出异议也并非没有一点道理。当五四新文化还没有占据主导地位之时,人们更需要就如何建构五四新文化进行不懈的努力,而"整理国故"似乎还不是当时最迫切的第一要务。

齐鲁晚报:胡适的"整理国故"与当下重提"国学"和"国学热",有什么区别?

李宗刚:胡适的"整理国故"与当下重提"国学",具有显著的区别。胡适希冀借助"整理国故"为五四新文化提供有益的镜鉴,目的在于通过"整理国故"为新文化提供传统文化的佐证;当下重提"国学"和"国学热",则是在传统文化日渐被边缘化的特定背景下提出来的,属于文化在发展过程中的自然调节。因此,我们应该充分肯定人们重新回到自己的传统文化,尤其是优秀传统文化中汲取营养。但是,对重提"国学"和"国学热",我们依然需要像鲁迅所倡导的"拿来主义"那样,不能不分精华与糟粕而一股脑地全盘吸收。

中小学作文教学可以诞生作家

齐鲁晚报:在对五四新文化的考察中,您曾就《民国教育体制内的中小学作文与作家培育》进行过研究,能简单阐明其核心观点吗?

李宗刚：在新世纪的第二个一年到来之际，我申报的国家社科基金项目"民国教育体制与中国现代文学"获批。后来，我先后撰写了30多篇论文专门论述了这一问题。其中的一篇是关于民国中小学作文与作家培育。该文认为，民国教育体制中，中小学作文教学无论是从内容还是从形式上都影响着作家的创作，尤其是注重个性发展和情感抒发的教学理念，更使得这些作家摆脱了传统私塾固有的策论式写作模式的束缚。从这样的意义上说，中小学作文写作教学，恰是民国时期现代作家诞生的摇篮。

齐鲁晚报：您所提"民国中小学作文教育"，对当下中小学作文教育是否有启示？

李宗刚：民国中小学作文教育，对当下中小学作文教育具有很好的启示。民国中小学作文教育能够开展得有声有色，其中的一个重要原因便在于一大批作家型的教师或学者型的教师从事语文教育实践活动，他们引领着中小学生走上了文学创作的道路。五四新文化运动以后，白话文在语文教育中取得合法地位，一大批关注中小学作文教学的作家型教师，如叶圣陶、朱自清、夏丏尊、沈从文等，都积极从理论与实践两方面探讨作文教学的规律和方法。当时山东省立高级中学和山东省立第一中学的许多教师，都是来自北京大学等名牌学校的优秀毕业生，季羡林的国文老师董秋芳，便毕业于北京大学。这种特殊的教育背景对学生现代意识的培养具有潜移默化的作用。毕业于20世纪30年代的胡也频、李广田、卞之琳等新文学作家也在此任教，为新文学的传播和发展作出了贡献。

对于作家老师胡也频，季羡林曾经有过这样的回忆，"他教书同以前的老师完全不同。他不但不讲《古文观止》，好像连新文学作品也不大讲。每次上课，他都在黑板上大书'什么是现代文艺?'几个大字,然后滔滔不绝地讲了起来,直讲得眉飞色舞","我们这一群年轻的大孩子听得简直像着了迷。我们按照他的介绍买了一些当时流行的马克思主义文艺理论书籍","我们当然不能全懂,但是仍然怀着朝圣者的心情,硬着头皮读下去。生吞活剥,在所难免。然而'现代文艺'这个名词却时髦起来,传遍了高中的每一个角落,仿佛为这古老的建筑增添了新的光辉"。① 这说明,作家型的教师对中小学走上文学创作之路,具有十分重要的作用。令人稍感遗憾的是,当下中小学作文教育却鲜有作家型教师担纲。

当然,民国的中小学作文教学也存在着不重视作文写作训练的现象。以前,教师在作文批改中存在学生不看改作,却让老师详尽批改的状况。教师费力批改,学生不以为意。学生不重视作文训练,就会造成师生间"教"与"学"的分裂状态,教师的指导内容也就得不到学生的消化与吸收,也就实现不了学生内在写作技能与写作素养的提高与升华。同样令人遗憾的是,这种情形在今天的中小学作文教学中依然大量存在。

五四文学并非"彻底反传统文学"

齐鲁晚报:在新时代的特定语境下,你认为我们应该怎样推进五四新文化的研究?

李宗刚:我觉得,在新时代要推进五四新文化的研究,需要从三个方面展开,一是纪念五四与反思五四并举,重探五四新文化

---

① 季羡林:《忆念胡也频先生》,《季羡林文集》(第2卷散文二),江西教育出版社2004年版,第170页。

发生语境，重构五四精神。如著名五四文学研究专家朱德发先生在2017年的五四百年论坛时就曾经有过反思，他说，五四文学研究存在"彻底反传统文学"的认识误区。五四新文化先驱对古代或近世文学的弊端作了批判，而对传统文学合乎新价值标准的方面，则进行了不同程度的肯定，并没有"彻底反传统文学"。五四文学反对的是死文学，弘扬的是白话文学。这恰是复活了中国传统文学中的另一种传统。

二是追溯五四与还原五四并举，重探五四新文化的传统文化资源，重释五四精神。如果说在既往的五四研究中我们已经对其西方文化资源进行了较为详尽的疏浚和研究，那么，当下应该是对五四新文化发生的传统文化资源进行重新疏浚和研究的时候了。

三是研究五四与继承五四并举，重续五四新文化的精神启蒙情结，重提五四精神。在我们既往的五四研究中，存在着五四研究的学院化倾向，这种研究割裂了五四与现实的关系，把五四研究当作书斋里的"死学问"，而没有看到五四研究应该与继承五四相结合，把五四精神真正地内化到现实的社会生活中，真正地内化到每个人的意识中，使之成为当代人建构现代思想的重要组成部分，尤其是根据社会发展的现实需要，重续其精神启蒙情结，在改造社会之前能够从改造个人做起。注重提升自我的社会责任感和使命感，真正地把五四精神与新时代中国特色社会主义思想结合起来，在实现中华民族伟大复兴中国梦的伟大征程中，谱写出无愧于时代的新篇章。

（原载2019年5月4日《齐鲁晚报》）

中国文学研究论文被引存在的问题与对策[*]

随着现代学术事业的发展和对学术发展规律的认识不断深入,学术规范越来越受到人们的高度重视,学术研究的科学性得到极大提升,这对摆脱既有学术研究中存在的非科学性乃至伪科学性都有极大的作用。但不容忽视的问题是,学术研究的科学性到底体现在哪些方面?怎样才能提高学术研究的科学性?具体到作为学术研究成果重要形式之一的学术论文来说,怎样看待和评价学术论文的被引现象?本文拟通过中国文学研究论文被引来探讨回答这些问题,相信这不仅有助于我们提高中国文学研究的科学性,而且对其他人文社会学科研究的科学性的提升也有镜鉴作用。

一

从学术规范来看,学术论文的被引是考核其学术价值高低的重要方面。一般地说,学术论文被引次数越多,意味着学术论文的阅读量越大,其学术影响力自然也就越大,反之亦然。当然,学

---

[*] 本文系著者与孙昕光合作撰写。

术论文被引次数的多少，与学术论文的价值并不能简单地画上等号，我们也不能认为那些被引多的论文就一定比那些被引少的论文更有价值。从整体上看，一篇论文被引次数的高低可以作为我们审视学术论文的价值的一个重要参考。但这种"量"的分析还要和"质"的把握相结合。

从学术研究大的学科分类来看，我们可以将其分为自然科学和社会科学。随着学科自身的发展，自然科学已经形成了一整套严格的学科规范和考核机制，为此，一些具有世界影响的大数据库不定期地发布高被引作者及其高被引论文。目前，随着互联网技术的提升，许多自然科学的学术论文已经形成了一个世界通行、为学术界公认的评价体系，最具代表性的就是化学、数学、物理等自然科学学科。这说明，在自然科学学科中，不管你是什么肤色、什么种族、什么国家、什么政党和意识形态，都不会改变自然科学的科学属性。也就是说，自然科学是一种世界通用的科学，它具有统一的考核标准，任何一个国家的学者都被纳入一个统一的考核价值标准中。因此，从其定期发布的学者学术影响力可以发现，世界范围内的学者是可以进行排名的，其学术影响力是可以实实在在地看得见、摸得着的。

既然自然科学能够形成一套世界通用的考核标准，那就意味着不同的学者都要遵循同样的规则，否则，诸多考核机构就不可能对其做出科学的考核。那么，这个通用的规则是什么呢？这便是在科学研究中极为严格的逻辑性。所谓逻辑性，简单地说就是前人的研究为后人的研究奠定了基石，后人的研究是在前人奠定的基石上进行研究的。牛顿曾经说过："如果说我比别人看得更远些,那是因为我站在了巨人的肩上。"①科学研究上的后来者所取得的成就,往往都是站在前人的肩上实现的。因而,整个科学研究便显示出一种前后贯通的逻辑性,就是环环相扣的逻辑链条,自然也是一个后浪推前浪的代际传承。正是由此出发,自然科学的研究学者非常关注学术研究的前沿问题,唯有瞄准了世界学术研究的前沿问题,才能使自己的研究承接前人的研究,才能使自己的研究进一步深化前人的研究。而要想瞄准前人学术研究的前沿问题,就需要从事这一领域研究的学者对本领域研究的既有成果烂熟于心,就需要了解下一步要攻克的困难是什么,然后再找出这个困难的重点和难点所在。所以,从事自然科学研究的学者,必然要融入学术圈中,并由此了解和熟知前人研究的既有成果,然后才能厘定自我学术研究的方向和目标。从这样的意义上说,我国改革开放之后派出大批留学生的原因,是让留学生在了解和融入西方学术圈的过程中,学习和熟知前人已经取得的研究成果,把握和锚定学术研究的前沿问题,进而实现后发超越。从实际效果来看,中国改革开放四十年来的实践证明,这是一条切实可行的捷径,也是一种必须遵循的科学规范,其对中国科学发展起到的作用是不可估量的。这正是我国逐渐认同西方重视高被引作者及其高被引论文这一理念的内在缘由。

在自然科学研究中,研究者既然要站在前人的肩上,自然就要在学术研究论文中对前人的"肩"有所涉及;既然要涉及,便必然要对前人既有的学术研究成果加以引用。这样一来,学术研究中的引用问题便自然而然地产生了。那么,后人在对前人的研究

---

① 赵冰主编:《沉默的力量:古今中外35位科学家之故事》,吉林文史出版社2012年版,第92页。

成果加以引用时要考虑哪些方面呢？一般来说，后人看重的是前人既有研究的前沿性和科学性，从被引数据来看，那些高被引作者往往就是本学科领域内具有重大学术影响力的学者。近年来，随着学术评价体制与西方社会接轨以及学术研究规范化程度的逐步提高，我国学术界越来越重视和强调论文引用率的评价功能，因而我国学者在论文引用率方面的成绩表现也越来越突出。中国科学技术信息研究所发布的2017年中国科技论文统计结果显示："我国国际论文被引用次数排名进入世界第二，较去年上升2位。就单一学科而言，材料科学领域论文引用次数排在世界首位"，"另有8个学科领域排名世界第二位"。① 由此看来，在西方学术评价体系中，在考核学术论文的学术影响力时高度重视被引这一数据，并不是没有道理的。

如果说自然科学具有客观性和科学性的话，那么，社会科学相对来说则较为复杂。社会科学的研究具有一定的主观性，但就其根本而言，毕竟还具有某些客观性，这在经济学研究中表现得比较明显，许多经济学论文甚至直接使用了数学模型。这样一来，对从事社会科学研究的学者撰写的学术论文进行被引分析，也自然就具有了相对的科学性和客观性，但在人文社会科学领域尤其是对人文领域中的科学性把握起来有较大难度。下面不妨结合中国文学研究论文的被引数据作一简单分析：

中国文学属于人文社会科学领域，人文社会科学领域包括哲学、经济学、教育学、历史学、法学、文学与管理学等学科，在CNKI（知网）库中大致划分为哲学与人文科学学科、经济与管理科学两

---

① 李艳：《我国国际论文引用次数排名跃居世界第二》，《科技日报》2017年11月1日。

大类。目前为止,在哲学与人文学科中引用数最高的为2004年发表在《心理学报》上的《中介效应检验程序及其应用》,引用数高达5349次。相对同属于人文社科领域的经济学来说,我们查询了经济与管理学科,以经济学界比较有影响力的林毅夫(农业经济学博士)的相关文章为例,被引最高的是刊发在2001年《经济研究》上的《中小金融机构发展与中小企业融资》,被引数高达5772次,下载量为38799次;其次是周其仁的《市场里的企业:一个人力资本与非人力资本的特别合约》,被引数为4715次,张军等人的《中国省际物质资本存量估算》被引数为4696次。① 我们也查询了其他学科领域的最高被引数,发现基础科学是2769次,工程科技2763次,农业科技2033次,医药卫生科技2749次,信息科技5544次,经济与管理科学5772次,哲学与人文科学5349次。不同学科最高被引存在着较大的差距,但远没有中国文学与其他学科的最高被引差距那么大。

那么,中国文学研究论文的被引存在的差距在哪里呢?根据在CNKI(知网)数据库中哲学与人文科学学科条目下设的文艺理论、世界文学、中国文学、中国语言文字、外国语言文字、音乐舞蹈、世界历史、中国通史等学科,点击中国文学学科的被引一栏,我们发现,2001年发表的论文《全球化时代文学研究还会继续存在吗》被引数最高,达到615次;其次是论文《意识形态与20世纪中国翻译文学史》被引数为508次,论文《论"二十世纪中国文学"》被引数为462次。单从这些数据来看,经济学学科论文的被引数据远远超出了中国文学,相关文章的最高被引数约10倍左右。

---

① 该数据截止日期为2018年3月5日。

当然,中国文学的最高被引与其他学科的最高被引相差甚大,这还不是最令人尴尬的事情。最令人尴尬的是,很多学术论文的被引竟然在个位数,甚至零被引论文也不在少数。那么,问题到底出在哪里呢?

二

中国文学研究论文与其他学科研究论文的最高被引数差距甚大,且整个中国文学的被引总体偏弱,这背后有着诸多原因。具体来说,主要体现在以下几个方面:

首先,社会的转型导致了文学的边缘化。文学热以及文学研究热已成为明日黄花,取而代之的是诸多实用型学科研究,经济学等学科开始居于社会的中心位置。改革开放以来,中国社会的重心开始转移,这便是一切要以经济建设为中心。在此口号的导引下,经济学异军突起,逐渐成为人们关注的热点,而文学热、文学研究热的时代渐行渐远。对此,我们曾对《新华文摘》转摘文学作品和文学评论类文章的数量进行过统计:"1980年代,在《新华文摘》的栏目中,占据绝对优势的是'文学作品'和'文艺研究'栏目。我们不妨以1981年第1期《新华文摘》为例略加说明。这期《新华文摘》共收入了97篇文章(除去所刊登的美术作品、学术动态、综合报道、论文提要、补白等栏目),其中,文学作品类的文章有16篇,其所占的比例达到了16.4%;文学评论性的文章便有18篇,其所占的比例达到了18.5%;文学作品和文学评论类的文章共计占了34.9%。"新世纪之后,情况则发生了根本改变:"2012年第24期《新华文摘》载文共有44篇,其中,文学作品有1篇,所占的比例为2.3%;文学评论所占的比例为6.8%;文学作品和文学评论类的文章共计占了9.1%。"①这从一个侧面反映了中国文学研究在整个学科中所占的比重已经出现大幅下降的趋势,文学创作及文学研究开始被边缘化。

客观地说,随着中国社会向经济社会转型,经济类论文数量激增,这是不可否认的事实。毕竟,研究经济问题较之研究文学问题来说,对社会产生的作用更直接、更有效。在此情形下,有关经济学研究方面的论文自然就得到更多关注,与此相关联,其被引数据在几率上也要高出许多。打开CNKI(知网)数据库,不难发现,1978年之前的经济与管理科学方面的学术论文为1926篇,不足2000篇;而1979年则为4721篇;到1980年则实现大的跃进,为10294篇;到2006年则突破百万余篇,发表数高达1263730篇。1980年之后经济界的相关文章则每年以不低于50%的速度增长,以迅雷不及掩耳之势迅速发展为学术界的热点,占领学界论文发表数量的第一位。而相对来说,文学研究的学术论文在1978年为5419篇,1979年为11677篇,1980年为18697篇,2006年为299560篇;20世纪80年代后,经历过迅速发展期然后进入稳定发展期,期间还有衰退现象。学术论文的发表数与被引数虽然不能完全说明哲学与人文科学和经济与管理科学在社会发展中的影响和地位,但它至少表明,经济学相关学科的社会关注度远远超过了文学学科。文学研究日渐被边缘化,正成为只在文学圈内产生影响的学科,而经济学及其相关学科影响范围则越来越大。

其次,文学研究自身存在着非科学性的问题。这一问题严重

---

① 李宗刚等:《〈新华文摘〉(1979—2013)文学作品与评论研究》,山东人民出版社2015年版,第6—7页。

制约了学术研究内在逻辑性的顺利展开，由此导致学术论文被引的止步不前。严格说来，学术规范在20世纪90年代才得到重视。尤西林《人文学科特性与中国当代人文学术规范》(《文史哲》1995年第6期)、党圣元《学术规范与学术人格》(《文学评论》1996年第5期)、仲伟民《谈谈"学术规范"》(《江南论坛》1996年第4期)等是较早关注学术规范的一批学者和论文。在此之前，人们对学术规范的认识并不清晰，甚至存在严重的混乱，更有甚者，明知故犯，走上了学术不端的歧路。在此情形下，且不说要求作者遵循学术规范，即便是能够守住底线已实属不易，再加上互联网技术处于起步阶段，有关学术论文的数据库尚处于草创时期，因此，即便在学术论文撰写中存在一些学术不端问题，也难以被很快发现。值得欣慰的是，随着互联网技术的不断发展和数据库建设的逐步完善，学术不端检测系统的制衡作用越来越突出，学术不端行为正在得到有效遏制并开始呈现下降趋势。

在中国文学研究领域，人们面对经典作品也许根本不需要阅读前人的研究成果，直接通过阅读文本便可获得属于自己的阅读心得，然后再把这一心得用学术论文的模式外化出来。如此撰写出来的学术论文，除了要引用该文所要论及的作品之外，一般很少涉及前人的研究成果——也就是说，绝少有真正学术意义上的引用。这样看来，人文领域的学术研究之推进的内在逻辑便与自然科学截然不同，也与一些注重实证方法研究的社会科学有所区别，往往会演绎成一种自说自话的"论文模式"。我们在这里称其为"论文模式"，根据就是这种论文尽管也有引文，尽管也通过逻辑推理分析论证其要陈述的中心观点，但就其实质而言，却背离了学术研究"站在前人的肩上"这一基本原则。它既没有对前人的研究进行系统把握，也没有将亟须推进的问题在前面提出，这表明作者对该领域既有研究成果鲜有了解和把握,具体表现为没有引用前人关于这一问题的研究成果,而仅仅满足于对自己提出的观点进行分析论证。然而值得关注的是,由于没有对前人的研究进行系统梳理,他们提出的所谓独立的见解或观点往往已被前人论述得很透彻了,这也直接导致了论文引用的不被重视,在中国文学研究领域一些学术水平颇高、影响较大的论文,其被引次数却往往多年止步不前,未有显著增长。在20世纪80年代末,陈思和、王晓明等人主持"重写文学史"专栏,并由此开启了对"重写文学史"新观点、新看法的讨论与研究,但随后这个话题却"沉寂了10年"①,除却文学研究界部分学者的共鸣,全国范围内的响应者仅寥寥数人,直至十年后"重写文学史"才由口号转为实绩,多部文学史著作陆续登上历史舞台。而文学研究的理论创新性方面显然更是不足,这一方面缘于文学研究自身理论突破难度较高,一般来说,语言类的文学研究存在"仁者见仁,智者见智"的现象,因而创新性文学理论的提出需要时间的检验;另一方面,文学研究与时代变化关系密切,时代诉求的不同、历史环境的变化,都极易引起文学研究意识形态方面的变动,而反过来,时代和历史环境的稳定性也促使文学研究理论上的稳定性增强,为创新性增加了难度。正如黄子平、陈平原、钱理群等人在20世纪80年代提出的"二十世纪中国文学"的概念,其理论创新性就在于"把二十世纪中国文学作为一个不可分割的有机整体来把握"——"一个由古代中国文学向现代中国文学转变、过渡并最终完成的进程,一个中国文学走向并汇入'世界文学'总体格局的进程,一个

---

① 宋遂良:《在文言文:宋遂良论当代文学》,山东人民出版社2015年版,第68页。

在东西方文化的大撞击、大交流中从文学方面（与政治、道德等诸多方面一道）形成现代民族意识（包括审美意识）的进程，一个通过语言的艺术来折射并表现古老的中华民族及其灵魂在新旧嬗替的大时代中获得新生并崛起的进程。"①时至今日，中国文学走向并汇入"世界文学"的进程也未完成，且成效不大，世界文学在中国文学研究理论方面的引用率也是微乎其微。不得不说，中国文学在理论创新方面仍然困难重重。

客观地说，文学研究多数离不开对文学作品（如诗歌、小说、散文、戏剧等）的思想认识，它产自于学者本身的思想，然后与评论者的心得体会有很多的关联。正如我们常说的"一千个读者眼中有一千个哈姆雷特"；不同的研究者对相同的作品可能产生不同的思想或认识，这也就促使多数的文学研究活动还停留在自说自话的"一家之言"上，其科学性的学术研究价值并不尽如人意。而反观经济学研究，以《中小金融机构发展与中小企业融资》为例，在其行文中，更多的内容是偏向于用大量图表、数据、调研、计算等科学的研究方法来阐释经济现象，从而得出相对科学的结论。从这个层面上来说，经济与管理科学学科的科学性要高于文学研究的科学性。而且，与经济相关的学科其研究的内容更多的是与当下社会发展密切相关的问题，其所涉领域较多，工业、农业、企业、文化经济等方面都在其研究范畴之内，问题基数也比较多，解决实际性问题的效果也较为明显，其对社会的学理性价值也较高。而相对来说，文学研究涉及的是古代文学、现当代文学以及汉语言文学、文艺理论等方面，仅仅在人们的精神层面发现

---

① 黄子平、陈平原、钱理群：《论"二十世纪中国文学"》，《文学评论》1985年第5期。

问题、解决问题,往往不是解决社会现实中的实际问题。因而,文学研究在整个社会的话语权的问题层面上来看,其影响还是较小的。

其三,有些学者为减少其论文重合率有刻意"改写"或规避引文现象。随着适应抵制学术不端行为需要而开发的查重检测系统的应用和普及,重合率被诸多机构和期刊编辑部作为是否采用学术论文的重要指标,有些作者为了避开重合率这个"雷区",有意识地将引用文献内容进行"改写"、"改编",从而把本来可以引用的观点换成自己的语言表述,这又使学术论文的被引止步不前。这种现象在许多文学研究论文中表现较为突出。有些文学研究者尽管也查阅参考他人的相关论述,但鉴于自身观点与他人观点相同,在语言表述上就会自觉地避开相关语言而"另寻他路",有意识地回避同一观点,重新对自身观点进行语言改装。这种方式在学界一般被称为"搅拌式抄袭",显然缺少科学的严谨态度。韦勒克曾批评文学研究的一种极端现象:"否认文学研究为一门科学,坚持文学的'理解'带有个人性格的色彩,并强调每一文学作品的'个性',甚至认为它具有'独一无二'的性质。"强调这种极端的现象是"一种反科学的方法,趋向极端时显然要冒一定的风险。因为个人的'直觉'可能导致仅仅诉诸感情的'鉴赏'(emotional "appreciation"),导致十足的主观性"①。文学评论需要与世界形成对话,既要有对文学的社会问题的高度敏感性,也缺少不了研究者科学严谨、端正的研究态度,而文学研究中存在的过于主观的个性化情感则会大大减弱文学的科学性。同时,应当

---

① [美]勒内·韦勒克、奥斯汀·沃伦著,刘象愚等译:《文学理论》,浙江人民出版社2017年版,第6页。

梳理相关方面的前沿成果，引用前沿学术理论话语，从而完整地呈现出问题的发展及流变。而在这一过程中，就需要文学研究者阅读大量的文献资料，且不仅仅限于中文研究资料，还要具有世界性的眼光，用科学的方法借鉴、吸收西方理论中与中国文学相对接的研究成果，并用马克思主义的批评方法正确看待不同国家、不同民族、不同文化等背景下学术研究成果的差异。

在对学术论文的被引情况进行考察时，我们还发现一个问题，那就是人为地干预论文的引用，此所谓"道高一尺，魔高一丈"。对此，国外有学者也曾进行过批判，像荷兰莱顿大学的文献统计学研究人员卢多·沃尔特曼就曾指出，很多论文只是勉强逃离了"从未被引用"的窘境，"我们知道，很多引用是很肤浅的或者敷衍的"。纽约 Mare 公共和国际关系学院的健康经济学家达利亚·雷勒对互助引用进行了批判："即使高引用率的研究也可能是一个游戏，学者们互相引用，却没有为任何人带来进步"①。不可否认，这种现象在国内学者中也不同程度地存在。因此，我们对学术论文的被引进行科学考察的同时，还需要对学术论文被引数据进行甄别性分析，不能一味地把被引当作唯一的依据。要知道，任何事物都是利弊兼存的，任何学术评价体系"不管突出了哪个参数，都会在凸显这一参数作用的同时，遮蔽了其他参数的作用"②。事实上，诸多学术评价体系已经在注意规避单纯看重被引数量，开始既注重定性的科学估量，又注重被引本身的定性评估。但不管怎样，对学术论文被引的考察，为我们提供了一个科

---

① 张文韬：《零引用率的科学文献》，《世界科学》2018年第2期。
② 李宗刚、孙昕光：《核心期刊评估体系的悖论与破解方略》，《西南民族大学学报》（人文社会科学版）2014年第10期。

学审视学术论文的窗口。引用率的高低不是判断学术论文价值的唯一标准，也不可能全面反映出学术论文的创新性和科学性；但作为评价论文价值的指标之一，它却在某种程度上体现了论文在社会上的影响力，显示出被学界或社会认可的程度，我们应当给予足够的重视。

三

"任何学术研究都是建立在前人研究基础上的。离开了对前人研究成果的吸收和转化，离开了对前人研究成果的传承和提升，那人类自身的文化创新就会成为无源之水、无本之木。"[①]既然要继承和提升前人既有的研究成果，就离不开对前人学术论文的引用。对此，有学者认为："引用率作为一项评价指标，是建立在论文既被人引用，同时也引用别人的论文的研究和写作习惯基础上的。"[②]这是非常有道理的。那么，具体应如何促进中国文学研究论文的被引循着科学的轨道健康发展呢？

首先，当下的文学研究应纳入科学的轨道、科学的方法和链条上来。从自然科学研究来看，优秀的学者都非常重视学术论文被引，像诺贝尔奖获得者、遗传学家奥利弗·史密斯便是一个非常谦逊的科研工作者，他生前经常提及自己"最大的失误之一"是1953年发表了一篇有关测量渗透压的文章，并表示该文从来没有被引用过。在2014年德国林道会议上，他对学生们说："没有人

---

① 李宗刚、孙昕光：《期刊学术引文不规范现象的成因探析与应对方略》，《河南大学学报》(社会科学版)2015年第6期。
② 耿申：《教育研究札记》，北京教育出版社1999年版，第153页。

引用过这篇文章,也没有人采用过这个方法。"事实上,史密斯没有意识到,他的论文并非完全没有吸引力。在文章发表后的10年内,有5篇论文引用了它。① 类似的错觉,恰恰也说明西方学者对论文被引的重视。

与西方学者重视论文被引的情形相比,国内学者往往重视发文量,而忽视被引数量。正如有人指出的那样:"中国的论文发表量世界第一,引用率却是100名以外。"②造成这种局面的原因,除了我们在科学研究上的观念滞后以外,还与我们的科学研究没有进入科学的轨道,没有获取科学的方法有着密切关系,只不过其外在表现为不重视被引而已。

从科学研究的方法和规范来说,文学研究者应该重视学术论文的被引情况。但令人遗憾的是,我们很少听到哪位文学研究者因为自己所撰写的学术论文的零被引而寝食不安,更有甚者对被引到底是什么情况都一概不知,一脸茫然。实际上,我们很多学者在学术研究的出发点上便迷失了方向。不少人在其确定文学研究对象后,第一要做的就是研读文本,这是做文学研究的必经之路;读完后产生新的想法,与研究者的思想产生碰撞,爆出火花,也就是我们通常所说的灵感;于是结合文本进行新的阐释,开始进入文学批评的写作。这可以说是多数文学研究者的学术论文的生产过程。但在这个过程中,研究者失却了用科学的方法来规范自身的想法,在很大程度上满足于"自圆其说"的文学研究。文学研究虽然在一定程度上属于个人行为,但它并不单纯是个人

---

① 张文韬:《零引用率的科学文献》,《世界科学》2018年第2期。
② 搜狗百科:《论文引用率》,http://baike.sogou.com/v52931113.htm?fromTitle=论文引用率。(2017年3月6日;2018年3月25日)

的事情，因而在其研究方法的使用上也存在科学性。一直以来，经济学研究遵循的是科学性的分析，学理性的研究，讲究运用科学验证、技术语言等方法；而我们的文学研究在多数情况下，仍然停留在主观评断的意识批评阶段，这也是产生引用率差距较大的重要原因之一。"文学研究和科学研究两者在方法论上有许多交叉和重叠的地方。诸如归纳、演绎、分析、综合和比较等基本方法，对于所有系统性的知识来说，都是通用的。"①从现阶段的文学研究来看，科学方法的使用对文学研究来说还是一个相对陌生的层面，因而，缺少科学的方法来进行分析研究也就从文学研究的根基上切断了其科学性。按照科学的方法，就要对相关问题的来龙去脉进行梳理，从历史的维度考证其流变，从而推进其新观点的发展。也就是说，在具体谈到某一问题时，一定要搞清楚这个问题到底是怎样产生的。我们翻看自然科学、经济学的研究，基本都是经过了这样的过程，它不是单独就某个现象或某个问题阐述自己的看法，而是根据社会热点不断调整自己的问题，然后进入新的研究理论范畴，不断在前人基础上进行推进式研究。而中国文学研究大都是建立在研究者自身对某一问题的看法上自说自话，缺少对其相关领域的他人研究成果的理解和对照。这就造成人们在从事文学研究时仅仅关注文学自身，而没有关注文学研究现状，其具体表现就在于他的文献中缺少对最新前沿问题的分析，甚至仅是低水平的重复。所以，文学批评说到底还是文学研究的方法问题。

其次，中国文学研究的创新性有待加强和提高。文学研究既

---

① [美]勒内·韦勒克、奥斯汀·沃伦著，刘象愚等译：《文学理论》，浙江人民出版社 2017 年版，第 4 页。

是一项具有科学性的工作，又是一项具有创新性的工作。没有科学性的支撑就无法使文学研究循着正确的轨道前行，没有创新性的支持就不能使文学研究走上提升的发展道路，二者之间是相辅相成、缺一不可的关系。因此，我们要在文学研究中走出既有研究中自说自话的误区，改变文学论文低被引乃至零被引的现状，就需要在加强科学性的基础上，准确把握好进一步推进文学研究的关键所在：文学研究的学术前沿到底在哪里？这学术前沿又到底是什么？为此，我们才会凝聚学术研究的全部精力，集中攻克学术研究中的问题，从而真正推进整个文学研究向着更高的层次跃进。

学术研究的创新，固然会带来学术论文的高被引，但高被引并不见得就一定是创新性的学术研究。如有些人在统计论文被引时就错误地把高被引当作学术研究创新，他们没有看到，这些文章的高被引背后，并不是以学术研究的科学性作为支撑，相反，其恰好表明了人们对高被引认识上的混乱。在近几年的文学研究中，有关莫言的话题似乎成了人们谈论的热点问题，而与此相对应的是，莫言的访谈或自我言说的文章成了高被引文献。如莫言的《我的故乡与我的小说》一文发表在1993年第2期的《当代作家评论》上，截止到2018年3月1日，该文的总被引达到了206次，其中博士论文引用10次，硕士论文引用96次，学术期刊论文引用达到100次。而从学术期刊论文引用该文的数据来看，五分之三的引用（61篇文章）发表在2012年10月莫言获得诺贝尔文学奖之后，这既说明了莫言获得诺贝尔文学奖之后，学界对莫言及其文学作品的关注度直线上升，也说明了许多研究者对莫言及其文学作品的研究仍停留在作家的自我言说上，没有真正把研究的触角延伸到前人的研究上，更没有在前人研究的基础上深化和推进。为此,我们不妨关注一下与莫言作品同时期发表的一些莫言研究文章:丁帆《亵渎的神话:〈红蝗〉的意义》(《文学评论》1989年第1期)被引35次、张志忠《论莫言的艺术感觉》(《文艺研究》1986年第4期)被引39次、仲呈祥《〈红高粱〉:新的电影改编观念》(《文学评论》1988年第4期)被引11次、樊星《文学的魂——张承志、莫言比较论》(《当代文坛》1987年第3期)被引7次。由此会发现,这些研究文章就没有像莫言自我言说的文章那样产生大量的被引。这恰好说明,许多学者对莫言的研究,注重的是莫言怎样说,然后在此基础上为莫言的"立论"寻找根据。严格说来,这样的研究,且不说缺乏创新性,就连起码的学术研究的属性也不具备。对于当前中国文学研究中的这种不正常的莫言研究热,有学者已经做出清醒的反思:"在一片热烈的学术狂欢之中,也存在着许多彼此重复、缺乏新意的低效现象。比如说,关于莫言的童心叙事,或者说儿童视角,说来说云,新意有限。关于葛浩文英文翻译与莫言小说原作的关系研究,已经形成了数量众多的论文,但是看来看去,这些研究基本是停留在葛浩文对莫言小说在翻译中的归化与异化的技术性分析方面,分别列举诸多具体的例证,其结论却大体相似,缺少更为深入的思考和阐述——为了免于空泛浮滑,对这一现象略加论述。归化与异化,是所有的跨语际传播中不可或缺的普遍现象。而且,葛浩文翻译了莫言的众多作品,要从中为自己找出若干例证都不是难事,也不无研究价值;但是,诸多论者都如此浅尝辄止,就令人叹惋。"①这里指出的莫言研究中彼此重复、缺乏创新的学术现象,恰恰是由于忽视论

---

① 张志忠:《从地域文化角度论莫言研究空间的拓展》,《当代文坛》2018年第1期。

文引用而导致对学术研究的既有成果缺乏了解的结果。

严格说来,学术研究只有在科学的基础上才会走向创新之路。尽管各个学科之间因其属性不同,其论文的被引数量会有所差异,但这种差异应该是在可控范围之内的,而不应该是异常悬殊的。如果这种差异到了异常悬殊的程度,就需要我们对这一学科的创新性进行深刻反思。实际上,不仅经济学与社会的关系密不可分,文学与社会同样存在一种特殊的关系。对此,美国学者曾经说过:"文学是一种社会性的实践,作为媒介语言来使用,是一种社会创造物。……文学具有一定的社会功能或'效用',它不单纯是个人的事情。因此,文学研究中所提出的大多数问题是社会问题,至少终归是或从含义上看是如此。"[①]因此,在对社会的影响关系方面,文学与经济学等学科同样应该受到重视。而就目前显示的差距巨大的引用率和关注度来看,文学研究存在着自说自话等弊端,这使得文学研究未能走上创新之路,自然,由此而来的论文被引的数据提升,便在情理之中了。

再者,文学研究者要有求真求是、献身学术的科学精神。许多文学研究者从事学术研究,并不是出于献身学术的目的,而是有着太强的功利性,甚至仅仅是为了"稻粱谋",也就是说,文学研究往往被当作某种获取自我利益的手段。这样一来,学术研究本身便无法构成其学术研究的目的性,而仅仅充当了桥梁的作用,自然也就谈不上求真求是、献身学术、献身真理了。对此,有些清醒的学者发出了这样的"天问":文学研究的意义究竟在哪里?客观地说,在现实社会中,许多从事文学研究的学者,并没有把学术

---

① [美]勒内·韦勒克、奥斯汀·沃伦著,刘象愚等译:《文学理论》,浙江人民出版社 2017 年版,第 83 页。

研究当作自己安身立命的根本,而是陷入了"文学自娱"和"文学取利"的误区,文学研究远离了社会,也远离了生活,更远离了大众,最终成为从事文学事业的圈内人士的集体项目,大家互相吹捧,互相抬轿,搞得好不热闹。但是,这些远离了社会、生活和大众的文学研究,因为没有承载起社会的宣任,最终成为无病呻吟的庸俗之作。

人生境界决定研究高度,文学研究之于个体意义实为重大。我们的文学研究者应该努力实现作为知识分子的个体价值意义,寻找到在社会群体中个体的位置,实现个体的意义。对社会问题应有社会责任意识,从而在社会中更大程度地实现自我的社会价值,抛弃社会与个体二元对立的观点,将个体充分融入群体中去,将自我的社会价值和经济价值合为一体。

文学研究者要真正地把文学研究推向深入,就需要高扬起文学对社会和人生大胆干预的旗帜,就需要把文学研究当作自我人生社会价值的实现方式,充分发挥文学研究的引领作用,使文学研究作用于社会文化的建设,真正获得超越物质的价值和意义,获得超越现实功利性的目的,由此进入更高的人生层次,这才是文学研究者应有的态度。由此出发,我们才能沉潜到学术中,才能端正从事文学研究的态度,才能避免急功近利的浮躁情绪,才能真正地查阅浩如烟海的原始文献,才能真正地跟踪国内外文学研究的学术前沿,才能真正地提高文学研究的科学性,确保文学研究富有学术上的创新性。

总的来看,中国文学引用率的高低虽不能完全代表中国文学当下的价值和发展能力,但它仍旧是衡量中国文学在"世界文学"中地位的重要评判指标之一,其影响力不可低估。因此,从表层来看,强化学术论文的被引,好像有缘木求鱼之嫌。但从根本上说,把学术论文的被引置于一个科学的平台上加以审视,我们就会发现,在学术论文被引的背后,隐含的是学科发展的科学性这样一个根本问题。也就是说,被引这样的"形式"问题,不仅仅是"形式"的问题,而且隐含着深刻的思想。也许,在我们对"形式"认识发生转变的同时,还将对"内容"的理解发生深刻的变革。这也许是中国文学研究与世界同步的一个重要契机。

(原载《西南民族大学学报》(人文社会科学版)2018年第7期)

民国时期山东文学教育综论

民国时期的山东教育与晚清时期相比发生了根本性的变化。这一变化的实质来源于中国的政治变革。中华民国的成立从根本上推翻了晚清专制政体,开启了一个新的历史时代。一方面,民主共和的观念已经深入人心,袁世凯称帝遭到各方反对;另一方面,中华民国建立之后,政局处于混乱之中,现代政体的确立需要一个历史的过程。但不管怎样,相对于中国几千年的封建社会而言,民国政体的进步性不言而喻。政体的转型必然会带来教育体制的根本性变革。正是在这种情形下,民国教育开始走上变革之路,民国政府教育部对教育宗旨、教育性质、学校管理及教科书的内容等重新作了规定。这使当时的教育有了较大发展,山东教育也有了较大的发展。

随着科举制度的废除,新式教育得以逐步确立,国文作为一门独立的课程得到了确认。在民国教育体制内,国文课程像数学、物理、化学、外语等课程一样,拥有了合法的地位。国文课程的一个重要目标,就是培养学生的国文阅读能力和写作能力。这样一来,国文课程在某种程度上就承担了文学教育的使命,使得国文教育与文学教育有了更多的切合点。借助民国教育体制内的国文课程,五四以来的诸多优秀文学作品进入学校课堂,使学生直接接触到新文学。民国时期的国文教育以及由此展开的文学教育，对中国现代文学的发生和发展起到了重要作用。

民国时期各个省份的社会状况差异甚大，其文学教育开展的具体情形自然也有较大的区别。总体来说，文学教育在北京、上海、浙江、江苏、安徽等地开展得比较好，在山东、河南、河北等地开展得要相对弱一些，而在偏远的云南、贵州、新疆、西藏乃至东北三省就更弱。山东的文学教育水平在全国属于中等，具有更加广泛的代表性。因此，窥民国时期山东文学教育之一斑，可知当时全国文学教育的概貌。

一、民国时期山东文学教育的历史进程

从1912年中华民国成立到1949年国民政府败退台湾这一历史阶段，是我们在本文中所界定的民国时期。这一时期山东文学教育可以划分为五个阶段。这种分期方法可以有效地反映这一历史时期山东文学教育发生、发展的独特规律。

第一个阶段是1912—1922年，这是山东文学教育的奠基期。

随着中国封建帝制的被推翻与民国新政体的建立，民国的教育制度也发生了改变。1912年1月，蔡元培被任命为南京临时政府教育总长；同年7月，教育部召集全国教育家举行全国临时教育会议，对教育宗旨和学校系统展开了讨论。会议由蔡元培主持。9月，教育部正式公布了民国的教育宗旨："注重道德教育，以实利教育、军国民教育辅之，更以美感教育完成其道德。"这次会议的重要成果《学校系统令》于1912年（农历壬子年）9月3日颁布实行，史称"壬子学制"。1913年（农历癸丑年）8月，教育部将"壬子学制"颁布一年来所颁布的法令、规程综合成较为完整的《壬子癸丑学制》，1922年该学制被废止。这一阶段，对文学教育产生重要影响的有两件大事：其一是国文课正式改为国语课；其二是新学制颁布。这两件大事从根本上确立了白话文的合法地位,为中国现代文学的发展拓展了广阔的道路。

1916年袁世凯复辟帝制失败后,社会各界逐步关注国语问题。1916年8月,在蔡元培的主持下,国语研究会由各省赞成国语统一的人士组织起来。特别值得肯定的是,蔡元培利用其北京大学校长的特殊身份,大力倡导并推行白话文,对"国文"课向"国语"课的转变起到了积极作用。1918年,蔡元培发表《国文之将来》,倡导语文教学的革新;1919年,以蔡元培为首的国语统一筹备会又主张把国文读本改为国语读本。正是在一大批具有影响力的人物的推动下,1920年1月,教育部下令将小学一、二年级国文课改为国语课。这一改革把国语抬到了无以复加的高度,为"言文一致"奠定了坚实的基础。对此,黎锦熙说:"照部章办事的乡村小学校,现在也知道了,也要改国文为语体文了。所以我从前说这道命令,实在是中国历史一大改革。"[1]胡适则从历史的角度确认了这一改革的意义:"这个命令是几十年来第一件大事。他的影响和结果,我们现在很难预先计算。但我们可以说:这一道命令把中国教育的革新至少提早了二十年。"[2]

这一改革对文学教育的促进作用怎样估计都不过分。文学教育的核心在于培育学生的文学素养,使其能够欣赏与创作出具有深刻思想和深厚情感的文学作品。而语言作为人们思维活动的重要工具,自然对学生欣赏与创作能力的培养起着至关重要的作用。毕竟,随着中国由传统社会向现代社会的转型,文言文已

---

[1] 黎劭西(黎锦熙):《国语教育底三步》,《国语月刊》1922年第6期。
[2] 姜义华:《国语讲习所同学录·序》,《胡适学术文集·语言文字研究》,中华书局1993年版,第302页。

经越来越难以更好地反映与解读现代人的思想与情感。正像叶圣陶在《初中国语课程纲要》中指出的那样,国语课的目的与国文课不同,它首先是为了"使学生有自由发表思想的能力"①。客观情形也的确如此,"白话在五四文化运动中,随着其逐渐地为人们所接纳,最后终于借助主流意识形态的话语权,成为文化的主要载体,这主要体现在教育部宣布废止小学文言教科书,取而代之的是以白话文作为教育的主要工具"②。

自民国元年(1912)始,山东的初等教育10年来以较快的速度发展。到1917年,全省初等教育学校增至17232所(其中高小304所、两等小学63所、女子小学287所、初小16578所),入学儿童达603126人(其中入国民学校338947人,入代国民学校264179人)。而1922年统计时,山东设立的小学已达23252所,在校学生777771人,仅次于山西,位居全国第二。③

相对于山东快速发展的基础教育而言,这个时期的文学教育整体上发展缓慢,各级各类学校继续实施传统教育。中华民国的建立并没有从根本上改变山东的政治形势,山东依然处在军阀割据的特殊历史时期,再加上列强依然在山东窃占了部分地区,其中最具有代表性的便是青岛。在第一次世界大战结束后的巴黎和会上,中国作为战胜国理应收回青岛的治权,但西方却硬把青岛割让给日本,由此引发了轰轰烈烈的五四爱国学生运动。匡民

---

① 吕达:《我国1922年中学课程改革及其反思》(三),《课程·教材·教法》1990年第6期。
② 李宗刚:《新式教育与五四文学的发生》,齐鲁书社2006年版,第114—115页。
③ 赵承福:《山东教育通史(近现代卷)》,山东人民出版社2001年版,第101—102页。

国政府未能在山东确立起有效的治理体系,致使山东的教育体制总体上有所滞后,由此也导致了山东教育发展的不平衡性。尽管如此,山东主要地区的教育体制依照民国政府的要求也获得了基本的确立。与此相对应,山东文学教育也处于奠基期。

第二阶段是1922—1928年,这是山东文学教育的曲折探索期。

随着人们对西方教育理解的加深,再加上中国社会的现实需要,1922年9月,"北洋政府"召开学制会议,就全国教育联合会整理的草案作了修订,再交于同年10月在济南召开的联合会第八次代表大会讨论,最后以大总统令公布《学校系统改革案》。该方案主要以在美国实行的"六三三制"为参考,并根据中国教育的实际制定,对学制系统进行了具体规定,史称"六三三学制",即"壬戌学制",又称新学制,以区别于壬子癸丑学制。新学制强化了七条教育标准:适应社会进化之需要;发挥平民教育精神;谋个性之发展;注意国民经济力;注意生活教育;使教育易于普及;多留各地方伸缩余地。

如果说1920年教育部将国文课改为国语课为文学教育开拓了更大空间的话,那么,1922年新学制的颁布则从根本上确立了五四新文学在教育体制内的合法地位,为文学教育的推进奠定了坚实的基础。总的来说,这一系列改革最终使得五四新文化运动的愿景落到了实处。

1923年,全国教育联合会复订并刊布了新学制课程标准纲要。该纲要规定小学课程为国语等学科。初级中学课程分社会科、言文科、算学科、自然科、艺术科、体育科等。高级中学分普通科和职业科(有师范、商业、工业、农业、家事等科)。普通科以升学为目的,又分为两组:第一组注重文学和社会科学;第二组注重数学和自然科学。两组课程均分公共必修、分科专修、纯粹选修三部分。各科课程以学分计，学生修满150学分毕业。这样的新学制，从根本上确立了国语在民国教育体制内的合法地位。尤其值得肯定的是，新学制在国语教育方面进行了具体细致的划分，把国语分为语言、读文、作文、写字有机联系在一起的四个方面。语言课是落实国语课的基点所在，强化了对学生语言能力的培育；读文课强化了对学生语体文汲取能力的培养；作文课注重对学生写作语体文能力的培养；写字课注重对学生语文素养的培养，既体现了中国传统文化修身养性的涵养，又接续了科举考试注重提升学生写字能力的这一优良传统。不过，需要特别指出的是，这一时期正处于相对混乱的历史时期。民国的"北京政府"尽管从名义上执掌了包括教育权在内的国家权力，但是这个权力并未能深入中国的所有角落，新学制的落实自然也就大打折扣。总的来看，新学制课程标准纲要对文学教育的开展还是起了重要的促进作用。

这一时期山东的文学教育处于曲折发展阶段。一方面，政府主导的山东教育继续推行复古主义教育，文学教育受此影响，在诸多学校中受到抑制；另一方面，民间驱动的山东教育受五四新文化运动影响，文学教育得到了一定程度的延续。1925年至1928年，奉系军阀张宗昌割据山东。1926年6月，他下令将民国初年建立的工、矿、农、医、法、商六所专科学校合并为省立山东大学。在文化政策上，他逆时代潮流而动，完全否定了五四新文化运动的合理性，推行"尊孔复古"政策，命令各大学、中学一律卖四书五经，这在客观上延宕了山东现代文学教育的发展。

1928年，北伐战争取得胜利，国民政府在形式上完成了国家的统一。受此影响，山东的文学教育依然处于历史的建构与探索时期。新学制课程标准加快了教科书改文言文为白话文的进程，使山东文学教育得以循着五四新文学拓展的方向前行。

第三个阶段是1928—1937年，这是山东文学教育的发展期。1928年，日本出兵占领了济南和胶济铁路。到1929年底，济南和胶东一带的大、高中等学校都被迫停办。1930年，韩复榘进入济南，统治山东。军阀混战的局面暂告结束，教育事业有所恢复发展。到1936年，全省设有国立山东大学、私立齐鲁大学和省立医专3所高等学校，在校学生956人；设有中等学校162所，其中普通中学79所，师范学校72所，职业学校11所，在校学生27551人；设有小学42555所，在校学生1968208人。① 山东这种特殊的情况使其教育有所滞后，文学教育自然也难以得到较好的发展。

1928年，中华民国大学院第一次全国教育会议于南京召开。会议调整学制，规范了学校设立的原则，并通令全国各地遵照推行。② 1929年，国民政府颁布的《中华民国教育宗旨及其实施方针》提出："师范教育，为实现三民主义的国民教育之本源，必须以最适宜之科学教育，及最严格之身心训练，养成一般国民道德上、学术上最健全之师资，为主要之任务。于可能范围内，使其独立设置，并尽量发展乡村师范教育。"③1932年，国民政府公布《师范学校法》。1933年，教育部制定《师范学校规程》，并于1934年加以修正。《师范学校规程》规定师范学校以独立设置为原则，公立

---

① 山东解放区教育史编写组：《山东解放区教育史》，明天出版社1989年版，第3页。
② 罗廷光：《师范教育》，正中书局1947年版，第46页。
③ 李桂林主编：《中国教育史》，上海教育出版社1989年版，第428页。

中学仅得附设特别师范专科及简易师范科。师范教育作为体制内最普及的教育形式,在文学教育方面有着突出的表现,对推进文学教育的深入、发现与培育文学新人起到了积极的作用。从民国时期山东文学教育的历史来看,像吴伯箫、李广田、臧克家等人走上文学创作道路,均与其师范教育背景有关。

1928年,国民政府由北京迁到南京。民国时期的教育体制也从此改变。以蒋介石为代表的国民党视中国共产党为"革命"的对象,大肆屠杀共产党人,迫使共产党走上了武装反抗的道路,并在农村建立革命根据地。如此一来,中国的教育实际上被分解成了两大体制:其一是国民党主导下的教育体制;其二是共产党领导下的教育体制。

这一阶段,国民党从其政党需要出发,提出"党化教育"的教育思想与宗旨。1929年,国民政府正式公布"三民主义"教育宗旨:中华民国之教育,根据三民主义,以充实人民生活、扶植社会生存、发展国民生计、延续民族生命为目的;务期民族独立,民权普遍,民生发展,以促进世界大同。① 这样一来,在民国教育体制内,"三民主义"便占据了主导地位。各级学校的国文教科书也都在编写过程中把这种思想灌注其中。显然,这种教育宗旨与共产党所倡寻的"共产主义"是相对立的。共产党领导的左翼文学运动以及左翼作家的文学创作,受到国民政府的残酷围剿。这导致学生在接受不同区域的教育之后,对"主义"的理解和接受出现了截然不同的情形。他们的遣词造句、表情达意自然会受到其所受教育的影响,其创作出来的文章自然也就打上了"主义"的烙印。

---

① 中国第二历史档案馆:《中华民国史档案资料汇编》(第五辑),江苏古籍出版社1994年版,第2页。

山东省政府在这一阶段对教育体制的推行主要是在何思源的主持下进行的。1927年,何思源被任命为"国民党山东省党部改组委员会"委员兼宣传部部长;1928年,任国民党山东省政府委员兼教育厅厅长。何思源作为曾参加五四新文化运动的山东学生,后来又留学美国与欧洲,服膺思想自由与学术独立的精神,且深谙教育的内在规律。在主政山东教育期间,他起用了一大批具有北京大学、北京师范大学及有留美经历的新式学生,致力于山东的乡村建设,保护具有革命色彩的青年教师和学生,对扭转山东教育保守传统的格局、促进山东文学教育的发展起到了积极作用。在此情形下,山东的文学教育得到了一定程度的推进,甚至在选拔人才上不拘一格,破格录取了臧克家等人,但从总体来说,山东的文学教育并未真正进入大发展时代。国立青岛大学的一批作家教授最终还是离开了山东,到北京、上海等地的高校任教。这在某种程度上影响到了山东文学教育的健康有序的发展。

民国时期山东的教育体制基本上秉承了国民政府的旨意,大力推行"新生活"运动,突出"礼、义、廉、耻"在教育中的作用。以"三民主义"为教育核心激起了学生的反感,甚至还引发了学生运动,如山东大学的学生运动便是其中的典型案例。

第四个阶段是1937—1945年,这是山东文学教育的徘徊期。

1937年,七七事变发生,日军发起了全面侵华战争,国民党统领下的军队节节败退,国民政府在各省的行政机构被迫迁移,大片国土沦陷,山东省也处于动荡不安之中。1937年10月,日军向山东进攻。面对日军的大举进攻,山东省政府主席韩复榘不战而逃,山东大部分地区沦陷,日军成立了伪政权山东省公署。其在推行"教育"的过程中,打出两块招牌,即"东亚共存共荣"和"恢复传统道德",其核心在于推行奴化教育。①

面对国土的大片沦陷,中国共产党发动和带领人民群众举行了一系列的抗日武装起义。据统计,从1937年11月到1938年3月,山东先后有十几个地区爆发武装起义,建立人民武装,开展游击战争,开辟了胶东、鲁中、鲁西、清河、湖西、鲁南等抗日根据地。在胶东地区,起义队伍从敌伪手中收复蓬莱、黄县(今龙口)、掖县(今莱州)后,用民主的方式推选县长,由此建立了中国共产党领导下的县级抗日民主政权。1939年,罗荣桓率领八路军一一五师主力挺进鲁西,配合山东纵队开辟、扩大了山东抗日根据地。这样一来,山东的整个政治格局实际上形成了三个相对独立的单元:一是国民党领导的国民政府山东省政府;二是共产党领导的抗日民主政权;三是日军扶植起来的伪政权。不同政权对教育的要求是不同的:国民党坚持以三民主义为教育宗旨;共产党突出新民主主义的教育宗旨;日军扶植的伪政权则强化奴化主义的教育。这三个相对独立的"政权"各自占据一定的地区,山东教育由此进入了前所未有的徘徊期。

在山东沦陷之际,国民政府为了保持国民教育的连续性,开始把一些学校南迁到大后方。国立山东大学南迁,后来因为种种原因停办,抗战胜利后复办。齐鲁大学作为教会学校,也不得不南迁,抗战胜利后复办。抗日战争爆发后,山东南迁的几个中学合并为"国立第六中学"。"国立中学"始建于1938年,结束于1946年,期间共创办了50余所"国立中学"。"国立第一中学"主要是由河北省公立中等学校南迁组成的国立中学;"国立第三中学"是由山东、河南、江苏、浙江、安徽、湖北等省的流亡学生组

---

① 赵承福:《山东教育通史(近现代卷)》,山东人民出版社2001年版,第332页。

成的国立中学,1938年改名"国立贵州中学";"国立第六中学"是由以山东籍流亡师生组成的国立中学。当时的国立六中师资力量雄厚,许多教师自选自编教材。鲁迅的《狂人日记》、《呐喊》、《彷徨》,高尔基的《海燕》、《我的大学》,唐诗、宋词、元曲等,都上了课堂。学生在课外也经常阅读艾青、田间、臧克家的诗,姚雪垠、萧军、巴金的小说,曹禺、老舍的剧本等。① 这对五四新文化传统的赓续起到了积极作用,像诗人贺敬之等便曾就读于"国立中学"。

1940年,国民党山东省政府开始在其控制区恢复各级学校,其大致情形如下:

中学教育方面。先后设立昌乐、济南、桓台、益都4处省立中学,并创立联合中学22所。其办学地点见下表:

学校名称	地点	学校名称	地点	学校名称	地点
省立第一联中	濮县	省立第九联中	胶县	省立第十七联中	禹城
省立第二联中	菏泽	省立第十联中	德平	省立第十八联中	阜阳
省立第三联中	惠民	省立第十一联中	莱阳	省立第十九联中	清平
省立第四联中	沂水	省立第十二联中	无棣	省立第二十联中	滕县
省立第五联中	新泰	省立第十三联中	茌平	省立第二十一联中	定陶
省立第六联中	牟平	省立第十四联中	曹县	省立第二十二联中	菏泽
省立第七联中	费县	省立第十五联中	寿光		
省立第八联中	安丘	省立第十六联中	齐东		

山东省政府这一举措,对促成山东的初等教育以及文学教

---

① 赵承福:《山东教育通史(近现代卷)》,山东人民出版社2001年版,第359页。

育的发展,其历史作用是不容置疑的。"国家不幸诗家幸",在民族危亡之秋,大批山东儿女或走上战场,以身殉国;或拿起手中的笔,创作了不少优秀的文学作品。对此情形,曾在齐鲁大学执教的老舍记录下了学生流亡和自己走上抗日道路的精神历程:"当学校初一停课,学生们来告别的时候,我的泪几乎终日在眼圈里转。先生,我们去流亡!出自那些年轻的朋友之口,多么痛心啊!有家,归去不得。学校,难以存身。家在北,而身向南。前途茫茫,确实可靠的事只有沿途都有敌人的轰炸与扫射!啊,不久便轮到了我⋯⋯"几个月后,济南的情况已经是危在旦夕了。齐鲁大学的学生全部走光,教师也都走了一大半,偌大的一个校园空荡荡只剩下几家人。走,还是不走?"死亡事小,假若我被他们捉去而逼着做汉奸,怎么办呢?这点恐惧,日夜在我心中盘旋。"况且,济南的报纸和刊物上常有他抨击日寇汉奸的文章,学生和文化界的集会他也时常参加,一旦济南陷入敌手,日寇和汉奸是不会放过他的。走!必须走!"我没法不狠心。我不能把自己关在亡城里。""我的抗战武器只是一管笔。"①由此我们可以看到,学校南迁和学生流亡的背后,隐含了人世间多少人的精神痛楚与悲欢离合!正是这场国难逼迫青年一代走向成熟,逼迫自由主义知识分子毅然决然地走上抗争之路。在此精神的感召下,他们创作出来的文学作品,就不再是风花雪月的悠然吟唱,而是凄风苦雨的艰难抗争,是一代人抗战的民族精神史诗。

在山东沦陷之际,共产党建立的抗日民主根据地发动了有针

---

① 山东省文化厅史志办公室、国统区革命文化史料征集协作组:《难忘的历程》(国统区篇),山东文艺出版社1991年版,第300—301页。

对性的大众教育普及运动。这种教育形式尽管并不像民国体制内的教育那样正规,却有着强烈的现实针对性和实效性,在启发民众民族觉悟、激励其积极参与抗战等方面都起到了积极作用。共产党制定的一系列教育政策是:1.改订学制,废除不急需与不必要的课程,改变管理制度,以教授战争所必需之课程及发挥学生的学习积极性为原则;2.创设并扩大各种干部学校,培养大批的抗日干部;3.广泛发展民众教育,组织各种补习学校、识字运动、戏剧运动、歌咏运动、体育运动,创办敌前敌后各种地方通俗报纸,提高人民的民族文化与民族觉悟;4.办理义务小学教育,以民族精神教育新后代。① 在山东革命根据地,具有代表性的是共产党领导下的抗日民主政府的中小学以及带有扫盲与组织功能的识字班。如成长为革命作家的黎汝清,便在日本占领家乡后辍学。1944年初,他考入抗日民主政府创办的"耀南中学",三个月后到渤海行政公署当缮写员。② 而带有扫盲与组织功能的识字班,则以教学员识字为主,兼及组织学员学习时事政治。识字班不仅对女性走向自我解放起到了积极的推进作用,而且对培育革命作家也具有显著的推动作用。在女性解放方面,"共产党从其发展的现实斗争的需要出发,团结一切可以团结的人,女性便从社会的边缘被纳入了社会的中心。为此,共产党在抗日战争时期,从'放手发动群众,壮大人民武装'的目标出发,在民间发动群众,这表现为除了发展以男性为主的'武装力量'之外,还组织了以妇女为主的'识字班'、'妇救会'等组织,以调动女性参与抗战

---

① 何光峰:《抗日战争和解放战争时期的中国教育(1937—1949)》,《成人高教学刊》1999年第1期。
② 马恒祥等:《山东当代作家》(下卷),山东人民出版社2006年版,第182页。

的积极性"①。在革命作家培育方面,一大批后来走向革命的作家像苗得雨、峻青、曲波等,都在类似"识字班"性质的"革命大熔炉"中完成了其原初的文学教育。

固然,南迁或者身居抗日民主根据地继续读书的学生毕竟是少数,大部分学生则滞留在本地。这些深陷日军盘踞区的学生,尽管被迫接受日本所谓的"大东亚共荣圈"等奴化主义的教育,但他们强烈的民族自尊心和民族自信心并未泯灭。对此,有学生曾经回忆道:"1943年,我随父前往济南,先入济南中学,后入正谊中学读高中。那正是日本侵略者统治的时期,美丽的泉城笼罩着阴霾,但济南的戏剧活动并不沉寂。我记得当时有三个演话剧的地方,一个是山东民众教育馆,位于大明湖畔;一个是山东剧社;一个是中国青年剧社。"②这说明,身苦沦陷区的学生依然通过不同的形式续写文学的篇章、民族的精神。

第五个阶段是1945—1949年,这是山东文学教育的二元对峙期。

随着世界反法西斯战争的胜利,抗日战争终于迎来胜利的曙光。中国社会进入了百废待兴的历史时期,许多南迁的学校和学生纷纷复归。其中,山东大学复归到青岛,齐鲁大学复归到济南,"国立第六中学"也复归到山东各地。山东的教育开始向抗日战争之前的教育状态回归。但是,经过抗日战争洗礼之后的山东教育已经不可能回归到抗日战争之前的教育形态了。这样一来,这

---

① 李宗刚、郭洪云:《对民间诉求的内在规律性诠释——评电视剧〈沂蒙〉》,《山东师范大学学报》(人文社会科学版)2010年第6期。
② 山东省文化厅史志办公室、国统区革命文化史料征集协作组:《难忘的历程》(国统区篇),山东文艺出版社1991年版,第235页。

个时期的山东文学教育便呈现出与民国教育体制截然对峙的意识形态特性,两者的教育体制及教育内容具有鲜明的差异性乃至对峙性。

抗日战争的胜利固然为山东教育复苏提供了无限的可能性,但不容忽视的是,在抗日战争的苦难抗争岁月中,共产党广泛发动群众,壮大人民武装力量,开辟敌后抗日民主根据地,这在客观上便建立了由共产党领导的、独立于民国政府之外的人民民主政府。抗日战争胜利后,国民政府虽然接收了济南、青岛、烟台等大城市的管理权,并由此开始恢复民国教育体制,但在共产党领导的人民民主政府则成为民国教育体制无法抵达的彼岸。如此一来,便客观地形成了两种截然不同的教育体制,据此展开的文学教育自然呈现出二元对立的特点。

抗战胜利后,国民党政府在接收日伪文化教育机构时,规定了对被接收人员进行"甄审"的政策。1945年8月,国民党山东省政府主席何思源进入济南;9月,国民党政府进驻并接收青岛。这一时期,国民党控制区的山东中等教育发展的重点仍在师范,39所学校培养着8000多名师范生,与抗战前全省师范教育的整体水平相比,其增幅也是很大的。① 但在文学教育方面并没有发生巨大的变化,在中国现代文学创作方面也没有产生影响重大的作品。

抗日战争胜利后,共产党及其领导的人民武装已然壮大,建立了许多革命根据地。这种情形便在客观上决定了山东的教育不再是国民党一统天下的教育体制。尽管在民国体制内从教育

---

① 赵承福主编:《山东教育通史(近现代卷)》,山东人民出版社2001年版,第367页。

体制的建立到教科书的使用、再到教师队伍的选拔，的确掌握在国民党手中；但在不少学校内部，共产党已建立了地下党组织，形成了一条隐形战线。而在共产党领导的革命根据地，共产党全面掌握了教育，根据地的学校承担了向革命队伍输送大量人才的任务。如华中建设大学、山东教育学院等，这些学校中有些优秀人才逐渐成长为革命作家，创作了一系列革命文学作品。当然，受战争影响，教育基本围绕着如何成为革命的第二条战线这一中心点展开，具有强烈的时代性，学校的一般教育及文学教育都未能纳入教育的中心位置。

二、民国时期山东文学教育展开的重要学校

晚清以来新式教育的崛起改写了中国传统的书院格局，取而代之的是具有现代意义的教育模式的引进，这便是现代学校的兴办。现代学校的兴办，促成了现代社会所需要的公共领域的形成，对思想解放和文学发展有着积极的作用。对此，笔者曾指出："新式教育促成了公共领域的确立。公共领域的确立使知识分子找寻到了表达自己意见并进行交流的场所。特别是新式教育下的大学，公共领域的功能就更具有显著的效力，这成为知识分子在报刊媒介之外进行对话的又一重要的公共领域，使五四文学的发生找寻到了自我实现的独特方式。"①实际上，新式教育以及民国时期现代教育模式的确立，对包括文学教育在内的社会教育产生的影响是深刻的。在民国时期山东文学教育的发展历史上，起到这种公共领域作用的学校很多。许多青年学生正是借助学校这一公共领域，走上了中国现代文学创作之路。具体来说，以下

---

① 李宗刚：《新式教育与五四文学的发生》，齐鲁书社2006年版，第178页。

几所学校均在山东文学教育方面产生过深远影响。

其一,山东大学。1901年,山东正式创办了官立山东大学堂;1904年,改为山东高等学堂;1911年,改称山东高等学校;1912年国民政府在全国设立大学区,各区中心城市设大学,各省设专门学校,山东隶属中心城市北京,按章山东大学堂应予裁撤,1914年停办。1926年,6个山东公立专门学校合并,在济南建省立山东大学,设文、法、工、农、医五个学院,计有中国哲学、中国文学等13个系;1928年,随着北伐战争的胜利,南京国民政府教育部根据山东省教育厅的报告,下令在省立山东大学的基础上筹建国立山东大学。1929年,国立山东大学筹备委员会奉令改为国立青岛大学筹备委员会,除接收省立山东大学外,并将私立青岛大学校产收用,筹备国立青岛大学;1930年,国民政府任命杨振声为校长,国立青岛大学正式成立。学校初设文、理、教育三个学院,分为中国文学系、外国文学系、数学系、物理系、化学系、生物学系、教育行政系和乡村教育系8个系。这一时期,山东大学延揽了闻一多、沈从文、梁实秋、游国恩等一大批在文学创作与文学研究方面具有相当影响力的学者担任教师。尤其值得一提的是,诞生于青岛大学的"海鸥剧社"被誉为"预报暴风雨的海鸥",它不仅在中国话剧史上具有极其重要的历史地位,而且在中国革命史上也具有不可取代的历史地位。

1932年,国立青岛大学改为国立山东大学。这个时期,山东大学又增聘老舍、洪深等一批作家,还创办了《刁斗》等文学刊物。1934年,洪深在山东大学任外文系主任期间,授课之余仍从事戏剧研究和有关活动。他带领师生演出话剧《寄生草》,创作了电影文学剧本《劫后桃花》,对山东的话剧创作起到了积极的促进作用。总的来看,这些作家型教师在引领山东大学的文学风气、培养文学新人、提升山东大学在全国文学界的影响力等方面，都产生了深远的影响，这一时段由此成为山东大学历史上辉煌的文学黄金时代。

1937年，抗日战争爆发。国立山东大学由青岛迁往安徽安庆，不久再迁四川万县；1938年春，学校在万县复课，不久教育部下令"暂行停办"，师生分别转入国立中央大学；1946年春，经国民政府教育部批准，国立山东大学在青岛复校，王统照、陆侃如、冯沅君、刘泮溪等作家学者在山东大学任教，然而，山东大学的文学教育已经没有了昔日黄金时代的气象。在文学教育中，培养的作家也不像昔日那样备受推崇。客观地说，这种情形不仅在山东大学存在，国内其他大学也大致如此。如冯沅君在中国现代文学早期创作了不少优秀的作品，但在山东大学期间，她则转向了学术研究。再如刘泮溪，1940年毕业于昆明西南联合大学中文系，其大学毕业论文《从"诗界革命"到新诗》便是在朱自清的指导下完成的，该文把现代新诗与晚清诗歌作为一个完整的历史加以透视，具有一定的学理性。抗战胜利后，他应聘到山东大学任教，其文学教育依然延续着既有的文学研究路径，致力于中国现代文学研究以及文艺理论建设。这表明，山东大学的文学教育更多地循着学术研究的路径往前拓展，而文学教育之一翼的作家培养已经被学者培育所取代。

其二，齐鲁大学。齐鲁大学由美国、英国以及加拿大的多个基督教教会联合举办，是中国最早的教会大学之一。1917年，正式启用齐鲁大学作为中文校名，设文理科、医科、神科。此后的十几年间，齐鲁大学校内宗教气氛十分浓郁，校政大权一直掌握在外国传教士手里。五四运动爆发后，国内青年知识分子民族主义情绪日趋高涨，反基督教运动愈演愈烈。1929年，国民政府颁布大学组织法与大学规程,要求所有民办大学一律立案纳入管辖,齐鲁大学据此进行调整:一方面淡化了宗教色彩,将神学分离出学校独立建院;另一方面则调整办学目标,突出了满足社会需要这一要求。1930年,又创办了国学研究所。老舍、顾颉刚、钱穆、严耕望、郝立权、余天庥、王敦化、范迪瑞等作家和学者加盟齐鲁大学。齐鲁大学还编辑出版了校刊《齐大季刊》及《国学汇编》,在国内外产生了较大影响。在此期间,值得一提的是老舍在齐鲁大学的文学教育。一方面,老舍作为文学院院长积极推进文学教育在齐鲁大学的普及。老舍讲授的"文学概论"、"小说作法"、"世界名著研究"等课程,除文学院国文系本班学生外,其他院系的学生也跑来旁听;另一方面,老舍作为齐鲁大学"新文学教授"又从事文学创作,发表了大量优秀作品,如《济南的冬天》、《济南的秋天》、《大明湖》、《牛天赐传》等,业余时间还兼任《齐大月刊》的编辑。这个时期,老舍用实际行动为齐鲁大学的文学教育拓展了一片新的天地。

齐鲁大学对文学教育比较重视,在聘任教师时突出了其文学创作背景。1934年夏,青年剧作家马彦祥来到齐鲁大学,他对齐鲁大学的文学教育,尤其是话剧教育作出了突出的贡献。在马彦祥的努力下,齐鲁大学成立的话剧社对文理两院的学生都有很大的吸引力。1937年9月,齐鲁大学宣布停课,除部分员工留守外,大部分师生迁往四川成都。1945年,日本宣布无条件投降,齐鲁大学回迁;1948年,齐鲁大学再次迁校至浙江。总的来看,齐鲁大学对民国时期山东文学教育有着重要影响,其文学教育在文学生产上占有一席之地。然而,从文学教育的代际传承来看,齐鲁大学未能像其他学校那样培养出一批现代作家,这从侧面说明,具有教会背景的学校对文学创作这种旨在"人学"的文学形式并不是特别热心；相反，"国学"却得到了推崇。

其三，山东"四大师范学校"。山东省立第一师范学校、山东省立第二师范学校、山东省立第三师范学校和山东省立第四师范学校，在山东的文学教育中占有极其重要的地位。1914年，全国各地师范学校进行了一次大调整。在这次大调整中，"国立山东高等师范学校"改为普通的省立师范——"山东省立第一师范学校"；"山东省立曲阜师范学校"改称"山东省立第二师范学校"；"山东省立聊城师范学校"改称"山东省立第三师范学校"；"山东省立青州师范学校"改称"山东省立第四师范学校"。除了这四大师范学校，山东省后来还增设了"山东省立第五师范学校"（校址在菏泽）。为民国时期山东文学教育的顺利展开奠定了师资方面的基础。

其四，山东"八大乡村师范学校"。根据民国政府有关政策，1929—1932年，山东相继设立了山东省立第一乡村师范学校（济南）、山东省立第二乡村师范学校（莱阳）、山东省立第三乡村师范学校（临沂）、山东省立第四乡村师范学校（滋阳）、山东省立第五乡村师范学校（平原）、山东省立第六乡村师范学校（惠民）、山东省立第七乡村师范学校（文登）、山东省立第八乡村师范学校（寿张），其主要任务是为乡村培养小学教师。乡村教育早在五四新文化运动期间便得到了有识之士的关注，人们认为："教育的发源地是师范学校，教育的根本是师范教育"，"师范教育不改良，乡村教育将无从改进"[①]，主张乡村教育运动的方向是创设乡村师范学校。陶行知认为新的乡村师范学校应"负有训练乡村教师改造

[①] 余家菊：《乡村教育运动底涵义和方向》，《余家菊（景陶）先生教育论文集》，台北慧炬出版社1997年版，第418页。

乡村生活的使命",并提出乡村教师必须具备农夫的身手、科学的头脑、改造社会的精神。这对缓解乡村教师匮乏的局面、普及乡村教育起到了积极作用。

1932年12月,教育部公布了《师范学校法》和《师范学校规程》,规定省立各师范学校以所在地名命名。1934年起,在山东各地的省立师范学校更名为以地区名命名的省立师范学校和省立简易师范学校。这一时期,有些青年作家大学毕业后来到山东的乡村师范任教,推动了新文学在山东的传播。如何其芳1935年北京大学哲学系毕业后,便先后在天津南开中学和山东莱阳乡村师范学校任教。遗憾的是,何其芳的短暂教学生活未能使新文学的火种在莱阳形成燎原之势,这恐怕与乡村师范教育更重视基本知识的传授有关,而文学教育与文学传承则没有得到应有的重视。

山东省立乡村师范基本情况表[①]

学校名称	1934年后改称	校址	创办时间	首任校长	招生届数、人数	毕业人数
省立第一乡村师范	省立济南简易师范	济南	1928.8	鞠思敏	9/680	400
省立第二乡村师范	省立莱阳简易师范	莱阳	1930.10	董凤宸	7/560	280
省立第三乡村师范	省立临沂简易师范	临沂	1930.9	曹兰珍	8/640	300
省立第四乡村师范	省立滋阳简易师范	滋阳	1930.12	赵德柔	9/716	390

[①] 赵承福主编:《山东教育通史(近现代卷)》,山东人民出版社2001年版,第207页。

续表：

学校名称	1934年后改称	校址	创办时间	首任校长	招生届数/人数	毕业人数
省立第五乡村师范	省立平原简易师范	平原	1931.6	王冠宸	7/560	320
省立第六乡村师范	省立惠民简易师范	惠民	1931.6	常子中	7/500	200
省立第七乡村师范	省立文登简易师范	文登	1932.8	于云亭	6/480	160
省立第八乡村师范	省立寿张简易师范	寿张	1932.8	王冠英	6/480	160

需要特别指出的是，由于乡村师范学校所在地区大都处于偏远县区，再加上是国民党统治的薄弱地带，所以，共产党在许多学校积极发动学生，并设立学生党支部，由此使其成为共产党领导革命的坚固堡垒。如山东省立第四乡村师范学校（后改名为山东省立滋阳简易乡村师范学校）便是共产党人发动学生的重要场所。"1930年前后，一些从事革命活动较早的北大、北师等校毕业的进步学生，先后来滋阳乡师。谷静默、孙铁夫、段雪笙等党员教师注重从学生中秘密发展党员。1932年2月，建立了学生党支部，由乔海秋任党支部书记，单绍曾任组织委员，李又顿任宣传委员。后党组织不断发展，1936年后，中共党员已发展到近30人。党组织利用合法的公开形式向青年学生宣传马列主义及我党的纲领，建立了党的外围组织'社会科学研究会'及'消费合作社'，并提供大量的进步书刊供学生借阅和购买。其中有《国家与革命》、《共产党宣言》、《资本论》等马列著作，还有鲁迅、田汉、邹韬奋等编著的文艺著作，如鲁迅的《呐喊》、《阿Q正传》，田汉的'三

部曲',蒋光慈的《少年漂泊者》等。"①这说明,在乡村师范学校这样居于城市之外的重要场所,其学生大都来自农村,家庭生活比较困难,怀有变革现实的强烈愿望,这便使革命找寻到了最佳的土壤,新文学也找寻到了传承的主体。同时,山东省立第一乡村师范学校、山东省立第三乡村师范学校等乡村师范学校均为革命输送了不少人才,有些甚至走上了文学创作的道路。如谷牧曾经任山东省立第七乡村师范学校(文登)党支部书记,1934年,他到北平投身左翼文化运动并成为北平左翼作家联盟的主要负责人之一。

其五,山东省立高级中学和山东省立第一中学。山东省立高级中学系山东大学附中的延续,1929年,教育厅令其改名为山东省立高级中学;此后,山东各地相继成立了公立中学,招生人数逐年增加,这对山东的文学教育的开展具有积极的促进作用。

1937年,山东省立高级中学迁至四川绵阳,与山东其他流亡中学合并为"国立第六中学"。

1930年山东公立中学基本情况表②

学校名称	1934年后改称	在校学生人数	教、职员人数	年度经费(元)
省立高级中学	省立济南高级中学	636(其中女2)	68(其中教42)	82,896
省立第一中学	省立济南初级中学	466(17)	37(26)	43,844

---

① 山东省文化厅史志办公室国统区革命文化史料征集协作组:《难忘的历程》(国统区篇),山东文艺出版社1991年版,第259页。
② 赵承福主编:《山东教育通史(近现代卷)》,山东人民出版社2001年版,第200—201页。

续表：

学校名称	1934年后改称	在校学生人数	教、职员人数	年度经费(元)
省立第二中学	省立聊城初级中学	306(8)	20(10)	30,492
省立第三中学	省立泰安初级中学	294(28)	23(14)	30,942
省立第四中学	省立惠民中学	458(41)	21(14)	43,848
省立第五中学	省立临沂中学	341(43)	32(20)	37,778
省立第六中学	省立菏泽中学	579(30)	41(26)	46,872
省立第七中学	省立济宁初级中学	385(9)	28(19)	33,540
省立第八中学	省立烟台中学	364(63)	29(16)	31,668
省立第九中学	省立掖县初级中学	120(12)	18(10)	24,396
省立第十中学	省立益都初级中学	270(18)	23(13)	30,492
省立第十一中学	省立临清初级中学	324(17)	28(14)	33,540
省立第十二中学	省立德县初级中学	158(8)	16(7)	18,072
省立第一女子中学	省立济南女子中学	243(243)	34(15)	24,396
即墨县立初级中学		45		

续表：

学校名称	1934年后改称	在校学生人数	教、职员人数	年度经费(元)
栖霞县立初级中学		179		3,612
高密县立初级中学		113(6)	12(9)	7,577
长清县立初级中学		132	13(7)	11,959
日照县立初级中学		129	12(5)	5,976
福山县立初级中学		110	12(8)	
淄川县立初级中学		96(10)	12(5)	7,348
广饶县立初级中学		80	9(5)	5,580
莱阳县立初级中学		134	12(8)	
文登县立初级中学		200	15(11)	9,000
安邱县立初级中学		101(6)	8(5)	6,800
临淄县立初级中学		73	12(8)	5,448
平原县立初级中学		201	13(8)	10,912
高唐县立初级中学		109	13(8)	9,600
黄县县立初级中学		80	18(11)	12,822

续表：

学校名称	1934年后改称	在校学生人数	教、职员人数	年度经费(元)
长山县立初级中学		87	21(13)	12,120
莒县县立初级中学		106(18)	11(7)	7,616
招远县立初级中学		125(22)	10(6)	
诸城县立初级中学		127(10)	9(7)	9,000
乐陵县立初级中学		136(10)	12(8)	8,712
东平县立初级中学		46	10(6)	3,720
寿光县立初级中学		104	11(8)	9,000
潍县县立初级中学				11,400

山东省立第一中学，1934年更名为山东省立济南初级中学，1937年流亡到四川后更名为"国立六中四分校"。抗战胜利后曾建"山东省立济南高级中学复校筹备委员会"，1946年，山东省教育厅令在"济南高中"校址建立"山东省立济南第四临时中学"。

山东省立高级中学和山东省立第一中学的许多教师都是来自北京大学等学校的优秀毕业生，像季羡林的国文老师董秋芳，便毕业于北京大学。这种特殊的教育背景对学生现代意识的培养具有潜移默化的作用。毕业于20世纪30年代的胡也频、李广田、卞之琳等新文学作家也曾在此任教，为新文学的传播和发展作出了贡献。对此，季羡林曾经有过这样的回忆："他（指胡也频，引者注)教书同以前的老师完全不同。他不但不讲《古文观止》,好像连新文学作品也不大讲。每次上课,他都在黑板上大书'什么是现代文艺?'几个大字,然后滔滔不绝地讲了起来,直讲得眉飞色舞","我们这一群年轻的大孩子听得简直像着了迷。我们按照他的介绍买了一些当时流行的马克思主义文艺理论书籍","我们当然不能全懂,但是仍然怀着朝圣者的心情,硬着头皮读下去。生吞活剥,在所难免。然而'现代文艺'这个名词却时髦起来,传遍了高中的每一个角落,仿佛为这古老的建筑增添了新的光辉"①。然而,山东的政治环境却未能容许带有左翼色彩的文学启蒙自由发展,胡也频出师未捷,最终也离开了山东。李广田于1935年北京大学毕业后便回到山东省立第一中学任教,先后出版散文《画廊集》、《银狐集》等。卞之琳1935年从日本回国,应好友李广田之约,受聘于山东省立高级中学。山东省立高级中学与山东省立第一中学相邻,卞之琳与李广田两位好友过从甚密。在此期间,卞之琳创作了《断章》、《寂寞》、《航海》、《音尘》等诗作。1936年3月,卞之琳、何其芳与李广田合著的诗作《汉园集》及译作《西窗集》(文学研究会"世界文学名著丛刊"之一)同时由上海商务印书馆出版,在文坛产生较大反响。除了一些优秀的教师在此担任教职之外,这些学校的一些学生也深受其文学教育的影响,并走上了文学道路,如季羡林、贺敬之等人便在此接受过文学教育。

在民国时期山东文学教育历史上,还有一些学校也是不容忽视的,如诸城相州王氏私立小学(王统照、王希坚、王愿坚、王意坚

---

① 季羡林:《忆念胡也频先生》,《季羡林文集》(第 2 卷散文二),江西教育出版社 1996 年版,第 170 页。

等在此读过书)、潍坊的教会学校广文中学(沉樱、田仲济等在此读过书)等,都曾经对山东的文学教育作出了不同的贡献。

三、民国时期山东文学教育培养出来的作家

民国时期山东文学教育到底培养出了哪些作家？搞清楚这个基本的"家底",无疑对深入研究山东文学教育这个课题具有极其重要的作用。为了便于考察,我们把山东作家分为三代作家群：第一代作家是参与五四新文学建构的作家,以杨振声、王统照等为代表；第二代作家是五四新文学确立之后才走上文学创作道路的作家,以李广田、臧克家等为代表；第三代作家是20世纪三四十年代接受教育,在五六十年代才开始显示出文学创作实绩的作家,以冯德英等作家为代表。[①] 至于那些在外省成长的作家,考虑到他们主要在外省接受教育,不再单独对其加以论述。

在中国现代文学史上,真正能够占据显赫位置、引领文学风尚的山东作家并不多。这种情形既无法与山东两千多年前的"百家争鸣"盛况相提并论,也无法与以孔孟为代表的儒家学说长期主导中国文化的情形同日而语。即便单从文学影响力来说,这个

---

① 关于山东作家的代际划分,丁尔纲在其主编的《山东当代作家论》(山东教育出版社1989年版)中有过专门论述。但笔者并没有采用其代际划分方法,而是继续延续了拙作《新式教育与五四文学的发生》(齐鲁书社2006年版)的划分标准。笔者在该书中曾经把康有为、梁启超等为代表的学生视为第一代学生,把鲁迅、胡适等为代表的学生视为第二代学生,把巴金等为代表的、接受了五四新文化运动熏染的学生视为第三代学生。如果按照这样的划分标准来审视山东作家所隶属的代际,我们可以发现,山东作家的处境相对尴尬。杨振声、王统照这样的山东现代文学的开山者依然居于第三代学生的阵列。

时期的山东作家与李清照、辛弃疾、王渔阳、蒲松龄等人也无比肩之可能。从山东文学教育的视角透视，山东现代作家群具有代表性的文学家也仅有王统照、杨振声、李广田等寥寥数人，可谓寥若晨星。

审视山东现代作家群，从地域性来看，山东现代作家群主要成长于四大地域，可概括为诸城作家群（王统照、陶钝、孟超、臧克家、王意坚、刘泮溪、王希坚、王愿坚等）、潍县作家群（耶林、沉樱、田仲济等）、胶东作家群（杨振声、杜宇、杨朔、于黑丁、峻青、曲波、高玉宝）和山东其他地区作家群（李广田、吴伯箫、李长之、贺敬之、苗得雨等）。从党派来看，山东现代作家群可以分为两大党派作家群：中国共产党培育起来的作家群和中国国民党主导下的作家群。从学校来看，山东现代作家群的崛起离不开现代学校文学教育的熏染，毕竟，传统的私塾或者带有浓郁的传统色彩的农村学校难以自然而然地孕育出现代作家。许多作家在接受了传统教育之后，又跨进了现代学校，并在此接受了来自北京大学等现代大学毕业生的教育，最终走上了现代文学创作的道路。当然，客观地说，我们把这些作家置于这样的平台上加以审视仅仅是出于便利和直观。从山东作家接受文学教育的学校来看，大体上可以分为五大学校：一是北京大学；二是山东省立第一师范学校；三是国立青岛/山东大学；四是山东省立第二师范学校；五是齐鲁大学。在此需要特别指出的是，尽管人们可以把山东现代作家划分到不同的作家群中，但这种划分并非泾渭分明，而是相对的。实际上，许多作家在不同的求学阶段分属于不同的学校。例如：王统照在山东省立第一中学、中国大学读过书；李广田在山东省立第一师范学校、北京大学等学校读过书；臧克家在山东省立第一师范学校、国立青岛大学读过书；吴伯箫在山东省立第二师范学校和北京师范大学读过书；李长之先后在济南第一师范附属小学、山东省立第一中学、山东聊城师范、北京大学预科、清华大学读过书。山东现代作家固然很多，我们在此主要介绍王统照、杨振声、李广田等人的文学教育与文学创作概况。

在山东现代文学创作及其文学教育中，王统照的影响最大。王统照早年潜心习读四书五经，后接受新式教育，接触了《新体地理》、《历史教科书》、《笔算数学》等课本。这便使他的知识结构较之传统教育下的知识结构有了根本的不同。1913年，他考入山东省立第一中学，并由此开始了他的文学创作历程。

如果没有新文化的熏染，王统照也许难以走上新文学创作的道路。在济南读书的王统照阅读到了《新青年》(《青年杂志》)杂志，并寄给《新青年》杂志一封信。《新青年》编者收到这封信函后，即刻将之发表，这可以说是山东文学界对新文化运动较早的回应。1918年，王统照考入中国大学英国文学系。在此期间，他广泛地接触英国和其他国家的一些文学名著，从西方文学中吸收了大量的营养，萌发了创作新文学的想法，并发表了第一篇白话短篇小说《纪念》。1920年冬，王统照与郭绍虞、郑振铎、耿济之等12人，发起组织文学研究会。1921年，参加发起成立文学研究会，并参与杂志的编辑等工作。1922年，王统照大学毕业后留校任教，其第一部长篇小说《一叶》被列为文学研究会丛书。1925年，他出版了第一部诗集《童心》。1933年，其代表作长篇小说《山雨》出版。王统照是真正以自己的文学创作实绩立足于中国现代文学优秀作家之林的山东现代作家。

王统照与山东文学教育的关系，可划分为两个不同的历史阶段：一是早年在山东接受文学教育的时期；二是1926年返回山东从事文学教育的时期。王统照先在青岛铁路中学、市立中学任教,后到东北等地教书。在青岛市立中学时,他重点培养过杜宇、于黑丁等文学青年。① 1934年初,王统照又自费旅欧,这对拓宽他的世界文学视野具有不可小觑的作用。1935年春,王统照旅欧回国,在青岛与老舍、洪深、吴伯箫、孟超、臧克家等一起创办《避暑录话》周刊,这在山东文学教育史上占有一席之地。1938年,王统照在上海音乐专科学校任教,后分别被聘任为国立暨南大学中文系教授、开明书店上海编辑部编辑。抗日战争胜利前夕,王统照举家返回青岛,担任《民言报》的副刊主编。1946年,他任青岛山东大学中文系教授、系主任。王统照在山东大学当系主任时,讲授《大学语文》课程,他侧重讲解以鲁迅等为代表的新文学作家的作品。这对新文学在山东大学的传播和发展起到了积极作用。

在山东现代文学及其文学教育中,杨振声是一个重要的存在,但经常被人们忽视。杨振声是山东最早进入新文学园地进行耕耘并有所收获的现代作家,早在1915年便考入北京大学国文系。1918年,他与傅斯年、罗家伦等人筹备成立"新潮社"。1919年,创作现代小说《渔家》、《一个兵的家》等作品,这是山东作家创作最早的现代小说之一。1924年,他创作了中篇小说《玉君》。《玉君》这部中篇小说奠定了杨振声在中国现代文学史上的重要位置,也奠定了他在山东现代文学史上无可取代的地位。杨振声不仅积极从事文学创作,而且还积极从事文学教育,对山东的文学教育作出了卓越贡献。在他的主导下,国立青岛/山东大学的文学教育呈现出了前所未有的欣欣向荣态势。他不仅积极延揽

---

① 王统照极为重视文学教育,他除了在学校从事教学时注重文学教育之外,还把文学教育延伸到文学编辑工作中,注重挖掘和培育青年作家。李健吾在通向文学创作之路的过程中便得到过王统照的关照。

全国具有影响力的新文学作家担任教师,而且还积极培育新文学的传承人,对山东现代文学的发展起到了无可取代的作用①。

如果说王统照、杨振声是山东现代文学的奠基者和开拓者,那么李广田则是山东现代文学的继承者和发展者。李广田尽管出生于农村,但在民国教育体制的制导下,他依然获得了接受现代教育的机缘,并于1923年考入济南第一师范,由此接触了五四以来的新思潮、新文学。1929年,他考入北京大学外语系,得以亲炙五四新文学。在北京大学读书期间,结识本系同学卞之琳和哲学系的何其芳,并由此一起走上了文学创作的道路。1935年,李广田大学毕业后到济南省立第一中学任教,先后出版散文集《画廊集》《银狐集》等。这一时期,他还邀请北京大学同学卞之琳一起来到济南,其同学何其芳则到山东莱阳乡村简易师范学校任教。1936年,李广田与卞之琳、何其芳合写的诗集《汉园集》出版。

抗日战争爆发以后,李广田离开山东,辗转于西南各地,先后在一些中学和大学任教,1941年到昆明西南联大任教。此后,他出版了散文集《回声》《欢喜图》《灌木集》,文学论著《诗的艺术》和长篇小说《引力》等。尤其值得肯定的是,李广田极为重视文学教育,他还专门就文学教育展开论述,出版了《论文学教育》等著作。总的来说,在离开山东进入西南联大之后这段时间里,李广田的文学教育尽管得到了较好的发展,但对山东的文学教育则未能产生更直接的影响。

---

① 关于杨振声在文学教育中的作用,请参见拙作《杨振声的文学教育实践与文学教育思想》,《山东师范大学学报》(人文社会科学版)2015年第6期;《杨振声的文学教育与文学的代际传承》,《山东社会科学》2015年第9期。

总的来看,山东现代作家在中国现代文学的发展中并未占据主导地位。甚至,山东现代作家在 20 世纪 40 年代还没有前期那样辉煌。为了能够更好地深入分析这一现象,我们有必要对山东现代文学没有大家、缺少名作的具体情况作一说明。山东现代作家与国内优势省份相比到底有多大差距呢?我们不妨与浙江现代作家进行一番对比。1988 年,浙江人民出版社出版了由浙江文学学会编的《浙江现代文学百家》。该书"收集了'五四'以后至建国以前浙江籍的现代知名作家、理论家、翻译家以及文艺编辑一百二十九人,介绍了他们的生平、文学活动和主要成就"。当然,单纯地罗列人数,并不能说明实质问题。毕竟,如果我们把大大小小的山东现代作家、理论家、翻译家以及文艺编辑都罗列出来,恐怕找 100 人也不会困难,但是,如果我们把入选的标准确定为"全中国"乃至"全世界",就并非易事了。也就是说,"从文艺作品的影响来说,优秀的作家及其创作是属于全中国的,甚至是全世界的"[1],浙江文学学会正是拿着这样一把尺子来裁定浙江现代文学百家的。山东的现代作家且不说有多少是"全世界"的,单是"全中国"的恐怕也不多见。在此,我们不妨结合山东省哲学社会科学"七五"规划重点项目《山东当代作家论》略加说明。该书尽管号称《山东当代作家论》,但其所划分的时间起点为五四新文化运动,并把山东当代作家划分为三个代际:"老一代作家,当是指'五四'以来二三十年代次第登上文坛的、建国后部分人仍继续其文学创作活动的第一代山东作家;中年作家是指《在延安文艺座谈会上的讲话》发表以来和建国初期陆续登上文坛的第二代山东

---

[1] 黄源:《浙江现代文学百家·前言》,浙江文学学会:《浙江现代文学百家》,浙江人民出版社 1988 年版。

作家;青年作家则是指'文革'后新时期崛起的'山东青年作家群',即第三代山东作家。"①按照这一标准,该书收录的第一代山东作家共有5人,分别是王统照、李广田、吴伯箫、臧克家、孟超;第二代山东作家共有21人,分别是杨朔、刘知侠、峻青、王愿坚、曲波、冯德英、萧平、李心田、邱勋、王希坚、王安友、于良志、姜树茂、贺敬之、苗得雨、孔林、宋协周、孔孚、耿林莽、张岐、翟剑萍。然而,在中国现代文学的坐标上,除了真正能够进入历史叙事的王统照、李广田、吴伯箫和臧克家等之外,其他大多数作家并没有进入文学史的叙述序列中。这种情形说明,山东现代作家与浙江等省份的作家相比,的确有很大的差距。

四、民国时期山东文学教育状况的内在成因分析

民国时期山东文学教育未能培养出在中国现代文学史上彪炳史册的文学大家,其中的原因到底在哪里?对这个问题,学术界已经有学者进行了探讨,认为"与古代齐鲁儿女的文学辉煌相比,20世纪上半叶的山东文坛,可以说没有大家,缺少名作,在激荡、喧嚣的中国现代文学史上是相对寂寞的"。产生这种现象的原因在于"现代山东作家受到了多方面的文化和文学制约,其中之一来自于故土文化关系的复杂纠结"。具体来说,表现在以下三点:其一,"身体离乡与精神返乡"。也就是说,"由于反传统的矛头首先指向产生于齐鲁大地的孔孟思想,所以文化'断裂'的痛苦在山东人那里可能尤为突出"。其二,"故乡是对文学空虚的填充"。也就是说,"五四以后的现代山东作家纷纷转向对故土文化资源的寻觅,他们在对故土的眷恋中重新找到创作的源泉、心灵

---

① 丁尔纲:《山东当代作家论》,山东教育出版社1989年版,第16页。

的慰藉和言说中国的方式,他们的创作个性也正是在这种寻觅中凸现出来的";其三,"亦得亦失的守成",也就是说,"齐鲁大地是很容易滋生文化保守倾向的土壤"①。无疑,从文化的维度对这一问题进行的分析具有相当的学理性。但是,我们还需要对一些具体的制约因素进行深入细致的分析:既然山东的现代作家与"故土文化关系的复杂纠结"的程度如此之甚,那么,这种现象背后的动因又有哪些呢?我们认为,对山东未能产生出影响深远的大家、名家内在缘由的探讨,还需要到文化传承的主要方式——文学教育层面寻找。

第一,民国时期山东文学教育深受政治的钳制,许多学校的文学教育未能得到很好的展开与推进,新文学的传播和发展受到了严重抑制。

从地理位置来看,山东距离当时的两个政治中心——北京和南京都不算太远,且处于南北交通的枢纽地带,这在客观上使得执政者极为重视对山东的统治,由此限制了文学教育的顺利开展。在民国特定的政治气氛下,政治被抬到了无以复加的高度,又限制了带有异端色彩的政治思想及活动,在客观上导致了人们思想的僵化与保守。如胡也频在1930年到济南省立高级中学任国文教员,曾对学生接受新文学起到了推动作用,很多学生感到胡也频讲授的国文课为自己打开了一片新天地。对此,丁玲曾经产生过这样的困惑:"我简直不了解为什么他被那么多的学生拥戴着。天一亮,他的房子里就有人等着他起床,到深夜还有人不让他睡觉。他是高中最激烈的人物,他整天宣传马克思主

---

① 魏建:《来自故土文化的得与失——以现代山东作家为例》,《理论学刊》2009年第11期。

义,宣传唯物史观,宣传鲁迅与冯雪峰翻译的那些文艺理论,宣传普罗文学。"①然而,国民党与共产党水火不容,自然难以容忍宣传革命文艺的教师,胡也频最后被迫离开了济南。这说明,在民国教育体制内的学校中,新文学运动即便能在济南萌动,国民党山东省党部以及省政府也不会任其自由发展,尤其是不允许左翼文学自由发展。这种情形在国民政府成为中华民国的执政府后就变得更为严重。

当然,民国时期山东的教育体制以及身在体制中掌握着中心话语权的个体也是有差异的,其中便不乏一些接受了五四新文化思想洗礼的开明之士。杨振声、何思源等人便是其中的代表性人物,他们利用手中掌握的权力,最大限度地鼓励并容纳新文学作家进入学校,这在一定程度上促进了山东文学教育的发展,扩大了新文学发展的空间。遗憾的是,他们个人的力量毕竟有限。当新文学作家被视为革命作家时,其保护作用便微乎其微了。对此,何思源曾有过这样的回忆:"有一天,韩复榘在开会后对我说:'你们高中有个叫胡也频的教员吗?中央要他,据说他是一个共产党在北方的重要负责人。''我回去立即把张默生找来,叫他转告胡也频赶快离开济南,并交给他二百元钱,给胡做路费。胡当天下午就搭火车去青岛转赴上海。"②实际上,"早在1926年前后,随着奉系军阀掌握了北京的权力之后,北京的政治生态便开始恶化,知识分子自由争鸣的春秋时代开始逐步地终结,取而代之的是,纷繁复杂的思想被纳入到了国家的意识形态之中并加以

---

① 丁玲:《一个真实人的一生——记胡也频》,《人民文学》1950年第12期。
② 李向东:《"探秘"与历史叙述——也谈胡也频的"济南之行"并与袁洪权商榷》,《文艺理论与批评》2017年第2期。

整合,一些在五四新文化运动时期被视为正常的思想,甚至被视为异端,开始受到排斥乃至打压。最有代表性的就是共产主义思想以及信奉共产主义思想的中国共产党,被掌握着中华民国权力的当权者所排斥,到了1927年甚至演变为杀戮"①。这种情形在山东同样如此。像胡也频在济南宣传"普罗文学"遭受迫害,而他们能够为胡也频提供的帮助就是让其"逃遁"。山东的这种特定政治对新文学带来的挤压,使得新文学难以获得自由萌发与发展的土壤。山东与作为租界的上海差异甚大,可谓有着天壤之别。毕竟,上海租界还是为新文学的发展余留了足够的空隙。

山东的政治对文学的挤压,不仅体现为进步作家难以获得自由的发展空间,而且还体现在难以为那些掌握一定话语权的开明人士提供用武之地。杨振声作为国立青岛大学的校长,本来可以把青岛大学的文学教育与新文学创作推到新的高度,但遗憾的是,即便是像杨振声这样身在体制内的人,在民国政治体制的钳制下也难以大施身手。他最终不得不带着几个同仁北上去编写教材。由此一来,那些慕杨振声之名而来的新文学作家自然也就离开了青岛大学,青岛大学的文学教育与新文学运动最终落得个昙花一现,也未能真正支撑起山东新文学创作的一方自由天地。

从中国共产党领导的革命来看,民国时期的山东是中国共产党发动和组织革命的重镇,这种情形从共产党在许多学校设立了党的组织可略见一斑。山东的文学教育除了深受国民党主导下的国民政府这一重要政治因素的影响之外,还深受共产党领导的群众运动的影响。这两种政治因素叠加在一起,就使得国共两党

---

① 李宗刚:《民国教育体制下的鲁迅兼课及新文学传承》,《清华大学学报》(哲学社会科学版)2017年第5期。

之间的矛盾显得比较尖锐,如王尽美、邓恩铭、王翔千等人领导的有关革命活动便遭到了国民党的强力打压。如此一来,山东的学校便成为两股政治势力对峙的场所,即国民党主导下的政治力量和共产党领导的政治力量对峙的场所。在此情形下,山东的教育自然就夹杂了较多的政治因素,其文学教育自然也不例外。这两大政治势力的对峙,使得山东的文学教育难以循着"纯文学"的路径发展,相反,文学倒是被深深地打上了政治的烙印,甚至成为政治的承载工具。

文学打上政治烙印本身并不会直接导致文学的萎缩,但是,文学一旦成为政治的战斗武器,文学自身的属性便退到次要位置,而文学的工具功能则得到了充分发挥。客观情形也的确如此,像臧克家这样深受闻一多影响的作家,他在从事新诗创作时应该更多地打上闻一多新诗的痕迹,但臧克家在走上诗坛时所显示出来的风格,却显示出鲜明的革命色彩,诗集《烙印》甚至可以视为鼓动革命的"号角"。臧克家如此,山东的其他作家也大抵如此。当然,他们的政治立场分属于国共两党这两大对峙的政治阵营,比如同是诸城相州镇走上文坛的王氏兄弟,既有走上革命道路的王愿坚、王希坚,也有跟随国民党的姜贵(王意坚)。王意坚曾就读于济南省立第一中学,1928年,完成了处女作长篇小说《迷网》。这是一部书写"一个畸形恋爱的悲剧故事"的小说,于次年由现代书局出版。其后他又创作了长篇小说《突围》。到台湾后,他先后完成了《旋风》和《重阳》。把王氏兄弟的创作置于国共两党政治对峙的背景中加以解读,我们就会发现山东现代文学创作发展演变的政治根据。

第二,从文化传统来看,山东厉来深受儒家文化的影响,再加上历代封建王朝对儒家文化的推崇,以至于在人们的文化心理深处"学而优则仕"的情结深重,而文学创作则没有成为学生的重要人生诉求。

在山东人这种思想深处,儒家文化轻视文学的观念潜在地影响了人们对文学的热爱与钟情。那么,积淀于山东人内心深处的文化心理结构的内核是什么呢?这就是儒家文化推崇的"学而优则仕"观念。从某种意义上说,"学而优则仕"本身就是儒家推崇的"修身齐家平天下"人文情怀的具体体现。读书的最终目的到底是什么?如果读书仅仅是为了获得个人社会地位和荣耀的跳板,而没有家国情怀,那么这样的读书显然是不可取的。而从事小说创作往往会被视为君子所不为的末技小道,被人们所鄙夷。在这种观念的制导下,文学创作便难以成为人们最推崇的职业,有些学生即便喜欢文学创作,也仅仅是业余为之,并没有上升到安身立命的高度加以对待。由此,文学教育也就难以获得自身独立存在的价值和意义。

民国时期山东作家大都分布在属于齐文化的东部沿海地区和鲁中地区,尤其是山东诸城一带。其他地区则相对要少多了。这也从侧面说明,儒家文化对山东现代文学创作的确存在一定影响。在儒家文化占据主导地位的鲁文化地区,文学的地位远没有"经学"的地位高,文学既不是读书人晋级的通衢,也不是读书人进入体制内的捷径。相反,文学还对"经学"具有某种颠覆性,这就使得文学无法得到应有的重视。齐文化地区则不然,尽管也奉"经学"为正宗,但民间对非理性精神依然保持着敬畏态度,甚至还对神秘主义的鬼怪保持着敬畏之心。这正是作为小说家的蒲松龄诞生在鲁中地区、而不是鲁文化占据统治地位的鲁南地区的缘由之所在。民国时期,新文化运动业已完成摧城拔寨、开疆拓域的历史使命,并在民国体制内的学校获得合法性地位,但山东省立第二师范学校依然深受儒家文化传承者的干扰,具有代表性的事件便是《子见南子》话剧风波。试想,这样的话剧如果不是在孔孟之乡,而是在鲁中乃至青岛这些地区演出,也许不会发生那么激烈的矛盾冲突。这说明,五四新文化运动尽管已经从理论上获得了某种合法性,但具体到不同的地区、不同的学校,传统依然具有强大的制衡力,并通过不同的方式发挥着作用。

在儒家文化的熏染下,"礼"占据着统治地位,而情感则被抑制了,这使得山东人的情感往往带有粗线条的特征,这种情形在男性作家那里表现得更为明显,事实上没有情感灌注的文学自然难以真正获得文学的本质属性。客观地说,男性对自我的性别塑造具有明确指向,其要旨是情感的退场与理性的在场。像现代作家朱自清那种细腻的情感通常是难于产生于山东作家特别是鲁文化地区的作家身上的。

在儒家文化制约下,山东的文学教育即便受到外来文化的影响,其影响的深度和广度也是有限的。山东处于交通要冲,不少现代作家曾经到访过山东的诸多学校,但遗憾的是,这些作家并没有带动这些学校的文学创作,哪怕是著名诗人泰戈尔的到来也没有造成文学波澜。1924年,印度诗人泰戈尔抵达济南,陪同访问的人有徐志摩、林徽因等人,泰戈尔在山东省立第一师范学校大礼堂作演讲,徐志摩任翻译。泰戈尔的演讲在当时引起了较大的关注,但并没有促生山东现代文学创作应有的现代性特征。

民国时期山东文学之所以没有得到有效的传承与赓续,与本土作家的缺乏有着密切关系。在文化传承的过程中,尤其是"在自在状态下自然延续的文化传统,之所以能够继续获得生存和发展的动因,主要得力于这种文化所显示出来的价值为人们所看重……事实上,正是在乡土中国文化的推崇下,传统文化获得了继续存在和发展的某些机缘和动因"①。一个地域的文化或文学获得发展固然有多方面的原因,但更直接的原因在于该地域得具有催生和培育文化或文学传承者的土壤。这就是说,生活于某一地域的人们对某一文化或文学具有浓郁的兴趣,由此培养了一种传统,而这种传统又反过来促成了某一文化或文学的赓续,使得这种传统继续找寻到传承人。从新文学的传统来看,山东远没有像江浙那样形成浓郁的新文学氛围,也没有树立起人们争相效法的文学楷模,这极大地限制了新文学在山东的发展。

山东的文学教育尽管没有在现代文学创作上结出丰硕的果实,但值得肯定的是,山东的许多学生在接受了新文学的熏染后,通过文学道路进而走上了革命道路,如孟超、吴伯箫、贺敬之等作家。

第三,山东文学教育并没有获得自身存在的独立价值和意义,国文教育未能得到很好的推行,即便在国文教育获得实现的学校,其文学教育也未能得到很好的推行,再加上文学社团未能得到健康的发展,致使山东的文学教育与文学创作缺少了深厚的土壤。

民国时期山东的国文课程设置未能把国文教育中的白话文置于重要位置,许多学校的国文课程依然是古文占据主导地位,这就在客观上限制了新文学的传播与发展,也是山东的现代文学作家未能大量出现、山东的现代文学未能在中国现代文学中占有重要位置的原因之一。

尽管民国从根本上颠覆了既有的文言文的合法性,但文言文

---

① 李宗刚:《对张守富人生姿势的一种解读——兼评〈张守富诗词书法选〉》,《中国石油大学胜利学院学报》2006年第4期。

并没有自动退出历史舞台,而是依然在学校教育中广泛地存在。尽管教育部已经明确了白话文在国文课程中的合法地位,但山东并未全面落到实处,许多学校依然以古文教学为主。许多学校大都从晚清的学堂演变而来,接受新式教育的教师偏少。教师对新文学不很熟悉,其培养出来的学生对新文化自然就有隔膜。这种情形到了20世纪二三十年代才有所改观。随着北京、上海等地高校培养的学生逐渐增多,许多学生走出校门之后投身于教育事业,这些接受了新文化的学生给山东教育带来了新的气象。但遗憾的是,这在保守势力占据主导地位的学校,仅仅是星星之火。山东省立济南中学在1930年聘任胡也频担任国文教师之前,其国文课程讲授的基本内容还是《诗经》《书经》和《古文观止》一类的内容,这些课程的教员主要由晚清的翰林、进士担任。这种情形不仅在山东很普遍,在全国也很普遍。有人就曾经这样描述过文言文与白话文杂糅在一起的现象,以吴县为例:"各高等小学,每个星期只有一二小时的国语会话,其余仍旧是'之乎者也'的闹个不清。这个情况普遍存在于全国的小学中。"对此,作者感叹道:"据我的朋友说,方才知道不单是我们吴县高等小学是这样的,各处差不多都是这样。"①这说明,文言文在学校中依然拥有极其广泛的基础,这也从侧面说明了林纾等人之所以敢于站出来为文言文辩护,是因为文言文并非没有一点群众基础。这种文学教育的现状便极大地限制了新文学的传播与发展。

当然,也有不少新文学作家来到山东从事国文教学时,突出了文学教育,并且在山东文学教育相对平静的湖泊中激起了一些波澜,但缘于山东并没有雄厚的新文学教育基础,这些新文学作

---

① 王家鳌:《高等小学的国文应该快改国语》,《国语月刊》1922年第3期。

家的努力也大都没有形成气候,更没有如他们所愿形成一场轰轰烈烈的"山东新文学运动"。在胡也频到济南任教之前,学生听说将要担任国文课程的教师是一名新文学作家时,便充满了特别的期待。胡也频讲课授课方式也的确很特别,完全区别于以前那些满口"之乎者也"的教师。胡也频在国文课堂上大讲特讲"什么是现代文艺",这对学生来说属于全新的内容,许多学生在胡也频的引领下,购买了一些当时流行的马克思主义文艺理论书籍。但是,这种旨在传授新文学的文学教育最终还是因为其左翼色彩而被迫中止,而国文课程中的"之乎者也"等文言文却获得了生存的空间。

山东的文学教育未能承担起应有的使命,山东的文学社团自然就缺少了群众基础,尤其是文学社团未能纳入学校的文学教育系列中,也就限制了山东现代文学的发展。文学社团本来是文学青年自发组织起来的群众性社团组织,这种自发性社团并没有纳入学校教育体制中,而是由志趣相投的人自发地走到一起,互相研读,互相鼓励。相比之下,江浙等省的文学社团则要发达得多,这也反过来说明,文学社团偏少也是造成山东现代文学相对薄弱的一个重要因素。

在江浙的文学教育发展中,曾经出现过白马湖作家群。即便有些外省作家因为教学等缘由进入山东文学教育体制之内,如沈从文、闻一多、梁实秋等人来到青岛大学担任教职,他们的文学活动也大都仅限于教授群体内部,并没有形成一个蔚为壮观的社会文学群体。在闻一多任教于青岛大学之际,大部分学生并没有体认到闻一多文学家的价值和意义,更没有把闻一多当作追摹的对象。除了有文学天赋的臧克家、陈梦家等少数学生视闻一多为学习的楷模之外,很多学生竟然在学潮中还打出了"驱逐不学无术文人闻一多"的旗号。这除了给闻一多带来巨大的精神伤害之外,还说明青岛大学的学生依然停留在崇拜"学问"的追求上,作为山东最高学府的国立青岛大学都没有生成新文学发展的深厚土壤。值得欣慰的是,国立青岛大学毕竟是民国时期的最高学府之一,再加上一大批新文学作家加盟,的确催生了一些新文学萌芽,培育出了臧克家、陈梦家等诗人。然而,从总体上看,国立青岛大学的文学教育并没有蔚然成风,更没有结出丰硕的文学果实。

齐鲁大学、山东省立第一师范学校、济南中学、莱阳乡村师范等学校,都曾经接纳过新文学作家担任国文教师,但是,这些作家型的教师并没有能够引领学生走上新文学的道路,而他们已大都在孤独寂寞中离开了校园。如何其芳到山东的莱阳师范学校任国文教师,但是,他的到来并没有在学校造成怎样的文学影响。对何其芳的教学情况,有学生这样回忆道:"他中等个儿,穿长衫,戴一副眼镜,书生气很足。讲课时,声音不大,话里带着明显的四川味儿,很清晰,人人都听得懂;他自选讲义,石印出来,发给学生们,记得的,其中有鲁迅、郁达夫、朱自清的作品;他指导学生写作,批改学生作文都很认真。"①从学生的回忆来看,何其芳在国文教学中特别突出了对新文学运动以来的现代作家作品的学习。为了能够更好地传播新文学,何其芳还高度重视作文教学,除了指导学生写作之外,还认真地批改作文。但令人遗憾的是,尽管何其芳在国文教育中注重文学教育,尤其是新文学教育,但就学生接受情况来看,他们并没有跟随何其芳走进新文学的天地,更

---

① 山曼:《莱阳新城录访诗人故踪》,《何其芳研究资料》1983年第4期(内部刊物)。

没有跟随何其芳从事新文学创作。这说明民国时期的山东文学教育缺乏良好的基础,即便任课教师是优秀作家,学生也难以从精神上对接老师的现代精神,致使老师深感寂寞。1940年,已经走出了莱阳乡村师范学校来到延安的何其芳,在谈到自己的文学创作道路时还专门提及在莱阳乡村师范的教学经历对自己的影响:"我总是带着感谢记起山东半岛上的一个小县,在那里我的反抗思想才像果子一样成熟,我才清楚地想到一个诚实的个人主义者除了自杀便只有放弃他的孤独和冷漠,走向人群,走向斗争。"①透过何其芳的这段话,我们既可以看到"山东半岛上的一个小县"对其成长的价值和意义,也可以看到他的情感与思想走出孤独和冷漠的历程。当然,何其芳强调这段经历之于自我的价值和意义,并不意味着他的文学教育有了多少收获,相反,这一时期的何其芳还是非常孤独和寂寞的。我们从其学生的回忆中可以印证这一点:"学生们都知道新来的老师是一位作家,但在这样一个偏远的县城里,他的作品还没有传过来,也从没有在课堂上提起过自己的著作。听说他在继续写作,但不见他披露新作的内容。闲下来的时候,他不大参加体育运动,他爱在校园里踱来踱去,傍晚和清晨,又常见他步出校门,立在小石桥头,望着无尽的大路,好像在等待什么人,久久地,一动不动……"②可见,尽管学生对何其芳的新文学作家身份有所耳闻,但他并没有给学生提供自己的文学作品,也没有提及自己的文学作品。何其芳与莱阳乡

---

① 何其芳:《一个平常的故事——答中国青年社的问题:"你怎样来到延安的?"》,《何其芳文集》(第2卷),人民文学出版社1982年版,第220页。
② 山曼:《莱阳新城录访诗人故踪》,《何其芳研究资料》(内部刊物)1983年第4期。

村师范学校的学生之间存在着一道看不见的鸿沟。换言之,这一时期的何其芳还有着无限的孤独感,以至于他"闲下来的时候",或在校园里徘徊,或在"无尽的大路"上眺望……这正是何其芳在情感与思想上找不到倾诉对象的真实写照,也是民国时期山东文学教育未能产生具有影响力的文学家、未能培育出一大批能够对接新文学拥趸的真实写照。

总的来说,民国时期的山东文学教育与全国走在前列的文学教育相比,尤其是与江浙等省份相比,其差距是显而易见的。客观地说,山东的教育体制不但没有为文学教育的展开提供足够的空间,相反,其教育体制本身还钳制了文学教育的发展;传统的儒家文化也极大地限制了青年学生成长为现代作家所需要的自由空间。尽管如此,民国时期山东文学教育依然在培育中国现代文学的创作主体和接受主体方面取得了不小的成就。没有教育体制的支撑,没有思想观念的转变,单纯地依靠教师驱动或学生爱好,无法从根本上扭转文学教育的被动局面,更无法形成文学教育百花齐放、百家争鸣的良好态势。

(载《山东师范大学学报》人文社会
科学版 2018 年第 6 期)

从中心走向边缘

——《新华文摘》(1979—2013)文学作品与评论研究

《新华文摘》是由人民出版社出版发行的综合性文摘类期刊,创刊时名称为《新华月报》(文摘版)。从1979年创刊以来,它已经走过了30多年的历程,在此历程中,文学作品与评论则从中心走向边缘。为了研究的便利,我们将其划分为三个不同的时期,然后再对每个时期的《新华文摘》文学作品与文学评论进行阐释。本文在结构上便分为三个时期:第一个时期是1980年代,其区间为1979年到1989年(从1979年《新华月报》(文摘版)创刊号到1989年《新华文摘》第6期);第二个时期是1990年代,其区间为1989年到2000年(从1989年第7、8期合刊到2000年第12期);第三个时期是新世纪以来,其区间为2001年到2013年(从2001年第1期到2013年第24期)。

一

1980年代,在《新华文摘》的栏目中占据绝对优势的是文学作品和文艺研究栏目。我们不妨以1981年第1期《新华文摘》为例略加说明。这期《新华文摘》共收入了97篇文章(除去所刊登的美术作品、学术动态、综合报道、论文提要、补白等栏目),其中,文学作品类的文章便有16篇,其所占比例达到16.4%;文学评论性的文章便有18篇,其所占比例达到18.5%;文学作品和文学评论类的文章共计占比35%。我们单独审视这种情形,也许还无法洞察其显著的文学偏好。如果把这种情形与2012年第24期的《新华文摘》进行对比,便可以发现文学作品与评论在《新华文摘》中所占比重的前后面貌竟然相去如此巨大。2012年第24期《新华文摘》载文共有44篇,其中,文学作品所占比例为2%;文学评论所占的比例为6%,文学作品和文学评论类的文章共计占比8%。通过这组数据的对比,我们可以发现,1980年代《新华文摘》的文学作品和文学评论的篇幅所占的比例之高是超出想象的。

1980年代,文学成为社会关注的焦点,被赋予"经国之大业"的使命,成为"不朽之盛事"。与此相对应,这一时期的《新华文摘》对文学作品和文学评论的转摘,不管是数量还是分量,都是异常显赫的。可以说,《新华文摘》参与了整个1980年代的文学建构。

《新华文摘》的创刊号,也就是1979年第1期,便转载或转摘了新时期文学的奠基之作——被视为"伤痕文学"的代表性作品《班主任》和《伤痕》。与此同时,它专门转摘了刘心武的《生活的创作者说:走这条路!》和卢新华的《谈谈我的习作〈伤痕〉》。除此之外,这一期《新华文摘》还重点推介了向彤在1978年11月3日发表于《光明日报》的《文艺要不要反映社会主义时期的悲剧——从〈伤痕〉读起》一文。向彤认为:"《伤痕》的出现绝不是偶然的……社会主义社会的现实生活中确实存在悲剧,作为上层建筑之一的社会主义文学,不但可以而且应该反映这些悲剧。"①这就

---

① 《新华文摘》编辑部:《编者的话》,《新华文摘》1979年第1期。

从理论上回答了伤痕文学存在的合理性与合法性等问题,为伤痕文学的发展铺好了道路。

文学积极参与社会变革,现实主义文学蔚然成为这一时代的文学潮流。1980年代,《新华文摘》对现实主义文学创作给予了高度关注,其中特别值得关注的作家作品是路遥和他的小说《人生》。1980年代早期,路遥的代表性作品是《人生》。《新华文摘》在1982年第9期转载了路遥的《人生》(《收获》1982年第3期),而且是用了60个页码的篇幅全文转载。这种情形相对于以转摘为主的《新华文摘》来讲,实在是不多见的。然而,从《人生》走向《平凡的世界》的路遥,在1980年代中后期以及整个1990年代,却没有继续引起《新华文摘》编选者的关注。路遥在创作出了其具有里程碑意义的代表作《平凡的世界》后,《新华文摘》也没有转摘这部小说,甚至没有出现与之有关的点滴信息。这种相对落寞的情形和昔日《人生》的华丽登场相比,不啻天壤之别。

路遥的长篇小说《平凡的世界》第一部刊发于《花城》1986年第6期,后由中国文联出版公司1986年出版;《平凡的世界》第二部由中国文联出版公司1988年出版;《平凡的世界》第三部刊发于《黄河》1988年第3期,后由中国文联出版公司1989年出版。1991年,路遥凭借三卷本的《平凡的世界》,荣获第三届茅盾文学奖。但是,路遥的这部呕心沥血之作在诞生之初并未获得认可和推崇,相反还被一些批评家视为不适应时代潮流的老一套的"恋土"派。对此,路遥的挚友白描有过这样的回忆:"'1986年的冬季,我陪路遥赶到北京,参加《平凡的世界》(第一部)的研讨会。研讨会上,绝大多数评论人士都对作品表示了失望,认为这是一部失败的长篇小说。'很多评论家认为《平凡的世界》相较《人生》而言,是个很大的倒退。呕心沥血创作的一部长篇,居然没有得到'主流'的认可,路遥的心情灰暗到了极点。"①这一回忆恰好说明,路遥的长篇小说《平凡的世界》没有获得《新华文摘》的青睐,并不是一个偶然的文学现象,而是带有某种普遍性的文学现象。换言之,路遥扎根于社会底层的现实主义文学书写,在1980年代后期以及整个1990年代,尤其是在市场经济逐渐确立的大背景下,已经失却了激动人心的力量。取而代之的是那些有关市场经济以及消费文化的文学作品。从这样的意义上说,贾平凹与路遥的文学作品在《新华文摘》转摘上的"冰火两重天"形成鲜明对比,恰好折射了中国社会在文化转型过程中的某些普遍性、规律性的特点。

早在1980年代,贾平凹其人其文也得到了《新华文摘》的关注,较之路遥还要早一些。1980年,贾平凹的《"罪证"》(《人民日报》1980年1月26日)被《新华文摘》1980年第3期转摘。同年,贾平凹的《夏家老太》(《芳草》1980年5期)被《新华文摘》1980年第8期转摘。1984年,贾平凹的《腊月·正月》被《新华文摘》1984年第12期转摘。1988年,贾平凹的《浮躁》故事梗概(《收获》1987年1期)被《新华文摘》1988年第1期转摘。尽管如此,在整个1980年代,贾平凹其人其文的影响力比路遥还是要逊色一些。当然,从转摘的数量上看,路遥的作品被《新华文摘》转摘的不如贾平凹的作品多,但是,贾平凹被《新华文摘》转摘的所有作品,依然无法与路遥的《人生》相提并论——如果贾平凹的文学创作不是完成了自我超越,如果路遥不是过早地退出了文学舞台,我们甚

---

① 王爱忠:《真实纪录作家路遥的一生:身世、婚恋、政治、文学》,2012年11月16日,未源:凤凰网文化综合 http://culture.ifeng.com/huodong/special/luyao/。

至无法想象,嗣后,贾平凹及其作品的影响力会反超路遥及其文学作品。这种情形说明,《新华文摘》对作家其人其文的关注并不仅仅是转载与被转载的被动关系,而且还是主动地积极建构的关系,即《新华文摘》与作家作品之间是相辅相成的关系。

在1980年代,张贤亮是无法绕开的一个重要作家,他的文学作品得到了社会的强烈关注,其《绿化树》、《男人的一半是女人》等作品均曾洛阳纸贵。与此同时,张贤亮的这些作品也得到了《新华文摘》的关注。据统计,张贤亮的文学作品在当时即有多篇被《新华文摘》转摘。

张贤亮的作品在《新华文摘》的亮相,最早可以追溯到1980年。其早期代表作《灵与肉》(《朔方》1980年9期)被《新华文摘》1980年第12期转摘。随着张贤亮文学创作的持续发力,1983年到1986年间,其文学创作都得到了《新华文摘》的关注。据统计,张贤亮共有9篇不同形式的文章被《新华文摘》转摘。这9篇文章分别是《大阪》(《上海文学》1982年第11期)转摘于《新华文摘》1983年第2期、《肖尔布拉克》(《文汇月刊》1983年第3期)转摘于《新华文摘》1983年第4期、《绿化树》(《十月》1984年第2期)转摘于《新华文摘》1984年第6期、《当代中国作家首先应该是社会主义改革者》(《百花洲》1984年第2期)转摘于《新华文摘》1984年第7期、《关于时代与文学的思考》(1984年8月23日《光明日报》)转摘于《新华文摘》1984年第10期、《男人的一半是女人》(《收获》1985年第5期)转摘于《新华文摘》1985年第12期、1986年第1期、《中国当代作家在艺术上的追求》(《朔方》1986年第2期)转摘于《新华文摘》1986年第5期、《请买〈张贤亮自选集〉》(1986年5月12日《文汇报》)转摘于《新华文摘》1986年第7期。如此高频率地亮相于《新华文摘》,在同时代的作家中是不多见的。

如果说路遥、贾平凹和张贤亮其人其文与《新华文摘》是相互影响的话，那么，在1980年代走向文坛中心的张炜与矫健的其人其文与《新华文摘》的关系，则说明了作家对文学的终极诉求决定了其受《新华文摘》关注的程度。张炜和矫健同是烟台师范专科学校（后改名为鲁东大学）的大学同学，他们同时走上文学创作的道路，并在全国文学界脱颖而出，这的确是难能可贵的。1983年以及该年度的第5期《新华文摘》，对张炜和矫健具有同等重要的意义。就在这期《新华文摘》上，他们的名字和作品一同亮相。张炜被《新华文摘》转摘的是其短篇小说《声音》（《山东文学》1982年第5期），矫健被《新华文摘》转摘的是《老箱的苦闷》（《文汇月刊》1982年第1期）。尽管这两个作家的作品刊发的报刊不同，但这并没有影响他们在《新华文摘》同一期上的聚首。从《新华文摘》的排版顺序来看，编选者把他们的作品列入"文艺作品"栏目的前列，张炜的小说列在首位，矫健的小说紧随其后。他们的作品一前一后地出现在《新华文摘》的文艺作品栏目上，意味着这两个山东作家得到了《新华文摘》编选者的同时关注。也许在这一关注的背后，隐含的是他们所接受的相似的文学教育以及相似的文学道路，这使他们的作品具有了某些相似的美学品格。正是这种相似的美学品格，才使他们的作品被编选者揽入《新华文摘》的文学作品栏目中。

借着被《新华文摘》编选者关注的东风，张炜的文学创作进入爆发期，由此也开启了他与《新华文摘》的密切关系。张炜的《黑鲨洋》（《文汇月刊》1984年第8期）转摘于《新华文摘》1984年第11期；《一潭清水》（《人民文学》1984年第6期）转摘于《新华文摘》1985年第4期；《秋天的愤怒》（《当代》1985年第4期）转摘于

《新华文摘》1986年第2期;《美妙雨夜》(《文汇月刊》1987年第10期)转摘于《新华文摘》1988年第1期;《古船》(《当代》1986年第5期)故事梗概被《新华文摘》1988年第2期摘编。从1983年到1988年这短短6年的时间里,张炜便有6部小说受到了《新华文摘》的关注和转摘,这种情形在同时期的其他作家中是少见的。

值得关注的是,张炜的《古船》在1986年第5期《当代》刊出后,并没有马上得到《新华文摘》的转摘。在经过一年多的沉寂后,《新华文摘》方对其故事梗概作了介绍。从转摘的字数来看,《新华文摘》所刊出的《古船》的故事梗概尽管不是很多,但就其所表达的意义来看,无疑是巨大的。众所周知,《古船》对中国土地革命的文学书写,拓展了原有的文学书写领域,在既有的主流意识形态下,自然不会一下子就被接纳。但在1980年代思想解放的引领下,《古船》作为对历史进行反思的一部文学作品,自然与这个时期流行的反思文学作品一同取得了存在的合法性,那就是对"左"的思想的清理和批判,只不过《古船》比那些单纯反思"反右"、"文革"的文学作品走得更远一点罢了。实际上,《古船》依然是在中国革命的大框架下对土改历史的书写,且这些书写也未颠覆革命的合法性与合理性,相反,其书写乃至反思还是站在革命的立场上,是对革命历史进程中泛起的历史沉渣的清理与批判。因此,《古船》这样一部反思之作自然就得到了面世的机缘。在《当代》杂志推出之后,人民文学出版社还推出了《古船》单行本。这说明,在审查较为严格的杂志社和出版社,《古船》的政治定性问题已经获得了解决,也不再存在什么政治上的禁忌,《新华文摘》对此给予必要的关注便是水到渠成的事情了。

如果说张炜其人其文备受《新华文摘》关注的话,矫健其人其文尽管依然得到《新华文摘》的关注,但势头已经不再强劲。矫健的《老人仓》(《文汇月刊》1984年第5期)被《新华文摘》1984年第8期转载;《古树》(《解放军文艺》1986年第11期)被《新华文摘》1987年第3期转摘;《在历史的连接点上》(《朔方》1989年第1期)被《新华文摘》1989年第4期转摘。从1983年到1989年这7年的时间里,矫健的作品被《新华文摘》转载4篇。至于整个1990年代,矫健因为投身于市场经济而远离了文学创作,其作品再也没有受到《新华文摘》的关注。这种情形直到2003年才有所改变。矫健的《金融街》(《时代文学》2003年第5期)被《新华文摘》2004年第1期转摘。实际上,许多作家在走向市场经济之后,其生活积累更加丰厚了,这本该有利于文学创作向生活的纵深处拓展,但遗憾的是,我们却没有看到他们创作出更厚重的文学作品。自然,他们和《新华文摘》的关系便不再如当初一样密切了。

在1980年代,《新华文摘》除了担当起文学之外的政治、经济、社会等诸多使命之外,还开始了向文学自身回归的历程。这表现在它对具有探索意义的文学作品的选摘上,其代表便是莫言的《红高粱》。

莫言其人其文与《新华文摘》结下不解之缘的时间,较之同龄作家要晚一点。但是莫言其人其文一旦被《新华文摘》关注,其呈现出来的势头便是强劲的。1986年,对莫言来说是至关重要的一个年份。1986年第7期的《新华文摘》转载了莫言的《红高粱》(《人民文学》1986年第3期),1986年第8期的《新华文摘》转载了莫言的《断手》(《北京文学》1986年第3期)。小说《红高粱》一经发表便受到了文学界的关注,被1986年的《新华文摘》全文转载,并夺得了当年的全国优秀中篇小说奖。莫言正是凭借着小说《红高粱》而跻身新时期有影响力的作家行列。

在1986年第7期的《新华文摘》上,选载的小说除了莫言的

《红高粱》之外,还有古华的小说《贞女》,以及孙春平的小说《吃客》、郑九蝉的小说《诺言》等三篇作品。古华、孙春平和郑九蝉的作品能够较好地切合主流意识形态的要求,而莫言的小说《红高粱》似乎与主流意识形态的要求要相对远一点,有人还质疑其革命的合法性等问题,但这篇小说凭借其独到的选材和艺术世界的建构,获得了《新华文摘》的青睐。

二

1990年代,《新华文摘》的文学作品和评论已经开始回归其历史的本来位置。从版面上看,它已经不再占据绝对优势;从文章的篇数来看,也不再明显占据绝对优势,文学所承载的政治功能、经济功能和文化功能逐渐失去了存在的必要性,文学作品与文学评论栏目在《新华文摘》的显赫位置则逐渐揖让给政治、经济、文化等栏目。

新时期以来,随着改革开放步伐的加快,尤其是1990年代市场经济的发展,一些在1980年代成名的作家,开始出现较大的分化。其显著标志就是一些作家离开了书房,径直投身到市场经济的大潮中,成为市场经济的弄潮儿。在这一市场经济大潮中,像张贤亮这样一些名声大噪的作家开始转向"文化产业",并逐渐地成为作家中的"富翁"。

1990年代,随着市场经济的确立,原先被桎梏的生产力得到解放,人的经济属性得到强化,由此使得整个社会关注的中心从政治向经济转化。在此期间,市场经济的大潮以前所未有的态势席卷全国。在国家政策的扶持下,人们纷纷辞职下海,一时间,"停薪留职"、"带薪下海"成为那个年代的流行语。在市场经济这一历史大潮的裹挟下，1980年代的文学已盛况不再，取而代之的是一些作家纷纷搁笔，投身到商海之中。1980年代曾经引领风骚的作家，有的半文半商，或者亦文亦商，有的干脆弃文从商，成了真正意义上市场经济的弄潮儿。在这批作家中，具有代表性的作家较多，我们不妨以张贤亮、矫健为例略加分析。

1990年代，在全民经商的大潮下，本来并无意于商业的张贤亮，却走上了经商之路。张贤亮作为宁夏作家协会的主席，除了引领作家协会的会员搞好文学创作之外，还要通过创收来弥补作家协会办公经费的不足。在此情形下，张贤亮不得不开始经营西部影视城。缘于张贤亮在1980年代已经建立起良好的文学声誉，他所经营的西部影视城也迎来良好的开端。一片荒无人烟的不毛之地，意外地成为中国西部片的重要拍摄基地，这不仅带来了直接的经济效益，而且还引发了间接的市场效益，为日后文化产业的发展起到了铺垫作用。新世纪以后，张贤亮曾自称他是中国作家中最有钱的。然而，在其资产大幅飙升的同时，张贤亮的文学创作却没有实现自我的超越。

1990年代，张贤亮在投身于市场经济大潮之后，他的文学作品于1996年才再次被《新华文摘》青睐，前后间隔了近10年。1996年，张贤亮的《无法苏醒》(《中国作家》1995年第5期)被《新华文摘》1996年第1期转载；1997年，张贤亮的《普贤寺》(《芙蓉》1996年第5期)被《新华文摘》1997年第3期转摘；1998年，张贤亮的《挽狂澜》(1998年9月17日《光明日报》)被《新华文摘》1998年第12期转摘。但是，张贤亮其人其文在《新华文摘》的再次亮相，已经不复1980年代的风光了。这种情形到2014年才有所改观。然而，让人唏嘘不已的是，这一改观不是因为张贤亮又为读者奉献出佳作，而是缘于他离开了这个世界。历史的残酷性在于，我们在收获了一个市场经济弄潮儿的同时，却失去了一个文学园地的耕耘者和收获者。

当然，张贤亮跃入市场经济的大潮之中并不是其文学园地出现荒芜的根本缘由。况且，作家的文学创作也不是以文学作品的多少来衡量的，更不是以从事文学创作的时间长短来评判的。事实上，如果继续循着《绿化树》《男人的一半是女人》的路子创作下去的话，张贤亮充其量也不过是自我重复和自我抄袭。由此看来，当一个作家难以超越他以前作品所达到的历史高度时，改弦易辙未尝不是一种积极的人生选择。

20世纪90年代，许多在80年代便有所建树的作家，即便没有下海经商，也没有再次完成自我超越。在此，我们不妨结合从维熙来谈谈这一问题。从维熙与张贤亮的人生际遇相似，文学创作的路径也相似，在中国当代文学史中，他们都被视为反思文学的代表性人物。从维熙的《大墙下的红玉兰》(《人民文学》1979年第5期)刊发之后便引起了较大的社会反响，后被《新华文摘》1979年第6期转摘。这与张贤亮的文学作品备受关注的情形非常相似。后来，从维熙循着反思文学路径进行创作，相继创作出了《远去的白帆》《风泪眼》《北国草》《走向混沌》等作品。但令人深感困惑的是，从维熙的这些文学作品并没有像他之前的文学作品那样产生较大的社会反响，也没有被《新华文摘》选摘。据统计，1993年以后，从维熙仅有两篇文章被《新华文摘》转摘，而这两篇文章还不是真正意义上的小说。这一现象说明，随着市场经济成为主导中国社会运行的主要法则，反思文学这一页已经被历史无情地翻过去了。

1990年代，如果说张贤亮被《新华文摘》边缘化是因为他从文学创作向文化产业转型，从维熙被《新华文摘》边缘化是因为他未能走出反思文学的藩篱,那么,同属山东的青年作家张炜和矫健的作品在《新华文摘》转摘上的巨大差异,则从另外的维度上说明了《新华文摘》文学栏目选编的价值尺度的转向。事实上,张炜与矫健的人生有着多重"交集",他们的文学创作转向显示了新时期作家在市场经济大潮下的分化与坚守。

1980年代,张炜与矫健的文学作品在《新华文摘》的转摘情况基本上没有本质差异。但是,在1990年代,情形便出现了很大的变化。张炜不仅继续坚持文学创作,而且还不断超越自我,最终,他不仅成为文学的守望者,而且成为文学的创新者;矫健则投身于市场经济的大潮中,成为市场经济的弄潮儿,其文学创作的既有良好态势被中断了。正是缘于这一差异,张炜在1990年代的文学作品依然得到了《新华文摘》的关注,而矫健在1990年代则逐渐淡出了《新华文摘》的视野。

1990年代,《新华文摘》关于张炜其人其文的转摘,尽管不像1980年代那样风光,但因其独立的文学品格,依然得到了《新华文摘》的深情瞩目。1993年,张炜的《融入野地》(《上海文学》1993年第1期)转摘于《新华文摘》1993年第4期。1994年,张炜又积极介入人文精神大探讨。在这次有关人文精神的大讨论中,张炜的文章依然深受《新华文摘》关注。1990年代,不仅张炜的文学作品得到了《新华文摘》的关注,而且有关张炜的评论文章也得到了《新华文摘》的青睐。其中的代表性评论文章是王光东的《还原与激情——张炜〈九月寓言〉解读》(《当代作家评论》1993年第1期),被《新华文摘》1993年第6期转载。

1994年第11期《新华文摘》的"文学评论"栏目,刊登了张承志、张炜、徐中玉、王晓明、张汝伦、韩春旭、梅朵、许纪霖、周国平、张骅等人的《人文精神与文人操守》一组文章。这组文章原刊于

1994年8月7日、9月4日《文汇报》。《新华文摘》选摘的这组文章的作者,除了张承志和张炜是作家之外,其他作者大都是从事文学评论的理论工作者。这说明,人文精神的讨论大都集中在理论界,而真正回应这一理论探讨的作家还不是很多。张炜、张承志等作家参与人文精神的讨论,表明了他们的文学创作已经进入了理论的自觉层面,其文学史价值和意义是不容小觑的。

纵观整个1990年代,张炜的不少作品被《新华文摘》转摘。除了我们在以上叙及的几篇之外,1995年,张炜的文章《沂蒙灵手——读刘玉堂》(《上海文学》1995年第2期)被《新华文摘》1995年第4期转摘。从总体上来说,张炜这篇带有随笔性质的文章之所以获得《新华文摘》的青睐,一方面与张炜具有文学影响力有一定关系,另一方面还与刘玉堂作为"文学新人"的崛起有极大关系。这一时期,刘玉堂逐渐得到了《新华文摘》编选者的关注,这种关注是同时期的其他作家无法比拟的。正是基于这一点,《新华文摘》1995年第4期转摘了他的《自家人》(《上海文学》1995年第2期)。也许,《新华文摘》为了配合其转载这篇小说,便把张炜所写的介绍刘玉堂其人其文的文章一同刊发出来。显然,《新华文摘》转载张炜的这篇散文,其中心所指并不是张炜而是刘玉堂。尽管如此,我们还是应该看到,在这个时期诸多评论刘玉堂其人其文的文章中,《新华文摘》的编选者之所以选择张炜的这篇文章,自然与张炜的文学影响力分不开。

1995年,《新华文摘》对张炜文学作品的关注从小说转向了散文,这一转向的显著标志便是张炜在该年度的一些散文得到了《新华文摘》的转载。《怀疑与信赖》(《上海文学》1995年第7期)被《新华文摘》1995年第10期转摘。这说明,张炜在1990年代的文学创作中,除了对既有的现实主义小说创作进行创新之外,还注重不同文本的实验,这对张炜小说创作上的散文化、诗意化转向具有重要作用。在该年度中,值得称道的是,张炜的《家族》与莫言的《丰乳肥臀》、张抗抗的《赤彤丹朱》、张宇的《疼痛与抚摸》等小说得到了批评家的关注。它们被视为"显示出成熟的自信与亮丽——一九九五年的长篇小说"①。如此之高的评价,竟然得到了1996年第2期《新华文摘》编选者的青睐。这一家之言由此借助《新华文摘》这一平台得到了扩放。

1996年,《新华文摘》依然和张炜结下了不解之缘。该年度,张炜的《艺术断想》(1996年1月25日《羊城晚报》)被《新华文摘》1996年第4期转摘。此后,张炜开始潜于社会生活的深处,埋头耕耘自己的文学园地,逐渐淡出了《新华文摘》编选者的视野,进入多年的沉寂,这种情形直到2003年才有所改观。2003年,张炜的《筑万松浦记》(2003年3月14日《文汇报》)被《新华文摘》2003年第7期转摘;与此同时,张炜的《父亲的海》(《上海文学》2003年第11期)被《新华文摘》2004年第2期转摘。此后,从2004年到2013年,张炜的文学创作尽管依然势头不减、孜孜以求自我的超越,但却再未得到《新华文摘》的特别关注。这说明,在历史大转向的进程中,张炜的文学创作及关于其人其文的文学评论,都进入了重新确认与重新书写的新时期。

如果说1990年代的路遥是寂寞的话,那么,同为陕西作家的贾平凹则恰好相反。他们似乎是跷跷板一样的关系。1990年代,我们固然不能说路遥其人其文被《新华文摘》忽视是因为它重视了贾平凹的缘由,但这两者之间有一定的关系。如果审视一下

---

① 林为进:《显示出成熟的自信与亮丽——一九九五年的长篇小说》,《新华文摘》1996年第2期。

《新华文摘》有关文学作品和评论的转摘文章，我们便会发现，早在1979年，出道不久的贾平凹就凭借着他的小说《水》(《儿童文学》丛刊1979年6辑)获得了1979年第6期《新华文摘》的青睐。这种情形到1990年代有被进一步强化的态势，从1979年到2013年，贾平凹被《新华文摘》转摘的各类作品多达21篇，这还不包括在此期间有关贾平凹作品的文学评论文章。与此相反，路遥在1990年代不仅未能延续备受《新华文摘》关注的态势，反而被边缘化了。

在1990年代初，贾平凹的《提倡"大散文"概念》(1992年6月20日《光明日报》)被《新华文摘》1992年第10期转摘；《说话》(1993年4月10日《光明日报》)被《新华文摘》1993年第9期转摘。这些情形都表明，贾平凹的文学创作开始出现重大转向，其紧跟时代节奏的文学创作，意味着其文学作品的社会反响正迎来一个风生水起的新时期。

事实上，当路遥沉浸于厚重土地上"平凡的世界"的书写时，中国社会已经开始了从农村改革向城市改革的转型。随着市场经济的确立，都市生活已经取代了农村生活而凸显文学书写的现实价值和社会意义。毋庸讳言，在这个喧嚣的历史进程中，都市题材的文学作品一下子跃出了历史的地平面，成为整个时代的亮丽风景线，有关都市题材的经济体制改革和反映人的情感世界的文学作品，成为人们关注的焦点。相反，农村改革因为已经告一段落而变得相对边缘化，像路遥反映农村题材的《平凡的世界》便是如此。

在都市题材的文学作品中，一方面是那些执着于现实政治题材的文学作品；另一方面是那些与政治相对疏远、着力反映都市现代人情感生活的文学作品，它们并不着力于表现经济体制改革等政治话题,而是着力表现市场经济大潮下个人的情感话题。显然,这些题材的文学作品是有现实根据和历史渊源的。从现实来看,市场经济的发展促成人们把其兴奋点聚焦于物质之上。随着人的物质欲望的膨胀,人的情感也获得了舒展——有些情感甚至舒展到异化的程度。贾平凹正是基于对现实生活的这一深刻认知,在其长篇小说《废都》中把这一社会现象艺术地表现了出来。从历史来看,宋朝后期商品经济的发展也曾促成了人的解放,与人的解放相对应的是人的欲望的解放。这一社会现象在《金瓶梅》等文学作品中有所折射。应该承认,经过历史的积淀,《金瓶梅》已成为中国文人建构文学世界的一种可以参照的"母题",只不过在新中国成立后相当长的一段时间里,这一"母题"被政治挤压得失却存身之地。随着市场经济的确立以及文学政策的宽松,这一被政治挤压的文学"母题"又有了存活的土壤。在现实与历史的际会之下,重接这一"母题"的《废都》自然获得了人们更多的关注。当然,这种关注并不是以显赫的方式出现的,而是用一种"隐晦"的方式呈现出来。说得更准确一点,便是以"犹抱琵琶半遮面"的方式呈现出来,即通过"客观介绍"和"主观批评"这两种方式。前者表现在1990年代《新华文摘》的文学作品栏目对《废都》的介绍,后者表现在《新华文摘》评论栏目对《废都》批评文章的转载。

当路遥正在为他呕心沥血创作的《平凡的世界》得不到广泛认可而情绪低落时,贾平凹却迎来了一个"大红大紫"的新时期。在《新华文摘》1994年第1期的文学作品栏目中,雷达在《93年长篇小说信息》一文中用全景式的方式,对1993年度的长篇小说信息进行了汇总。在雷达的这篇文章中,他分别对唐浩明的《曾国藩》、凌力的《暮鼓晨钟》、陈忠实的《白鹿原》、高建群的《最后一个匈奴》、程海的《热爱生命》、陈世旭的《裸体问题》、马瑞芳的《蓝眼睛黑眼睛》、李锐的《旧址》、成一的《真迹》、刘震云的《故乡相处流传》、王晓玉的《紫藤花园》、贾平凹的《废都》进行了简明扼要的介绍。从其排列的顺序来看,雷达把贾平凹的《废都》置于最后,并不是没有缘由的。在这不同的排序背后,隐含的是作者对这些作家及其作品的微妙态度。历史的发展证明,雷达之所以把《废都》置于最后加以介绍,正缘于《废都》未能被主流意识形态所接纳,相反,《废都》还受到了严厉的批判,以至于后来还被查禁。贾平凹的《废都》便是在此情形下进入了读者和批评家的视野。正是基于这一点,在《新华文摘》1994年第2期的文学评论栏目中,编选者便刊发了一组谈论《废都》的评论文章,其中有李书磊的《现代人格的沦丧》(《上海文学》1993年第11期)、孟繁华的《一部"嫖妓小说"》(《学习》1993年第12期)、陈之初的《贾平凹,可惜》(《学习》1993年第12期)、扎西多的《正襟危坐说〈废都〉》(《读书》1993年第12期)、陈骏涛、白烨、王绯的《说不尽的〈废都〉》(《当代作家评论》1993年第6期)等5篇文章。这5篇文章对《废都》存在的问题进行了批评。根据历史的法则,刻意地推崇某一事物和刻意地打压某一事物,在客观效果上都对这一事物起到了凸显作用。贾平凹的《废都》无疑属于后者。值得我们反思的是,这个时期批评家对《废都》的严厉批评,并没有阻止《废都》的"泛滥"。被批评乃至被查禁之后的《废都》,在"地下"反而有了生存的土壤,以至于盗版书开始出现。客观地说,一本书之所以被盗版,一般是由两个原因造成的:其一是正规的出版社失却了出版发行的空间;其二是该书拥有广大的市场。显然,《废都》盗版书的猖獗正符合这两个条件。从这样的意义上说,《新华文摘》对《废都》批评文章的转载,不仅没有起到阻止该书流传的作用,反而强化了读者对该书的兴趣。

经历了《废都》风波之后的贾平凹并没有停止原有的文学创作。1997年,贾平凹创作的文学作品《制造声音》(《大家》1996年第5期)便被《新华文摘》1997年第2期转摘;同年,贾平凹的《玻璃》(《人民文学》1997年第4期)又被《新华文摘》1997年第7期转摘;1998年,贾平凹的《进山东》(《中国散文》1998年)被《新华文摘》1998年第11期转摘;1999年,贾平凹的《老西安——历史的记忆》(《钟山》1999年第5期,原文约38000字)被《新华文摘》2000年第1期转摘。这种情形说明,贾平凹的《废都》被禁,似乎没有影响到他的文学创作,也没有出现过去那种"因言废人"的情形,这恰好是新时期文学创作迎来了春天的象征。

与《废都》的这种热闹场景相反的是,路遥及其长篇小说《平凡的世界》,既被《新华文摘》这样体现主流意识形态话语要求的选刊忽略,也为体现着个人阅读趣味的读者所遗忘。严格说来,中国的市场经济展开的重要场所是都市,而农村则在市场经济中退居到了次要位置。如果说1980年代的新时期文学主要以反映农村题材为主的话,那么,到了1990年代,新时期文学的农村题材作品则开始走"下坡路"。在此情形下,坚守现实主义文学创作原则、依然辛勤地耕耘在农村题材沃野上的路遥,创作出的农村题材长篇小说《平凡的世界》,得不到批评界的积极回应,便在情理之中了。因此,《平凡的世界》这部关于农民身份转化的文学作品,在1990年代并没有成为人们关注的焦点。这种情形到了新世纪之后开始出现变化。随着中国社会城市化进程的加速,大量的农民离开乡村来到都市,有关农民身份转换的话题重被提及,路遥的小说《平凡的世界》才获得人们的高度重视。只不过,这种热闹的情景对落寞而去的路遥来说,显得有些"路遥"了。这种情形说明，1980年代后期以及1990年代的《新华文摘》的文学作品及评论，在选编的过程中，也难免会因种种原因的制衡而出现某些偏差，以至于有些优秀的文学作品，并没有被纳入文摘这个平台上加以传播。这种情形到了新世纪以后才有所改观。

当然，陕西作家群既有像路遥这样瞩目当下社会底层的作家，也有像贾平凹这样瞩目当下都市中上层的作家，还有像陈忠实这样瞩目历史变革的作家。值得关注的是，1990年代，作家即便是对历史进行反思，也不再创作什么"大墙"下的反思作品，而是站在历史高度进行历史的审视。这方面的代表性作品便是陈忠实创作的《白鹿原》。

1980年代，陈忠实的文学创作并未引起关注。即便到了1990年代前期，陈忠实的文学创作也没有什么"显山露水"之处。及至1993年，陈忠实创作出《白鹿原》，才一炮打响，赢得了批评家与广大读者的瞩目。在此情形下，陈忠实的《白鹿原》被1993年第6期《新华文摘》关注。

1990年代，在《新华文摘》转摘的作家作品中，同样值得关注的另一个重要作家是莫言。1992年第3期的《新华文摘》转载了莫言的《一夜风流》(1991年11月19日《解放军报》)；1995年第1期的《新华文摘》转载了莫言的《我的故乡和童年》(《星光》1994年第11期)；1997年第12期的《新华文摘》转载了莫言的《忘不了吃》(《天涯》1997年第5期)；1999年第3期的《新华文摘》转载了莫言的《一匹倒挂在杏树上的狼》(《北京文学》1998年第10期)。由此可以看出，1990年代的莫言已经从新时期文学的边缘向中心过渡，并逐渐成为备受《新华文摘》关注的重要作家。

1990年代，莫言的文学作品依然得到《新华文摘》的青睐，但真正体现他在1995年文学创作实绩的长篇小说《丰乳肥臀》却没有引起《新华文摘》的关注。莫言曾凭借该长篇小说一举获得《大家》首届红河杯大奖,并被奖励十万元人民币,这使莫言其人其文再次成为大众关注的焦点,还引起了文学研究界的深入讨论。期间,武汉大学的何国瑞、陈国恩、易竹贤三位学者在《武汉大学学报》发文,就莫言这一作品展开了激烈的讨论,何国瑞将《丰乳肥臀》视为一部"近乎反动的小说";陈国恩与易竹贤则为这篇作品辩护。对这种"冰火两重天"的情形,莫言曾在其散文集中有过这样的表白:"去年,因为一部《丰乳肥臀》和'十万元大奖',使我遭到了空前猛烈的袭击。"①莫言的夫子自道恰好可以看作《丰乳肥臀》之所以未被《新华文摘》转摘的内在缘由。

1990年代,还需要我们关注的另一个文学现象是,这一时期一大批"60后"的作家(包括1950年代后期的部分"50后"作家)相继登上文坛。他们已经不再像"50后"作家那样历经社会底层的磨难,更没有像张贤亮、从维熙那样的大墙之下的人生体验。他们对1950年代和1960年代的记忆,要不就是懵懂地从教科书中获得的,要不就是从童年的记忆中获得的。他们对历史的反思不再像陈忠实等作家一样,注重回到现实主义的传统中去,而是注重对历史重新进行文学叙事,这便促成了先锋文学的风行一时。以余华、苏童等为代表的作家,在文学形式的创新上,更注重用新的形式来表现那些难以直接言说的历史内容,由此开启了"先锋文学"的新纪元。但是,先锋文学并没有像1980年代的伤痕文学、反思文学一样,引起《新华文摘》文学作品栏目的特别关注。其实,《新华文摘》之所以未特别关注先锋文学有其历史的原因。1980年代,伤痕文学、反思文学和寻根文学等诸多的文学思

---

① 莫言:《读鲁迅杂感》,《会唱歌的墙》,作家出版社2005年版,第126页。

潮,本来就和主流意识形态取着同一文化立场和文化信念。不管伤痕文学也好,反思文学也好,寻根文学也好,它们都通过对极"左"路线的控诉,文学地展现了极"左"路线给社会带来的苦难。显然,这样的文化立场和信念是与占据主导地位的意识形态相吻合的。但是,1990年代,包括先锋文学在内的文学思潮所体现出来的新历史观,与主流意识形态的吻合度并不太大,甚至在某些方面还出现了相左的情形。在此情形下,作为代表主流意识形态规范要求的《新华文摘》自然就不能对先锋文学给予特别的关注。这种情形表现在文学作品的转摘上便是先锋文学没有得到应有的凸显,甚至在某些情形下还出现某种缺失。但值得关注的是,尽管《新华文摘》的文学作品栏目并未有先锋文学的位置,但先锋小说在评论栏目还是得到了应有的关注。这一时期,有关先锋文学的评论文章,在《新华文摘》中得到了及时的转摘。新世纪以来,《新华文摘》的评论栏目对先锋小说评论的转摘,甚至还创出了历史新高。这种转载方式有所偏转,也许代表了《新华文摘》的编选者委婉的历史态度与积极的历史担当。

三

新世纪以来,《新华文摘》对文学作品及文学评论的关注,已经逐渐回归常态。文学已经不再像1980年代一样,动辄产生较大的社会轰动效应。这主要表现在文学开始向现实主义的道路回归,其标志性事件是1990年代被漠视的作家作品在新世纪获得了重新审视。路遥便是这样一位具有代表性的作家。

路遥离世十五六年之后,其人其文被《新华文摘》漠视的情形开始改变。2007年,贾平凹撰写了散文《路遥,一个气势磅礴的人》(2007年11月22日《南方周末》)。这篇出自"名家"之手的散文得到了《新华文摘》的青睐,并被2008年第3期《新华文摘》的文学作品栏目转载。这恰好可以看作《新华文摘》对长时间漠视路遥的一种补偿。

从随后《新华文摘》对路遥的有关转载来看,2008年第5期的《新华文摘》又分别在文学作品栏目中转载了王金城的《路遥的文学阅读与考察——纪念路遥逝世15周年》(《闽江学院学报》2007年第6期)。在《新华文摘》文学评论栏目的"相关链接"中,编选者转摘了杨庆祥的《路遥的自我意识与写作姿态——兼及1985年前后的"文学场"的历史分析》(《南方文坛》2007年第6期)。从这些转载来看,作者王金城并不是有着显赫学术声誉的名牌大学的权威批评家;从其文章原刊发的期刊来看,《闽江学院学报》也仅仅是偏居一隅的普通学院学报。从这样的意义上说,《新华文摘》对路遥其人其文的关注与转摘,显然是因为路遥所创作的文学作品得到了文学史的确认。由此来说,关于路遥其人其文的研究之所以引起《新华文摘》的关注,显然与路遥长时间的历史沉寂和历史节点有关。也就是说,路遥从1982年被《新华文摘》关注之后,在长达26年的时间里,其人其文再也没有引起《新华文摘》的关注。物极必反,随着路遥文学作品的价值被逐渐发掘,路遥其人其文自然也迎来了黎明。从路遥去世的时间节点来看,五年和十年在历史的进程中有着特别重要的意义,这样的时间间隔往往具有独立的功能。因此,当路遥去世十五周年之际,文学评论界重提路遥其人其文,自然就具有了一定的意义。这也为《新华文摘》再次关注路遥提供了历史契机。换言之,从编辑队伍的代际更替来看,在长达26年的时间里,原先拥有这一编选权力的编辑已经退居二线,取而代之的是新加盟的编辑。我们知道,尽管《新华文摘》总体上的编选风格趋于一致,但就具体的编辑而言,其不同的审美趣味和不同的编选原则还是存在的。这就说明,《新华文摘》尽管在整体上折射了新时期文学发展的基本路径,但它无法做到事无巨细地折射新时期文学的发展脉络。事实上,我们要求《新华文摘》完全折射出新时期文学的发展脉络,这本身便有失公允,也是不现实的。《新华文摘》的编选者也是生活在具体现实场域下的个人,《新华文摘》的主编也是生活在具体现实场域下的个人。既然他们有着自己的审美情趣,我们就不能苛求他们把《新华文摘》办成时代发展的反光镜。从这样的意义上说,路遥在《新华文摘》转载史上从显赫一时到长久沉寂,正说明了历史的发展不是先验预设好的,而是在不断向前的找寻中才确立其发展的路径。2015年,《新华文摘》又推出了关于路遥的文学作品《人生》的重新解读的文章,这一转载"史实"本身标志着,《新华文摘》对2012年路遥去世20周年、2015年《平凡的世界》被改编为电视剧等"路遥热",又做了一次有意味的回应。

新世纪以来,与路遥其人其文开始回归《新华文摘》有所不同,贾平凹其人其文继续受到《新华文摘》的青睐。2002年,贾平凹的《通渭人家》(《美文》2002年第1期)被《新华文摘》2002年第5期转摘;同年,贾平凹的《库麦荣》(《人民文学》2002年第10期)被《新华文摘》2002年第12期转摘;2006年,贾平凹的《看世界杯足球赛》(《美文》2006年8月上半月刊)被《新华文摘》2006年第20期转摘;2007年,贾平凹的《路遥,一个气势磅礴的人》(2007年11月22日《南方周末》)被《新华文摘》2008年第3期转摘;2009年,贾平凹的《从棣花到西安》(2009年7月15日《人民日报》)被《新华文摘》2009年第19期转摘;2010年,贾平凹的《一块土地》(《人民文学》2010年第8期)被《新华文摘》2011年第5期转摘;

接着，贾平凹的《〈古炉〉后记》(《古炉》，人民文学出版社 2011 年 1 月版)被《新华文摘》2011 年第 8 期转摘；《定西笔记》(《人民文学》2011 年第 5 期)被《新华文摘》2011 年第 15 期转摘；2013 年，贾平凹的《倒流河》(《人民文学》2013 年第 2 期)被《新华文摘》2013 年第 10 期转摘；同年，陈晓明关于贾平凹的新作《带灯》的评论文章《萤火虫、幽灵化或如佛一样——评贾平凹新作〈带灯〉》(《当代作家》2013 年第 3 期)也被《新华文摘》2013 年第 14 期转摘。

通过以上的梳理，我们可以发现，《新华文摘》对贾平凹的文学作品给予了特别关注。事实上，在《新华文摘》对贾平凹特别关注的背后，隐含的是对贾平凹其人其文所代表的文学发展方向的认同乃至推崇。1980 年代，贾平凹在文学创作中关注的是农村生活，如《腊月，正月》便是如此。但是，随着贾平凹逐渐融入都市生活，他的个体身份也发生了变化，从既有的准农民身份向都市文化人身份转化。当然，这种"文化人"不管其标签怎样显赫，就其本质而言，还是生活在都市的另一种意义上的市民。这样一来，作家和现实生活便有了深层的对话桥梁。正是在此情形下，贾平凹敏锐地发现了市场经济大潮中出现的诸多文化现象，洞见了大众文化兴起与发展的方向，并以文学的形式建构了一个个承载这一切的文学世界。由此看来，贾平凹的文学创作与路遥的文学创作便泾渭分明。

新世纪以来，莫言的文学创作依然延续了既有的态势，居于领跑位置，其人其文依然受到《新华文摘》的关注。2001 年第 3 期的《新华文摘》转载了莫言的《冰雪美人》(《上海文学》2000 年第 11 期)；2005 年第 10 期的《新华文摘》转载了莫言的《大嘴》(《上海文学》2005 年第 3 期)；2006 年第 7 期的《新华文摘》的"文学评论"栏目转摘了莫言的理论文章《捍卫长篇小说的尊严》(《当代作家评论》2006年第1期、2006年1月11日《新京报》)。稍有遗憾的是，自2006年以后，莫言的作品没有延续以前那种连续被《新华文摘》关注的态势，出现了长达7年的沉寂期。

当然，莫言其人其文得到《新华文摘》的青睐并不意味着莫言文学创作的实绩得到了真实呈现。在此期间，莫言相继创作了《檀香刑》《蛙》等文学作品，但是，真正文学意义上的莫言并没有获得学者们的深层解读。这倒不是因为莫言没有创作出具有影响力的文学作品，而是因为莫言创作的文学作品带有一定的争议性。像《檀香刑》之于国民性问题的再思考，像《蛙》之于计划生育等国策的再思考等，这些作品都有再阐释的困难。当然，这也表明莫言所建构起来的文学世界与现实世界之间的确存在着某种难以跨越的鸿沟。

莫言其人其文被《新华文摘》关注的这种沉寂态势因其荣获诺贝尔文学奖而得到了改变。2013年第1期的《新华文摘》的"文学评论"栏目以"聚焦莫言"为题，刊发了两篇文章：一篇是莫言本人撰写的《讲故事的人》(2012年12月10日《人民日报·海外版》)；一篇是北京大学中文系教授陈晓明的评论文章《以个人风格穿透现代性历史》(摘自《山东文学》2012年第10期)。尤其值得关注的是，本期的"文学评论"不仅选载了两篇有关莫言的文章，而且还以"相关链接"的形式，把刊发在《山东文学》2012年第11期的三篇评论文章一并摘编。本期《新华文摘》的文学评论栏目全是关于莫言其人其文的文章，这在《新华文摘》的办刊史上是未曾有过的。

莫言获得诺贝尔文学奖，作为中国文学走向世界的标志，其意义自然重大。为此，2013年第8期的《新华文摘》"文学评论"栏目再次聚焦莫言其人其文。本期的"文学评论"栏目，除了夏烈的

《文学未来学：观念再造想象力重建》(《南方文坛》2013年第1期)与莫言其人其文没有关系，栏目所选摘的其他两篇文章都与莫言有关。本栏目以"莫言再聚焦"为题，转摘了孙郁和雷达关于莫言其人其文的评论文章。

新世纪以来，与"莫言研究热"形成巨大反差的是，张炜的文学创作及有关张炜的文学评论并没有引起《新华文摘》过多的瞩目。例外的是，张炜在2012年的一篇题为《时代的阅读深度》(2011年11月28日《光明日报》)的文章得到了《新华文摘》2012年第4期"读书与传媒"栏目的转载。该栏目在首篇位置，用三个半的版面转摘了张炜的这篇文章。张炜在该文中针对当下阅读所面临的困境，分别从"一百年的坐标"、"民族的伤痛"、"永远的经典"和"相对寂寞的角落"四个方面，回答了如何摆脱阅读困境的问题，并指出："最美好感人的书籍，更多的时候并不属于那些生活非常优越的人，而是属于痛苦不安的、在生活中挣扎的人。所有的杰作、所有伟大的灵魂，都特别体恤弱小和不幸，与愤怒不平的心跳正好节拍相合。"①显然，张炜在这篇文章中回答了在"商业主义在作祟"的特定时代下阅读如何冲出重围，重新找寻到阅读的意义等问题。张炜这篇带有随笔性质的文章，尽管与文学有一定的关系，但从根本上说，毕竟还不是纯粹意义上的文学作品或者文学评论。这说明张炜所坚守的现实主义文学创作，在这个特定的时段中，并没有再次得到《新华文摘》的青睐，一方面与作家文学创作的周期性有关，另一方面与《新华文摘》转载的周期性有关。毕竟，一个作家不可能总有完成超越自我的文学创作，几十年如一日地保持着"先锋"的文学姿态，始终引领着大众的阅

---

① 张炜：《时代的阅读深度》，《光明日报》2011年11月28日。

读;一个期刊也不可能总是盯住一个作家或者几个作家,几十年如一日地聚焦着"名家"的文学创作,始终将其作为文摘的中心。从这样的意义上说,自1980年代出道以来,在长达20多年的时间里,张炜其人其文能够如此频繁地得到《新华文摘》的关注,已实属不易。这既是对张炜长期以来坚守的现实主义文学创作原则的认同乃至推崇,也是对张炜在新时期文学发展历史中文学史地位的一种认可乃至确认。

四

作家作为生活在特定时代的具体个人,在时代风雨的裹挟下或主动或被动地前行,作家的文学创作自然也深受影响。这具体表现在1980年代的文学黄金时代的远去。在文学日渐被边缘化的情形下,有的作家继续坚守文学这块圣地,有的作家则投身市场经济的大潮,文学出现了巨大的分化,这导致了《新华文摘》文学作品和研究栏目的萎缩,对此情形,我们不妨从下几个方面加以理解。

其一,文学在《新华文摘》转摘中的日趋下降与文学承载了其他学科无法承载的历史使命有关。在中国社会确立改革开放的国策之后,"左"的思想还严重桎梏着人们的思想,理论上还有许多思想禁区,这些禁区是诸多学者难以翻越的。诸如社会学、管理学、经济学等学科,大都处在恢复和重建的历史阶段,有些学科的基本问题,甚至还无法展开讨论。像社会主义计划经济与市场经济等经济学命题,在很多情况下便被视为不可探讨的问题。在此情形下,对社会现实具有"反映"功能的文学便有了用武之地。正是基于这样的现实需要,在1980年代,文学和文学评论开始参与社会变革，一批作家相继创作了一大批旨在呼唤政治改革的文学作品。由此，文学便弥补了理论文章的空白，担当起了思想解放先导的重任。为此，《新华文摘》的编选者相继选编了一系列具有较大社会反响的文学作品。如蒋子龙的改革小说《乔厂长上任记》等作品，便得到了《新华文摘》编选者的格外青睐。

自1990年代和新世纪以来，《新华文摘》的文学作品和评论在回归其历史本来位置的基础上又出现了退缩：版面进一步缩减，篇幅进一步减少，该栏目的昔日辉煌不仅已难觅踪影，还泯然于其他栏目之下。新时期以来的文学从中心逐渐走向边缘，在有些学者看来，难免为之遗憾。但客观地说，在新时期以来的文学发展历程中，它不过是从中心位置逐渐回归其本来应有的位置罢了。也就是说，文学回归于文学本身，文学不再承载着政治、文化、经济、社会的重轭，文学所关注的焦点是人的内在精神世界。当然，我们不能否认，人的精神世界并不会脱离政治、文化、经济、社会而独立存在，但有一点可以确认，那就是文学不能简单地等同于政治、文化、经济和社会。由此说来，《新华文摘》的文学作品和评论栏目从1980年代的盛极一时到1990年代以来的回归平常，恰是文学在完成时代赋予的政治、文化、经济、社会使命之后，回归于自我的真实体现。这种回归，与其说是文学开始走向衰落，不如说是文学找寻到了自我。

其二，文学在《新华文摘》转摘中的日趋下降与文学的隐喻性想象有着直接关联。文学是思想的载体，这一特点与文学是通过形象承载起隐喻思想有关。因此，文学通过人物形象的塑造所建构起来的隐喻性世界，便成为思想家和文学家以"曲径通幽"的方式参与社会变革的重要方式。如果说在"文化大革命"期间，人们依赖的是那种预设好了的主题，其通过形式逻辑的推演来确认其正确性,那么,在新时期,用这种形式逻辑的推演来促成思想解放便不合时宜了。在这样一个乍暖还寒的过渡时期,一方面,思想解放不得不受到现实政治的规训,那些思想解放步子迈得过大的政治文章自然会受到政治的制约;另一方面,用形象建构起来的文学世界则可以用隐喻的形象世界传达某种思想,这便使得文学作品及文学评论栏目在《新华文摘》中一枝独秀。

1976年,"四人帮"被粉碎,极左思想开始得到纠正,中国社会由此进入改革开放的新时期。但是,改革开放政策的确立,并不意味着中国社会由此便轻松地迈开思想解放的步伐,既有的政治惯性依然支配着人们的思想。在此情形下,真正的政治学自然难有安身立命的空间。因此,与政治文章这种鲜明的倾向性有所不同的是,文学作品则因为重在塑造人物形象,建构一个想象的文字世界,其政治倾向性便被隐藏起来了,这就为其刊发与转载提供了无限空间。

1980年代文学作品及文学评论在《新华文摘》占据着显赫位置,正是由特定的时代原因造成的。随着思想解放的深入,既有的政治禁忌逐渐被打破,经济学、社会学、管理学等学科相继获得了确认。在此情形下,有关这些学科的文章已经无须借助文学建构起来的形象世界,通过隐喻的形式呈现出来。因此,文学作品及评论在《新华文摘》栏目中所占比重的逐渐下降,恰好可以看作是卸掉附加在它身上的历史重荷、重新回归文学自身的真实写照。

其三,文学作品与评论在《新华文摘》转摘中的日趋下降与社会的政治转型有关。从历史的发展脉络来看,新中国成立后,文学界一直处在政治风暴的中心地带,其中的一些政治运动大都是从文艺界开始的。从1950年代的"反胡适""反胡风",到1960年代和1970年代的"文化大革命",文学逐渐变成了政治的传声筒。这个时期,像小人物李希凡的文学评论文章获得了高层的关注,便是文学被纳入政治的真实写照。当政治不便于直接"说话"时,文学便为政治代言,吴晗的《海瑞罢官》也是这样一个典型。吴晗是北京市副市长,是历史学家,本来编写剧本并非其个人学术特长,但他依然用戏剧的形式让历史人物走上前台,恰恰说明吴晗是有现实政治情怀的。这就是说,吴晗并不是从戏剧家出发来关注人的命运以及人性的冲突,而是从政治的需要出发,用戏剧来参与那个时期的政治。至于其后来被无限制地予以政治化解读,正是在此语境下自然而然的结果。

新时期到来之际,文学便自然而然地再次担当了政治上拨乱反正的使命。这在客观上便把文学推到了时代的中心地带,也为文学作品与评论占据《新华文摘》的重要位置奠定了基础。但是,随着社会的政治转型,尤其是随着政治运动的相对减少,文学的比重在《新华文摘》中呈现出日趋下降的趋势。

其四,文学作品与评论在《新华文摘》转摘中的日趋下降与社会的经济转型有关。新中国成立后,社会是"政治挂帅";在新时期,尤其是在1990年代和新世纪,国家把工作中心转移到经济建设上来。这就使国家政治权力主导下的社会出现了转型,文学便不再成为政治关注的核心问题。事实上,从国际层面上看,国家之间的竞争在显性层面上还是经济之争。打开国门之后,我国参与世界竞争,这就自然地演变成经济竞争,而文学作为参与世界交流的一个元素,囿于其意识形态的属性,自然就难以承载起国家竞争的重任。文学只能作为一种文化交流的方式,成为国家文化软实力的组成部分。

最后,文学作品与评论在《新华文摘》所占比重的下降,还与文学的属性有关。文学栏目在《新华文摘》中的先后次序,是由文学的本质属性决定的。如果说《新华文摘》的政治栏目排在首要位置是由期刊的性质所决定,经济栏目排在次要位置是由期刊的社会使命决定，历史栏目排在文学作品和评论栏目之前同样隐含着某些历史的、现实的内在规范和要求。从历史的发展来看，历史和文学有着本质的区别，历史被划分到社会科学系列之中，文学则被划分到人文系列之中。换言之，历史具有科学的某些属性，文学则具有人文的某些属性。我们知道，科学是对社会的内在规律的阐释，它不以人们的意志和情感为转移；而文学作品则不然，它是作家主观想象出来的虚构世界。这样一来，历史科学自然与政治、经济一样，获得了某种超越文学作品和评论的优势。至于文学作品和评论，既然是人文范畴，那么，它自然就存在着仁者见仁、智者见智的问题。同样是对现实社会生活的反映，但缘于反映主体的思想不同、情感不同、文化立场不同，它们在反映同一现实社会生活时，便自然会出现"远近高低各不同"的差异。这就是说，文学作品和评论的科学属性并不像历史科学那样来得容易。在此情形下，文学作品和评论栏目被放置到历史的后面，也就是完全可以理解的事情了。

总的来看，1980年代的文学作品和文学评论备受关注，并不是简单地来自于其文学价值，而是来自于其文学价值之外的其他社会价值。因此，1990年代及新世纪，文学栏目刊登的文章数量的减少恰是文学回归既有的社会常态的一种表征。这不是文学之大不幸，而是文学之大幸：当社会恢复到常态之后，文学也应该回归其本来应该具有的位置。因此，文学回到其常态，既是一种自然，也是一种进步。

（原载《〈新华文摘〉(1979—2013)文学作品与评论研究》，山东人民出版社2015年版）

论"文学想象"与"历史存在"的差异性

——对十七年文学英雄叙事的再反思

关于十七年文学的英雄叙事,学术界已经有了较多的关注和研究。但是,对十七年文学英雄叙事如何科学地处理"文学想象"与"历史存在"之间的关系问题,却一直没有得到很好的解答。特雷西在论及人们对法国大革命的不同解读时,曾强调历史事件的"多面性"或者说"含混性"的特征,指出人们对法国大革命的研究和阐释犹如"可以不断重新涂写的羊皮纸",写在其上的文本也就成为"羊皮纸上的历史"。[①] 这说明了阐释的多种向度和可能。事实上,由于解读者所持的文化立场不同,解读者所处的文化语境的差异,在解读上出现众多的差异性是十分正常的。我们从这样的视角来看十七年文学中的英雄叙事,就可以发现,英雄叙事对历史的"文学想象"与"历史存在"的差异是如此巨大。基于此,人们对英雄叙事的解读,就更是见仁见智,具有多面性。

---

① [意大利]艾柯等著,王宇根译:《诠释与过度诠释》,生活·读书·新知三联书店1997年版,第151页。

一

　　十七年文学，对我们这代从事文学研究的人来说，是一个难以割舍的情结；十七年文学中的英雄叙事，对我们这些从那个时代走过来的人来说，也是一个难以忘却的存在。然而，曾几何时，在我们的英雄叙事中，却又把那些英雄如此粗暴地置换为意识形态的传声筒。他们首先并不是作为一个个体的人存在着，而是作为一种特定历史下意识形态的代表而存在着。这也许是我们一说起英雄和文学中的英雄叙事，就难以赢得人们关注的一个原因。

　　其实，一个没有英雄的时代，是一个平庸的时代；一个没有英雄叙事的时代，是一个可悲的时代。事实上，任何一个辉煌的时代，都是和英雄的辉煌相辉映的。那么，何谓"英雄"呢？人们往往把超群绝类的杰出性这一文化品格当作英雄的主要品格。如《国策·齐策三》中说："小国英桀之士，皆以国事累君。"当然，人们还直接用"英"指代那些杰出的人物。如群英大会。再如《荀子·儒效》说："其穷也俗儒笑之，其通也英杰化之。""雄"则指宏大、威武、强有力等语义，如刘禹锡《奉送裴司徒令公》诗中写道："行色旌旗动，军声鼓角雄。"除此之外，"雄"还借喻杰出的或强有力的人物或国家，如战国七雄。"英雄"这两个字合成后作为一个词语，一般是指杰出的人物。

　　英雄主要指代的是一种独有的文化品格。这样的品格在孟子看来，"天将降大任于是人也，必先苦其心志，劳其筋骨，饿其体肤,空乏其身,行拂乱其所为,所以动心忍性,曾益其所不能"①。孟子为了说明英雄的这一品格,还列举了古代圣君舜、商代贤相、周文王的贤臣、春秋齐国名相、楚国贤相、秦国名大夫等人,这些人有的在乡间当过农夫,有的曾是从事鱼店的小贩、狱中的囚徒、海边或牲口市场的隐者,早年都经受了人间的饥饿之苦,而后成为英雄。显然,孟子在此所论述的英雄,是更易为人们所熟识和效仿的,这样的英雄,比起新中国建立后十七年文学的英雄叙事中展示给读者的英雄,更富有真实性。

对于英雄这样的一种认同,不仅在古代孟子那里是这般看待的,就是在近代梁启超那里,也基本上秉承了这一观念。梁启超认为:"如何而后可以为真人物?必其生平言论行事,皆影响于全社会,一举一动,一笔一舌,而全国之人皆注目焉。甚者全世界之人皆注目焉。其人未出现以前与既出现以后,而社会之面目为之一变,若是者庶可谓之人物也。"②这就是说,在梁启超的心目中"真人物"也就是"真英雄","真英雄"具有影响社会的力量。

然而,后来我们对英雄的理解和认同,以及我们在英雄叙事中塑造出来的英雄,不但和古人的观念有差距,而且和现实生活中的英雄也有差距。出现这种情形的原因固然很多,但主要原因恐怕还在于我们的作家丢弃了英雄所具有的基本品格,那就是独立的思想和人格,而将自己的思想和情感作为所叙英雄思想和情感的折射镜。这样,怎么能够产生出伟大的英雄叙事来呢?

事实上,在对十七年文学英雄叙事的认知中,如果真如这样

---

① 《孟子·告子下》第十五章。
② 《康有为传》,《饮冰室文集》卷九,转引自《康南海自编年谱》(外二种),中华书局 1992 年版,第 237 页。

的思维所认同的话,那种脱离了生命个体的独特体验的所谓社会价值又该寄寓何处呢?我们往往过于简单地理解伟大的文学家们做出的一些论断。实际上,正如有人所说的那样,真正的诗人体现他自己的年代,也在刻画以往的时代时多少体现他自己。其实,这样的一些基本要求,我们的作家又做得怎样呢?正是从这样的反思出发,我感到对十七年文学中的英雄叙事进行一次属于自己的再解读,实有必要。

"英雄"和"英雄形象"作为独立的概念,其被赋予的特定内涵是不同的。所谓"英雄"是指一种理念的存在,是我们对于英雄所包蕴的内涵的一种选择和认同、赋予和设定。这样的一种必要的设定,使我们对于英雄的认同既与传统有联系、又与传统相区别。我们所谓的英雄形象,则是指客观存在于文本世界中的英雄客体,他们作为独立的存在,已经以文本的形式存活于我们的文学之中;至于英雄叙事,则是在我们所认同的英雄理念的基础上形成的英雄塑造。为了使解读更富有学术价值,我们在注意"叙"和"事"的有机统一的同时,又注意到了"叙"和"事"的悖论性,避免了主体理念的过分投射或主体理念的弱化沦丧。因为主体理念的过分投射将使英雄形象被理念的世界所遮蔽,这样的话,我们完全是在"借水行舟",从而使英雄叙事的史性特征被彻底消解;而主体理念的弱化沦丧,同样有可能走向另一个极端,使英雄叙事成了英雄事略,失却了叙事主体的"叙事",如果主体理性失却了那种应有的穿透力,就易成为匍匐在文本之中而无法飞翔的精神侏儒,由此其所应该显现出来的时代精神也就所剩无几,叙事的生命力自然就大大弱化了。

如果我们从"叙事"的字面来看,其理解可以循着这样的思维路径来进行。其一,如果它被理解成叙事的行为,那么它在我们的意识中就被认为,叙事是文学家利用语言表述对象存在的一种方式。当然,这样的存在方式完全打上了叙事主体的精神烙印,或者可以说,作为文学家的叙事主体对于对象存在的叙事,实际上就是一种纯粹的主体的理性和情感的外化,是叙事主体的内在精神世界的对象化。其二,从学理的角度审视可以发现,以研究者身份出现的学者对于由文本世界所构成的对象存在进行叙事的时候,作为研究者的叙事主体对于对象的叙事,就是从一种精神世界到另一种精神世界的移植和重新培植的过程。这里所说的移植,是指作为客体存在的世界从一个文化心理结构中被复制到另一个文化心理结构中的过程;所说的培植,则是指这样的客体从一个文化心理结构中获得的位置到另一个文化心理结构中重新被整合后获得另一种位置和功能。

我在对英雄叙事进行思考时发现,对于客观存在的解释竟然有如此之多的可能。使人感到饶有兴趣的是,不管是我们,还是我们的前辈,在进行英雄叙事的时候,实际上都存在用自己业已设定的英雄理念来进行的叙事。且不说中罗贯中在创作《三国演义》小说的伊始(或没有创作小说时)就已经具有了那种"褒刘贬曹"的理念预定,当这样一些基本价值内涵已经预定之后,随之而来的叙事,就是循着这一中轴,用一些人物的行动而形成的带有意味的"故事",完成对叙事理念的外化而已;即便在我们所论及的英雄叙事中,这样一种现象也可谓普遍存在。尽管如此,但我们还是可以对英雄叙事中"叙"的主体有着更高的诉求,仍然可以从这样的英雄叙事中来辨析民族文化建构的脚印。

二

在十七年文学英雄叙事刚刚揭开崭新的一页时，当时著名的评论家就曾经满怀激情地宣示："我觉得，全部人类历史从不曾有过这样的时代，在像十年这样短的时间内竟然涌起象凶猛波涛一般的写书的、批评的、发明的人们，这些人们昨天还是伙夫和牧人，而今天却已经在写作了。"①历史发展的实际情形也的确如此，我们回眸十七年文学的英雄叙事就会发现，那些书写文学史的一代作家，他们从事创作之前可能还是战士，甚至连学都没有上过，当作家的意识还未产生，但在20世纪50年代，他们却拿起了笔，"已经在写作了"。"写作"这一行为，不但改写了他们的人生命运，而且也改变了现代中国文学的版图。与此相比照，那些曾经建构了现代中国文学前期版图的作家，却在新生的共和国面前像突然间失语了一般，再也没有超越他们曾经有过的辉煌。

我们应该如何来认识英雄叙事中的叙事主体呢？这里的核心问题是对于其叙事理念的把握，也就是要探究叙事主体用什么样的英雄理念进行叙事，这是问题的根本点。尽管我们认为作家的叙事是奠基于现实存在之上（这在一些侧重于写实的文学作品中表现得更是如此），但是，这里也有一个经过叙事主体用自己的文化理念对表象世界进行整合的过程。这整合的核心就是把对象纳入叙事主体既有的文化心理结构中，由此使表象世界获得一种意义和价值。

---

① 冯牧、黄昭彦：《新时代生活的画卷》，牛运清主编：《长篇小说研究专集》（上），山东大学出版社1990年版，第18页。

如果用这样的视点来审视英雄叙事，就需要我们对英雄叙事的主体作进一步的把握，即任何英雄叙事都是建立在叙事主体对英雄客体解读的基础之上的，其参与解读的制约因素有很多，主要表现为英雄叙事的主体在"隐蔽目的"的引导、制约下，所彰显出来的"想象力的产物"①。因此，要想在英雄叙事的解读中有所突破，就需要把英雄叙事的主体"想象力"特别地凸显出来。

从十七年文学英雄叙事来看，叙事主体大都是革命战争的经历者，刚刚尘落的硝烟，令他们无法忘怀在战争中逝去的英烈。他们感到，自己作为"苟活者"，有义务也有责任把他们的英雄业绩用文字的形式记录下来，以成为后人学习和缅怀的楷模。如作家杜鹏程，在战斗中被一位素不相识的战友掩护而死里逃生，那位战友却壮烈牺牲，正是基于这样的感恩情结促使他要把"写出"这些英烈的英雄壮举作为义不容辞的责任。但是，这并不是说英雄叙事的主体在展开叙事之前，就没有接受主流意识形态的规范。实际上，任何的英雄叙事，都是隐含着以自己业已设定的英雄理念来进行叙事的。

那么，到底有哪些因素参与了英雄叙事的全过程？对此，即便是英雄叙事的主体也难以获得自觉的理性认知。这既有一个主体的意识层面，也有主体的潜意识层面；既有主体的自觉性层面，也有主体迎合外在需要的层面。由此来审视十七年文学的英雄叙事，我们就会发现，叙事主体在英雄叙事的过程中，因其影响因素很多，不可能遵循一个原则完成如此复杂多元的英雄叙事。因而，英雄叙事就可能是叙事主体在整合了诸多的因素之后承载

---

① 洪子诚：《问题与方法——中国当代文学史研究讲稿》，生活·读书·新知三联书店2002年版，第23页。

着诸多文化理念和情感的对象物。比如在十七年文学中,像《沙家浜》中的阿庆嫂、《龙江颂》中的江水英、《杜鹃山》中的柯湘等众多女性形象,几乎全成了政治性人物,而她们作为人或女性应有的自然特征被遮蔽了起来,这正是源于叙事主体的诸多文化理念和情感的共同作用。与此相对应,客观存在的"历史"上的真实而丰富的人生内涵,则在叙事主体的英雄叙事过程中完全被排斥在外了。

这样一种遮蔽,在十七年文学的英雄叙事中是较为普遍的现象。例如,英雄叙事强化了英雄的政治性理念在其英雄行为中的作用,甚至在很大程度上被夸大而占据主导地位,回避或完全遮蔽了隐藏在英雄行为背后的个性特征以及在这样的个性特征背后的气质类型。从一定意义上说,人是一定环境下的产物。不仅特定的环境对人有着重要作用,就是人的精神世界中所存在的各种意识内涵、潜意识和气质等,也会对英雄产生极其重要的影响。这样众多因素综合作用所形成的合力,导致了十七年文学叙事中英雄的产生。

如果我们对那些曾经真实存在过的英雄,如董存瑞、黄继光、刘胡兰、邱少云、欧阳海等进行考察就可以发现,这些英雄形象都是典型的叙述主体叙事的产物。因此,一切所谓的心理深度的叙写,都是叙事主体依恃着自己的英雄理念外化的结果。实际上,黄继光在堵敌人的枪眼时是否想到了北京天安门,是否想到了毛主席,"历史的事实"已经难以佐证。这种叙事只是叙事主体"想象力的产物"。同时可以看出,这一时期的英雄叙事明显带有叙事主体的文化理念和文化语境的制约和导引。如邱少云埋伏在敌人阵地前,不幸被大火所烧,最后牺牲。在牺牲的过程中,他所经历的种种磨难和由此而来的精神痛楚,是一般人绝难体会到的。但在我们的英雄叙事中,却把这样一个精神的炼狱过程简化为一种政治性行为。作为一个即将终结自己生命的人,此时最有可能产生的是来自生命深处的求生欲望;在烈火燃烧着自己时,他有时间在复杂现实境遇下进行理性判断,在多种激烈矛盾中进行艰难抉择。特别重要的是,求生是来自人的生命底层的最强烈欲望,是最难以被抑制的欲望。但在我们的英雄叙事中,这样一个痛苦、矛盾的过程却被作者叙述为英雄的自觉自愿的行为,这不能不说明,即便是来自生命深处的本能,也被叙事主体所抑制了。试想,人的生命受到威胁的时候,对于自我生命的关注便构成了特定语境下最为现实的抉择,没有这样的选择,并不表明没有这样的欲望,只是这样的欲望被创作主体抑制了。实际上,对邱少云来说,其作为一名英雄,并不在于他没有什么生的欲望,而是他在求生的过程中能够自我理性调控;理性的调控也不是单纯地来自什么政治的高尚情操,主要的还是军纪的规范制约。其对于生的拒绝和对于死的拥抱,便是在那样的情景下被迫做出的抉择。军纪作为悬挂于生命个体之上的利剑,驱使着邱少云必须遵守纪律。这样的叙事,不但不会削弱其英雄行为的美学力量,反而会强化其作为一个审美对象所具有的丰富的美学意蕴,从而拓展其审美空间。所以,当我们把一个复杂的邱少云以英雄叙事的方式呈现给读者的时候,实际上是把英雄还原为人,并在人的基础上诞生了一个伟大的英雄。如此说来,英雄的诞生总是伴随着抉择的痛苦、伴随着求生的欲望与内化了的理性的纠葛。离开了这一点,我们的英雄就失却其本真的底色,而成为不食人间烟火的非人。非人的死亡,在审美上来说,不但不会引起我们高尚的审美情感,反而会淡化我们的审美情感,消解英雄本身所具有的悲壮美。因为这样的一些人,已经没有了人的正常情感,他们已经沦为一种政治符号。十七年文学的英雄叙事，恰恰是在这一点上，扭曲了历史的本来存在，把英雄这一活生生的存在演绎成支持我们的英雄理念的一个符号，一个为了我们的英雄理念而存在的人。当我们的英雄叙事能够遵循着英雄诞生的本来逻辑规则展开的时候，我们就会发现，还原了的英雄不仅不会因为他们有求生的欲望而降低了他们的精神，反而会更加强化他们的英雄色彩。因为在那样的情景下，尽管他们有这样或那样的欲望和思想，但他们毕竟扼住了欲望的喉咙，终于成就了自己作为英雄的存在。甚至可以说，英雄的诞生总是伴随着一种无法逃避的抉择而展开的；而离开这样无法逃避的选择，英雄的诞生则成为不可能想象的事情。

那么，究竟是什么因素导致叙事主体在英雄叙事的过程中没有达到这一预期的叙事目的，出现了文本实际和意念表达的脱节呢？这就涉及叙事主体和主流意识形态的差异性。也就是说，即便在叙事主体那里，他对主流意识形态也无法做到全面皈依。且不说叙事主体自身在对主流意识形态皈依之前，就已经形成了自己的思想；即便在其皈依的过程中，叙事主体也还存在着利用既有的文化视野来重新解读主流意识形态的接受过程。

英雄叙事和主流意识形态总是有着千丝万缕的联系。一般说来，主流意识形态有其独特的英雄价值体系和意义体系，同时，也有其建构这价值体系和意义体系的内在根据。我们要发掘出隐藏于语言背后的英雄叙事所期冀的英雄，首先就要分清被语言所遮蔽了的英雄内涵，发现隐藏在英雄内涵之后的英雄理念，到底是弘扬了什么，即其英雄叙事强化并凸显的部分，而被遮蔽的部分，则是那些被抑制的内涵，同时还包括那些被遗漏或有意识回避的部分。其实，这部分在文本中的意义更为重要，因为它往往存在于人的精神深处，成为人的精神的重要组成部分。这样一来，英雄叙事在确认"英雄"时，就有了更多的主体色彩。因为叙事主体之所以选择这一特定的叙事对象（或历史事实），与其英雄理念和希冀达到的阐释目的有关。实际上，在他们进行英雄叙事之前，作为叙事主体就已经对自己的叙事对象进行了立场的确定和情感的认同，这为后来英雄叙事的发展奠定了方向。因此，无论对于不同的叙事主体，还是对于不同时期或不同语境下的同一叙事主体来说，究竟哪些客观存在的"事实"构成他的叙述对象，成为他的文本世界的有机组成部分，也会有一个变化的过程。因为作为叙事主体的作家的英雄理念会随着他与外在世界的对话而产生一个变动的过程。在十七年文学的英雄叙事中，英雄形象基本上是对于主流意识形态所认同的英雄理念的一种注释和证明。如雷锋就被作为人们所效法的"时代楷模"，这样的英雄实际上带有该文化系统的导向作用。也就是说，这样的英雄叙事实际上带有道德规范的作用。并且为了满足这样的道德要求，叙事之体很可能采取对于事实夸大或彰显、而对于另一事实缩小或遮蔽的叙事策略。而这样的遮蔽或彰显都可能使英雄叙事走向自己的对立面。因为这样的英雄叙事已经使英雄作为一个"自足性"的存在失却其应有的存在条件。如雷锋这样的英雄从"人"变为"神"的过程，也就是变异为"非人"的过程，这实际上已经脱离了人的内在自然属性和社会属性的质的规定性。当然，这里的英雄作为一个客观的存在，我们可能无法完全否认其所彰显的精神存在的合理性和可能性，但我们却同样有理由发掘其彰显的一面所遮蔽的其深层丰富内涵的另一面。实际上，如果离开了对于其所遮蔽的一面的叙事，我们所看到的英雄也就不再是一个完整的英雄了。

三

十七年文学英雄叙事的"英雄形象"潜存于浩瀚的文本世界中,的确需要我们来努力还原其所蕴涵的丰富的理性认知和情感复杂状态。但是,对于英雄的理解和阐释,我们只能以自我的情理体系为标准。这主要因为人们对于英雄的认识和感受,在很大程度上与其所处的"历史性存在"的特殊时态下的独特审美趣味有着直接的关系。

文艺复兴时代所产生的那些改变了人类精神进程的英雄,特别令人崇敬。对此,恩格斯在评价文艺复兴时的英雄时曾说过,那"是一次人类从来没有经历过的最伟大的、进步的变革,是一个需要巨人而且产生了巨人——在思维能力、热情和性格方面,在多才多艺和学识渊博方面的巨人的时代","那时的英雄们还没有成为分工的奴隶",这使他们具备了"性格上的完整和坚强"[①]。然而,在十七年文学的英雄叙事中,恩格斯所赞美的文化英雄并没有获得很好的展示,而是进一步强化了依靠话语建构起来的世界秩序。不仅如此,在现实生活中,这样的一种世界秩序也依然具有一定的功能。

那么,在十七年文学的英雄叙事中,为什么就没有产生类似西方文学中那样的反思文学呢?是我们的英雄没有产生这样的思想和情感?还是他们曾经产生了这样的思想和情感,但英雄叙事的主体有意识地遮蔽了这样的思想和情感?如果是有意识地遮蔽的话,他们又是怎样调节这样一种关系的?

---

① 恩格斯:《自然辩证法》(第1分册),人民出版社1971年版,第7—8页。

从这样的追问中,我们可以真切地感受到,十七年文学的英雄叙事仅仅展示了人能够体载主流意识形态的那部分内容,却遮蔽了其他更为丰富的内容。诚如有的学者指认的那样:"任何一个军人,都必定带有他本国、本民族、本地域的心理遗传基因。这种遗传基因决定着他的精神气质、思维模式乃至行为走向等等,并由此构成不同国别、不同民族、不同地域的军人特点和差异。中国军人既挂重项王的壮士气概,又崇尚周郎的儒将风范;既称道大智大奸的曹操,又彪炳大忠大愚的岳飞;既歌赞'不破楼兰终不还'的英雄豪气,又抒发'将军白发征夫泪'的悲凉情怀。"①然而,在十七年文学的英雄叙事中,我们没有看到这种由文化遗传基因决定的"精神气质、思维模式乃至行为走向"。这不仅在抗日战争中对峙的双方没有获得很好的展现,而且在后来国共两党的对峙和较量中也没有获得很好的展现,因而造成了一个最终后果,就是英雄的个体虽名字有差异,但他们在共性上几乎是相似的。

事实上,英雄的行为方式具有民族性和文化性的特点。如日本武士道式的英雄行为方式,就与其所认同的文化价值的规范性紧密相关。他们把武士道的自杀行为作为英雄诞生的一个重要象征。因此,在其英雄理念中,武士们就把为了个人的尊严和荣誉而自杀作为自我人格获得圆满的一种途径。而在中国文化中,英雄的自杀性行为则被看作懦弱的一种表现,是一种可耻的行为。这与中国人所推崇的文化理念有关系。中国人强调的是"留得青山在,不怕没柴烧"。这样的一种文化理念,强调活着对于个

---

① 朱向前:《寻找"合点":新时期两类青年军旅作家的互参观照》,《文学评论》1988年第1期。

体的价值和意义。至于中国文化所强化的儒家思想,也是用另一种方式来证明个体活着的重要性。在孔子那里,就有"身体发肤,受之父母,不敢毁伤"的训诫。因此,其所建立的逻辑起点是从家族出发,把个体纳入一个不属于自我的文化体系中来对待的。

一个时期以来,人们认为英雄已经在文学中淡出。英雄的有无,既有客体本身的原因,也有评价客体时主体所使用的价值尺度的原因。实际上,当我们用20世纪五六十年代理想主义的价值标尺来衡量当下文学中的英雄的时候,显然无法找寻到能够承载我们当下意义的英雄。所以,不少文学评论家把自己的主要使命定位到对当下英雄的解构。

且不说用20世纪五六十年代人们认同的英雄内涵来评定当下文学的英雄叙事,即便是用80年代的英雄内涵来审视,也会发现其所表现出来的差异性。这里实际牵涉到一个文学转型的问题,也就是说,90年代的文学开始了对80年代文学的一次解构。它是对80年代文学所体现出来的理想主义的消解,也是用自己所认同的价值观念对英雄的重新建构。

我们对于英雄的内涵可以有自己的理解,但是有必要先确认何谓英雄。我们认为,英雄的内涵是随着时代的变迁而变化的。当下的英雄,不再是那些勇猛无比的战争英雄,而是具有文化建构能力的英雄。如果从这样的意义上来把握当下的英雄,我们也许会发现这样一个与众不同的结论,即当下的文学中不仅有英雄,而且还是一种植根于现实、人的个性意识觉醒的英雄,其意义是不容低估的,它区别于80年代建立在群体意识之上的英雄。也正是由于这样的立足点的差异,导致对当下英雄评价上的差异。这同时也说明了我们的文化观念在激烈的社会变革中出现的巨大落差,以至于在当下的英雄评价中出现了如此大的对立。

总体来说,80年代的文学是以作家神圣的社会使命感为文学创作旨归的。强调的是文学对于社会的改造功能,从而使文学具有社会性的轰动效应。80年代末,文学改造功能开始弱化,及至90年代,文学创作的基点则从文学的改造功能转向文学的表现功能。于是,作家对于创作对象从热情拥抱转向客观审视与再现,尤其是在新历史主义的小说创作中,对于历史的复活和言说则采取了一种超然于对象的态度,如余华的《活着》。至于莫言的《檀香刑》等新历史主义小说,甚至在复活历史的同时,又有着冷峻的色彩。即便是那些还有着热情的创作主体,实际上也在很大程度上褪去了原有的文学改造功能,转向了对于生命个体的自我叙说。当然,这样的作品并不能说明当下文学就真的到了没有英雄的地步了。实际上,文学在对生命个体进行言说的同时,它更为直接的目的是对原有的主流文学意识(包括英雄意识)进行解构,进而企图在新的基点上建构文学的新殿堂。

建构在新基点上的当下文学,并没有失却英雄,它恰恰是在新基点上建构了自己的英雄。当然,与此相对应,其所建构的英雄有了自己新的内涵。他是植根于现实的个体生命觉醒基础之上的、以解构人的全面发展的桎梏为手段、张扬人的个性解放为目的的。当下的文学叙事主体在对英雄重新定义的过程中,对于外在于英雄自我和内化于英雄自我的各种桎梏进行了大胆的反叛和解构。这样的英雄叙事可以看作是个体从80年代强化群体中的自我到90年代强化个体的自我的一个转变。至于在这种转变的历史过程中,西方的现代主义和当下的中国文化语境的某些契合,自然是其中原因之一。与这样的反叛和解构相对应的是一种强调自我的个性张扬意识的重新苏醒。但也应该看到,这个时期的个性思潮已经不是五四时期个性解放的翻版,其个性意识在某些方面淡化了深广的社会意义和价值,这应该是值得我们忧虑的地方。这诚如笔者所论及的那样:"十七年文学英雄叙事,尽管其生成的文化语境一直被主流意识形态紧紧钳制着,使这些文本带有这一时期文化语境下的某些烙印,然而在一大批忠实于现实体验的作家努力下,在现实主义创作原则的导引下,还是获得了较大文学成就,成为现代中国文学英雄叙事的重要篇章。"①正是由此出发,十七年文学英雄叙事又在某些方面继承了五四新文化的传统。

如果对于当下文学中的英雄叙事采取积极的态度,就会真正发现,这是英雄叙事发生巨大转变的一个时期,文学在这里开始了转向。这就提醒我们文学评论者,要从原有的历史坐标中走出来,用新的标准来理解当下文学中的英雄叙事,并且需要从新的视阈来解读那段已经成为过去的文学中的英雄叙事。唯此,我们才能真正把握这样一个特殊时期的文学的内在精神。当然,如果从民族心灵史的视角来看十七年文学的英雄叙事,也会发现,所谓没有经典和权威的英雄时代,正体现了英雄在远离所谓的社会中心地位之后的回归自身。而一些思想家们提出的所谓的大众文化和消费文化以及英雄被边缘化,恰好表明了我们对当下的英雄的一种新的期盼,对文学中的英雄叙事的再次瞩目。

随着十七年文学的远去,我们已经有了远距离眺望与解读十七年文学英雄叙事的机缘。毕竟,"文学想象"与"历史存在"的差异性问题,并不是十七年文学英雄叙事独有的问题,也是当下文

---

① 李宗刚:《在主流意识形态制导下的十七年文学英雄叙事》,《山东师范大学学报》(人文社会科学版)2005年第6期。

学创作无法回避的问题。客观地说,处理好"文学想象"与"历史存在"的差异性问题,既要规避过分张扬"文学想象"带来的文学失真,又要规避过分拘泥"历史存在"带来的文学失魂。只有真正地处理好两者的关系,才能更好地促进作家的文学创作。这恰是十七年文学英雄叙事留给我们的最可贵的文学遗产。

(原载《东北师大学报》哲学社会科学版2019年第1期)

散文研究应建立在丰盈的资料基础上

在新时期中国文学研究中,小说研究无疑是备受人们推崇的显学,而散文研究则相对薄弱得多。在某些极端的情况下,散文研究甚至被视为君子不为的"末技小道"。当下的散文研究与小说研究相比,呈现出泾渭分明的差异性。从小说来看,其创作已经成为主导当今文学创作的主潮,小说研究,尤其是小说研究的资料建设,也取得了显著成效,形成了相对完整的系统性;从散文来看,其创作似乎居于文学主潮的边缘,散文研究,尤其是散文研究的资料建设,整体性和系统性都不够,能够进入文学史的研究资料更是明显不足,这种情形甚至与1935年编辑出版的《中国新文学大系》都无法相提并论。因此,破解当今散文被日趋边缘化的窘境,需要我们加强散文研究,而散文研究的基础性工作便在于散文研究资料建设。

任何一个时代的散文创作繁荣都离不开散文理论的繁荣,而散文理论的繁荣则与散文研究资料的系统发掘和梳理密不可分。在五四新文学运动中,散文创作进入了大发展和大繁荣的时期,许多优秀的作家不仅从事小说创作,而且投身于散文创作,甚至还积极纵身于散文理论的探索。如周作人和郁达夫都是跨文体写作和研究的佼佼者,周作人编选的《中国新文学大系·散文一集》和郁达夫编选的《中国新文学大系·散文二集》便堪称经典之作。他们为其所编选的散文集所撰写的《导言》，自然也是散文研究的不刊之论，对后来的散文研究产生了重要影响。那么，我们怎样才能在《中国新文学大系》的基础上，编选出带有新时代特点的散文研究资料，从而有效推动当下的散文创作与研究呢？

其一，应该把散文研究资料建设置于整个文学史的框架内加以确认，从而使得散文研究资料不再游离于整个文学史资料建设之外。散文资料的编选，并不像有些人想象的那样，把别人的研究成果汇集起来便可以万事大吉。实际上，散文研究资料编选的关键是如何甄别，这便需要从事散文研究资料的编选者除了对散文文体具有理论自觉之外，还需要对其他文体具有一定的理论自觉。中国新文学发展的初期，真正优秀的散文作家并不是单纯的散文作家，而且还是小说家和诗人，他们在各个文体的创作上都取得了显著的成就；同样，真正优秀的散文研究者也不是单纯的散文研究者，而且还是小说和诗歌等文体的研究者，他们在各个文体的研究上都具有相当的造诣。比如鲁迅便不仅是卓有成就的小说家，而且还是散文家、杂文家和诗人；他不仅在各个文体的创作上取得了显著的成就，而且还在研究方面取得了相当的成就，撰写了《中国小说史略》这样的文学史著作，甚至在研究资料建设方面也作出了突出的贡献。他编选的《中国新文学大系》小说集堪称一部经典的资料编选之作。像《中国新文学大系》理论集的编选者胡适、散文集的编选者郁达夫、文学论争集的编选者郑振铎、诗集的编选者朱自清、戏剧集的编选者洪深等，也都是在文学创作和文学研究方面取得了跨文体创作成就的人。这便保证了他们从事编选研究资料时，不再是以某一文体的规范为规范，而是以整个文体的规范为规范。我们如果以此为坐标来审视便可以发现，当下的散文研究正缺少像《中国新文学大系》的编选者那样,能够融会贯通各个文体、跨越创作与理论鸿沟,从而在创作、理论和研究资料编选等方面均有所建树的人。因此,要编好散文研究资料,需要我们在继承前人编选研究资料经验的基础上,认真谋划好编选散文研究资料的科学路径,确保散文研究资料编选循着科学的路径,抵达理想的彼岸。

其二,要把散文研究资料作为一个系统的工程,注重从基础性的研究资料编选做起,系统地展现散文创作和研究的成果。在既有的研究资料中,编选者重视年度优秀散文的编选工作,但是,有关年度优秀研究资料的编选工作还没有得到应有的重视,这就使得散文研究资料的编选工作出现了一定的滞后性。其实,如果我们把优秀研究资料的编选工作也纳入散文这个系统工作中来,注重从基础性的研究资料的编选做起,就会真正地集腋成裘,从而有效地呈现出散文创作和研究的整体面貌,为散文创作和研究的深入奠定坚实的基础。

随着数字化时代的到来,中国知网尽管作为一个数据库,已经涵盖了不同时期的不同研究成果,但在这个浩如烟海的数据库中,真正有价值的散文研究资料则像散失的珍珠一样,被其他没有多少价值的研究资料所淹没,难以焕发出其应有的光芒。这就是说,数据库只不过是把纸媒时代的报刊研究资料转换为另一种存在方式而已,它本身并不具备天然的研究资料的价值。实际上,散文研究资料依然需要具有较高散文素养的人来重新甄别和编选,才会真正地焕发出应有的学术史的光芒。目前,值得肯定的是,一批从事散文研究的学者已经开始编选了各种研究资料。但是,这个工作还没有纳入一个系统的工程中来,使单个的研究资料编选工作与系统的研究资料有机地对接起来,使研究资料编选工作在统一的组织下有序地开展,扎实地推进,从而使得这一系统工程能够实现整体与部分的统一。

在研究资料编选方面，值得我们借鉴的编选路径，除了《中国新文学大系》之外，还有中国社科院发起并主持编选的《中国现代文学史资料汇编》和30多所高等院校中文系写作编集的《中国当代文学研究资料》。

《中国现代文学史资料汇编》这一工程由中国社会科学院文学研究所发起并主持，规模宏大，计划分甲、乙、丙三大系列总计200余种著作（甲种为"中国现代文学运动、论争，社团资料丛书"，乙种为"中国现代作家作品研究资料丛书"，丙种为"中国现代文学书刊资料丛书"）。该项目曾经被列入国家"六五"哲学社会科学研究的重点项目，丛书自1982年起陆续出版，进入1990年代以后由于种种原因，工作逐渐停止，到新世纪为止完成了其中部分丛书的编撰。正是缘于该丛书对中国文学史研究具有无可取代的价值和作用，致使该丛书在2009年底，又由中国社会科学院文学研究所与知识产权出版社合作，将以往出版的多套史料著作汇为《中国文学史资料全编》结集出版，《现代卷》就是其中的一种。尤其值得一提的是，它还将《汇编》项目中若干种当时已经编定而因各种原因尚未出版的图书列入其中，共约80余种资料。《现代卷》计划出版约100余种，堪称"五四"以来，国内规模最大、资料最全、内容最系统的一套中国现代文学史资料汇编。（详见《中国现代文学史资料建设的再出发》，《现代中文学刊》2010年第6期）

《中国当代文学研究资料》"是一部研究当代作家和作品的预计有百册之多的丛书"，其"内容包括作家生平和创作经验谈，以及对作家、作品的评介文章等；此外，重要的作品还编成研究专集"。对此，茅盾认为"这是一桩很重要、很有意义的工作，属于文学研究领域中的基本建设",这"填补了解放以来文学研究工作中的一个空缺"。对此,茅盾在满怀信心地展望中提出:"虽然这部丛书还仅仅是过去资料的汇集,但是我相信它将引来一个竞相研究作家和作品的百花怒放的高潮!"(见茅盾为《中国当代文学研究资料丛书》撰写的序)正如这套丛书发起者在前言中就其编选目的所指出的那样:该丛书"主要为从事当代文学、现代文学、文艺理论、文学写作的教学和研究的同志,提供较完整、系统的研究,对其他文学爱好者的文艺创作和研究,也有一定的参考价值"。

然而,这样的系统工程却未能在散文研究资料编选中得到应有的重视,致使目前还没有一部集散文研究资料之大成的丛书,这便不能不严重地影响当前散文研究的拓展和深化。如果由科研院所和高校专门从事散文研究的专家汇聚在一起,在相对集中的组织领导下,着手编选出一套《中国现当代散文研究资料丛书》,从而囊括中国现当代散文的研究重要资料,这不仅对散文研究和理论建设有所裨益,而且对散文创作也大有裨益。

其三,要把散文研究资料纳入整个文学史的坐标中,尤其是把散文研究资料与小说和诗歌研究资料置于同一平台上,这样才能确保研究资料循着科学的路径,真正地还原散文创作和研究在文学史上的应有地位。目前,小说研究资料的编选先行一步,并相继取得了一系列的优秀成果。如由孔范今、雷达、吴义勤和施战军为总主编的中国新时期文学研究资料汇编,分甲、乙两种:甲种是关于中国新时期文学思潮、流派、文体等方面的综合研究资料汇编,乙种是中国新时期代表性作家的个人研究资料汇编。这套研究资料尽管也编选了中国新时期散文研究资料,但总体来看,其编选的重点并不像《中国新文学大系》那样,各个不同的文体相对均衡,本套丛书的重点在小说文体上,而散文、诗歌、戏剧等文体则相对薄弱,尤其从该套丛书的乙种研究资料来看,其所选择的代表性作家的个人研究资料,主要集中在小说家,而散文家则没有得到应有的关注。这种情形,就使得散文研究相对小说研究来说,难以获得研究资料的足够支撑,由此又强化了散文研究的滞后性。因此,如何把散文研究从文学研究的边缘化位置前移到中心地带,把代表性的散文家的个人研究资料也纳入同等重要的地位加以确认,依然是一个有待完成的历史使命。当然,在注重散文研究资料的编选时,我们还需要把散文研究的再研究纳入学术史的框架内,以确保散文研究的学术传承获得更为明晰的呈现。

文体的发展和研究的深化,离不开人们对既有的历史的承继。从某种意义上说,后人正是站在前人的肩膀上眺望未来的发展之路的,离开了对前人既有研究成果的承继,那所有的创新便会流于形式,从而成为无源之水、无本之木。近年来散文创作和研究未能像小说创作和研究那样搞得有声有色,其原因固然很多,单从研究资料的维度来看,我们便可以发现,散文研究资料编选工作的相对滞后应该是其中的重要原因。从理论上说,散文研究资料的编选,并不单纯为了满足读者或研究者阅读的便利,而是为了更好地提升散文研究的整体水准而做的铺垫性的基础工作。不管是散文创作还是散文研究,都应该奠基于前人的散文创作和研究基础之上,换言之,未来的散文创作和研究应该在既有的散文创作和研究基础之上。离开了这个基础,未来的散文创作和研究均可能会重复既有的范式。而研究资料的荟萃则使得未来的散文创作和研究有了可以腾飞的支撑点。没有散文研究资料这一基础,就等同于没有对前人的研究进行系统把握,也没有将如何亟须推进的问题提炼出来。研究者这种鲜有对该领域既有研究成果的了解和把握,就直接切入自己设定的话题,无暇也不会关注前人关于这一问题的研究成果,单纯地满足于对自己提出的问题和观点进行分析论证。由此说来,散文研究资料的编选不仅对散文创作具有极其重要的促进作用,而且对散文研究也具有极其重要的匡正作用。

(原载《美文》2019年11月上半月刊第11期)

学术经典是怎样炼成的?*
——以樊骏《认识老舍》为例

樊骏是中国现代文学研究领域的著名学者,他作为"一个真实的神话"①,得到了许多学人的推崇。尤其是他的学术论文《认识老舍》,更是被视为学术经典之作。其经典之处不仅在于理论上所达到的高度,而且更在于作者精益求精的学术态度。《认识老舍》自成文后提交研讨会交流至期刊正式发表再到收入论文集,其间历经十五年,数易其稿,改动多达百余处。那么,樊骏的这篇经典之作到底在哪些方面进行了修改?具体增加了哪些内容,删减了哪些内容?又在哪些方面对原来的文字进行了订正。对此进行梳理和分析,不仅对了解其论文本身具有认识价值,而且对感受学术经典的形成过程、匡正当下学术界急功近利和粗制滥造等浮躁学风具有特别重要的作用。

一

在中国现当代文学研究领域中,不乏著作等身的学者。樊骏

---

* 本文与硕士研究生刘武洋合作撰写。
① 魏建:《樊骏:一个真实的神话》,《齐鲁晚报》2011 年 1 月 30 日。

作为该领域一位颇具影响的学者,曾身居中国社科院文学研究所现代文学研究室副主任和中国现代文学研究会会长的位置,再加上曾主持过《中国现代文学研究丛刊》的编辑工作,按说,凭其重要地位和便利条件,刊发大量文章和出版诸多著作应该不成问题。然而现实却是,且不说著作等身,单论其研究产量,樊骏和一般学者相比也没有任何优势可言。

樊骏公开出版过的著作仅有《论中国现代文学研究》(上海文艺出版社1992年)和《中国现代文学论集》(人民文学出版社2006年)。这两本著作前后相距14年,且都不是鸿篇巨制。就后者而言,普通开本的著作仅843页,字数为65万字。

宫立在《樊骏之"苛"》中曾举了这样一个例子:《这是一项宏大的系统工程——关于中国现代文学史料工作的总体考察》一文,樊骏写了8万字,但为此查阅了多达一两百万字的文献资料,前后用了长达6年半的时间。这篇文章在收入论文集《论中国现代文学研究》时,他又增添了若干例子。① 由此可见,樊骏著作较少的原因,实则在于他每完成一次研究,都要花费巨大的心血与时间。《认识老舍》一文的诞生,就最能说明这一点。樊骏并未说过他写作《认识老舍》时下了多少工夫,付出了多少心血;因为他的去世,如今也很难考证他完成这篇论文时所查阅资料之广泛。李小娜在《悟析樊骏在〈认识老舍〉中彰显的学术情怀》一文中,曾将《认识老舍》所花费的巨大心血采用数据的方式进行直观呈现:"樊骏先生精心归整了131个注释,除了34部著作,31篇期刊,其他均是平日收集或思考推导出的合理的历史片段,书信札记亦是研究的重要内容。毫无疑问,皆知书信的收集意义

---

① 宫立:《樊骏之"苛"》,《中国社会科学报》2012年8月27日。

重大，难度也大，考究可信度与搜集整理的应用更要求严谨与厚实，在这个意义上，不难看出樊骏在老舍及其作品的史料的搜集上下足苦功，层层推进，步步相映，才能有理有据让我们重新'认识'了老舍。"①樊骏的学术研究的可贵之处正在于，在别的学者追求数量的时候，他追求质量。为此，他不惜花费大量的时间，不断地完善和提升自己的研究论文，从而使其成为学术经典。这是一个方面。另一个方面，为了使文章更加完善，在文章写就后，樊骏会再进行数次的修改，这是笔者在本文中将要探讨的一个问题。

1986年3月15日至19日，全国第三次老舍学术研讨会在北京语言学院召开，中外诸多老舍研究专家到场。樊骏作为老舍研究的"大腕级"人物，自然也位列与会者名单之中，并在会上作了题为《老舍逝世二十年祭》的专题发言。这篇发言，即是《认识老舍》的前身。发言引发了强烈的反响，但会后，樊骏并没有急于将发言稿刊登出来，而是直到十年后的1996年，才以《认识老舍》为题，分上、下篇，刊发于当年《文学评论》的第5期和第6期。中国的俗语"十年磨一剑"，用在樊骏身上真是再适合不过了。但是，就是这样的一篇佳作，在五年后收入《中国现代文学论集》时，作者又进行了多达百余处的改动。魏建称樊骏是"一个真实的神话"，一稿改15年即为樊骏的众多神话之一。对此，魏建深情地回忆当年的情景："1983年春，在全国老舍研讨会上，樊骏先生宣读他手写的论文《认识老舍》，台下鸦雀无声。我和许多与会者都惋惜记不下来，问他何时能看到文字稿。他好

---

① 李小娜：《悟析樊骏在〈认识老舍〉中彰显的学术情怀》，《济宁学院学报》2014年第5期。

像很不安地说:'写得不好,还得改。'等了一年,两年……整整等了十年!这篇论文才才正式发表。我们都在赞美这十年磨一剑的杰作。可樊骏还是不满意,直到2001年又做了一次大的修改。"①

许多学者都注意到了《认识老舍》所体现出来的樊骏的学术研究精神。慈明亮称赞《认识老舍》"是樊骏先生给予世人的重要礼物"②。《认识老舍》正是一种人如其文的体现:"我们不妨说,越了解他的为人,越能理解他的作品;越了解他的作品,越能感受他的为人,这也许是樊骏先生经常提及的'知人衡文'吧。"③吴小美认为,《认识老舍》一文是"只有像樊骏这样严谨的学者,才能以十年磨一剑的功夫和厚实的学力去反复锤炼之"的,并且"不仅在老舍研究界,同时在整个文学研究界产生了重大影响"。④ 宫立认为《认识老舍》一文直到2002年10月21日获得首届王瑶学术奖优秀论文一等奖才算是"尘埃落定",十几年的积淀,"一方面可以看出樊骏治学严谨的学术风格,更主要的是让我们感受到樊骏对老舍研究的'情有独钟'"⑤。刘增杰谈到樊骏在《认识老舍》发表之后的教学工作中,并不想重复自己,因而在讲课时又反复修

---

① 魏建:《樊骏:一个真实的神话》,《齐鲁晚报》2011年1月30日。
② 慈明亮:《寻找别一位樊骏先生——读〈中国现代文学论集〉》,《中国现代文学研究丛刊》2013年第1期。
③ 慈明亮:《寻找别一位樊骏先生——读〈中国现代文学论集〉》,《中国现代文学研究丛刊》2013年第1期。
④ 吴小美:《新时期老舍研究的领军人樊骏》,《中国现代文学研究丛刊》2011年第4期。
⑤ 宫立:《"我把'正业'看得很神圣"——论樊骏的中国现代文学研究》,汕头大学硕士学位论文,2010年。

改自己教学所依托的研究成果。"在讲授老舍之死时,我发现,他的讲稿几乎每页都经过修改,满纸勾勾划划,添添补补,留下了多次思考的痕迹。"①就是因为不断的思考,才会产生出新的东西,因而樊骏的文章总会有许多次的修改。这些学者对樊骏进行论文修改的关注,正是我们进行梳理的内在根据。

《认识老舍》前后共历经三个版本、两次修改:初稿是樊骏1986年3月在全国第三次老舍学术研讨会上所作的名为《老舍逝世二十年祭》的专题发言;第一次修改,是1996年7月至9月将发言稿整理为发表稿,然后刊发于同年《文学评论》的第5和第6期,此即第一版;第二次修改,是2001年将此文收录进《走近老舍》(京华出版社2002年版)时,在第一版的基础上再次进行修改,此即第二版;第三版是2006年将第二版收录进《中国现代文学论集》(人民文学出版社2006年版),这次未再进行改动。从产出到最终定型,《认识老舍》共用去20年的时间。

从1986年到1996年,《认识老舍》已经经过了十年的孕育,并且刊登在《文学评论》,说明樊骏的这篇文章已达到相当高的水准,在业内获得了认可乃至推崇。"1998年2月9日,由中国作家协会主办的第一届鲁迅文学奖1995—1996年各单项优秀作品奖评选中,《走近老舍》在全国优秀理论评论奖获奖作品中排名第一。"②因此,2002年收录进《走近老舍》(京华出版社2002年版)时,想必已无须再耗费时间修改了吧。其实不然,樊骏又进行了大量修改。

---

① 刘增杰:《一尊镌刻于心头的精神雕像——怀念樊骏》,《汉语言文学研究》2011年第4期。
② 宫立:《樊骏之"苛"》,《中国社会科学报》2012年8月27日。

二

我们先看樊骏的《认识老舍》一文到底作了哪些修改。为了较好地认识 2002 年版《认识老舍》①,我们不妨把该版与 1996 年发表的《认识老舍》进行比照,看看到底在哪些方面进行了增补和删减。为了便于读者形成直观的认识,我们以表格的形式将增补和删减之处呈现出来。具体来说,一为增加部分,即 2002 年的《认识老舍》与 1996 年的《认识老舍》相比,樊骏新增加的内容;二为删除部分,即 2002 年的文章删减部分;三为个别字词句的修改部分。

增加部分:

樊骏《认识老舍》2002 年版

1 最近读到陈福康的《最早评论老舍作品的文字出自谁的手?》,载《人民政协报》2001 年 12 月 14 日,得知郑振铎最早在 1926 年第 6 期《小说月报》介绍即将刊登的《老张的哲学》时说:"那样的讽刺的情调,是我们的作家所尚未弹奏过的";翌年第 1 期《小说月报》预告将从第 3 期起连载的《赵子曰》时,又提及"以轻松微妙的文笔,写北京学生生活,写北京公寓生活,是很逼真动人的"。老舍自述写好《老张的哲学》后就将稿件寄给《小说月报》主编郑振铎。这就是说,郑作为老舍作品的第一位读者,就已经敏锐地发现并明确地指出和赞赏老舍创作的若干特点。(P675)

---

① 本文所选用的版本以樊骏的《中国现代文学论集》(人民文学出版社 2006 年版)为准。该书的《认识老舍》一文是直接从 2002 年版《走近老舍》中收录进来的。每一处后面,我们将修改之处在原书中所在的页码标注了出来。

2　老舍曾是文学研究会的正式会员，后来又是《论语》、《宇宙风》等刊物的主要撰稿人，在读者的心目中和文学史家的笔下，一般都没有将他归入某一特定的文学团体流派。在派别林立且又壁垒森严、争论不休的三十年代文坛，他与左、中、右各方，包括京派、海派、鸳鸯蝴蝶派等，大多有所交往，作品也分散发表在不同倾向的刊物上。他又一贯看重文学的通俗性、娱乐性，作品也就超越青年知识分子的圈子，在市民群众中也获得众多的读者，以上各点，共同地（P675）

3　老舍从即将沦陷的济南，只身奔赴当时的政治、文化中心武汉。"老舍先生到武汉，提只提箱赴国难；妻小儿女全不顾，蹈汤赴火为抗战！""老舍先生不顾家，提个小箱子撑中华，满腔热血有如此，全民团结笔生花！"[①]成为全民抗战热潮中一则振奋人心的美谈。（P675）

4　出任这一职务，自然有主客观的多方面原因，周恩来、冯玉祥等人的大力促成，就起了很大作用；但关键还在于（P675—676）

5　"如果没有老舍先生的任劳任怨，这一件大事——抗战的文艺家的大团结，恐怕不能那样顺利迅速地完成，而且恐怕也不能艰难困苦地支撑到今天了。这不是我个人的私言，也是文艺界同人的公论。"[②]茅盾的这段话，可以视作历史的定评。（P676）

[①]吴组缃：《〈老舍幽默文集〉序》，何宝民主编：《世界华人学者散文大系3》，大象出版社2003年版，第134—135页。
[②]《光辉工作二十年的老舍先生》，载《抗战文艺》1944年第3、4期。

6　实际的情况是,老舍1924年9月10日抵达英国(参见伦敦大学东方学院校长致英国入境检查局局长信)。他后来在《我怎样写〈老张的哲学〉》中回忆说:"半年后开始感觉寂寞",于是广泛阅读英文小说,同时萌发"我想拿笔(写作)了"的念头,又说"写成此书,大概费了一年的工夫",将书稿寄回国内,"两三个月后,《小说月报》(1926年7月号)居然把它登载出来。"根据以上几个具体日期推断,这部小说大约写于1925年春至1926年春。(P676)

7　这一活动,文学艺术以及文化政治各界的左、中、右代表人物都参加了,但显然主要是由中国共产党方面发起组织的。《新华日报》为此开辟专栏,并发表评论《作家的生命——贺老舍先生创作生活二十周年》①。正是通过抗日战争、解放战争期间与中共的交往共事,增进了相互理解,老舍的思想趋向激进。有人以"我亲眼看见他的桌上由《大公报》换上了《新华日报》"为例,说明"他的政治进步"的轨迹。(P676—P677)②

8　远在美国的老舍,立即启程回国。记者及时报导"老北京又回到了老家"的盛况,"新中国对这位作家的要求和期待有多么大,有多少问题都找上了他"。"他兴趣好极了。他自己想,政府也这样鼓励他,人民也需要他,重新再写新的北京、新的中国。"②这可是少有的热望和殊荣。老舍

---

① 见1944年4月17日该报的《新华副刊》,同时刊登郭沫若、茅盾、胡风等人的祝贺文章,随后还专讯报导各地的庆贺活动。
② 李长之:《这就是老舍》,载《新文学史料》1978年第1期。

也不负众望。(P677)

9　《龙须沟》的成功，成为新中国初年文艺界的一大盛事。周扬以文艺界主要领导者的身份撰文指出："从《龙须沟》我们可以学到许多东西，主要的就是要学习老舍先生的真正的政治热情与真正的现实主义的写作态度。"还大声号召，"让我们所有的文艺工作者都和他一同学习，并向他学习吧。"①同样是少见的赞美和肯定。(P677)

10　成为十分活跃的文化名流和社会活动家。(P677)

11　虽然以这种"排座次"的方式看待作家，不一定准确，甚至不一定恰当，但能一直沿用至今。(P677)

12　还不能不提及的是，1956年老舍将新作《秦氏三兄弟》读给曹禺、焦菊隐等北京人艺的艺术家们听以征求意见时，他们"一致认为第一幕第二场茶馆里的戏非常生动精彩，此外几场较弱"，建议作者"可以以第一幕第二场为基础发展成一个戏"。经此提示，老舍除保留第一幕第二场作为第一幕外，从整体上改动情节线索、戏剧冲突和主要人物，写出另一个剧本《茶馆》②。《茶馆》不但明显超过《秦氏三兄弟》，在老舍四十余年的全部创作中，也是最能充分完美地展现他独特风格作品之一，又是当代中国话剧舞台上最为杰出的保留剧目之一。"人艺"的这些艺术家，不仅仅是一般的所谓懂戏的内行，更不愧为真正熟悉老舍，知道如何珍惜、如何发挥他与众不同的才情的知音。借用于是之的话说："使老舍先生的长项完全发挥出

---

① 周扬：《从〈龙须沟〉学习什么？》，载《人民日报》1951年3月4日。
② 于是之：《老舍先生和他的两出戏》，载《北京文学》1994年第8期。

来了。"①这在古今中外文学史、戏剧史上都是不可多得的佳话。鲁迅借用别人的话说过:"人生得一知己足矣,斯世当以同怀视之。"②老舍自然也会从这些艺术知己那里,得到莫大的慰藉的激励。(P677—678)

13 后来成为老舍至交的吴组缃,也谈到"回顾在三十年代,我对文坛流行的幽默风是很不以为然的。……总以为幽默是英国绅士醉饱之余的玩艺儿,……我对老舍的幽默文完全改变了看法,却是在认识到他的为人以后的事"。③ 言下之意,他对老舍的幽默也曾经"很不以为然"过。(P679)

14 这对刚刚回到祖国、热情地开始新的文学生涯的老舍,无异是当头一棒。同年8月10日发表在《人民日报》上的《〈老舍选集〉自序》,全面回顾自己此前的创作,并作了"自我检讨",还特别因为《猫城记》"讽刺了前进的人物",表示"很后悔我曾写过那样的讽刺,并决定不再重印那本书"。同时出版的《老舍选集》,对所收入的《骆驼祥子》有关"革命者"阮明的描写,也作了实质性的删改。(P680)

15 人们一直因此以为小说到此就结束了,(P680)

16 《正红旗下》是第二次写作,可惜又一次被迫中断。(P681)

17 虽然从一开始就被誉为"经典",并得到周恩来的认可和支持,却不断(P681)

---

① 于是之:《老舍先生和他的两出戏》,载《北京文学》1994年第8期。
② 这是鲁迅1932年借用清人何瓦琴的联句,书赠瞿秋白的。
③ 吴组缃:《〈老舍幽默文集〉序》,何宝民主编:《世界华人学者散文大系3》,大象出版社2003年版,第133页。

18 1958年的首次演出正在热潮中,文化部一位副部长亲临剧院,责问道:"《茶馆》第一幕为什么搞得那么红火热闹,第二幕逮学生为什么不让群众多一些并显示出反抗的力量?"警告说:"一个剧院的风格首先是政治风格,其次才是艺术风格,离开政治风格讲艺术风格就要犯错误。"《茶馆》第二天就被迫停演。1963年第二次上演,"宣传稿写了发不出去,报上不发消息",剧院"只好就收了,自个儿撤了《茶馆》"①。(P681)

19 授予"人民艺术家"称号一事,更引起众多的非议与抵制。《龙须沟》上演后,"周恩来希望周扬出面表扬,……周扬想给老舍颁发'人民艺术家'称号,解放区来的一些作家不服气,认为老舍刚从美国回来,没有参加革命斗争,表彰他有些反常。彭真得知周扬为难,就出来表态:那就由北京市颁发吧,因为《龙须沟》是写北京的"②。即使如此,"文学界某些方面的反映是冷淡的",有人"愤愤不平","有人甚至采取了不承认的态度"③,可见阻力是何等之大。

20 而是相当长期又相当普遍地存在着的。始终紧紧地包围着、压制着这位作家的异议和贬斥。

21 也有宗派主义的排斥,尤其是来自左倾教条主义的打击。即使从以上简单的勾勒中。

---

① 转引自陈徒手《老舍:花开花落有几回》,收入《人有病,天知否——1949年前后中国文坛纪实》,人民文学出版社2000年版。
② 陈徒手:《老舍:花开花落有几回》,载《读书》1999年第2期。
③ 葛翠琳:《魂系何处——老舍的悲剧》,载《北京文学》1994年第8期。

22 更违背艺术创作规律(P683)

23 就是一个十分突出的例子①(P683)

24 据当事者解释,出版社的"计划中列入先生的名字,经过长时间多次的要求,他就是不肯允诺:'我那些旧东西,连我自己都不想看,还叫别人看什么呢,出了一部《骆驼祥子》就算了吧,我还是今后多写一些新的。'"②(P683)

25 至于"多写一些新的(作品)"的良好愿望,同样受到这样那样的挫折:如果说《龙须沟》的成功,使他对歌颂新社会、为配合政治任务而写作颇为自信,随后的为《无名高地有了名》、《春华秋实》、《青年突击队》等的失败,不能不挫伤这种积极性。如果说《茶馆》的更大成功,激起他创作自己熟悉的旧中国题材的浓厚兴趣,该剧两次演出的不了了之和《正红旗下》的被迫搁笔,却又使他不敢在历史题材领域里多作逗留,从而陷入另一个进退两难的困境。(P683—684)

26 不仅已经取得光辉成就,而且还有更多的艺术抱负,也的确具备旺盛的创作潜力的作家说来,(P684)

27 1966年4月"文革"风暴袭来前夕,作家本人也即将辞世而去,老舍对多年挚友谢和赓、王莹夫妇谈到"我自己,在过去十几年中,也吃了不少亏,耽误了不少创作的时间"。他本来"计划(自美国)回国后便开始写以北京旧社会为背景的三部历史小说……可惜,这三部已有腹稿的书,恐怕永远不能动笔了……这三部反映北京旧社会变迁、善恶、

---

①陈徒手:《老舍:花开花落有几回》有十分详尽的记载,可参见。
②楼适夷:《忆老舍》,载《新文学史料》1978年第1辑。

悲欢的小说,以后也永远无人能动笔了……""老舍先生谈("谈"在原文中为"说",李宗刚注)到这里,情绪激烈,热泪不禁夺眶而出"①。这里所谈的,不只是一时一地、个别作品的失策,而是关系后半生艺术实践的迷误,也不限于个人创作的得失,同时想到了给整个文学事业带来的损失,或许还可以把这看作是他有意留给后人的遗言。惟其如此,他那声泪俱下的倾诉,也就格外发聋振聩,令人深思了。(P684)

28 回顾老舍辉煌而又坎坷的一生,(P684—685)
29 ,摆在我们的面前(P685)
30 人们从不同的方面,(P685)
31 "没有'五四',我不可能变成个作家"。(P685)
32 民主科学的理性精神,个性解放、人道主义的社会思潮,(P686)
33 直面生活的现实主义创作原则(P686)
34 1922年,经历了"五四"的洗礼,(P686)
35 一度信奉过基督教的老舍,借用基督教教义中既代表至高无上的神圣,又象征受苦受难的"十字架"的意象,来(P686)
36 以及不惜为此献身的人生志趣,其中所突出的正是思想启蒙的时代题旨。(P686)
37 表白了思想启蒙的良苦用心。(P686)
38 可以看作是全书的点题的话,也表达了老舍一贯的看法。(P687)

---

① 谢和赓:《老舍最后的作品》,载《瞭望》1984年第39期。

39 和严峻态度(P688)

40 这既是对于历史的清算,又是对于现实的告诫。小至个人,大到整个民族,实现精神领域、心灵深处的蜕旧变新,都会是个缓慢、艰难的过程,需要的正是这样的清醒和自觉、这样的敦促和鞭策!(P688)

41 恩格斯谈到十八九世纪西欧国家的社会变迁的规律时。曾经指出"哲学革命"往往"作了政治变革的前导"①,突出了精神领域革新的重要作用。(P688)

42 用毛泽东的话说:(P688)

43 思想启蒙的(P689)

44 他的第一篇白话小说《狂人日记》中,狂人发现仁义道德"吃人",人们都在自觉不自觉地"吃人"的奥秘以后,决心"诅咒吃人的人"和"劝阻吃人的人";从"你们立刻改了,从真心改起,你们要懂得将来是容不得吃人的人"的告诫,到"没有吃过人的孩子或者还有救救孩子"的呼吁,无一不是惊醒"沉睡者"的实践,通篇洋溢着老舍所谓的"惋惜"、"规劝"与"爱"兼而有之的思想启蒙的情怀。悲喜交融、充满"哀其不幸,怒其不争"的复杂心态的《阿Q正传》,更堪称中外文学史上启蒙主义文学的典范。(P689)

45 ,并且一直贯穿下来,以致有的论者把思想启蒙视为整个"二十世纪中国文学"的主要特征之一②(P689)

46 至于胡风坚持作家负有疗治人民群众的"精神奴役的创

---

①《路德维希·费尔巴哈和德古典哲学的终结》。
②黄子平、陈平原、钱理群:《论"二十世纪中国文学"》,载《文学评论》1985年第5期。

伤"的神圣使命,到了四五十年代更一再被斥责为"反动"、"反革命"一条罪状。(P691)

47 (比如对于十里洋场大上海恶浊的社会风气),并且成为后期作品的一个重要题旨。(P692)

48 ,注意发挥这种社会作用,无论从哪一个意义上来看,都是(P693)

49 ,他的形象就难以如此丰满生动(P693)

50 ,还包含了一些生活的真理(P694)

51 列宁早就提醒过:"千百万人的习惯势力是最可怕的势力。"①(P694)

52 这种"最可怕的势力",和一旦(P694)

53 终其一生,他都坚持着这样的创作原则。(P694)

54 考察他的创作道路,(P694)

55 ,能否保持尊严(P695)

56 ,并且决定了他的基本创作取向(P695)

57 和独立的人格尊严:"他已不是人,而只是一块肉。他没了自己,只在她的牙中挣扎着,像被猫叼住的一个小鼠……教他从心里厌烦。""哀莫大于心死",最终整个地毁灭了他(P696)

58 在城里孤身一人的祥子,也一向"拿人和厂当作家",连几乎用生命换来的三十块大洋也交给刘四保管。(P696)

59 ,而祥子也确实和阿Q一样,从这样的"胜利"中感到从未有过的满足(P696)

60 ,是作家重在揭示人物的文化心态的渲染(P697)

---

① 《共产主义运动中的"左派"幼稚病》。

61 的笔墨用力最勤之处,也是他最值得重视(P697)

62 种种错综复杂的关系与变故,(P697)

63 由此塑造出来的人物,一个人都是集多重的政治、经济、时代、社会的矛盾冲突于一身的形象。(P697)

64 据我所知,唐弢在言谈中对此有所保留,认为对茅盾创作风格这样概括有些片面,评价也嫌不足。他没有多作解释,我的理解他是指茅盾的作品尚有其他方面的特点与成就,比如他还善于细腻地刻画人物的心理等。像本文所分析的,与老舍的作品相比,这一事实就十分鲜明。(P698)

65 ,也才成其为"社会剖析派"的作品(P699)

66 至于他没有将这样的情节写入《骆驼祥子》,作为祥子悲剧的一个根据,与其说是因为他不熟悉这方面的生活,不如说是上述的侧重文化的而不是侧重经济的选择。总之,(P699)

67 上述种种,是他们有关文学创作的主要要求,也最能显示出茅盾的艺术功力(P699—700)

68 出于这样的觉醒,(P701)

69 明确地将《四世同堂》作为自己"从事抗战文艺的一个较大的纪念品"①来写,控诉日本侵略者的暴行是全书的重要线索。当他全面审视和描绘这段痛苦的历史,(P701)

70 前文所引的老舍关于文化的定义,认为文化是人群"古往今来的精神的与物质的生活方式","教育、伦理、宗教、礼仪,与衣食住行,都在其中,所蕴至广"。从老舍的创作实

---

① 老舍:《八方风雨》,载北平《新民报》,1946年4月4日至5月16日。

际来看,他所关注又落笔最多的,不是见诸书本的,经过反复论述的深奥抽象的哲理教条,而是普通人日常生活的"衣食住行",连同他们的喜怒哀乐、人情往来中间体现出来的文化内涵。这样的文化视角和文化意蕴,极大地强化了他的作品的平民的、世俗的精神特征和思想取向,强烈地凸现出《清明上河图》式的艺术情趣和生活气息。有的论者因此强调,如果说"茅盾小说最大的主人公是政治,巴金小说最大的主人公是激情,"那么"老舍小说最大的主人公是习俗","读那些'最老舍'的老舍作品,都令人感到,习俗是老舍小说中几乎无所不在的非主人公的主人公"①。这个基本事实,是我们进一步探讨老舍作品的文化内涵时所不能忽略的。(P703)

71 ,即就地域文化而言的,丰厚多彩的文化底蕴(P703)

72 非同一般的,终身都改变不了的(P703—704)

73 所谓"换了背景,就几乎没了故事",就是说他所写的,或者能够写好、取得成功的,只能是北京的"故事"。(P704)

74 ,同时也作为旁证,说明自己所以如此的合理性和必然性(P704)

75 再深入一步考察,虽然作品聚焦于一般的平民百姓,写的又是平淡琐碎的市井生活,却在人物的谈吐举止中,往往又透露出一些来自皇家官府的尊贵气派和源于文人学士的高雅情趣。即使只是在那里装腔作势,大多似是而非,却也是在长期岁月中形成的,普遍存在于北京市民群体中独特的人

---

① 杨义:《老舍与二十世纪中国文学》,收入《老舍与二十世纪》,天津人民出版社 2000 年版,第 3 页。

文习性。由此强化了这些"北京人"形象的生活厚度和历史深度,使他们显得更为地道,也更为丰满。(P705)

76 ,并且普遍把这视为老舍的一个特殊的建树(P705)

77 ,但彼此之间的实际成就,是很有差距的(P705)

78 充盈于全书的字里行间的种种氛围、意象、境界、精神等等,的确无法仅仅用"北京题材"来含蕴包容,它们都属于北京特有的灵魂和神韵,即"京味"。(P706)

79 值得注意的是,曾经是老舍的好友、又同为幽默艺术的提倡者和实践者的林语堂,在差不多的时期里也写过不少取材于北京的作品;但这位出生南方一个基督教牧师家庭的作家,始终写不出什么"京味"来,结果连同他取材于北京这个事实也为人们所忽略了。(P706—707)

80 而从划分内容题材的地域区别,到进而咀嚼其中的"京味",从一个侧面表明人们认识老舍由表及里、由浅入深的过程。(P707)

81 如果说前面所谈论的北京地域文化是个探讨了很久的老话题,到近年才有了新的突破;那么与满族、旗人联系起来考察民族文化的内涵和特征,完全是进入新时期以后才提出的新课题,更有待今后的系统研究。(P707)

82 ,在"驱除鞑虏"口号的指引下(P707)

83 写旗人文化很满,大可补有关民俗学材料之不足"①(P707)

84 比如其中那位"已寡的姑母"在娘家具有重要的地位,就是满族的一种习俗。(P707)

---

① 赵园《北京:城与人》。

85 有这实际的北京市井生活经历的(P707—708)
86 他在《我演成疯子》(载《人民戏剧》1951年第3卷第1期)一文中,明确指出,"我把他定成旗人子弟"。(P708)
87 满族入主中国,定都北京的二百多年里,在普遍接受汉族文化的影响熏陶的同时,也参与了"京味"的酿造,留下本民族的鲜明印记。随着新时期对于民族问题,包括中国各民族文学的素质、特征的探讨的逐步展开,人们开始认识到满族文化的因素,构成老舍的"京味"的又一个层面的内容。(P708)
88 只要改变原有的笼统地将汉族文学等同于中国文学,又把用汉语书写的作品一概归入汉族文学之类的不科学的文学史观念和文学史模式,承认中华民族大家庭中的多个民族成员都会有自己的文学创作,各族的文学又必然有自己的民族素质和思想艺术的特征,(P708)
89 这些原本存在于作品文本之中,却长期被人(包括读者、评论家、文学史家)视而不见、完全忽略了的满族、旗人的文化意蕴,是老舍创作的又一个重要而且丰富的文化内涵。关纪新的《老舍评传》①在这个方面已经做了较为系统的发掘和剖析,使有关的研究有了坚实的开端。这里,同样留下了认识老舍的发展轨迹。(P708)
90 还不禁使人联想起鲁迅晚年书信和杂文中一再描绘过的某些左翼文学青年的轻狂神态。(P718)
91 都有实际根据且又(P720)
92 虽然两者的社会职能不同,但他们的(P724)

---

① 重庆出版社1998年10月版。

93 有意思的是,巴金本人也曾作过类似的对比。他在 1958 年与苏联学者彼得罗夫的通信中谈到《家》中觉慧的形象时说:"他在《家》中的作用"之一,是"给人一点希望,"而"倘使没有一个觉慧,单写旧家庭的罪恶也能反映现实。要是老舍或者 Thoms M'ann 来写这种题材,他们可能不要觉慧这个人,他们会写觉新死了,旧家庭完了(像 T. Mann 的 Budenbrook 一家)。我来写就喜欢加一个觉慧"。① 他是清醒地意识到自己与老舍的这一区别的。(P728—729)

94 从三十年代到四十年代,曹禺剧作中的这种光亮越来越耀眼,给人们激励和信念。(P729)

95 和社会地位(P734)

96 这不妨看作是他关于幽默作品的严肃品格的有力申辩。(P735)

97 社会和人的(P735)

98 ——归根到底,都出自"我悲观"的人生观(P738)

99 有力地强化了这种观念(P738)

100 这是他醉心幽默艺术的深刻用意。(P739)

101 学会接受、欣赏、珍惜"在太阳的照耀下""每一滴露水"所"闪耀着(的)无穷无尽的色彩",(P740)

102 历史应该教会我们懂得这些道理。(P740)

103 如 1921 年 2 月发表在日本广岛师范中华留广新声社出版的《海外新声》第 1 卷第 2 号上的短篇小说《她的失败》和新诗《海外新声》,发表在 1923 年 1 月出版的《南

---

① 这则材料转引自丹晨《"拔白旗"运动中的巴金》,载《百年潮》2000 年第 6 期。

开季刊》第2、3期合刊上的短篇小说《小铃儿》。但这些刊物都不是面向社会公开发行的文学期刊,自然无法引起文坛和一般读者的注意。(P674)

104 当时他刚到南开中学任教,并信奉基督教。(P686)

105 1999年版《老舍全集》则"根据最初版本来校勘"。(P713)

106 而且恰巧表明老舍的内心深处对于白李的这类行为是极为反感的。(P714)

由此可见,《认识老舍》的2002年版较之1996年版共增加了106处内容。

三

樊骏《认识老舍》一文的删除部分和字词句的变动部分到底有哪些呢?下面便是我们通过对照得出的结果:

删除部分①:

樊骏《认识老舍》1996版

1 在整个抗战期间,文艺界这样的祝贺(寿)活动,只有三次。即1941年11月纪念郭沫若五十诞辰与创作生活二十五周年;1944年4月祝贺老舍创作生活二十周年;1945年6月纪念茅盾五十寿辰与创作活动二十五周年。这些活动,显然都是由中国共产党发起组织的。重庆《新华日

---

① 本处的页码均指《文学评论》的页码。第1—16处出自《文学评论》1996年第5期;第17处出自《文学评论》1996年第6期。1996年的《认识老舍》是分上下两部分连载于《文学评论》。

报》每次都发表社评,出版特刊。周恩来对郭沫若、王若飞对茅盾还发表了祝贺的讲话文章。(P16)

2 ,否定了作品的思想倾向(P6)

3 正当《饥荒》在《小说》连载时(1950 年 5 月——11 月),老舍编成他新中国成立前的作品的选集,对有些作品作了修改。他在 8 月 20 日《人民日报》发表的该书自序中,全面回顾了自己的创作生涯,第一次作了"自我检讨",还特别为自己在《猫城记》中"讽刺了前进的人物",表示"很后悔我曾写过那样的讽刺,并决定不再重印那本书"。《饥荒》最后十三段里,并不存在类似《猫城记》的笔墨。不过这种"自我检讨"的心态,有助于我们理解他中止连载《饥荒》的动机。(P16)

4 问题自然不在于如何评价这部作品——任何作家都难免写出失败的作品;而在于如何看待老舍:(P6)

5 五十年代末与六十年代初的两次演出,都以引起轰动开始,以悄悄收场了事,(P6)

6 关于这个问题,我在《老舍的"寻找"》(载《文史哲》1987 年第 4 期)中作过具体分析,请参阅。(P16)

7 据说是作家自己谢绝了出版文集的建议。(P7)

8 也就是说,(P7)

9 可见,(P9)

10 而第一声呐喊"救救孩子",与最主要的代表作《阿 Q 正传》,都是启蒙主义文学的典范。(P9)

11 孤身一人的样子也把车厂视为可以暂时栖身的"家"。(P11—12)

12 《光辉工作二十年的老舍先生》(载 1944 年 4 月 17 日《新

华日报》)。(P16)

13 因为,对于这一课题前后不同的理解,很能说明人们对于他创作中丰厚的文化底蕴的认识是如何由浅入深的。(P14)

14 这已是别人至今仍然难以企及的。(P15)

15 不仅可以更多地发掘出作品中的满族文化的内涵,而且能够看到老舍为创造现代满族文学的建树,与这种文学特有的民族素质和文化特征。(P16)

16 抓住"京味"这一特点,注意其中满族的、旗人的精神素质,就会充分认识老舍创作丰富深厚的文化意蕴。(P16)

17 谨以这些认识与这样的心愿,作为老舍的三十年祭。(P7?)

由此可见,2002年版共删除17处内容。

字词句的变动部分:

	1996年版	2002年版
1	在若干重要的方面为现代文学的发展成长做出了突出的建树,丰富了中国文学的宝库;(P5)	在若干重要的方面为现当代文学的发展成长做出了突出的建树,从而丰富了中国文学的宝库;(P674)
2	有的对当前的文学创作仍然产生着深远的影响(P5)	有的对当前的文学创作仍然产生深远的影响(P674)
3	尽管他也有明显的弱点,却无疑是中国现当代文学史上一位不可多得的大家(P5)	他是中国现当代文学史上一位不可多得的大家。(P674)

4	所谓"很是切实"之处,正在于抓住了这位文学新人的一些基本特点。(P5)	所谓"很是切实",自然是说它们抓住了这位文学新人的一些基本特点。(P674)
5	不久,老舍被推举为"全国文协"的实际负责人,(P5)	不久,老舍被推举为"全国文协"的实际负责人总务部主任,(P675)
6	是得到了文艺界以至于社会各界的普遍认可与充分肯定的。(P5)	得到了文艺界以至于社会各界的普遍认可与充分肯定。(P676)
7	而这一工作岗位以及他在这一岗位上的热诚服务,(P5)	而这一工作岗位以及他在这一岗位上的热诚服务和出色成绩,(P676)
8	中华人民共和国成立后,(P5)	中华人民共和国成立,(P677)
9	现代文学研究界逐渐流传所谓(P5)	现代文学研究界逐渐形成并流传所谓(P677)
10	说明文学史家明确地把他置于现代中国作家的最前列,更是一种显赫的历史评价。(P5—6)	表明文学史家普遍地把他置于现代中国作家的最前列——这自然是一种显赫的历史评价。(P677)
11	相反的,还不时受到这样那样,或隐或显的贬低指责。(P6)	相反,还不时受到这样那样,或隐或显的贬低指责。(P678)

12	巴人在1939——1940年所写的《文学读本》中,把祥子(P6)	巴人在1950年1月出版的《文学初步》中,把老舍笔下的祥子(P679)
13	1950年,《四世同堂》第三部《饥荒》在《小说》杂志上连载,到"八十七"段就结束了。(P6)	翌年1月《小说》杂志上《四世同堂》第三部《饥荒》登完"八十七"段,突然中断——(P680)
14	在报刊上连载后出版单行本,除了因为觉得内容不合时宜,还能有什么别的难言之隐呢?(P6)	在报刊上连载后出版单行本等,作者从未作过任何解释,表明其中总有什么难言之隐。(P680)
15	写了八万多字又不得不搁笔了,(P6)	写了八万多字又不得不搁笔,(P681)
16	受到这为旧中国唱"挽歌",(P6)	受到为旧中国唱"挽歌",(P681)
17	以致亲身经历了这些(P6)	使亲身经历了这些(P681)
18	产生更为广泛的影响(P7)	产生更为直接更为广泛的影响(P682)
19	有些指责,孤立地看不能说毫无道理。(P7)	上述的有些指责,孤立地看或许也不能说毫无道理。(P682)
20	而往往包含着文学观念上的深刻分歧(P7)	其中既有文学观念的歧异,(P682)

21	可以清楚地看到,(P7)	也不难看出,(P682)
22	对于老舍,半个多世纪来,一直有相当普遍又相当顽固的成见,至少是认识上存在不少偏颇与谬误。(P7)	对于老舍的认识,半个多世纪来一直存在不少偏颇与谬误,进而形成相当顽固的成见。(P682)
23	他好象没有对这些作过任何公开的解释辩驳(P7)	他好像没有对这些做过任何公开的解释辩驳(P683)
24	相继出版了中国现代作家卷帙众多的文集(P7)	相继出版了中国现代作家卷帙浩繁的文集(P683)
25	五十年代重新出版(P7)	五十年代重新出版的(P683)
26	(即并非如作家所说的仅仅"删去了不大洁净的语言和枝冗的叙述")的改动。(P7)	(即并非如作家所说的仅仅"删去了不大洁净的语言和枝冗的叙述")的改动。(P683)
27	再到不改或者不知道如何修改才是的蛛丝马迹的轨迹中(P7)	再到不改或者不知道如何修改才好的蛛丝马迹的轨迹中(P683)
28	看来,他始终没有从这样的苦恼中摆脱同来。(P7)	不该说,他始终没有从如此这般的苦恼中摆脱出来?(P684)
29	难道不也具有深刻的悲剧意味吗(P7)	难道不也具有深刻的悲剧意蕴吗(P684)
30	就这样地成为一个有待认真探讨的课题(P7)	就这样地成为一个有认真探讨的课题(P685)

31	以及卖者观众反响之强烈（P7）	以及读者观念反响之强烈（P685）
32	老舍研究在现代作家研究中可能是最为活跃（P7）	老舍研究在现代作家的个案研究中可能是最为活跃（P685）
33	比如反帝反封建的精神，"感时忧国"的情思，"为人生"的平民文学的宗旨等。（P8）	比如执著于反帝反封建的历史使命，"感时忧国"的时代情思……"为人生"的平民文学的艺术宗旨等。（P685—686）
34	与象大烟瘾那样有毒的文化（P8）	与像大烟瘾那样有毒的文化（P686）
	这些病就象三期梅毒似的（P8）	这些病就像三期梅毒似的（P687）
	即使象《骆驼祥子》那样直接抨击社会不公的作品（P8）	即使像《骆驼祥子》那样直接抨击社会不公的作品（P687）
	第三是中国的农民智识已不象阿Q时代农民的单弱（P9）	第三是中国的农民的智识已不像阿Q时代农民的单弱（P690）
	但象一面宣扬"凭什么人应当拉着人"的革命道理（P59）	但像一面宣扬"凭什么人应当拉着人"的革命道理（P714）
	特别是象老舍这样（P59）	特别是像老舍这样（P714）
	假若有人以为我们剧中人太	假若有人以为我们剧中人太

不象样的话（P61）	不像样的话（P720）
象《茶馆》穿插了两个逃兵合娶一个老婆的插曲（P62）	像《茶馆》穿插了两个逃兵合娶一个老婆的插曲（P720）
象妻子跟别人私奔的情节（P62）	像妻子跟别人私奔的情节（P720）
的的确确是象故事情节所要求的那样（P62）	的的确确是像故事情节所要求的那样（P721）
并能象他撰写《鲁迅的故家》（P62）	并能像他撰写《鲁迅的故家》（P721）
是象《月牙儿》（P64）	是像《月牙儿》（P725）
但象《离婚》（P64）	但像《离婚》（P726）
象《正红旗下》（P64）	像《正红旗下》（P726）
后一种却更象是后来才有的感慨——恐怕只有看到了劳动人民翻身解放后，（P64）	后一种却更像是后来才有的感慨——恐怕只有看到了劳动人民翻身解放后，（P726）
有时罪恶象是仅仅缘于无聊（P66）	有时罪恶像是仅仅缘于无聊（P730）
至于象《二马》一开始时描写的伦敦街头不同政治派别进行宣传鼓动的场景（P66）	至于像《二马》一开始时描写的伦敦街头不同政治派别进行宣传鼓动的场景（P730）
象短篇小说《开市大吉》和《抱孙》（P68）	像短篇小说《开市大吉》和《抱孙》（P736）

35	都是以"改造国民性"为题旨的代表作(P8)	都是以"改造国民性"为主题的代表作(P687)
36	陈述这样的愿望(P8)	陈述过这样的愿望(P687)
37	就是一方面想作高官(P8)	就是一方面想做高官(P687)
38	与他从"人"到"野兽"的精神堕落的刻划(P8)	与他从"人"到"野兽"的精神堕落的刻画(P687)
	《四世同堂》中对与祁老人一家为邻的那位日本老太婆的刻划(P13)	《四世同堂》中对与祁老人一家为邻的那位日本老太婆的刻画(P701)
	比如有关新派人物的刻划(P60)	比如有关新派人物的刻画(P717)
	这在他有关巡警的艺术刻划中表现得最为突出(P63)	这在他有关巡警的艺术刻画中表现得最为突出(P723)
	有的要比那些仅仅按照理论规定刻划出来的警察(P64)	有的要比那些仅仅按照理论规定刻画出来的警察(P725)
	并不是说老舍没有刻划过理想化的人物(P64)	并不是说老舍没有刻画过理想化的人物(P725)
	还直接影响老舍对人物的刻划(P57)	还直接影响老舍对人物的刻画(P709)
39	《正红旗下》那段经常为人们提及的历史感叹:(P8)	至于《正红旗下》那段经常为人们提及的历史感叹:(P688)

40	虽然其中叙说的是一个早已过去的故事,但坦露在读者面前的,(P8)	其中叙说的虽然是一个早已过去的故事,但袒露在读者面前的,(P688)
41	贯串于他的全部创作(P8)	贯穿于他的全部创作(P688)
42	而拉开这场革命序幕的五四新文化运动,其自身就是一场民主主义的思想启蒙运动。(P9)	包括文学革命在内的五四新文化运动,作为一场思想启蒙运动,对于整个新民主主义革命而言,正是这样的"前导"。(P688)
43	思想启蒙与文学革命是紧密地结合在一起的(P9)	思想启蒙与文学革命是紧密的结合在一起的(P688)
44	而且是当时与随后实践这一使命的,最为活跃也最有成绩的手段与方式。(P9)	又是当时与随后实践这一使命最为活跃也最有成绩的手段与方式。(P688—P699)
45	我那时以为当然要推文艺(P9)	我那时以为当然要推文艺的判断(P689)
46	鲁迅又正是出于唤醒在"绝无窗户"的"铁屋子"里"不久都要闷死"的沉睡者(P9)	鲁迅正是出于唤醒在"绝无窗户"的"铁屋子"里"不久都要闷死"的沉睡者(P689)
47	一位左翼批评家指出:(P9)	一位左翼批评家就曾指出:(P690)

48	其中的变化,同样反映出对于思想启蒙的忽略与贬低(P17)	衡量作品的标准同样发生了从重在思想启蒙到重在政治革命的变化。(P691)
49	也带有明显的幻想色彩(P10)	不免带有明显的幻想色彩(P692)
50	好象是对两年前所谓阿Q时代已经死去的论断的反批评(P10)	可以看作是对两年前所谓阿Q时代已经死去的论断的反批评(P692)
51	而鲁迅、老舍等人描绘过、(P10)	而鲁迅、老舍等人当年描绘过、(P693)
52	把"团结人民,教育人民"确定为文艺的首要任务,自然不会局限于为配合一时一地的某个具体任务(P10)	即使把"团结人民,教育人民"确定为文艺的首要任务,也不应该局限于为配合一时一地的某个具体任务(P693)
53	即使主要出于政治宣传的需要(P10)	哪怕主要出于政治宣传的需要(P693)
54	符合文学创作的艺术特征与艺术规律(P10)	符合文学创作的艺术特征与艺术规律的(P693)
55	从广义上说(P10)	如果从广义上说(P693)
56	在社会转型期(P10)	那么在社会转型期(P693)

57	如果没有对于祥子这个来自农村的个体劳动者的小生产意义的真实描绘与深入剖析,(P10)	如果没有对于祥子这个来自农村的个体劳动者的小生产意识的真实描绘与深入剖析,(P693)
58	他的悲剧不会有如此强烈的力量(P10)	他的悲剧也不会有如此强烈的力量(P693)
59	思想启蒙的题旨深化了作品的思想内涵,(P11)	诸如此类的刻画,都深化了作品的思想内涵,(P684)
60	写到过诸如"造反"的学生砸学校(P11)	就写到过诸如"造反"的学生砸学校(P684)
61	会不以为然(P11)	往往会不以为然(P684)
62	鲁迅曾经不无恐怖地叹息过(P11)	鲁迅也曾不无恐怖地叹息过:(P684)
63	"暴行"(P11)	种种"比暴君更暴"的行径(P684)
64	而是对于民族命运的真切关怀(P11)	但他对于民族命运的真切关怀(P684)
65	使作品具有深刻的思想内涵与持久的思想价值(P11)	使其作品具有深刻的思想内涵与持久的思想价值(P684)
66	循着这样的思路,进入他创造的艺术世界,(P11)	循着以上思路,进入老舍创造的艺术世界,(P684)

67	这是一种自成体系的文化观。基于这样的认识(P11)	基于这样的认识,……这是一种自成体系的文化观。(P695)
68	但作家的用意主要并不在于反映它们给祥子带来的经济上的损失,引起的政治上的抗争或者屈从,而是精神上的挫折感。(P11)	但作家的用意主要并不在于反映它们给祥子所带来的经济上的损失,所引起的政治上的抗争或者屈从,而是精神上所产生的多种挫折感。(P695—696)
69	最有代表性(P11)	表现得最为具体充分。(P696)
70	立即连女儿都赶出家门(P12)	立即将女儿赶出家门(P696)
71	有一次发现自己车上的客人是刘匹(P12)	有一次发现自己车上的客人竟是刘四(P696)
72	这样的渲染(P12)	这样的刻画(P696)
73	茅盾说过自己不怎么同意(P12)	茅盾说过,他不怎么同意(P697)
74	都是始终直接地、密切地联结在一起的(P12)	都是始终直接地、千丝万缕地、密不可分地联结在一起的(P697)

75	故事就是围绕着新式轮船在江南乡镇河道作商业性运营(P12)	故事就是围绕着新式轮船在乡镇河道作商业性运营(P698)
76	选择题时,编织情节,(P12)	选择题材,编织情节;(P698)
77	也只有如此,才能充分展现茅盾的创作才能(P12)	只有如此,方能充分展现茅盾的创作才能(P699)
78	两者各有特色(P12)	老舍和矛盾(P699)
79	也能在这里得到部分的解释(P13)	也能在这里找到部分的解释(P700)
80	能够较为准确把握作家的初衷与作品的含义(P13)	能够较为准确地把握作家的初衷与作品的含义(P700)
81	茅盾在对"《赵子曰》作者对生活所取观察的角度",表示"个人私意也不能尽同"的保留态度以后(P13)	茅盾在谈到对"《赵子曰》作者对生活所取观察的角度","个人私意也不能尽同"的保留态度以后(P700)
82	取得较单纯从政治上着眼深远的思想效果(P13)	取得较之单纯从政治上着眼更为深远的思想效果(P701)
83	是一般的平民,亲人战死于这场侵华战争,(P13)	属于一般的平民百姓,她的亲人战死于这场侵华战争,(P701)

84	是在对日本民族进行深入的文化剖析与严厉的道义遣责时（P13）	在对日本民族进行深入的文化剖析与严厉的道义遣责的同时（P701）
85	发现良知的闪光，才塑造了这个人物形象的。（P13）	发现了这种良知的闪光，还专门塑造了这个与众不同的人物形象。（P701）
86	有力地证明他又绝不是狭隘的民族主义者（P14）	有力地证明他是位爱国主义者，但绝不是狭隘的民族主义者（P702）
87	还有必要专门探讨一下老舍与北京的关系（P14）	人们首先想到的，是老舍与北京的关系（P703）
88	老舍总是怀着深情表白自己与这座城市无法分割的密切关系：（P14）	这位作家总是怀着深情，反复地表白自己与这座城市无法分割的密切关联，（P703）
89	他以狄更斯、威尔斯、哈代、康拉德等人（P14）	他还以自己熟悉的英国作家狄更斯、威尔斯、哈代、康拉德等人（P704）
90	一个特定的地域与一个作家及其作品亲密无间到如他所说的这般地步（P14）	一个特定的地域与一个作家及其作品亲密无间、相互交融到如他所说的这般地步（P704）

91	编织成形象,凝聚为韵味,以致没有北京就没有了老舍与他的作品(P14)	编织成故事、塑造出形象、凝聚为韵味,以致可以说没有北京就没有了老舍与他的作品(P704)
92	他对北平的确又有情有独钟的方面(P14)	他对北平的确又有自己情有独钟的方面(P704)
93	但老舍所写的(P14)	但老舍用力写的(P704)
94	北京历来聚集着(P14)	北京自明清以降,聚集着(P704)
95	涉及文化之都的北京的也不多(P14)	正面涉及作为文化之都的北京的也不多(P705)
96	通过他的画笔(P15)	通过老舍的画笔(P705)
97	而且变得富有诗意(P15)	而且变得富有诗意了(P705)
98	与北京的密切关系也一直是评论老舍作品时经常涉及的内容(P15)	与北京的密切关系也一直是评论老舍作品时经常涉及的课题(P705)
99	一般都把这归结为作品的选材即写些什么(P15)	一般都把这归结为作品的选材即写些什么的题材的问题(P705)
100	对于问题的认识也就停留在相当肤浅的层面上(P15)	如今看来,这样的认识还只是停留在相当肤浅的层面上,尚未触及问题的根本(P705)

101	还有不少同样以北京为题材的其他作家的作品;但在他们与所写到的地域之间(P15)	也写了不少同样以北京为题材的其他作家的作品,……。比如有些作家与所写到的地域之间,(P705)
102	把这仅仅归结为题材问题还不能充分说明老舍创作的这一特色及其突出成就。(P15)	把这仅仅归结为题材问题就无法充分说明老舍创作的这一特色及其突出成就。(P705)
103	相比之下,近年来用"京味"(P15)	自八十年代以来,有人逐渐开始用"京味"(P705—P706)
104	也才能充分揭示老舍创作中的文化底蕴(P15)	也才能充分揭示出老舍创作中丰富的文化内涵及其深厚的地域底蕴(P706)
105	先是重庆,后是美国(P15)	先在重庆,后去美国(P706)
106	用重笔浓彩渲染勾勒北京的一年四季的自然风光(P15)	用重笔浓彩渲染勾勒北京一年四季的自然风光(P706)
107	与他们的过去与现在(P15)	以及他们的过去与现在(P706)
108	古老而渴望新生的北京及其子民们,有了这些真实生动的艺术画幅,得到永久的保存。(P15)	古老而渴望新生的北京及其子民们,有了老舍这些真实传神的艺术画幅,得到永久的保存。(P706)

109	老舍作品中无所不在地洋溢于字里行间的,还是这种地道浓郁的"京味"！(P15)	洋溢其中的,同样是浓郁醇正的"京味"。(P706)
110	而且反映在他的创作中(P15)	而且这一点清楚地反映在他的创作中(P707)
111	他在分析这个人物时,根据作家的描绘,断定是个旗人；(P15)	他在根据作家的描绘,分析这个人物时,就断定是个旗人(P708)
112	虽然这方面的专题研究尚未展开(P15—16)	虽然这方面的专题研究尚属初创阶段(P708)
113	从这样的角度进入老舍的艺术世界,可以发现在"题材、风格、手法、韵味等各个方面都呈现出一番有别于汉族及其他民族作品的文化气象"(P16)	并从这样的角度和思路进入老舍的艺术世界,就不难发现在"题材、风格、手法、韵味等多个方面都呈现出一番有别于汉族及其他民族作品的文化气象"(P708)
114	保守的与前进的都在内(P57)	保守的与前进的都在内的各类人物形象(P709)
115	他大多不是采取人们在文学作品中常见的那种直接了当的褒贬抑扬的态度(P57)	他大多不是采取在文学作品中常见的那种直截了当的褒贬抑扬的态度(P709)

116	而流露出复杂、含混、不无暧昧、矛盾的心态；涉及伦理道德、(P57)	而是流露出复杂、含混、不无暧昧、矛盾的心态，一旦涉及伦理道德、(P709)
117	作家生动地写出了：(P57)	作家生动地写出：(P709)
118	他们或者诚笃忠厚，或者热情仗义；也总是他们，道德品性的完善反而超出了周围的人群。(P57)	他们或者诚笃忠厚，或者热情仗义，他们道德品性的完善，往往总是反而超出了周围的人群。(P709—P710)
119	表明作家并非只是将"那无价值的撕破给人看"(P57)	常常使读者分别不清作家究竟是在将"那无价值的撕破给人看"，还是"将有价值的东西毁灭给人看"(P710)
120	这方面(P58)	在这方面(P710)
121	反映时代的变迁(P58)	来反映时代的变迁(P710)
122	把买卖做得如同"变戏法和说相声"似地弄虚作假(P58)	把买卖做得如同"变戏法和说相声"似的弄虚作假(P710)
123	还赋予这个注定要消亡的"光景"(P58)	他还赋予这个注定要消亡的"光景"(P710)
124	超越了一般的惆怅伤感，作品传出的是深沉的人生感叹(P58)	作品超越了一般的惆怅伤感，传出的是深沉的人生感叹。(P711)

125	更重要的是他的作品(P58)	而更重要的是他的作品(P712)
126	薰陶(P58)	熏陶(P712)
127	这些人都是些废物。但他们以"新人物"自诩,(P58)	这些人都是些废物,但他们又喜欢以"新人物"自诩,(P712)
128	小说也点明了白李才给劳苦大众指出解放的道路,(P59)	小说也点明了白李给劳苦大众指出了解放的道路,(P714)
129	显得有些格格不入了(P60)	也就显得有些格格不入了(P716)
130	实际上仍然是以上述那些形而上学的思想观念作为理论根据(P60)	实际上仍然是以上述形而上学的思想观念作为理论根据(P716—P717)
131	个别细节还容或有渲染过份、(P60)	个别细节还容或有渲染过分,(P717)
132	事实上,他始终未能创造出真正成功的革命者形象。(P60)	事实上,严格来说,他始终未能创造出真正成功的革命者形象。(P717)
133	还会进一步发现这些形象包含了作家对于人生悲欢(P60)	我们还会进一步发现这些形象包含了作家对于人生悲欢(P717)

134	这些形象还表明了：(P61)	这些形象还表明，(P718)
135	它们是真实的，揭示了事物的某些本质(P61)	它们真实地揭示了事物的某些本质(P718)
136	说的都不是自谦之辞。(P61)	这些都不是自谦之辞。(P718)
137	他的现实主义创作方法同样具有鲜明的个人特色(P61)	他的现实主义创作方法同样具有鲜明的个性特色(P719)
138	故事情节展开的主要场地小羊圈胡同，也正是他从小到大生活了二十来年的那条胡同(P62)	故事情节展开的主要场地都是小羊圈胡同，这也正是他从小到大生活了二十来年的那条胡同(P721)
139	共同地说明了老舍所写的(P62)	都说明了老舍所写的(P721)
140	《鲁迅小说里的人物》那样有心地全面搜集、(P62)	《鲁迅小说里的人物》那样，全面搜集、(P722)
141	而这又是无人能够媲美的。(P62)	这又是无人能够与之媲美的。(P722)
142	但他舍弃亲身经历了的四川的抗战生活不写(P63)	但他舍弃亲身经历的四川的抗战生活不写(P722)
143	清楚不过地表明他不仅没有从上述的理论条文出发(P63)	再清楚不过地表明他不仅没有从上述的理论条文出发(P724)

144	以他们类似的悲惨命运印证（P63）	以他们类似的悲惨命运印证了（P724）
145	两者的物质待遇与社会处境，（P63）	物质待遇与社会处境，（P724）
146	人们在庸俗无聊的嬉笑中糟塌着才智、热诚与生命（P64）	人们在庸俗无聊的嬉笑中糟踏着才智、热诚与生命（P726）
147	相反的（P64）	相反（P727）
148	这种创作原则还摈弃幻想的成份与理想的光照（P64）	这种创作原则还摈弃幻想的成分与理想的光照（P725）
149	在他的作品中就表现为上述的那种直面鲜血淋漓的人生、冷峻严酷到近乎悲观的笔墨（P64）	在他的作品中就表现为上述的那种直面鲜血淋漓的人生、阴暗无望到近乎悲观的笔墨（P727）
150	老舍就是这样地，在选择素材、（P64）	老舍就是这样在选择素材、（P727）
151	都尽可能多地保留了社会生活的原来面貌（P64）	都尽可能多地保留社会生活的原来面貌（P727）
152	主要还是他从一开始就十分明确的"我们要注重思想，不是格式"的文学观念（P65）	主要还是他从一开始就十分明确"我们要注重思想，不是格式"的文学观念（P727）

153	这种饱和着理想情愫的创作方法(P65)	这种饱含着理想情愫的创作方法(P729)
154	不象老舍的作品那样(P65)	而不像老舍的作品那样(P729)
155	在二三十年代还曾激发不少青年读者走向革命的愿望与行动(P65)	在二三十年代还曾激发过不少青年读者走向革命的愿望与行动(P729)
156	而更接近于西欧19世纪的批判现实主义,尤其是与托斯妥耶夫斯基、(P65)	而更接近于西欧十九世纪的批判现实主义,尤其是与陀思妥耶夫斯基、(P729)
157	起了画龙点睛的作用(P65)	常常起了画龙点睛的作用(P730)
158	更谈不上他在文学史上取得那样的成就与地位(P65—P66)	更谈不上他在文学史上取得的成就与地位(P730)
159	也大多集中于此(P66)	就大多集中于此(P730)
160	老舍的幽默笔墨有一段时期里(P66)	老舍的幽默笔墨在一段时期里(P730)
161	的确使他(P66)	的确使老舍(P730)
162	而且津津自喜(P66)	而且沾沾自喜(P730)
163	打倒资本阶级(P66)	打倒资产阶级(P730)

164	这些都是败笔(P66)	这些不能不说都是败笔(P731)
165	这也是他对老舍的幽默持保留态度的主要依据(P66)	这恐怕也是他对老舍的幽默持保留态度的主要依据(P731)
166	而需要为之付出艰巨的努力(P66)	需要为之付出艰巨的努力(P731)
167	而他所追求的则无疑是这种"'笑的哲人'的态度"(P67)	而他所追求的则无疑是那种"'笑的哲人'的态度"(P732)
168	又为了摆脱内心苦闷(P67)	为了摆脱内心苦闷(P734)
169	他到南开中学等新式学校任教与北京教育会这样的革新机构工作(P67)	他到南开中学等新式学校任教,在北京教育会这样的革新机构工作(P734)
170	热心于中国教会的自主活动(P67)	热心于中国教会摆脱外国控制的自主运动(P734)
171	六年里这些既有成功也有挫折的经历(P67)	这些既有成功也有挫折的经历(P734)
172	也仍然是描绘在他看来不无"可笑"之处的世态(P68)	也仍然是触及了在他看来不无"可笑"之处的世态(P735)

173	这些作品,这样的幽默,(P68)	老舍的这些作品及其幽默,(P735)
174	而是象作家所说的(P68)	而是像作家自己所说的(P735)
175	而是幽默与悲观之间普遍存在着内在联系(P68)	而是幽默与悲观之间普遍存在着内在的联系(P736)
176	一味给怀孕的儿媳(女儿)增加营养(P68)	只知一味给怀孕的儿媳(女儿)增加营养(P736)
177	公公、小姑、丈夫三人活活将"长得象搁陈了的窝窝头"的小媳妇折磨得上吊自尽。(P69)	公公、小姑、丈夫三人活活将"长得像搁陈了的窝窝头"似的小媳妇折磨得上吊自尽。(P737)
178	塑造了福海这样很有活力的新人形象(P69)	才塑造出了福海这样很有活力的新人形象(P737)
179	仍然是在"强颜为笑,以笑当哭"(P69)	作者仍然是在"强颜为笑,以笑当哭"(P737)
180	从而使人们感到悲哀(P69)	从而使人们最终还是感到悲哀(P737)
181	老舍作品中的悲观绝望的色彩最为浓厚(P69)	老舍作品中的悲观绝望的色彩最为深厚(P737)

182	也是老舍个人艰辛痛苦的生活经历决定的（P69）	也是老舍个人艰辛痛苦的生活经历带来的（P737—738）
183	缓解冲淡作品中的悲剧基调（P69）	多少缓解冲淡了作品中的悲剧基调（P738）
184	只有如此（P69）	把握住这一事实（P739）
185	这使人想起狄更斯一段脍炙人口的话：（P70）	写到这里，使我想起狄更斯一段脍炙人口的话：（P739）
186	以一系列截然相反，完全对立的词组（P70）	他以一系列截然相反、完全对立的词组（P739—P740）
187	这更使人想起马克思一段发人深思的话（P70）	这更使我想起马克思一段发人深思的话（P740）
188	要求给精神活动以最为宽广的天地与充分自由的权利（P70）	他要求给精神活动以最为宽广的天地与充分自由的权利（P740）
189	如果我们能象狄更斯这样理解社会现实的多彩多姿，又能象马克思这样尊重精神劳动特别是艺术创作风格的多样性独创性（P70）	如果我们能像狄更斯这样理解社会现实的丰富复杂，又能像马克思这样尊重精神劳动的多样性独创性（P740）
190	对于老舍与别的作家有较为公正的认识评价（P70）	对于老舍与别的作家有个较为公正的认识和较为科学的评价（P740）

由此可知，樊骏在《认识老舍》的字词句部分的修改有190处。表格左侧部分第1—113处来自《文学评论》1996年第5期，第114—190处来自《文学评论》1996年第6期。

四

从上面的对比我们可以看出，相较于1996年的《认识老舍》，2002年的《认识老舍》进行了300余处修改，这一数量是极为惊人的。大多数的修改，是对字词句进行小范围纠正。有的是增加内容，这些内容主要以史料为主；有的是内容的删减；有的是错字或别字的修改，如多处的"作"改为"做"，"象"改为"像"；有的是标点符号的增删，如"无不包含着同样的思想命题与价值判断；思想启蒙的题旨也就越来越遭到冷落"这一句中的"；"修改为"，"，因为很明显的可以看出这两句话在意思上是连贯的、顺承的，用"，"更恰当。将"同时也是在明确地维护'五四'新文学的思想启蒙的传统"一句中"五四"的双引号去掉，因为在这句话中，"五四"并非作为一个专有名词使用；还有的是词汇以及句子的修改，是出于"润色"目的而做出的修改。如"这些话，好像是对两年前所谓阿Q时代已经死去的论断的反批评"中的"好像是"改为"可以看作是"。在学术论文中，"好像是"这样模棱两可的话语并不妥当，会削弱论文的可靠性。

上述修改，只是樊骏在2002版的《认识老舍》中所作的小范围的、遣词造句方面的修改，就整体而言，对文章内容影响不大。然而就相应的语句甚至语段表述，他的改动都是必要的，有意义的。

其一，使论文的主旨更加明晰。

《认识老舍》的第一节,从宏观上对老舍进行了概括:他是中国现当代文学史上一位不可多得的大家,享有崇高的地位,做出了巨大的贡献;但是另一方面,在很长时期内,老舍不仅没有得到客观的评价,还不时受到贬低和指责。这一章节的主旨,就是论述学界对老舍赞美与非议并存的情形。2002年版为了凸显老舍遭受贬低和指责这一主旨,增加了诸多内容。

老舍是一名作家,因而对他的各种批评或指责,都是以他的文学作品为出发点的。幽默是老舍的艺术取向,也是他自出道之初就选择的创作方向。但在思想日渐激进的时代潮流之下,幽默文学不仅难以进入主流,还遭到了诸多轻视,加上老舍创作初期的作品本身追求幽默而缺乏深度,鲁迅、茅盾等大家更是或显或隐地对老舍有所批评。回到文章,紧接鲁迅与茅盾对老舍的评价,樊骏增加了吴组缃的一段个人性回顾(增加部分第13处)。吴组缃与老舍虽然后来成为至交,但他坦承在认识到老舍的为人之前,对其幽默风也是不以为然的。这段材料的增添是对史实的丰富,吴的评价可以作为当时对幽默风态度的代表。作为好友,吴也没有掩饰他的轻视,可见幽默风以及老舍在彼时的文坛地位。第13处内容的增加,是在论述时丰富了老舍在文学创作方面所遭受的批评与指责。建国后,批评与非议就开始从文学领域扩展到政治领域。增加部分第14处,是老舍在受到压力之后,检讨自己在《猫城记》和《骆驼祥子》中对"先进人物"和"革命者"有不当的描写;增加部分第18处不是新增的内容,是对1996版该处论述的丰富,史实的增加让读者知晓了《茶馆》的被迫停演,根本原因在于政治上的干涉;增加部分第19处,增添了授予老舍"人民艺术家"称号的相关史实,依然表现了老舍在政治上所遭受的挫折。综上,第13、14、18和19处,都是史料的增添,这丰富了文章在老舍遭受批评与非议这一方面的论述。

政治上的这些打击，对老舍造成了哪些影响呢？樊骏也增添了这方面的史料。增加部分第24处：20世纪五六十年代之交出版"六大家"的文集时，唯独缺少老舍的，据当事者回忆，出版计划中是有老舍名字的，之所以没有出版是因为他本人的拒绝；旧作品无法出版，新作品也颇受打击。增加部分第25处，无论是为了配合政治任务而写作的作品，还是历史题材的作品，大多失败。可以说，政治压力给老舍的创作带来了巨大的打击，无论是为了达到出版要求（实则是政治要求）被迫修改自己的旧作品，还是刻意写作迎合主流意识形态的新作品，对作家的独立人格和创作积极性都是一种打击。增加部分第27处，更是揭示了政治打击给老舍带来的最终影响——造成了他自沉于太平湖的人生悲剧。

综上，共有7处内容增加，均为史料，对于论述老舍所遭受的贬低与指责，以及这些挫折给老舍所带来的影响，有重要的帮助，同时也使得本节的主旨更为明晰。

在第四节，1996版《认识老舍》直入主题，探讨老舍与北京的关系，并对这一选题作出了解释："对于这一课题前后不同的理解，很能说明人们对于他创作中丰厚的文化底蕴的认识是如何由浅入深的。"①在接下来的论述中，通过阐释老舍笔下的北平，逐渐引申出了"京味"，最后得出结论："的确没有比'京味'更能确切地说明老舍创作所特有的文化意蕴了。"②接着另起一段，阐释"京味"的另一个方面，即"'京味'之于老舍，还包含了满族素质与

---

① 樊骏：《认识老舍》（上），《文学评论》1996年第5期。
② 樊骏：《认识老舍》（上），《文学评论》1996年第5期。

旗人文化的内容"①。论述过后再次得出结论:"抓住'京味'这一特点,注意其中满族的、旗人的精神素质,就会充分认识老舍创作丰富深厚的文化意蕴。"②结合第四节全文,"对老舍与北京的关系这一课题前后不同的理解",简而言之,就是从研究老舍作品中描写的自己所熟知的、属于自己的那一部分北平,到体味其作品中酝酿的"京味",这表现了对老舍创作中的文化底蕴由浅入深的认识。我们不难发现,事实上第四节所要论述的内容,是对老舍作品文化底蕴的认识,老舍与北京的关系是文化底蕴的体现,尤其体现了对文化底蕴由浅入深的认识上的发展。然而开头部分一上来就谈老舍与北京的关系,虽然紧跟着作出了解释,却依然有可能混淆读者的理解,使读者将此章节的主旨归纳为对老舍与北京的关系的论述。所以,1996年版《认识老舍》第四部分对主旨的表达不够明确。此外还有一处,上文提到过,樊骏将"满族素质与旗人文化的内容"归于"京味",而"京味"是由老舍与北京的关系引申出来的,因此将其归于"京味",归于老舍与北京的关系,是不太合适的。

樊骏自然不会认识不到这些问题,到了2002年版的《认识老舍》,他对这一章节的结构和内容进行了修改。首先,在文化底蕴之上,又提出了文化内涵(增加部分第70处),以此作为本节的主旨。并且在章节首段就提出,先将主旨明确下来,再进行阐释。文化内涵的提出也不是突兀的,而是进行了一大段铺垫。从老舍对文化的定义,到结合他的创作实际——其作品"强烈地凸现出《清明上河图》式的艺术情趣和生活气息",再到引述别的论者的

---

① 樊骏:《认识老舍》(上),《文学评论》1996年第5期。
② 樊骏:《认识老舍》(上),《文学评论》1996年第5期。

观点:"如果说'茅盾小说最大的主人公是政治,巴金小说最大的主人公是激情',那么'老舍小说最大的主人公是习俗'。"①最终引出文化内涵一词,也即交代了本部分的主旨。接着才如1996年版一样,开始探讨老舍与北京的关系。2002年版依然将"满族素质与旗人文化的内容"包含于"京味"之中,但是在得出结论处进行了补充:"这些原本存在于作品文本之中,却长期被人(包括读者、评论家、文学史家)视而不见、完全忽略了的满族、旗人的文化意蕴,是老舍创作的又一个重要而且丰富的文化内涵。"(增加部分第89处)虽然"满族素质与旗人文化的内容"依旧包含于"京味"之中,但同时也被提升为老舍作品的文化内涵之一。第四章节的主旨是论述老舍作品的文化内涵,而文化内涵包括两个方面:老舍与北京的关系以及满族、旗人的文化意蕴。通过这些修改,使主旨更加明确,第四章节全都是围绕着老舍作品的文化内涵来探讨的。

这里应该提及的是,相较于1996年版的《认识老舍》,2002年版在论述"满族素质与旗人文化的内容"时,在内容上进行了大量的补充,这些内容有一个共同的特点,即都是对这个问题研究现状的介绍,例如增加部分第81和第87处。同样的情形还有第六节,在论述老舍的现实主义创作方法时,樊骏对老舍、巴金以及曹禺三位均被视作民主主义的作家进行对比时,为2002年版增添了一段新材料。这则材料是巴金本人以《家》中的觉新形象为例,分析自己与老舍在创作上的区别(增加部分第93处)。这段材料的增加,使得阐释更具说服力,因为这是作为当事人的巴金本人

---

① 樊骏:《认识老舍》,《中国现代文学论集》(下),人民文学出版社2006年版,第703页。

所作出的对比。同时也间接证明了作者的论点,即老舍与巴金、曹禺的区别。这则材料樊骏作出了注释,转引自 2000 年 6 月《百年潮》刊发的丹晨《"拔白旗"运动中的巴金》。樊骏不但没有将其写过的文章束之高阁,反而积极关注学界的研究动向,及时将最新的研究成果纳入到自己的文章之中。在很多学者伴随着研究的发展并不断推出新的论文的时候,樊骏却不追求论文的数量,而是不断完善自己的研究。

其二,使论文的内在结构更加统一。

2002 年版《认识老舍》第一节,在论述 1944 年 4 月文艺界为纪念老舍创作二十周年而开展祝贺活动时,樊骏首先增加了有关这一活动的史实细节(增加部分第 7 处)。由第 7 处增加的内容可知:首先,这次活动主要由中国共产党方面发起组织。经过了抗战时期的密切合作之后,中共与老舍的关系日益亲近。老舍的领导能力与辛勤付出得到了中共肯定,因此为其筹办这次祝贺活动,表现了中国共产党对他的重视;其次,《新华日报》为此开辟专栏,发表评论,同时刊登了文艺界诸多重量级人士的祝贺文章,以及对各地庆贺活动的专讯报道。为一位作家而发起庆贺活动,在全国范围内引发如此强烈的反响,足见老舍当时在国内超出了文艺界的巨大影响力;最后,老舍桌上的报纸由《大公报》换上了《新华日报》,更是隐晦地表明了老舍的政治转向:《大公报》是对国民党持支持态度的报刊,而《新华日报》是共产党的大型机关报,由《大公报》到《新华日报》,实则是老舍的信仰由国民党转向共产党。综上,经过抗战期间全国文协的合作之后,中国共产党与老舍之间"擦出了火花",借助创作 20 周年这样一个契机,中国共产党向老舍传达了积极接纳的信号;在中共的盛情之下,老舍自然而然地转变了"方向"。而老舍是怎样以实际行动反馈中国共产党信任的呢？那就是在建国后,他迅速从美国归国,支持中国共产党的领导。樊骏在这里又增加了一处史实(增加部分第8处):归国后,老舍相继写出了《龙须沟》《茶馆》等作品,"歌颂新生的北京与社会主义的祖国"①。对此,中共再度热情支持,盛赞《龙须沟》,并于作品之外,由周扬撰文,呼吁所有文艺工作者向老舍学习(增加部分第9处)。至此,经过几处内容的增加,这一部分的论述在内在的连贯性上更有逻辑,更加统一。中国共产党与老舍相互欣赏,通过互动,彼此间的感情日益加深,关系也愈发密切。由此说明,二者的关系有一个循序渐进的上升过程,而非老舍突然地就成为中共的支持者。结构上承接了上文中共与老舍因抗战时的全国文协而走在一起,此时老舍在政治上的得势,也为下文的失势、并最终导致他"自沉太平湖"的生命悲剧而埋下伏笔;主旨上这一章节论述的是对老舍的赞美与非议并存,这几处内容的增加,丰富了对老舍得到的赞美的阐释,突出了主旨。不只有增加,这里还删去了1996年版《认识老舍》在此处的一个注释(删除部分第1处)。整个抗战期间类似的祝贺活动只有郭沫若、老舍和茅盾三次,1996年版《认识老舍》的原意,是说明在抗战期间老舍在文艺界已取得了和郭沫若、茅盾等同的地位,并且中国共产党对老舍给予了足够的重视与认可。2002年版删去这一注释,更多的也是从逻辑连贯的角度考虑。因此这里着重论述的,是老舍所得到的赞美,而非横向与他人的比较,为了使上下文统一,没有必要考察中共组织了几次这样的活动、还为谁举办了这样的活动。此处的删除,同样是为了突出主旨,以及上下文的

---

① 樊骏:《认识老舍》,《中国现代文学论集》(下),人民文学出版社2006年版,第677页。

连贯统一。

第二节的主旨,是探讨老舍与五四的关系。伊始,在总论老舍"在很多方面是五四文学革命的产儿,并一直忠诚地继承发扬它的优良传统"(即老舍对五四精神的继承)时,1996年版《认识老舍》列举的"五四"优良传统包括反帝反封建精神、"感时忧国"的情思和"为人生"的平民文学的宗旨。2002年版增加了民主科学的理性精神,个性解放、人道主义的社会思潮以及直面生活的现实主义创作原则。这方面的增添,一是丰富了五四新文学的内涵,展示了更多"五四"创造的、后世取之不竭的精神遗产;二是丰富了老舍的创作内涵,表现了老舍的创作受五四的影响是多方面的,突出了他受五四文学影响之大,印证了他和五四文学革命的密切关系,使得"在很多方面是五四文学革命的产儿,并一直忠诚地继承发扬它的优良传统"的阐释更为完善;三是承上启下,呼应上文提到的老舍自己反复强调的——没有五四他不可能成为作家,启发下文"这里要着重分析的,是他始终坚持了'五四'的思想启蒙传统"——民主科学、个性解放、人道主义等。

五四运动吸收了大量西方的先进思想,上述是老舍继承的五四精神财富,那么老舍又直接继承了西方的哪些思想呢?老舍一度信奉过基督教,基督教的教义对他产生了一定影响。在谈到开始文学创作前的心愿时,老舍以"负起两架十字架"作概括。若不解释老舍曾信奉过基督教(增加部分第36处),十字架的比喻便会让读者感觉突兀。而十字架是基督教的代表意象,信奉过基督教的老舍,以"负起十字架"表述自己为思想启蒙而献身的决心就变得顺理成章了。

五四文学革命最具代表性的作家,毫无疑问是鲁迅。老舍作为接受了"五四"洗礼的作家,他又与文学革命的旗帜性人物有哪些联系呢？樊骏认为，"老舍的情况与鲁迅颇有一些相似之处"①。因此2002年版在论述鲁迅时，丰富了对其作品的评价（增加部分第44处）。这里插入一点，论述鲁迅前，在阐释包括文学革命在内的五四新文化运动与新民主主义革命的关系时，樊骏在2002版的论文中将前者定义为后者的"前导"。而"前导"一说是有来历的（增加部分第41处）。包括文学革命在内的五四新文化运动，是一场思想启蒙运动，隶属于精神领域，从而做了政治变革——新民主主义革命的"前导"。樊骏在此处添加了恩格斯的理论，实现了"理论先行"，不但使自己的观点有理论做支撑，也使后面的相关论述拥有了纲领。丰富对鲁迅及其作品的评价，实则是使得"老舍的情况与鲁迅颇有一些相似之处"的阐释更加充分。总而言之，第二章节论述老舍与"五四"的关系，先论述了老舍对五四的继承，再论述老舍与五四的旗帜人物——鲁迅的关系。通过修改，2002年版的内在连贯更加统一。

2002年版《认识老舍》的第四节，相较于1996年版进行了一个逻辑结构上的调整。在论述老舍作品中存在的"京味"时，1996年版的结构是这样的：提出了"京味"概念后，樊骏便举例进行论证，他首先从大的方面举例，选取的是《四世同堂》，因为它除了整个故事背景是北平，还展现了北平的风貌、世俗与人情。然后进行了以下总结："……有了这些真实生动的艺术画幅，得到永久的保存。"然后又从小的方面举例，选取《离婚》中的一段话，是对北平的评价。至此论述结束。若用图示来表示，是这样：

"京味"的存在→"大的方面"→这些……（总结性质）→"小的

---

① 樊骏：《认识老舍》，《中国现代文学论集》（下），人民文学出版社2006年版，第689页。

方面"。

到了2002年版,樊骏对文章的结构进行了调整,我们不再赘述,直接呈现其结构图示:

"京味"的存在→"大的方面"→扣题,《四世同堂》的"京味"(增加部分第78处)→"小的方面"→这些……(总结性质,涵盖大的方面与小的方面)。

此处的补充内容,在承上启下的同时,也论证了自己所选择的例子是妥当的。"这些……"作为总结性质的话语,放在论述的最后面更为合适。综上所述,2002年版的《认识老舍》在修改之后,逻辑结构上更清晰、更通顺,内在的连贯性自然更加统一。

其三,使论文的阐释更加自洽。

2002年版《认识老舍》全文的第一处修改,是在开头第二句:把"在若干重要的方面为现代文学的发展成长作出了突出的建树"修改为"在若干重要的方面为现当代文学的发展成长做出了突出的建树",修改了一个"做"字,增加了一个"当"字。"现代"和"现当代",虽一字之差,但相隔万里。从概念上来看,虽然"现代文学"包含于"现当代文学"之中,但这仍是两个不同的概念,有着范畴上的差异。同时,现代文学和当代文学又并非相互隔绝的个体,而是水乳交融,有着难以分割的密切联系。从文学史的分期上来看,老舍的创作是跨越现代与当代的。《龙须沟》创作于1950年,《茶馆》出版于1958年,《正红旗下》动笔于1961年,等等,上述建国后的作品按分期都归于当代文学之列。因而,说老舍"为现当代文学的发展成长做出了突出的建树"更为恰当。从文章的主旨来看,老舍作为一名大师级的作家,其影响延续至今,并非只对现代文学产生影响,当代的作家依旧孜孜不倦地汲取着老舍文学世界的营养,老舍对"发展成长"做出的"突出建树"是贯通现代与当代的,若只说其对现代文学有贡献,是有失偏颇的。若结合下文,更容易体会此处修改的重要意义。下文有这样一句:有的对当前的文学创作仍然产生着深远的影响。无论是1996年还是2002年,"当前的文学创作"均属当代文学之列,若上文仍是"在若干重要的方面为现代文学的发展成长做出了突出的建树",则与主旨产生了背离。此处的修改,不但使措辞更加准确,也使得上下文能够更好地呼应。

在论述老舍在20世纪30年代中期确立了其在中国文坛的重要位置时,1996年版的论据只有标志作家形成自己艺术风格的《离婚》《骆驼祥子》等作品,以及李长之、赵少侯、常风等人撰写的称赞老舍的幽默艺术及其审美价值的评论,这样的论据略显单薄。仅靠几部作品的问世和几位评论家的评论,就证明老舍在30年代中期这个名家辈出的时代确立了自己的重要地位,缺乏说服力。而2002年版添加了更多的论据(增加部分第2处):文学研究会是颇具影响力的文学社团,能够成为文学研究会的正式成员,证明老舍的写作能力是得到认可的;《论语》和《宇宙风》均由林语堂创办,红极一时,是幽默文学的一块重要阵地,能成为这两个刊物的重要撰稿人,说明老舍的幽默艺术不但得到了林语堂的认可,还有较好的读者市场;老舍"与左、中、右各方,包括京派、海派、鸳鸯蝴蝶派等,大多有所交往,作品也分散发表在不同倾向的刊物上",一是体现了老舍个人的人格魅力,各方各派都愿意与其交往,二是体现了老舍的作品水平高、题材丰富,各方和各派能够超越意识形态,共同从文学的角度认可和肯定他的作品。这些史实的增加,更多地从侧面凸显了老舍在30年代的文坛所取得的成就,丰富了论据,因而使"老舍在三十年代中期确立了在中国文坛的重要位置"的论证更加完善。

老舍在抗战爆发后不久被推举为"全国文协"的实际负责人——总务部主任。老舍首先凭借其文学创作,在文坛和市民群众中都具备了较大的影响力,加上老舍不从属于特定的派别,并且和各派都保持着良好的关系,这样的身份适合统筹工作。因而在抗战爆发后,官方推举老舍担任全国文协的负责人。促成此事的有周恩来、冯玉祥等人(增加部分第4处)。此处可以视周恩来代表共产党,冯玉祥代表国民党,老舍得到了两党共同的认可。但是单有官方的意愿,若老舍本人对此事不积极,那也是"剃头挑子一头热"。因而,樊骏又增加了一段内容(增加部分第3处)。从这段内容我们可以看出,抗战爆发后,老舍表现出了积极投身抗战的态度,同时他的行为在国内产生了良好的影响,双方一拍即合。对于老舍当选全国文协负责人一事,文艺界又是怎样评价的呢?樊骏在文章中增加了茅盾对此的评价(增加部分第5处)。茅盾充分肯定了老舍的工作,并且表明他的赞扬代表了文艺界同人的公论。在这里加上茅盾的评价,从侧面凸现老舍的功绩以及国人对他的肯定,同时也显出茅盾评价的颇具分量。从整体结构上来看,这一部分的逻辑可以总结为老舍在30年代的文坛确立了自己的位置后,官方视其为统筹全国文协的合适人选,同时老舍本人对此也表现出了极大的热情,并且在任职后,老舍的工作得到了文艺界同人的认可。2002年版的《认识老舍》,在樊骏对内容进行了大量增添后,结构更加严整,阐释也更加完善。

第三节在分析《骆驼祥子》中祥子于精神方面所遇到的打击或者说所受到的摧残时,着重提到了虎妞和祥子的爱情。樊骏认为这一"爱情"是虎妞强加给祥子的,祥子不但没有从中体味到爱情的欢愉,反而在精神上受到了屈辱。1996年版的《认识老舍》中,对"畸形"的爱情所造成的后果,樊骏只列举了一个,就是祥子逐步丧失了自立自强的生活意志。到了2002年版,樊骏又增加了一个,即祥子还失去了独立的人格尊严(增加部分第57处)。

结合《骆驼祥子》以及当时的社会现实来看,此处的补充是非常必要的。后期祥子的一步步堕落,虎妞是推动者之一。自立自强的生活意志的丧失,还不至于使祥子变成一具行尸走肉,尊严的丧失才是最重要的。一个人若连人格尊严都失去了,也便不会再有什么追求了。我们常常会说,成功男人背后的女人、家庭对于男人的事业起着极为重要作用。与虎妞的结合,不但没有成为祥子事业腾飞的踏板,反而将祥子一步步推向深渊。在与虎妞的婚姻中,由于各方面条件的差距,祥子处于绝对的弱势地位。久而久之,祥子便在各方面产生自卑心理,加上虎妞性格泼辣蛮横,以及有意无意流露出来的优越感与歧视,更使得祥子精神上遭受的屈辱日益加剧,最终完全剥蚀了他的人格尊严。随着生活意志和人格尊严的逐渐丧失,祥子对生活的热情也逐渐降低,不知疲倦飞跑的双腿渐渐慢了下来,梦想渐行渐远。因而,此处的增加对于阐释与虎妞的爱情对祥子的精神所施加的打击起到了很大的作用。

总之,樊骏的《认识老舍》一文在前后20年的时间里进行了较大的修改,这一修改正是樊骏对老舍的认识不断深入的过程,也是樊骏不断自我提升的过程。从资料来看,有关老舍的研究资料的增加,对樊骏进一步完善自我的思想起到了积极作用,这是樊骏增加100处之多资料的根据所在;从删减的部分来看,樊骏对老舍的认识也是一个自我不断调整的过程,表现为对既有认识的更正,具体到《认识老舍》这一文本则表现为删除了其中不甚科学的部分;从文字的润饰来看,樊骏对文字有着精益求精的要求,为了能够更好地表情达意,樊骏坚持反复斟酌,努力追寻最恰切的文字传达最佳的精神。无疑,这对当下浮躁的学术界具有十分重要的镜鉴作用:学术研究与数量没有直接的关系,而与质量息息相关;学术研究是一个极其艰难的探索过程,需要永不停歇的探索才会深化认识,才会逐渐打造出精品;优秀的学术论文需要精心打磨。这也符合认识的内在规律,人的认识是一个不断深化的过程,正确和准确的认识恰是在不断实践的过程中完成的;从学术史的传承来看,一个人仅仅是这条学术传承链条上的一环,能够在某一点上被学术史记录,便是难能可贵的。事实上,我们孕育出来的学术之果,经过多年的风雨冲刷之后,能够真正存留在世的并不是很多。从这样的意义上说,一个真学者的生命,不在于他著作是否等身,而在于他的文章是否真的具有学术价值和意义,从而成为学术上的经典。当然,我们还需要特别指出的一点是,对樊骏的《认识老舍》一文,不宜作过分的解读。从某种意义上说,一个学者把过去的文章收纳成集后,往往都会对原来的文字进行必要的润饰,只不过一般人没有像樊骏那样作出如此之多的修改罢了——这恰是樊骏超越一般学者而具有更为久远的学术史价值和意义之所在。

(原载《中国现代文学论丛》2019年第1辑,刊发时有删减,收入本书时恢复了被删除内容)

选择的艺术*

  选择，作为一种隐匿在我们日常生活中的现象，是我们每天都要遇到的。诸如我们选择要干什么而不去干什么，虽然这种选择在更多的情况下是处于一种随机状态中，但即便在这种并非是有意识的选择中也包含了内容深广的东西。选择不仅在人们的日常生活中存在，而且它还以显赫的地位存在于文学中，是我们进行文学研究的重要对象和介入文学的重要的突破口。当一个作家面对他的书稿而紧锁眉头的时候，他便遇到了我们所要论及的选择这一问题，即他面临着选择而发生了困惑，在困惑中陷入沉思，在沉思中又进行选择。因此，倘若我们能对选择这一问题进行理论上的分析，那对于我们进一步分析作品、认清选择所包含的丰富内容无疑是有帮助的。

  选择，又总是显现出一种主体的判断。其对象是客观存在的外物，因此，选择又是沟通主体和客体的桥梁。我们从选择入手，不仅会使文学研究深入到文学所描写的世界中去，而且也会深入到创作主体的创作心理、意识等机制中去，从而进一步拓宽文学研究的领域，把作品、作家和生活更好地融为一体来进行观察。

---

* 本文系著者在 1988 年 5 月撰写的大学毕业论文，指导教师为夏之放教授，后收入齐鲁书社 2000 年出版的《自学考试毕业论文撰写指导》。

这样三位一体的文学研究,于文学无疑有着积极的作用。

一

我们要研究选择,首先要了解什么是选择,构成选择的要素是什么。选择是主体依据一定的意识或内在要求,对作为对象的客体或认同或排斥的行为方式。

我们知道,任何选择都不是无缘无故的,而是有规可循、有据可依的。任何选择都是主体在一定的意识支配下完成的。

没有一定的意识,主体就谈不上主体,选择也就谈不上选择,而只能是一种被动适应外界客观要求的行为,它无法成为我们所论及的选择。就其根本来讲,主体的选择总是有其一定的标准,主体之所以选择甲或拒绝乙是由于主体的选择标准所造成的差异。一般讲来,主体的选择标准是深深地植根于自己的文化心理结构之上的,由此而生成审美的、文化的、思想的等标准。因此,选择主体是依据一定的意识而对于对象进行或排斥或认同的一种行为方式。

选择,还牵涉到选择必不可少的两个构成因素,即选择的主体和被选择的客体。只有主体没有客体不会构成选择,因为它没有选择的对象,而主体的内在文化心理性格也就失去了对象化的基础;只有客体而没有主体,也构不成选择,因为客体没有主体意识的观照,也只能是纯客体的,不包含有主体意识的对象化内容的客体。因此选择的这两个基本要素,是我们对选择进行考察的基础。

倘若仅仅有选择的主体和客体,而没有发生实际的选择,那也不能构成真正的选择所具有的意义。因为当二者还是孤立的时候,它们并没有完成相互的关照,主体仍然是不含有客体内容的主体,客体仍然是不体现主体意识的客体,因此,唯有选择时,主体和客体才会发生一种审美的、思想的、文化的相互观照,从而才会使主体和客体相沟通。选择正是在这一点上,把选择的主体和选择的客体深深地联系在一起,构成了一种主客体相互交融的结果——选择的产生。

进行选择就会有选择的结果。选择的结果就其本质来讲是主客体的内容相互渗透,从而达到和谐一致。一般来讲,选择的过程,首先是主体依据一定的选择标准而向客体内容渗透的过程,同时,在这渗透的过程中,客体的内在蕴含逐渐地被主体意识所彰显。这时候,它们二者的运动方向是双向的,最后当这双向的运动趋于一致而达到"平衡"时,这种选择便以选择的结果的形式而告终。

通过对选择流向的过程分析,我们可以看到,选择是主体的选择,同时,又是对客体内容的认同或拒绝。不同的主体总是选择与其主体意识相对应的客观对象物,而不同的客体则以本体所包蕴的内质而认同某一主体,即一定的客体也只能被一定的主体所意识到,主客体的选择是同时发生的,这样,选择的结果就是一个包含着新的内容、主客体相互交融而达到和谐一致的产物。这个产物,我们从主体意识的角度来观照又是带有深刻主体烙印的产物,倘从客体内在蕴含思想的角度来观照,则是客体某一内容被凸显出来的产物。也正是在这两点上,主体的烙印和客体的某一内容被凸显达到了内在一致性,从而使主体的意识等抽象的内容被移植到这客体的体内而获得了新的生命。因此,我们在对于选择结果的分析中,能够从主体对被选择客体的某一方面内容的关注中看到主体意识的深刻底蕴。而这一点在文学的选择中尤其重要。

二

选择在其所反映的主体中心意识上并不是等同的,而是具有其内容差异的。根据这选择所反映出来的主体意识的差异,可以把作家的选择划分为三个等级:其一是浅层次的选择,其二是中层次的选择,其三是深层次的选择。一般地讲,这三个层次都有主体的意识烙印。但是,每一层次所反映出来的主体意识的强度是不同的。浅层次的选择是一般作家所经历的必需之路。它是在主体意识还没有完全成熟的情况下的一种选择。因此,在主体的选择中,往往是与其浅层次的主体意识相对应的、对生活中表层的现象及生活的选择。这样所选择出来的客体缺乏更本质的社会内容,较多的是细枝末节的表层生活。但是,尽管主体的中心意识没有更深入地穿透客体的社会内容,这仍然是体现着主体的中心意识,属于主体中心意识对于客体生活的一种包蕴的外化,它们之间仍然存在着和谐统一。

浅层次选择之形成的原因是主体缺乏一种对于世界的、哲学的、美学的认识和思考,从而导致了主体思想的贫困,不能超越于已经形成的传统意识。而作为一个伟大的作家,他必须具有超越于一般民众思想、审美标准的主体意识。倘若创作主体不能清醒地反省自己所赖以成长的、哺育自己的文化母体,并对之做出文化的批判,那么,创作主体就很难完成超越,也就很难由此而摆脱浅层次的选择。这种浅层次的选择在文学史上是不乏其例的。

与浅层次的选择相对立而处于另一极的是深层次的选择。深层次的选择,是创作主体在完成了自我的独立构建之后而形成的。深层次的选择是渗透着主体思想哲学的深刻思考的选择,其选择的对象,最大限度地蕴含着主体的中心意识,它相比于浅层次的选择要更清楚地烙印着主体独立而又独特的思考,更清晰地体现出主体的独特风格。因此,作为深层次选择的客观对象物,一般是超越了社会表层现象而径直体现其社会本质内容的客体,并且,在这客体中,体现出主体的中心意识是属于独特发现的一种选择。

深层次选择之形成的原因,是主体对世界深邃的哲学的、思想的、审美的、道德的认识和思考,并在此思考的基础上形成了自己独立的价值体系。这是主体对于自我中心意识建构的最完美、最独特之处,主体在这种中心意识的支配下进行选择,就势必依靠主体的这种深邃穿透力而穿过表象,径直深入到客体的本质内容,从而使主体的中心意识与其所达到的思考深度在客观的选择物身上得到呈现。因此,这种深层次的选择是在对于客观现实的超越基础上完成的,是以对自己所赖以成长的文化母体的反省和批判为前提的,是一种更大程度上张扬主体意识的选择。

这种深层次的选择在我们文学史上也是不乏其例的。这可以鲁迅为例来加以说明。鲁迅是一个对中国文化有着反省和批判精神的思想家,并在批判的基础上形成了自己独立的思想体系。因此,在鲁迅的创作中所表现出来的选择,总是那么清晰地显示着超凡的深度。鲁迅创造的阿Q,正是镌刻着鲁迅独特思考和思想的选择物。我们从阿Q的身上,可以更清楚地看到鲁迅的思想所留下的深深烙印。

通过以上对处于两极选择的分析可以看出,选择虽然就其根本来讲是渗透着主体中心意识的判断,是主体中心意识和客体的内容相拥抱、相和谐统一的产物。但是,处于不同层次上的选择,其所表现出来的主体内容则明显不同。一般地讲，浅层次的选择所体现出来的主体独特的思考较少，更多的是一种自然行为；而深层次的选择则与之相反，它所体现出来的主体意识是有其独特性的，并且也正是在这一迥异于浅层次的特征上凸显了主体的中心意识之独特的贡献和意义。

深浅层次选择的界限并不是特别分明，而是处于相对兼容的衔接面上。我们在此把介于深浅层次的选择，规范为中层次的选择。中层次选择的特性介于深浅层次特性之间，它既具有浅层次选择中所体现出来的那种表层化特征，又具有深层次选择所体现出来的那种独特性，是主体已经开始超越了自己的文化母胎的局限，然而还没有达到建构自己独特的思想哲学体系的状态。因此，在这一层次中，不时闪现着主体的思考，而使选择物这一客体体现出主体的思想文化的认识；同时，又呈现出由于主体的思想哲学体系的不完备性而表现出的浅显。一般地讲，这类作家在创作群中是占有较大比例的。

以上我们对选择进行了三个层次的划分，其目的在于通过这种划分进一步认识选择本身。那么，由此而来的是这三个层次的选择之间的关系问题，即它们是否是可以逾越的？对于这一问题的回答，便牵涉到对创作主体选择的发展过程的考察。

选择是一个发展的概念，它表现在同一主体并不会永远地停留在同一选择水准上，而是随着主体中心意识的变化而使选择呈现出变化发展的状态。一般地讲，主体的选择是一个由浅层次的选择向深层次的选择发展的过程。而这一发展又是完全地依赖于主体的自我超越来完成的，是对于客观现实的局限性的超越，是在对自己赖以成长的文化母体的反省和批判中完成的。因此，主体选择的发展问题，又可以归结为主体自我完善和发展的问题。

我们知道,选择首要的是主体的选择,是受制于主体中心意识的选择。因此,主体会随着对于生活认识的提高,随着其独立的思想、哲学、美学观念的成熟,使其选择的客体也随之变化发展,即客体由原来的浅层次变化发展到具有较深内涵的深层次的客体,这样,主体和客体的关系又是处于一种向深层次发展的过程。一个作家正是随着这种自我建构的发展不断地调整所选择的客体内容,从而呈现出从浅层次向深层次的发展趋势。在这里有必要强调的是,在这样的发展过程的每一个节点上,主体的思考深度是和客体的内容深度相统一的,即主客体在每一个新的节点上都会获得统一。

三

在文学创作中,作家从创作前的准备到创作时的构思,以及把这种构思付诸实践的整个活动中,都贯穿着选择这个根本的问题。作家在选材上的困惑、在提炼主题上的困惑以及对表现的艺术把握上的困惑等,都可以归结为选择的困惑,是创作主体面对纷繁复杂的客观对象而表现的一种不知所从、但又必须进行抉择的困惑。因此,对于创作主体进行研究的一个很重要的切入角度就是选择。

创作主体的选择也表现为一种积极的选择。一旦创作主体选准了他的客体对象,主体和客体的选择流向也是双向的。一方面是主体依靠着既定的文化心理性格、思想意识和审美情趣等主体意识来对客体进行渗透,是一个把主体意识灌注到客体中去的、使主体意识找到寄寓体的过程。同时,也是客体以其本身所包含的丰富内容向主体依次开展的过程,同时这种展开的程度也是依据着主体意识的穿透程度而定的,及至它们之间最终达到和谐一致。这样的情况在文学创作中俯拾即是,我们不妨通过一个例子来加以说明。

阿Q作为鲁迅依靠自己独特的意识进行思考而化为选择的产物,它深刻地体现了主客体在相互渗透中趋于和谐一致的状况。鲁迅之所以在大千世界中选择阿Q来作他笔下的主人公,看似这本身并无多少道理可循,但倘若我们能问几个为什么就会感知这选择体现着丰富的主客体内容。在中国社会中,像阿Q这样的下层的被侮辱与被损害的人,本来是要起来争取个人的做人权利的。但是,封建的思想和在封建社会里生成的变异的精神畸形却极大地妨碍了他的觉醒过程。并且阿Q所代表的下层人民本来是能够代表着社会发展要求的社会主体,但是,这样的本可以是社会主体的人却由于精神奴役的创伤而不能觉醒。作为鲁迅来讲,他一直深深地思考着社会的命运(而不是个人的命运),思考着如何来完成民族的现代化,而积极地从事启蒙的自觉的文学运动和创作。因此,主体的这种意识既帮助又制约着鲁迅必然是与此相对应的选择(这里的选择是一种广义的选择,正如鲁迅自己说的那样,是不同地方的人的脸、脚等凑在一起)。通过主体对阿Q凸显的性格的描写,可以清楚地看到鲁迅之所以选择这一方面加以表现是和主体意识分不开的。同时我们也可以看到主体之所以略去阿Q生命史上的其他部分,也是受到主体支配的。而从阿Q这一选择物中,我们可以清楚地看到作为创作主体的鲁迅的深沉冷峻的社会思考。

通过如是的分析,可以看到在文学创作中,选择是贯穿始终的,而在最终选择的产物——作品上,呈现着主体和客体由相互认同、相互渗透达到主客体交融的状况。

既然选择是贯穿着文学创作全过程的一种活动,那么,在这一选择中,它受到哪些因素的制约呢？换言之,是哪些因素参与了这种选择活动？

选择受到主体所意识到的范围的限制。一般地讲,只有当主体和客体发生观照的时候,主体才能相对客体具有主体的意义,客体才相对于主体具有客体的意义。两个互不相关的"主体"和"客体",是称不上真正意义上的主体和客体的。因此,在选择的时候,主体所意识到的范围便决定了选择的范围,主体意识之外的纯客体是不会成为主体所选择的对象物的。主体意识世界的大小便在总体上决定了他的选择范围及作为他的选择物的世界的大小。在这里,主体的确是体现了一种主体意识,在这样一个静的点上进行考察,我们可以得出这样一个基本结论：主体决定着客体（从动的相互交流的角度来考察,主体又受客体制约,主体的意识是在和客体的对流中完成的,是随着主体和客体交流面的扩大而扩大的）,即主体的意识决定着他的客体世界。这样,作为对象物的客体就不再是纷繁复杂的客观存在的世界,而是一个被主体所意识到、被主体所观照的客体世界,主体只能在这样的世界中进行选择。因此,主体所意识到的范围无疑决定着选择的范围,从根本上制约着选择,成为参与选择的首要因素。在主体所意识到的客体世界中,主体对于客体并不是都采取同一态度,并不是都可以作为选择物而获得主体意识。在此情况下,主体的中心意识便取得了在选择中的中心地位,从而在根本上制约着选择的方向。

中心意识是一个很宽泛的概念,它泛指参与选择的各因素中起主导作用的意识的总和,这可以指一个人的思想、文化—心理结构、兴趣爱好、审美规范、道德伦理等一切因素的合力。正是这些因素决定着创作主体的选择,而只有能够较好地体现出主体意识、被主体意识所认同、或引起主体兴趣的客体,才可能被主体所选择,而那些被主体认为意义较小,或者并没有被主体的中心意识所辐射的客体,则可能被主体所排斥。这样,主体的中心意识便决定了对于客体选择的方向。

主体的中心意识是千差万别的,由中心意识决定的客体上也是纷繁多样的。这在创作上表现为对于同一社会不同点的选择,对于同一面不同点的选择,对于同一点不同角度的选择。因此,这就在创作中表现为纷繁的多样性。即便是对于同一社会阶层的人的描写,也因其主体意识的差异性而表现出不同的特征。如前所述,作为思想家的鲁迅对于农村下层的雇工阿Q的思考,就包含了主体意识上的深刻独到之处。而同是写与阿Q同一类型的阿贵,则仅仅体现出了王任叔作为一个乡土作家对于下层人民不幸的同情,却没有鲁迅那种深刻的民族文化的批判和思考。因此,我们从主体意识的差异性,可以寻找到作为选择物的客体之所以差异的原因。同时,也可以从客体的差异性中寻找到创作主体的差异性。这样,便为文学分析奠定了坚实的理论基础。

至于主体的中心意识决定选择的方向,在文学中的例子更是不少。鲁迅由于深感愚昧的国民急需文化和思想上的启蒙,所以他便抱着揭出病因,引起疗救的注意的中心意识来从事新文学的创作,并且由于他认识到中国革命的主体首先是那些被侮辱与被损害的下层人民,他的文学创作便更多地注目于普通人民的觉醒问题,所以,他便能够创作出《阿Q正传》这样的与其思想的深刻性相统一的传世之作。但我们考察一下鲁迅的创作道路便会发现,像鲁迅在北京从事新文化运动等重大的事件,则在鲁迅的创作中相对地被其选择所拒斥，而另一些知识分子在觉醒之后，由于面对传统的强大而或苦闷、或复归、或呐喊的"灰色"形象则相对地被选择所认同，但就鲁迅的总体文学世界来看，他对于深烙着精神奴役创伤的底层平民的选择为最。从这可以看出，主体的中心意识指向对选择具有决定作用。选择有时候呈现出一种清醒的冷峻的理性状态，而有时候，则表现出一种自然而然的状态，主体表现为"毫无意识"的情状。这便是我们将要论及的影响主体选择的又一个方面，即潜意识和思维定式的状况。

潜意识是参与选择的一个很重要的因素，它在选择中的参与状况往往难以为主体所清醒地意识到。但是，由于较之意识来讲具有更大的内在性，因此它参与选择活动也往往在某一支流上起着决定作用。按心理学家弗洛伊德的解释，一个性心理受到压抑的作家，他在创作中往往自觉或不自觉地选择那些能够排遣这种压抑的场面加以描写，从而使这种压抑得到一种精神上的排解。而作为一个受到专制强权压迫的主体，则往往又会更多地在作品中向往一幅恬静的田园风光或是对于这种社会压迫的超越，从而获得精神上的自由。这些深潜于创作主体中的难以为主体所自觉意识到的文化上、情感上难以排遣的情结，在创作中对于主体选择的作用都是极为重要的。

思维定式作为意识的重要模式，在创作中的作用也极其显著。我们知道，人的思维由于在某一特定的环境下经常发生着某一方向的运动，这种"运动"日益积累，从而在思维中形成一种定势，这在创作中是经常起作用的。一个人在"起承转合"中养成了捕捉诗意的思维，就会使其创作在不知不觉中形成一种模式，像我国当代散文家杨朔的散文，其每篇散文不可谓不好，但是，倘若从整体上来看，我们会看到作家在散文创作中形成一种固定的格式,这便是思维定式。这种定式从一方面讲是作家形成某一风格的标志,但从另一方面讲,又犹如藩篱,使作家的思维难以开拓出去,获得新的艺术上的升华。杨朔散文的这两种情况兼而有之,而后一种定式所致的思维狭窄则不能不说是其遗憾之处。

由此说来,思维定式对于选择的制约作用是很强的。它往往使选择表现为一种非选择性,而径直以其定式来把握对象。这样的把握选择,一方面由于其定式所致,可能会导致新的艺术发现,另一方面也可能被定式所限,导致创作中选择的模式化,从而使创作缺乏独特魅力。

就思想的选择过程来看,选择不但受主体的制约,它同时还会受到客体的制约。一定的客体包含一定的内容,不同的客体本身所具有的意义和作用是并不相同的。我们知道,选择是一种主体的行为,同时又是客体以其特定的内容而和主体交融的过程。这在文学创作的过程中,表现为不同的题材本身、不同的人物形象所包含的客观的社会意义不同。在同一社会形态下,题材和人物的作用是不同的,如辛亥革命后对于农村下层贫民的题材,其内在蕴含的质就比其他时期重要得多。因为在这些有着"精神奴役的创伤"的社会主体身上,更多地表现了社会之所以迟缓发展的原因和辛亥革命之所以失败的原因。这些客体所具有的内在意蕴,只能被那些有这一思想的主体所认识,而对于那些游戏人生的创作主体来讲则是排斥的,这便是客体对选择所起的制约作用。

即使是同一客体,由于其内容的多面性,也并不会出现雷同,而是表现出对客体某一内容的选择。因此,客体内容的多面性使选择也表现出差异性,从而影响到选择。对于这一问题的理解,我们可以通过印度那个有名的格言"盲人摸象"来加以说明,作为客体的"象"的构成部分是多方面的,但是"盲人"只能摸到"象"的一部分(这就犹如创作主体囿于认识的局限而只能把握住客观对象的一部分一样),这样就势必造成选择的多样性,从而在创作上表现出极大的差异性,使创作客体的某一方面特性和主体的某一意识相对应,达到选择的主客体的统一。

四

选择,并不是一种杂乱无章的任意行为。一切选择都是在时代所提供的许可范围之内进行的,是在大时代的功能圈的制约下进行的,不可能超越这个基本的前提而随心所欲,从而使看似任意的选择具有了一定的受动性。

主题在一个时代是多种多样的,但有一点却是基本的,那便是在时代的现实性基础上,所形成的各种可能性的主题,主题在这一点无法逾越现实性对它的制约。因此,在任何一个时代,创作主体对于主题的把握,也只能是在这种现实的可能性下获得选择的权力,倘离开了这个时代或条件,选择也就不可能实现。鲁迅对于中国的"国民性"的思考,是在20世纪的中国进行的,这个时代使得国民性这一主题在时代的变动中越来越凸显出来,从而被鲁迅所选择。主题只是时代的产物,是时代在特定条件下主体对于各种可能性的某一方面的选择,也正是在这一点上,主体的意识获得了崭新的意义。

因此,我们可以这样说,每一个时代由于具有独特的质的规定性,而这个独特的质又规定了在这样的时代背景下,只会产生这样的历史矛盾和历史主题。而人就是在历史的这个功能圈上被时代深深地钳制着,是属于非个人力量所能超越的。于是,人的选择便只能在一定许可范围之内进行,是被规定的,但又是主体依靠其主体意识而进行的。由此,文学的选择也只能是主体在一定范围之内的选择。在这一点上,选择又具有被限定性,是在特定的条件下主体的一种特定选择。

选择,虽然在每个时代都会经常地重复着,但是,选择的内容却要随时代的变动而变动,是主体的一种积极作为。

迎合型文化：文化的误区

20世纪末，中国文化在经历了一个漫长的历史沉寂之后，又一次呈现出文化转型期所特有的文化现象，并且，在这历史过程中，转型的文化寻找并开拓着属于自己的发展道路。但相对于世纪初的那次文化转型而言，令人不无忧虑的是，当下的文化转型所形成的文化主潮，面临着自身的误区，其中的要害便是缺少或失落了文化的改造功能而强化了文化的迎合功能。

文化，是一个难以说清的概念，单就其功能而言，可以作这样一个基本的划分：其一是改造型文化，它以文化的主体价值的凸显和对人的文化观念的改造为显著特点。它一方面高举主体的价值尺度，另一方面又对作为传统文化载体的个体进行文化启蒙与改造。二者的有机结合使得文化呈现出前所未有的创造力与改造力，从而使文化的载体向高层次位移与发展。其二是迎合型文化，它以自身主体价值的失落与对既有文化载体的文化观念的迎合为特点。其自身价值的失落，必然导致其在对外物的衡量上失却了自我的价值尺度，代之以既有的文化观念和价值尺度，以满足既有文化载体的需要为目的，从而表现为文化的原地踏步式的迎合或维系的特点。

众所周知，文化之所以获得发展，其主要原因就在于文化的改造功能获得了充分发展。正是文化改造功能的充分发挥，才使得文化和文化的载体产生了历史性的跨越。历史清楚地表明,如果文化停留于迎合大众既有的(也正是传统所赋予他们的)文化趣味,那么,文化、社会和人的全面发展几乎是不可能的。在这个文化转型的时代,文化改造功能的相对弱化和文化迎合功能的强化,理应引起我们的高度警惕。

本世纪之初是一个文化转型的时代,以"五四"新文化所代表的改造型文化对中国传统文化进行了系统、深刻的反省与批判,出现了前所未有的活跃与转型的特点。那个时代的文化主潮,既不是迎合落伍了的大众趣味,也不是强化凝滞了的时代的既定秩序。相反,"五四"新文化高擎起改造的大纛,致力于对新文化的铸造和对传统文化的批判。同时,也以不可阻挡之势对迎合型文化进行了激烈的批判,使那个时代以"鸳鸯蝴蝶派"为代表的迎合型文化受到了荡涤。同样,对主宰那个时代的封建正统文化、满足落后政治需求的迎合性文化进行了批判。由此,中国文化进入了一个高扬改造功能的新时期。具有青春活力的改造型文化,以其独到和强大的改造功能和对于新文化理想的执着追求,实现了和中国传统文化的一次自觉决裂。尽管这样的决裂不可能是一种纯粹的完全的决裂,但新世纪新文化的曙光已经照射在了中国的原野上。

当然,我们并不能把那种灌输某种纯粹理念看作是文化改造功能的外化。在"文化大革命"中,"极左"思想扼杀了文化价值取向符合历史发展方向的一面,使人被异化和奴化,这与其说是文化改造功能的强化,毋宁说是文化的倒退。这显然和文化改造功能之于现实的推进作用相背离。

历史的发展从来就是在曲折中蜿蜒前行的。当我们在与世纪之初遥遥相对的世纪之末,再一次真切地感受着来自异域文化的波涛时，可以清醒地发现，我们不但没有见到应有的文化价值的高扬与文化改造功能的强化，而且面对的却是一个迎合型文化潮流。从世界文化史发展的历程来看，每次经济转型都是以文化转型为先导，并在新的价值体系支配下出现的。伴随着经济转型的深入，文化也相应地进入了一个鼎盛的转型时代。西方的文艺复兴运动就典型地说明了这一点。而我们这个经济转型的时代，却在文化上表现出紊乱之后的无所适从，以及在无所适从的情形下对传统的盲目迎合，这便不能不令人深感悲哀了。其具体表现有以下几个方面：

首先，那些仍然坚持既有较高层次的价值取向的文化，因"曲高"而"和寡"，备受冷落。客观地说，文化转型也并不是一味地抛弃传统既有的一切文化价值取向，任何一个时期的文化之所以获得发展，从根本上说都是源于这一文化有机体具有存在的某些合理性。就我们已经走过的曲折文化之路来看，原有的较高层次的价值取向的文化，还是有许多值得肯定的方面，诸如在民族解放和人的解放的历史过程中，我们所坚持的对于政治枷锁桎梏下的广大民众的解放，不正是真正促成了社会的发展吗？再如我们曾经把现代文化成功地融汇到社会中并使之向更高的层次发展等，都可以看作是我们文化改造功能的强化结果。

其次，如果说改造型文化在文化转型的时代更多地忠于自己的文化信念的话，那么，迎合型文化则是完全失却了主体的价值，其纯粹以迎合民众既有的审美趣味为取舍的标准，以获得最大限度的物欲为指归。一度流行的曾是武打、侦探、恋情等感性刺激，现在则是逐步演变为对毫无价值的社会现象的津津乐道，像许多报刊热衷于炒名人、炒明星、炒……总之，只要是大众乐此不疲具有卖点的，不管其是否具有积极的文化改造与建设功能，都可以大量炮制。文化失却了自我表现的主体性,不惜沦为满足人的感官刺激和趣味的倡优。这种以迎合读者低级趣味为目的的审美文化,可以让明星们毫无意义的生活趣闻充斥媒体,而那些真正支撑起社会大厦的栋梁却被排斥。

在这种迎合型文化风行的时代,一些严肃的文学艺术正在受到冷落。几年前,中国著名作曲家、北京歌舞团一级作曲家王西麟,便因不能为所在单位赚钱而被解聘,只好到中央音乐学院等高校讲课,但一级作曲家每小时的讲课费不足十元,还不到一个普通歌手的百分之一。成长中的大量青少年所崇拜的偶像是港台歌星,他们所捧读的书籍是言情和武打小说,而那些真正代表着文化发展主潮的书籍却备受冷落。这一切都表明:迎合型文化已经侵蚀了文化主潮健康发展的肌体。

文化发展是一个优胜劣汰的过程,是一个不断获得跃位与进步的过程。而当下这种"劣胜优汰"的情形,不能不引起我们深深的思考。

再次,对于改造型文化缺少应有的理论关注和建构。在如何建构新的改造型文化体系上,除少数理论先驱外,大多数人还没有作出实质性的思考,这应该说是导致当下文化转型出现误区的主要原因。这需要我们每个文化人切实地担负起建设改造型文化的使命。很难设想,一个缺少理论思维的民族会最终走向何处。社会科学作为研究社会发展一般规律的科学,应该是这一民族的文化所关注的焦点之所在,只有真正从根本上理清了社会发展的一般规律,我们才可能寻找到属于自己的文化发展道路。但客观情形是,这带有根本性的东西,并没有受到这一时代的关注,而那些能带来显著经济效益的行当,则成了人们孜孜以求的目标。

我们所处的时代无疑是一个转型的时代，"市场"备受青睐，消费者越来越成为衡量文化的重要价值尺度。随之而来的是，文化为了寻找到自己的上帝，被迫放弃了自我表现的理想和自身的改造功能，去迎合"上帝"的趣味。迎合的结果，便自然使文化的迎合功能获得了空前强化。

中国文化在市场经济的大潮中，是否必然要经历这样一个阶段呢？我们认为并不尽然。这种现象的出现，并不是市场经济的必然产物，相反，市场经济呼唤的是一种具有主体价值和强大改造功能的文化，以适应不断变化的市场需求。尤其是在我们这个由传统型社会向现代型社会转型的特定阶段，文化的改造功能应该获得空前的发展。显然，迎合型文化的泛滥是文化的主体价值失落带来的。因而，呼唤文化的主体价值的确立，呼唤中国文化改造功能的强化，便归结为对适应社会主义市场经济的文化理论的呼唤。我们满怀深情地期待着改造型文化的出现。

（原载《世纪风》1994年第4期）

第二编
现代学者与研究路径探析

吴晗和他的《海瑞罢官》

吴晗于 1909 年出生于浙江义乌县的书香世家。幼年的吴晗酷爱历史,少年时代即能写出简短的历史评论。老师称赞他有才华、有文采,有关历史的学问水平远超常人。1928 年夏,吴晗来到上海吴淞,并以优异成绩考入胡适担任校长的中国公学大学部,发奋研读各断代史,并与胡适通信讨论疑难问题,他的处女作《西汉的经济状况》一文受到胡适的赞扬,吴晗自此也把胡适当作自己的恩师。1930 年 8 月,吴晗考入国立清华大学史学系二年级做插班生;入学考试时,吴晗的数学成绩极低,但历史成绩极为突出,加上胡适的赞赏和推荐,终于被录取了。吴晗在学习期间又受到著名学者蒋廷黻和郑振铎等人的赏识,接连发表杂文、史学论文、诗歌等。在做学生期间,即与巴金、冰心、朱自清等当时名士一起编辑《文学季刊》,并参与筹备清华大学史学研究会。1931年下半年到 1932 年上半年,吴晗在《清华旬刊》上发表了 20 多篇文章;1934 年 8 月,吴晗大学毕业,留在清华任教,被破格提升为清华大学教员,还担任研究生的课程。

新中国成立后,吴晗在繁忙的公务之余,撰写、出版了大量文章、著作,主要有《历史的镜子》、《史事与人物》、《灯下集》、《春天集》、《投枪集》、《三家村札记》等。然而,真正引起巨大反响并为历史所铭记的还是他的《海瑞罢官》。

1959年4月,毛泽东在上海看了湘剧《生死碑》,又读了《明史·海瑞传》之后,在中共八届七中全会上提出要宣传海瑞,学习海瑞,认为尽管海瑞批评皇帝很厉害,但对皇帝还是忠心耿耿的,应该提倡海瑞那种刚直不阿的精神。毛泽东还提议找几个历史学家研究一下海瑞,写些文章。会后胡乔木找到吴晗,请他为《人民日报》撰写一篇有关海瑞的文章。庐山会议前后,吴晗发表了《海瑞骂皇帝》和《论海瑞》两篇文章。1960年底,吴晗又将海瑞的故事编成新编历史剧《海瑞罢官》。

1965年,姚文元根据政治的需要,认为《海瑞罢官》是"攻击毛主席"、"反党反社会主义"、"为彭德怀翻案"①等等,后来还给吴晗戴上了"叛徒"、"特务"等莫须有的帽子,关进监狱。1969年10月11日,吴晗去世。

60年代初,在共和国历史上无疑是占有特殊地位的一个时期。此时的国民经济极端困难,即我们常说的"三年自然灾害"时期。为了扭转"大跃进"、"共产风"等带来的被动局面,中央提出了"八字方针",即"调整、巩固、充实、提高"。其中的调整则是最为重要的。因为不调整原来的方针政策,要想度过困难时期,几乎是不可能的。在这样的背景下,毛泽东也被迫对自己原来的思想进行了重新检视,对自己工作中的一些缺点作出了诚恳的自我批评。但是,随着"千万不要忘记阶级斗争"口号的提出,调整随后受到了影响。

在《海瑞罢官》中,吴晗把"整顿"的思想贯穿于始终。在全剧中,类似的情节是较多的。如第三幕"上任"中说:"纪纲整顿摧强梁,要使生平素愿偿。"在第五幕"母训"中则说:"任知县,除民害,

---

① 姚文元:《评新编历史剧〈海瑞罢官〉》,《文汇报》1965年11月10日。

整顿纲维,今日里,抚江南,官居高位,权任重,人共望,济困扶危。"在第九幕"罢官"中所表现的同样是这一思想:"我海瑞丢乌纱心掏开朗,有一日再居官重整纪纲。"可见,吴晗的新编历史剧《海瑞罢官》把海瑞一生中所做的许多大事进行了重新整合,融合到了自己的戏剧结构以及主题思想中,这就形成了新的戏剧冲突。为了再现海瑞重整纪纲的主题,该剧以海瑞平反冤案为主线,以海瑞退田为副线。海瑞在任应天府巡抚期间,做过五件大事:清丈、推行一条鞭法、修吴淞江、除霸和退田。为了强化戏剧冲突,吴晗侧重了除霸、退田两件事。为此,他虚构了赵玉山一家,突出了赵玉山冤案产生的背景,把赵玉山的冤案和当时朝廷的丞相徐阶联系在一起。海瑞到任后,重审了赵玉山一家三代人的冤案,处决了为非作歹的乡官徐瑛(徐阶的儿子)和作假供的王明友,并下令乡官把霸占的田产退回乡民。

在《海瑞罢官》中,一些重要人物如海瑞、徐阶、徐瑛、戴凤翔都是真实的,虚构的是故事情节。对此,吴晗曾这样解释:"在《海瑞罢官》这个戏里,除了海瑞、徐阶这两个历史人物的典型性格和典型环境是符合于历史实际的以外,戏中的事是虚构的,赵玉山一家子历史上并无其人,这家子的三世冤埋也并无其事,反过来说,根据典型环境所许可的情况下,这些人和事又是有历史根据的,徐家的确做了许多坏事,当时确有为数众多的老百姓被害,赵玉山一家子的故事从这一角度看是符合历史真实的,不过姓名不一定是赵玉山、洪阿兰而已。"①

吴晗所设计的戏剧冲突,客观地说,还是较为紧凑的。戏中的洪阿兰是赵玉山的儿媳,她的丈夫因为田地被徐府霸占而气得

---

① 吴晗:《关于历史剧的一些问题》,《北京晚报》1961年2月18日。

吐血身亡。在洪阿兰带着女儿赵小兰上坟的那一天,赵小兰被徐瑛调戏强抢,赵玉山上前阻拦,被打骂得昏死。无奈的赵玉山到衙门告状,被和徐瑛串通一气的知县王明友杖死公堂。

与这样的戏剧冲突相关联的是,吴晗就此弱化了退田的分量。这是因为如果把退田作为主线,有犯"右倾"或"改良主义"的嫌疑。因此,他就只写了海瑞在"断案"时顺便发出退田命令:"限令各家乡官,十日内把一应霸占良民田产,如数归还。"①

尽管吴晗把"退田"放在了陪衬的位置,但其涉及的问题依然非常严重。尤其是乡民在听到海瑞发出"退田"的号令和榜文时同唱:"今日里见青天,勤耕稼重整田园,有土地何愁衣饭,好光景就在眼前。"这就和毛泽东力倡的把土地收归集体所有形成了直接对立。实际上,姚文元批判吴晗的《海瑞罢官》,也是从这一层面解读的:"一九六一年,正是我国因为连续三年自然灾害而遇到暂时的经济困难的时候,在帝国主义、各国反动派和现代修正主义一再发动反华高潮的情况下,牛鬼蛇神们刮过一阵'单干风'、'翻案风'。他们鼓吹什么'单干'的'优越性',要求恢复个体经济,要求'退田',就是要拆掉人民公社的台,恢复地主富农的罪恶统治。"②

事实上,吴晗所塑造的海瑞和毛泽东所认同的海瑞是有区别的,这是毛泽东后来对《海瑞罢官》进行批判的一个重要原因。毛泽东所认同的海瑞,是敢于讲真话的海瑞,尽管批评皇帝很厉害,但对皇帝还是忠心耿耿的。毛泽东认为"大跃进"的失误,部分原因是很多人在"反右"运动后不敢说真话,虚报生产数字,以至于

---

① 姚文元:《评新编历史剧〈海瑞罢官〉》,《文汇报》1965年11月10日。
② 姚文元:《评新编历史剧〈海瑞罢官〉》,《文汇报》1965年11月10日。

使他对现实产生了错误的判断。因此,敢说真话和忠心耿耿的海瑞,是毛泽东所期望的。至于毛泽东后来认同江青、康生的看法,并把其话语当作自己的话语说了出来:"嘉靖皇帝罢了海瑞的官,1959年我们罢了彭德怀的官。彭德怀也是'海瑞'。"则把其侧重点落足于"罢官"上。对此,胡乔木在1980年3月的一次讲话中说过:"在全国范围内,由党中央亲自发动批一个剧本,搞得规模那样大,这在国际上是没有先例的……如果当作一种学术文化上的争论,这不成问题。就是当作普通的党内的思想争论也可以。问题是这种批判带有特殊的政治色彩,简直使人民不知道党的工作中心究竟在哪里……在这个背景下,为什么对《海瑞罢官》的批判会成为这么大的斗争的导火线,就容易了解了。"①

客观地说,吴晗作为史学家和政治性人物,他所创作的新编历史剧《海瑞罢官》在艺术上很难说是成功的,其在一定程度上还存在着"用戏剧的方式"来诠释和演绎政治的嫌疑。然而,吴晗的悲剧性也恰恰表现在这里。当吴晗满怀着政治激情来诠释和演绎政治时,动辄获咎也便成为其无法规避的宿命。

(原载2004年10月30日《联合日报》,
收入本书时有修改)

---

① 胡乔木:《〈历史决议〉要注意写的两个问题》,《胡乔木文集》第2卷,人民出版社1993年版,第133页。

诗化的生命

——冯中一先生逝世一周年祭

冯中一先生那优美的人生交响乐戛然而止了,使凝神倾听的我们久久难以回过神来:那思维的空间还被那铿锵有力的乐点所鼓荡,那思维的余绪还在不绝的绵绵中向着无限的未来飘荡……

冯中一先生是一位学者,他一生致力于诗歌的评论和理论研究。相伴于冯先生学者生涯的是一生磨难。他外遭人生之三大不幸:童年丧母、中年丧妻、老年丧子;内患疾病之侵扰:二十多年前便患上了心脏病、高血压,在不经意中差点"退出历史舞台"。也正是在和磨难的对抗中,冯先生那坚韧的生命琴弦奏出了他那高昂的人生旋律:

二十多年,无论春夏秋冬,不管风雨霜雪,冯先生的生命乐章都会鸣奏于通往千佛山的曲径上。在他逝世的前一天清晨,大山还录下了他那稔熟的生命鼓点。

终其一生,无论厕上枕上,不管疾患缠身,冯先生的生命乐章都会谱写于通往诗苑的幽径上。在他的生命乐章戛然而止的那一刻,书桌都回应着他那峻急的生命旋律。

冯中一先生的生命,是一首宏大的交响乐,在他不该停止的时候,戛然而止了——戛然而止于凄风寒雪的舞台上。难道这犹如他所心爱的诗,在追求着一种宏远的蕴旨?在追求着一种深味的意外？在追求着一种崇高的人生意意？

　　冯中一先生那优美的人生交响乐戛然而止了，他独自悄悄地掩上了人生之幕，任我们哭泣、呐喊、追思……

（原载1995年11月7日《淄博晚报》）

永远的绿色

——朱德发教授的生命之路

一、蔚蓝的大海赋予他绿色的性格

蔚蓝的大海,始终怀着一颗骚动不安、渴望创造的心。

蔚蓝的大海,始终在砥砺人的意志和性格,使得人在和大海的对抗中,毅然奋起,知难而上,在永不满足和始终进取中,进行着自我超越,保持着生机盎然的绿色的性格。

朱德发,山东师范大学教授,博士生导师,中国现当代文学研究的著名学者,就是在这样的环境中生成他的性格,勃发出他执着地追求创造的绿色生命力。

朱德发于1934年金秋出生在偎山抱水的山东省蓬莱县一个离海不远的小村里。这里的自然、文化环境具有丰富的底蕴。那些自古流传的神话故事、民间传说,滋润着一颗颗负着人生重轭的心,使他们在土地之外幻想着那个"八仙过海"的美妙境界,渴求在"各显神通"中实现自我价值(在我们民族的神话传说中,这种张扬各显其能的个性意识,应该说是凤毛麟角)。还有那虽不可企及却可眺望的海市蜃楼般的仙境,更是不断地升腾着人们的理想。就是在这样的环境熏染中,幼年朱德发的心灵便被涂上了一层亮丽夺目的文化底色。

朱德发出生的那个小村毗邻浩瀚的大海,而他的姥姥家、两个姨家也在海边。时常到这些亲戚家小住一段时间的朱德发,便在直接聆听大海的咆哮中,在和小伙伴们赶海的嬉耍中,在体验渔民那种无尽牵挂与焦灼期盼的情感中,完成了自己原初性格的铸造:开阔的胸怀、浪漫的气质、豪放的性格和激荡的生命,也使得他在后来的学术研究中,为捕捉到真理,敢于驾一叶扁舟搏击于时代的大海中。

二、嫩嫩的绿在春天里成长

一种朦胧且带几分混沌的生命之绿,并不见得都会长成参天大树。朱德发在动荡的年代、艰苦的岁月有幸读完"完小"并在1951年成为一名小学教师。他走出了多少辈始终未走出的那块土地,走进了文化的原野。

在任教期间,朱德发凭着那股不甘人后的犟劲,硬是在较短的时间里,修完中师的课程,成为业务上的骨干。先是任"完小"的教导主任,继而又任"完小"的校长,后被提升到县教育局教研室任教研员。

人生的道路虽然漫长,但紧要处常常只有几步。

杨朔无疑是对朱德发人生之路具有重要影响的作家。1959年,杨朔回到故乡蓬莱,深得故乡一大批文学爱好者的拥戴。为此,杨朔召集故乡的文学青年爱好者开了个座谈会,此间正在县教育局教研室从事教研工作的朱德发,便是这些执着的文学爱好者中的一位。在倾听杨朔的谈话后,朱德发的心海中便挂升起自己的文学风帆。对此,朱德发曾经深情地说:"那时,我们对杨朔从心里是很向往仰慕的,这确立了我的人生之梦:既然杨朔在这块土地上走出了一条成功之路来,那我为什么不能呢?"此后,朱德发夜以继日地攻读古今文学名著。恰如他自己所说的那样:"我最初的文学功底基本上是在那时打下的。"

1960年,朱德发以调干生的身份考入曲阜师范学院。曲师四年,是朱德发的生命之绿得以升华的四年。他如饥似渴地在知识海洋里汲取营养,并逐步把兴趣定位于现代文学上,终于以优异的成绩被分配到山东师范学院中文系担任中国现代文学教师。

三、绿色,在风吹雨打中固守

山东师范学院中文系中国现代文学专业是一个老专业,其奠基人田仲济先生不仅是现代文学史上的著名杂文家,也是现代文学史研究的专家。在现代文学专业成立伊始,田先生集纳了大批现代文学的图书资料,并汇集了一大批有志于现代文学研究的中青年教师,现代文学专业可谓一个强手如林的专业。这对一向善于迎接挑战、并渴望在挑战中实现自我价值的朱德发来说,正是一个极好的机遇。但遗憾的是,嗣后的那场史无前例的"文化大革命",没有为绿色提供应有的生存空间和条件。

这场"暴风骤雨"是对文化之林的摧残,也是对生命力的考验。耐住了暴风骤雨的袭击,就将会以更炽烈的热情、更激越的生命来拥抱风和日丽的春天。朱德发在这场风暴中,有过困惑、迷惘和失落,但他更有对人生最美好事业的执着。在别人放下书本闹革命而"斗批散、斗批走"的时候,朱德发却"躲进小楼成一统,管它春夏与秋冬"。

风暴过后的70年代后期,一直与家人分居两地的朱德发,住进一间斗室,闭门谢客,刻苦执着地探寻着现代文学历史的本来面目。白天，除了完成教学任务以外，他整日泡在图书馆、阅览室，查阅发黄的历史资料；晚上，便将自己反锁在房内，认真研读，直到深夜。在不到两年时间里，他不但改写了自己过去的全部讲稿，而且积累了大量的原始资料，为迎接科学春天的到来、绽放生命之花打下了坚实的基础。这期间，朱德发矢志不渝地追求真理，把生命的追求与党的事业紧紧联系起来，并光荣地加入了中国共产党。

四、绽放生命之花

如果说生命之绿是经历暴风骤雨的冲洗而永葆其不变之色，那么，在这万绿丛中所绽放开的鲜花便是这绿色生命的精华之所在。这生命之花，在学者那里，绽放的是用心血凝结的千秋文章。

朱德发教授的春天是和祖国科学的春天一同到来的。在经历了漫长的凄风苦雨之后，朱德发教授犹如迎寒绽放的报春花，在七八十年代的中国现代文学研究中，尤其是在"五四"文学和"五四"时期重要的文学人物的研究领域，率先绽放出沁人的芳香。这一时期最能代表其学识和卓见的是专著《五四文学初探》（山东人民出版社1982年出版）。其《五四文学革命指导思想商兑》（《文学译论丛刊》1983年第17辑）一文，以马列主义的历史观，实事求是地论证了他所提出的"民主主义和人道主义"观点，指出了五四文学精神的历史复杂性与多元性特征，使得关于新文学革命的指导思想这一长期遗留的根本问题得到了正确解答，为开创中国现代文学研究的新局面作出了可贵的贡献。

在1979年到1994年的15年里，朱德发教授完成的著作有26部，约400万字，其中个人学术专著6部，主编的文学史及参考书8部。在著作之外,还有在诸如《文学评论》、《鲁迅研究》、《文学评论丛刊》、《中国现代文学研究丛刊》、《茅盾研究》等数十家学术期刊上发表的100多篇论文。生命之花终于在肥沃的原野上获得了自由的绽放,在时代的和风细雨中摇曳多姿。

在朱德发教授的几部具有广泛影响的学术专著中,《中国五四文学史》被专家们认为以崭新的观念、缜密的逻辑、翔实的史料填补了中国现代文学研究中"五四"断代专史的空白,成为新时期以来"五四"文学研究最新成果的总结性著作。《爱河溯舟》一书则是一部具有拓荒意义的学术著作。这部近40万字的著作从历史的、文化的、哲学的、伦理的、民俗的、心理的诸多视角,将中国文学从古到今的情爱现象进行了系统的考察和研究。至于其近著《20世纪中国文学流派论纲》,则舍弃了割裂和孤立的静态考察,代之以整体化的动态观照,对近百年各文学流派的特质、形态和运行机制作了相当客观、精到的梳理和评判。

任何成功之花的绽放,都离不开辛勤的耕耘和劳作。以朱德发教授撰写《中国五四文学史》来说,他总是夜以继日地忙碌,以每天写数千字的速度,硬是在半年时间里,完成了这部45万字的巨著。在那段时间里,他几乎变成了一架不停工作的机器。

朱德发教授致力于中国现当代文学的研究30余年,取得了卓著的成绩。其科研、教学10多次获奖,1988年被山东省委、省政府授予山东省专业技术拔尖人才称号,1994年获得曾宪梓教育基金教师奖,1996年被特批为博士生导师。

生命历程中展示着郁郁葱葱的绿色,又盛开出丛丛的鲜花,结出累累硕果。已经步入花甲之年的朱德发教授,仍然没有一丝的人生秋意。在他的身上,我们看到的是那大海般永不停歇的生命涌动,是那永远勃发着的生命绿色,是那永不满足于一种绽放姿态的生命之花,是那永远力图超越自我的生命之魂。

(原载《山东党史》1996年第3期)

郭延礼与中国近代文学研究

在中国近代文学研究界,郭延礼是无法被后来者绕过的一位重要学者。郭延礼不仅是这一学科的开创者、建构者之一,而且也是推动这一学科发展的一位探索者。其《中国近代文学发展史》、《中国近代翻译文学概论》、《近代西学与中国文学》等著作相继被教育部研究生工作办公室推荐为"研究生教学用书",这使得郭延礼在学界被誉为"中国近代文学研究之第一人"。他于1996年当选为中国近代文学学会会长,于近代文学学科贡献颇多。尽管取得了显赫成就,但他并不满足于既有的成功,而是以此为起点,在中国近代文学研究领域继续探索,开辟了一个又一个未曾被前人涉猎过的"领地",打出了一口又一口未曾被前人勘探过的"油井"。

一

早在1959年,郭延礼毕业留校任教,在山东大学首开"中国近代文学史"课程。随后,他被派往复旦大学,师从著名学者赵景深进修中国近代文学。他撰写的《中国近代文学史的分期问题——兼与几部〈中国文学史〉的编者商榷》在学界产生了一定影响,这篇文章被誉为"他在中国近代文学这块处女地上夯下的第一块基石"。1965年,郭延礼被下放到山东省高青一中任教。在此期间,他忍辱负重,以惊人的毅力完成了《龚自珍诗选》、《龚自珍年谱》、《秋瑾年谱》的初步编写工作。1980年,郭延礼进入山东社会科学院专门从事中国近代文学研究,并再次焕发了学术活力,先后出版了《龚自珍诗选》、《秋瑾诗文选》、《秋瑾年谱》、《秋瑾研究资料》、《秋瑾文学论稿》、《龚自珍年谱》、《中国近代文学新探》等多部著作。其中,郭延礼的秋瑾研究引起了国内外学术界的特别关注。日本《清末小说通讯》曾专门刊登了《郭延礼秋瑾研究论著目录》,北京大学王瑶教授认为:"(郭延礼)关于秋瑾之研究细致深入,堪称国内领先,可传世之说颇多。"①1993年,郭延礼集数十年之功完成了《中国近代文学发展史》。这部皇皇巨著共160余万字,是第一部倾个人之力完成的多卷本断代文学史专著。北京大学季镇淮教授认为,该书"是中国近代文学开展研究以来所未有,使学人为之惊喜不已。它的出版将引导近代文学研究走向更加完善的科学道路"。日本学者公冶文雄从多民族的维度出发,在《中国近代文学史研究的新突破》一文中,特别指出该书"打破了中国文学史多系汉族文学史的传统格局,开创了中华民族多民族文学史的体制"。《中国近代文学发展史》还被日本《清末小说年刊》评为近40年来中国近代文学研究中的重要成果之一。《中国文学史学史》的著者认为:"就全书评述范围的广度和论析的详尽而言,确实远远超过了此前以及同时的同类著作。在这一方面,可以视为这一时期近代文学史编撰成就的代表作"。

1994年,郭延礼重返山东大学执教,出版了《中国近代翻译文学概论》。此书被认为是一部高水平的"拓荒之作","堪称翻译文

---

① 郭延礼:《研究中国近代文学的几点体会》,《中西文化碰撞与近代文学》,山东教育出版社1999年版,第603页。

学史写作的范例"。在关注近代翻译文学的同时,郭延礼还致力于中西文化交流研究,出版了《中西文化碰撞与近代文学》、《近代西学与中国文学》、《自西徂东:先哲的文化之旅》、《文学经典的翻译与解读》等论著。近十多年来,郭延礼致力于近代女性文学研究。他梳理了1900—1919年的中国女性文学,提出了"20世纪第一个二十年中国女性文学四大作家群体"的文学史概念,这一文学史概念在学术界产生了广泛影响。目前,郭延礼正组织编选《中国近代女性文学大系》。可以期许的是,"大系"将填补中国近代女性文学和文化研究资料的空白,对中国近代女性文学研究的拓展和深化产生积极作用。

二

纵览郭延礼的中国近代文学研究历程,我们可以清晰地看到,他的中国近代文学研究在三个方面取得了尤为突出的成就。

郭延礼在中国近代文学研究史料整理方面有开拓之功。对史料的重视是郭延礼治中国近代文学的特色。他认为学术研究最重要的是对史料的挖掘,甚至认为"科学研究就是去看原始资料"。郭延礼早年对龚自珍、秋瑾等人的研究,都是从基本的史料开始的。他写的年谱材料丰富翔实,《龚自珍年谱》征引史料达355种,《秋瑾年谱》达408种之多,其中很多材料都是前人没有系统梳理过的。为撰写《秋瑾年谱》,他先后到上海、南京、杭州、绍兴、苏州、常熟、北京、天津等多地图书馆查找资料,还编辑了《秋瑾研究资料》、《解读秋瑾》两部资料书,将重要研究文献集中呈现出来。他还编选了《龚自珍诗选》、《秋瑾诗文选》、《近代六十家诗选》、《徐自华诗文集》、《秋瑾集徐自华集》等资料。很多作家的资料都是第一次发掘整理,这对于中国近代文学研究的拓展之功是毋庸置疑的。尤其是《近代六十家诗选》,因其"以分析作品的思想内容和艺术风格为主,辅之以诗人小传和诗的笺注,兼擅文献性和读本性之长,被学术界认为是选本的一种创格"①。1990年代,郭延礼在撰写《中国近代翻译文学概论》时,同样注重资料的搜集。在中国近代翻译文学资料整理方面,除了日本的樽本照雄曾作了一些卓有成效的工作之外,在国内,郭延礼则走在了中国近代翻译文学资料的前列。尤其可贵的是,他对学术界出现的一些错误认识还进行了更正。如曾有一位日本学者中村忠行认为,近代翻译家陈鸿璧的名字就像周作人化名为"碧罗女士"一样,是一位男性作家的"假籍"。郭延礼对此提出了不同意见,认为陈鸿璧应是一位女性。他经过查阅资料终于获得了确凿的证据:陈鸿璧在辛亥革命后曾任《大汉报》(苏州)主笔,《妇女时报》第5期(1912年1月23日出版)有她的画像,题为苏州《大汉报》主笔陈鸿璧女士。进入新世纪以来,郭延礼的学术研究又开始转向专题史的研究,即女性文学史的研究与书写。正是适应这一专题文学史书写的要求,他又对中国近代女性作家作品进行了系统梳理,这便是规模浩大的《中国近代女性文学大系》的编选工作。

郭延礼在中国近代文学史书写方面有拓展之功。他以敏锐的史家眼光意识到,学术界对中国近代文学的研究是极其薄弱的,尤其是缺乏总体性的审视与把握。在新中国成立后的几十年的时间里,国内出版的中国近代文学史主要有复旦大学中文系1956级中国近代文学史编写小组编写的《中国近代文学史稿》

---

① 梁自洁主编:《山东现代著名社会科学家传》(2),山东教育出版社1992年版,第543页。

(1960年)、陈则光的《中国近代文学史(上册)》(1987年)、任访秋主编的《中国近代文学史》(1988年)等。这使得中国近代文学史的书写与出版寥若晨星,既无法与中国现代文学史相提并论,也与中国近代文学史自身所取得的辉煌成就不相匹配。正是基于这种尴尬的现实,郭延礼产生了独立撰写中国近代文学史的想法。值得赞许的是,在郭延礼的期待视野里,他对中国近代文学有着更为清晰的历史定位:近代文学的80年是中国文学由古典向现代的转型期,这个转型期也是中国文学近代化的历程。在这种文学史观的指导下,郭延礼撰写的《中国近代文学发展史》取得了许多突破:一是这部中国近代文学史是由郭延礼个人独立完成的多卷本断代文学史,共计三卷本160余万字,规模体量都是前所未有的,显示了他作为文学史家的宏大的研究视野和宽广的学术旨趣;二是郭延礼的中国近代文学史还以历史的、美学的、开放的观点和多维视角,将中国近代文学置于中国传统文学、西方文学和中西文化碰撞交汇的多重背景下进行审视和把握,并且第一次将近代少数民族文学纳入体系,打破了以往中国文学史基本以汉族文学为主体的文学史格局;三是郭延礼的中国近代文学史写作还注重回归历史现场,从史实出发,对具体的近代作家和流派进行价值重估,表现了不跟风、不盲从的独立的史家姿态。比如对于"同光体"作家的评价,任访秋主编的《中国近代文学史》认为:"同光体诗人们在理论上没有提出什么新鲜见解。他们眼界狭窄,划界太死,无异于自缚手脚。"①但郭延礼认为:"对于这派诗人,应作具体的分析,不可一笔抹煞。如陈三立、范当世、沈瑜庆、林旭等人,都写过一些关心时事、反映现实之作,表现了诗人

---

① 任访秋主编:《中国近代文学史》,河南大学出版社2009年版,第152页。

对祖国命运的关注和忧虑。"①对于桐城派散文,五四文学的倡导者们把其贬斥为"桐城谬种",郭延礼则认为对桐城派散文应该辩证地看待。尤其是随着时代的变化和民族矛盾的加剧,桐城派作家开始面向现实,创作了一些富有反帝爱国精神的作品,在一定程度上反映了时代风云变幻和人民反殖民斗争的风貌,这是近代初期桐城派作家创作的重大转变和新的成就。

对于曾国藩,过去的学术界因其镇压过太平天国农民起义,完全抹煞了他在中国近代散文发展史上的贡献和影响。而郭延礼则不然,他通过独立思考,得出新的结论:"曾国藩位居人臣,以桐城派相号召,使其由衰转盛,其号召和组织之力为多,成绩自不可抹煞;视其文论,在桐城三祖的基础上,有发挥,有新意,有卓见,但矛盾之处时见,较其贡献,则次之;论其创作实践,成就又当在文论之下。"②显然,郭延礼的这种评价更符合历史真实面貌。

郭延礼在中国近代文学专题研究方面有深掘之功。如果说文学史的书写重在宏观的历史描述,那么,专题研究则重在具体而微的历史发掘。这恰好显示了一个学者在文本细读和作家解读方面的艺术素养和理论功力。从学术的发展史来看,兼具这两大特长的学者并不多见。有些学者擅长文学史的宏观审视和宏观描述与书写,他们往往从一本文学史到另一本文学史,在文学史书写实践上不断精进;有些学者则擅长文学史中具体作家作品的精读细研,他们犹如手持一把手术刀,总是面对具体的对象进

---

① 郭延礼:《中国近代文学发展史》(第2卷),山东教育出版社1991年版,第1402—1403页。
② 郭延礼:《中国近代文学发展史》(第1卷),山东教育出版社1990年版,第423页。

行深入细致的解析,在条分缕析中穷尽对象所蕴含的文化底蕴。而郭延礼的中国近代文学史研究,则打通了宏观与微观的动脉,跨越了横亘在二者之间的鸿沟,从而使其研究既可以翱翔于中国近代文学的高空,从容地俯瞰文学史山脉的走向,又可以驻守于中国近代作家作品的领地,坚韧地勘探作家作品的底蕴,由此使二者相得益彰、相辅相成。从实践上看,郭延礼注重返回作家作品所荡漾的文学河流中,这就为杂乱无序的作家作品找到了安身立命的位置,从而把中国近代作家作品放到了一个相对自成一体、自有秩序的有机体中,每一个作家、作家的每一部作品便由此找寻到了其在中国近代文学发展史上所应该占有的位置,从而使无序的历史在其文学史观的烛照下得到了有序呈现。

郭延礼的研究从最初对某一个作家的关注延伸到作家群体,更进一步拓展到文学史的书写,这种学术研究理路展现了他的近代文学研究具有开放、开阔、开通的学术视野。郭延礼的中国近代文学研究从资料入手,开始进入中国近代文学史的书写,再到作家作品的解读,正是一个历史精进的过程。他对黄遵宪、梁启超、康有为、徐自华、张维屏、丘逢甲、秋瑾等都有专论,但其早年的研究重点则集中在龚自珍和秋瑾。尤其是他的秋瑾研究,成为中国近代文学研究无法绕开的桥梁。从早期的《秋瑾年谱》到当下的《秋瑾诗文选注》、《解读秋瑾》,郭延礼已成为秋瑾研究的著名专家。他1981年出版的《秋瑾诗文选》具有草创之功,对秋瑾文学作品的编年、汇校是秋瑾文学研究的一个历史性突破。郭延礼指出,秋瑾首先是一位革命家,然后才是一位诗人和作家,只有这样认识才能对秋瑾的文学创作做出正确评价。他的《秋瑾文学论稿》全面论述了秋瑾的文学活动,其中的作品评析涉及秋瑾使用的所有文学体式,包括诗、词、歌、文、弹词、书信等,全面系统地论述了秋瑾文学创作的成就及影响,"是国内第一部系统研究秋瑾文学活动的专著"①。郭延礼的《中国近代翻译文学概论》可以看作是继《中国近代文学发展史》之后又一部拓荒之作。这部专著第一次清晰地呈现了中国近代翻译文学的成就和图景,为我们更好地理解中国文学与外国文学的关系奠定了坚实基础。至于近年来他致力于中国近代女性文学的研究,亦可以视为其专题史研究再次深化的一个表征。遵循着"论从史出"的文学史书写原则,郭延礼把中国近代女性文学研究奠基于史料的广泛搜集与整理上,这就是他主编的《中国近代女性文学大系》。可以期许的是,在如此广泛搜集整理资料的基础上,郭延礼不仅将弥补中国近代女性文学研究资料匮乏的局限,而且还将提升中国近代女性文学史书写的整体水平。

三

郭延礼之所以能在中国近代文学研究领域取得如此大的成就,除了时代客观上需要这样的学者、也为这样的学者提供了成长的条件之外,还有其个人的原因。

首先,郭延礼把自己的学术研究植根于儒家思想的沃土中,把中国近代文学研究视为自我安身立命的根本,由此才建构起了打上自我精神烙印的中国近代文学大厦。

从山东的近代文学研究历史来看,高校或者科研机构并没有形成具有高原特征的近代文学研究团队,郭延礼的近代文学研究

---

① 汝信、易克信主编:《当代中国社会科学手册》,社会科学文献出版社1988年版,第585页。

也不是在一个高原的平台上凸起的,他的学术根基似乎像他当年生活的黄河之滨,其学术大厦是从黄河冲击的平原上逐渐地累积起来的。在20世纪六七十年代,由于种种原因,郭延礼被下放到了山东惠民地区的高青县。高青县并没有厚植一流学者的沃土,但是,这里的民风淳朴,尤其是高青的文昌阁(又叫魁星楼)昭示出的源远流长的文脉,似文化地标一样,对郭延礼从事近代文学研究有着一种感召的力量。在特殊的时代,政治尽管依然依靠其强大力量渗透到了民间,也有一些政治上的投机者和跟风者,但高青县淳朴的民风还是滋润了郭延礼那颗深受政治风暴闪击而变得伤痕累累的心。他在高青这个相对远离政治风暴中心的偏远地带,躲进了相对温和的小屋,打下了他从事近代文学研究的根基。其中的代表性作品是他整理编辑的《龚自珍诗选》、《龚自珍年谱》、《秋瑾年谱》。正是在对近代文学史料的爬梳中,郭延礼奠定了从事近代文学研究的基础,为他建立起属于自己的近代文学研究的根据地,最终从高青走向山东,进而再走向全国,奠定了坚实的基础。

正是在对丰厚资料进行爬梳的基础上,郭延礼开始了他的近代文学研究。客观地说,在全国近代文学研究界,该时期的许多学者还在政治风暴的中心地带,相互纠缠,正斗得不亦乐乎,郭延礼的学术研究却已经悄然展开。从这样的意义上说,郭延礼正是依靠着对学术的坚守,孤独地穿越于近代文学的原生态沃野上,既没有写作一些应景文章,也没有写一些跟风文章。所以,当科学的春天到来时,郭延礼的近代文学研究犹如一株报春花,在乍暖还寒的1980年代之初便迎着寒风率先绽放。

其次,郭延礼的近代文学研究具有生命成长的属性,这使得他的近代文学研究具有旺盛的自我新陈代谢能力。

生物之所以生生不息,就在于生物体本身就是有机的生命体,它本身就具有新陈代谢的能力。学术研究要确保生生不息,也需要研究者这个有机的生命体具有新陈代谢的能力。郭延礼的近代文学研究就犹如有机的生命体,本身具有新陈代谢的能力。从郭延礼的近代文学研究来看,他的学术研究具有生命成长的属性,这使得他的近代文学研究具有旺盛的文学汲取与代谢能力。郭延礼著作等身,他的《中国近代文学发展史》《中国近代翻译文学概论》等著作为其带来了巨大的学术声誉,以至于他被学界同仁誉为"中国近代文学研究之第一人"[①],但他并没有满足于既有的成就,而是以这些成绩为起点,在近代文学研究领域继续探索,开辟了一个又一个未曾被前人注目的"新领地"。他对20世纪初期女性文学研究的开拓,就可以追溯到早年对秋瑾的研究。近年来发表的《20世纪初女性政论作家的诞生》《20世纪初中国女性文学几个作家群体考论》《女性在20世纪初期的翻译成就》《20世纪初中国女性小说家群体论》等论文,正在逐步将20世纪女性文学研究领域扩大。由郭延礼主持的《中国近代女性文学大系》第一次对近代女性文学进行全面系统的搜集、整理和评价,可以相当完整且丰富地反映近代女性文学的基本面貌和主要成就,为中国近代女性文学和文化研究资料的整理和出版填补空白。显然,这样的研究本身就犹如生命体一样,具有自我成长的基本属性。这恰是郭延礼为什么能够不断走出自我和超越自我的关键所在。

再次,郭延礼的近代文学研究注重回到历史现场,回到被历史尘埃近乎埋没的文献中,通过精心爬梳,由此获得独立于主流

[①] 孙梅青:《近距离看郭延礼教授》,《春秋》2000年第3期。

意识形态研究之外的文学新论。

宋代朱熹说:"读书无疑者须教有疑,有疑者却要无疑,到这里方是长进。"明代陈献章说:"学贵有疑,小疑则小进,大疑则大进。"郭延礼认为学术研究应该善于"发疑",做学问应当有自己的看法,不应该迷信前人,也不应该迷信权威,学术研究应该回到其根本所在,即原始资料。郭延礼之所以强调史料的重要,是因为只有回到被历史湮没的历史文献中,才能够回到历史现场对学术问题进行本原性探究,从而最大限度地还原历史的本相。特别是对于过去文学史家持批判或否定态度的文学流派(比如宋诗派、同光体、桐城派、鸳鸯蝴蝶派)和作家(如金和、王闿运、郑孝胥、曾国藩等),郭延礼都给出了较为全面的评价。对于鸳鸯蝴蝶派,郭延礼认为:"鸳鸯蝴蝶派是一个松散的文学流派,作家众多,作品数量更可观。因此对于这个流派我们既指出它的弱点和致命伤,同时也不可把它笼统地斥为'宣扬封建道德'和'小市民的低级趣味',甚至视为近代小说创作中的'反动逆流',全盘否定,而应当对这一流派中的作家和作品采取区别对待和具体分析的态度。似乎这样更客观一点、更全面一点。"①郭延礼的《中国近代文学发展史》有一个很重要的特点,即"在宏观梳理文学现象、概括文学规律的基础上,特别注重从微观的角度对具体的创作现象和作品进行细致、深入的内部研究。"②比如对于徐枕亚《玉梨魂》的评价,有学者认为是骈体,且堆砌辞藻典故,以炫其才。郭延礼认为,准确地说,《玉梨魂》文体是一种杂有四六骈俪句式的文言。

---

① 郭延礼:《中国近代文学发展史》(第3卷),山东教育出版社1993年版,第2081页。
② 季桂起:《评郭延礼的〈中国近代文学发展史〉》,《文史哲》1995年第1期。

骈俪文只是其中的一小部分,主要用于写景、人物外形和部分书信。但在叙事、对话和描写人物心理活动时,大多使用富有弹性和表现力的语言。虽中间也杂有骈俪偶句,但文字流畅,对仗自然,富有表现力。"这样的文字和有人所批评的'空泛、肉麻、无病呻吟'的陈词滥调,似不可同日而语。"①针对诗人金和在政治上与农民起义军为敌,并做过策应清军的活动,以图颠覆农民革命政权的问题,郭延礼认为,正是通过这一策应清军的活动,使金和对清军怯懦、腐败及勾心斗角有了进一步的认识。诗人以自己的亲身经历和感受,通过诗歌揭露了清军的腐败。"就其深刻程度来讲,在近代诗人中是少有人和他相比的。在这里,正是表现了现实主义的创作方法往往会纠正作家政治观点上的某些偏见,作家愈是能真实地把握和描写现实生活,他的作品就愈能反映现实生活中的本质。金和的诗作就是旧时代现实主义作家又一个典型例子。"②对于郑孝胥,由于他曾出任伪满洲国总理,政治上有污点,所以学界谈近代诗多弃之不论。但郭延礼认为,论同光体诗派,如果不述及郑孝胥,则难以窥其全豹。他也谈到了郑孝胥的早期诗作虽然写得比较含蓄、深沉,但对于近代社会风云突变、祖国危亡日深的现实有所反映,是值得肯定的。

最后,郭延礼以自我愈挫弥坚的刚性、坚忍不拔的韧性、矢志不渝的坚守,最终修得了近代文学研究正果。

郭延礼对近代文学研究一直是"不忘初心",无论顺境还是逆

---

① 郭延礼:《中国近代文学发展史》(第3卷),山东教育出版社1993年版,第2098页。
② 郭延礼:《中国近代文学发展史》(第1卷),山东教育出版社1990年版,第279页。

境,始终将近代文学视为生命的组成部分。"文革"期间蒙冤下放,郭延礼并没有在精神上被彻底打垮,他在学术上找到了自己安身立命的根本。宋人张载说:"为天地立心,为生民立命,为往圣继绝学,为万世开太平"。当时很多人对郭延礼搞近代文学研究不理解,但郭延礼却把这项研究当作自己的生命,他不浪费一丝一毫的时间,专心致志做学问,三伏天躲在屋里啃书本,抄资料;三九天别人围炉闲聊时,他也在冰冷的小屋里继续埋头苦干,常常是一暖瓶开水,几个冷馒头,几块咸菜,一干就是一天。"功夫不负苦心人",郭延礼利用业余时间写出了《龚自珍诗选》、《龚自珍年谱》、《秋瑾年谱》三部书的初稿 60 余万字,为近代文学研究打下了坚实的基础。郭延礼还是一个具有独立见解、坚持自我的学者,他身上有一种坚忍不拔的毅力。他认为,做学问不应犹豫不决,只要对自己的研究有新的心得和想法,就应该坚持到底,不能半途而废,"行百里者半九十",学术研究要有恒心、有毅力,更要有充分的信心去超越前人。郭延礼的秋瑾研究起步很早,但他对秋瑾年谱的编著却并不是国内最早进行的,和他同时期进行研究的还有几位南方学者,当时山东社会科学院的领导劝郭延礼放弃这项研究,因为他的研究和别人重复,很难有新的突破,但是郭延礼并没有放弃,而是更坚定了研究的信念。果然,他的《秋瑾年谱》甫一出版,即获得了高度评价,反倒是与他同时进行秋瑾年谱研究的学者最终放弃了这项研究工作。郭延礼在研究中国近代文学翻译的过程中也遇到了很多困难,比如对近代翻译队伍摸底不清,尤其是对数以百计只署笔名的译者考证颇费周折;近代译者在翻译外国作家的名字时,读音不标准,甚至还杂以方言,辨识难度极高等,"尽管困难重重,但逆水行舟的决心没有变"①,正是凭着这种精神,郭延礼才得以攻克重重困难,最终写出这样一部成绩斐然的近代文学翻译史。

当然,郭延礼的近代文学研究并不是钻到故纸堆、远离了社会现实的所谓纯学术性研究,而是把近代文学研究与当下社会有机结合起来的研究。他注重用自己的研究来回应当下的文化建设热点问题,这就使他的研究能够植根于当下文化建设的基点,由此使自我的近代文学研究成为承载其对当下文学建构的别样言说。无疑,这为他的近代文学研究能够入乎其内又出乎其外奠定了基础,也为他的近代文学研究能够取得较大成就奠定了基础。

郭延礼在《中国近代翻译文学概论》后记中写道:"尽管困难重重,但逆水行舟的决心没有变。"正是凭着这种咬定青山的韧性和百折不挠的精神,郭延礼攻克了重重困难,写出了一部部成绩斐然的中国近代文学研究专著。我们坚信,年近八旬依然视学术为生命的郭延礼,仍然可以攻克重重困难,写出一部成绩斐然的中国近代女性文学史!

(原载2017年4月16日《中国社会科学报》,
发表时有删减,收入本书时恢复了删减内容)

---

① 郭延礼:《中国近代翻译文学概论·后记》,湖北教育出版社1998年版,第602页。

房福贤和他的中国抗战小说研究

在中国 20 世纪文学的广阔天地中,中国抗战小说的研究一直是一个未能获得较好开拓的领地。这种现象既和新时期文学研究多元化的格局不相适应,也和当前社会现实的需要不相吻合。尽管这种情形是由多方面原因造成的,其结果却在相当大的程度上制约了我们对中国 20 世纪文学的全方位体认。令人欣慰的是,房福贤博士冲破种种阻力,以拓荒者的勇敢姿态,开始了他的中国抗战小说研究,并取得了较大成绩,成为中国抗战小说研究领域中屈指可数的青年学者之一。

中国抗日战争小说的诞生,是和"九·一八"那个苦难的日子一同铭刻在国人心灵深处的。从此,以此为创作对象的小说在中国的文学史上就未曾中断过。但由于现实功利性的制约和政治因素的影响,真正上升到文化反思、批判和重构的扛鼎之作并不是太多。与此相对应的是,从文化视角和审美要求出发,进行中国抗日战争小说研究的、有久远学术价值的论文也不多见。在这种情形下,房福贤开始了他带有拓荒价值的研究历程。其研究的学术成果集中体现在他的《新时期中日战争小说论》(海天出版社 1998 年版)和《中国抗日战争小说史论》(黄河出版社 1999 年版)两部专著中。

《新时期中日战争小说论》是房福贤的博士论文。由曾华鹏、吴功正、叶子铭、汪应果、丁帆等著名学者、教授组成的答辩委员会"决议",认为这一论文"在大量文本阅读与分析的基础上,突破了传统意识形态与历史观念的局限,对新时期抗日战争小说所作的形态学分类,对其审美特征的归纳描述,既符合研究对象的实际,又具有一定的理论深度。全文视野开阔,资料翔实,时有新见,是一篇有开拓性的优秀博士论文"。《中国抗日战争小说史论》是其博士论文的丰富与扩展,出版后亦获好评,并于2000年获山东省第二届刘勰文艺研究著作奖。

房福贤的中国抗日战争小说研究,在诸多方面取得了积极的学术成果。具体来说,主要体现在以下几个方面:

首先,作为一项具有"拓荒"意义的工作,他首次对20世纪文学的一个独特现象进行了系统而全面的梳理。诞生于抗日战争烽火中的抗战小说,无疑是中国新文学的重要组成部分,并且一直延续至今,但如此重要的文学现象,却一直没有引起研究者的重视。房福贤率先突入这一领域,无疑是对这一研究现状的历史性突破。他以历史的眼光,在对近七一年的抗战小说进行深入细致梳理的基础上,对其历史发展的脉络做了一个清晰的勾勒,并对其总体态势的得失进行了深入探讨。

其次,房福贤以恢宏的视野对抗战小说创作中林林总总的现象进行了整合分析,并对抗战小说的不同类型作出了准确的归纳与划分。抗战小说时空跨度大,在不同的时空中产生的抗战小说自有其不同的特点,因此,仅有史的脉络梳理还是不够的,从类型学和形态学的角度进行归纳划分,亦是必要的。他根据不同时期抗战小说的不同特点,进行了类的发现与命名。他的这些新发现、新概念和新阐释标志着作者对抗战小说研究的具体化与深刻化,不仅使复杂多样的小说现象各得其所,而且也有助于我们对抗战小说发展历史的整体把握与个别体认。

再次，房福贤冲决了传统的政治战争观和研究战争文学的思维定式以及判断战争性质的价值标准，以开放灵活的战争意识和唯物辩证的审美理论视野，重审、重估了七十年的抗战小说，把战争小说的研究提升到了一个新的学术层次。他在对抗战小说作整体审美价值判断时，提出了战争文学价值取向的基本准则，即战争文学审美选择的战时态和战后态的概念。他认为，前者是文学战争化的产物，其审美向度指向现实需要；后者是战争文学化的产物，其审美向度指向艺术创造。这样的理论阐释，既缘于战争文学的实际，又有历史依据，使其研究在一个较高的层次上展开。

最后，房福贤以开放的文化胸襟，用比较的方法，在世界战争文学的坐标系上对抗战小说进行了新的审美体认。他把抗战小说纳入世界战争文学的坐标系中，在横向的对比中，对中国抗战小说作出了新的认识与评价，使人们既清醒地看到了战争文学的差距，又看到了中国抗战小说独有的民族特色，这对于促进中国抗战小说向世界文学主潮的融入，起到了积极作用。

房福贤的中国抗战小说研究，相对于过去而言取得了不少有价值的学术成果，但这样一个既具有学术价值又具有现实意义的重大课题，显然还处于起始阶段。这不论是对房福贤博士，还是其他矢志于这一课题研究的学者而言，都应该是一个巨大的挑战。最近，房福贤又完成了一本名为《新时期战争小说研究》的专著，对包括抗战小说在内的战争小说进行了新的理论整合。我们期望房福贤在中国抗战小说的研究中，能够为我们带来更多的发现，以使我们无愧于那个凝聚着血与火、生与死、美与丑的不可遗忘的特殊时代。

（原载 2001 年 5 月 22 日《联合日报》）

张扬自我主体精神，凸显个人研究特色*
——在"鲁迅与新文化"国际学术研讨会上的分阶段讨论点评

在这个本来属于世界杯的日子里，一批学者舍弃了娱乐与狂欢来到山师，探讨"鲁迅与新文化"这个更具有恒久价值的问题。实际上，作为鲁迅研究学者，大家来到山师探讨学术，这本身便像世界杯参赛球队一样，是带着对话乃至碰撞的学术姿态，带着张扬自我主体精神的理念，来回应世界杯。而且，因为有来自日本和美国的朋友参与本次盛会，便使这次研讨会真正成为了鲁迅研究界的"世界杯"。那么，我们刚刚亲自参与其中的这场"小组赛"的研讨有哪些特点呢？我觉得可以从以下几个方面加以透视：

其一，本场报告会老中青三代学者，在同一时空下，带着自我的文化视野，透视并言说同一研究对象，既有代际的文化差异，又有中外文化差异。这批学者从年龄来划分，可以划分为40后、50

---

* 2018年6月16日，中国鲁迅研究会、山东师范大学文学院、山东省鲁迅研究会主办，山东师范大学中国现当代文学国家重点学科承办的"鲁迅与新文化"国际学术研讨会召开。在本次研讨会的第一场分阶段研讨中，解洪祥、耿传明、许祖华、韩琛、崔文津作了发言，张鸿升先生担任主持人，李宗刚担任评议人。本文内容系根据作者现场评议的内容略加整理而成，题目系后来添加。本书收录这篇点评，旨在纪念这次鲁迅研讨会。

后、60后和70后,体现了鲁迅研究30多年的历史积淀,对鲁迅其人其文进行了自我的言说。解洪祥先生作为40后学者,60年代毕业于山东大学,曾亲炙过冯沅君等新文化运动参与者的精神熏染。他从《鲁迅全集》的阅读入手,发现了鲁迅"双维贯通,积极扬弃"的特点。50后的许祖华先生,是改革开放之后走进吉林大学攻读研究生学位的,在他的思想深处,对自由主义和无政府主义有着更多的感知与理解。作为60后学者的耿传明先生,是于思想解放大潮奔涌而来之际来到山东师大攻读硕士研究生的,在田仲济和袁忠岳先生的指导下开始学术生涯,后又深得王西彦之子、著名学者王晓明先生的真传,可谓是直接或间接地得到了五四新文化精神的熏陶,所以,他对鲁迅精神结构的深入阐释才会独辟蹊径,并由此进入鲁迅的内在精神世界深处,延伸到中国现代性的激进化趋势等问题上,这本身便构成了一个很好的话题。当然,我们还可以进一步追问,耿传明先生谈这个话题的文脉何在?他又在多大程度上更好地切近了鲁迅的精神世界?韩琛是70后学者,他是从理科走进文科、从电影研究走进现代文学言说的青年学者,可谓是跨域研究的典范。他在求学期间得到了带有理想主义情怀的张清华先生的熏陶,更得到了曾经开启80年代思想启蒙的朱德发先生的精心指导。因此,他的鲁迅研究往往给人以出人意料的新鲜感。记得前几年,魏建教授审阅国家社科基金申报课题后曾对我说过,一个关于鲁迅研究的课题写得极为老道,不知道是哪位老先生的大作,后来该课题公示后才知道是韩琛。韩琛对竹内好的鲁迅研究以及本文所论及的后五四鲁迅、革命与复辟,都带给人们一种既新锐又老道的感觉。崔文津作为在美国的大学从事学术研究的学者,带着美国学术界的特点,从鲁迅与中国现代生物政治这个维度对文学的"无用之用"进行了探讨,显示了美国鲁迅研究界的跨界研究的特点,这给国内鲁迅研究界以有益的启示。

其二,本场报告会的鲁迅研究注重对鲁迅内在精神世界的探讨,注重对那些未能引起主流鲁迅研究界关注的重要问题的探讨,触及了鲁迅研究的敏感话题,显示了鲁迅研究思想解放是一个"未完成时"。用当下人们常用的词语来概括则是思想解放"永远在路上"。解洪祥先生早就注重对鲁迅精神历程的探索,这次言说还是延续了既有的研究路径;耿传明先生把鲁迅的精神结构从两极性、末世论与灵明救世主义谈起,强调了人的既有精神家园丧失之后,以鲁迅为代表的先觉者如何重新建构自我精神的家园。在耿传明先生的学术研究中,救赎和救世主义是两个无法绕开的关键词,这意味着现代知识分子通过鲁迅来思考当下自我的文化救赎之路以及救世主义的实现路径。许祖华先生对自由主义和无政府主义的思考,显示了鲁迅研究向纵深的掘进。韩琛对革命与复辟的反思,显示了后五四鲁迅的复杂性,自然也质疑了当下人们心目中永远革命影像的鲁迅。

其三,本场研讨会注重"走出鲁迅研究鲁迅",显示了学术界更为清醒的文化意识。解洪祥先生早就对近代理性、现代孤独和科学理性对鲁迅的精神历程进行过深入阐释,今天依然显示了他从马克思等文脉中理解鲁迅的特点。耿传明先生注重对接西方站在鲁迅之外来理解鲁迅,主张走出鲁迅理解鲁迅,尝试着从传统看现代、从传统看鲁迅到底会有怎样的面目,这种两极性便具有了新的意味——从取代善恶的新旧两极来理解鲁迅。许祖华先生从自由主义和无政府主义阐释鲁迅,既有对当下学术界热点问题的回应,也有清醒的自我独立思考,从知识学的角度来阐释鲁迅,并进而从知识学意义上的信念加以解读,从信念出发,得出了鲁迅对自由主义的信念是既反对又肯定的辩证结论。韩琛注重把鲁迅当作自己进行时代叩问的由头；崔文津则从中国现代生物政治出发来阐释鲁迅。这都意味着他们注重以清醒的文化意识对鲁迅进行独立的言说，在某种程度上正回应了鲁迅的独立自由之精神。

其四，本场研讨会还立足于当下的文化建设来研究和阐释鲁迅。解洪祥先生对扬弃的梳理，对马克思的积极扬弃思想进行了阐释，由此认为鲁迅的积极扬弃是对现代文化思想史的贡献，这就回应了当下的文化建设未能重视积极扬弃的现实境遇。耿传明先生的灵明救世主义，则把传统与现代视为左右手的关系，强调了它们之间的互补关系，而把现代与传统比喻为汽车的加油系统和刹车系统，这在中国注重汲取传统文化的当下具有特别重要的启示意义。也就是说，我们在强调传统时不要忘记了现代，在强调现代时不要忘记了传统，这对调和传统与现代紧张了百年的关系更具有积极意义。许祖华先生同样立足于当下的文化重构，他对鲁迅的自由主义和无政府主义的凸显，试图在当下某些方面被遮蔽的情形下对某种思想进行呼唤，表达了对被遮蔽的某些期许。至于韩琛，则把后五四时代的鲁迅纳入革命与复辟这两个对峙的命题中，实际上也隐含了他对现实的某种关切。崔文津先生通过对无用之用的阐释，同样对当下的文学有着真切的回应。

本次小长假恰好与世界杯相伴，我们期待大家白天谈鲁迅，夜晚观足球，并由此把足球精神内化于鲁迅研究中，以推进鲁迅研究的深化。

五四精神在山东师范大学的传承脉络

2015年是《青年杂志》创刊100周年,山东师范大学文学院、山东师范大学中国现当代文学国家重点学科、山东省中国现代文学学会联合召开了首届"五四百年论坛",该论坛每年举办一届,连续举办五届。2019年3月,第五届"五四百年论坛"在山东泰安召开。这种连续举办"五四百年论坛"的纪念形式在全国学术界也不多见。

在山东师范大学,五四运动和五四精神研究有着清晰的传承脉络。1950年代,单就中文系来讲,便有田仲济等诸多学者从事五四文学的研究。田仲济作为深受五四精神熏染成长起来的青年学生,早在新中国成立前便致力于新文学的创作与研究,他不仅写了诸多杂文,而且还出版了《中国抗战文艺史》,这部著作曾被视为中国抗战文艺的第一部断代史;田仲济在山东师范学院担任教学和管理工作时,在管理工作中注重践行五四精神;在学术研究中注重阐释五四精神。他曾经在《山东师范学院学报》发表过《鲁迅在现实主义道路上的发展》、《郁达夫的创作道路》等文章,传承和弘扬了五四精神。1980年代,中文系的第二代学者朱德发进一步继承和发扬了五四精神,并用五四精神指导自己的学术研究,相继出版了《五四文学初探》和《中国五四文学史》。其中,后者是关于五四文学的第一部断代史。1999年,朱德发和其博士研究生张光芒的《五四文学文体新论》发表在《中国社会科学》。在今年3月份召开的五四百年论坛上,山东省中国现代文学学会和山东省茅盾研究会又联合发起了"朱德发五四青年学术奖",该奖旨在激励青年学者继续推进五四文学研究。1990年代以来,魏建致力于五四文学,尤其是五四新文化运动的重要人物郭沫若的研究,30年多年来,他已经成为国内外郭沫若研究的世界顶尖级学者。新世纪以来,李宗刚师承朱德发先生,继续从事五四文学,尤其是五四文学的发生学研究,并先后出版了《新式教育与五四文学的发生》、《父权缺失与五四文学的发生》两本专著;贾振勇则在从事左翼文学研究的同时,时常回眸五四文学的文本的解读,相继发表了一系列鲁迅作品解读的优秀论文。

  总的来说,作为五四精神重要承载体的五四文学,一直在山东师范大学得到了很好的传承。在五四运动百年之际,山东师范大学作为五四文学研究的重镇,将一如既往地继承和发扬五四精神,把五四运动和五四文学有机地结合起来,进一步发掘五四精神的当下价值和意义,使学术研究落到实处。

(原载2019年5月8日《山东师大报》)

历史的回顾与现实研究的深化

——郭澄清与中国现当代文学学术研讨会综述

2019年12月14—15日,由山东省作家协会、山东师范大学文学院、山东省中国现代文学学会、山东省当代文学研究会主办,山东师范大学中国现当代文学国家重点学科承办的"郭澄清与中国现当代文学"学术研讨会在山东师范大学成功举办。会议由山东师范大学中国现当代文学国家重点学科带头人魏建主持,山东师范大学副校长王洪禹、中国作家协会办公厅主任李一鸣、山东省作家协会党组书记姬德君、山东省当代文学研究会会长张学军、山东省中国现代文学学会副会长李掖平先后致辞。来自中国现代文学馆、中国作家出版集团、人民文学出版社、中山大学、山东大学、山东师范大学、山东社会科学院、海南师范大学、曲阜师范大学等单位近六十位专家学者。

郭澄清与中国现当代文学学术研讨会(简称郭澄清研讨会)的召开,标志着郭澄清研究已经告别了学术积淀期,即将迎来郭澄清研究的新时期。为了能够更好地展望未来,我们有必要对郭澄清的研究历史进行回顾,对现实的研究进行必要的审视,以期对未来的郭澄清研究有所启迪。

一、郭澄清研究的历史回顾

遥想 2006 年，我们曾经在德州召开郭澄清学术研讨会。在德州会议上，从事中国现当代文学研究的第二代学人朱德发、张炯、吴开晋，第三代学人雷达、陈晓明、孟繁华、张学军、吴义勤、梁鸿鹰等，都亲临现场。值得我们铭记的是，参加那次会议的朱德发、吴开晋和雷达虽已先后离我们远去，但他们在郭澄清研究上的学术贡献却是启发我们继续深入研究、不断突破的永恒财富。

从许多与会者的发言来看，前辈学人的学术研究已经融会于当下的学术研究，构成郭澄清研究的清晰的学术传承链条。如有些发言者不止一次提及的朱德发，便是这样的一位代表性学者。在德州会议后，朱德发身体力行，相继撰写了两篇具有学术含量的长篇论文。这次郭澄清与中国现当代文学学术研讨会的举办，就山东师范大学中国现当代文学学科而言，便是自觉地肩负起了山东文学研究的重任。

回顾 13 年前，德州会议之所以能够顺利召开，得力于此前的《郭澄清短篇小说选》的出版和《大刀记》的再版。在新时期文学思潮汹涌而至之际，以郭澄清等为代表的 20 后作家已经被开始崛起的 40 后、50 后和 60 后作家所遮蔽，与此相关的是，文学研究似乎也放逐了一大批 20 后作家的作品。正是在这种特殊的历史情景下，以吴义勤为代表的青年批评家在聚焦新潮小说之余，对郭澄清的短篇小说和《大刀记》进行了重新阐释，推动了郭澄清作品重新回归学术研究的理路，由此促成了德州会议的顺利召开。

德州会议之后，郭澄清研究进入了学术研究的快车道，并结出了一系列的学术硕果。值得强调的是，2006 年文艺报整版推出的郭澄清研究系列论文，如梁鸿鹰便从文学人才培养的独特视角阐释郭澄清在当今时代的现实意义："赵树理、柳青、浩然、郭澄清这样的作家具有的意义,不应该只是成为标本,供在博物馆里,让人们在开会时说起,在领导讲话时提到,我们在人才培养的机制中,可不可以结合现实、结合创作也树立起几个来?"①由此拉开了新时期郭澄清研究的序幕。此后,有关郭澄清研究的一系列优秀成果相继发表。这些成果大多已收录于由李宗刚编的《郭澄清研究资料》(山东人民出版社2016年出版)一书中。

从郭澄清研究的历史来看,这次会议恰好是对13年前的郭澄清学术研讨会的最好纪念。

二、郭澄清研讨会的形式

本次研讨会尽管重点在于阐释郭澄清的文学独特价值和意义,但却没有众声喧哗、形成一边倒的态势,把郭澄清推举到无以复加的高度。实际上,作为我们所要阐释的对象,郭澄清既不会因为我们的重视或推崇而变得更加伟大,也不会因为我们的漠视或拒斥而变得更加普通。从形式来看,本次研讨会具有三个特点。

特点之一:老中青三代学者聚集一堂,共话郭澄清与中国现当代文学的关系。

严格说来,任何一个作家都属于某一特定的时代,并由此拥有某一特定时代的读者和研究者。如果一个作家能够穿越岁月的阻隔,能够为不同时代的读者和研究者所关注,那就表明了该作家的作品具有了超越时空的永恒魅力,显然,这样的作家便是我们所经常提及的经典作家。本次研讨会所研讨的对象是郭澄

---

① 梁鸿鹰:《郭澄清的启示》,《文艺报》2006年10月14日。

清，他作为20后作家，拥有的自然读者是40后、50后和60后读者。这些读者从一般的阅读者转化为研究者，应该说具有某种历史的必然性。参加本次研讨会的王万森是40后学者，张学军、杨守森、房福贤、魏建等是50后学者，他们参加和主导本次研讨会意味着其代表的那一代学者除了继续具有形式上的内容，还意味着执掌着当今文学研究的50后学者正在形式的背后焕发学术青春。在郭澄清离开我们30年后的当下，70后、80后读者和研究者也开始关注阅读和阐释郭澄清与中国现当代文学的关系。这些70后学者中的代表性人物有黄发有、张元珂、张均、张丽军、丛新强、赵月斌、顾广梅、翟文诚、崔庆蕾、陈夫龙、赵佃强等。这种外在的形式说明了郭澄清的文学作品依然具有生命力，说明了郭澄清的文学世界仍具有无限阐释的空间，这恰是一个作家具有生命力的表征。

特点之二：郭澄清研究已经走出了山东，走出了北国，开始走向南国。

在相当长的一个历史时期，郭澄清研究大都局限在山东省，省外的研究者也主要是北京的一些学者。这些学者研究郭澄清的动因有些是发自内心的，有些是缘于外驱力的作用。本次研讨会则与此有着鲜明的差异，从南国走来了50后学者房福贤和70后学者张均。当然，房福贤具有山东文化背景，而张均则带着楚文化的背景。张均的郭澄清文学研究是发自内心的，他没有得到任何外在驱动力的作用。这说明郭澄清的文学价值和意义已经得到了一些学者的普遍关注和研读，同时也显示出郭澄清建构的文学世界在当下的社会价值和意义。

特点之三：四家主办单位共同发起学术研讨会，堪称山东当代作家研究的强大阵容。

本次研讨会发起的单位有山东省作家协会和山东师范大学文学院两家实体单位，还有两家群众性的社团组织。如果说前面有两家实体单位作为发起单位并没有什么特殊之处，那么，山东省中国现代文学学会和山东省当代文学研究会也联袂出场，便具有了特殊的意味，这是两家学会近年来首次就山东一个当代作家进行的联合学术研讨。它恰好说明了郭澄清已经超越了当代文学的学术范畴，而具有了中国文学的价值和意义。

三、郭澄清研讨会的意蕴

任何学术研讨会仅仅有形式是不够的，关键还在于要有真正的学术内涵或意蕴。郭澄清研讨会的意蕴主要体现在三个方面：

其一，本次研讨会不仅圆满地完成了预定的学术任务，而且展现出郭澄清与中国现当代文学的疆域，开始向中国古典文学和传统文化挺进，甚至开始向西方文化和文学生出鲜嫩的幼芽，显示了被打上深深的传统文化和文学烙印的郭澄清，在其内在的文学精神世界融汇着鲜明的现代性特征。

在这个方面有所拓展的是魏建。针对郭澄清作品的生命力来自哪里这个问题，魏建认为来自其深厚的文化底蕴，这是其自觉地向本土文化寻求创作之"根"的结果。郭澄清长期以来坚守道义立场，秉承一贯的"民本"思想。魏建的这些阐释堪称本次研讨会最为精彩的发言之一，是本次研讨会取得丰硕成果的表征之一。与魏建学术阐释路径呈现出异曲同工之妙的，还有一批70后学者的学术阐释。

从这样的意义上说，本次学术研讨会命名为"郭澄清与中国现当代文学"还是显得保守了些。我们即便不能命名为郭澄清与中外文学，起码也可以命名为郭澄清与中国文学，从某种意义上说,郭澄清与中国古典文学的关系远比与中国现代文学的关系更为密切。

在这一方面值得关注的是张均的阐释,他从《大刀记》的结构与《水浒传》等传统小说的结构进行比较,显示了郭澄清研究已经开始向中国古典文学延伸。刘洪强通过对《大刀记》所隐含的古典小说因子的简述,则代表了一种新的研究路径,那就是专门从事古典文学研究的学者也开始走出既有的学术研究领地,带着自己的古典文学素养,探讨中国当代小说与古典小说之间的复杂关系。显然,这种探讨丰富了郭澄清与中国传统文学之间的关系。

当然,在此需要我们头脑保持清醒的是,千万不能简单地拿郭澄清的《大刀记》与中国古典小说比附,而应该在关注郭澄清接受中国古代小说的影响时,一定要厘清郭澄清所接受的红色文化、西方文化等诸多因素如何改变了郭澄清的既有文学创作路径。

其二,本次研讨会注重从民间文化、政治文化等多维度来解读郭澄清与中国现当代文学的关系。

许多与会学者从民间来探讨郭澄清文学世界的价值和意义,其中以王寰鹏、陈夫龙、丛新强、张丽军等具有代表性。王寰鹏作为深受朱德发赏识的中青年学者,他的郭澄清文学研究注重从民间、底层等维度提升到了民族的灾难和抗争的高度加以阐释。陈夫龙作为长期从事侠文化研究的学者,其侠文化研究已取得丰硕成果,并被学界视为侠文化研究的70后代表性学者。他从侠文化的视阈重新解读《大刀记》这部战争小说,由此为我们提供了更为丰富的民间文化的资源。

郭澄清与政治的关系非常密切,但值得关注的是,这次研讨会从政治文化的维度阐释郭澄清与中国现当代文学的关系不再像过去的政治阐释那样空泛与乏力,而是从具体的政治语境出发,重新还原郭澄清与中国现当代文学的关系。这方面除了杨守森等50后学者等在既有的研究基础上有了新的阐释之外,还涌现出了一批70后和80后学者。其中最为突出的成果是张元珂博士对郭澄清文学创作的政治解读。他把郭澄清的文学创作纳入业余作者这一特殊政治语境中,摆脱了既有的政治阐释窠臼,显示出政治阐释的新维度、新空间。80后学者石立燕从人民性的维度再次进入《大刀记》的文本世界加以阐释,说明人民性是一个常说常新的话题。

其三,本次研讨会对郭澄清的文本解读有了新的拓展,深化了既有的郭澄清研究,促使郭澄清文学研究继续向前推进和发展。

文学世界是一个永远无法穷尽的世界,任何学者对郭澄清的文学世界的阐释都属于独特的"这一个"。在此方面,最为突破的代表性学者有崔庆蕾、陈夫龙、王寰鹏、翟文诚、刘新锁、王志华、赵佃强、张永峰等。

作为《中国当代文学研究》的副主编,崔庆蕾对中国当代文学既有着宏观的把握,也有文本细读的能力。他对郭澄清的短篇小说和《大刀记》的阐释,尤其是对郭澄清短篇小说的阐释,可以说是代表了近年来关于该话题的最新研究成果。他的研究呈现出两个显著的特色:一是新的理论视阈,这使他对郭澄清的小说拓展出了新的文化意蕴;二是新的生产现场,这使他对郭澄清的文学作品的经典化有着切身的感受和把握。

其四,本次研讨会对郭澄清的文学史价值和意义进行探讨,廓清了郭澄清进入中国当代文学史的历史雾霾,并探索其进入文学史的可能性及其路径。

在这一方面作出探讨而具有新意的是许晨、张均、孙桂荣、顾广梅等学者。来自人民文学出版社的付如初,则从责任编辑的角度呈现出版社的文学代际坚守,凸显文学维度和时代维度之于人民文学出版社的出版标准,由此进入文学生产的空间,为我们提供了郭澄清的《大刀记》之所以再三出版背后的历史缘由,为文学史书写回到历史现场提供了可能性。

每个时代有每个时代的文学,每个时代有每个时代的学术。正是基于这样的特殊性,从海南专程赴会的房福贤结合其20年前的抗日战争小说研究进行了深入的自我反思与拓展,从自我的文学研究出发,探讨了郭澄清为什么会被文学史疏远的历史缘由。郭澄清的文学世界尽管不会随着时代的更替而更替,但关于其文学世界的研究却会随着时代的更替而更替。由此,中山大学的张均阐释了《大刀记》所建构的文学世界"重返"文学史的可能与方法。

顾广梅从两篇既有的研究成果出发,重新审视郭澄清的文学遗产,作出了独到的阐释。她在分析既有的文学史规训带来某些弊端的基础上,阐释了郭澄清的《大刀记》未能得到文学史关注这一历史命运的原因,进而强调我们要敢于冲破既有的文学史的规训,真正地发掘出自我独到的文学审美体验。

四、研讨会的价值和意义

2019年,山东文学界发生了不少大事。本次研讨会无疑将是山东文学界的一件值得记忆的大事。它使郭澄清研究再次成为学界关注的一个话题,这主要体现在三个方面:

一是郭澄清的《大刀记》入选新中国70年70部优秀长篇小说典藏。这促成了《大刀记》的经典化历史进程,由此使郭澄清及其创作《大刀记》进入共和国文学谱系中。这既是文学选择的结果,也是历史选择的结果。毕竟,在共和国的诸多优秀长篇小说中被特别地凸显出来,对入选作品本身来说,其价值和意义怎么估计都不过分。

二是郭澄清与中国现当代文学学术研讨会的成功举办。这既是对13年前德州会议的致敬和回应,也是对《大刀记》入选70年70部长篇小说的回应。我们对已经离我们远去的所有30后作家群体作一整体扫描,郭澄清无疑是值得我们铭记的作家之一。

三是郭澄清研究走出漫长冬季,正迎来春暖花开时节。在相当长的历史时期,郭澄清作品的文学价值和意义还未能得到了学术界的客观公正评价,甚至已经被许多读者和研究者所遗忘。2005年,郭澄清研究才在20多年的冬季之后开始解冻,其标志是郭澄清的短篇小说和《大刀记》在抗日战争胜利60周年之际获得再版的历史机缘。值得肯定的是,经过一代代学者十几年的努力,郭澄清的文学世界开始得到人们的关注,郭澄清研究终于迎来了从未有过的最好时期。这主要表现在学术研究已经回归学术研究本体,抛弃了过去那种要好便好到极致,要差便差到极点的模式。我们认为,学术研究走向成熟的最为显著的标志是众声喧哗,对郭澄清的文学研究同样应有不同的声音和看法,这种精神在本次研讨会上得到了很好的呈现。诸多学者在对郭澄清文学成就进行阐释后,也没有漠视其时代所带来的历史局限性,这恰是实事求是的批评标准的具体体现。

(原载2019年12月31日
《文艺报》,刊发时有删减)

重温青春梦　再铸新人生

——山师中文八四级同学聚会感言

今天,我们怀着无比激动的心情,再次回到了那个让我们魂牵梦绕的青春校园,回到了让我们的青春自由泼洒的山师,回到了我们最为重要的人生驿站——我的大学,回到了我们曾经拥有过的那个集体——山师中文八四级。

遥想三十四年前,我们这批赶上了好时代的青涩少年,在山东的不同中学,做着一个相似的梦,那就是挤过独木桥,进入一个让我们心仪的大学,实现自我人生的大跨越。有些人为了这一天的到来,跌倒了爬起来再战。最终,我们迎来了静待花开的时节,如愿以偿地收到了来自山师的录取通知书,拥有了一个共同的名号——山师中文八四级。从此,我们的人生就无可争辩地与这个集体融合在了一起。我们那扯不断的情感,我们那放不下的牵挂,我们那割不断的回忆,都与这个集体息息相关。

三十年前,我们还没有充分地咀嚼大学的滋味,便开始匆忙地打起了行囊,走上了新的岗位,山师中文八四级这个名字从此成为历史。客观地讲,我们当时还没有意识到山师中文八四级之于我们每个人的价值和意义,但在岁月流逝了许久之后,我们回眸走过的历史脚印时,发现最让我们流连不已、再三品味的还是大学时光的老师,辅导员米海威老师、夏宗元老师,以及那些给我们上课的诸位先生们——包括今天参加了本次聚会的先生，因诸多原因未能参加本次聚会的先生，还有那些已经永远离开了我们的先生。只要看到那些曾经既让我们望而生畏又倍感亲切的名字，我们就仿佛回到了人生的青春场——那个大家铆着劲闯天下的青春场。

闯荡了三十年，我们再次走到了一起，走进了山师中文八四级。我们蓦然发现，蛰伏了许久的青春记忆开始复苏、还原——东方红广场依然那么开阔，文化楼依然那么端庄，宿舍楼依然那么温馨，当年的教学楼尽管不复存在了，但楼前楼后的梧桐依然枝繁叶茂……尤其让人心生感喟的是，来到山师，来到山师中文八四级，我们的青春和梦想依然还在。

当然，梦想很丰满，现实很骨感。毕竟，我们已是华发丛生、步履维艰、年过半百的中年人。一种不觉老之将至的迟暮之感，不经意间自心底油然而生。再过几年，我们就要退休了。对照当年的梦想，我们还能飞得多高、飞得多远？对此问题，我曾经向我们敬爱的朱德发老师请教过。他情绪高亢地对我说，我们这代人的学术起步大都是在五十岁以后开始的，你们的学术人生才刚起步！大家如果看看朱德发老师的学术成就就会发现，在教学三楼一层东头北面的那间大教室里，慷慨激昂地讲解着他的五四文学时，他已经过了五十岁。1995年，朱老师已经是60岁，按说，他功成名就早该休息了，但他没有，他的学术人生才刚驶入高速公路。三十多年里，他发表的论文有100余篇。其中，在《中国社会科学》这样的顶级期刊上便发了3篇，被人大复印资料转载的有28篇。今年4月份，他还撰写出了洋洋洒洒2万字的论文；6月16日，他还在这个会议室的鲁迅会议上反思鲁迅研究存在的问题。其实，像朱老师这样的老师何止一位，像今天在场的诸位先生，哪位不是在继续打拼啊！由此说来，我们与自己的老师相比，实现青春梦的时间还有三十年啊！

  今天是八月四日，山师中文八四级同学冒着炎热的酷暑，克服种种困难，再次相聚，与其说是互相见见面、叙叙旧，不如说是来重温青春梦。是的，我们都已经年过半百了，青春梦还能实现吗？我觉得，至少有一点是确凿的，那就是，经常想想山师中文系八四级这个青春场，经常学学老师们的逐梦人生，我们就会离青春梦越来越近！

2018 年 8 月 4 日

让人生在自我超越中走向辉煌

——在山师2019届毕业典礼上的发言

各位领导、各位同学,上午好!

今天这样一个平平常常的日子,因为我校举行研究生毕业典礼,便成了一个不同寻常的日子,从今天开始,你们的年级番号即将幻化为温馨的回忆。当然,我作为山师教师代表的发言,便是你们在山师听的最后一课,尽管这一节课的时间仅仅四五分钟!下面,我重点讲解两句话。

第一句话,不要轻易否定别人的梦,更不要放逐自己的梦。

我先从一个小故事讲起。克利亚是美国犹他州的一位老师。有一次他给学生布置了一道作业,要求学生就自己未来的理想写一篇作文。一个名叫蒙迪的孩子用了整整半夜的时间,描述了自己的梦想是将来有一天拥有一个牧马场。然而,老师却给了他一个'F'的差评。老师认为,"你的理想离现实太远。如果你确定一个现实一些的目标,我可以重新给你打分"。后来,蒙迪把这份作业原封不动地交给了老师,说:"你可以不改动这个'F',但我也不打算放弃我的梦想!"多年后,蒙迪终于如愿以偿。当老师应邀来到这个牧马场时,流下了忏悔的泪水。他说:"现在我才意识到,当时我做老师时,就像一个偷梦的小偷,偷走了许多孩子的梦。但是你的坚韧和勇敢,使你一直没有放弃自己的梦!"

这说明，教师守护学生的梦是多么重要啊！如果山师教师曾经偷走了你们的梦，我代表他们向你们道歉！今天，我当着这么多见证者的面，把你们的梦郑重地还给你！

如果山师教师早就培育了你们的梦，我代表他们再强调一次，将来，你们当了教师，千万不要轻易否定学生的梦，更不要放逐你们当年在山师许下的梦！要记住，从你们离开山师起，我们便年复一年地等着你回来，回来圆那个在山师许下的梦！

第二句话，不要与别人比高低，而是自己与自己较劲。

我在此给大家讲一个发生在我们身边的真实故事。我校有位教师，当年来到山师时，他的同龄人已经有五六年的教龄，他似乎已经输在了学术的起跑线上，但他没有放弃，他总是和自己较劲，50多岁时，他的学术研究才引起了同行的关注，60岁时，许多同龄人已经颐养天年了，他又用25年的时间继续与自己较劲，这一自我较劲的结果是，他在《中国社会科学》发了论文，不是1篇，而是3篇！他发的论文单就被人大复印资料转载就有28篇！他，便是我的博士生导师、首届国家教学名师朱德发老师。这个故事说明，我们只要坚持今日之自我比昨日之自我有所进步，明日之自我比今日之自我有进步，我们就会成为人生竞技场上的领跑者！

第三编
写作理论与文学创作实践

如何学好写作学*

  汉语言文学专业的学生在专升本之后,就必须学习写作学专题研究这门重要的基础课。写作学专题研究是山东师大中文系针对师专的学生升入本科阶段之后,为避免和师专所学内容的重复,又要体现本科阶段的特点,组织本系老师编写的系列教材之一。这一教材在提高学生对写作规律的进一步体认和对中国古代写作理论的把握上,都起到了积极的提升作用。

  在我们目前所开设的写作学专题研究中,老师基本上以《古代写作学概论》作为讲解的重点参照书目,实际上,所谓的写作学专题研究也就变成了古代写作学概论了。近几年,为了满足学生实际工作的需要,老师在讲解中注重以古代写作理论为依托,结合当今的写作实践,旨在提高学生对写作规律的理解。这既使学生从古奥难懂的故纸堆里走出来,又加深了对于古代写作理论的理解,还提高了写作实践的兴趣,收到了较好的效果。

  面对《古代写作学概论》一书,不少同学的第一反应是兴趣顿

---

* 在 1995 年之后大约十多年的时间里,我还为函授生讲授《古代写作学概论》(青岛海洋大学出版社 1995 年版)一课。每到寒假期间,我都要到全省各地的函授站讲授这门课,一般连续讲解七八天,似乎没有疲倦的感觉。如果不是翻阅到该文,这样的一段日子已经被我遗忘得差不多了。

失,继而开始出现畏难情绪。这也难怪,全书的学习对象基本上是古代文人的文论,是古人对于写作规律的一种纯粹的个人化话语,再加上古人的思维方式与当代人的现代思维方式有着较大的区别,他们往往从一种直觉和感悟出发,用蕴义丰富的具象或断语来表达自己的某种理论见解,这使我们不少同学在理解上产生了较大的困难,再加上我们一些同学本身的古文修养就不太好,要想较好地解读其意义就有了更大的难度。

正如绪论中所指出的那样,中国古代写作理论具有丰富性特点。这丰富性就是指写作理论材料浩如烟海,且时间久远,据统计,"现存已见中国历代诗话已逾千部之多"①,这一切势必增加我们对于对象理解的难度。但值得欣喜的是,尽管我们所面对的学习对象非常丰富和复杂,但材料经过本书作者的整合,已经纳入到了一个较为有机的理论框架中。因此,我们只要抓住了这个理论框架的重点,就会对纷繁复杂的对象有个清晰的把握。

中国的儒学采取一种积极的入世态度,认同的理想人格是"内圣外王"。所谓"内圣"是指人的心性要修养得像圣人一样,即"修身养性";所谓的"外王"是指修养好之后,要"齐家、治国、平天下"。正是从这样的基点出发,中国古代写作学寻到了自己的逻辑起点,即文章的写作是满足于"内圣外王"的需要,是文人经过"修身养性"之后实现"齐家治国平天下"的一种方式。因此,在中国古代的写作理论中,似乎更重视对文章外部制约层面的把握,而把文章的内部规律看作是附丽于文章的外部规范之上,相对来说,就缺少了纯粹从文章写作的内部规律出发进行把握的理论体系。这既是曹丕提出的文章"经国之大业,不朽之盛事"的根据,

---

① 蔡镇楚:《诗话学》,湖南教育出版社1990年版,第7页。

也是陆游强调"汝果欲学诗，工夫在诗外"的重要缘由。这样的一种诗论传统，实际上一直规范和制约着中国文人对于写作规律把握的思维向度。尽管这样的一种文学观和写作观具有一定的局限性，但是，我们也应该看到其积极合理的一面。我觉得这其中合理的一面非常值得我们重视，并且也可以说在一定意义上把握到了写作的一般规律。文章的写作，从来就不是一种孤立的思维活动，它存在着一个"写什么"和"为什么写"的问题。显然，这"写什么"和"为什么写"是根源于作者的文化立场，也就是作者或肯定或否定的文化态度以及其所以然的内在根据。这样的把握是对于文章社会功效的重视，其最终目的是作者完成对于自己所认同的"道"的传达和张扬，因此，在孔子那里才出现了"兴、观、群、怨"的功能观。如果除却其中简单的"工具"论，从文章写作规律的角度出发，我们可以发现，它是对于写作主体的高扬，也就是对文学主体性的高扬。没有了主体性，也就没有了写作的活动。如果说"写什么"和"为什么写"的问题是支撑起文章大厦的柱石，那么，"怎样写"就是对文章内部规律的把握，是文章大厦和谐有序的彩饰。一般地说，优秀的文章应该是"写什么""为什么写"和"怎样写"的有机结合。这可以看作是中国古代写作学建构的基本逻辑脉络，我们抓住了这一点，也就抓住了全书的基本脉络。

正是因为把"道"作为写作的逻辑起点，所以，在具体规律展现的过程中，我们可以看出其构思活动中对于意的认同的根据。不管是"以意摄事"还是"以意役法"，都是强调"道"在文章写作中的核心作用。为了把"意"传达得更为精到，就存在着一个方法的问题，所以，在古代的写作学中开始了对于"象"和"境"的认识历程，也就有了对于形象思维一般规律的把握（如神与物游、贵在创新等）。写作作为语言的艺术，涉及如何更好地传达文章的主旨这一问题,因而便有了章法、词采和用典等问题。正是这样一条主线,把看似纷繁复杂的材料贯串了起来,也就使《中国古代写作学》有了活的灵魂。

如果我们真正地把握了古代写作学的内在脉络,就会感到古人的许多论述尽管短小,但很精彩。如刘熙载在《艺概·赋概》中指出:"在外者物色,在我者生意,二者相摩相荡而赋出焉。若与自家生意无相入处,则物色只成闲事。"显然,这样的立论是极其深刻而精辟的,值得我们认真玩味。

(原载《写作理论与实践》,香港天马
图书有限公司 2002 年版)

构思立意*

确立主题

一、什么是主题

主题是作者在说明问题、发表主张或反映生活现象时,通过文章的全部内容表达出的基本观点或中心思想。主题不是作者在文章中所提出的主要问题,而是作者在文章中对这些主要问题所持有的观点和评价;它也不是作者在文章中所使用的主要材料,而是作者在文章中通过这些材料表达出来的某种看法或

---

* 本部分构思立意、谋篇布局、文章的修改,是著者 1995 年在写作教研室参与编写《基础写作》(山东友谊出版社 1996 年版)时撰写的文字。写作教材大都沿袭了既有的写作教材模式,注重从理论到理论,且形成了固定模式。这种情形既形成既与教材的规范要求有关,又与从教者和撰写者缺乏必要的创新性有关。随着大学越来越重视文学教育,许多高校开设了创意写作课程,建立了写作中心,这对冲破既有的写作课教学模式,使写作重新回归于自身具有一定的促进作用。本书收录《基础写作》的部分内容,旨在客观呈现 1990 年代大学写作课教材基本面貌以及我由此开始逐渐形成的知识结构。收入本书时有删减。

主张。

"主题"最初是一个音乐术语，指乐曲中最具特点并处于优越地位的一个旋律。它传达了一个完整的音乐思想，是乐曲的核心。后来，这个术语才被广泛用于文艺作品中。现在一般在记事、抒情类文章和作品中称作主题，在文章中称作中心思想。

主题是文章的主体和核心，是文章的灵魂和生命。它是作者写作目的的具体体现。它决定着文章的质量高低、价值大小、作用强弱。主题又是文章的统帅。文章的材料取舍、布局谋篇、遣词造句都要受它的"调遣"，行文必须紧密围绕主题。

主题不同于标题，标题是文章的重要组成部分，是标举全篇文章名称的，它关系到一篇文章的精神、格调和色彩。标题要从表现主题的需要出发，或直接揭示文章的主题；或概括文章的全部内容；或提出问题，引导读者深入理解文章的主题；或以所写的人物、地点、事件为标题；或形象地概括文章的思想意义。总之，文章标题，一般应做到"题括文意，文切题旨"。

二、确立主题的要求

怎样才算好的主题呢？在文章写作中，确立主题时应符合如下几点要求：首先，主题要正确，即观点要符合实际，符合人民利益，感情、思想要健康。主题的正确与否，从根本上影响着整篇文章能否立得起来。只有正确的主题，才可能对社会、对人民、对历史有帮助或促进作用。要做到主题正确，需要作者具有正确的立场、观点和方法，并能在提炼主题上下一番苦功夫。其次，主题要深刻。主题正确是最起码的要求，但仅仅正确显然还不够，还需要深刻，能"见人所未见，发人所未发"。这需要透过现象抓住事物的本质，揭示出事物发展的普遍规律性。要做到主题深刻，就应对事物具有眼光的敏锐性、思维的透辟性、见识的独到性。唯有这样,才能从人们习焉不察的对象中发掘出深刻的主题。再次,主题要集中,即指一篇文章不可同时表现两个或两个以上的主题。主题集中,就是要"立主脑"、"减头绪",全文紧紧围绕一个中心。对那些与主题无关的或关系不大的枝节问题要毫不含糊地删去。否则,就会枝节横生,淹没了主干,冲淡了主题。最后,主题要新颖,即力求从所写的事物中挖掘别人没发现或尚未表达过的新思想、新见解或新感受。这多表现为作者提炼主题的"角度"新,能从某一方面提出新颖独到的见解。主题新颖,主要取决于作者对问题认识的深刻、新颖,切忌总是随人话短长。当然,如果离开客观实际,为了所谓的标新立异而胡乱编造,那就不是新颖了。

主题的正确、深刻、集中、新颖,是对文章的基本要求。要使文章的主题符合上述要求,就需要我们努力学习、深入实际、积累材料,养成善于思考和独立分析、解决问题的习惯,切实在锤炼主题上下硬功夫。

三、主题的提炼

主题固然在文章中体现为一种意图或观点,但从提炼主题的角度来看,主题的形成过程又是一个写作者对反映的对象反复认识的过程。主题的形成过程一般具有两个阶段,即自然萌发和有目的地提炼。首先,作者深入生活,接触客观事物,就必然引起种种情感、思想、感悟和判断,长期的体验和积累为主题的形成提供了基础和前提。其次,在具体的写作构思活动中,作者依据丰厚的积累,在不违反生活本质的基础上,将具体的思想情感、判断进一步升华,实现由感性到理性、由现象到本质的飞跃,最终提炼出主题。

　　主题来源于社会实践,但并非所有的社会实践内容都能够形成主题,这就需要我们对所占有的材料进行一番去粗取精、去伪存真、由此及彼、由表及里的加工,从而提炼出较好的主题。提炼主题是文章构思的中心环节,是保证文章质量的至关重要的一步。那么,我们应该从哪些方面入手提炼主题呢?

　　(一)广采博取,在综合研究的基础上确立主题

　　恰如无尽的矿藏是冶炼钢材的原料,丰富的材料则是提炼主题的基础。要想提炼出好的主题,就要广采博取,尽可能多地占有材料,并在此基础上进行综合研究,深入开掘其意蕴。主题不是游离于材料之外硬加上去的东西,也不是作者随心所欲"贴"在文章上的标签,而是对全部材料思想意义的高度概括。那种浅尝辄止、不思博览的做法,是很难提炼出好的主题的。

　　广采博取,侧重的是面上的材料,但要真正确立好主题,仅有广采博取还不够,还需要在我们确定一个有限度的、有范围的选题之后,进行材料积累。经过长期深入生活,有了丰富的生活积累或知识积累,有了长时间的思考或反复的酝酿,从而逐步形成比较深刻、扎实的主题。主题的这种形成方式,具有一定的偶然性。因为作者在深入生活或从事研究之后,并没有明确的目的和意图,只能说有一个范围或一个方向,至于在这个范围或方向上有没有确定的结果尚不清楚。这需要经过思考、实践、再思考这样无数次的反复过程,才有可能确立起文章的主题。

　　(二)捕捉灵感,在现实生活中发现问题,确立主题

　　灵感并不是自然而然产生的,而是长期积累,偶然得之的,这

是文章主题形成的一般规律。"偶然得之"便反映出文章主题形成的特点,即它是在写作者百思不得其解时,在具体的现实生活中,突降灵感,往往会洞见一番新的天地。文章主题的这种形成方式,可以说是写作者在灵感产生时于骤然之间形成的。作者一般从其活动中发现了新的问题,从而确立起文章的主题。

总之,主题的提炼是一个极其复杂的过程。要想在写作中确立起一个好的主题,我们不仅需要了解提炼主题的基本情形,掌握提炼主题应从哪些方面入手,而且还要有一个深入学习和提高的过程。唯此,才可能在提炼主题时,真正地达到左右逢源、点石成金、出神入化的程度。

四、提炼主题的方法

提炼主题的方法有很多,我们在此着重介绍并分析以下几种常用的方法。

(一)矛盾分析法

客观世界中时时处处都存在着矛盾。正如毛泽东所说:"世界上一切事物的过程里和人们的思想里,都包含着这样带矛盾性的方面,无一例外。单纯的过程只有一对矛盾,复杂的过程则有一对以上的矛盾。各对矛盾之间,又互相成为矛盾。这样地组成客观世界的一切事物和人们的思想,并推使它们发生运动。"[1]把文章材料所反映的矛盾一对一地找出来,加以比较分析,就可以找到反映某一具体事物本质的矛盾来。

当然,许多场合下,事情并非这么简单。材料所反映的本质

---

[1]《毛泽东选集》(第1卷),人民出版社1991年版,第327页。

矛盾并非那么显明。特别是复杂的材料,其包含的思想意义是多层次、多侧面的。需要我们"由此及彼、由表及里"地进行"加工制作"。坚持矛盾分析的方法,有助于我们确立比较深刻的主题。

(二)具体分析法

具体问题具体分析,既是哲学中思考问题常用的方法,也是文章写作中提炼主题常用的方法。主题的内涵具有明确的规定性,内涵越丰富,思想便越具体。反之,其所反映的思想就可能极其贫乏。在具体分析法中,要注意分析主题成立的限度和条件,要防止和杜绝那种漫无边际的、绝对化的、无条件限制的主题的产生。

(三)比较分类法

比较和分类是认识事物的两种基本逻辑方法。对客观事物的认识往往从比较和区分事物开始。只有在比较的基础上才能对所认识的事物进行分类,比较是分类的前提,分类是比较的结果。这两种科学的逻辑思维方法也是我们提炼主题时常用的方法。

比较作为一种确定客观事物之间差异点和共同点的逻辑方法,包括空间上的比较和时间上的比较两种。空间上的比较即在既定形态上的比较,它可以在此事物与彼事物之间找到差异点和共同点;时间上的比较即在历史形态上的比较,它是某事物自身发展变化规律的揭示。

比较,不仅要看出异中之同,而且还要看出同中之异。比较,要在一定的关系上,根据一定的标准进行。唯此,我们才可能掌握提炼主题的最佳方法。

分类是一种根据客观事物之间的共同点和差异点将它们分为不同种类的逻辑方法,也是我们提炼主题的常用方法。

选择材料

一、什么是材料

材料是构成文章的基本要素之一。所谓材料,就是作者为了某一写作目的所搜集、积累以及运用到文章中表现主题的一系列事实现象和理论根据,其内容包括人、事、景、物、情、理、数据诸方面。材料作为文章的内容,既包括客观存在的一切事物,又包括作者主观的思想意识。

在一般文章写作中,我们不但把那些没有写进文章中的大量原始材料(素材)叫作材料,而且也把经过作者选择、提炼、写入文章中的那一部分材料(即题材)叫作材料。

材料的种类有很多,根据不同的标准可以划分为不同的种类。如根据材料的来源,可分为直接材料(第一手材料)、间接材料(转手材料);根据材料的特点,可分为事实材料、观念性材料;根据材料存在的时间,可分为历史材料、现实材料;根据材料的性质,可分为正面材料、反面材料。

二、材料搜集的方法

马克思指出:"研究必须充分地占有材料,分析它的各种发展形式,探寻这些形式的内在联系。只有这项工作完成以后,现实的运动才能适当地叙述出来。"①这说明,只有获取了量多而质优的材料,才能写出高质量的文章;否则,就会使文章的写作成为无源之水、无本之木。

搜集材料都有哪些方法呢?主要有观察和调查两种方法。

观察,是人们搜集写作材料的重要途径。观察过程中,并不限于知觉,而常同积极的思维相结合。要使观察取得好的效果,除需要有正确的观点作指导外,还需要有明确而具体的观察目标,对观察对象有一定的了解,对观察对象有分析和综合的能力,以及记录和整理材料的具体方法等。

为了使观察富有成效,一要明确观察的目标和重点,二要精细,并善于抓住事物的主要特征,三要观察全面。

作者获取写作材料的另一重要方法是周密的、有计划的、有目的的调查。

调查的方法多种多样,如开调查会、个别访问、现场察看和查阅资料等。其中的查阅资料作为一种间接的调查方法,可以到图书馆查阅有关资料,获取有用的材料。

三、材料的整理和鉴别

对搜集来的材料要及时进行整理,使零散杂乱的材料条理化、系统化。整理材料,这是研究问题的开端,也是写作的必要准备。通过整理,可以熟悉材料,消化材料,加深理解,启发思考,酝酿观点;可以对材料进行比较、鉴别,知道哪些材料不属实,需要重新核对,哪些材料不充分,需要补充。

整理材料,可以归类整理,也可以分类整理。

---

① 《马克思恩格斯选集》(第 2 卷),人民出版社 1972 年版,第 217 页。

归类整理是在事先有写作提纲的情况下采用的。这表现在作者在搜集材料之前，对整篇文章怎样写已有初步的设想，分哪几个部分，哪几个观点。然后在材料搜集好以后对号入座，按预先的分类归并就可以了。

分类整理是在事先没有写作提纲的情况下采用的。作者搜集材料以后，性质相同的材料归在一起，分成若干类，如通讯《县委书记的榜样——焦裕禄》，作者采访到的材料很多，采访结束后，作者对它们进行了整理，并在写作过程中分成了几个方面。

材料经过整理以后，还要进行鉴别，目的是判断材料的真伪，分清现象与本质，辨析它们之间的联系。

总之，材料的认真整理和鉴别，有利于消化材料，形成观点，为正式写作打下基础。在完成了材料的搜集、整理、鉴别之后，才算完成了写作之前的准备工作。下一步便是如何在确立的中心的支配下选择材料。

四、选择材料的原则

选材的基本原则是"严"。材料选择得是否精当，直接关系到文章质量的高低。选择材料的原则如下：

（一）围绕主题选材

这是选材最重要的一条原则。主题是选材的依据，凡是与主题无关的或关系不大的材料，哪怕极为生动形象，也要坚决舍弃。否则，材料芜杂、枝蔓丛生，就会使文章的主题淹没在材料之中。因此，文章的选材要确立起围绕主题选材的基本原则。

（二）选择真实的材料

文章的生命在于真实。写作时，一定要选用真实可靠的材料。在这方面，马克思堪称学习的楷模。"马克思引证的任何一件事实或任何一个数字，都是得到最有威信的权威人士的证实的。他从不满足于间接得来的材料，总是找原著寻根究底，不管这样做有多麻烦，即便是为了证实一个不重要的事实，他也特意到大英博物馆去一趟。"正因为如此，即使"反对马克思的人从来也不能证明他有一点疏忽，不能指出他的论证是建立在受不住严格考核的事实上的"①。这一典型事例，对于我们选择材料应有启发。

（三）选择典型的材料

收集材料，是多多益善；而要选择材料，则应精益求精。形象地说，收集材料要"以十当一"，而选择材料应"以一当十"。这便要求我们从众多材料中选择最有表现力、说服力、感染力的反映事物本质的材料，即选择典型的材料。

（四）选择新颖的材料

新颖的材料，一般是指新发生的事物、新发现的事例、新出现的理论观点。因为它们极富吸引力，而且又往往预示了新的发展方向，所以要引起我们的高度重视。

---

① ［法］保尔·拉法格：《忆马克思》，《回忆马克思恩格斯》，人民出版社1973年版，第11页。

五、选择材料的方法

在掌握材料的原则之后,还要讲究选材的方法,方能获得事半功倍之效。下面介绍几种主要方法:

(一)筛选比较法

我们写作时,并不是将所获得的材料全部写进一篇文章中,而是要对材料进行筛选比较。通过筛选,达到去粗取精、去伪存真的目的;通过比较,达到对最有价值的材料的发现和把握。在筛选比较时,要注意辨别材料的真实与虚假、主流与支流、现象和本质、偶然和必然。

(二)见微知著法

见微知著,就是在选材时达到"窥一斑而知全豹"的目的。在这里,并不是把大问题生硬地压缩,更不是故意舍大求小,而是要求选材者高屋建瓴,以高度的敏感性和洞幽烛微的观察力,从社会生活中选取最尖锐、最有代表性、最能反映事物本质的那一点。

(三)文体区别法

一般说来,文体不同,选材的要求也不同。议论类、应用类文体运用事实材料时,一般是用叙述或说明的方法,运用的材料应具有概括性;而记叙类和抒情类文体运用事实材料时,多用描写和抒情方式,运用的材料应具有形象性。因此,在选择材料时,应根据所写文体的特点,有的放矢地选取所需要的材料。

构于巧思

一、构思

(一)构思的含义及作用

构思是作者对材料进行思维加工的过程。这恰如茅盾所说:"生活经验的素材要经过综合、改造、发展这样的一系列的加工,然后成为作品的题材。这一过程,我们称为'构思'。"这是一个从进一步明确主题和筛选材料到文字表达之间的"运思构想"的过渡阶段。所以,构思有时又称为运思。

构思对于写作具有重要作用。写作从本质上说就是用语言文字表现作者的思维活动和结果,不进行构思,就无从下笔为文。朱光潜对此有过这样的论述:"作文运思有如抽丝,在一团乱丝中拣取一个丝头,要把它从错杂纠纷的关系中抽出,有时一抽即出,有时须绕弯穿孔解结,没有耐心就会使紊乱的更加紊乱。运思又如射箭,目前悬有鹄的,箭朝着鹄的发,有时一发即中,也有因为瞄准不正确,用力不适中,箭落在离鹄的很远的地方,习射者须不惜努力尝试,多发总有一中。"[1]由此看来,写作者要勤于构思,在多思多想中锤炼思维能力,为文章写作的顺利进行打下坚实的基础。

---

[1] 朱光潜:《艺文杂谈》,安徽人民出版社1981年版,第24页。

(二)构思的任务

1. 明确主题

构思阶段的首要问题是解决选题立意。俗话说的"题好功半",便是强调了构思阶段选题立意的重要性。

选题在写作中包括两层含义:其一是选择研究写作的题目;其二是选择、确定文章的主题,同一题目可以表达不同的主题。写作者在选择了题目之后,依照自己思维的独特方式和认知的独特内容,最终确定自己文章的主题之所在。一旦明确了文章的主题,文章的大体脉络便也略显端倪了。这就是我们平时常说的"意在笔先"。

2. 理清思路

明确了文章的主题,离成型的文章还比较遥远,这便需要我们根据主题精心组织全文的思路,做到言之有序。如果在写作时思路不清,便很难把文章的主题表达出来。

3. 选择材料

选材一般与确立主题和理清思路同时进行,但这时的材料还仅仅是一种朦胧的集结,要想把这些材料写到文章中去,还需要写作者对材料进行严格的审视和筛选,选择出其中最能表现主题的材料来。

4. 酝酿框架

文章在构思中需要酝酿出一个大体的框架。例如题目占多大位置,标题如何排列,怎样开头、分段,文章的层次如何安排等,都需有一个大体的把握。这可根据思路编拟写作提纲。从而做到"胸有成竹"。

(三) 构思的主要方法

构思的方法是多种多样的。常用的构思方法主要有:

1. 自由构思

指写作者在构思时,使思维处于一种宽松自由的、没有任何既定目标限制的状态中。通过思维的自由驰骋,使各种思绪不择而涌,使各种情感交汇而至,然后,一种思想和情感占据支配地位,文章的构思也就大体上有了眉目。对此,作家王蒙曾说过,这种构思看似容易,其实很难:"难就难在这个海阔天空上,并无严格的操作规程、公式、检验方法可循,却要写得既真实,又新鲜,又生动,又高尚,惨淡经营而又天衣无缝,浑然天成,难矣哉!"①

2. 命题构思

又称限定构思,在写作中经常碰到。其方法是首先对例题及要求进行思考,即审题,然后根据命题要求选择材料,确定中心,谋篇布局,遣词造句。

3. 形象构思

指写作构思中的形象思维的方法。形象思维是在整个认识过程中始终伴随形象的思维,是一种艺术的把握世界的思维方式。写作者在具体可感的现象形态上展开思维,有助于把握和表现写作对象。

4. 抽象构思

主要指运用概念、判断、推理的思维方式来反映事物本质的构思方法。这种构思方法对于初学作者往往是较难把握,但可以

---

① 王蒙:《漫话小说创作》,《王蒙文集》(第7卷),华艺出版社1993年版,第68页。

通过辩论、演讲、发言、写议论文等方式逐步地培养抽象构思能力。

二、思路

（一）思路的含义

思路是指思维活动过程的脉络和顺序，即作者对复杂的客观事物分析、研究、综合、加工后，把自己的印象、思想、情感、态度等理出一个头绪来。按照一定的"思路"去安排组织材料，就形成了文章的"结构"。

毛泽东的《反对自由主义》一文围绕着"为什么要反对自由主义"这个中心，先说明为什么要反对自由主义；接着列举出自由主义的具体表现，以明确什么是自由主义；在此基础上，对自由主义的危害及其产生根源进行分析；最后指出克服自由主义的办法。由这一思路而产生的文章结构便是：为什么要反对自由主义——自由主义的危害和根源——克服自由主义的办法。这说明，我们在动手写作之前，关键在于明确：自己到底主张什么？这种主张的根据是什么？如何才能确保这种主张落到实处？如果我们循着这样一个层层递进的思路进行写作，就能避免文章写作时出现偏差。

（二）思路和结构的关系

文章的结构和作者的思路关系十分密切。具体说来，作者的思路是文章结构的基础，而文章的结构则是作者思路的具体反映。

在我们的写作教学中，学生经常会出现作文难写的现象。这一现象产生的主要根源就在于作者的思路不清楚。正如张志公所说,根本的问题在思路,在写作上要有明确的目的,特别的思路,是关乎文章结构的最根本的东西。例如你要写一个人物,就应该对人物的性格特点和思想内涵有一个全面、系统的把握,然后理出一个思路来。如果你心中对人物一概无数,即使勉强写出来,也必然是含糊不清的。

(三)思路的锻炼

文章的结构是作者思路的反映,思路是结构的依据。要想写出结构严谨、层次分明的文章,就应该认真锻炼思路。那么,怎样锻炼思路呢?我们不妨从以下几个方面入手。

1. 学会广思、深思和反思,开阔思路

所谓广思,即打开思路,从事物之间的广泛联系中,通过比较,找出最佳的反映角度。而要找到最佳角度,就要进行广泛思考,捕获到"人人心中皆有,笔下均无"的思想认识。

所谓深思,即深入探求事物的本质和核心。它是在广思的基础上,选定一个角度后,把认识引向深入。

所谓反思,在这里是指逆向思考,对事物、事理,先顺想,再逆想,进行循环往复的思考。也可以从正面想到反面,又可以从反面想到正面;也可以从原因追溯到结果,又可以从结果回溯到原因,进而把握住问题的症结和本质之所在。

经过广思、深思和反思,就可能将我们闭塞的思路打开,为构思出立意深刻、脉络清楚的文章奠定良好的基础。

2. 阅读各种优秀作品,扩大视野

凡是优秀的作品,本身就昭示着文章应该怎样写和不应该怎样写。熟读、精读优秀的作品,能使我们在潜移默化中吸收他人构思的长处,为我们日后作文的思路展开打下基础。

阅读优秀的作品,应带着一定的目的性。例如我们要写一篇有关人物的文章,就应该在对写作对象有所把握的前提下进行构思,在构思中形成文章写作的一定思路。然后再去读与此相似的作品或文章,看其思路如何展开,有没有值得我们借鉴的方面。这样读书,往往会使我们深入到写作的内在规律中去,进而有效地提高文章的写作水平。

3. 列提纲,理思路

思路作为一种思维活动,往往带有抽象性、不确定性,即思路对客观事物的反映一般比较概括、粗略,而且随着时间、地点的不同会有所变化。因此,作者在进行文章写作以传达其所思所想时,难免出现一定的粗疏遗漏之处。我们要注意养成在将思路移植到字面上来的过程中,采用打腹稿的方法,或者是列提纲的方法。对初学写作者来说,列提纲比较适合,可以帮助我们组织材料,使我们想问题更周到,避免一些要点的遗漏,进而使思路更加完整、严密。

提纲有精略之分。一种是"纲领式",比较粗略,只写内容要点,表明层次划分;一种是"细目式",比较详细,对于文章展开的具体方式,诸如开头、结尾、过渡、照应等,都有一个通盘的考虑和周密的计划。对初学写作者来说,列"细目式"的提纲比较实用,这样可以较好地锻炼思路。

三、想象

(一)什么是想象

想象是人脑的一种思维活动,它在原来感知事物的基础上,对已有的表象进行分解和加工,经过重新组合、融汇和升华,创造出一种新的(未曾知觉过或未曾存在过)形象。

想象具有自己的独特性,这主要表现在具体的形象性、虚构性的特点上。它的基本材料是表象,以客观现实为基础。想象包括联想和幻想。

想象是一种审美创造。特别是表现在文学创作中,在写作构思,乃至整个写作过程中都需要想象。黑格尔说过:"(艺术家)最杰出的艺术本领就是想象。"[①]

想象是一种自身主观的思维活动。作为初学写作者,客观反映事物需要作者亲身观察,不可以超越自身观察凭空写作,而想象则恰好相反,它可以超越一切限制,创造出一种新的形象。

(二)想象在构思中的作用

在文章的构思中,想象起着主要作用,一篇文章的构思是否巧妙、新颖,写出来的文章是否引人入胜,与作者是否具有丰富的想象力有很大关系。好的构思,正是借助于想象,突破直觉的狭窄范围,"笼天地于形内,挫万物于笔端",调动作者所体验的生活原型和表象,突破个人直接经验的局限,补充事实链条中不足的和还没有发现的环节,从而把客观的现实生活形象化、概括化、典型化以创造出各种各样的形象。具体说来,想象在构思中的作用主要表现在以下两个方面:

1. 想象是构思中的核心性思维活动

在实际的写作实践中,构思的过程便是一种思维展开的过程。而想象作为一种主要的形象思维,能够把社会和自然联结起

---

① [德]黑格尔:《美学》(第1卷),商务印书馆1979年版,第357页。

来,把现实和理想联结起来,把平凡和神奇联结起来,这即是刘勰所说的"寂然凝虑,思接千载,悄焉动容,视通万里"。

2.想象是构思中的创造性思维活动

想象在构思中的创造性思维活动,主要表现在"意象"的创造上。

"意象"在文章的写作中具有极其重要的作用。因为新的"意象"的创造意味着文章主题思想的深化,意味着构思又获得了调整和深化的机遇。意象的这种作用,还体现在事件的安排、情节的展开等方面。对此,老舍在谈到《龙须沟》写作经验时曾说:"龙须沟上并没有一个小杂院,恰好住着上述的那些人;跟我写的一模一样。他们是通过我的想象而住在一块儿的。"①在这里,作者通过想象,把片段的、分散的生活印象烩铸成新的意象,从而完善了事件的发展过程。

(三)想象材料的加工

表象是想象的心理材料。它来自客观,但又不是客观事物的原型,它经过想象的再次加工处理,成为体现一定写作目的的新材料。想象材料的加工是多方面的,它往往随着写作者的思维和认知的变化而变化,一般有如下三种方式:

1.集中概括法

我们要想使想象发挥出应有的作用,就应该在想象的过程中,对材料最鲜明、最本质的特征部分进行提取,剔除和淡化那些无关的、偶然的东西。再按照整体性的原则,有机地组合加工后的材料。这一点恰如高尔基所说:"假如一个作家能从二十个到

---

① 胡絜青编:《老舍论创作》,上海文艺出版社1980年版,第135—136页。

五十个,以至几百个小店铺老板、官吏、工人中每个人的身上,把他们最有代表性的阶级特点、习惯、嗜好、姿态、信仰和谈吐等等抽取出来,再把它们综合在一个小店铺老板、官吏、工人身上,那么这个作家就能用这种手法创造出典型来——而这才是艺术。"①

2. 移植对接法

如果说集中概括法主要是通过想象对材料的本质进行把关的话,那么移植对接法则是把记忆中的表象肢解,这儿取一部分,那儿取一部分,按着一定的意图(不一定是揭示本质)将它们缝合、黏合在一起,构成新的形象。对此,鲁迅则解释说,所写的事迹,大抵有一点见过或听到过的缘由,但决不全用这事实,只是采取一端,加以改造,或生发开去,到足以几乎完全发表我的意思为止。人的模特儿也一样,没有专用过一个人,往往嘴在浙江,脸在北京,衣服在山西,是一个拼凑起来的角色。

3. 扭曲变形法

扭曲变形法强调依据情感的需要,对写作对象进行扭曲变形的加工,进而取得传达一定艺术效果的目的。如李白有一些描写雪花的诗,如"地白风色寒,雪花大如手""燕山雪花大如席,片片吹落轩辕台",便是采用了扭曲变形的想象材料的加工方法。

(四)想象的类型

想象的类型很多,大体上可以分为以下两类:

1. 象形想象

象形想象是指用特定的具体形象来表现相似或相近的概念。

---

① [苏联]高尔基:《谈谈我怎样学习写作》,《论文学》,人民文学出版社1978年版,第159页。

它把抽象的概念转化成具体的形象；把浓缩的成语、诗句扩展成生动的画面；把文章中简略的概述变成细致的描写等。如以具体形象来表现"野渡无人舟自横"这个题目，可以想象成一叶小舟系在江岸的杨柳树下，随着细微的波浪，悠然地上下摆动，在小舟的篷顶上，还有一只鹭鸶栖息着。当然，也可以展开其他的想象。

2.象征想象

象征想象是指根据事物外在或内在的某种具体特征，想象出某种与之相对应的精神或品格来。如以香花喻美人，用荷花的出淤泥而不染象征人的精神品格的高洁等。

谋篇布局

写任何体裁的文章，都涉及一个谋篇布局的问题。那么，什么是谋篇布局？所谓谋篇布局，就是指谋划文章的篇章结构。写文章，只有主题、材料，并不就是文章，必须经过作者认真思考、精心布局，才能写成一篇文章。

文章的谋篇布局直接影响表达效果。好的谋篇布局，会使主题鲜明突出，内容层次清楚，衔接自然，前后照应得当，整个文章显得集中、完整、统一。精心布局是写好文章的关键。如果不讲究谋篇布局，文章杂乱无章，即使主题再好，材料再新颖、生动，也很难表达清楚。

文章的谋篇布局与作者的思路密切相关。谋篇布局，不单纯是技巧问题，它实质上是作者认识和反映客观事物的思想方法问题，是作者的思想认识在写作方法上的反映，是作者思路的体现。

谋篇布局要遵循这样的原则：

一、要符合事物发展的规律。文章是客观事物的反映，而客观事物有其发展的内在规律。因此，文章的谋篇布局必须符合事物发展的内在规律，按这种规律结构写文章，才能合乎情理。

二、要服从文章主题的需要。文章谋篇布局的根本目的在于更好地表达主题。因此，必须服从主题的需要，这样才会使文章严谨统一，圆满地体现作者的写作意图。

三、要适应不同文体的特点。文章的体裁多种多样,不同体裁的文章,由于反映生活的角度、容量和表现形式不同,因而谋篇布局的方法也不同。有什么体裁,就有什么样与之相适应的结构布局。

关于结构

文章的结构,就是文章内部的组织结构形式,又称为篇章结构,即文章先写什么,后写什么,怎样开头,怎样结尾,分几个层次,哪里详写、略写,都是从结构上体现出来的。

文章应讲究构造艺术,要按照主题和题材的需要,对材料加以合理安排,使之条理清晰,层次分明,前后一贯,构成一个统一的整体,获得形式上的美感。

文章的结构,包括内部结构和外部结构两种。所谓内部结构,就是文章思路的内在逻辑结构。这种内在逻辑结构,在记叙文和抒情文体里,一般体现为叙述和抒情的"线索";在议论文体里,一般体现为议论的脉络。不管什么文章,只要有一贯到底的思路,一脉贯通的逻辑,它就必然有一条贯穿的线索和脉络。我们写文章,精心布局其内部构造至关重要,它可以使文章结构严谨、条理清晰、流畅贯通。

所谓外部结构,就是文章的外部存在形式,它的主要内容是层次和段落,过渡和照应,开头和结尾。这几个部分各处于一定的位置,又互相紧密联系,组成完整的篇章,是文章的表现形式。

下面,我们对文章结构的内容分别作介绍。

一、开头

开头,是指文章的开始,也称起头,古时称"起笔"。由于开头的位置比较特殊,具有奠定全篇基调的作用,它也是读者接触文章内容的开始。开头从何处写起,对全文至关重要,因此,历来作家很重视文章的开头。

开头不仅重要,而且难写。开头难就难在:开头关系行文思路是否畅通,开头决定全文取什么格调,开头直接影响文章是否具有吸引力。

好的文章开头要切题、新颖,一开始就能紧紧抓住读者。好的开头方法多种多样。归纳起来,大致有以下两类:

(一) 开篇明义式

开头不凭借其他手段,直接触及题目所要叙述描写的人物、事件、景物或论述的问题,即我们通常所说的"开门见山",也叫直接开头。这种方式不枝不蔓,一开始就接触本题。

例如,朱自清散文《背影》的开头:

> 我与父亲不相见已二年余了,我最不能忘记的是他的背影。

这篇散文,开头就落笔入题,就触及"背影"的本题。

这种开门见山式的开头,简捷畅达,字约意丰。议论文、新闻等体裁也多用此法开头。

(二) 形象导入式

开头首先凭借其他手段作引子,然后逐步接触题目所叙述描写的人物、事件、景物或论述的问题。

有的文章以描写景物开头,交代了时间、地点,还描写了凄凉、萧索的秋景气氛,用这个气氛笼罩全篇,会给人一种压抑的感觉,以烘托全文的内容。这种开头,运用得法,便会使文章产生极强的艺术感染力。

有的文章以抒情方式开头,这种洋溢的抒情,发自作者的内心,能渲染文章的气氛,能引起读者情感上的共鸣,陶冶性情。同时,这类"抒发情感"式的开头,对贯穿全文的思想、情绪极为有利。

总而言之,开头的方式方法很多,一定得视不同的文体、不同的主题要求来选择。无论是开篇明义式,还是形象导入式,都得视作文的具体情况而定。

二、层次和段落

层次和段落是文章结构的主要内容。无论是哪种体裁的文章,对结构的基本要求都应该层次清晰,段落分明。

(一)层次

所谓层次,就是文章思想内容的表现次序。安排层次是结构文章的最重要的环节,即把要写的内容计划一下,先写什么,后写什么,安排个合适的次序,如同建筑上的"搭架子"。层次安排是事物发展阶段性和人的思维发展进程在文章中的反映,是文章内容展开的步骤。因此,人们又把它称为"意义段"、"结构段"或"部分"。

层次的安排,应着眼于文章的思想内容,体现作者思路展开的具体步骤。文章表达的内容越丰富,作者的思维过程就越复杂,层次安排相对来说就越困难。这就要求作者对自己所反映的对象进行反复的观察、思考,理清思路,文章的层次自然会明晰起来,使文章显得脉络分明。

层次的安排,应着眼于文章思想内容的安排。有的层次可能只有一个自然段,有的也许有两个、三个,甚至更多。

层次的安排,不同的文体有不同的方法。

1. 记叙性文章安排层次的方式,有以下几种:

(1)以时间的推移为顺序安排层次,这是纵式结构,是记叙文中最常用的方式。

(2)以空间位置的变换为顺序来安排层次,这是横式结构。

(3)以时间和空间纵横交叉的方法来安排层次。以时间为纵线,以空间为横线,纵横交叉编织在一起。

(4)按材料的性质分类来安排层次。

这种方法就是把表现同一主题的许多材料按其性质来归类,把同一性质的材料归为一类,作为一个层次,这样可以多侧面地表现主题。

在记人为主的文章中,有时由于人物的事迹较多,发生的时间、地点不一,难以按时空变化的顺序来组织。我们可以根据人物精神品质的不同方面加以分类归纳,每一类为一个层次,再按其内部逻辑关系加以排列。

(5)按作者的感情变化为序来安排层次。

这种方法就是以作者认识发展、感情变化为顺序,作者的思想感情每推进一步,文章便展开一个层次。

(6)以人物的意识流为顺序来安排层次,这是心理结构。

它通常用内心独白、自由联想、象征暗示等手法来显示人物的意识流动。

以上介绍的是记叙性文章划分层次常用的几种方式。实际上，一篇文章往往不止采用一种方式，而是采用两种甚至多种方法，这要视具体的文章而定。

2.议论性文章的层次安排，常见的有如下几种：

（1）并列式

指各层次之间的关系是并列的。以这种方法安排层次，就是根据论点所包含的若干侧面划分若干个层次，分别来论述。

（2）递进式

指按照由浅入深，从现象到本质，步步深入的方法来安排层次，即各个层次之间是递进关系。

（3）总分式或分总式

指各层次之间的关系表现为先"总"而后"分"或先"分"而后"总"。

（4）对比式

即将一组相反的材料对照起来安排，形成反差，从而有力地突出主题。

3.说明性文章的层次安排

说明文，是以说明为主要表达方式，旨在介绍、说明客观事物或事理，给人以相应知识的文章体裁。对客观事物的介绍，应当有条有理，层次井然地展开。

客观事物多种多样，说明文的层次安排也无定格。或按从主到次的顺序说明；或按从总体到局部的顺序说明；或依时间推移为顺序，或以空间转换为顺序；或分门别类，或逐层深入；或由此及彼，或由表及里……不一而足。

常见的安排层次的方式有：

（1）时间先后式

这种方法是按事物形成过程中的先后来安排层次。它比较适用于说明生产技术、产品制作、工作方法的说明文。先做什么，后做什么，有一整套程序，按这个程序有条理地安排层次，才能给读者以完整的印象。

（2）空间方位式

这种方法是按照空间方位或空间结构为序，来说明事物的形态和构造。多用于介绍各种建筑物，如房屋、宝塔、公园等风景地。它按照实物的空间上下、远近、前后、左右，东西南北的顺序展开说明。这种写法，以地理位置、空间位置来安排文章，层次井然，易于读者对建筑物产生明晰的印象。

（3）先总后分式

说明事物时，先作总体说明，后按部分分开介绍，这是说明文常用的安排层次的方法。总体说明，包括介绍事物的名称、本质属性以及人们对它的总体评价等等。分开介绍，或举出例子加以说明总体内容，或具体详细地说明事物的细枝末节。一些介绍事物性质、特点、功能的说明文，多用此法。这种方法，由总到分，层次井然。

（4）内部联系

这种方法是按照事物的内部结构联系或内部逻辑联系为顺序来说明事物。

尽管说明文体安排层次的方法多样，但都必须真实反映事物的内在联系和人们认识事物的规律。另外，这几种方法也不是孤立的，有时也综合运用。

（二）段落

段落是文章中最小的、可以独立的基本结构形式，是文章内容在表达时由于转折、强调、间歇等情况所造成的文字上的分隔和停顿。它的形式标志是另起一段要转行,段的开头空两格,我们习惯称其为"自然段"。

段落的安排当然也是作者思路发展步骤的反映,但它更侧重于文字表达上的需要。这是它和文章层次之间的主要区别。好文章的段落,应安排得有板有眼、眉目清楚,便于读者阅读、思考和理解。

文章的段落也是为了表达内容的,所以划分段落要以文章内容的需要为依据,应遵循以下三个原则:

(一)要注意段落的"单一性"和"完整性"

所谓"单一性",是一个段落只能表达一个完整的意思,不能把互不相关的内容写进去。所谓"整体性",是要把一个完整的意思在一个段落里说清楚,不能再分散到其他段落里去说。

(二)要注意各段落之间的内在联系

段落是构成文章的基本单位,是文章的有机组成部分,各段落间一定要有内在联系,做到"分之为一段,合则为一篇"。

(三)要注意段落间的匀称性

所谓匀称性,是指段落的划分不可过长或过短,要长短适度、开合有致、匀称得当。

三、结尾

结尾是文章的最后一个部分,古人称为"收笔"。好的结尾,是文章内容发展的必然结果,能使文章锦上添花;差的结尾,却使文章前功尽弃。因此,结尾在全文中的作用不可忽视。

结尾的方式很多,主要有以下三种类型:

(一)自然式结尾。其结构形态没有独立的段落表示,行文完了也就自然结束,不再另写结束语。

（二）束前结尾。其结构形态通常用独立的段落来显示，它对文章前面所写的各个部分，或得出结论，或叙述终局，或表示赞美等。

（三）推后结尾。其结构形态也用独立的段落来显示，它用抒情、议论、描写、类比、联想等手法，把文章内容引申到更广、更深的方面。

过渡与照应

过渡和照应是使文章内容前后连贯的一种重要结构手段。谋篇布局要求结构严密，衔接自然，前后贯通，成为有机的整体，这就要求安排过渡和照应。

过渡和照应是文章段与段衔接的外在表现形式。过渡、照应得好，不仅可以使文章结构严谨，而且能唤起读者的联想与回味，有利于主题的表达。

一、过渡

过渡是指上下文之间的连接、转换。前后相邻的两个段落，不仅要有内部联系，而且从外部形式上，需要用承上启下的段或句衔接起来，让读者的思路能够直接地从前一段过渡到后一段，而不感到突然。所以，过渡是段与段之间衔接的桥梁。

怎样过渡，要看文章的具体内容而定。过渡，经常运用以下三种方式：

1. 运用过渡段

是指过渡的句子独立成为一个段落。文章由一个大段过渡到另一个大段，因为转折较大，往往需要用几句话交代一下，用这几句话构成的过渡段来连贯上下文。

2.运用过渡句

有些段落的衔接是靠过渡句来完成的。过渡句或者放在前段的结尾,或者放在后段的开头。

3.运用过渡词

如果文章上下文意思转折不大,就不必特意交代,往往用一些关联词语就能过渡到另一层意思。在一个段的开头或结尾处,加上过渡词句,把上下段落衔接起来。一般来看,这种过渡词语放在下一段的开头,比放在上一段结尾来连接的情况更多些。

过渡词语有:

(1)序码

如:一、二、三……,第一、第二、第三……,这是放在开头处。还有放在段尾的,如:此其一、此其二……等。

(2)相当于序码的词语

如:首先、其次、再次……,先要说的,还有,最后还应指出的……等。

(3)运用关联词

如用"不过"、"但是"……等转折词表示过渡的,一般放在下段的开头。

那么,文章一般在什么情况下需要过渡呢?

1.文章的内容由一层意思转换为另一层意思时,需要过渡。

写记叙文,时间、地点、事件转换的交接处;写议论文,论述不同的问题转换时;写说明文说明对象变化时;都需要安排过渡。这种方式有并列的、转折的,也有递进式的。

2.文章的内容从总到分、从分到总的时候,需要过渡。

3.表达方式变动时,需要过渡。即由叙述转入议论、由议论转入叙述、由描写转为抒情、由此情转为彼情时，需要过渡。

4.表达方法变动时，需要过渡。如在叙述过程中运用倒叙、插叙等；在概括叙述后又用具体叙述等情况，往往需要过渡。

二、照应

所谓照应，是指文章前后内容上的照顾和呼应。在一篇文章里，通常是前边提及的，后边要有着落；后边说到的，前边也该有个交代。所谓"前有交代，后有着落"，就是这个意思。

常见的照应方式有：

1.题文照应，即正文和标题相照应。

这种照应方式，可以不时地唤起读者的联想与回味，有助于表现文章的主题。

2.首尾照应，即开头与结尾相照应。

这种照应方式可以使文章结构严谨、首尾贯通。

3.前后照应，即文章前后内容之间的照应。

前后照应的方法有：前文设下伏笔，后文加以呼应；前文提出悬念，后面加以揭示等等。恰当地运用这些手法，可以显示文章内容的连续性和完整性。

结构的技巧

文章的结构，不仅要完整、统一，还要富于变化，这样才能避免枯燥单调，避免千篇一律。为此，必须讲究结构的技巧。

常见的结构技巧有以下几种：

一、详略得当

详略是指写文章时不平均使用笔墨,该详时不惜重笔、泼墨如水;该略时则惜墨如金,不再多用一字一句。

一篇文章从内容上讲,如果事无巨细、理无轻重都写得很简略,事理就表达不清;反之,如果都写得很详尽,不分主次、轻重,也会失之繁杂。这都不利于内容的表达。从结构上讲,有详有略,有疏有密,才能使文章错落有致,虚实相间,给人以美感。

怎样才能详略得当呢?

主要根据主题、文体和读者三者来确定。

凡与主题关系密切的,要多写、详写;与主题关系不大的,则少写、略写。

不同的文章体裁,对详略的要求不同。

记叙文中,对于要描述的人物、事物、环境、心态要不惜重笔,整段或长篇地详细叙述清楚;议论文中,引用事例要概括,才能条分缕析,用不可辩驳的概括事例论证,议论才能头头是道,令人无懈可击;说明文对说明的对象则须穷尽其形,使文章清楚明白。还有读者的因素,一般地说,读者知道的和容易理解的事要略写、粗写,读者不知道或费解的事要详写、细写。

二、一开一合

开,就是放得开,开得远;合,就是收得拢,拢得合。"春日催百花,冬雪枯万木",一开一合,这是自然界的普遍规律;人类社会中的"天下大事,分久必合,合久必分"就揭示了这个道理。文章的开合也同属于这一道理。

从事件的发展变化讲,开,是矛盾冲突的展开与激化;合,是矛盾冲突的转化与解决。文章的结构布局，必须会反映出开与合的内在规律。

写文章，要能放得开，又能收得回，使文势一开一合，合而又开，开而又合，好似波平浪起，连接不断。这样的结构，会使文章的形式错落有致，情节曲折生动，产生强烈的美感。

三、抑扬顿挫

抑扬，抑是压，扬是抬。这里有两种方法：欲扬先抑，或欲抑先扬。

文章中的抑扬变化，是人们对生活认识的产物。对所写的事物欲扬先抑，或欲抑先扬，陡然一转，出乎读者预料，就会使读者为之一震，从而增强文章效果。不管是欲扬先抑，还是欲抑先扬；不管是以抑写扬，还是以扬写抑，或是抑扬交错，多次反复，抑要抑得够，扬要扬得高，这样才会产生强烈的审美效果。

四、疏密相间

疏密相间，主要讲文章的密度问题，所谓密度，就是指每段所包括的内容多寡。客观生活是无限的，文章篇幅是有限的，要在有限的篇幅里反映无限的内容，必须考虑疏密问题。

疏，就是粗略、稀疏，写得松散；密，就是细腻、稠密，写得紧凑。一篇文章应有疏有密，疏密相间，决不可全篇皆疏，通篇都密。用笔的疏密，其决定因素应是文章的主题。

五、虚实相生

实写，是正面地、直接地、具体地写。虚写，是侧面地、烘托地、抽象地写。虚写是为实写服务的，要在虚中见实，使读者得到更高的艺术美的享受。在章法中,有虚有实,能避免文章表现上的死板,使文章多姿多彩,富于变化。在文章写作中,一方面,实可生发虚,导引虚;另一方面,虚又补充实,丰富实。虚实笔法的巧妙运用,可使文章起伏有致。

六、正反对照

所谓正反对照,就是先从正面落笔,再从反面说起;或者先从反面落笔,然后再从正面说起。这样,一正一反,反正相映,能把问题说得深透。

以上是讲文章结构的技巧。当然,常见的技巧并不限于以上几种,还有层叠、宾主、轻重、明暗,等等。

一切事物都是有规律的,文章的结构形式也有规律。我们在掌握这些写作技巧时,应注意学法而又不拘泥于法,独创性地构思,才能写出具有独特形式美的文章。

文章的修改

修改的重要性

一、进行修改是提高文章质量的重要前提

有人说,文章不是写出来的,而是改出来的。从古至今的许多写作名家,也十分注意文章修改。鲁迅说过:"写完后至少看两遍,竭力将可有可无的字,句,段删去,毫不可惜。"①他对自己的作品,无论是杂文、小说,还是散文,都认真修改。一些外国名著也是经过了多次修改的。例如列夫·托尔斯泰的《战争与和平》曾修改了七次,法捷耶夫的《毁灭》修改了四五次,个别文章修改了二十多次。就连一些经典著作也是在不断修改中完善提升的。马克思在致斐·拉萨尔的信中提道:"我还有这样的一个特点:要是隔一个月重看自己所写的一些东西,就会感到不满意,于是又得全部改写。"②由此可见,世界名著和经典著作都是作者进行反

---

① 鲁迅:《答北斗杂志社问》,《鲁迅全集》(第 4 卷),人民文学出版社 2005 年版,第 373 页。
② 《马克思恩格斯全集》(第 30 卷),人民出版社 1995 年版,第 617 页。

复修改、精益求精的结果。

二、进行修改是提高作者写作水平的重要途径

在修改过程中,不仅作者的思路得到锻炼,思维方式不断改善,而且能对文字进行锤炼,对字句进行推敲,从而提高表达能力,使写作水平得到不断提高。初学写作者常犯的毛病是不愿意修改,往往是一挥而就,再也不愿改动了,殊不知,这样不利于写作水平的提高。还有的是不会修改,不知从何处下手修改,这就更需要学习有关修改方面的知识。

三、进行修改是为了对社会、对读者负责

文章发表后,往往会在社会上产生一定的影响。写出的文章如果不认真修改便拿出去发表,就会有害于社会,也会贻误读者。凡是有责任感,对人民、对社会负责的作者,总是对自己的文章反复修改、精益求精的。爱因斯坦也曾经说过,如果他希望有人阅读自己的作品,他就应该把那些不重要的地方尽可能全部删去,这就是对读者负责的认真态度。

修改对于任何作者来讲都是一个不可缺少的重要环节,这一重要写作过程可以说是与文章同步产生的。

一般来说,文章写作过程是,先起草初稿,再组织对初稿进行讨论并提出意见;然后进行修改,润色加工;最后才定稿。

修改的态度

对于修改的态度,古今中外的名人作家都是十分认真的,给我们的修改提供了很好的经验和深刻的启示。

毛泽东在《反对党八股》一文中曾指出："孔夫子提倡'再思'，韩愈也说'行成于思'，那是古代的事情。现在的事情，问题很复杂，有些事情甚至想三四回还不够。鲁迅说'至少看两遍'，至多呢？他没有说，我看重要的文章不妨看它十多遍，认真地加以删改，然后发表。"①"认真地加以删改"是毛泽东对修改的态度，也是我们对修改应该具备的态度。毕竟像毛泽东这样的伟大人物都注重修改，我们这样的普通人更没有理由拒绝修改。

我们对修改应该持正确态度，主要包括以下几个方面：

一、要乐于修改

文章写好后，不要认为完成任务了，可万事大吉，马放南山，那是不负责任的态度。正确的态度应该是考虑如何进行修改，不要害怕修改，而应乐于修改。这一点古人有经验之谈。例如唐朝杜甫对于自己的诗作往往是"新诗改罢自长吟"；白居易更是将修改看作一件乐事，从他那首"旧句时时改，无妨悦性情"的诗句中足见其修改时的其乐融融。由此可见，唐代这两位大诗人的精彩诗篇，不仅是他们呕心沥血、千锤百炼进行修改的结果，而且体现出他们对修改所持的态度。

二、要善于修改

修改文章的目的是为了使文章从内容到形式能达到完美的统一。所谓善于修改，不单是求文字表情达意上的恰如其分，也要体现出情意本身的深化，又能做到深入浅出，而且达到内容和形式上的高度完美。在这方面，王安石可谓是善于修改的一位诗

---

① 《毛泽东选集》（第3卷），人民出版社1991年版，第844页。

人。他的"春风又绿江南岸"的诗句之所以流传至今,就是他善于修改的最好例证:开始用"到"而改为"过",后用"入"而改为"满",但仍觉不妥,于是在不断修改中想到了"绿"字。这一字,不仅使诗意盎然,境界美妙,而且被传为修改佳话。这种善于修改的态度仍值得我们学习和仿效。

三、求助他人修改

求助他人修改,这不仅是方式问题,更体现出对于修改的认真态度。对于自己文章中的毛病,自己往往发现不了,即人们常讲的"当事者迷";而虚心求助他人进行修改,则会"旁观者清",能够指出文章中的毛病。这一方面能说明作者的虚心诚意,对自己文章中的毛病并不遮掩,另一方面也提高了文章质量。

唐代诗人白居易为了使自己的诗文通俗易懂,在写好后常常去找老妪帮助修改,特别是对有些听不懂的字句,他一改再改,直到老妪听懂方才罢休。这种虚心而又真诚的态度值得我们借鉴。

四、反复修改

对于文章的修改应该有耐心,要反复修改,精益求精,有道是文章不厌百回改。

修改是一项艰苦的工作,需要有正确的态度才行。假若只图省事而没付出艰辛,文章是不会写好的。只有端正态度,才能脚踏实地进行修改,也能在不断的修改过程中,不知不觉地提高了写作能力。

修改的内容

对文章认真加以研究,反复进行修改,其最终目的在于强调文章的作用与功能,突出文章的地位与价值。因此,文章修改的内容包括以下几个方面:

一、锤炼主题

主题的正确与否关系到一篇文章的成败,主题在文章中占有极其重要的地位。有人认为,主题是文章的统帅,是文章的核心,是文章的灵魂。主题一旦出现问题,就会影响文章存在的价值。

在文章修改的过程中,第一件事情就是注意锤炼主题。因为主题关系整篇文章的成败,修改主题也就非常重要。

首先,应斟酌主题是否深刻、正确,这是确立主题的基本前提。要看文章中的主题是否反映了问题的本质,是否正确反映出客观事物的规律。有的文章主题正确,但并不深刻,达不到"意深义远"的境地,这就需要修改。

列夫·托尔斯泰的见解很深刻:

> 最主要的是不要怕删节。要像解方程式那样,使它们简化……我总是这样做的:去掉比较差的、非本质的东西,在同一条线上便自然地突出了某种本质的东西;原来隆起的部分低下去了,而另一块新的地方逐渐上升,水分少了,精粹多了。①

---

① 《托尔斯泰全集》(百年纪念版第88卷),莫斯科:苏联国家文学出版社1952年版,第96—97页。

这不仅是经验之谈，也在修改中做到了使主题深刻而又正确。

其次，在修改过程中注意检查是否明确表现出了主题思想，是否完美地体现了写作意图。有时候尽管主题深刻正确，却不一定能在文章中被完美表现出来。这往往是由各方面因素造成的。其中最根本的因素之一是人们的定式思维。有时候思维总是喜欢走老路，形容才子总是用"学富五车，才高八斗"，形容美人总是用"闭月羞花"或"如花似玉"，往往容易出现不恰当的陈言俗套。由于思维方式的缘故，写作中难免出现某种偏见，形成"一隅之见"。偏见的出现也妨碍了对主题全面、完美的表现。对于一个主题如果只从某一方面或某一角度去表现，其结果可想而知。修改主题表现的过程，正是为了使主题更好、更完美地表现出来。在通读初稿的过程中，可以更多地进行修改，使主题的表现更为完善。

再次，还要考虑如何加深文章的内容，使主题更为鲜明、突出，更具说服力。在追求主题鲜明、突出、精深的修改中是需要下一番功夫的。

二、调整结构

文章结构即文章的内部组织，也是表达主题的形式和手段之一。结构的疏密将直接影响主题的表达。如主题有修改，结构也应随之修改；即便主题没有变化，结构也仍然存在如何更好地来表现主题的问题，结构如果松散或杂乱无章、缺乏条理，不能很好地为表达主题服务，就要对结构进行调整或删节。

在调整结构方面有如下几点要求：

一是在结构上进行全局性的调整。当初稿写成后，要"从头至尾一一检点"从全文的结构布局进行"精思细改"。

二是在结构上进行局部性的调整。要细心检点各部分的布局是否合理,看看开头与结尾是否得当,段落的划分、层次的安排是否符合要求,转折过渡之处是否自然顺畅。

三是调整结构要力求做到主线清晰、布局合理、层次分明、首尾呼应。

三、推敲语言

文章是由语言的基本单位字、词、句组成的,因而文章修改的又一个重要内容就是推敲语言。

通过对语言的推敲,可以以最精当的字句表达出最丰富的思想内容。可见语言文字的改动,不只是单纯的形式上的修改,还直接影响文章内容的表达。语言文字乃至标点符号的任何改动,都会涉及文章内容和表达上不同程度的改变。要想使文章内容表达得更准确、更完美的话,那么,在语言的修改上就必须达到"语不惊人死不休"的地步,力求字斟句酌、千锤百炼。在语言的修改上,要做到以下几点:

首先,检查词语运用是否恰当。词语的运用恰当与否,直接影响到文章内容的表达。古今中外的名家为文,有时为了内容上的需要,虽有伟词俊语,也毫不犹豫地删而舍之,唯恐以辞害意,影响文章思想内容的表达。

其次,推敲用字上是否准确、生动。在文章修改过程中,除删去可有可无的字之外,还应考虑用字是否准确、生动。清代袁枚在《随园诗话》中说过:"诗文用字,有意同而字面整碎不同,死活不同者,不可不知。"[1]袁枚是从字的意同方面讲的,其实仍是我

---

[1] 袁枚著,顾学颉校点:《随园诗话》(上),人民文学出版社1982年版,第129页。

们现在所强调的用字准确生动的要求,有时虽字意相同,但一字之改,其内涵、格调便大不一样。

　　再次,注意文字的调整或增补。"意常则选语贵新",在文章的修改中,要使文气畅达,意思清楚,须在字的调整或增补上下功夫,以使选语新奇,使文章给人耳目一新之感。在具体写作过程中,可能做不到这一点,那么,在修改时就应引起注意,力求语言的新颖、活泼。调整字句主要还包括字、词、句逻辑关系的表达,不仅要符合作者思维规律的表达,还要符合客观事物的发展顺序。增补字句主要侧重于文章内容的充实和完善。在增补字句时要根据内容的需要,适可而止,不要节外生枝,要根据表达的需要,点到即可。推敲语言要做到以下几个方面:

　　(一)要精确妥帖

　　法国小说家福楼拜曾恳切地告诫他的学生莫泊桑:"无论我们要说什么,只有一个字去表示它,一个动词去给它动作,一个形容词去区别它。我们应该不息地推敲,直到获得了这个名词、这个动词、这个形容词为止。总不要满意于差不多,总不要玩弄诡计,就是愉快的也不必。总不要利用文字的诀窍,去逃避一个困难。"福楼拜所说的"只有一个字"去表示某一内容,也就是我们所讲的唯一精确的、唯一妥帖的最好的文字。例如郭沫若的《屈原》,婵娟对宋玉的怒斥有一句是:"你是没有骨气的文人!"在排练中演员提出将"是"改为"这"会更有力——"你这没有骨气的文人!"这样一改更精确、更妥帖,郭沫若非常赞同,竟尊称这位演员为"一字师",这在当代文坛传为佳话。

（二）要生动活泼

古人认为作诗写文时应做到"一切诗文总须字立纸上,不可字卧纸上,人活则立,人死则卧,用笔亦然。"这里所说的"字立纸上",就是我们现在所讲的语言文字要生动、活泼。唯有生动,文字才有立体感,栩栩如生;唯有活泼,文字才能如行云流水,有动态感,呼之欲出。只有这样去推敲文字,才能达到语言生动感人的目的。

（三）要意趣盎然

文字上的推敲是文章修改中最基本的内容之一,是为使文章更为通顺晓畅,但又不能只满足于这一点。有的文章要求情趣要达到一定的境界,做到诗意浓郁,意趣盎然。世间的一景一情在不同的时空人事条件下,必有不同于他景他情的地方。正如刘勰所言:"登山则情满于山,观海则意溢于海。"

例如范仲淹曾这样写道:"云山苍苍,江水泱泱。先生之德,山高水长。"李泰伯将"先生之德"中的"德"字改为"风"字,对此,范仲淹大为叹服,认为这一改更能显示出严先生的高风亮节,而且对于这首诗来讲也境界全出,更加意趣盎然,与诗中的山水相应,实乃平中见奇。

"文不厌改"是古人的经验之谈。文章的完美要求是没有止境的,文章的修改同样也没有止境。只有在写作过程中不断加强各方面的修养,逐渐提高自己的认识水平和分析能力,才能达到文章修改的目的,使文章不断接近或逐步达到完美的境地。

修改的原则

人们写出的文章，都没有一次成功的。特别是一些古今中外的名篇巨著，也都是几经作者的修改之后才得以流传下来的。其实，这修改也不是涂鸦抹壁，随心所欲地乱画乱改一通，而是不乏严密性和科学性。修改文章，是为了力求以最完美的组织形式最准确、最充分、最科学地反映客观事物及其规律，反映作者的认识和情感。

修改文章有如下原则：

一、要从个人的写作水平出发

修改文章要从作者个人的实际写作水平出发，循序渐进，量力而行。无论是修改自己的文章还是修改别人的文章，都不应脱离作者的实际水平而提出过高的要求，不能有急躁情绪，想一口吃个胖子，也不能急功近利，一次就想修改成功，更不能好高骛远，脱离文章的实际硬去拔高。必须从易到难、由低及高、由近到远，针对不同水平的作者，提出不同的修改意见。例如，对文不达意、语句不通顺的作者，先帮他改成文通字顺，能运用流利的语言表情达意；对文章写得通顺的作者，则应提出较高的要求，在语句通顺的基础上能写出有丰富内容、思想正确、条理清晰的文章。

二、要从文章初稿考虑

进行修改时，要从文章初稿进行考虑，即修改时应顾及全篇，适当删节。一篇初稿的形成往往是作者经过了一番苦思冥想、构思酝酿，然后打腹稿或列提纲，最后下笔成文、草创成篇。因而在修改时要从全篇考虑:开头是否理想？结尾是否成功？是否与开头照应？等等。当然,还要注意文章主体部分的段落、层次是否合乎逻辑,是否有离题或节外生枝之处,如有的话,应当毫不吝惜地进行删改。

三、要有创新意识

所谓创新意识,是指修改文章时不要因袭旧套,要敢于打破陈规,以崭新的形式和内容反映客观事物,反映作者的认识和情感。纷繁多变的社会生活、充满现代气息的改革浪潮,要求文章能迅速地反映出崭新的时代精神面貌和社会前进的步伐,这就需要修改文章时应努力探索新颖的形式和内容,敢于创新,而不应该墨守成规或依傍模仿他人。

四、要把握好分寸

在修改过程中,无论是对于文章的结构形式、内容还是语言方面的修改,都要注意掌握好分寸,使修改做到恰到好处。写文章是为了更好地反映客观事物,充分表达作者的思想情感,最基本的要求是在表达上要用词准确、生动,力求言简意丰,用字贴切,使语言文字自然流畅。无论是记人、写事、绘景、状物,还是议论说理、说明事物,都要做到用词恰当,表达准确。

掌握分寸感主要体现在对语言文字的修改上,要善于斟酌语句、推敲字词,切不可不负责任地胡乱涂抹、随心所欲。否则,会越改越糟。为什么有时会出现越改越糟的情况呢？大体可归纳为以下几种原因:

一是知其一不知其二,带有浓厚的主观色彩。这样往往将本来正确的给改成错误的。

二是顾此失彼，只刻意于局部的修改而忽视了文章整体，缺少全局观念。

三是"削足适履"，"以辞害意"，陷入形式主义的怪圈。

四是没有把握初稿的基调便乱砍乱删或乱增减字句，缺少严密的分寸感。

五是刻意求工，愈工愈拙，适得其反，这是由于过分雕琢造成的。

除了以上几点，还可以找出其他原因，如修改时情绪急躁，希望一蹴而就，等等。然而无论什么原因都不应成为修改中的借口，都必须明确修改的最终目的是愈改愈好，以达到恰如其分、恰到好处的境地，这就需要掌握一些最基本的修改方式和方法。

文章的修改方式大体有以下几种：

1. 间歇修改

初稿写完以后不要马上修改，可以放一段时间再作修改，便能发现其中的问题和毛病。正如清代李渔在《闲情偶寄》卷三中所指出的："当于开笔之初，以至脱稿之后，隔日一删，愈月一改，始能淘沙得金，无瑕瑜互见之失矣。"

2. 反复修改

写完之后就进入修改过程，直至自己满意为止。如清代袁枚在《随园诗话》中所说："每作一诗，往往改至三五日，或过时而又改。"郑板桥也讲过："为文须千斟万酌，以求一是，再三更改，无伤也。"

3. 自己修改

这是最常见最普遍的一种修改方式，即作者自己对初稿进行认真修改。唐代杜甫曾说："文章千古事，得失寸心知。"只有自己最了解自己的文章，对其中的好坏、成败可谓了如指掌，自己最有权力修改自己的文章。

4.他人修改

当初稿完成后,可以请老师或同学帮助修改,让他们提出修改意见。"旁观者清",老师或同学往往能一眼就看出文中的毛病,而自己却没有意识到。请他人修改文章可以说是一种好的修改方式。在外国的著名作家中,莫泊桑多年不断地请自己的老师福楼拜帮助修改文章,最后取得了成功,成为著名作家。我国唐代著名诗人白居易不但大力提倡诗文请他人修改,而且自己写出诗以后也以实际行动求助他人修改。

5.诵读修改

这是一种特殊的修改方式,通过朗读可将不通顺或拗口之处改过来。

以上只是为了学习上的方便而如此划分,在修改中可根据情况具体运用。

心的底片

在山东师大中文系就读过的学生，可能认不全系里的教师，但恐怕没有不认识沈萧老师的——一位在中文系办公室干了一辈子工作的普通行政人员。他，连同那座建于20世纪50年代的灰色的文史楼，将会成为许多同学对于大学时代美好记忆的重要组成部分。

初遇沈老师，是在入大学的第一天。那天，我第一次跨入中文系办公室，遇到的第一个人便是沈老师。那时的沈老师，气度非凡，雪白的头发整齐地梳向后面，给人以学者的鲜明感受。

后来，方知沈老师并不是学者，而是中文系办公室的一位行政工作人员，但对于沈老师的好感并没有因此有丝毫的损减。他工作起来总是兢兢业业，真正做到了以系为家，来得最早，走得最晚。在中文系办公室工作的业余时间里，我会经常发现他极认真地拿着小锤子小钉子之类的东西敲敲打打，甚至连修锁之类的技术活也不在话下。

在我就读于中文系的时候，沈老师负责书信的收发，所以对他印象格外深刻。学生经常盼信，沈老师便犹如信使一样，倍受学生的欢迎，一看到他分发书信，便很快意。但我们如果不经他允许随便去翻捡信件，他说不定还会发发脾气，但他的脾气不是那种暴风骤雨式的，更多的时候是毛毛雨式的。

再后来，沈老师便退休了。在我的记忆中他似乎在退休之后还负责着文史楼管理之类的工作。他虽然离开了心爱的中文系办公室，但他还是同他的人生场——文史楼同在。所以，我们也多能见到沈老师的笑容。但遗憾的是，在两年前吧，文史楼因故翻建，沈老师便不得不离开他熟悉到甚至成为其生命一部分的文史楼了。

在中文系新的教学楼建成之后的1996年岁末，沈老师却匆匆地走了。曾经就读于山东师大中文系的学生，在面对更多物非人非的时候，将会真切地感受到，对于大学的美好记忆，也许更多地只能在回忆和梦中追寻了。

沈老师，你走好。你将同那座灰色的文史楼一同定格于许许多多中文系学生的心的底片中。

（原载1997年3月17日《山东环境报》）

一种背景

他走了,带着一丝的迷惘、一丝的留恋、一丝的失落走了。沙漠的路,是没有尽头的路,但这没有尽头的路,却注定是一条属于他的路。

路是会变魔术的,难道这起因于地球是圆的?他在跋涉了一段艰难的路之后,又从另一个方向走到了这片绿洲面前,绿洲仍然是那样地引人喜爱,但是,绿洲的绿旦却分明地透露出一份忧郁,莫非这一片绿洲曾经有过难明的夜晚?

他又走来了,带着没有任何理念支配的生命来了,是在不知不觉中走来的。

他,又一次面对着绿洲,皱起了思考的眉头,因为笛音并没有消散,因为他不知道他是否该踏进这一片绿洲。

牧童骑在金黄色的牛背上,正认真地吹着他的牧笛,他并没有在意有人来到他的身旁。

绿洲沉默着,只有当那一阵晚风吹来,才见绿洲泛起了一片无法抑制的波澜。

他,惊愕于自己,惊愕于牧笛,惊愕于绿洲,僵硬地站立着。

绿洲哟,你能否告诉那个他,他的绿洲是在眼前呢,还是在遥远的天地相交的尽头。

他,惊愕于自己呆板的举止,这难道会是那个平凡的他吗?

他从未这样地充满力量,他不知道。他只能面对着绿洲,陷入深的困惑,他想走,却更想驻足,他没有说一句话。

倘若牧童与这绿洲有着天然的和谐,他就无须驻足,但他不知道。同样,也不知道他自己。

于是,他第一次沉重地低下头,在这连接着广袤的远古和碧绿的草地的孤路上,像一张拉开的弓,把身影映衬在蓝天、大地、远山和绿洲所融为一体的背景上。

(本文写作于1988年5月,原载
1996年3月13日《淄博晚报》)

广告,挡不住的诱惑*

当今社会,广告已渗透到我们生存空间的每一个角落,成为缤纷世界一个不可或缺的构成部分。

广告观念的产生,本质上是市场经济的必然产物。

但在中国经济由计划型向市场型转变的过程中,广告观念也经历着一个长期而艰难的转变过程。

随着改革开放的深入,那些对市场风浪中的广告扁舟驾驭得分外娴熟的外匡生产商,不惜用重金来做广告。像"车到山前必有路,有路必有丰田车"的广告,借助中国最具权威性的报纸,似乎做了一个最有权威性的鉴定。一时间,丰田车"疯"靡中华。还有借助其他大众传播媒体的诸多广告,着实给这封闭了几十年的泱泱大国一股不可估量的广告"冲击波"。

---

* 1991年硕士研究生毕业留校后,按照有关规定,我到千佛山中学(即现在的山东师范大学第二附属中学)锻炼一年。其间,我主要讲授初中一年级语文课。1992年7月返回中文系后,领导安排我跟随冯中一先生学习一年。在这一年的时间里,冯先生除了给我们讲解写作学科的发展历史以及如何上好写作课之外,还对广告学产生了兴趣,准备带领我们撰写一部广告学方面的著作。遗憾的是,这一工作因种种原因未能付诸实践。本文是著者在这一时期撰写的一篇习作,现编入本书,权作是那段历史的纪念吧。

广告效应：屡试不爽的市场促销功能

广告在现今的市场中，的确产生了不同凡响的效应。当电视屏幕上的"娃哈哈"画面刚刚掩去，当那清脆的"娃哈哈"之声还响在耳际，三口之家中的"小皇帝"便会随之哭喊着："妈妈，我也要喝娃哈哈！"当然，并不是所有的广告都能迅即产生这样"立竿见影"的特效，但是，当广告中那些面容姣好的女子不厌其烦地向你推荐时，你如果没产生强烈的反感，那么，它已经在悄然无声中播下了你日后选择此类商品的种子。虽感到广告宣传的商品不一定完全可信，但因对其他品牌的商品所知甚少，它就以第一印象的形式填补了你那心理空间，从而画上了一幅并不一定是"最美的图画"。有关调查数据表明，中国的消费者是世界上受广告影响最深的消费者。

广告可以说是无孔不入。当你晚间观看体育新闻时，只要稍一留意，就可以看到在那意气昂然的播音员的桌子一角，赫然并排着两瓶"可口可乐"，使留意者产生无限的联想："可口可乐"、体育运动、生命的冲刺……从而把体育竞技和商业营销有机地联系在一起。如果有一天你参加运动会的话，难保你不去买一瓶"可口可乐"，以图个意气风发。

广告的这种不同凡响的效应，还表现在对于企业发展的进一步促进方面。一方面，广告为产品打开了市场；另一方面，市场的巨大需要又反转过来刺激企业的扩大再生产。扩大再生产后的企业又有充足的财力承担更巨大的广告费用，从而使企业在这种良性循环中不断走向成功。在这方面，健力宝集团有限公司就是一个范例。

健力宝集团有限公司的前身,是一家除了几个爆裂的蒸酒炉便是几堆瓦缸、瓦罐和玻璃瓶的手工作坊式的酒厂,在厂长几年的惨淡经营下,刚刚有了百万元的产值。被称为第五代饮料——含碱电解质的运动型饮料"健力宝",也只研制成功了几个月。但在相当困难的情形下,1984年,他们却拿出了50万元赞助国家体委,"健力宝"被指定为中国体育代表团在洛杉矶奥运会上的首选饮料。所有的金牌得主们在赛前、赛后喝的都是这一饮料,这一情形被日本记者发现后,在《东京新闻》独家报道说:"……在中国队加快出击的背后,有一种魔水在起作用……这是一种新的饮料。今后世界各国将努力分析这种妙药的成分,并可能在运动饮料方面引起一场革命。"

1987年,健力宝集团又以250万元买下了在广州举行的第六届全运会的饮料专用权。结果在全运会结束不久,健力宝订货会才开了两个小时,订货单就达二亿元。1989年下半年,健力宝集团又买下了亚运会火炬传递赞助权,连同赞助的健力宝系列饮料、李宁牌运动服等产品,共投入1600万元。这笔巨款超过整个上海市赞助亚运会钱款的总数。随着巨大投入而获得的是,1990年亚运会开幕后的第三天,法国商人就来要求作健力宝在法国的代理商;亚运火炬刚熄灭,前苏联、泰国的商人又来洽谈在本国建立健力宝分厂的事宜。他们的成功经验固然有多种因素,但是注重"广告效应"却不能不说是健力宝走出广东偏远的三水县,步入世界的重要法宝。

无独有偶。1981年,美国可口可乐公司为了开拓中国市场,曾赠送一条价值140万美元的生产线给北京的一家饮料厂。在赠送的背后,却隐藏着巨大的"广告效能"所产生的原子能裂变式的能量释放。在而后不到十年的时间里,可口可乐公司已经在广州、天津、南京、南昌等建立了13个装瓶厂，生产"可口可乐"、"雪碧"、"芬达"等系列产品，并几乎在所有的省份建立了自己的销售网，从而挤进中国的饮料市场，获得了远远超出140万美元的巨额利润。

广告误区：国人对广告的扭曲

广告也经历着一个否定之否定的过程，这突出地表现为虚假广告的无情泛滥。

虚假广告，无疑是对于正常广告的一种反动，是市场机制还未获得健康发展时所必然产生的副产品。像眼下一些矫治青少年近视眼的××眼镜，在广告中被吹嘘成治愈率可达98％的奇效，如果你不幸没有疗效，那么，对不起，你属于那个倒霉的2％。还有一些广告，动辄冠以"国际金奖"、"誉满全球"、"领导时代新潮流"的名号，其实完全是危言耸听、哗众取宠。

与虚假广告相呼应的，还有欺骗性广告。去年3月，石家庄市196名消费者联名向河北省消费者协会和石家庄市消费者协会投诉，状告石家庄一家电台播发的推销金丝獭并保证繁殖后以30至90元回收的消息是一条欺骗性广告，所有购买者几十万元的定款，被售货的两男两女携款潜逃，几千名受害者多方投诉，要求依法严办不法分子。

在全国几起较大的欺骗性广告中，诸如山东菏泽、济宁所兴起的养荷兰鼠热，以及较早的地龙热等都是欺骗性广告。据不完全统计，中国消费者协会一年内接到各类虚假欺骗性广告的投诉信件达1.4万件，涉及25个省市1300多家企业和新闻单位。至于说到地市的虚假广告更是不胜枚举。据悉，重庆市人民法院近两年时间内就受理了关于虚假广告投诉案 143 件。

虚假欺骗性的广告犹如广告业的癌细胞，正侵蚀着社会的经济肌体，具有极大的破坏性，这需要我们国家能够迅速及时地制定出规范广告业发展的具体举措，从而保障广告在整个社会运转中起到应有的作用。

在一个信息爆炸时代，广告作为一种信息，正在开拓更广阔的领域。我们很难估测，广告时代的莅临，会怎样深刻地影响着我们的行为选择。

(原载 1995 年 11 月 20 日《新环境报》)

旅游的文化意蕴

旅游,其本质是一种文化现象,蕴含着极其丰富的文化意蕴。它不只是传统意义上的游山玩水,甚至也不仅仅是人渴望回归自然的象征。它是集置身于开放的动态体系、感悟自然社会的奥秘、激活自我生命的创造力等要素于一体的文化集合体。

在传统社会形态中,绝大多数人为衣食所限,无法真正地体味旅游的意蕴。试想,那种面朝黄土背朝天的劳作方式,那种日出而作、日落而息的生活方式,把人死死地固定在那一方贫瘠得足以消耗掉人的哪怕多余的一点精力的土地上,使人无暇、也不可能去想象乃至神往外面的世界,人的生存空间往往是屈指可数的方圆几十里。这种亘古难变的运作方式,犹如把人置身于一潭与外界奔腾不息的河流相隔绝的死水中,既激不起一点生命的涟漪,也激不起一点创造的涌动。人在这种封闭的空间中封闭了自我的思维,以封闭的思维来指导生活,又反过来泯灭了人的创造欲望。所谓的旅游,只能成为和他们风马牛不相及的身外之物。"鸡犬之声相闻,老死不相往来",恰是对这种小国寡民的封闭性的真实诠释。

当西方的资产阶级在封建的夹缝中得以顽强生存下来的时候,伴随而来的是开拓更广泛市场的物质欲求,这也激起了人的那种渴望走出封闭的旅游欲望。于是,大至探险猎奇,小至人际间的密切交往,旅游便汇成一股磅礴的时代潮流,把众多的人裹挟其间,形成一个动态的社会系统,而现代意义上的旅游便随之产生了。今天,我们随时都会感受到西方人那种乐此不疲的旅游狂热,都会目击西方素不相识的人彼此间点头致意的交往方式,以至于旅游成了西方人必不可少的生活方式。

旅游,作为人的生存空间和思维空间拓展的渠道,真正地把人置于一个开放的动态体系中。在人的文化成型期,如果人生活在一个相对封闭的空间中,他便无法接纳到外界新信息的刺激,天长日久,他就可能在自我和客观存在之间形成一种等同的关系,以至于彼此感悟不到对方的存在,物我的界线也就泯灭了。而旅游则把人的文化成型期的"模子"彻底粉碎了,它把人置于一个受多种新鲜信息刺激和作用的体系中,使之不会再如阿Q那样处处以自我的文化标准来衡量万事万物,也不至于再以自我的文化之尊去讥笑他人的文化形态。开放的动态体系,把人置于一条湍急的河流中,人在与激流的对抗和搏击中,调整着自我,也塑造着自我。在这样的调整和塑造中,迫使人努力尝试着去感悟自然和社会的奥秘。在这种感悟中,使人的胸怀逐步得到扩展,使人的自我文化本位主义意识逐步消失,从而寻找到理解异域文化存在根据和价值的途径。像意大利著名的旅游家马可·波罗的东方之行,便是一个对于东方社会形态的感悟过程。马可·波罗把中国的科举制度进行了传播,以至于启发了西方文官制度的产生,促成了资本主义的自我发展;像著名的旅游家徐霞客和达尔文,在对于自然的游历中,感悟并破译着自然的密码。在这种无法避免的刺激和感悟中,人的那种本可能麻木和阻塞的思维重新得以激活,于是,那种所谓的"听君一席话,胜读十年书"的文化升华和创造便油然而生了。

旅游,作为一种蕴义丰富的文化,是永远值得我们精读细研的大书。中国古代先哲所说的"行千里路、读万卷书"也正是把游历作为一门必修课来对待的。只有我们真正地感悟到旅游的文化意蕴,才可能撕破那裹挟已深、令人麻木许久的无形羁绊,毅然决然地走出自我的生存疆域和自我的思维疆域,纵身于那条富有激情、富有创造的旅游之河。

(原载 1995 年 11 月 20 日《淄博晚报》,发表时有删减,收入本书时恢复了文章原貌)

长征:铸造了真正大写的"人"

长征,已经过去整整六十年了。但长征作为一个民族的心理情结却永难释然。

正是带着这种心理情结,我叩访了曾参与那段充满了血与火、生与死的历史的红军战士方正同志。

说起方正,在济南军区几乎是无人不晓。这不仅仅在于他16岁就参加了红军、20岁便参加了长征,41岁便被授予少将军衔,更在于他在70年代初,面对江青的淫威和迫害,依然保持着威武不屈的硬骨头精神。这种硬骨头支撑起来的真正大写的"人",不正是我们要探寻的长征精髓之所在吗?

当我走近经历了20世纪许多不平凡的历史事件的老人之后,蓦然发现,年过八旬的方正将军,却是一位洋溢着爱的清泉、显示着文雅风范的儒者。当我说明来意后,他便徐徐打开了记忆的闸门:

> 我出生于湖南省平江县的一个贫农之家,1930年参加了红军。当时参军当然谈不上什么觉悟,只知道共产党打土豪、分田地,跟着共产党有饭吃,穷人能翻身。
>
> 我参加的部队是红三军团总指挥部直属山炮连。在第一次反"围剿"中,曾消灭国民党第十八师两个旅和一个师部。师长张辉瓒便是被我团俘获的。我也参加了这次战斗,

当时我是一名炮手。转战多次的山炮连,在1932年撤到瑞金,被编入红军学校(校长刘伯承)炮兵科。

1934年10月,我们从瑞金开始向西长征,我被调到中央教导师任宣传干事。但那时对为什么要长征、长征到哪里去,一概不知。尽管如此,经过血与火的洗礼和生与死的考验的红军战士,仍然对革命怀有必胜的信念和乐观的精神。

遵义会议后,毛泽东同志到各军团宣传会议精神,也给我们讲了一次话。长征以来,毛泽东同志一直同我们一起行动,我也经常见到他,但那天见到他却感到特别亲切。他虽然军装破旧,人也瘦了许多,头发很长,但精神特别好。也许只有在最艰难的情境中,才能体会到高昂着的头颅的真正份量。

我后来被调到一军团一师四团任俱乐部主任,具体任务是负责组织全团的政治教育和文化娱乐活动。当时四团团长是王开湘,政委是杨成武。这支前身为南昌起义的部队,是当时红军主力的一个团,战斗力很强,因而担负的战斗任务也十分艰巨和繁重。长征途中不少硬仗和恶仗,如突破乌江、强渡金沙江、飞夺泸定桥、攻占腊子口等,都是这个团打下来的。

1935年5月,中央红军强渡天险金沙江,在前有堵截、后有追击的情况下,经七昼夜抢渡胜利过江。为了配合渡江,我和几个同志在全团突击教唱军团政治部编的抢渡金沙江的歌:"金沙江流水响叮当,常胜的红军来渡江!不怕那水深河流急,更不怕山高路又长,我们真顽强!战胜了困难,克服了一切疲劳,下决心我们要渡江……"这歌声,这情景,虽时隔60多年,但仍如在耳畔,如在眼前,令人激动,催人神往。

渡过金沙江之后随之而来的另一个严峻问题是,如何迅速渡过大渡河。这时军委命令我们红四团日夜兼程,不顾一切疲劳,抢夺泸定桥。我随先头部队一营顽强行军,沿途还要打仗,是边打边跑。到后来,我的两条腿简直就象灌了铅一样,沉重得抬不起来,我咬紧牙关坚持着,因为我们都清楚地意识到,我们肩上担着全军的命运。我命令自己坚持、再坚持,同时还要做行军中的宣传鼓动工作。只要不是倒下永远爬不起来,就没有停止前进的理由。终于,我们在第二天拂晓前,行程240里,胜利地到达了泸定桥西岸。

　　夺取泸定桥的战斗,现在想起来都令人感到精神在升华。它不仅仅在于我们胜利地完成了抢夺泸定桥的光荣任务,更在于那场景本身就是一堂血与火、生与死交织而就、生动感人的革命大无畏主义的教育课。

　　1935年6月,我们过大雪山、夹金山、梦笔山。8月,我们开始过草地。自然的险恶环境,对于我们来说,同样是生与死的考验。我的许多战友,便未能走出这死亡之地,或是永远地留在了雪山上,化为永恒的雪魂,或是永远地留在草地上,化为永远的绿色!

　　长征中,除了与敌人战斗、与自然的险恶环境抗争,还有来自个人身体的挑战。经过漫漫长征,虚弱的身体没有得到休整,再加上无法得到果腹之物,我生病了,住进了临时医院。说是"医院",实际上无药无医,只好凭借着自身的抵抗力同疾病作斗争。我硬是依靠着那种永不失落的生命信念和坚韧意志,终于挺过来了。也许唯有经过这样的生死洗礼,才能真正体会到毛泽东同志所说的"人是要有点精神的"确切含义。

长征,对于我个人而言,的确是一次生命的洗礼和升华。就是在这样的时代大熔炉、大学校中,在耳闻目睹了许多可歌可泣的英雄事迹后,在亲身经历的如火如荼的血与火的斗争中,在生与死的边缘上,我悟到了人生的意义和价值,完成了对于一个新的自我的铸造!

面对着时而沉思、时而激动的老将军,我强烈地感受到长征之所以会成为一个民族绝难释然的情结之根源了。是的,长征,不仅改变了中国革命的命运,也不仅在于它改变了中国20世纪的历史进程的方向,更在一个新的意义层面上重铸了真正大写的"人"!

(原载1996年11月20日《联合报》)

住院就是心跳

当下,时髦的话语实在是多得不计其数了,"玩的就是心跳"便是其中之一。但是,如何才能玩得心跳,除了那些既有钱又前卫的人,一般人是难以体味到的。不过也并不尽然,造物主的自然法则对于每个生命是公平的,所谓失之东隅,收之桑榆,便是对此法则的最好注解。一般人既然难以玩得心跳,那就让你在生病住院时住得心跳。因为吃着五谷杂粮的芸芸众生,要想永远不生病、不吃药、不住院几乎是不可能的,只要你一生病一吃药一住院,保准会让你体味到什么是心跳,并且还是心惊肉跳,较之那"玩的就是心跳",准会更刺激更过瘾。

近几日,节气开始更替了,许多本弱多病的人便对此迅即作出反应了。我接触的一位普通退休工人,他患有老年性支气管炎,在家打针吃药未见良效,便住进了省城最大的医院。接诊的教授是一位极和蔼的老专家。所谓专家,是从挂号费上升了50％感知到的。据说这是为了尊重知识,让知识的价值在现实生活中有所体现而不得已为之的。好在挂号费原来的基数较小,尽管其升幅甚是吓人,但老百姓对此还是可以承担得了的。在一番动作极其麻利地检查之后,老专家建议病人住他管辖的病房,并且下午再去详细地会会诊。病人甚是欣慰,因为那银发总给人一种信任感。

经过一番折腾之后，病人自感走路吃力，于是便到那便民服务处借轮椅。家人也着急万分，但那些服务人员却并不着急。一位家人忙着交押金，一位家人忙着去推车，不巧的是还有那小链条锁把两辆车锁在一起。好不容易从管理人员那里要出钥匙，自己开锁，才把轮椅推走。过了一刻钟把轮椅归还，收了 2 元的使用费。想想当年乘一次电梯还要收一毛钱，自是无话可说，毕竟医院还让病人有轮椅可借。然而，悠闲地坐在椅子上的服务同志，却从抽屉里拿出钥匙，似聋哑人一样，指向送车人，其意味显然是要送车人再去把锁锁好。面对颐指气使的服务同志，送车人似乎有点愤怒，其意好像是在说，我不是你可以随意指使的跑堂一般的小伙计，但也没有怎么强烈的抗议，只是一摆手，走了。

有了一肚子不快的病人家属，又要忙着去交押金。只见收费的人极认真地收着钱，并且还见缝插针地站起来伸伸早晨起床后显然还未进入状态的身子骨。在其背后，另一位男同志一边操作着电脑，一边阅读着有关的股市信息。显然，这位同志是一位身在收费室却胸怀股市风云的炒股者。

在交了 4000 元的住院押金之后，病人住进了病房。经过一番忙活，医生有了治疗方案。吊瓶很快挂在了病人的床上。省城的大医院自有大医院的气魄和动作，每天要把病人的用药费用及时地通知给病人家属。第一天下来，费用就是 1000 多元，第二天 900 多元，第三天 700 多元……4000 元的押金，住了不到 6 天已经是负数了。无奈之下，只好向病人的单位求援。殊不知，单位在医疗费报销制度上已经改革，平时退休人员每月报销 200 元医药费，当然，报销也非全报，仅报 50%。住院则每天报 30 元，剩余的只好自己承担了。30 元较之 1000 元，无疑是杯水车薪，而老两口退休金每月一共 1000 元，如此下去，一天的治疗费用就是一个月的养老金。一年的全部收入在治病时是一个什么样的概念呢？12天的住院费。于是，病人不能住下去了，坚决要求出院，非说这里不是我们这些人住的地方。家人也无奈，这样的老年病，绝非十天半月可以治愈。按照当前的收入标准，一个月收入1000元的工薪族，一年的收入不吃不喝全部存入银行，仅是12天的住院费！

据可靠消息透露，医疗收费制度要改革，要和国际接轨，要提高医务活动中知识因素的价值，降低医药费用。但药费的降低并没让人实实在在地感觉到，但知识的价值确实让人领教了。医疗费用的提高，上级主管部门一发文，医院执行得极好。不需要上级"三令五申"，更无须顾虑医院"阳奉阴违"，犯"你有政策，我有对策"的老毛病。一个胸外科手术，过去所有的费用不到1000元，现今不行了，光手术费便是1800元，麻醉费要1200多元，材料费还有800多元。如果说手术并不是每个人都可以干得了的知识含量较高的活，麻醉活也非等闲之辈可为，那材料费就让人多有不解了。

某权威部门的问卷调查显示，城市苦民最害怕和最担忧的问题，"下岗"还在其次，摆在显赫位置的是生病住院。这也难怪，无论"下岗"还是"在岗"，一旦生起病且又难以享受到医疗保障，"下岗"与"在岗"的差别无非就是多住十天还是少住十天的差别了。

一方面，病人生不起病；另一方面，医院也发不起来，据说有些医院还经常亏损。那么，这钱到什么地方去了便是一件令人困惑不解的事情。但不管怎样，有一点是清楚的，那就是病人一住进医院，被病人及家属奉为神明的医生，往往在用药时对准那些高价位的药品，似乎不用高价位的药就不足以歼灭来犯的病菌。而经常出现的情形是，1000多元治不好的病，到另一个医院百十元就治好了。看来,到底哪些药该用哪些药不该用,关键还是看我们的白衣天使在行医过程中以谁为中心。是以那高额回扣高额利润高额奖金为中心,还是为病人着想,以病人为中心呢?假设我们的天使们一边开着药方,一边盘算着自我的回扣,那病人的腰包焉有不彻底瘪下去的道理!

4000元的住院押金,打了一个水漂就不见了。面对着没有后续资金的支援,病人只好先撤退了。想到毕竟是干了一辈子才积攒下来的2万元钱,他失去了往日的自信。他知道,再在医院里住上二十来天,不仅陈年老病难以除去,恐怕心病又会生出来。也许,用点常规药品,其结果并非像医生说得那样差。虑及此,他已经没有了再等银发专家来会诊的丝毫耐心。

面对着尴尬的结局,我们实在无言以对。我们不奢望一步跨入到全民医疗保障体系中,但是,让普通百姓能治得起病、住得起院,不再住院就是心跳,该不是一种奢望吧?

(原载 2001 年 2 月 19 日《联合日报》)

漫话"投机"

在我们正常的价值观念中,投机被当作否定性价值判断。过去与投机相关联的话语中,诸如"投机分子"、"投机倒把"等,便带有极其强烈的贬斥性意味,意指那些为了达到目的而不择手段者。其实,除了那些与社会基本公德相抵触甚至相对抗的手段之外,大而化之,还有一些没有违背起码的社会公德的技术性手段。况且,我们干任何事,都有一个目的与手段的问题。也就是说,手段是无所谓褒义与贬义之分的。如此说来,"投机"自然也就无所谓褒义与贬义之分了。但据新版本的《现代汉语词典》解释,投机是利用时机谋取私利。投机所获得的利益是公是私,有个"仁者见仁、智者见智"的问题,而投机的核心是利用时机,却应该是一个不争的事实。

其实,在我们国人的心目中,积极主动地利用机会者和被动地等待机会者,其获得的评价是不同的。客观地说,在机会面前,人人都有想搏它一把的愿望,但我们又往往羞于直接表达或表现出来,即使我们内心可能已是心急火燎到如坐针毡一样,渴望机会能够垂青到自我的头上。这与我们的文化观念有着千丝万缕的联系。我们在机会面前更多的是坐失机会或对机会熟视无睹,尤其是为人先时,更少的是主动捕捉机会或对机会感知灵敏。我们那种亘古如一的现状已经使我们失却对机会的敏感度,不仅如此，我们对那些有着良好的把握机会能力的人，也就变得不那么感冒了，甚至可能有那么一点反感。因为机会被他人抢了去，虽然于我们自身来说，既无损也无得，但看到他人飞黄腾达，我们的心理平衡就像受到了不应有的破坏似的，有一百个不舒服。为了我们的舒服，对于那些捕捉到了机会者，其行为称之为"投机"，其人称为"投机分子"，便是可以理解的了。

机会就其本义来说，我觉得更带有中性的含义，它标示着客观事物发展到一定阶段时，相对于人的需求来说具有的最佳点。这样的"最佳"显然是不多见的。机会一旦出现，相对于有此需求的个体而言都是平等的，可谓"机会面前人人平等"。在机会如蓓蕾一般向着你绽放之际，你如果勇于出手并抓住机会，便是"投住机会"了；你如果优柔寡断、瞻前顾后、患得患失，使机会与你失之交臂，及至幡然醒悟，那机会早已笑吟吟地赶自己的路了，留给自己的只能是那绵绵无绝期的悔恨了。悔恨之余，便对抓住机会的人大加鞭笞，于是，机会的贬义属性也就自然而至了。

当然，勇于抓住机会，只能说明你敢于"投机"罢了，这种情形，较之不敢"投机"，显然是值得庆幸的。因为即便是不能成功，起码也说明自己是心有余而力不足罢了，较之那"该出手时未出手"者，还是大可一"赞"的。但是，也应该看到，即便是有"投机"的勇气，也并非人人都可以获得胜利。这里还需要对客观事物的规律性有个清醒的把握，需要"投机者"有着深邃的智慧和随机应变的能力，唯有如此，在机会向你走来时，才会有所斩获，否则很有可能"偷鸡不成反蚀一把米"。

按照传统的解释，"投机"的目的是谋取私利。谋取"私利"和谋取"公利"只是相对而言。况且世界上恐怕也没有绝对超然于"私利"之上的"公利"，人的生存是以个体的形式存在的，如果没有了生命个体,我们所说的"公利",也就是乌托邦式的东西了。即便是张扬"公利",也没有任何必要和理由去抑制"私利",因为否认了生命个体的独立存在方式,我们的社会就是一个空壳,就是一个没有主人的空壳。社会的"公利"也好、个体的"私利"也罢,只要是在获取过程中没有刻意损害社会所认可的公德和规则,遵循公正、公开、公平的原则,并且在获取"私利"的同时也为社会做出了贡献,那即便是获得了"私利"又何妨?即便是投机又何妨?况且,"私利"和"公利"也不是绝对对立的,它们本身不是都存在于社会这个有机体的吗?不都是社会财富的一种价值性存在吗?无非是存在于谁的名下不同而已。况且,在"私利"的存在过程中,更有一个社会化的问题,即财富由税收而向社会化过渡(如国外的高额遗产税等),更何况我们人人的"私利"越多,那社会的总财富岂不是也就跟着越多吗?

投机,就其精神底蕴而言,应该是和我们这个具有悠久传统的农业文明古国的精神有着一定差距的。我们那被土地束缚了许久的思维,讲究的是安分守己、自得其乐、贵有自知之明,对于投机(更遑论冒险了)有着一种惧怕的心理情结,也不期望通过投机一下子拥抱到灿烂的明天,否则,别人还会说你是这山望着那山高,不知道自己能吃几碗干饭。

令人庆幸的是,在我们的社会处于转型的今天,在一个开放的文化体系中,越来越多的神话正在被创造着,机会和"抓住机会"也成为人们不再避讳的话题,我们对投机的态度也变得越来越温和。许多国人越来越按捺不住悸动的心,纵身于机会那湍急的河流中,真切地感悟到机会和投机的文化底蕴:机会和投机并不意味着必然的获得,也有着血淋淋的付出,那是一种真正的强强对话和生死较量。

是的，纵览历史与现实、成功与失败、痛楚与欢乐，我们会发现，所有辉煌的人没有不是那些审时度势、富有进取和冒险精神、对于机会有着深沉理解的人，且那些纵身一跃把握住机会的人，绝不是消极等待的人，而是张扬着个体的精神和理念的人。投机，自然也就不是每个人都可以由心灵驿动而最终外化出来的行为。

不难看到，机会和捕捉住机会的投机行为，实在是不值得我们为此大惊小怪的。如果我们愿意大惊小怪的话，倒可以从我们自身对于机会的抗拒开始。

(原载 2002 年 6 月 26 日《联合日报》)

行进在求学的路上

当我们乘坐的列车缓缓地启动的时候,当我们熟悉的一切离我们渐渐远去的时候,当家人的身影只能在我们朦胧的泪眼中映现的时候,我们已经行进在求学的路上了。

求学,实在是我们生命中一个既沉重又鲜活的音符。在生活经过多重变奏之后,我们又一次重新坐在教室里,体味求学的个中滋味,求学的话题就不再那么单纯与虚幻。它,揉进了我们几多艰辛、几多苦涩、几多追求、几多梦想……

也许,你在大学这条河流上已经漂游了四年,本可以找一个优越的栖息地聊以自慰,但你没有,你选择了继续漂游;也许,你已经再次漂游了三年,本可以充分地享受生活赐予的一切,但你没有,你选择了再次的精神流浪;也许,你已经习惯了安逸的生活,有着尽管不算显赫、但还算不错的社会地位,但你仍以殉道者的勇气,再次放逐了自我,选择了在急流中更为艰难的漂游……所有这些选择不能不让我们每个人感怀;这选择已经不再是普通的人生选择,而分明是一种崭新的生命姿势。

在求学的路上,我时常看到一些令人泪下又促人奋进的生活片段。几天前,我排队打电话时,在我前面的一位女生在给她的孩子打电话,那童音清脆地洞穿时空的阻碍,传到了我的耳中。但做妈妈的,除了生硬地唤了她孩子的乳名外,就哑无声息了。

她手拿电话僵立着,也不知过了多久,最后哽咽着说了一句:"孩子,听话,妈妈是在求学呀!"

行进在求学的路上,妈妈别离了孩子,丈夫别离了妻子,即便是热恋中的情人,也只能进行着遥远的精神和情感的对接,真切地感受着分离的痛楚。1095个夜空,将回荡着绵绵不尽的思念音符;1095个白昼,将映现在求学路上那依稀前行的脚印!

求学,会使我们在生活中失落一点什么,但行进在求学的路上,在失落中分明有着对于自我精神的重建。记得我在一篇文章中这样说过,求学不仅是从一个学校到另一个学校读书的过程,也不仅是你师从一个老师到另一个老师的过程,而是我们自己的精神从一个栖息地到另一个栖息地的过程。在这个更为理想的精神栖息地里,尽管时间之河将我们的思念带走,甚至将冲刷掉我们的生命,最终彻底地把我们揽入到他那博大的胸怀里,但历史会记住,我们曾经的创造,那是我们对文化的传承、对科学的皈依、对理想的迫近。这,将最终证明我们行进在求学路上时一切的付出、一切的劳作,都值得如此肯定。

在经过了艰难的自我否定之后,我们又变成了一个求学者。尽管道路仍是那样漫长,尽管一切都是那样的不可知,但行进在求学的路上,我蓦然感到,当我们的精神以一种新的姿势站立着的时候,原来是那样轻松。并且,我们还可以对昨天心存感念,对明天充满遐想。

2002年10月10日于山师研究生入学晚会

对规则意识缺失的一次积极修补[*]
——长清区交通安全征文观后

长清区作为济南市正在崛起的新区,已经引起了人们越来越多的关注:这里既有风景秀丽的五峰山,又有千年古刹灵岩寺;既有接踵比肩的大专院校,还有折射出共和国经济飞速发展的现代企业。在这片酾丰厚底蕴的历史和朝气勃发的当下于一体的热土上,如何建构起具有长清特色的文化,便成为决策者们经常思考的中心问题。这次由济南市西城建设指挥部、长清区交警大队策划并组织的长清区交通安全征文活动,正可以看作他们对长清文化建设的一次积极探索。

文化建设所包含的内容很多,但其中需要强调的一点是,文化就是人们对共同的价值规则的认同和恪守。有些文化已经随着传统内化到了人们的心里,人们甚至无法清醒地意识到其存在。然而,没有意识到其存在,并不代表它不存在。就是这些处于自在状态下、对人们的思维和行动起着规范和制约作用的文

---

[*] 2007年,我应邀参加了长清区交通安全征文评委会。在评选优秀文章的过程中,我切实感受到交通规则的问题实在是一个大问题——这是一个社会所有规则的根基。试想,如果一个连交通规则都置若罔闻的人,怎么会在意和遵循其他的社会规则呢?

化,代表了人们所达到的现代文明的程度。像这些支持着我们自强不息、永远进取的文化,无疑是传统最为可贵的重要组成部分;而那些还没有为我们清醒地意识到、对自我的人生有着妨碍作用的文化,则是亟须克服的。其中,交通规则意识的缺失就是一个亟须克服的问题。长清区交通安全征文正可以看作是对诸如交通在内的规则意识缺失的积极修补。

交通规则是社会诸多规则中最为显形存在的规则了。我们作为生活在社会中的人,不可能独立于人群而索居,只要我们一走出家门,就存在着一个如何走路的问题。在自给自足的小农社会中,自己想怎么走就怎么走,没有人会说我们走错了路,即便是走错了路,也没有什么大的妨碍。毕竟,在你的身后,不会有高速行驶的汽车,大不了来个牛车,速度也比你快不到哪里去。然而,这样的一种田园生活,却被汹涌而来的城市化彻底吞没了,这就使得人们最为自由自在的走路,也不得不接受规则的制约了——说到底,我们走路,已经不再是我们自己的事情了,而是关乎他人、牵涉我们的修养高低、标示着我们文明程度的事情了。

正是从这样一个背景下,我们来审视长清交通安全征文活动就会发现,处于文化转型和经济转型的新兴长清,恰好面临这样一个文化建设的大问题。一方面,众多农民在城市化的浪潮中,迅速转化为城镇居民,昔日寂静的生活一下子被轰鸣的汽车唤醒了,如何在车水马龙的道路上走好自己的路,便是亟须补上的一堂课;另一方面,那么多的大学生,一下子从四面八方涌向了长清,如何从应对考试的模式中走出来,从答好纸上的题到答好纸外的题,使理论能够真正地指导自己的行为,使自己所确认的现代文化内化为自我意识的一个组成部分,也是亟须补上的一堂课。从这两个方面我们可以看到,长清交通安全征文恰好是抓住了新城区文化建设的一个核心问题。

当然,理论上的讲解往往是枯燥的,也是抽象的,甚至还会使人感到厌倦。指导我们如何走路的交通规则,是我们在小学时就已经知晓并熟练背诵的,诸如"绿灯行,红灯停,遇到黄灯等一等"之类的交通口诀,那是烂熟于心的;甚至家长的再三叮嘱,也在我们的不耐烦中听了不知有多少遍。然而,遗憾的是,理论上意识到的东西,不一定内化到行动上。在本次征文过程中,就有两个同学因为没有把握好"如何走路",而使青春勃发的生命在瞬间化为历史的永恒。这样的悲剧,恰好说明了我们在把规则内化到行动的过程中,还有很长的道路要走。

把理论内化为行动需要一个过程,但若没有真正的理论认识,要想内化为行动就更加不易。如此说来,长清区交通安全征文,既是对规则意识缺失的积极修补,也是对规则意识内化为行动的有效警示。这意义不仅仅体现在交通规则上,还将体现在长清具有自我特色的文化建设上。

(原载 2007 年 10 月 17 日《山东师大报》)

如期而至又如期而去的高考

高考,如期而至又如期而去。

很多考生,自从升入高三,便开始倒计时——离高考还有365天,次日便是364天……高考的脚步由遥远而陌生,逐渐变得切近而清晰了。很多考生也远离了无忧无虑的少年时代,开始体味到人生的愁滋味,也慢慢学会了焦虑——面对总是做不完的试题,总是写不完的作业,他们无从选择。人生由此被置于一个竞争和冲刺的跑道上。

很多家长,伴随着孩子升入高三,也打响了高考后勤保障的攻坚战。作为人到中年的家长,本来也经历了大大小小数不清的人生战役,但面对孩子的考学战役,依然感到有份沉甸甸的重压。高考攻坚战,不管对考生还是家长,都是一场只能成功不能失败的战役,都是一道必须跨过去的门槛,都是鲤鱼跳龙门的飞身一跃。这场战役胜利了,就意味着所有的奖章将"被"挂上,不管是班主任还是同学,不管是亲朋还是好友,他们都会毫不吝啬地把赞美的言辞给予胜利者,并对其推崇到无以复加的程度。作为一道门槛,一旦走过了,那就意味着考生由此跨入了人生的坦途,那里是鲜花盛开的胜地,是大师云集的圣殿,是任雄鹰展翅的蓝天,是鱼跃的大海。作为跳过龙门的鲤鱼,他们的人生便由此"化鱼为龙",这比"化蛹为蝶"更为壮观,随后的人生所遭遇到的所有坎坷,都将不在话下——一股浩然的英雄之气,自会荡然升起于胸中。

正是缘于高考如此重要,才会引得无数考生竞折腰,才会使得无数家长竞投入。如此,那个本来平平淡淡的日子——6月7日、8日和9日,便被赋予了特别的意义——从今天开始,孩子将经历着人生第一次暴风雨的洗礼。这对一个懵懂的少年来说,似乎残酷了很多;这对一个成熟的家长来说,似乎焦虑了不少。从倒计时的三天、两天、一天,到最后的高考如期而至,在考生和家长的世界里,已经摈弃了所有与高考无关的事项,把全部心思放在了高考上:天气怎样?道路通行情况如何?宾馆是否安静?一遍又一遍地踩点,一遍又一遍地丈量。当所有这些问号都被拉直之后,那颗悬着的心才部分落地,但依然还是忐忑着,琢磨着还有什么不够周全的地方。即便是走在通向考场的路上,还要提醒孩子,拿出书包里那份已经检查了无数遍的考试笔袋,看看准考证是否依然安在?看看身份证是否依然伴随?看看签字笔是否在书写时依然流畅?这可是即将书写孩子壮丽人生诗篇的签字笔啊——如果可能的话,以后真应该把这签字笔当作值得纪念的物什保留着,让孩子知道,只要在平时时刻准备着,这支笔就会书写出辉煌的人生。

时间在钟表的滴答声中悠然自得地走着,但不能悠然自得的是家长。孩子进了考场,家长依然云集在考场外面,似乎用心灵倾听着来自考场上那签字笔在考卷上唰唰的摩擦声。此时此刻,这唰唰的声音,也许是最为优美动听的音乐,它意味着孩子的文思犹如泉涌;意味着孩子行进在激越高亢的人生大道上。所有的这些遐想,都是考场外的家长对孩子最美好的祝福。

其实,也许高考对孩子的重要性本没有如此之大,只不过被我们当下这个社会放大了。如果说高考是人生的分水岭，这在农耕时代还有其相对合理性的话，在当下就显得有些过分夸张了。现如今那些走进考场的考生，实际上都在沿袭父母当年曾经走过的道路——想当年，我们都是通过高考这座桥梁，从农村走到都市里来的。记得那时的高考，也确实有种如临大敌的感觉，老师也曾经不止一遍地对我们说过：考上大学，就可以吃馍馍；考不上大学，就只能吃窝头。那个时代，馍馍和窝头是划分人生之河的分明泾渭。实际的情形也的确如此，那些没有考上大学的同学，大部分已经还原了本来的农民角色，成了地地道道的农民；也有一小部分在随后的市场经济大浪中成了弄潮儿，通过对社会财富更大限度的发掘，获得了社会的推崇。但无可讳认的是，那个由知识体系所构成的世界，却对他们关上了大门。当然，也有一些跃入"龙门"的大学生，在知识的海洋里并没有珍惜飞跃的机会，致使自己依然浑浑噩噩。但总的来说，那些翻越这道山岭的人，有一部分还是在大学里完成了飞跃，有些甚至已经成为某一学科领域的领军人物，为社会文明提升、科技进步、学术昌盛作出了自己的贡献。

在那个物质极端匮乏的时代里，如果说这样的神话还情有可原的话，那么，在当下，这种情形便需要有所改观了。这才是一个社会进步应有之义。然而，令人遗憾的是，这种情形不仅没有得到改观，反而获得了固化。这就是说，那些在高考中没有能够顺利地鱼跃到更高层级大学的考生，由此开始了社会身份的分化和固化。目前，国家把国家教育战略纳入到了世界体系中，对国内大学划分为"985大学"、"211大学"和一些普通大学，初衷也许是好的，但是，这对大多数学生来说，并不见得就是一个福音。那些没有名分的大学，学生即便考进去了，在社会对第一学历的认同上，还是低了一个层次,甚至还会影响到未来的就业。像一般大学的同学,即便后来获得了博士学位,哪怕是进入了名牌大学的博士后流动站,取得了较为显著的成绩,但在未来的就业中,很多单位依然要刨根问底,挖掘出你的大学第一学历,致使很多第一大学学历非"985大学"、"211大学"者,均被挡在了"跑道"之外。这样的一种用人机制,便使得学生的出身具有了非同凡响的意义。

中国梦的时代到来了。我想,高考作为考生青春期成长的某一个段落,我们还是不要过分凸显其作用,以至于搞得考生、家长和全社会都把神经绷得如此之紧。高考,相对于一个人的成长来说,仅仅是青春的一个驿站,仅仅是将来伟大或者平凡人生的一个段落,他们是否因为这场战役的胜利就可以确保在未来战役的胜利?是否因为跨过了这道门槛,人生就真的行进到了坦途上?是否因为这一次跳过了龙门就完成了"化鱼为龙"的过程?如此种种,实际上都是未知数——我们只能说,在这份试卷上,在这个时间节点上,在这次考试中,作为考生的孩子曾经获得了多少分。其实,这份试卷和这个分数,也许过不了多久,就会被人们遗忘,尽管这个分数所衍生出来的"次生品"会一直伴随着孩子们的未来。

高考,如期而至又如期而去,当人们超越了高考,回归于对自我人生潜能的释放,促成自我人生价值的实现时,面对那些人生成长的桎梏,人们完全可以轻松地展望自己的梦想——不相信门第,不相信权力,自然也不相信由高考成绩制造出来的"第一学历"。

(原载2013年7月8日《联合日报》,发表时有删节)

在挥汗如雨的函授日子里

在人生历程中,有的事情会随着时间的流逝,被冲刷得了无痕迹;有的事情却随着时间的推移,显得愈发明晰深刻。我在山东师范大学成人教育的从教经历,便属于后者。每当盛夏酷暑降临之际,十几年前在函授站暑假授课时挥汗如雨的情景,就会不断地在我的脑海中呈现。

一

十几年前,正是世纪之交的时期,那时的高校刚开始扩招,作为学历补偿教育的成人高等教育办学正处在兴旺阶段,其地位甚至可以与全日制教育相提并论。由于成人教育的课程主要安排在假期集中授课,因此,每到寒暑假期,老师们便会接受任务到山东各地的函授站点授课。那个时期,函授站点和我校合作办学,他们主要负责面授期间的学员报到、考试组织、学费收缴、教学组织管理、师生食宿安排等工作,我们学校负责招生、教学与学籍管理等工作。在学校成人教育鼎盛之际,我和许多老师一样,基本上一个假期得不到休息,这个函授站点的课讲完,接着就背起行囊直奔下一个函授站点。在我的印象中,一个暑假连续上20多天课的时候有好几年。

在挥汗如雨的函授日子里

文学院成教工作一直是山东师大成教事业的重头戏,由于暑假的函授任务非常艰巨,学院的组织管理工作便显得异常忙碌。在学校的正常教学工作还没有结束之时,学院负责成教的专职人员便已经着手准备工作了。要做哪些准备工作呢？排课等常规性的工作自不必说,单讲后勤准备工作就十分辛苦。既然老师们暑假要在不同的函授站点鏖战二三十天,最需要保护的便是身体,清凉油、风油精、胖大海、西瓜霜、PPA之类的药品,便成为每个老师的必备品了。负责同志把这些药品放在大信封中,分发给每个参加函授授课的老师。

如果说各教学学院负责委派上课老师,那么,继续教育学院则负责安排协调面授师生的组织管理工作。那时,继续教育学院实行函授面授干部带队制度。因为函授站点较多,继续教育学院一个带队干部有时要负责不止一个函授站的工作。他们都是打前站的,带着试题和面授有关材料先行一步到达函授站,负责协调落实衣食住行、考试、教学安排等具体工作。那时,大多数函授站点的房子经过简单改装后便成了面授教师的宿舍,空调作为奢侈品还不是都能装得起的,但电扇是必不可少的。食的方面,自然也都提前安排好了。有的函授站点和一些附近的饭馆合作,有的径直雇了师傅开起小灶,有的则把生活费直接发给老师们,让老师们自行解决。好在很多老师都是从社会底层走出来的,吃点苦受点累是再寻常不过的事情,所以,稍显寒酸的办学条件并没有难倒精神饱满的老师们。

二

一切打点妥当,老师们一路奔波,一个猛子扎到函授站点这条河流的深处之后才发现,迎面扑来且让人颇感难耐的并不是衣食住行等方面的困难,而是函授站点教室里那令人难以承受的高温。直到今天,我依然清晰地记得,在博兴师范学校函授站,我授课的那个大教室的窗户正对着西边,经过一个上午和中午的暴晒,到下午二三点钟准备上课的时候,温度正好达到极致。一走进教室,我便感到一股热浪把整个人从头到脚都彻底裹挟了,人还没有站到讲台上,已经有细汗从毛孔渗出,教师的那股矜持劲也就荡然无存。伴随着这股热浪一起扑面而来的,还有满教室里那一百多双略显倦怠但又不乏清澈的眼睛。这既为我登台授课注入了动力,又让情感的温度凭空提升了不少。

  一个教师,只有站在讲台上授课,那所谓的表演才算真正开始。我想,没有一个教师从内心深处想要放弃或者放逐这样的每一场表演。然而,任何一场演出的成功都离不开全身心的投入。站在讲台上,我清了一下嗓子,便转入授课正题。可在一个能够容纳一二百人的大教室里,没有麦克风的帮助,哪怕是一个优秀的播音员,单凭其纯自然的嗓音,也无法确保其声音清晰地灌注到后排学生的耳朵里,再加上吊在半空中那电扇的嗡嗡声,又把声音削去了一大半。面对此情此景,似乎除了让电扇休息一会儿并无其他良策。于是,我让学生把电扇关了。学生们尽管不很情愿,但在课堂上还是不好违逆老师发出的指令。

  现实生活中,辩证法是无处不能得到应验的。没有了电扇的干扰,声音的传播效果的确好了许多。我开始置身于课程所营构的情景中,学生也沉浸在我用语言营构的快乐中。我还清楚地记得,在讲授写作课程时谈到了一些作家并没有上过大学,但他们凭借着自己矢志不渝的努力,最终却成就了文学上的一番事业。为此,我经常结合学生的实际进行阐释,强调他们这些名不见经传的学生，如果能够重构业已固化了的生活，并由此开启文学写作之路的话，说不定也会成为一个作家。这样的激励似乎让一些学生产生了共鸣，原来那种倦怠的眼睛变得清澈起来。清澈的眼睛对我来说自然是极大的鼓舞，我的讲解自然也就更投入了。然而，讲解的投入依然无法阻挡教室内不断飙升的温度，一节课下来，上衣就湿透了，裤腰部分也湿了一大片。

当然，在函授面授的过程中，因为天气太热教室内温度太高，一次、两次湿透衣衫的经历也许早就被忘记了，但整个暑假的函授基本上都是按照这个模式运行下来的。而且，这种模式还持续了十几年，这便成为我抹不去的深刻记忆，虽苦，但也值得回味。如果不是函授上课的方式从当初的面授改成了在线远程视频授课，今年这个暑假我也许还会像当年那样，继续酣战在函授面授的第一线。

三

应该说，大部分教师都会视教书育人为神圣的事业。当教师在课堂上挥汗如雨地讲解着那些被奉为经典的文学作品时，当同学们沉浸在老师营构的文学情境时，哪怕天气再热，温度再高，也似乎无法抵挡老师因矢志于这份事业而焕发出来的教学热情。尤其是当讲解得到积极回应时，老师们的所有辛苦都不在话下了。这种感觉，在我打开当年学生提交的作业时，再次得到了强化。

那是一摞盖着"山东师范大学博兴师范函授站"圆章的学生作业，时间是 2002 年 8 月。屈指算来，这摞作业已经跟随我 14 年了。期间，尽管我曾搬过家，也精简了不少资料，但一直保存着这摞学生作业。在这摞作业中,不少学生记录下了当年我在课堂上挥汗如雨的情景,这也从另一个维度呼应了我对暑假函授的"过滤性"记忆。

2002年暑假,我在博兴师范函授站上课,我所执教的这批学生的"番号"是2002级汉语言文学专业。在这些学生的作业中,大都谈到了闷热的天气,谈到了我挥汗如雨授课的情景,自然,也谈到了函授给他们带来的某些意外收获。如有位名叫孙殿娟的函授学员这样写道:"说起函授学习,人人并不陌生,都晓得它的用处——拿文凭,它的作用好像淡化了,人们把它看得轻了⋯⋯当初,我也是怀着这样的目的⋯⋯但是,这八天来,每一天都给我带来了新的气息,让我对人生、对工作有了新的看法。如那春风一样,催开了万树梨花。""李老师那兢兢业业的敬业精神打动了我。天气如此酷热,而李老师却照样在讲台上稳如泰山,妙语连珠,引人入胜。每次讲完课,胸前、背后都湿了一大片。这是一种什么样的精神啊!道义感和使命感在他身上体现得淋漓尽致。看看自己,自叹不如。"①孙殿娟在这份作业中透露了学生对函授原初意义的理解,突出了"酷热"和"道义"的分量,强化了"道义"对自我人生的作用。与孙殿娟突出"酷热"有所不同的是孟令燃同学,他突出了函授给自己带来的"清凉"感觉:"函授学习的第一门课程《写作》完成了,在这短短又长长的八天中,虽然天气酷热,汗流浃背,但李宗刚老师铿锵有力的话语带来的丝丝清凉,时时冷却我那颗烦躁的心,直透心底。"当然,孟令燃在此是用修辞的手法来表现其心理感受,现实的天气还是非常闷热的:"李老师的

---

① 本文引号内所引用的资料,均按学生原初文字录入,其中的句法标点均未调整。

敬业精神值得每一位学员学习、敬佩。的确，每次讲课湿透的汗衫是教室中最亮丽的一道风景。每当比时，我就想自己只是听课尚热不可耐，那么李老师呢？我就鼓励自己用心聆听，唯恐错过每一句话。"也许，正因为孟令燃带着心理上"清凉"的底片，所以竟把我讲课时"湿透的汗衫"折射为"教室中最亮丽的一道风景"。这种带有诗意的折射实在是超出了我的想象，我怎么也没有想到，自己竟然能够和"最亮丽的一道风景"联系在一起。

汉语言文学专业的学生也许对修辞有着近乎天然的亲近，年龄较大的学员代绪玲便是这样的一位。她在自己的作业中这样写道："像我这个三十几岁年龄的人是为专科文凭才来报考山师的……但却被李老师那优美的语言、敬业的精神，以及积极向上的那种精神所感染，以至不怕酷暑闷热认真倾听……当我看到李老师湿透的汗衫，我觉得他的敬业精神真是值得我们学习。"其实，学生赞美老师，既有客观的一面，也有主观的一面，像她对我的一些溢美之词，即便是今天读来，我依然觉得难以承受，但是，她对我那"湿透的汗衫"的强调却让我产生了某种共鸣。然而，令我没有想到的是，她在函授过程中产生的感受和孟令燃同学的"风景说"大不相同，她竟然从酷暑中找到了"如沐春风"的感觉："八天的写作课学习时间不算长，但却给我留下了深刻的印象。真的，听李宗刚老师的课确实如沐春风。"她通过修辞以及对比的手法，把酷热天气与"春风"联系在了一起。

既然是写作课，强调学会观察自然是我讲解的重点内容，学员孙婷婷把课堂上学来的观察应用到了现实中，她从座位上"观察"到了我在上课时汗水"像小河一样沉下来"。她是这样写的："接下来的几天，天气又闷又热，坐在椅子上一动也不动，扇着风扇也会出一身汗，真不想听下去了，想立刻到一个有空调的屋里去。可一抬头看到端坐在讲台上的李老师,不禁一怔,他的衬衣完全被汗水湿透了。可他完全觉察不到,依旧在滔滔不绝地讲授理论知识,汗水顺着他的面颊像小河一样流了下来,可他完全顾不上去擦一下。他生怕一停下来擦汗会打断同学们的思路。"本来,我觉得使用"挥汗如雨"来形容授课时的酷热就已经够夸张了,没有想到的是,她比我走得更远,她通过认真观察发现了"汗水"像"小河"一样流了下来。尤其令我感到诧异的是,我顾不上擦汗的缘由,在她的眼中竟然与教师的忠于职守对接在一起。

　　写作课结束时,还有学生希望能够再次听到我的课。杨红霞就这样写道:"希望我们还能再相聚,还能再听到您的沙哑的声音讲出的优美的话语,看到您浑身被汗水湿透的身影。"其实,学生希望能够再次听到一个老师的课,应该是对老师最好的褒奖。然而,令我没有想到的是,她在心中希望再次听我讲课的关键话语有两个:一个是"沙哑的声音",一个是"浑身被汗水湿透的身影"。细细想来,学生的这种心理期待并非没有一点道理,在"沙哑的声音"和"浑身被汗水湿透"的背后,恰好是一个老师认真授课的真实写照。

　　作为教师,最大的幸福莫过于自己所传授的"经"得到学生的认同乃至推崇。当重新翻检学员门玉云的作业时,我在当下的酷暑中也有了"清凉"的感觉,且还带有某些诗意的"如沐春风"的体验。这位学员是这样写的:"听李老师的课是一种享受。像一叶漂浮不定的孤舟突然找到了彼岸,又像干旱的枯草遇到甘露。李老师您开启了我们心灵的窗口,焕发出我们对青春和生命的渴望,唤醒了我沉睡的灵魂,使我泯灭的激情又重新焕发出了勃勃生机。""李老师的课又重新唤起了我对写作的渴望。"不可讳言,门玉云在此显然也使用了修辞手法,对身为教师的我不吝笔墨大加推崇。这的确让我觉得那段"挥汗如雨"的函授日子已经幻化为"热并幸福着"的人生记忆。

当然,任何一个老师尽管都想扮演好自己的角色,但从实际情况来看,有些时候还是会遇到一些挑战。房伟伟同学就很直率地袒露了上课之初的忧虑与质疑:"初次见您,感觉您很年轻,不觉有些轻忽您,当您讲课时,那幽默的话语,敏锐的感触,一下子抓住了我正处在睡眠状态的思想。""不夸大地说,您就像一把金钥匙,打开了我这把已锈迹斑斑的小锁。"房伟伟同学的这种欲扬先抑的笔法,即便是今天的我读来,也生出了股股"凉意"。这使我切实地感到,作为教师,站在讲坛上是容易的,但要在讲坛上站好并不容易。每次走上讲坛,意味着身为教师的我们都要接受学生的质疑乃至"轻忽"。

作为教师,酷暑也好,严寒也罢,只要站在了讲坛上,就会全身心地投入其中,这似乎是职业使然。由此看来,我对函授所留下的湿透衣衫的记忆,恰如农民"汗滴禾下土"一样,皆为一些平凡之举,但让我难以忘怀的是,这竟然幻化为感动学生的由头,这不仅使我对这样的一道"风景线"心存向往。

一年一度的酷暑又一次如约而至,我坐在有空调的书房里,追忆着往昔的日子。在函授站点授课时挥汗如雨的情景,便幻化为一种清晰可辨的记忆。也许,这种情景,对今天参加函授教育的学员来说已经成为遥远的故事,取而代之的是多媒体教室里的在线视频学习。当学生们随时都能看到这些西装革履的老师们侃侃而谈的视频时,那种湿透衣襟的教育现场已经不复存在。但我相信,昔日参加函授的老师和学生们,尽管已经淡忘了他们所传授和学习的知识,但在挥汗如雨授课的日子里,老师依然一丝不苟传道解惑的情景,将永久留存在一些人的记忆深处,成为一代普通老师对函授教育情深意切的最好诠释。

(原载《筑梦之路——六十载成教往事》,
山东人民出版社 2016 年版)

在圆明园崴了一下脚

在圆明园摩肩接踵的人行道上,我正匆忙地赶路。谁料想,平坦的人行道上,有一块砖不知何时、也不知何故不翼而飞了。对我而言这是根本没有料想到的事情。一只脚踏在缺失路砖的边上,崴了一下。

坑洼不平的人行道,并不见得会让每个人都崴脚。毕竟,有些人的抗崴脚能力强,也许,再大的坑洼也不会让他们崴脚。但在现实生活中,这样的人毕竟是少数,大多数人遇到一些坑洼不平的道路时,还是非常容易崴脚的。尤其是在这样一个热门的旅游景点前,又是转公交汽车的关键地点,每天过往的行人"川流不息",在这样的人流中,偶有那么几个人崴脚,也就不值得大惊小怪了。

经过崴脚后的反思,我发现,之所以崴了脚,与我在思想上麻痹大意有关。我没有想到,在这样一个旅游景点,这样一个高楼林立的都市,它的人行道也会出现一些坑坑洼洼。这样的想法让我放松了警惕,眼睛自然就只管欣赏美景,而无暇顾及脚下的路了。我从心底深处认定这样的人行道的每个位置都可以毫无顾虑、放心大胆地走过去,从这里到地铁入口处是一条平坦的"金光大道"。这种麻痹大意,使我从抬脚到落脚毫无顾虑,在潜意识中认为脚的抬落完全可以不假思索地完成。殊不知,这块迎接我的脚的地方,已经不再是平坦之路。这正如人们常说的那样,在危险的路上,翻车之事倒是比较少;在平坦的大道上,翻车的情况反而时常发生。如此说来,坑坑洼洼的道路,再加上自己的麻痹大意,崴脚便成为由"因"而来无法阻挡的"果"了。

这崴脚的"果",于我而言异常痛苦——走路这样一个稀松平常的"事儿",开始变得艰难无比。这不禁使我想起了当年那个卖拐的小品演员,尽管他在表演时,走起来也是一瘸一拐的样子,但做作的痕迹未免太重。如果演员真要追求生活的真实,不妨到我崴脚的地方走走,然后再去演小品,那样不仅会形似,而且还会神似。

在崴脚的刹那间,我感受到的并不只是身子歪倒以及由此而来的痛苦,我还感受到了人世间最为自然淳朴的情感——人对人的帮衬。在我即将倒下的刹那间,在我的身边,飘然而过的是一位美丽姑娘。就在我似倒非倒的"慢镜头"展开的过程中,她毫不犹豫地伸出了援助之手,扶住了我的胳膊,这对抵制"慢镜头"的快速展开,起到了极其重要的作用。尤其令人感到惊讶的是手被旁边的铁栅栏碰破了皮,竟也毫无疼痛的感觉。当我回眸这一"慢镜头"时,竟然觉得如此这般地跌倒,实际上还是一个"美丽"的过程。这个过程中,我发现,那病人匍匐在地时所谓的"见死不救",实在是因为美好的人性被压抑了。本来,人对同类有悲悯之心、帮衬之心,是再自然不过的,只不过被倒打一耙的事情多了,便抑制了人们在心底深处闪过的悲悯之心和帮衬之心。当我从跌倒的痛苦中回过神来,准备向那位姑娘表示感谢时,她已经消失在茫茫人海了。

好在我的运气还不错,崴脚并没有造成非常严重的后果。休养了一天后,已无剧烈的痛感。但是,我不能不牵挂的是,圆明园公交站点那块缺砖的地方,是否依然如故?如果没有人把砖补上,也许,当后来者走到这里的时候,还会像我一样,在麻痹大意的情况下,会由此"因"结出崴脚之"果"。这不禁使我联想到那些处在关键岗位上的官员,他们经常走在缺失规范的人行道上,那么,这样的地方在绊倒了第一个官员之后,还会绊倒第二个官员,以至于出现那种"前仆后继"的情形。然而,谁来补上这块缺失的路砖呢?原来铺设人行道的施工单位,恐怕早就脱了干系;至于城建部门,如果不是这条人行道彻底报废,也不会把缺失一块路砖当作什么事;至于城管部门,其职责仅限于维护市容市貌,似乎也没有义务和责任修补这么一块缺失的路砖。这样一来,在没有任何部门或个人为这块缺失的路砖负责的情况下,只能是行人多加小心了。事实上,行人既然管不了"路",就只能管好自己的"心"和"脚"了。

一次近乎完美的圆明园之行,却因为这块缺失的砖减色甚多。

(原载 2018 年 5 月 15 日《济南日报》)

第四编
管理理论与学报编辑实践

把握《行政管理学》的内在脉络

《行政管理学》是高教自考政治管理和行政管理等专业的一门重要基础课。由于它把管理的许多理论贯彻到了行政中,所以,其理论性、应用性较强。我们要想把握《行政管理学》,需要对该书的内在构成脉络有一个理论上的宏观把握,方能在学习中避免只见树木、不见森林的弊端。

从行政管理的研究对象来看,行政管理学是研究国家行政组织对社会公共事务进行有效管理的规律和科学。在这门学科中,其主体是国家行政组织,其追求的终极目的是行政管理活动的高效率,也就是要把握其客观运行的规律,在教材中体现为一些基本的规律性、原则性的东西。如果从静态的要素分析予以解剖的话,我们可以清楚地看到,作为主体行政组织首先是在一定背景下存在与发展的,这背景将从根本上制约着行政组织的一系列问题,是我们认识行政组织的内在根据。行政环境一般包括国际国内的政治、经济、文化、自然等各个方面。正是这诸多因素对行政管理的性质、职能、目标、体制、组织、观念、方式等有着直接的影响和制约作用。具体到目下我国的行政组织而言,便是要明确我国处于社会主义初级阶段这一大的行政社会环境,借鉴、吸收中外行政管理的先进和有益经验,努力建设有中国特色的行政管理体系,从而促进行政效率的提高。

产生于一定行政环境中的行政组织这一政府行政管理的主体，从静态对其考察，可以把握行政组织机构如何设置、职能如何确定、权责如何划分等，这里的核心问题是如何使机构设置合理化；从动态对其考察，可以把握行政组织功能的运行过程。行政组织的组织要素主要包括职能目标、权责体系、机构设置、人员构成、运行程序、法制规范等六个方面。它从行政组织的领导体制、结构方式和权力体系三个角度划分了行政组织的类型。类型的划分可以帮助我们更好地认识行政组织的本体。要想使行政组织的六个要素获得最佳效能，便要遵循一些最基本的原则。这些原则一般包括职能目标的原则、精干效益的原则、思想统一的原则、分权管理的原则、依法设置的原则、民主参与管理的原则和稳定性与适应性相结合的原则等。这些带有规律性的原则，对于行政组织较好地发挥其功能具有极其重要的意义。

任何行政组织都是由人组成的。这些人在行政组织中的地位是不一样的。处于核心和主导地位，决定着国家职能的实现程度和依法实施行政管理水平的是行政领导。行政领导往往通过决策、指挥、监督、协调等手段依法行使其权力与影响，最终完成其行政目标。领导活动包括领导者、被领导者和作用对象三大要素，而领导者则是其中的主体。

领导者是领导活动的主体，那么作为行政首长，他需要具备哪些基本的素质要求呢？其领导的类型和方式有哪些呢？除行政首长外，还有一个由少数人组成的行政领导集团，这类行政集团以什么样的方式进行合理搭配才能发挥最佳领导作用呢？这便是随之需要解答的有关问题。

在行政组织中，居于核心和主导地位的是行政领导，但仅有行政领导还无法较好地完成其行政目标。它需要有一个政府职能的执行者,这便是国家公务员,即行政管理的主体。要使行政管理的水平和效率获得最大限度的提高,便涉及如何管理国家公务员这一问题,这在行政管理中称为人事行政。它是指国家行政机关通过一系列法规、制度和措施对国家公务员进行管理。因此,国家公务员制度就是有关国家公务员行为规范管理的准则,是人事行政的一种科学管理制度。

国家行政管理活动需要人去完成,能否科学地选人、用人,便是各项行政管理活动成功与否的关键。人们说的"为政之要,唯在得人"是很有见地的,它形象地说明了人事行政在国家行政管理中的重要地位。那么,怎样才能建立起高效的国家公务员制度,并依此对之实行科学管理呢?一般有如下几个基本原则:任人唯贤、德才兼备、扬长避短、适才适用原则;考试考核、合理流动原则;依法管理、用人治事一致原则。在目前的情况下,我们的国家公务员制度,尤其要强调鼓励竞争原则、注重实绩原则和公开监督原则。

我国已经基本上建立了较为完备的国家公务员制度。其内容主要包括公务员的职位分类,即对公务员依据一定的条件划分为不同的类别和等级,对每一职级作出准确的定义和说明,以便对不同类别的公务员以及同类同职级人员用统一标准进行管理;公务员的考试录用,即政府根据计划,按照规定的条件和程序,通过一定的方式,挑选所需人才进入业务类公务员队伍的过程;公务员的考核,即检查录用的公务员履行岗位的责任情况。把考核和审核作为岗位调整升降、奖惩和培训的一项重要依据;公务员的奖惩,即人事行政充分发挥其奖励功能的重要手段;公务员的升降、转让和回避、公务员培训、公务员的工资福利、公务员的辞职、辞退、退休退职和公务员的申诉控告等问题,我国公务员制度也都分别详细作出了解说。

以上这四个方面侧重于从静态的角度对行政管理进行分析把握,当然,在对静态要素的把握过程中,还时常贯穿一些动态分析,但其核心点是引导我们对行政管理的静态要素有一个通盘的认识。与此相对应的另一部分则是从动态的角度对行政管理的一系列问题进行探讨。

依据一定原则建立起来的行政组织,它们具体是管理什么的?这牵涉到行政职能问题。一般地说,行政职能是政府依法对国家社会生活诸多领域进行管理所具有的职责和作用。其把握的角度可以从政府的基本职能、政府管理运行职能两大方面予以透视。

从政府的基本职能来看,它主要包括政治职能、经济职能、文化职能和社会职能这四大职能;从我国行政管理过程看,行政运行职能可以简明地划分为计划、组织、控制三项职能。随着社会政治经济关系的发展变化,行政职能亦会发生相应的转变。当前,政府职能转变的前提是:划清党组织、企业、政府三者不同的性质、职能、组织形式和活动方式,通过一定的手段,使行政职能获得最大限度的实现。

这种行政功能的分析,既是对行政管理的动态分析,又含有对行政管理的静态分析。那么,具体来说,行政管理目标在实现的过程中,行政管理的动态过程是如何进行的呢?一般来讲,行政管理目标如何确立以及为什么这样确立,总是有一定的规律、程序、方法的,它能够保证目标确立和实现的科学性。这在行政管理中便表现为行政决策与执行、行政监督、行政管理法制、行政机关管理以及行政管理中的技术方法等问题。这些问题都是从动态分析的角度对行政管理进行把握的。

行政决策是政府机关及国家公务员为履行国家的行政职能，对所要解决的问题出主意作决断的活动。这个主意和决断是否正确，将直接决定着行政管理的成败。由此可见，行政决策是行政管理的中心环节，它在行政管理中起着决定性作用。

行政决策既然如此重要，以至于差之毫厘，谬以千里，那么如何才能保证行政决策的科学性呢？这蕴含着一定的规律性，这便是行政决策的基本原则、程序和体制等问题。行政决策的基本原则有预测原则、系统原则、信息原则、可行原则、择优原则、动态原则、服务原则与民主原则，这些对行政决策过程固有的客观规律的反映和要求的基本原则，对于促成行政决策沿着正确的道路展开具有极强的指导作用。依据这样的基本原则如何进行行政决策呢？这便是行政决策的基本程序。这程序大体分为四步：发现问题，确定决策目标；拟订方案，寻求达到决策目标的途径；决策方案的评选审批；确定决策方案，进行局部试验验证。

仅有科学的行政决策还不够，要使行政决策发挥最大作用，还需要把这科学的行政决策顺利地执行下去，这便是行政执行。如果没有有力的行政执行，决策就会落空，就无法得到检验和完善，甚至在执行中走样。为了保证行政执行的顺利进行，需要遵循以下几个原则：民主原则、准确原则、迅速原则、创造性原则、跟踪检查原则、毅力原则和条理原则等。

从行政决策到行政执行，行政管理自始至终处于一个开放的动态的系统中。为了保证行政决策的科学和行政执行的顺利，还需要对行政信息有一个清醒的把握，使行政信息贯穿于行政决策和行政执行的全过程。

行政执行的情况如何，亦需要强有力的监督作保障。为了防止政府的不良行政和非法行政，提高政府管理的效率，减少政府管理的失误，确保政府管理的效能，就必须对政府实行有力的监督，使其管理权在合理合法的前提下实施，这便是行政监督。行政监督也需要遵循一些基本准则和指导思想，以便对行政监督的实施起着指导和规范作用。行政监督一般可以分为政府内部监督体系和政府外部监督体系两大部分。

行政管理在现代社会中的作用越来越重要，如果说传统的行政管理出现一些失误还不是深关全局命运的话，那么现代的行政管理一旦出现失误便可能影响全局命运的沉浮。为了预防行政管理的随意性和人治化倾向，需要建立起能够统领全社会的行政管理法制，保证行政管理沿着法制化的道路前进。法制化是现代行政管理的最重要特征，依法行政是现代行政管理发展的大趋势。国家机关为实现行政职能，按照法定程序而制定、实施的法律制度，便是行政管理法制。它是行政管理法制化的根本前提。当然，为了确保行政管理法规的落实，预防出现一系列侵害他人合法权利的事情，还有行政诉讼起着制约作用，这是一种民告官的诉讼。

在行政管理中，还有一种各级人民政府部门内部的综合办事机构，它侧重于对本单位综合性的日常事务、规章制度、工作秩序等进行管理。一般地说，行政机关管理的主要内容包括：机关日常工作程序的管理；会议的管理；文书和档案的管理；查办、信访、接待、保密、印章等管理；机关行政经费管理和后勤服务管理等六个方面。

为完成行政任务、实现行政目标、提高行政效率和工作质量，需要注意方法得当，这便是行政方法。其具体含义是指国家行政机关及其行政人员，为贯彻管理思想和执行行政职能，以达到行政目标的各种措施、手段、办法、技巧等的总称。它包括基本手段、行政程序和技术方法等三个方面的内容。尤为重要的是行政管理技术方法的科学化,对现代行政管理技术、目标管理方法、民意测验方法、科学预测方法和概率统计方法等,需要我们把握其整体性原则、层次性原则和优化原则等。

行政管理静态要素分析和动态过程把握的终极目的是行政效率,这是全部行政管理活动追求的目标,是行政学研究的宗旨所在,要提高行政效率,便需要对现行的行政管理进行必要的改革。

行政效率是指国家行政机关和行政人员从事行政管理活动所得到的劳动效果、社会效益同所消耗的人力、物力、财力、时间的比率关系。它在行政管理中占据着极其重要的地位,具体体现在以下几个方面:提高行政效率是行政管理追求的最高目标;行政效率关系到中国社会主义现代化的进程;行政效率关系到能否适应当代科学技术革命的新挑战;提高效率是行政改革的总体要求。

行政管理学可以说是一门逻辑性极强的学科,它具有其独特的内在脉络。对《行政管理学》内在脉络的梳理,有助于我们从理论框架上高屋建瓴地把握这一学科。唯此,才不至处于只见树木、不见森林的被动境地。

(原载《自考·职教·成教》1999年第2期,
收入本书时有删减)

管理理论[*]

管理原理是对管理活动的本质及其基本规律的揭示和反映。研究行政管理,必须首先研究管理的基本原理。只有认识了管理的基本规律,掌握了管理的基本原理,我们才能更好地认识行政管理的特殊规律。本章所要介绍的主要有人本原理、系统原理、动态原理和效益原理,以及与这些原理相对应的一系列管理原则,如整分合原则、相对封闭原则、能级原则、动力原则、全面发展原则、反馈原则、弹性原则和价值原则等。

人本原理

一、人本原理

1. 人本原理的含义

人是管理活动的主体,人的积极性和创造性的充分发挥是现

---

[*] 本编的第一章和第二章系著者参与主编的《现代行政管理学》(济南出版社 1995 年版)中著者撰写部分。现在看来,这些内容并无特别之处,有些甚至属于老生常谈,但对我而言,它们却是我在 1995 年前后人生的主要展开方式。当然,在撰写的过程中,我也参考了诸多资料,在此,谨向前辈学人表示敬意。

代管理活动成功的保证。因此,一切管理工作都要以调动人的积极性、做好人的工作为根本。这就是管理中的人本原理的基本内容。

人本原理和人本主义是两个不同的概念。人本主义作为唯物主义哲学家费尔巴哈所提出的一种哲学观点,在反对宗教神学和批判黑格尔唯心主义的斗争中发挥了重要作用,但它抽出了人的具体历史条件和社会关系,把人仅仅看作是一种生物学意义上的人,因而具有形而上学和机械唯物主义的特征。而人本原则与其有本质的区别,人本原则是从管理活动发展的内在动力出发,强调发挥管理活动中人的因素,把人放在一种根本性的重要位置上,突出人的作用,其目的是通过人的主观能动性的发挥,提高管理作用。

人本原理就其基本精神而言,主要包括以下几点内容:第一,人是管理的主体,一切管理活动都是由人来进行的;第二,在各种各样的管理要素中,人的因素、人的主观能动性的发挥最为重要;第三,现代管理必须以做好人的工作、最大限度地调动其工作积极性和创造性为根本。这是搞好管理的关键所在。

2. 人本原理的历史进步性

人本原理是现代管理理论和实践发展的必然结果。在传统的生产方式中,受社会经济、政治、文化因素的制约,管理活动中财、物的作用相对比较突出,与这种生产方式相适应,人的因素得不到应有的重视,人的能动作用被忽视了。美国著名管理学家泰勒所建构的科学管理体系,改变了过去那种单凭个人经验、知识进行管理的方式,主张运用科学的管理模式、程序和方法进行管理。泰勒虽然也意识到人的主观心理因素在管理活动中的重要作用,但他的科学管理理论总的来看是建立在"经济人"的假设之上的，遵循的是效率、技能的原则，重视的是经济利益对工人劳动积极性的诱发。这种管理实质上仍然是以事、物为核心，人仅仅是其附属物。第二次世界大战以后，随着自动化的发展，简单重复的机械动作日益被机器所代替，生产者的工作更多地具有脑力劳动的成分，一些技术性很强的工作实际上是无法监督的。这就使得管理者和管理学家更加重视调动生产者的积极性和主观能动性。"行为科学"就是在这种背景下应运而生的。它摒弃了传统的以事、物为中心的管理方式，主张通过研究人的心理和行为的活动规律，采取行之有效的管理措施，诱导、激发人的行为，调动人们的工作积极性和创造性。

当然，受阶级局限性的影响，资产阶级管理学者只是把工人看作可以创造和生产"价值"的活的生产力，他们倡导的所有调动工人积极性的理论和方法，从本质上讲也只是资本家赚取更多利润的手段而已。尽管这些理论不可能彻底做到以人为中心的管理，但相对于传统管理理论的忽视人的因素而言毕竟是一个很大的历史进步。

3. 坚持人本原理的意义

坚持人本原理在管理中具有极其重要的意义，它是我们做好管理工作的基础和前提。这种意义体现在以下几个方面：第一，坚持人本原理是树立正确的管理指导思想的基础；第二，坚持人本原理是充分发挥人的主观能动性的前提；第三，坚持人本原理是管理活动发展的必然趋势和客观要求；第四，坚持人本原理是社会发展的必然趋势。因此，在管理中要想充分调动人的积极性就必须坚持人本原理，依照人本原理的基本要求从事管理活动。

二、坚持人本原理应遵循的基本原则

坚持人本原理，必须遵循一定的原则。这些原则主要有能级原则、动力原则和全面发展原则。

1. 能级原则

所谓能级原则是指按照人的能力大小而科学地将其安排在相应职级的工作岗位上，做到人尽其才、才尽其用，以保持和发挥组织的整体效能。因为人本原理要求我们在管理中必须把调动和发挥人的积极性放在首位，所以，按照能力大小来合理安排使用人才，是我们在管理中需要首先考虑的一个问题。

运用能级原则需要注意做好以下几点：

第一，管理能级必须建立稳定的结构层次。管理能级不是可以无原则地随便组建的，一般说来，稳定的结构层次应是正立的三角形或宝塔形，上尖下宽。在一个正三角形的组织中，有不同的层级，不同的人员按其不同的素质和能力，安排到相称的层级上。

第二，对不同的能级应授予不同的责任、权力和利益。能级原则不仅要求将机构和人员按能级组织起来，还要求科学地确定各个能级的职权范围，做到责、权、利相一致，以充分发挥各级组织和个人的主动性、创造性，保证每个人所承担的任务较好地完成。

第三，各类能级必须动态对应。所谓对应，是指根据各层能级的不同要求把相应的人员安排到适当的能级岗位上，做到量才任用，人尽其才。所谓动态对应是指随着管理目标、任务的不断变化以及管理组织外部环境的变化，管理的各个岗位能级也要不断调整，以确保管理工作在动态的发展过程中实现公平、合理、平衡，从而发挥出最佳的管理效能。

2.动力原则

所谓动力原则是指为保持管理持续高效地运行，必须充分重视并正确运用人们行为的动力。具体地讲，其根本要求在于根据管理活动的目标，运用现代心理学和行为科学的基本原理和方法，激励人们的行为，充分调动其工作积极性，增强管理工作的活力。动力原则又被称为激励原则。

社会上每个人的行为，都是受一定动机或目的支配的，而引起动机或目的的客观条件是人的各种需要。需要产生动机，动机决定行为，行为取得成果，成果又使人的需要得到满足。人的需要是多方面、多层次的，根据人们需要的不同层次和内容，动力可以分为以下三种基本形式。

首先是物质动力。物质生活资料的基本满足是人类得以生存和发展的基础。对物质利益的追求是人类一种初级的、但又是基本的动力，这在物质生活水平不高的社会形态中更是如此。但物质动力又不是万能的，在现代社会，物质动力是有限度的，需要我们把物质动力和精神动力结合起来。

其次是精神动力。有精神需求是人区别于动物的一个重要之处。人的精神需求包括人对尊重的需求、对成就的需求、对实现自己信仰和心愿的需求等，它是推动人们做出一定行为的又一动力。信仰、理想、事业心、荣誉感、成就感以及日常的思想工作，都是精神动力的源泉。精神动力只要运用得当，就能产生较大的效能。

再次是信息动力。掌握必要的信息，能形成一种实现目标的推动力。因为人们在广泛的信息交流中，能够受到启迪和激励，从而奋发进取，更好地实现组织的管理目标。

西方许多管理学家对动力原则非常重视,甚至把它看作是管理中的一个核心问题。他们运用社会学、心理学、行为科学等科学知识,对人的需要、动机和激励的问题进行深入的研究,如马斯洛的需要层次论、赫茨伯格的双因素理论、弗鲁姆的期望价值理论、亚当·斯密的公平比较理论等,都从不同方面提出了激励、调动人的工作积极性和创造性的理论和方法。

3. 全面发展原则

所谓全面发展原则是指在管理中使广大员工在体力、智力、思想品德、精神心理等方面都得到健康充分发展的管理原则。

全面发展原则是社会发展的本质要求。社会发展必然要求以人为目的,促成人的全面健康的发展。在资本主义社会中,建立在生产资料私人占有基础上的一切管理工作都是以获取更多利润为目的,这便决定了人被异化的必然性。一方面,资本家是金钱的奴隶;另一方面,工人又是资本家机器的奴隶。在此情况下,人的发展自然会呈现出片面、畸形的特征,诚如马克思所指出的那样:"在资本主义体系内部,一切提高社会劳动生产力的方法都是靠牺牲工人个人来实现的;一切发展生产的手段都变成统治和剥削生产者的手段,都使工人畸形发展,成为局部的人,把工人贬低为机器的附属品,使工人受劳动的折磨,从而使劳动失去内容,并且随着科学作为独立的力量被并入劳动过程而使劳动过程的智力与工人相异化……不管工人的报酬高低如何,工人的状况必然随着资本的积累而日趋恶化。"[①]因而,超越资本的局限性,获得人的全面发展,将会使人的巨大潜能得到充分挖掘和发挥,从而为现代管理活动注入永不枯竭的勃勃生机。

---

① 马克思:《资本论》(第1卷),人民出版社1975年版,第707—708页

系统原理

一、系统原理

1. 系统原理的内容

以系统论为首的"三论"——系统论、信息论、控制论,是20世纪最伟大的科学理论成果之一。系统论自产生以来,经过半个多世纪的发展,已成为一门独立的具有强大生命力的新兴学科,其基本原理被广泛应用于自然科学、社会科学的各个领域并取得了丰硕成果。

运用系统理论,对管理对象进行系统分析,研究系统内部与外部环境之间的有机联系,着力于发挥系统的整体功能,以实现管理的最优化,这就是管理中的系统原理。

系统指的是由相互作用、相互依赖的若干部分结合成的有机整体,这个整体具有其各个组成部分所没有的新的性质和功能,并和一定的环境发生交互作用。

系统原理包括以下几个要点:第一,系统原理植根于事物所具有的系统属性,任何事物都有系统性,都是一个密不可分的有机整体;第二,系统是在与周围环境不断发生联系和相互作用的过程中存在和发展的;第三,管理活动是一个对系统进行科学分析,协调各组成部分之间的关系及其与环境的关系的综合过程;第四,管理活动的目的是为了实现系统的整体优化,创造整体的管理效益,这是系统管理的落脚点和归宿。

系统原理是现代社会发展在管理中的必然反映。现代管理在各个层面上都结成一个密切联系、相互作用的有机整体。在构成整体的部分中,任何一个环节、一种关系或一个组成部分出现问题,都会对系统的正常运行带来不利影响。这就在客观上要求管理工作必须坚持系统原理,运用系统原理分析整个管理活动以及它所涉及的各种因素和环节,科学地协调管理系统中各个组成部分的关系,把管理系统中诸要素有机地统一起来,以达到整体功能的最优化,提高管理的效率。

2. 在管理中如何坚持系统原理

坚持系统原理就是按照系统的基本特性去从事管理。管理系统的最主要特征有整体性、层次性、目的性等。我们在管理中只有充分顾及这些特征,才能较好地把握系统原理的本质。

(1)整体性

系统作为一个整体,其性质不能归结于组成系统的各个孤立元素,即不等于各个孤立元素的简单相加。因为系统各元素之间相互联系、相互作用的性质,绝不是所有孤立元素的性质所能包括的,就如一堆完备的机器零件不等于一部机器。一个系统,即使每个元素良好,如果整体性能差,仍然不是一个好的系统;而一些不算很理想的元素,有时由于组合极佳,却能形成一个优良的有整体性能的系统。

管理系统整体之所以能形成这种新功能,主要取决于它的结构——诸要素在时间上、空间上相互联系的组合方式和排列顺序。这种组合方式和排列顺序使原来单个分散的诸要素呈现出一种有序化、组织化、集成化的状态。因而,决定管理系统整体性能好坏的一个重要因素就是该系统的结构是否合理。

(2)层次性

管理系统的层次性,是指任何管理系统都可以从纵向上把它划分为若干等级,其中低一级的管理机构是高一级的管理机构的有机组成部分。

　　管理系统一般可划分为三个不同层次的管理：宏观管理、中观管理、微观管理。宏观管理主要是指国家或政府一级对国家范围的事务进行的总体性、战略性的管理，以确定方针、制定政策、进行规划为主。微观管理主要是指具体单位在统一方针指导下，根据政策的许可范围，从本单位的实际情况出发，在"小系统"上进行经营。中观管理是介于上述二者之间，承上启下，既有宏观管理的内容，又有微观管理的内容，把二者连接起来的管理层次，它具有中介性、两重性和相对独立性等特点。

　　管理系统的层次性首先要求现代管理工作必须建立合理、适度的管理层次和幅度，以提高管理工作效率。其次，它还要求我们处理好管理层次；注意层次间应各有职责而不能越俎代庖；注意逐级指挥，逐级负责。

　　（3）目的性

　　管理的本质是为了达到组织的目的而对人、财、物等要素实现有效控制的社会实践活动。在这种活动中，每个过程、环节、职能的发挥以及原则和方法等，都是为实现组织系统的目的服务的。因此，如果目的不明确，或者混淆了不同的目的，都必然会导致管理的混乱。

　　在管理系统的运行过程中，目标具有决定管理活动方向、性质的意义。目标正确，管理系统活动的效率越高，效果就越好；反之，目标错误，管理系统活动的效率越高，给管理带来的危害就越大。

　　管理系统的目的性，要求我们在建立任何管理系统时，都必须以实现管理目标为中心，以此来设置相应的子系统和各种要素，确定其功能，合理安排其组织结构，使管理系统在目的性的作用下,达到最优化的良性运转。

综上所述,所谓坚持系统原理,就是要把各种管理工作看作是一个有机联系的整体系统,要用发展的、联系的观点看待管理中的每一个环节、每一个要素、每一个层次,正确处理管理内部与外部的关系,保证管理系统最大限度地保持整体优化状态,以便较好地实现既定的管理目标。

3. 在管理中如何进行系统分析

如何运用系统原理分析具体管理工作中的问题呢？一般说来,系统分析应包括如下几个方面的内容:

(1) 了解系统的要素。了解系统是由哪些要素组成,可以分为哪些分系统、子系统。

(2) 分析系统的结构。分析系统内部组织结构如何,系统与子系统之间如何联系,各要素之间的组合方式和互相作用的方式是怎样的。

(3) 研究系统的关系。研究此系统同其他系统在纵、横各方面的联系,以及该系统在更大系统中的地位、作用。

(4) 把握系统的功能。弄清此系统的要素具有什么功能,系统的功能与各子系统的功能之间的关系。

(5) 弄清系统的历史。搞清此系统的产生和发展历史以及发展前景。

(6) 研究系统的改进。弄清维持、完善与发展系统的源泉和因素,研究改进系统的方案、措施及后果。

二、坚持系统原理应遵循的原则

坚持系统原理,必须遵循整分合原则和相对封闭原则。

1. 整分合原则

所谓整分合原则是指在对管理系统整体把握的前提下，实行科学的分解和总体的组织综合，从而保证管理目标的顺利实现。其中，整体把握是前提，科学分解是关键，组织综合是保证。

所谓整体把握是指从管理系统的整体出发，对管理工作的全局有一个通盘的规划。这主要包括指定管理系统的总体目标，以及实现该目标应采取的基本战略措施，确定正确处理该系统与其外部环境相互关系的原则等。

所谓科学分解，指的是在对管理系统把握的前提下，将管理工作的整体科学地分解为若干组成部分或基本要素，据此明确地分工，从而使管理工作专业化、程序化、规范化。这主要包括建立合理的系统组织结构，确定适当的管理层次和幅度，根据整体目标的要求规定各子系统的功能、职责以及相应的权利和权益。

所谓组织综合，指的是在科学分工的基础上，组织严密有效的协作。合理的分工，是为了更有效的协作。在合理分工的基础上组织严密有效的协作，才是现代的科学管理。分工并不是管理的终结。分工也会带来许多新问题，如分工的各个环节，特别容易在相互联系方面产生新的脱节，在相互影响方面产生新的矛盾。因此，为了保证管理系统各个部分的活动始终围绕管理的整体目标运转，避免分工后出现的各个矛盾，必须对分工后的各种管理工作不断进行综合和协调，以保证整体目标的实现。

2. 相对封闭原则

所谓相对封闭原则是指管理内部构成一个各环节首尾衔接、互相约束、相互促进的连续封闭的回路，从而有效发挥管理中各个环节的功能和作用，形成有效的管理。

相对封闭原则对一切管理系统的活动过程、环节、机构、人员和方法等都适应。不能相对封闭的管理只能是杂乱无章的无效或低效管理。就管理系统的活动过程来讲,管理活动的计划、组织协调和控制等环节便是一种封闭活动。就管理系统的机构设置来讲,亦与管理活动环节的相对封闭保持一致,表现为决策机构、执行机构、监督机构和反馈机构的互相影响、互相制约,从而保障管理活动的正常运行。

就管理系统运行中人员之间的关系而言,也应体现相对封闭状态,做到一层管一层,一层对一层负责,决不能出现不封闭、不受制约和监督的管理人员。管理法也应该符合这个回路加以封闭,不仅要有一个尽可能全面的执行法,而且应有对执行的监督法,还必须有反馈法,它包括执行过程中产生矛盾的仲裁法,对执行发生错误的处理法等。

总之,有效的相对封闭可以有效地保证管理系统的活动沿着既定目标有序运行。

在实行相对封闭式管理的过程中,应做好下列四方面的工作:

(1)要从后果评估出发。评,是指对后果的质的评议;估,是指对后果的量的估计。采取任何管理措施,都要考虑它可能产生的后果,如果与目的总是不完全一致,就要采取对策,加以封闭,以杜绝偏离目的的后果。

(2)要从各种后果中循踪追迹。从各种反馈后果中选择出主要问题加以封闭,然后循踪追迹,逐一解决其中的问题。

(3)要实行封闭的专家顾问管理法。注意听取专家的意见,改进和提高管理水平,也需要实行封闭的管理方法。要改变那种把专家顾问团当作荣誉席位安排的方法,真正把它视为汇集人才的组织,同时采用科学的方法倾听各类专家的意见,并对其工作后果实行封闭管理,不断检查总结,论功行赏,奖勤罚懒。

(4)要注意封闭的相对性。管理要封闭,只能是相对的,决不可使它僵化、凝固。因为在时间和空间上的诸多变量,势必会影响到原系统的运行,使之表现出复杂性,从而再进行新的封闭。

总之,有效的管理要求动态地、不断地进行封闭。管理的过程,就是充分考虑可能涉及的因素,权衡各种可能预见的后果,采取相应的封闭管理,最终实现一定目标的活动过程。

动态原理

一、动态原理的含义

所谓动态原理,是指在管理活动中根据管理对象运动、变化的情况,及时调节管理的各个环节和各种关系,以保证管理活动沿着预定目标前进。

任何事物都处在一定的动态变化系统中,管理也是如此。它作为人们为达到一定目标所从事的对特定系统进行计划、组织、协调、控制的过程,其本身从目标的制定到任务的落实,从人员、机构的组织指挥到活动过程的跟踪、控制,直到目标实现,都处于内外诸要素相互影响和变化发展的过程中,即使是每一个环节内部也都表现为一个动态的系统。管理活动中的内部构成要素和存在于管理系统外部的诸要素,把握各种关系、目标、任务、结构、措施和步骤的变化,进而使现代管理活动呈现出复杂多变的特点。动态原理正是对现代管理活动这一规律的反映。

现代管理的实质是使管理系统内外因素的结合在变动中由不合理逐步趋向合理的动态过程。在现代社会中,现代信息技术和手段的发展以及信息传播速度的加快,使得整个世界成为"牵一发而动全身"的有机整体。在此情况下,按照动态原理的要求,科学地认识、预测、把握管理中各种因素的变化,采取有效的协调、控制和反馈手段,保证管理活动朝着预定目标前进,便具有极其重要的意义。

二、坚持动态原理应遵循的原则

在复杂多变的管理系统中,只有坚持动态原理,才能较好地把握和控制管理活动的动向,以保证管理过程在不断的调整中实现预定的管理目标。为此,需要遵循与动态原理相应的信息反馈原则和弹性原则。

1. 信息反馈原则

所谓信息反馈原则是指在管理实践中,为有效地控制不断变化的管理活动向预期目标发展,以其健全、灵敏、准确、高效的信息反馈机制,对管理过程中出现的新情况、新问题作出及时的信息反馈,采取相应的变革措施,把问题和矛盾解决在萌芽状态。

信息反馈简称反馈,是现代控制论中的一个重要概念。它是指由控制系统把信息输送出去,又把其作用结果返送回来,并对信息再输出发生影响,起到控制的作用,以达到预定目标的过程。原因产生结果,结果构成新的原因,反馈在原因和结果之间架起了"反向"的桥梁,在因果性和目的性之间建立了紧密的联系。这种因果关系的相互作用,不是各有目的,而是为了实现一个共同的目的。任何一个控制系统,如果没有反馈,实际上也就失去了控制。控制和反馈,在控制系统中是互为前提、同时并存的。控制是使信息流程、行动、活动朝着目标方向进行;而反馈则是以这种信息流程、行动、活动的运行结果为出发点,向着控制系统的方向进行的反馈过程,它通过这种反作用,使控制系统根据实施的结果与目标的偏差进行调节,从而使系统的运行更加接近目标。在任何一个控制系统中,控制和反馈所起的作用与反作用是联系发生的,是作用——反作用——作用不断循环的过程。一个系统朝着某种目标有序运行正是通过这种控制与反馈的不断循环协调发展的。

现代管理活动是一个复杂的控制系统,它通过对各种管理要素的控制来实现预期目标。在这个控制过程中,反馈起着重要作用。因为在管理过程中,没有及时、有效的反馈根本不可能控制管理活动的局面和发展方向,因而也就难以主动消除或减小实际工作状态与目标值的偏差。坚持反馈原则意味着增强系统的自我调节能力,使管理活动达到最佳效果。

应用反馈方法进行控制时,一般会产生两种不同效果:如果反馈使系统的输入对输出的影响增大,使系统的运动更贴近目标,这种反馈叫正反馈;如果反馈使系统的输入对输出的影响减少,使系统偏离目标的运动趋于稳定状态,这种反馈叫作负反馈。在管理过程中,反馈的主要作用就是对所执行的前一个决策引起的客观变化及时作出有益的反应并提出相应的新决策建议。

坚持信息反馈原则的关键在于建立健全、灵敏、准确、有力的信息反馈机制。所谓"健全",是指管理组织反馈系统的设置能全面反映整个组织的运行情况,反馈系统与控制系统的关系协调,反馈运行渠道畅通;所谓"灵敏",是指反馈系统具有高度的敏感性,能及时发现问题和偏差,为控制系统再输出及时提供信息;所谓"准确",是指反馈系统必须具备高效能的分析能力,能捕捉住信息的本质所在;所谓"有力",是指反馈系统提供的信息能够有力地影响、修正原来的管理行为,使之更符合实际情况,获得更大的效益。

总之,反馈在现代管理中具有极其重要的作用。现代管理活动的有效开展,正是遵循信息反馈原则,沿着决策、执行、反馈、修正,再决策、再执行、再反馈、再修正,如此循环往复地螺旋式上升的。

2. 弹性原则

现代管理的各种因素、环节、步骤的密切联系和纷繁变化,使管理者不可能对其未来发展的各种细节都作出超前的精确测定。因此,需要遵循弹性原则进行管理。所谓弹性原则,就是使管理保留充分的余地和弹性,以应付各种随时都可能出现的新情况、新变化,从而有效地达到管理的目的。

现代管理之所以要求遵循弹性原则,是与动态原理的要求相吻合的。

首先,现代管理活动所涉及的问题、因素、关系具有复杂性,决定了管理需要保留充分的余地和弹性。现代管理所碰到的问题,总是要涉及众多因素,这诸多因素又有机地联系在一起,使管理处于一个复杂多变的系统中。在这种情形下,人们百分之百地把握它们,精确地预测它们的演变过程和发展趋势,制定出万无一失的管理措施是根本不可能的。为了从容应付管理过程中出现的新问题,就必须遵循弹性原则。

其次,现代管理活动的不确定性也决定了管理需保留余地。世界上的一切事物都在运动变化之中,管理过程亦是如此,这不仅是由于管理涉及因素多,而且还由于管理是一种社会活动。管理者是人,被管理者也是人,人作为有思维活动的生命,意想不到的行为或一些"反制行动"都是常有的。在这种情形下,如果管理方案没有一定的弹性,一旦某些情况出现变化,就可能使管理行为陷入被动,影响管理的效果。

再次,现代管理活动的后果性也决定了管理需留有余地和弹性。管理是行动的科学,它有一个后果问题。由于管理因素多、变化大,一个细节的疏忽都可能产生巨大的影响,"失之毫厘,差以千里"。因此,需要在检验行为后果与行为目标的偏差基础上,及时处理反馈回来的问题,不断调整管理方案,这便需要管理从一开始就保持可调节的弹性。

当然,遵循弹性原则,并不是要遇事留一手、计划订得松一些、指标定得低一些,这是一种消极弹性的表现。我们要求的是积极弹性,充分发挥人的智慧,进行科学预测,在关键环节保持可调节性,事先预备可供选择的多种调节方案,以保证管理活动在动态中朝着预定目标前进。

效益原理

一、效益原理概述

所谓效益原理,是指在某系统的管理中,以最小的投入和消耗,获取最大的经济效益和社会效益,从而更有效地实现系统的总目标。

这一定义中的效益指的是效果或利益,具体指在社会实践活动中某一特定系统实际产生的有益效果。人们习惯上把效益分为经济效益和社会效益。

经济效益是指人们经济活动所取得的收益性成果。它主要表现为生产经营者的经济收入。经济效益可以用下面的公式表示:经济效益=已实现的经济活动成果/劳动耗费;或者说,经济效益＝所得/所费。讲求经济效益是现代管理的一项基本原则，又是管理的根本目的之一。

社会效益是指人们的社会实践活动对社会发展所起的积极作用或产生的有益效果。社会效益有广义和狭义之分。广义的社会效益包括政治效益、经济效益、思想效益、文化效益等。狭义的社会效益则是指经济效益之外的由人们的活动为社会生活发展所带来的效益。

效益原理揭示了现代管理的根本目的，即管理工作的一切职能、措施、手段、方法等，最终都是为了多快好省地实现管理的预定目标，即获得最佳经济效益和社会效益。为了实现这一目的，管理活动必须符合生产力发展的要求，用最新的技术和设备、科学的手段和方法进行管理。同时，在处理经济效益与社会效益的关系上，要做到统筹兼顾，最大限度地追求经济效益与社会效益的同步增长，反对单纯追求经济效益而不讲社会效益的管理方式。在经济效益与社会效益发生矛盾时，经济效益要服从社会效益。这是因为社会效益更多体现的是国家、社会、人民群众的整体利益与长远利益，而经济效益常常表现为个人、局部、当前的效益，社会效益比经济效益更为重要和有意义。

二、坚持效益原理应遵循的原则

现代管理追求的目标是经济效益与社会效益的有机统一，这在具体管理工作中，便表现为经济价值与社会价值的统一。因此，坚持效益原理，必须遵循价值原则。

所谓价值原则是指管理的各个环节、各项工作，都应紧紧围绕提高社会效益和经济效益，科学地、节省地、高效地使用管理的各种资源，以实现最大的经济价值和社会价值。

这里所说的"价值"与政治经济学中所讲的商品的价值不是同一个概念。它既不是单纯的商品价值，也不是单纯的经济价值，而是经济价值与社会价值的统一，是更高意义上的价值概念。

恩格斯在1844年给马克思的一封信中曾明确指出："价值是生产费用对效用的关系。"在《反杜林论》中，恩格斯又进一步把"生产费用"改为"劳动耗费"。价值是劳动耗费对客观效用的关系，这用公式表示就是：价值＝效用/耗费。要理解和把握管理工作的效益，就必须研究耗费带来了多大效用。这是现代科学管理中价值原则的集中体现。

遵循价值原则的途径、方式、方法很多，其中较有代表性的是美国学者麦尔斯于1947年创立的一种价值分析方法。价值分析又称价值工程，它是从企业管理的微观角度提出的，指的是运用集体智慧和有组织的活动，着重对产品（或工程）进行功能分析，使之以最低的总成本可靠地实现产品（或工程）的必要功能，从而提高产品（或工程）价值的一套科学的技术经济分析方法。它具有以下三个方面的内容：

第一，价值分析的基本目的是以最低的总成本可靠地实现产品（或工程）的必要功能。

第二，价值分析的核心是对产品（或工程）进行功能成本总分析。

第三，价值分析是一种依靠集体智慧进行的有组织的活动。

按照价值分析方法，价值表示某种产品（或工程项目）的功能与成本之比用公式表示即：V（价值）＝F（功能）/C（成本）。在这个公式中，功能是指商品中部件、零件的功能以及由此而提高的商品的使用价值和市场效应。成本是指可靠地实现产品的必要功能所消耗的财力和物力的总和。根据价值分析方法，这一公式延伸推广到现代管理的价值原则中使用时,可表示为:价值＝产出/投入。在这个公式中,产出是指特定社会需要的产品总量;投入是指社会所耗费、占用的劳动总量(包括活劳动和物化劳动)。如此,价值分析的方法便可以应用到现代管理的各个领域。

当然,在价值分析方法中所讲的功能和耗费与价值原则中的概念并不完全相同。价值原则中的功能指的是管理工作完成目标和任务的效能,是一种整体功能。成本或耗费既指物力、财力的耗费,也指智力和时间的耗费,是一种综合成本概念。

根据以上公式,提高现代管理的效益、追求最佳经济价值与社会价值的途径主要有以下几种:

其一,提高产出,降低成本;提高效用,降低消耗。这是一种最理想的途径。

其二,产出、效用不变,降低成本。

其三,成本不变,提高产出、效用。

其四,产出、效用略降,成本大幅度降低。

其五,成本略升,产出、效用大幅度提高。

总之,价值分析方法是提高产品价值的一种行之有效的方法,据此来进行管理工作,便可以较好地遵循价值原则,创造出最大的经济效益和社会效益,提高管理效率。

依法行政

现代行政管理最重要的特征是依法行政。依法行政是行政管理得以科学化、民主化和现代化的重要保证。离开了依法行政,就可能使行政管理出现无序性和随意性,这不但妨碍行政管理诸功能的正常发挥,而且也妨碍社会稳定、有序、健康地发展。依法行政的前提就是要有法可依,因此,行政法制的建设和完善便是行政管理理论建设的一个重要构成部分。

行政法制概述

一、行政法制的含义

行政法制是指国家行政机关为有效实现其行政职能,按照法定程序而制定、实施的法律制度。它在保障社会政治、经济、文化等方面的健康发展,规范行政机关和行政人员的行为,促成社会管理的民主化等方面,具有极其重要的作用:一是行政法制是在宪法和法律的基础上制定的,二是行政法制是宪法和法律在行政管理中的具体贯彻和体现。

行政法制的含义可从静态和动态两个方面来把握。从静态方面看,行政法制主要是指国家行政机关制定的用以管理社会公共事务的法律、法规、规章及制度的统称;从动态方面看,行政法制是机关制定和实施有关法规制度的活动过程,这一过程的主要内容是依法行政。

当然,行政法制的动态和静态含义之间是相互联系、不可分割的一个整体。一方面,法律和制度是依法行政的前提;另一方面,依法行政是法律和制度发挥作用、实现其意义的重要保证。有法不依,法律和制度只是一纸空文。因此,行政法制的这两层含义,不仅强调了行政管理法规建设的必要性,做到有法可依,而且也强调了实际行政管理过程中的法制化,做到依法行政。行政法制的核心环节是依法行政。

依法行政的内涵是丰富的,它主要包括两个方面:一是政府活动必须纳入法规的轨道;二是政府应当运用法律手段去管理国家事务。

依法行政是当代世界公认的一项行政管理原则。尽管在不同政治体制的国家,其含义不尽相同,但一般都包括以下内容:管理活动不得违反宪法和既存的法律;行政活动不得违反行政机关自己作出的决定;行政管理活动不得违反法院的判决;没有法律授权,行政机关不得任意剥夺公民的权利,强加给公民特定的义务;没有法律依据,不得任意为任何人设定特定的权力或免除特定的义务,等等。总之,不管何种政治体制,都强调在行政管理中必须依据宪法和法律行使权力,以此来保障行政管理在有序和健康的轨道上运行。

二、行政法制与行政管理

行政管理是国家行政组织对社会公共事务的管理,现代社会的管理离不开法制,稳定而有序的社会需要以法的形式来确认保障一定的社会制度和社会关系。法作为国家意志的体现，具有不可违背、不可侵犯的严肃性和权威性。因此，法律便成为制约、规范和调节整个社会生活中社会关系的根本规则，它不会因领导者意志的变化而变化，可以防止"一个将军一个令"、"政出多门"、"人在政在，人去政息"和"朝令夕改"等弊端的产生。而且法律一旦内化为人们的共识和价值尺度，一切破坏法制的行为都会受到人们的抵制和谴责，一切遵循法制的行为都将受到人们的称赞，从而保障社会行政管理按照规范的方向发展。具体地讲，行政法制对行政管理的意义主要表现在以下几个方面：

首先，行政法制是行政管理民主化的保障。行政法制在根本上规范了行政管理机关及管理人员的职责及行为，保障了行政管理者和被管理者拥有法律所赋予的基本权利，从而使行政管理的民主参与有了可靠的法律保障。为了保证行政管理的民主化，必须加强行政法制建设。邓小平同志曾经深刻地指出："为了保障人民民主，必须加强法制。必须使民主制度化、法律化，使这种制度和法律不因领导人的改变而改变，不因领导人的看法和注意力的改变而改变。""做到有法可依，有法必依，执法必严，违法必究。"①"对一切无纪律、无政府、违反法制的现象，都必须坚决反对和纠正。否则我们就决不能建设社会主义，也决不能实现现代化。合理的纪律同社会主义民主不但不是互相对立的，而且是互相保证的。"②这些论述精辟地说明了法制和民主的关系，强调了法制是民主的保障。这对于行

---

① 邓小平：《邓小平文选》（一九七五——一九八二），人民出版社1983年版，第136页。
② 邓小平：《邓小平文选》（一九七五——一九八二），人民出版社1983年版，第319页。

政法制和行政管理民主化的关系,当然也是适用的。

其次,行政法制有助于行政管理的科学化。从根本上说,管理的科学化、管理的民主化和管理的法制化是密不可分的。成功的、有效的行政管理,总是这三者的有机统一。

所谓行政管理的科学化,是指行政管理符合管理活动所固有的客观规律,按其固有的客观规律办事。行政管理自身所具有的客观规律,可从两方面加以认识:一方面,在总体上,行政管理有其一般的客观规律,如关于行政机关的机构设置原则、层次结构、活动原则和程序、行政管理的手段和方法、领导体制、行政工作人员的考核、奖惩性培训、待遇等,都有规律可循,不同的行政部门都要遵循这些共同的规律。另一方面,具体到各个不同的行政部门的管理,又具有其自身的特殊规律。科学的行政管理体现了行政管理一般规律和特殊规律的统一。行政法制则可以保障在行政管理过程中按照管理的规律办事,把行政规律的要求上升为法律制度规范,避免行政管理中的盲目性和主观随意性。因此,行政管理法制化是行政管理科学化的重要保证。

再次,行政法制是行政管理高效率的前提。随着各国科技、经济和政治的发展,政府职能正在逐步扩大,政府机构和机构人员迅猛增加,行政经费开支急速膨胀。如1841年英国公务人员1.7万,法国9万,美国2.3万。到1881年,英国公务人员已达8.1万,法国近38万,美国10.7万,而且在冗杂的公务人员中存在严重的贪污腐化、不负责任、能力低、不称职和行政效率低下等问题。这与缺乏严密系统有效的行政法规的规范和调节关系较大,妨碍了行政管理职能正常发挥。因此,各国政府不断加强行政法制的建设,程度不同地提高了行政效率,从而为资本主义的发展奠定了重要基础。

在我国的行政管理中,亦由于缺乏系统的行政法制的规范和调节,致使官僚主义盛行,行政效率低下。正如邓小平同志所指出的:"高高在上,滥用权力,脱离实际,脱离群众,好摆门面,好说空话,思想僵化,墨守陈规,机构臃肿,人浮于事,办事拖拉,不讲效率,不负责任,不守信用,公文旅行,互相推诿,以至官气十足,动辄训人,打击报复,压制民主,欺上瞒下,专横跋扈,徇私行贿,贪赃枉法,等等。"①这种令人无法容忍的官僚主义,严重降低了行政效率。要改变这种情况,根本途径之一就是加强行政法制建设,做到依法行政。

目前,由于在"我们的党政机构以及各种企业、事业领导机构中,长期缺少严格的从上而下的行政法规和个人负责制,缺少对于每个机关乃至每个人的职责权限的严格明确的规定,以至事无大小,往往无章可循"②,从而降低了行政效率。因此,我们必须加强行政立法,为行政活动提供基本的规范和程序,使行政管理在行政法制的规范和调节下高效率地运行。

最后,行政法制还是实现行政管理方式转化的根本保障。几千年来的封建专制主义统治,基本上是以"人治"为行政管理方式,"人治"的核心是对于直接决定自我升降命运的"上司"负责,如此,行政管理中唯长官意志是从、投领导所好等种种投机行为便应运而生。"人治"还造成了行政管理中的"一朝天子一朝臣"、"一个将军一个令"等现象,极大地妨碍了社会协调有序地发展。与"人治"的行政管理方式相对的是"法治"的行政管理方式。"法

---

① 邓小平:《邓小平文选》(一九七五——一九八二),人民出版社1983年版,第287页。
② 邓小平:《邓小平文选》(一九七五——一九八二),人民出版社1983年版,第288页。

治"的核心是对于"法"的负责,"法"成为衡量行政管理人员行为的最高价值尺度。行政法规是超越于个人意志之上的一种国家和社会的意志,行政管理人员的升降命运不再是以长官意志为指归,而是依据法定要求,根据政绩、贡献大小来决定,这有利于克服个人主观因素在人事管理中的消极影响。在由"人治"管理方式向"法治"管理方式过渡的过程中,当然离不开行政法制的系统构建和实施。因此,行政法制在行政管理方式转变过程中,具有不可取代的价值和作用。

行政管理法规的含义、种类和作用

一、行政管理法规的含义和特点

1. 行政管理法规的含义

行政管理法规是指国家行政机关为了实施宪法和法律,履行行政管理职能,在其职权范围内,依据法律和法定程序制定和发布的规范性文件的总称。

行政管理法规和行政法规、行政法是三个既有区别又有联系的概念。依据1987年4月21日国务院批准发布的《行政法规制定程序暂行条例》第2条规定:"行政法规是国务院为了领导和管理国家各项行政工作,根据宪法和法律,并且按照本条例的规定制定的政治、经济、教育、科技、文化、外事等各类法规的总称。"也就是说,行政法规特指国务院所发布的行政管理法规。行政法则是国家机关制定和发布的国家行政组织及其活动准则、职责权限、工作程序以及对国家行政机关的活动进行监督的法律规范的总称。它是一个独立的法律部门,是国家法律体系中的重要组成部分。它的调整对象是行政机关在行使行政职能活动中所发生的各种社会关系。行政法包含着行政法规和行政管理法规。行政法概念的外延要比行政法规和行政管理法规更为广泛。

行政管理法规这一概念有以下几层含义：

(1)行政管理法规大部分是由国家行政机关制定和发布的，只有少量的行政管理法规是由国家权力机关制定的，这是它与法律的重要区别。法律是由国家最高权力机关制定的，行政管理法规的制定则由行政管理机关承担。

(2)行政管理法规的目的是实施宪法和法律，履行行政管理职能，实现行政目标。制定行政管理法规是从属于法律的活动，它只能在宪法和法律的许可范围和权限范围内制定和发布。

(3)行政管理法规与其他法律一样有约束力和强制性，并以国家强制力保证其实施。行政管理法规是依照法律法规发布的规范性文件，而且这种规范性法规具有普遍的约束力和强制性。

2.行政管理法规的特点

行政管理法规是我国法律的重要组成部分，它同其他方面的法规相互联系而构成我国统一的法律体系。与其他部门的法规相比较，行政管理法规具有以下几个显著特点：

(1)行政管理法规所体现的意志具有单方性。行政管理法规是国家单方面意志的表现，在这种法规所调整的行政关系中，国家行政机关的要求和行为的成立不以另一方是否同意为前提条件。这种法律关系的形成，取决于国家行政机关是否依法下达了指示和命令。一旦国家行政机关依法下达了指示和命令，关系的对方就必须履行作为或不作为的义务。这种行政关系具有"权力—服从"或"命令—服从"的性质。而某些民事法律关系，则双方当事人意志平等，可以认可或拒绝，如签订合同等。

(2)行政管理法规具有综合性、直接性和具体性等特点。行政管理法规是国家经常地、直接地组织和管理社会生活的手段,就其调整手段而言,它具有综合性特点;就其解决问题而言,它具有直接性特点;就其内容而言,它又具有具体性特点。

(3)行政管理法规的存在具有分散性。行政管理法规没有统一的法典,它只能是分散的、大量的行政法律规范的总和,不像刑法和民法那样可以编出一个统一而完整的法典形式的文本。这主要是由于国家行政管理的范围极为广泛,对象复杂,再加上行政管理法规规定的问题比较具体,且又随着客观情况的变化而变化,因而至今为止还没有一部比较完整统一的行政管理法典。历史上曾有不少国家试图制定统一的行政法典,如奥地利在1925年制定了《一般行政手续法》和《行政处罚及行政处罚手续》;同年,捷克颁布了《一般行政法》;1935年日本制定了《国家行政运营法案要纲》,但这些努力最终都没有获得成功。一些法制健全的国家,多数采用汇编成册的方法,或从行政程序方面着手制定统一的行政程序法和行政手续法,如法国制定的《法兰西行政法典》就是一些行政管理法规的文件汇编。

二、行政管理法规的内容和种类

1.行政管理法规的内容

我国的行政管理法规存在于大量的法律规范性文件之中,它不是个别行政管理法律、法规的具体名称,而是一切行政管理法律规范的总称。它所包含的内容十分广泛,概括地说,主要包含以下几个方面:

(1)行政组织法。它是规范国家行政组织方面的法规,规定了国家行政机关的任务、地位、职责、组成、编制和国家行政工作人员的义务、权利、任用、调配、考核等方面的内容,其作用是调整行政组织自身的各种法律关系。行政组织法包括两部分内容:一是国家行政机关组织法,如《中华人民共和国国务院组织法》;二是国家行政工作人员法,如《国务院关于国家行政机关工作人员的奖惩暂行规定》等。

(2)行政作用法。它是规范国家行政机关及其工作人员在行政管理活动中具有法律后果行为的法规,主要包括各级国家机关在其职权范围内所制定和发布的各种行政措施方面的法规,如《工商企业登记管理条例》等。

(3)行政监督法。它是对国家行政机关及其工作人员的行政行为实行监督的法规,主要规定了行政监察机构的组成、权限、任务以及各种监督制度,如《关于设立国家监察部的决议》等。

(4)行政诉讼法。它是规定行政诉讼范围和程序等方面的法规,通常包括行政案件审理机关及管辖范围、行政诉讼当事人的权利义务、行政诉讼程序、行政诉讼的裁决与执行等方面的法律规范,如《中华人民共和国行政诉讼法》等。

2.行政管理法规的种类

行政管理法规的内容如此广泛,那么,从类别的角度审视,可以将这些纷繁复杂的内容划分为哪几类呢?根据不同的标准,从不同的角度可对我国行政管理法作如下分类:

(1)以行政管理法规所规定内容的不同可以分为:行政组织法、行政作用法、行政监督法和行政诉讼法。

(2)以行政管理法规效力范围的不同可分为:①根据法规效力的地域范围,分为效力及于全国的中央行政管理法规和效力仅及于一定行政地域范围的地方行政管理法规。②根据法规效力的部门范围,分为效力及于若干个部门的跨部门行政管理法规和效力仅及于国家行政管理的某一个部门的部门行政管理法规。前者通常由跨部门的部委颁布，后者通常由专业性的部委颁布。③根据法规和效力及于一定行政地域范围的地方性行政管理法规。

(3) 以行政机关法规发布机关的不同可分为：国务院制定的行政法规和发布的决定命令；国务院各部委发布的命令、指令和规章；省、直辖市人大和人大常委会制定的部分地方性法规；民族自治区人大制定的自治条例和单行条例；县级以上各级人民政府发布的决定和命令。

(4) 以行政管理法规制定的目的和依据的不同可分为三类。一是执行性行政管理法规，即为直接执行法律或上级机关所发布的行政管理法规而制定的行政管理法规，其法规名称通常叫作"实施办法"、"施行细则"、"执行措施"等，如《学位条例暂行实施办法》；二是补充性行政管理法规。有些法律或法规对于某些情况不能事先预见或不宜详细规定，为了切合事宜，不得不留待一定的国家行政机关在以后根据当时当地情况加以补充。其名称通常叫作"补充规定"或"补充细则"。其制定必须由原法律或原行政管理法规授权；三是自主性行政管理法规，即行政机关为履行法律赋予自主的职权，对现有行政管理法规未作规定的事项加以规定。自主的行政管理法规在整个行政管理法规中是最大量的，其名称通常叫作"条例"、"决议"、"决定"、"命令"、"规则"、"规定"等。

三、行政管理法规的作用

行政管理法规作为规范和调整国家行政管理机关行为的文件，在行政管理中具有极其重要的作用。从宏观上讲，它具有保证国家行政管理职能的顺利实现，保障行政管理的民主化，促进行政管理的科学化，有助于提高行政效率，促进行政管理方式的转化等作用。从具体意义上讲，其作用分为"积极作用"和"消极作用"两类。在我国现阶段，行政管理法规的作用具体表现在以下几个方面：

1. 有利于实现党政分开，转变政府的管理职能，做到行政管理机关的依法行政。

党政分开、转变政府职能，已经不再是一个新话题了，但是，党政怎样分开，应遵循什么原则来实现党政分开，迄今却未得到很好的解决。那么，怎样来解决这一难题呢？关键在于要有完整系统的行政管理法规的明确界定。本来，党组织和行政机关的性质、功能、组织形式和工作方式都不相同，但在我国相当长的时期内，却形成了党政不分、以党代政、权力过分集中的体制，行政管理机关没有发挥它应有的功能。因此，只有用行政管理法规的形式明确政府管理部门应该管什么、哪些事情该管、哪些事情不该管，党政分开才能得到实现和巩固。

2. 有利于政企分开，转变政府的经济管理职能，提高行政管理机关的行政效率。

在计划经济体制下，行政机关未能发挥出它应有的经济管理职能，而是直接管理经营企业，形成了政企不分、以政代企的局面，致使企业成了行政机关的附属物。随着经济体制改革的深入，我们开始着手推进政企分开，尤其是随着社会主义市场经济新秩序的确立，更加快了政企分开的步伐。行政管理法规可以把政企分开的具体内容以法规的形式确定下来。它更适合于政府对经济的间接管理和宏观调控。

3. 有利于保护公民的合法权益。

行政管理法规规定了公民对于国家行政机关及其工作人员侵权行为的申诉、控告权利,并规定了受理机关和审理程序。通过建立和健全行政诉讼制度、行政赔偿制度以及行政监督制度,可使公民的合法权益得到充分保障。另外,公民对于行政管理法规中所规定的自我合法权益的依法维护,也客观上促成了行政管理法规对于行政管理人员的制约和监督。

总之,行政管理法规的作用是非常重要的。随着我国社会主义民主和法制建设的完善和发展,以及公民素质的提高,行政管理法规在行政管理中将发挥更大的作用。

行政管理法规的确立与实施

一、行政管理法规的确立程序

行政管理法规的确立是指国家机关依法制定、发布、修改和废止有关行政管理的规范性文件,它是国家机关的抽象的行政行为,这种行为并不直接处理行政管理中的具体问题和具体事件。制定和发布行政管理法规是国家实施行政管理的主要手段之一,行政管理法规的制定必须遵守一定的立法程序。我国虽然还没有统一的制定法规的程序法,但在实际的制定过程中却形成了一整套的制定程序,并且国务院也发布过《行政法规制定程序暂行条例》。具体来说,我国行政管理法规的制定一般要经过以下几个步骤:

1. 提议和决定

行政管理法规的制定必须有一定的个人或组织提议,然后由有权制定该法规的机关召开会议审查研究,以决定是否制定某种行政管理法规。提议者可以是制定机关的负责人或成员,也可以是下级机关或其他机关或组织,也可以是人民群众。

2.成立专门的起草小组

一定的个人或组织的提议经有权制定该法规的机关采用后,便应该成立专门的起草小组,负责具体实施这一法规的起草工作。起草小组一般应由主要机关负责人、有关单位负责人、业务专家和法律专家四部分人组成。

3.调查研究

在具体草拟法规前,要深入实际,收集整理材料,进行调查研究,把握法规所要规范和调整的社会生活的各个方面,明确起草目的。

4.草拟

这是整个行政管理法规制定过程的重要阶段,提出的草案是行政管理法规的蓝本。它对该法规的目的、适应范围、具体规范、奖惩办法、主管部门、发布机关、生效日期等都要作出明确规定,对于法规的概念、名词术语以及与其相关法规的衔接与协调,都要有通盘考虑。

5.协商和修改

在法规的草拟稿成型之后,为了法规的严密性和科学性,还要广泛征求意见。特别是当内容涉及其他部门的重要问题时,要充分协商,取得一致意见。经协商还达不成协议的,要报请上级机关裁决,然后在此基础上反复修改,以求法规自身的严密性、科学性和可行性。

6.审核

法规定稿后,要呈送发布机关专门负责法规工作的部门(如国务院法制局)审核。其审核内容包括:该法规是否符合党和国家的方针政策;是否符合宪法、法律以及上级的行政管理法规;法规的内容是否具体、明确、得当和切实可行;法规自身的逻辑结构是否严谨,用语是否准确;其他必备的条件、手续和技术方面是否齐全、完备等。

7.通过和签署

审核后的法规,还必须经法定的、有决定权的国家机关以会议的形式集体讨论通过,然后经法定的负责人签署。如国务院发布的决定、命令和行政法规,一般要提交国务院全体会议或常务会议通过,由总理签署。

8.审批

凡比较重要的行政管理法规在通过和签署后还必须报请上级机关审批,一般的行政管理法规则报上级机关备案。

9.公布

行政管理法规经法定会议讨论通过,并经行政首长签署后,便公布生效。公布一般由政府公报登载,也可通过电台广播或报纸杂志发布。

10.修改

所谓修改,是指在不改变原法规的基本原则、基本精神和结构的情况下,对某些条款加以改动。如果修改后的法规违背了原法规的基本原则、基本精神和结构,那就不再修改,而应该按照一定的程序重新制定。修改或者是由于社会政治经济情况的发展变化,而引起行政管理法规部分内容的增加、减少或改变,或者是因为有关的法律、政策已经修改而导致相关行政管理法规部分内容的修改。

11.废止和撤销

行政管理法规的废止,是由于情况变更,原来的行政管理法规不再符合新的需要,不能继续生效,由法定有权机关宣布废止。废止的方法大致有两类:一类是直接废止,即在法律或行政管理法规中明文规定废止某个行政管理法规;另一类是间接废止,即行政管理法规和后来制定的法律或上级以及本机关的行政管理法规相抵触时,其相抵触的方面视为废止,这种废止不一定明文规定,根据后法修改前法的原则,前者即被废止。

行政管理法规的撤销不同于废止,撤销是指由于法规在制定时就含有违法或不适当的因素,一般由权力机关或上级行政机关将其撤销。其撤销的依据,就在于"同宪法、法律相抵触"或"不适当"法律的规定,具体是依据《宪法》第 67 条、第 89 条,《地方各级人民代表大会和地方各级人民政府组织法》第 7 条、第 8 条、第 35 条。其中,"不适当"情况主要包括法规的内容违法,制定法规的依据、机关、程序不合法,法规性质不合要求等。

二、行政管理法规的制定原则

为了提高行政管理法规的质量,确保行政管理法规的有效实施,制定行政管理法规应遵循以下基本原则:

1. 要遵守宪法和法律,遵守社会主义法制的民主原则、平等原则和统一原则

制定行政管理法规,要做到以宪法和法律作为行政立法的基本依据,凡和宪法、法律的规范和要求相抵触的行政管理法规都是无效的。同时,要依照国家规定的权限和法律程序进行。由于行政管理法规的重要程度及作用范围不同,行政管理法规的制定权限应有严格的划分。制定行政管理法规要遵守一定的制度,履行一定的手续,以此来维护行政管理法规的严肃性和神圣性。任何不依法定权限和程序所制定的行政管理法规都是无效的。

2.要从实际出发,实事求是

制定行政管理法规,要深入实际,做调查研究,对法规的可行性及其实施后果进行预测分析,吸取外国和本国行政立法的经验,并针对我国行政管理的性质、内容和现状,制定出切实可行的行政管理法规。同时,从实际出发还要求正确处理适应性与稳定性的关系,既要防止"朝令夕改"、"一个时候一个精神,一个精神一个法",又要适应形势的发展,及时修改、废止已过时的行政管理法规。

3.要坚持行政管理法规的系统性

现代社会的行政管理都具有系统性特点,行政管理法规与此相适应,也应当系统化,做到种类齐全,协调配套,形成系列。行政管理法规的系统性关系到它能否全面完成行政管理的任务,防止行政管理中漏洞的产生,使行政管理的各个方面和环节都在系统的行政管理法规的制约和调节下,正常而有序地运行。

4.坚持为改革、开放、搞活经济和现代化建设服务。改革开放是我国走向现代化的必由之路,搞活经济、实现四个现代化是我们的工作中心。为此,行政管理法规的制定必须始终贯穿改革的进程,并促进改革、开放在法规的制约调节下向深层和广度拓展。

5.提高立法技术,确保法规的科学性

制定行政管理法规,应做到语言表达简洁准确、明白易懂、条理分明、逻辑清晰,切忌表达含糊混乱、自相矛盾;同时,要按照法规的内容、等级、发布机关和作用范围等标准进行分类汇编,并统一它们的名称,使法规名称的使用统一化和标准化。

三、行政管理法规的实施

制定行政管理法规本身并不是目的,其目的在于实施,使之在行政管理中确实起到规范和调节作用。行政管理法规的实施是使行政管理法规在国家行政管理的各项活动及各个环节中充分发挥它的作用,产生它所应有的社会效果。行政管理法规的实施一般有以下几种形式:

1. 对行政管理法规的自觉遵守

国家行政机关、行政工作人员和公民对行政管理法规要自觉尊重和严格、普遍的遵守,在处理行政关系中要自觉自愿地按照行政管理法规的有关规定行事,抑制或排斥法规所禁止的行为,履行法规所规定的义务。

2. 行政关系中主体权利的实现

所谓主体权利的实现,是指行政管理法规所规定和授予公民、行政人员、国家机关、企事业单位、社会团体及其他社会组织的各种权利在行政管理活动中得到实现。主体权利的维护和实现过程,也是行政管理法规得以维护和实现的过程。

3. 通过具体的行政措施来实现

国家行政机关在行政管理活动中要根据具体情况,通过一系列具体措施,对行政管理法规加以正确理解和解释,并及时、合法、切实地执行。

4. 依据行政管理法规对管理客体作强制性的处理和制裁

国家行政机关及其工作人员在法定职权范围内,依据有关法规处理和制裁违反行政管理法规的行为,对管理客体作强制性的处分,这是行政管理法规得以实现的一个重要保证。

在实施行政管理法规的过程中,对于那些拒不执行法规的组织或个人,必须依靠国家强制力来促成行政管理法规的实施。这主要有行政强制和行政处罚两种方式。行政强制又叫行政强制执行,它是指国家行政机关采用法定强制手段,强制不履行行政管理法规所规定义务的当事人履行义务。行政强制的方式很多,主要有以下三种：

(1)间接强制。它又可分为代执行和执行罚两种。代执行是指在当事人不履行自己的义务时，行政机关将此项义务交给他人执行，所需费用由当事人负担；执行罚是指在当事人的某项义务无法由他人代执行时，行政机关对该当事人加课罚款，促其履行义务。

(2)直接强制。国家行政机关用间接强制方法不能达到目的时，或在紧急情况下，可以对法定义务人作人身拘留、财物扣留或现场管制等实力强制，促使其履行义务。

(3)强制征收。国家行政机关对在限期内拒不履行金钱或物品交纳义务的法定义务人，可以查封或征收其财产。

行政处罚是国家主管行政机关及法律授权的其他组织，依照法定的授权范围和程序，对违反行政管理法规的单位和个人所给予的一种法律制裁。其目的是维护法制尊严，维护国家、集体和个人的合法权益不受侵犯，同时也对违法者进行强制性教育和改造。

行政处罚的种类很多，针对我国公民的主要有警告、罚款、拘留、没收财产或非法所得、缴纳滞纳金、冻结资金、赔偿损失、停止业务、吊销执照等；针对外国人的有对非法入境或非法居留者采取限令出境或驱逐出境等。

为了避免行政处罚中的滥用权利，确保行政处罚的严肃性和有效性，行政处罚必须是由执行处罚权的机关采用书面形式作出裁决或处理规定，并及时通知受处罚的当事人，决不能随意用口头形式作出。

为了避免行政处罚偏差，做到既不冤枉守法人，也不放过违法者，对处罚不服者，可以申请复议、申诉、起诉等形式请求原行政机关和有关机关对原行政处罚予以再审核。有受理权的机关应对此及时审理,适时作出变更或维持原处罚的决定。

与行政管理法规的有效实施密切相关的一个重要问题是效力。行政管理法规的效力是指以国家强制力为后盾的约束力,一般是指法规在什么时候、对什么人、在什么地方具有约束力,行政管理法规的效力是保证它有效实施的前提。

前提条件一般分为时效、地效和人效三种。

(1)时效,指行政管理法规何时生效和失效。大多数行政管理法规的效力都由法规本身明确确定,一般可分五种情况:明文规定自公布之日起生效;另行规定生效日期;规定以另一法规规范的生效日期为生效日期;规定生效日期另由法律规定。生效起始期未作明文规定,一般可理解为自公布之日起施行。行政管理法规的失效一般有三种情况:一种是新法废除旧法,即新法产生,旧法自然失去效力。如1957年7月国务院发布的《关于国家行政机关工作人员的奖惩暂行规定》第17条指出:"本规定自公布之日起施行。前中央人民政府政务院'关于国家机关工作人员行政处分批准程序'和'关于撤销国家机关工作人员行政处分暂行办法'即行作废。"另一种是法规本身有施行期限的规定,期满后法规即失效。如财政部门每年制定的年度预算、决策方案等。还有一种是因固定的社会对象或事实已消失或法规的任务已完成,法规自身即失效。如解放初期有关私营企业管理的法规,因情况变化,其对象已经转变,因而该法规不再具有效力。

(2)地效,又称空间效力,是指法规适用的地理范围。地效一般在法规中都有明确规定。它通常有三种情况:中央国家机关发布的行政管理法规一般适用于全国范围;地方性行政管理法规只适用于该行政区域;中央和地方各级国家机关发布的某个特定区域的行政管理法规,则仅适用于该特定区域内。

(3)人效.即法规对人的效力。一般来说,行政管理法规对全国公民,不论其在国内或国外,均有约束力。有些则只适用于部分公民,如《国家机关工作人员奖惩条例》只对国家机关工作人员有约束力。至于外国人或无国籍人,除按国际惯例或法规明确规定该法规不适用于他们以外,都受所在国家行政管理法规的约束。

难忘的学报七年

一、不期而至的编缘

人的成长历程总会被镌刻在无尽的岁月里。回眸我所走过的历程,有些随着岁月的流逝已经无法追忆,如同沉没在河流中的扁舟,不仅自身锈迹斑斑,而且淤积在河道深处,再也难以被记忆所激活——除非经过专业的考古还原;有些则不然,它历久弥新,依然在记忆里清晰地呈现着本初风貌——我的编辑生涯便是这样一段岁月,一段可以用峥嵘来形容的岁月。

这段岁月是从 2011 年 5 月 4 日开始的。这一天,我从山东师范大学文学院来到文科学报编辑部担任学报主编,由此成为统筹《山东师范大学学报》(人文社会科学版)未来工作的"掌门人"。这对从来没有担任过"掌门人"的我来说,的确是一个挑战。尽管我曾经和普京作过对比——他比我还年轻十岁时便担任了俄罗斯总统,我比他增加了十年岁月的打磨,担任学报主编应该不在话下。但我没有想到的是,英雄不分年龄。能否成为英雄,更重要的取决于是否具有英雄的品质——统筹全局的人生格局、坚忍不拔的人生意志、久久为功的人生激情。对我而言,想拥有这些英雄品质,还要经历一个历练与成长的过程。

正所谓白驹过隙，转眼间，我担任学报主编已经七年多了，再过一年便是八年。当年，中国人民的抗日战争经过八年浴血奋战迎来了胜利，我所从事的学报编辑工作当然不是"抗日战争"，更没有那种"浴血奋战"的场面，这样的类比似乎意义不大。七年的时间，相对于历史长河而言不过是一个瞬间；相对于历史的宏大久远而言不过是沧海一粟。但在学报工作的七年，相对于我个人而言，意义确是非常重大。

学报七年，我虽然不敢说自己书写出多么值得骄傲的历史，却也感到这段经历值得珍惜和回味。自从来到学报编辑部，我的人生似乎就更改了既有的悠然节奏，犹如上满发条的钟表，每天循着同样的节奏，不知疲倦地运行着：从策划选题到栏目设置，从约稿到审稿，从编稿到通稿，一期又一期，周而复始，总有干不完的事情。每当在节假日或者深夜独自奋战在办公室有些疲惫时，我常常想到很多学者或编辑肯定会像我一样，也以同样的人生姿态工作在他们的岗位上，那种疲惫之感便会顿时消失。

学报七年，就这样开始了——改变了我工作方式和人生牵挂的编缘不期而至。

二、逆势而长的编缘

人生往往不能承受生命之轻，却可以承受生命之重。起初面对接手的学报工作，我的压力之大是不言而喻的。在高校领导普遍重视学报，将学报作为本校学术窗口作用的背景下，各个高校的学报都铆足了劲，在提高办刊质量上下功夫，在提升期刊的学术影响力上寻找突破口，其竞争激烈程度非圈内之人难以体味。我作为一名从教学岗位走到编辑岗位的新兵，要想引领一份拥有五十多年历史的学报跻身于优秀学报行列，难度之大更是非切身经历难以体味。好在我有股永不服输的精神，兄弟学报能够逆势而上，我们为什么就不能有所作为？我相信，只要从头做起，脚踏实地，开拓创新，就没有过不去的火焰山。正是在这种精神的支撑下，我和编辑部的同仁开始了艰难的探索之路，以至于很长一段时间，走路时心里想着的是学报，和学者交谈时讲到的也是学报，即便是晚上做梦也似乎与学报有关。在这个时候，我才突然发现，自己既有的学术人生已经被编辑人生所取代。然而令我没有想到的是，这种编辑人生竟然如此艰难，逆势而上竟然成为我编辑生涯的主旋律。

如果说从事某一新职业像是爬坡，那么，初始阶段无疑就像爬坡之前的启动。更多的时候，我们并不是止步于爬坡的过程，而是放弃于启动之初。也正因如此，人们在自我加油时总爱说："良好的开端是成功的一半。"在高校追求学术飞跃的节点上，争取博士点成为许多大学钟情的对象，学科建设成为重中之重，而学报则像其所在的办公场所一样，用偏居校园的一角来诠释着它在学校的边缘化地位。我满怀信心地走进学报编辑部，却发现编辑们用的电脑还是20世纪的浪潮286型。上班时间，它在获得了启动指令后便开始起劲地运转起来，却在下班时间才弹出画面。我看到这些如此卖力却又无可奈何的老旧电脑，蓦然间感到了差距——从硬件到软件的差距。

面对困难，我知道考验一个人是否敢于担当的时候到了。在担任教师时，我往往会给学生大讲特讲那些励志的道理，然而，当我把这些道理用在自己身上时，竟然发现有些道理苍白无力。值得庆幸的是，有道理支撑的人总比没有道理支撑的人要好一些。有了这些大道理的支撑，我明白地告诉自己，如果没有困难还需要我们干什么！于是，在编辑部这个不被学校关注的一隅，我和我的同仁们开始了艰难的跋涉。

鲁迅曾经说过，世上本来没有路，走的人多了，也就有了路。这对编辑来说同样适用：世上本无编辑，编的人多了，也就有了编辑。从教师转变为编辑的过程正好印证了这一点。为了办好学报，我虚心向老编辑学习，向老主编学习，向同行学习，学习的结果竟然是小有进步。记得在2013年度的复印报刊资料排行榜中，我们学报竟然进入了全国高校学报前列，其中转载率、转载量名列第12名，综合指数名列第14名。作为一家已经不再是中文核心期刊、也不再是CSSCI来源期刊的普通期刊，"混迹"于985高校学报的豪华阵容中，的确让我这个主编有点"破帽遮颜"的感觉。

当然，这样的感觉并不会经常发生，否则，编辑的心脏肯定无法承受。在随后的日子里，我们学报的某些指标经常徘徊在全国高校学报五十来名，这让我们激动的心情开始平静了不少——我与全国同行的"编缘"得到了续写。

三、不断扩展的编缘

编辑工作既是一份工作，也是一个缘分——与期刊界同仁有着共同甘苦的缘分，这种缘分还得归功于全国高校文科学报研究会。研究会作为全国高校文科学报的群团组织，经常召开一些会议。记得2015年3月，清华大学学报编辑部的常务副主编仲伟民先生首倡并主办了一次文学编辑会议。因为文学栏目是我们学报的主打栏目，仲伟民先生和桑海博士特邀我这个文学编辑兼主编参加了那次会议。今天回眸那次会议，我认为那是可成为历史书记官笔下的大事。有关这次会议的报道是这样的：

> 3月12日至13日，由《清华大学学报》（哲社版）与"中国高校系列专业期刊"联合编辑部共同举办的首届学术期刊文学编辑论坛暨"中国高校系列专业期刊"《文学学报》研讨会在清华大学召开。本次论坛旨在加强文学编辑的学术与业务交流，探索学术在线平台的发展趋势。来自全国40余家学术期刊的50余位主编和文学编辑参加，论坛得到全国社科规划办及全国高等学校文科学报研究会的指导和支持。

然而，令我深有感喟且记忆犹新的是仲先生那句诙谐幽默的话："感谢各位来到清华大学学报，并给清华大学学报一个面子。"居于中国学术金字塔塔尖的清华大学学报竟然还感谢与会者给了"一个面子"，那我们这些服务于一般学校的期刊编辑自然也应该争取机会，期盼各路编辑也给我们"一个面子"。

清华大学承办了这次会议之后，2016年，陈颖担任主编的福建师范大学学报编辑部又成功地承办了第二届高校学报文学编辑论坛。在福建师范大学操场上，五六十名与会者站在天然的台阶上，以南方特有的建筑为背景，拍了一张让人记忆犹新的全家福，并因此结识了高校学报之外的社科联、社科院的学术期刊编辑，让我的编缘得到了扩展。

2017年，山东师范大学学报编辑部承办了第三届高校学报文学编辑论坛。这次论坛既邀请了全国知名大学学报的文学编辑，又邀请了本省一些高校学报的文学编辑，可以说秉承了论坛创始者清华大学学报的精神——具有更开阔的文化视野、更宽广的文化胸襟、更神圣的文化使命，请全国不同层级的高校学报都给山东师范大学学报一个"面子"。

我作为主办方代表在本次论坛的致辞中这样诚恳地表示：

"记得两年前,清华大学学报编辑部举办了首届'学术期刊文学编辑论坛',我作为一个普通期刊的主编受邀参加了此次盛会。仲伟民主编曾风趣地说:'感谢与会者给了清华大学一个面子。'当然他所说的面子是化用了一部话剧而来的。今天,这么多的朋友从全国的四面八方来到山东师范大学,给我们带来的不仅是面子,还有里子。你们的到来让我们感受到全国高校文科学报研究会一个都不放弃的现实担当,体味到全国学术期刊同仁心心相印的人文情怀,把握到中国学术期刊面向世界的发展脉搏。有了这样的'面子'与'里子',我怎能不十分的激动与万分的感谢呢?"为了促进交流,我们还把近六年来160多本编校的清样全部搬来,接受大家的检阅与批评。"其目的就是想让大家敞开心扉地对话、心无旁骛地交流、不留情面地批评。"然而,遗憾的是,缘于大家给我们留了"面子",除了对我们的编校清样多有褒奖外,并没有真正做到"不留情面的批评"。

尽管我们期待的"不留情面的批评"并没有如期而至,但这次会议在我的编辑生涯中却书写了浓重的一笔,我与全国同行的"编缘"也得到了进一步扩展。

四、永难释怀的编缘

时间有时候过得真快,有时候又过得真慢。这种时间的相对论在2018年3月得到了验证。

从春雷唤醒大地的绿色开始,我便开始掐算着第四届学术期刊文学编辑论坛的到来。本届论坛将移师合肥,由安徽大学学报编辑部承办。安徽大学学报吴怀东主编把合肥初春的繁华通过微信传递给我,我的脑海里便一下子闪出了朱自清的散文名篇

《春》开头那一句:"盼望着,盼望着,东风来了,春天的脚步近了。"既然春天来了,那第四届学术期刊文学编辑论坛也就要召开了,文学编辑们又可以再次相聚了。来自全国各地的同仁,在分离了一年之后,自然就可以重新打开记忆的画册,再次还原记忆中的你我,再次强化我们彼此的编缘。

期盼的论坛如期召开,我受东道主的特别关照作大会总结。这一天,我好像又回到了小学的教室里,如小学生一般认真地听各位嘉宾的发言,然后再及时地做好笔记。客观地说,会议总结不仅能考验一个人是否认真听讲,而且还能考验一个人是否认真思考。好在我既认真地听讲,也认真地思考,并且在会议总结时提交给与会代表一份算得上合格的答卷——所谓合格并不在于我的概括有多么深奥,而在于赢得了大家毫不吝啬的掌声。为了能够让历史记住本届论坛的相关信息,我在此不妨把那份总结要点分享给未能再次续写编缘的同仁们:

其一,文学编辑的定海神针继续掌控着论坛的发展方向。蒋重跃理事长、仲伟民副理事长在百忙中抽出时间,离开文化中心北京,来到名人辈出的合肥,实现了文化人超越时空的对话,完成了文学编辑精神的代际传承,奠定了文学编辑论坛健康发展的基础。

其二,文学编辑要敢于担当,勇挑重担,进而最大限度地实现自我的社会价值。我们知道,一个主编能够办好一份杂志已经很不错了,可贵的是,怀东主编具有勇于担当的安大情怀,他还兼任文学院院长。这比钢琴师还值得点赞,因为钢琴师需要十个手指协调,但怀东主编不仅需要协调十个手指,而且也要做到两只脚都不能闲着。为了学院的工作,他还需要多走路。这一点,我们可以从怀东主编匀称的身材略见一斑：一个六零后的学者，还可以毫无愧色地立于八零后青年学者之中，这也许是合二为一的工作使然。这给我们编辑一个很大的启发：如果要打造好自己的身段，不需要到健身房，也不需要减肥，需要的是勇于担当。

其三，文学编辑论坛与学者讲座相结合，促成了期刊出版与学术生产的良性互动。在福建会议上，陈颖主编举办的会议突出了期刊与作者的互动，而这次会议又有发展，这便是安徽大学期刊与教学互动。怀东主编利用文学院院长的"权力"，把三位优秀教授请到会场，把各自学术研究领域的动态介绍给大家，这既为我们把握学术动态提供了一个很好的参照系，也对我们约稿起到了铺垫作用。

其四，文学编辑论坛既追本溯源，也着眼于开拓创新，凸显了青年文学编辑在期刊引领中的作用。这犹如春夜喜雨，滋润着青年文学编辑的成长，实现了文学编辑的代际传承。孟浩然在一首诗中这样写道："人事有代谢，往来成古今。江山留胜迹，我辈复登临。"七零后、八零后可以自豪地说："看，我们走来了！"今天，我们看到桑海、日龙在主席台就座，便从内容对接到了形式上，实现了内容与形式的统一。文学编辑论坛的一种优秀的文化传统，即包容、兼容、宽容的精神正在逐渐形成。我们可以期许，今天的青年文学编辑可以走上前台，明天的边缘期刊的编辑也可以走到前台。与此相对应的是，这次会议还重点推出了安徽大学四位青年才俊，这从学术生产上回应了传承与发展这一主题。

其五，期刊编辑论坛的重点发言与小组讨论相结合，促进了学术研讨的深化。在重点发言中，本次研讨推出了优秀编辑五君子自由谈，这是值得历史记忆的一件事情。五君子出身"豪门",却自觉地放低身段,富有人文情怀,注重学习,着眼成长。京臣作为《文学遗产》的青年编辑,褪掉了罩在编辑头上的光环,在不断学习、不断成长中向我们展示了初试歌喉的风采;剑波作为《复旦学报》的编辑,本来自山东梁山,我们知道,梁山是出好汉的地方,这里的好汉不轻易流泪,但剑波是一个例外,他对人生、事业有着柔软的体察之处,为了开启文学编辑论坛,他与其他才俊经常梦游到天亮。于此,剑波从一个侧面说明山东文化的转型:改革开放后,许多传统意义上的好汉正转型为现代意义上的好汉,他们走下梁山,赓续了孔子的文化传统,肩负起中华文化复兴的历史使命;曰龙作为《吉林大学社会科学学报》的编辑,也是生长于齐鲁文化之乡的才俊,始终无法释怀的是"达则兼济天下"的人文情怀;雪松作为《华东师范大学学报》的编辑,架构起了作者与审稿者之间的桥梁,使学术的对话带有温馨的气息;思豪作为《明清小说研究》的编辑,则是一个学者与编辑角色互换的典型,他通过现身说法,说明这两个角色是可以"合体"的。在小组发言中,来自全国各地的编辑进行了面对面的交流,他们既介绍了自己期刊的具体运行情况,又畅谈了对编辑业务的独立思考,从而真正地搭建了编辑与编辑之间互联互通的"丝绸之路"。

  在开始进行总结之前,我便清晰地意识到,我们亲炙于其中的这次文学编辑盛会正在渐行渐远。想到这里时,我从心底升腾起一股情感,那就是我在总结时说到的:祈祷着,祈祷着,时间的脚步停下来吧,文学编辑在这个论坛上就这样继续畅谈吧!然而,时间是无情的,它并没有因为我们的祈祷便放慢脚步。

  说到最后,我难以抑制内在近乎激动的情感,作了这样的总结：

  第四届文学编辑论坛正像第一届清华论坛、第二届福建师大论坛、第三届山东师大论坛一样，即将成为历史。第五届文学编辑论坛将成为我们再次进行美好想象的念头。好在我们可以借助微信群，继续穿越时空的阻隔，主动地浮出，自由地对话，积极地回应，让潜水成为过去，让生活还原本色，让期刊获得永恒，让学术回归自身！

  今天，我坐在办公室的电脑前，把这些已经沉淀了一个月的文字再次翻出来检视时，依然难掩情感的激动。难道，这就是不期而至、逆势而长、不断扩展的编缘？这就是让我梦牵魂绕、日夜祷告、永难释怀的编缘？

（原载《山东文学》2018年第6期，后收入全国高等学校文科学报研究会编辑工作委员会编《编缘》，贵州大学出版社2018年版）

大学期间我的两次编辑经历

1984年秋季,我如愿以偿地考入山东师范大学中文系。从此,我的人生之舟驶向一个新的航道——那就是成天和书本打交道,写作也就成了自己的一种生活方式,这种生活方式与农村那种面朝黄土背朝天的生活方式相比,可谓天壤之别。

大学生活不仅与农村生活大不相同,而且与中学生活相去甚远。大学的课程已经不像中学那样紧迫了,大学的考试也没有多少压力了,从迈进大学门槛的那一刻起,再轻松地迈出大学门槛似乎是一条直线。在此情形下,大学生头顶着"天之骄子"的光环,也多了一份社会责任感和使命感,这种责任感和使命感的直接外化便是振兴家乡的情愫。值得庆幸的是,我的家乡惠民县的领导求贤若渴,县政府和教育局的领导坐着吉普车,专门来到学校,召集大学生一起座谈,号召大家毕业后到家乡任教。为了能够更好地吸引大学生报效家乡,他们联络有关学生成立了带有联谊性质的"惠民籍在济学生联合会",后来扩展到济南之外的学校,便改名为"惠民籍大学生联合会"。联合会的基本宗旨就是多为家乡的经济发展献计献策,这可以说是那个时期"振兴中华"的缩小版吧。联合会及其主办的《惠民之音》,得到了惠民县委和县政府的支持。在我的印象中,1986年暑假联合会组织的社会调查,就得到了县政府的经费资助。

走出了贫穷落后土地的大学生,对家乡自然抱着满腔热忱,大家也都跃跃欲试,并把诸多想法外化为文字。正是基于这一点,联合会开始创办了群众性的油印期刊《惠民之音》,然后刊载大学生对家乡经济以及文化发展看法的小文章。正是在此情形下,我于1986年参与了《惠民之音》1986年第3期和第4期(期刊封面如下)的编辑工作。

《惠民之音》1986年第3期封面

《惠民之音》1986年第4期封面

在1986年第3期《惠民之音》的编辑工作中,我与历史系的同学任伟一起担任"本期主编",为此,我还受编委委托,起草了一份"刊首语"。也许,这份"刊首语"能够较好地体现这份"刊物"的办刊宗旨,即那种强烈的社会责任感和使命感,现把它抄录如下:

刊首语

致学友:

《惠民之音》自创刊以来,受到了县委县府和我们这些身处异乡的学子们的欢迎和支持,使得这株幼苗得以健康的成长。在此,我们向那些支持者们表示衷心的感谢!

《惠民之音》的诞生,无疑是许多人共同努力的结果。但是,它目前的群众基础还亟待进一步的扩大和加强。虽然也有一部分望文而生畏者,但更多的是迎着困难而上的战士。我们相信,随着我们这些志同道合的青年学生的努力,它必将会以新的姿态立于我们这个世界的刊物之林,从而成为人们的良师诤友,伴随着紧张的学习,伴随着大洋彼岸吹来的新技术革命的浪潮,和我们一起,走过这光辉的时代,碾过每一位学子的峥嵘岁月,成为每一位同学回忆美好大学时代的一个重要组成部分!

《惠民之音》既是我们这些热血青年希望家乡能够早日富强、能够彻底摆脱落后和愚昧的强烈心声,又是我们这些走出了家乡的泥泞坎坷的小路、站在这平坦宽阔的大街上而禁不住有点怅然若失的游子们的知音。我们可以把在这一连接着落后的过去与文明的今天的交接点上的艰难"进化"中的苦衷和欢乐,向《惠民之音》倾诉。在这里,可以找到事业上的知己;在这里,可以得到生活所赐予我们的温馨;在这里,可以找到人生的真正价值。

我们希望把《惠民之音》办成一个开放的体系,使它能够尽可能多地容纳对家乡建设有用的信息。我们恳请那些对惠民满怀深情的同学们能够为本栏撰文。

我们希望有更多的同学能够多谈一点对人生、事业等各个方面的看法,以便进一步沟通相互之间的思想感情。

愿广大的惠民学子们,能够通过共同的努力来办好这个属于我们自己的刊物,以无愧于这个联合会的每一名光荣的会员,也无愧于那个养育了我们的那个古老的文明的惠民,更无愧于我们这个沸腾的时代和这个该是中流击水的青春时期!

[注]来稿请寄山东师大中文系84—1　李宗刚

在1986年第4期《惠民之音》的编辑工作中,我担任副主编,并在该期杂志上发表了两篇小文章,一篇是以"学松"为名写就的《我的自白与沉思》,另一篇是以"斯凡"为名写就的《应先卸掉这具枷锁——也谈惠民经济的发展问题》。这两篇小文章也许算得上我的处女作吧。虑及这两期杂志大都被当年的同学们遗忘或者遗弃的缘故,在此不揣浅陋,把这两篇小文抄录如下:

我的自白与沉思(小品文)

一、我怕

我怕,我怕着……

我怕在摘取我心爱的花朵时,会让蜜蜂蜇着,虽然我是多么地渴望去采一把花,别在我的胸前,让我的生活充满着青春的生机;虽然我是多么地渴望去采一把花,放在我的鼻前,让我干涸的心脾在沉沦中获得拯救。

我怕在做一枚水中挣扎的落叶时,会受到风的嘲弄,虽然我是多么地渴望去主宰自己的命运,让一枚落叶奏出水中的拼搏曲;虽然我是多么地渴望去主宰自己的命运,让落叶在风的嘲讽下激起一朵朵抗争的浪花。

我怕在做一只轻快的山雀时,会让无情的网罩住,虽然我是多么地渴望无垠的蓝天,去俯瞰这纷扰的世界。

我怕，我怕着……

二、我本该不怕

我本该不怕，在那个本该不怕的区域里。

我本该不怕那蜇人的蜜蜂，在鲜花盛开的春天里，

我本该不怕做一枚被风嘲讽的落叶，在湍急的河流中，

我本该不怕做一只雄健的海燕，在暴风雨里、在无垠的蓝天的丽日里，

我根本不该怕，在那个本该不怕的区域里。

应先卸掉这具枷锁
——也谈惠民经济的发展问题

惠民的经济发展这一问题，从未像今天这样被广泛地重视起来。然而，步履艰难的惠民经济怎样才能走上高速发展的坦途呢？单纯地依靠外力，固然能于我们的经济大业有补，但这还不是一剂起死回生的良药。我认为，欲使惠民的经济起飞，首先是要卸掉束缚经济发展的传统观念这具枷锁。

社会的发展是以个人的发展为前提的，人的发展成为促进我们社会发展的一个重要方面。人不能发展，不能突破原来思想的束缚，就不可能有一个时代的进步，也不可能有一个地区的经济腾飞。从这样的角度看，惠民的发展离不开人的发展，倘若我们不能首先卸掉加在我们身上的传统观念这具枷锁，则只能使惠民经济永远沿着既有的模式发展下去，并不会使惠民有什么实质性的变化。而一旦我们惠民能够卸掉加在身上的传统观念这具枷锁，就会使我们惠民人民的

生活奏出新的激越的旋律,就会实现伟大的超越,就会有惠民经济的高速发展。完全可以这样说,经济的发展要求我们为其扫清前进道路上的障碍,这是必然的,是不依我们的意志为转移的,而束缚经济发展的传统观念如封建观念以及一些不自觉中形成的官僚思想则是前进路上首要的障碍。

关于这一点,社会实践是证明了的。传统观念不突破,就不会使惠民的经济走上坦途,惠民经济在今天仍处于徘徊发展的局面,不能不说是一个明证。而一旦陈旧的观念被清除了,随之而来的是社会生产力和社会财富的巨大提高和增加。惠民的农业发展不能不成为我们所考虑的一个典型,党领导革命不就是由于旧的传统观念阻碍着社会发展,而又不能实现自我超越吗?我党解放后制定的破旧立新的方针,不也是包含着一种对旧我的扬弃吗?

倘若能够卸掉传统观念这具枷锁,那么我们的事业就会活起来,许多过去被认为"异质"的东西会重新为我们所用,我们的力量就会用在一起,而减去不少"内耗"。并且,由于思想解放,能够使我们的决策人立足惠民,投身经济,放眼全国,使惠民由原来与外隔绝的"一潭死水",变成滔滔东去的大河。这样,惠民会走上良性循环的高速发展道路,永远摆脱眼下经济维艰的窘境。

传统的观念确实到了非破除不可的地步,下面我想结合惠民地毯厂的情况略谈一下(在此说明一下,作者无丝毫的恶意,只是由于一颗赤子的炽热的心,才使自己冒昧建言,虽可能有许多不妥之处)。我们惠民的地毯厂,属于集体企业中较大的厂家之一,它由前身皮革厂转向地毯生产,本身就是一个观念上的突破,但我认为它仍有许多方面需要观念的更新,才能使企业走上兴隆发达的道路。首先是产品销量得靠省外贸,结果使发展受到了极大限制,这便需要改革单一性的地毯生产。我在《济南日报》上看到上海一地毯厂生产具有装潢性质的挂毯,觉得很受启发。我们完全可以向这方面转嘛,何必一定要有上级指示呢?这样积极主动的发展本身,便带有了新的观念的因素。其次,我觉得我们地毯厂在生产一般的民用产品上有独到之处。地毯厂的前身是皮革厂,它有悠久的皮革生产历史,我们完全可以顺此发展"人造革"生产,像皮箱以及布料的花方格箱,这些投资少、见效快,并且原料便宜,还有广大的市场。而制箱用的纸板,可以发挥造纸厂的优势来生产,这样多元化生产,前景肯定看好。(适当采取贸易上的保护政策,这于新产品是有益的)。再次便是地毯厂所需的原料问题,完全可以立足本县大力发展饲养事业,这样既减少了地毯厂的原料成本,又增加了农民的经济收入,可谓一箭双雕。

通过以上的分析可以看出,观念更新后,我们的企业就会由受局限地发展到自由地发展,由封闭到开放,由经济上单一性变为良性循环的坚强实体。

良性循环图:

   增值 增值   增值 增值
麦秸——→纸板——→纸箱;棉花——→布——→布箱;
   增值 增值   增值
羊——→羊毛——→毛线——→地毯、挂毯。

这样,惠民的经济何愁不使域外人士刮目相待呢?而这一切的实现,需要我们艰难的观念改造过程,需要我们痛苦的自我否定过程,但这样换来的却是惠民经济的腾飞!

既然我们大谈应该除掉传统树立新观念，那么应该包括哪些内容呢？我认为至少应当包括以下三个方面的内容。

一、由封闭观念到开放观念的转变

传统观念的一个重要内容是封闭性观念。这种封闭的观念绝少把企业纳入一个大的系统中去加以考量，并且因为封闭，它排斥"异质"，像新的思想观念，新的发展模式，开拓性的精神往往都被无情地排斥。其最终导致企业数年乃至数十年地按照一个既定的模式去运行。而开放的观念正和它相对，它强调开拓，强调合理地吸收（绝不盲目地排斥异端），并且敢于大胆地进行自我的否定，以实现重大的超越，从而使整个企业呈现出勃勃的生机。

二、由保守僵化的观念到创造观念的转变

保守僵化的观念也是传统观念的一个重要组成部分，这种观念，往往是死死抱着既有的东西不放，似乎是既有的才是至美至善的。它是一种不思创造、不思进取的观念，并且往往以僵死的条文来对付千变万化的客观现实。这种观念，看不到任何危机，只看到成绩，在大的变化面前又心安理得，它是懒汉的化身。而创造性观念则与之相反，它的基本品格是进取，它绝不满足于既有的成绩，总是指向未来的。

三、由森严的等级观念到人人平等的观念的转变

谁也不能否认，中国由于等级观念，以及其他的封建观念而使许多人才被排挤（这里也涉及对使用人才的观念需要转变的问题）。这种等级观念往往是以自己所处的地位，所

掌的权势为依据,否定比自己地位低下的人的一些正确思想,直接地造成人的创造力的被压制。一些厂长、书记唯我正确,不容许别人唱反调,总觉得"一人之下,万人之上",便是这种观念的反映。对此,我们要大力提倡平等的观念,在经济规律面前人人平等,厂长、书记并没有特权可言!

惠民,我永远不能忘怀的故乡,纵然世界再大,外界再美,我的故乡毕竟仍是你啊。游子愿你早日富强,早日卸掉束缚经济发展的传统观念这具枷锁!

这两篇小文,前者可以划到小品文的系列中,后者似乎可以划到议论文的系列中,但就其核心而言,都典型地反映了1980年代大学生那种强烈的社会责任感和使命感,以及处在历史大变革、文化大更替的特殊历史时期大学生自我文化重塑与重构的美好愿景。实际上,观念的更替绝非不易,已经意识到的问题并不一定能够很快解决,这样的艰难转型往往伴随着一个相当长的时期。从这样的意义上说,我后来对文化的一些反思,未尝不是个人切身体验的曲折反映。

1986年的这段编辑经历对我还是产生了某种潜在影响,那就是大凡编辑或者撰写的文字,总得接受读者的再三打量与端详,当然,挑刺乃至指摘也难免。这使我意识到,坐在办公桌前认真编辑和撰写的每一个文字,都要经得起读者乃至历史的检验。这样的一种体验,在我于2011年担任《山东师范大学学报》(人文社会科学版)的主编之后,感受愈发强烈。

2018年8月14日于文科学报编辑部

我的八年办刊历程

对于《山东师范大学学报》(人文社会科学版)(以下简称"山师学报")来说,2019年3月25日是个极具历史性意义的特殊日子。这一天,南京大学中国社会科学研究评价中心发布《中文社会科学引文索引(CSSCI)来源期刊(2019—2020)目录》,山师学报名列榜中。消息传出,投稿的邮件、电话、短信、微信甚至是登门咨询者也突如其来地暴增……长期沉寂、默默无闻的山师学报,一时间成为校内外众人瞩目的焦点。作为山师学报的主编,我在为学报成功入选C刊感到欣喜的同时,也倍感这一成绩得来得不易。从2011年开始,我们编辑部一班人员便铆足了劲儿,把提升山师学报的学术影响力以及早日进入全国高校学报的C刊阵营作为孜孜以求的目标。八年的时间过去了,山师学报终于完成了晋级C刊的目标,我也走过了艰难的办刊历程。

一、难以实现的"C刊梦"

山师学报进入C刊行列,是山师人祈盼已久的心愿,也是山师决策层的心愿。2010年,山东师范大学新任党委书记商志晓在调研中发现,山师学报竟然不是C刊,这与以文史见长的山师实力极不相符。要提升山师的文科科研的软实力,必须提升学报的影响力,确保其早日进入C刊行列。正是在这种形势下,我受命担任学报主编,其任务就是要带领编辑部同仁一起力争使学报进入 C 刊行列,这由此演化为我这八年来的一个梦——"C 刊梦"!

在高校激烈的竞争中,学术期刊是其中的一个重要竞争方面。目前,学术期刊的竞争已经进入白热化的阶段,其表现为,那些优秀期刊获得了诸多的称号,这样的称号又反过来促进了优秀的期刊更上一层楼,越来越好;而那些一般期刊则没有或失去了诸多称号,逐渐陷入举步维艰、越来越难的尴尬境地。这种"强者恒强、弱者恒弱"的情形,导致 C 刊阵营呈现出长期"固化"的态势,而一般期刊则被严重地挤压了跃进到 C 刊的空间。在此情形下,一般期刊要走出逆循环的下降通道,进入正循环的上升通道,其难度之大可想而知。可以说,"C 刊梦"是近乎难以实现的奢望。

2011 年的山师学报处在历史发展的关键点上。市场经济体制下,学报在学校中的位置逐渐被边缘化,再加上人员的奖金需要自筹,这就使得办刊质量受到了一定程度的影响。对此,有些人用"病来如山倒,病去如抽丝"作比喻,觉得没有一个十几年的"抽丝"过程,已经沦为一般期刊的山师学报要想去除沉疴、焕发生机,几乎是不可能的事情。

于是,我便循着中国传统文人的那种"穷则独善其身,达则兼济天下"的人生道路,参与了学报主编和编辑部主任的竞岗。当然,我参与竞岗的基本原则是重在参与,并没有想到组织会把这样一副重担交给我。我在信心满满地接手学报之后才发现,这个任务的艰巨远远超出了我的想象。一个最现实最迫切的问题就是办刊经费严重不足,甚至是寅吃卯粮。我接手后学报下半年的账面办刊经费仅剩余 6.8 元。学报办公使用的电脑还是一批"资深的"浪潮 286 型号的电脑,上班时间,它在获得了启动指令后便开始卖力地运转，直到下班时才能够弹出界面。我看到这些如此卖力且又无可奈何的老旧电脑，蓦然间感到了差距——从硬件到软件的差距。于是，我赶紧向学校打了紧急报告，要求炮弹支援。没有想到的是，学校这个大后方的炮弹也不是很充足，已经没有多余的炮火支援我所在的阵地了。

我怎么也没有预料到，自己的编辑跋涉之路如此艰难。所谓没有预料到困难之大主要表现在我想象得太简单了，甚至是太美好了。我想，到了新的部门，只要能够奋发图强，就可以一展宏图，使山师学报进入优秀学报行列。但是，我到编辑部后才发现，实现"C刊梦"的条件似乎都没有得到满足。山师学报既没有学校政策的倾斜支持，也没有学校经费的特别资助。对此，有些同志风趣地讲，我们既没有空中飞机的政策掩护，也没有地面大炮的火力支持，又仅依靠小米加步枪便要取胜那些全副武装的对手，这怎么可能？！客观地说，在这个只有小米加步枪的阵地上，我不但要守住阵地，而且要提升办刊质量，向那些名牌学报学习，并逐渐地超越它们。这样的集结号吹响之后，能否在未来攻坚克难、最终胜出，我心里实在没底。有些人则认为这是天方夜谭，根本不可能。但是，我已经没有了退路，唯有背水一战。因此，我在学报会议上这样谈到，信心比金子还重要，如果我们连信心都没有，这等于战役还没有打响，我们便已经缴械投降。这对我们学报编辑部的每个人来说，将是一个漫长而痛苦的煎熬过程。毕竟，我们离退休还有十几年的时间。等到将来学校政策支持了，经费充足了，我们差不多也要退休了，与其熬日子，不如主动出击，哪怕我们这一代编辑无法完成提升学报的艰巨任务，也要给下一代接任者提供一个更好的平台。我们坚信，与其坐等条件成熟了再干，不如现在就努力创造条件干。一代接着一代干下去，山师学报就总会有跃进到全国高校学报先进行列的那一天。于是,一场轰轰烈烈的八年编辑跋涉之路在蹒跚之中迈出了第一步。

为了筹措办刊经费,我主动出击,找朋友提供赞助,找电脑公司赊购给我们新电脑。也许,正是因为学校这块金字招牌,电脑公司竟然答应了我们的要求,浪潮286电脑在辛勤工作了十几年后终于光荣退休,取而代之的是组装的新电脑。这样一来,学报终于实现了办公的自动化。至于我办公室的沙发,尽管已十分破旧,本应在"退休"行列,但考虑到学报经费紧张的实际情况,也采取"返聘"的办法,并给它穿上了"外套"。俗话说,人是衣裳马是鞍,穿上"外套"的沙发也变得生机勃发。

要想办好刊物,经费是无法绕开的关口。但是,学报的办公经费紧张的局面却长期无法破解。在过了二三年的紧日子之后,学报的外来赞助已经无法寻觅,我们最后只好向校内请求炮火支援。值得一提的是,在一次编委会上,当时主管学报工作的副校长张文新指出,文科学报目前情形危机,急需各个编委炮火支援。于是,山师的中国现当代文学国家重点学科、马克思主义理论学科、心理学学科、教育学学科等兄弟单位纷纷提供力所能及的炮火支援,总算是解了学报经费匮乏之困。

二、一定要实现的"C刊梦"

在内心深处,我觉得编辑工作比其他许多工作更神圣、更伟大。为什么会有这种认识呢?这缘于我对铅字的推崇。我们手写的文字算不上铅字,即便是我们电脑打出来的文字也算不上是真正的铅字。所谓的铅字,散发着油墨的清香,显现着思想的纹理,浸透着情感的韵味,它将超越时空,抵达遥远的未来。这恰如曹丕所说的那样，文章系"经国之大业，不朽之盛事"。正是基于这样的文字崇拜，我对编辑工作自然也就有了几分敬畏和推崇。因此，当被组织安排到山师学报编辑部担任主编时，我便对自己的未来时光赋予了更多的色彩，这恰如莫言离开高密故土时所产生的情愫一样，那就是我一定要干出一番虽算不上轰轰烈烈的伟业，但绝不能留下遗憾的事业。正是基于这样的想法，我感到自己所编校乃至签发的稿件，都将被国家图书馆永久保存，并将长期地接受来自后来者的再三打量，接受质疑者的再三挑剔，最终建构起一个编辑的影像——或者是一个深受后来者赞同的认真负责的编辑，或者是一个饱受后来者质疑的潦草马虎的编辑，这两者之间的差异有霄壤之别。正因为如此，我从事编辑工作时便突然增加了一番沉重感和使命感，以至于在编辑每期稿子时都唯恐出现问题，在签发每期学报时都会如覆薄冰。

客观地说，把学报当作事业来倾心经营，还真不是一种理念的问题，而是实践的问题。学报如何突围？我们应该怎么办？这些现实问题都曾无休止地缠绕着我。在担任主编之前，我的睡眠质量是相当好的，对有些人动辄失眠深感不解。而担任主编之后，我才发现还真有"失眠"这一说。本来，人已经工作了一天，躺在床上，应该进入梦乡。而已经劳累的我，躺在床上，脑子里盘旋的都是一些如何办刊的问题，这种"失眠"的日子持续了好长一段时间。

人是要有一点精神的，这句话非常有道理。有了精神，干起工作便不再觉得那么累。人是极富有伸缩性的动物，人的潜能也是有待于开掘的宝藏。有了压力，也就有了动力。从某种程度上讲，人的压力有多大，人的动力就有多大，它们之间呈现出正比关系。今天回过头来看，我感到如果没有压力的话，也许不会取得一点成绩。正是因为有了压力,我们才有了前进的更大动力。

俗话说得好,到哪山就唱哪山的歌。我既然来到编辑部,便成了一名编辑,尤其让我倍感焦虑的是,我还是一个对学报负有最终责任的主编。因此,如何既做好一名编辑,又做好一名主编,便成了我遇到的第一道难题。我们知道,办好一份学报,最关键的是能否得到优质的稿子。俗话说,巧妇难为无米之炊。我们面临的正是这种苦恼,很多 C 刊编辑经常说稿子像山一样地堆积着,即便没有新的稿源,二三年内也绝不会出现稿荒的情况。我们则恰恰相反,当学报失去全国中文核心期刊这块招牌之后,我们便很快陷入了无米之炊的尴尬境地。那个时候,我甚至生出人情冷暖的感喟,体会到了"穷在闹市无人问,富在深山有远亲"的滋味。尤其令人不解的是,那些过去经常联系我们的作者也不再主动联系我们了。既然作者不主动联系我们,我们便采取走出去联系作者的主动出击战略,访问那些名家名流,请他们提供优秀的稿件。功夫不负有心人!很多名家把自己的稿子给了我们。这些名家有北京大学中文系的资深教授、中国现代文学研究会的会长严家炎先生,中国社会科学院学部委员、文学研究所前主任杨义先生,北京师范大学的王岳川先生,华中师范大学的王先霈先生,北京大学中文系原主任、山东大学一级教授温儒敏先生,等等。一大批著名学者纷纷亮相山师学报,这既解了我们的燃眉之急,也为山师学报带来了人气。当然,这些名人之所以能够垂青山师学报,并不是因为特别看重山师学报,而是看重山师的一些学科,也就是说,山师的一些重点学科很好地支撑了学报的发展。然而,让我倍感惭愧的是,这些名家名稿在山师学报刊发后,并没有得到多少回馈,即便是像严家炎和杨义这样的名家名稿也是按照新闻出版署限定的最低稿费标准支付的。每每想到这些,我便觉得怠慢了他们。

名家名稿的效能是显而易见的。记得在 2013 年度的复印报刊资料排行榜中,我们的学报竟然一度进入全国高校学报前列,其中,转载率、转载量均名列第 12 名,综合指数名列第 14 名。作为一家已经不再是中文核心期刊、也不再是 CSSCI 来源期刊的普通期刊,能够取得这样的成绩,的确让同行大吃一惊。人们没有想到的是,依靠着小米加步枪的山师学报团队,还竟然能够取得这样的成绩。在随后的日子里,我们学报的转载率等指标经常徘徊在全国高校学报 50 名左右,这一排名对提高学报的美誉度有着极其重要的支撑作用。

在谈及这些名家名稿之际,我不禁想起了我深深爱戴的朱德发先生。朱先生是我的博士生导师,他对后学总是全力提携,对后学所从事的工作也是鼎力支持。在我担任主编的日子里,他提供给学报的稿子或者被《新华文摘》主体转载,或者被《中国社会科学文摘》摘编,或者被复印报刊资料全文转载,对提高学报的学术质量和学术影响力起到了重要的作用。2018 年 3 月,先生把自己拼尽人生最后的气力写就的二万余字的《重探郭沫若诗集〈女神〉的人类性审美特征》宏文投给学报。该文在学报发表后被《中国现代、当代文学研究》全文转载,《中国社会科学文摘》论点摘编。为此,我在编发 2018 年第 4 期学报时,满含着无限悲伤的眼泪这样写道:6 月 16 日,朱德发先生抱病参加"鲁迅与新文化"国际学术研讨会,并作了题为"关于鲁迅研究的一点思考"的大会主旨发言,深刻反思了既有的鲁迅研究存在的问题及突围的路径;6 月 23 日,朱德发先生因病住院;7 月 12 日,因病医治无效逝世。这次研讨会成为朱德发先生学术人生的最后绝唱。

三、终于实现了"C 刊梦"

2019 年 3 月 25 日晚 23 时 20 分,牵动着办刊人心弦的南京大学人文社会科学索引来源期刊(简称 CSSCI 来源期刊)正式发布,在高校学报系列一栏中,山师学报榜上有名。我历经八年的艰难的办刊历程终于有了一个圆满的结果。3 月 30 日,山东师范大学校党委书记商志晓在学校召开的提升文科学报办刊质量暨编委会会议上肯定了我们的工作:"文科学报入选 C 刊得益于学校党委的坚强领导,得益于全校各级各部门的鼎力支持,同时与文科学报近年来顶住压力、迎难而上,努力创新办刊思路,严格遵守各项规章制度息息相关。学报全体同志攻坚克难的可贵品质和大公无私的奉献精神展现了当代山师人干事创业的精神风貌。"牵动着山师人文学科学人神经的"C 刊梦"终于实现了。

从 2011 年 4 月以来,我的人生场域基本上局限于学报办公室,我的时光大都伴随着编辑工作而悄悄溜走。还没有来得及欣赏春天盛开的花儿,茂密的新叶已经扑面而来;还没有来得及感受树荫的清凉,发黄的树叶已经翩翩起舞在秋风里;还没有来得及感叹秋风秋叶,雪花已经飘飘洒洒在寒冬里。我的八年时光似乎被压缩在一个季节里,那就是从春天播撒下冲击 C 刊的种子发芽,它便随着夏雨开始了拔节成长的艰难历程,最终在秋风萧瑟中迎来了收获的季节。

在这八年的时间里,我的人生展开的主要形式是学报。在这方狭窄的天地里,我犹如冲锋不止的战士,奋战在编辑的第一线,并取得了一点成绩。对此,我与编辑部同仁交流时经常这样说:要想业绩突出,需要有两个突出作铺垫,那就是腰椎突出、颈椎突出,然后,业绩才有可能突出。目前,我们很多同志已经做到"两突出"了,尽管业绩还不够特别"突出"。

　　在这八年的时间里,我的人生展开形式除了学报之外,还有学术和学生。在国家社科基金课题的冲刺阶段,我经常夜半醒来,脑子里盘旋的都是与课题有关的问题,思绪似乎总是扯不断,以至于夜不能寐。为此,我便披衣起床,坐在书桌前敲打着键盘,把盘旋在脑海中的思绪敲进电脑里;累了,躺下再次进入梦乡。为了完成课题,我甚至利用开车等待家人的间隙,也会把随身携带的电脑拿出来,把瞬间产生的火花引燃起来,然后把这燎原之火延燃到手中的键盘上,把其能量储存在我的电脑中……;为了学生,我总是精心经营着"桃李满园"这个微信群,这是我与包括毕业的硕士和博士研究生在内的联系热线,我总是把学术研究的最新成果及时分享到微信群里,总是把学生取得的成绩及时地张贴在微信群里,使我们这个微信群继续发挥着永不会毕业的教育功能。

　　回想这八年,无数个感动的光束在脑海深处划过的同时,也经常涌动出难言的愧疚。为了学报,为了学术,也为了学生,我没有认真地过上一个轻松的春节:大年三十下午回到并不算太远的故乡,陪着父母说不上几句话,也难得为年迈的父亲一年象征性地洗一次脚;大年初一,我跟在兄长的后边去向本家拜年,下午三四点钟便开车返回济南;大年初二,便又坐在了办公室的书桌旁……值得欣慰的是,经过这些年的付出,我不仅把学报办得开始有了起色,自己的学术研究也有了发展。除了刚加入学报队伍经历了二三年的适应期之外,我的学术在2013年开始得到了有效的兼顾,近六七年以来发表了30多篇CSSCI来源期刊论文,其中获得过山东省社科优秀成果一等奖2项,二等奖2项,并且在完成了一个国家社科基金课题后又顺利申请到了第2个国家社科基金课题,从而实现了山师学报与自我学术的共同发展。

在回眸八年来的艰难办刊历程时,还需要强调的是,山师的C刊之梦不是我一个人的梦想,而是两代人的梦想。退休的老同志翟德耀编审、李小虎主编一直担任着我们的兼职编辑,他们为学报的发展倾注了大量的心血;编辑部的同仁更是风雨兼程、砥砺前行;编委会的委员认真审阅每期学报的拟定稿件。当然,还有情系山师学报的顾问朱德发先生和安作璋先生,他们都没有等到学报晋升C刊的时刻……这给我留下了无限的遗憾。记得2017年元月4日朱德发先生在给我的信函中这样写道:"宗刚:发在网上(指电子邮件,作者注)的学报文稿,已阅,看来学报的影响越来越大,不少的外稿出自名人之手,但愿老天主持公道,此次学报能登C刊之榜,了却你多年的苦心经营!"为了感念朱德发先生对山师学报的关爱之情,在清明节到来之际,我和编辑部同仁一起去祭奠了长眠在地下的朱德发先生,以告慰他的在天之灵!

学报八年,如白驹过隙,转瞬即逝。我虽然不敢说自己书写出了多么值得骄傲的历史,但确也感到这段经历值得珍惜和回味。自从来到学报编辑部,我的人生似乎就更改了既有的悠然节奏,犹如上满了发条的钟表,每天循着同样的节奏,不知疲倦地运行着:从策划选题到栏目设置,从约稿到审稿,从编稿到通稿,一期又一期,周而复始,总有干不完的事情。每当在节假日或者深夜独自奋战在办公室有些疲惫时,我常常想到很多学者或编辑正像我一样,也以同样的人生姿态工作在他们的岗位上,那种疲惫之感便顿时消失。我想,当我们从编辑岗位上退下来时,略感宽慰的是,我们的时光曾经静谧地流淌在山师学报的这条学术河流中,也许,这恰是市场经济大潮之外一条更为清澈、更为欢快、更为久远的河流!

(原载2019年4月22日《领导科学报》)

20年，弹指一挥间

1998年，长江流域遭遇了百年不遇的特大洪灾，济南军区参加了抗洪抢险的大决战。在我有关军队的人生记忆中，有两次历史事件是难以磨灭的：一次是1980年代欢迎对越自卫反击战凯旋的战士，我和众多大学同学一起，站在山东师范大学校园南的经十路上，打着"辛苦了，亲爱的战士们！"的横幅，激动地喊着"热烈欢迎"的口号；一次是1998年进行有关军队抗洪抢险英雄事迹的《共筑长城——一九九八济南军区暨山东省抗洪赈灾新闻纪实》一书的编辑工作。然而，这些曾经对自己的心灵产生震撼的历史事件，如果不是因为偶然翻检出《共筑长城》这本书，恐怕已经被记忆的河道中的沉积物覆盖得难以觅其踪迹了。

《共筑长城》一书是我的同学吴昀国策划实施的。他毕业于山东师范大学政治系，后来走上了新闻记者的道路。他邀我参加这本书的编辑工作，我觉得这一工作很有意义，便愉快地同意了。

《共筑长城》一书的编委会主任是王修智等人，我忝列编委行列，主编是吴昀国等人。诚如本书后记所叙："本书由集体努力而成，在编委会领导的总体安排、指导下，蒋永武、吴昀国具体组织协调并提出纲要和最后定稿。决策篇和赈灾篇由吴昀国、李宗刚统编。"在统编这本书的日子里，我的确被官兵的牺牲精神震撼了。如果没有一支纪律严明的铁军，没有"严防死守"的决心，我们是绝难战胜这场特大洪灾的。为此,战士们在自己驻守的大堤上立下了"生死牌",上面写着:"我向党和人民保证:不辱使命,不负重托,人在堤在,誓与大堤共存亡!"然后,在这生死牌上写下自己的名字。这张实实在在的生死牌图片,当时给我的震撼非常大,使我联想到了上甘岭上的英雄,想起了舍身炸碉堡的董存瑞……这些普普通通的人,因为被编入了一个集体之中,因为有了生死牌,便有了献身的勇气和精神。这种情形与晚清的清兵不战而逃相比,的确让我生出无限崇敬的情愫。

日子过得真快,一晃就是 20 多年了。为了能够再次重温那种抗洪赈灾精神,为了能够记住我曾经激动过的心路历程,我除了把这本书重新翻检出来认真阅读一番之外,还把我当年写的一篇小文《一分一厘总关情》整理出来,算是对自己历史的尊重,也算是对友情的重温吧。

2018 年 7 月 7 日于师大新村

一分一厘总关情

——省城社会各界群众捐赠散记

1998年8、9月,我国长江流域、嫩江流域发生了历史罕见的洪灾。我百万抗洪大军用自己的血肉之躯筑就了一道冲不垮的钢铁长城,书写了可歌可泣的动人故事。

危险之时现真情。在抗洪大军和洪魔作殊死拼搏的同时,我们的人民亦以自己的真情奉献,塑造出了社会主义大家庭骨肉相连的崭新形象。他们用自己的点滴努力,汇聚成比长江更为波澜壮阔的时代巨流。

仅以山东人民来说,截至9月12日,他们向灾区捐赠款物已突破8.2亿元,占全国捐款总数的20%。

在8.2亿元这样的数字背后,凝聚着多少平凡而动人的故事啊!

故事一:一份报纸卖到一千元

8月13、14、15日清晨,省城的主要交通路口响起一阵阵"心系灾区同胞、义卖《生活日报》"的叫卖声,《生活日报》发起的赈灾义卖活动在省域掀起了一股支援灾区的热浪,而万人签名捐款活动则将泉城市民涌动的爱心汇聚成澎湃的大潮。

13日6:30,《生活日报》采编人员和600多名志愿者在清晨来到解放阁下、槐荫广场和英雄山广场,开始在附近义卖《生活日报》,赈济灾区人民。许多市民在了解到是义卖后,买报时主动提出不用找零。一些老人拉着记者的手说:"要谢谢你们,我们苦于没有合适的方式来表达支援灾区的心情,你们让我们圆了多日的心愿。"很多年轻的父母与年幼的孩子一起参加义卖,连嗓子都喊哑了。用他们的话讲,这样可以让孩子懂得帮助他人的意义。

15日,在万人签名捐款活动现场,微山湖鱼馆经理程平拿出1000元,从报社总编辑王大千手中买了一份《生活日报》。一位领着7岁孙子的老太太来到募捐箱前,从包中取出500元钱,用颤抖的手投进募捐箱,签下名字后,流着泪默默地离去,而老人签下的名字却依稀可见:李玉珍。众多儿童和中学生踊跃参加了三天的义卖活动,很多孩子捐出了自己的压岁钱。

故事二:请收下我们这份心意

8月11日下午3点多,从文艺团体退休的邓耀华女士,第一个来到慈善总会,当场捐款200元。随后,邓女士又带着许多衣物来到慈善总会。济南帅科电子技术有限公司总经理杨意德率6名员工,代表全公司捐款1135元;济南育英中学两名教师代表学校教职员工捐款5000元。

8月18日下午3点钟,济南慈善总会走进兄妹两人,他们是代表全家来捐款的。哥哥苏纯明数出200元钱说:"这是我老父母的一份儿。老人家70多岁了,身体不好,但看了电视报道后,非要拿出200元钱叫我们替他们捐上。"接着他又拿出500元钱说:"这份儿是我们一家5口的,1人100元。我现在打工,爱人下岗了,在干临时工,孩子们也刚工作,这钱捐得的确少了点。"他又掏出300元钱,说是在外地工作的姐妹们捐的。跟他一起的妹妹苏纯华已当场捐了300元钱。苏纯明一再表示:"我不是企业家、大款,没那么大力量。这点钱是我们全家人对灾区抗洪将士的一份小小心意。"

接着,一位40多岁的中年妇女走了进来,她叫安秀芳,曾是市慈善总会的受助者。她女儿赵斌二度烧伤,在省立医院住院,而她本人没有工作,慈善总会曾救助她900元钱,解了她的燃眉之急。现在她在街上炸藕盒,有了点微薄收入,执意要捐出200元钱。她说:"在我家最困难的时候,是国家、政府和社会上的好心人帮助了我。这次长江、嫩江遭水灾,我一定要尽上自己的微薄之力。"

在这里,有很多捐款不留名的热心人。历下区基督教三自爱国会的代表带来了5000元捐款,他说,这些钱大部分是市民们捐献的。钱投在募捐箱里,没有留下姓名。有一位穿黑色T恤的年轻姑娘抱来12件衣服、2床被子、2件大衣,工作人员问她单位,她只摇头不肯讲。据捐款办公室同志讲,有不少人扔下钱放下东西,抬腿就走,拦都拦不住。她拿出登记本,上面记着:一位不愿透露姓名的女同志300元,一位好心王同志1000元,一位大爷50元。

据统计,仅一天时间,慈善总会就收到捐款35笔,共计6.8万余元。

故事三:砸破八年储蓄罐

8月12日8:35,一位自称是"老文艺工作者"的六旬老人敲开了报社编辑部记者的办公室。"记者同志,俺想联系一下给灾区捐款的事。"一进门,老人便把一包看起来很重的东西小心地放在办公桌上。

"这些全是俺13岁的小孙子攒起来的。他今年小学毕业了,前天把攒了8年的两个储蓄罐给砸了。小孙子想给灾区小朋友买点学习用品。"

记者再三追问祖孙俩的姓名,老人坚持不说。"报了名字就没意思了。俺全家每天都看抗洪抢险的电视,看得心里挺难受的,总想帮灾区人民做点什么。"临走时,老人又掏出100元钱,托记者通过有关部门转送到湖北灾区。昨日下午,爷爷的100元捐款与孙子的所有积蓄都送到了市慈善总会。

故事四:省城人争购衣被捐灾区

东北军民冒寒全力抗洪,省城市民捐赠棉衣鼎力相助。连日来,一向销售平淡的棉衣被商店成了市民争相光顾的地方,一些商店的棉衣已经脱销。

8月28日上午,山师东路、山大路、解放路上的数十家棉被商店,处处均是红火的交易场面。在山师东路的一家军用棉衣被点,一个电脑公司的4名职员结伴前来购买棉衣,捐赠东北灾区,4人共买了4床棉被和两件棉大衣。同在这条路上的另一家棉衣商店,一上午的时间就卖出棉被50多床。山大路上振兴商店的老板说,3天来共售出价值3000多元的棉衣被,是上半年的销量总和,并且几乎是清一色用来捐赠灾区的。尽管棉衣、棉被出现了热销,甚至脱销的情况,但绝大多数商店并未趁机涨价。尤其是一些国有商店,在了解到购买者多是为支援灾区后,不涨反落,让利于献爱心者。像青龙桥五交化供应站,物价部门核定的价格58元的棉被,现在只卖40元;与该店相距不远的华意商店,同样也将棉被的价格下调了近20%。

故事五：社会各界在行动

曾经默默救助大学生、让众多新闻媒体寻找多次的市公安局民警陈国淯，8月18日来到慈善总会，捐了300元钱。第二天，他又带着女儿来到慈善总会捐出女儿的零花钱34.26元，自己又捐出200元。济南国棉四厂的下岗工人李善武，捐出了自己自谋出路挣来的500元。在捐款的队伍中，有一位不肯透露姓名的男士，捐款1000元。

赵昆是曾被慈善总会救助过的残疾孩子，现在靠卖香烟维持生活。8月17日，他捐出100元。

8月13日一早，济南胜利大街小学的王洁就来到民政厅救灾救济处，将50元钱交到工作人员手中。

8月13日下午，市公安局交警大队五支队的李建国同志向慈善总会捐款1800元，他说是交了一次特殊的"党费"和"团费"。

8月19日，曾被慈善总会救助过的血液病患者范冰同学，靠每半月输一次血维持生命，生活极为困难，他让妈妈代捐10元钱献给灾区。

历下区老年公寓80岁的姜之华老太太，得知南方受灾后，19日在公寓工作人员的陪同下来到慈善总会捐款3000元。

8月19日，从济南到尼加拉瓜定居的华侨刘洪先生向市民政局捐赠价值20.27万元的衣服，支援灾区。

几天来，我们从省民政厅、省防办、各慈善机构了解到，大批群众前来捐款捐物。有党员干部，也有普通群众；有白发老人，也有中小学生；还有自己生活都很困难的下岗职工、残疾人。

许多企业紧急行动起来了。潍坊市山东明达保健品有限公司捐献了价值40万元的药品；孔府家集团、鲁抗集团的救灾车队,已满载企业员工们的深情厚谊开赴抗洪第一线……

党政机关、事业单位也行动起来了。济南市民政局机关及所属各企事业单位捐款6.6万元。

济南铁路分局和887名干部职工捐款22505元;济南交警支队的1060余名干警捐款32625元……

为及时将救灾物资运往灾区,我省各级政府一路绿灯,航空、铁路、交通等部门更是"抢"字当头,随时处于紧急待命状态。山航青岛分公司专门抽调3架飞机24小时值班待命;济南铁路局将最好的机车、车辆提供给救灾物资运输;省公安厅在每次公路运输时都安排警车开道,及时帮助运输救灾物资。在各有关部门的密切配合下,山东支援灾区的防汛救灾物资一路畅通无阻,总是及时安全到达灾区。

故事还未结束

无数的涓涓细流,汇成了滔滔江河。

八千万山东人民,正在以自己的一分一厘,汇聚成了凝聚着他们深情厚谊的爱的洪流。

这里的故事,还未结束……

(原载《共筑长城》新华出版社1998年版)

回眸历史与畅想未来*

从改革开放 30 多年的实践来看,每次历史的回眸,不仅对调整改革开放的实践、再次实现历史之本的回归具有极其重要的作用,对未来的发展之路也具有重要的昭示意义。这恰如历史的巨轮在乘风破浪高速行驶了很长一段距离之后,有必要回眸历史的原点、展望未来的目标,纠正前进中出现的某些偏差一样,具有不可或缺的作用。群众路线教育实践活动亦是如此。

关于群众路线理论,从马克思到毛泽东,从邓小平到江泽民、胡锦涛、习近平,都有不少论述。今天看来,这些论述依然闪烁着真理的光芒。如列宁说过:"无产阶级政党的义不容辞的责任就是和群众在一起。"毛泽东指出:"共产党员在政府工作中,应该是十分廉洁、不用私人、多做工作、少取报酬的模范。"邓小平则说过:"脱离了群众,任何英雄也办不成事情。共产党员要与群众同甘共苦,这是我们的老章程。"然而,理论的光芒如果不能普照到社会实践,并且指导社会实践,那所谓的深刻理论则仅仅是印在

---

* 2013 年 9 月,著者参与了群众路线教育活动,根据有关要求撰写了这篇关于学习群众路线的体会性文章。该文传达了著者对历史的某些思考,今天读来依然有一定的价值和意义。因此著者特意把这篇文章选入本书,以纪念曾经走过的岁月。

纸上、贴在墙上、喊在嘴上的。如果在实践中把这最基本的群众路线置之脑后,则犹如"盲人骑瞎马,夜半临深池"。

针对新形势下的新情况,在回眸历史和环顾世界的纵横坐标上,习近平同志这样指出:"近年来,一些国家因长期积累的矛盾导致民怨载道、社会动荡、政权垮台,其中贪污腐败就是一个很重要的原因,大量事实告诉我们,腐败问题越演越烈,最终必然会亡党亡国!我们要警醒啊!"如此富有深度和远见的警示,振聋发聩:在共产党没有获得执政地位的时代,能够做到与群众心连心,群众才会汇聚和团结在共产党周围,为建立一个新中国而不惜牺牲个人宝贵的生命;在共产党获得执政地位的今天,如果和群众渐行渐远的话,则实在是危险的。

过去,有些人说共产党的执政地位不是民选的,其实,他们所看到的仅仅是历史的表象。他们没有看到,群众是冒着生命危险把共产党拥戴到了执政党的位置。在群众眼里,共产党既是他们利益的代言人,也是他们利益的捍卫者,更是他们利益的提升者。那时的群众,发自内心地喊出了"共产党万岁",为什么?就是因为他们看到了,共产党的万岁是和他们的永久幸福联系在一起的,只要跟着共产党走,就可以过上幸福的生活;即便他们不能一下子拥抱幸福,起码也能看到所有的共产党员和他们同甘苦共患难。实际情形也的确如此:我们的毛主席在三年困难时期也不吃一块肉;我们的周总理穿的衬衣打满了补丁;我们的县委书记焦裕禄总是访贫问苦雪中送炭;我们的基层干部也是先人后己——那时的每一个共产党员,都是一棵风吹不倒、雪压不弯的青松!任何关键时刻,共产党员都是吃苦在前、享受在后的标杆!

现在,随着我国把工作重点转移到了社会主义经济建设上来,尤其是随着社会主义市场经济的确立,经济在社会生活中的作用和地位一下子获得了凸显,好像一切都得按照经济规则来运行。更有甚者,经济规则还大有取代政治规则的态势,这表现在群众路线上,就是从群众中来少了,到群众中去少了,至于群众满意不满意更是不管不问了,甚至有个别领导总是考虑自己满意不满意,群众已经被置之脑后了。由此,领导和群众在自觉与不自觉间,便出现了一条清晰的楚河汉界:领导的穿着开始讲究品牌了,领导的吃喝开始讲究品位了,领导的出行开始讲究规格了,领导的住房开始讲究档次了,更有甚者,领导的工资开始讲究年薪了。长此以往,群众感到:这样的领导和他们的心已经离得远了。

当然,共产党人也不是苦行僧,但是,当你的一件衬衣便过千元、手表动辄过十万、一顿饭一头牛、年薪一下子上窜到几百万、房产动辄过千万时,你们离群众不是越来越远了吗?对此,你们面对唐朝那个叫杜甫的读书人,都应该生出羞愧的心理:当杜甫的茅屋为秋风吹破时,他的眼前禁不住幻化出千万间的广厦,而面对这千万间广厦,他没有因为是自己勾画出来的就先去挑选,甚至连一间也没有留给自己,他把这千万间广厦统统留给了天下千万寒士。当天下寒士住上这可以遮风避雨的广厦时,他所感到的是"吾庐独破受冻死亦足"。这是怎样的情怀!这是怎样的情操!这样的一种情怀和情操,难道不正是共产党人起码应该具备的吗?

当然,年薪也好,待遇也罢,如果某些共产党人确实对党和人民贡献甚大,对世界和人类的进步贡献甚大,那么,我们哪怕一下子给他更多的奖金也毫不吝惜。但是,很多人所依恃的,不是贡献,而是权力。他们把人民所赋予的权力,用在了自己加薪晋级上,这样的权力自然不是从群众中来的,而是他们坐在办公室里,本着"你有我有全都有"的原则"研究决定"的。然而,当"你有我有全都有"时，却偏偏没有想一想：普天下最广大的群众有没有？更有甚者，则连"研究决定"这样的形式也没有了，而是径直伸出了不该伸的手，行贿受贿，贪污腐化……

共产党的诸多伟大之中，勇于自我纠正错误便是其中之一。这使得党在东欧剧变后，还依然能够循着改革开放的道路行进。这次党所开展的群众路线教育实践活动，提出了"照镜子、正衣冠、洗洗澡、治治病"基本程序，便是非常及时和必要的。面对前人、伟人和楷模，以他们为镜便会发现，不管怎样辛苦，和他们相比，我们的差距依然甚大；正正衣冠，就是在照镜子的基础上，发现自己衣冠不整之处，认真地加以纠正，面对打满补丁的衬衣，我们要满怀羞愧之心；洗洗澡，则是在不断涤荡我们身上新陈代谢出来的皮屑和泥垢时，使自己通体顺畅，永葆自身的纯洁性；至于我们在不经意间有了什么小病，早点治疗自然能避免酿成大病——其实，很多曾经为党和人民做出过巨大贡献的人，就是因为没有从预防感冒之类的小病入手——如果有小病便真心治疗，而不是走过场，何至于最后落得个身陷囹圄、身败名裂的下场！

当我们抱着对历史的敬畏之心，抱着对现实的关爱之情时，便会发现，群众路线教育实践活动正是对历史之本的再次回归。这样的一次精神回归之旅启示我们，群众永远是我们共产党人的力量源泉！

《山东师范大学学报》文粹书系总序

《山东师范大学学报》(人文社会科学版)已经走过60个春秋。回顾学报的学术建设历程,我们不会忘记开拓者筚路蓝缕的艰辛,几代学报人勤奋耕耘的付出。正是由于一代代编辑们的努力,学报逐渐形成了"传承学术、弘扬真理"的优良传统。为了不忘初心,砥砺前行,我们决定出版这样一套大致体现近五年来学术水准的论文选,以向这份学术期刊致敬。

《山东师范大学学报》(人文社会科学版)最早可以追溯到1954年。当年,山东师范学院成立了校刊编辑委员会,编辑出版了《山东师院》(内部刊物)。1956年5月,上级部门同意山东师范学院出版"'教与学'学报",随后,学校成立了校刊编辑室,正式出版了《教与学》。1957年12月,学校成立学报编辑委员会,以《山东师范学院学报》(人文科学)为名,正式出版了学报第1期(总1期)。之后,学报的现代文学版、地理版等不定期编辑出版。1967年,《山东师范学院学报》改为《黄河评论》。1971年,学报改名为《教革简讯》。次年,学报又改为《山东师院》。1976年,学报改为《山东师院学报》(社会科学版)。1981年,山东师范学院升格为山东师范大学,学报改为《山东师范大学学报》(哲学社会科学版)。2002年,学报由"哲学社会科学版"改为"人文社会科学版"。

面对这样一份具有六十年历史的学术期刊,我们计划对其历史渊源进行系统的梳理,彻底理清其历史发展的轨迹。然而,在实际工作中却发现,这一工作存在着不少难以逾越的障碍,其中主要在于历史资料的散佚。有鉴于此,我们除了继续通过图书馆、网络渠道搜购缺失的学报文本外,还启动了作为基础性建设工程的资料搜集和整理工作:一是搜集整理了学报1978—2016年被《新华文摘》和"复印报刊资料"转载复印等较为详尽的数据(详见翟德耀《新时期以来〈山东师范大学学报〉(人文社会科学版)学术建设述略》一文,载《山东师范大学学报》2017年第5期);二是即将付梓的这套文粹书系。

或许有人会以为学术论文在学报发表后再编辑出版可能会给人以叠床架屋之感,似乎没有太大的必要,其实不然。学报作为综合性学术期刊,其栏目涉及人文社会科学的方方面面,其论文来自人文社会科学的不同学科,这样一来,综合性的学术期刊便犹如一个拼盘,其中盛放的诸多瓜果大不相同,效能也大不相同。这种情形相对于分工日益专业化的读者阅读期待来讲,自然难以满足不同口味的读者需求。尽管随着大数据时代的到来,诸多数据库为读者查阅资料提供了许多便利,但缘于数据库呈现在读者面前的只是单篇论文,而学术期刊的栏目设置及其刊发论文的整体面貌则无缘窥视,这就使得学术期刊这一重要平台退到了历史的幕后。为了保持期刊的学术风貌,也为了满足读者专业研究的需求,把发表在学术期刊上的论文进行分类梳理,从中精选出一些有代表性的论文,按照学科专业或专题出版,便显得很有必要。

其实,把学术期刊上发表的论文编选出有代表性的论文再次出版,早已是一些名刊的惯例。《文史哲》就有与著名出版机构合作,将刊发过的文章按专题结集出版的传统。早在1957年,该杂志曾与中华书局合作,以"《文史哲》丛刊"为名,推出了一系列研究专集;近几年,《文史哲》编辑部与商务印书馆合作,推出了一系列研究专集。而《中国社会科学》编辑部,则推出了四卷本的《〈中国社会科学〉创刊三十五周年论文选(1980—2014)》。这些名刊的实践经验充分说明,分门别类编选的论文集,能够集中展示一份学术期刊长期以来的学术坚守,其学术影响力也会随之扩大,产生叠加效应。

  正是基于这样的考虑,我们编选了这套《山东师范大学学报》(人文社会科学版)文选。为了便于读者更直观地了解历史,我们先从最近五六年来的论文编选入手,为以后再往历史深处延伸做好铺垫。我们希望,在重新编选并集纳成册之后,这些既体现了作者学术创新、又承载了编辑学术愿景的文选,既能唤醒老读者的阅读体验,也能满足新读者的阅读期待,从而为我国学术事业的繁荣发展发挥积极的作用。

2017 年 11 月 22 日

建立中国特色社会主义期刊评价体系

在国际学术平台上,中国学术得到了越来越多的关注,话语权也有了越来越大的提升。与此相关联,关于学术期刊理论的研究也逐渐走向深入,这在社会科学领域表现得尤为明显。但不容忽视的是,国内的学术期刊评价体系面临着诸多诘难,中国特色的学术期刊评价体系并没有建立起来。

20世纪90年代,北京大学图书馆为了便于图书馆订阅日渐增多的学术期刊,在众多学术期刊中遴选出了"中文核心期刊"。从此,中国学术期刊便被划分为不同层级,这便是"核心类"学术期刊和"非核心类"学术期刊。这一区分极大地影响了学术生产和学术生态,并远远超出了当初区分的初衷,从而成为评价学术期刊以及学术论文的重要价值尺度——学术期刊一旦跨入"核心"期刊的殿堂,学术期刊以及学术论文便身价倍增。

20世纪90年代末,国内学术评价机构开始重视学术期刊的影响因子,这由此促生了具有本土化的评价指标体系。随着国内高校重视SCI(科学引文索引)期刊,人们日渐关注学术期刊的影响因子。这一评价指标深刻影响了中国学术的发展走向。目前,高校管理者便是用这个指标体系衡量自然科学研究方面学术论文的价值。在人们膜拜SCI期刊的同时,诸多中国学术期刊被边缘化。在社会科学研究领域,SSCI来源期刊则成为另一重要评价体系,这就把具有相对独立性的社会科学期刊也纳入到了西方学术期刊评价体系之中,并逐渐成为人们唯此马首是瞻的风标。高校对西方 SSCI(社会科学引文索引)来源期刊以及 A&HCI(艺术与人文科学引文索引)来源期刊的特别推崇便由此而来。而许多在中国学术界具有重要学术影响力的期刊,如《中国社会科学》、《文学评论》、《历史研究》等却被排除在外,这在某种程度上不能不说是西方学术评价体系话语霸权的一种表现。

值得庆幸的是,在社会科学领域,缘于意识形态的差异性,SSCI 来源期刊并没有像 SCI 来源期刊一样,被学术评价机构当作唯一的评价标准,在 SSCI 来源期刊之外,还自主开发了本土化的 SSCI 来源期刊——CSSCI(中文社会科学引文索引)来源期刊。尽管人们对此褒贬不一,但不容忽视的一个客观事实是,许多机构已经把这套评价体系的有关指标当作衡量科研的重要标杆,而中文核心期刊则日渐被边缘化。显然,这正是中国学术生态自我调控与自我平衡的结果。

客观地说,中国的学术期刊被排除在西方主导的学术话语体系之外并不重要,重要的是我们没有建立起一套属于中国的学术期刊评价体系,即便是初步建立起来的中文核心期刊等评价体系,也没有得到高校应有的重视。相反,高校依然把西方学术期刊评价体系纳入自我的评价体系中,这就直接架空了我们初步建立起来的学术期刊评价体系。既然我们建立起来的学术期刊评价体系连自己都不认同,自然也就谈不上被西方学术界认同了。在此情形下,中国的学术评价体系就会陷入恶性循环的怪圈中——我们不重视自我的学术评价体系,我们的学术评价体系就难以得到西方的接纳和认同;西方不接纳和认同我们的学术评价体系,我们自然就会反过来更加轻视自我的学术评价体系。如此一来,就导致了西方的学术评价体系强者恒强,而我们的学术评价体系弱者恒弱的局面。

如果从这样的维度来审视新世纪以来学术期刊理论建设,我们便会发现,学术期刊理论建设已经开始得到了学界的重视,并逐渐从学术的边缘走向中心。其突出的表现在于,越来越多的学者开始探讨如何建立起更为科学的期刊评价指标体系,并且这种探讨正走向深入。

如何建立具有中国特色的学术期刊评价体系?我们认为,应该重新整合既有的学术期刊评价体系,把"中文核心期刊"、"中文社会科学引文索引(CSSCI)来源期刊"、"中国人文社会科学核心期刊"、"中国科学引文数据库(CSCD)来源期刊"等评价体系整合起来,分别建立起关乎自然科学的"中文科学引文索引(CSCI)来源期刊"和关乎社会科学的"中文社会科学引文索引(CSSCI)来源期刊",由此真正凝练成既体现中国学术话语要求、又为国际学术界广泛认可和接受的评价体系,从而为中国学术走出去奠定坚实的基础。

学术期刊理论建设是关乎中国学术能否健康发展的关键所在。我们希望有越来越多的学者和编辑能够关心这一问题,期待在不远的将来建立起具有中国特色的、充溢着中国学术自信的学术期刊评价指标体系,为中国学术的提升和发展作出应有的贡献。

(原载 2018 年 11 月 27 日《中国社会科学报》)

《大数据时代学术期刊编辑学研究》序

随着学术期刊编辑实践的发展以及理论探索的不断深入,学术期刊的编辑已经不再满足于编辑稿件这一简单的工作,而是要把自己在编辑实践中获得的感性体验提升到理论的高度,对编辑实践进行深入探讨。由此,编辑界出现了一个可喜的新现象,那就是编辑学者化——从理论上对编辑工作进行深入的探析和理论提升。在这方面做出了显赫成绩者不在少数,且不说老一辈的编辑,单就新世纪以来具有影响的编辑来讲就有很多,如《新华文摘》原总编辑张耀铭、《清华大学学报》常务副主编仲伟民、《南京大学学报》主编朱剑、《北京师范大学学报》主编蒋重跃、《文史哲》副主编刘京希、《四川大学学报》主编原祖杰、《河南大学学报》编辑姬建敏、《澳门理工学报》编辑桑海等人,他们在开拓编辑实践、提升编辑理论等方面起到了引领学术期刊发展的作用。更值得欣慰的是,在这些著名主编或编辑身后,还有一大批编辑默默无闻地耕耘在编辑实践和理论的园地里,尽管鲜为人知,但他们做出的实绩如前者一样,构成了新世纪以来期刊编辑实践和理论建设领域一道亮丽的风景线。在这些编辑中,《山东师范大学学报》(人文社会科学版)的编辑孙昕光便是其中的一员。

昕光的大学生活是在思想解放的1980年代度过的。在那个千军万马挤在一起争过独木桥的激烈竞争中,他于1981年以优异成绩考入山东师范大学中文系,由此开启了他在汉语言文学的海洋里自由遨游的生活。在同年级中,按年龄来说,1964年出生的昕光无疑属于第一波便轻松跳过"龙门"的佼佼者。值得赞许的是,他同1980年代的许多佼佼者那样没有多少傲气,更没有什么娇气,而是始终认真地读书,敬畏地做事,并逐渐形成了严谨认真的学风。1985年,昕光大学毕业时因为成绩优异留校任教,担任大学语文教研室的专任教师。大学语文课程在新中国成立后曾因被取消而中断了30年之久,在华东师范大学徐中玉教授和南京大学原校长匡亚明教授联合倡议下于1980年代初在全国大学中陆续恢复开设,以适应培养和提高大学生语文水平的迫切需要。因而,这门课程在当时的受重视程度足以与哲学、中共党史等课程并驾齐驱,汉语言文学专业之外的所有专业都要求开设,属于大学必修的公选课。大学语文看似简单,以至于有人认为它是中学语文的延伸,其实并不然。中学语文在中学固然备受重视,但从总体上来说,中学语文的教学目标多定位在语文基础知识的传授上,这些知识传授大都仅止于"学"的阶段;而大学语文则不同,它重在强化语言驾驭能力的培养,这种能力培养大都定位于"得"的层面——把外在的语言规范内化为自我驾驭语言的能力。基于这样的课程定位,我们便可以看出昕光之所以能够留在大学语文教研室的不同凡响之处了,那就是他的语言功底较为扎实。

　　从昕光从事大学语文教学实践来看,他的确是不辱使命。这从他后来主编的《大学语文》教材得到高等教育出版社的青睐,并被诸多高校选作大学语文使用教材便可略见一斑。他先后主编过多本《大学语文》教材,尤其值得赞许的是他针对高职院校学生主编的《大学语文》教材在高等教育出版社出版并连续再版,现已出至第4版，分别被选定为普通高等教育"十五"国家级规范教材、"十一五"国家级规范教材、"十二五"职业教育国家规范教材，曾两次荣获山东省高等学校优秀教材一等奖，成为高职院校中较有影响的《大学语文》教材。

主编教材在有的人看来似乎是很简单的事情，实际则不然。大凡是教材，每一个知识点都要力求准确，每一处讲解都要做到严谨，甚至每一句话都要经得起推敲，都要经得起老师和学生们的再三打量。这对主编来说既是挑战，也是历练。昕光在主编《大学语文》的过程中，得到了切实的锤炼。这种锤炼在2008年之后更有了用武之地——这为他担任《山东师范大学学报》（人文社会科学版）的文学编辑作了很好的预演。

2008年，学报编辑部因工作需要调入一名文学编辑，昕光便从文学院调入学报编辑部担任编辑——这恰逢时机，随着大学教学的课程调整，大学语文已经无法像从前那样在大学中受到重视，因其未被列入教育部大学教育课程目录，大约在1990年代中后期便被逐渐取消。这种情形对昕光来说，反而是一次自我华丽转身的机缘——他从一名教师转身为编辑。

转身为编辑的昕光，很快显示了他扎实的语言文学功底。面对中国古典文学、中国现当代文学、外国文学和文艺学等栏目的稿子，他编辑起来可谓得心应手。这些稿子都可以在《大学语文》中找到踪迹。换言之，昕光主编《大学语文》对他从事文学编辑工作起到了积极的促进作用。

作为文学编辑，单纯地满足于编好稿子显然是最基本的要求，而从某种意义上说，一名优秀编辑的标志还在于对编辑工作本身有着清醒的理性关照与理论提升。无疑，昕光就是达到了这一要求的优秀编辑。

在从事紧张的编辑工作之余,昕光对编辑工作思考的第一个切入口是如何应对学术不端行为。我们知道,学术不端行为已经成为当今学术界的顽疾,尤其是随着一些人对学术的疏远和对功利的追逐,学术逐渐沦为敲开功利之门的一块砖,这种态势在新世纪呈现出愈演愈烈的趋向。昕光敏锐地把握住这一问题,且从学术期刊编辑的角度探讨了规避的策略,这无疑是极富价值和意义的。这篇论文刊发在《山东师范大学学报》(人文社会科学版)2010年第4期,发表已8年多了,但其引用的半衰期似乎比一般论文要长了不少,直到今年仍在被有关论文引用,其总被引达到18次,其中被CSSCI来源期刊引用9次,这在一般学报发表的论文中应该属于较高的被引论文了。这说明,昕光从事编辑工作的时间尽管不是很长,但他凭借着良好的学术功底和敏锐的问题意识,对编辑理论问题的把握还是颇有功力的。这同时奠定了他在编辑理论研究方面继续往前推进的良好基础。

在编辑实践的过程中,昕光继续关注期刊发展中存在的问题,并试图从理论上对这些问题作出属于自己的解读,这便是他在有关学术期刊发展路径方面的思考。学术期刊要想从根本上规避学术不端行为的发生,需要从学术期刊的发展路径上下功夫。严格说来,学术期刊并非是一个宽松到无边无际的舞台,而是具有自我显著特色的。它表现为学术期刊不能一味地受制于作者,而是要明确自我的发展路径,然后通过自我鲜明特色的彰显,干预或参与学术生产的过程。这样的话,自然就会规避学术不端行为的自发产生。与此同理,学术期刊要明确自我的发展路径,自然就需要对接社会的客观现实需要,这在新时代则体现为学术期刊的创新与引领要具有更为自觉的意识,更为主动的担当,更为开阔的胸襟,这样才会真正促成学术期刊主动担当起时代和历史赋予的光荣而艰巨的使命。有关期刊理论的这些思考，则构成了这本《大数据时代学术期刊编辑学研究》专著开篇部分所要回答的主要问题。

没有理论的思考，往往是缺乏深度的思考；单纯理论的思考，往往是蹈空的思考。真正深入的理论思考，需要既有理论的宏大视野，又有具体的问题意识，这样才会促成理论与实践的互生互长。需要说明的是，2011年，我从文学院来到学报编辑部担任学报主编，由此又与昕光一起共事——在文学院期间，我们两人并不在一个教研室，尽管每周抬头不见低头见，但缺乏切实的工作交往；这种情形随着我到学报编辑部彻底改变了，我们不仅每天都能见面，而且还一起研讨编辑工作中遇到的问题。在一起工作和研讨的过程中，我们对许多问题也开始有了共同的思考。由此，我们两人合作撰写了三篇有关学术期刊理论方面的文章，即《期刊学术引文不规范现象的成因探析与应对方略》、《核心期刊评估体系的悖论与破解方略》和《中国文学研究论文被引存在的问题与对策》①。我们感到，当前的学术期刊已经不再像过去那样没有层级的差异，相反，学术期刊已经被纳入学术评价指标体系之中，由此也就划分为不同的层级。这种期刊层级的划分已经深刻地影响了学术的生产，成为当下学术界亟待破解的大问题。

---

① 李宗刚、孙昕光：《期刊学术引文不规范现象的成因探析与应对方略》，发表于《河南大学学报》（社会科学版）2015年第6期；李宗刚、孙昕光：《核心期刊评估体系的悖论与破解方略》，发表于《西南民族大学学报》（人文社会科学版）2014年第10期；孙昕光、李宗刚：《中国文学研究论文被引存在的问题与对策》，发表于《西南民族大学学报》（人文社会科学版）2018年第7期。其中，前两篇均为人大复印报刊资料全文转载，《核心期刊评估体系的悖论与破解方略》被《中国期刊年鉴（2016）》的"论点摘要"栏目摘录。

正是基于这些考量,我们对学术期刊评估体系存在的悖论进行深入剖析,目的在于引起学术界对这一问题的复杂性给予高度重视,从而在学术期刊评估时不至于一刀切。然而,我们这样认为,并不意味着就否定了既有期刊评估的合理性。客观地说,学术期刊注重论文的被引自有其合理性的一面。从被引内容的准确性来说,南京大学中国社会科学研究评价中心注重学术期刊引文的规范性和准确性,这对促成中国学术的健康发展自有其不可估量的价值和意义;至于如何理解学术论文的被引问题,更具有重要的学术史价值和意义——一篇学术论文要真正获得学术史的价值和意义,就不能不被后来的学术研究者再三审视与超越,这自然就存在着学术论文的引用和被引等现象。显然,这些思考对深化既有的有关期刊理论上的宏大思考具有深化作用。

在编辑实践中,许多编辑除了对编辑理论本身进行深入的思考之外,还对编辑这一工作本身的价值和意义作出某些反思。人们常说,编辑是为他人作嫁衣。其实,编辑不仅仅是为他人作嫁衣,而且参与了学术论文的生产。严格说来,编辑是学术研究幕后的英雄,有些编辑甚至是一些经典之作的幕后推手,其对学术研究的深化和提升作用是不容小觑的。但是,缘于人们既有的观念作祟,有些作者或者刻意回避编辑对自我的学术研究所起到的积极作用,或者径直否认编辑对学术研究的作用。我们且不说《新青年》编辑钱玄同的主动约稿如何促成了鲁迅的小说创作,单就一些知名学术期刊的选题策划来看,其价值和意义就不容小觑,这些编辑通过选题的策划为作者预设了一个清晰的论文写作路线图,在很大程度上直接促成了学术论文的良性生产。昕光对这个问题也抱有很浓厚的兴趣,他的学术论文的评价和文学生成论,都可以视为在这方面的探讨研究。这从侧面说明,昕光作为编辑具有清晰的担当意识，那就是通过积极参与作者的学术研究的过程，进而为自己这个编辑找寻到人生价值和意义的实现方式。无疑，这种担当意识之于一个编辑来说是极为重要的。有了这样的意识，一个编辑就找到了自我安身立命的根本。

一个编辑找到了自我安身立命的根本，他面对外物自然就会从容自若。昕光虽然还不一定做到从容自若，但起码他已经开始向这个层次迈进，这就使他对学术期刊的编辑工作多了一份淡定，多了一份恒心。具体表现为他开始用平常心钻研学术期刊编辑工作中的"基本功"，这便是本书第三部分关于学术期刊论文的编辑加工与规范要求、期刊学术论文的写作投稿与编辑以及学术期刊论文编校中常见问题的深入探索。一般说来，学术期刊的这些问题已经有不少论述，但昕光所谈的问题并不是从别人那里舶来的，而是在自己的编辑实践中真切感知到的。许多鲜活的例子，大都渗透了他作为编辑的汗水和智慧，标示着"时间都去哪了"的痕迹，最终凝结为本书中这些似乎有些冰冷的文字。

作为一名优秀的编辑，昕光除了把眼光聚焦于期刊实践与理论思考之外，还对文学、美学、语言学等有着独立的思考。他一直关注中外的有关文学现象，并对此作了属于自我的解读。这便是本书的附录部分。

总的来说，昕光在编辑实践与理论的思考方面，的确已经做了许多有益的工作，并取得了一些成绩，但学无止境，编无止境。这本书所选录的内容只能视为他对自己过去走过的道路的一次有意义的回眸，其目标自然应该着眼于久远的未来。我期待着昕光能在此基础上，继续思考，在搞好编辑工作的同时，在编辑理论的探究上再上一个新台阶。

昕光本来想让我为这本书写序,但我更愿意借助这本书的出版,给诸位读者介绍昕光在本书中的思考之路。也许,这对任何一个有志于学术的人来说都是有益的镜鉴。

写于 2018 年 8 月 23 日前往长春的高铁上

(原载孙昕光:《大数据时代学术期刊编辑学研究》,山东人民出版社 2018 年版)

《未晚斋存稿》序言*

　　张廉新老师尽管没有给我上过课，但在我的心目中，他却一直是令我肃然起敬的老师——他是我研究生毕业留校任教时所在的写作教研室的第一任主任。他对我犹如自己的学生一样，我对他也如自己的老师一样。如此算来，我与张老师在一起度过了五年多的时光，直至张老师退休。从张老师那里，我学到了很多为学做人的道理。因此，当张老师不久前谈起要整理自己的书稿而缺少助手时，我便义不容辞地担当起来，由此开启了一段愉快的助手之旅。

　　没有想到的是，就在书稿即将编成时，我这个助手竟被张老师又委以重任——为其书稿撰写序言。这对我这个从不轻言困难的人来说，深感压力甚至惶恐。通常，学术著作的序言，大都是邀请那些有名望的学者撰写，意在引领后学走上学术殿堂，为后学加油鼓劲。而张老师却并不顾及此成规，执意要我这个后学为他撰写序言。面对张老师的执着，我也只好勉为其难——恭敬不如从命。况且，对张老师，我深潜在心底的情思犹如涌动的喷泉，

＊本文系著者为张廉新先生的自选集《未晚斋存稿》撰写的序言，经删改后以《我心目中的张廉新老师》为题，发表于《山东师大报》2019年4月17日第3版。

也有着倾诉的强烈意愿。借助张老师这部书稿的出版,谈谈我心目中的张老师其人其文,或许正是一个难得的机缘。

作为"30后学者",张老师无疑是同龄人中的佼佼者。他在中学毕业后,便以优异的成绩考入华东师范大学中文系,开始专攻汉语言文学专业。华东师范大学中文系1960年前后正处在群贤毕至、群星璀璨的时期,一大批民国时期享有盛誉的学者和作家汇聚在这里:从学者的构成来看,既有从事中国现代文学研究的知名学者,也有从事中国古典文学研究的名宿,还有从事中国现代文学创作的作家型学者。大学时期,张老师便沐浴在这一历史阶段少有的学术小阳春中。在阳光雨露的滋润下,他对中国古代文学,尤其是中国古代文学理论产生了浓厚的兴趣,从此一发而不可收,再也没有更改自己的学术追求。无论发生什么情况,他都义无反顾,一往无前地沉潜到古代文学理论的学习和研究中。他的这种执着的精神,在我的脑海中经常幻化为这样一个形象:一副现代的老花镜架在鼻梁偏下方,低头时便透过老花镜阅读,抬头时便透过老花镜的上方捕捉谈话对象的象外之韵。他的这一形象,经常让我联想到赓续传统文化的现代学者。

大学毕业之后,张老师便被分配到郑州大学从事写作课教学。然而,也许缘于传统文化的影响,他梦牵魂绕的依然是齐鲁故土,似乎只有回到这块曾经涵养了孔子、孟子等彪炳史册的人物、曾经孕育了刘勰等辉映着文学星光的文人的故土,他才能够找到自己的文学研究赖以展开的根基。凑巧的是,1980年代初期的山东师范大学中文系写作课进入了鼎盛时期,求贤若渴。当时,在新诗评论界享誉遐迩的诗评家冯中一先生,在写作心理学上颇有建树的张蕾先生,在古代文体写作理论方面颇有心得体验的张绍骞先生,在唐宋散文选本方面有一定建树的徐惠元先生,在中国现代杂文理论研究方面有所拓展的李继增先生，在传记文学理论与实践上颇有成果的王兆彤先生……他们都是在写作理论研究以及教学实践方面有造诣的学者。也许，正是基于这种恢宏的气象，已经在写作理论尤其是在古代写作理论方面颇显功力的张廉新老师加盟了这个团队，既为他在古代写作理论研究上继续拓展奠定了坚实的基础，又为山东师范大学中文系的写作课教学注入了新的活力。

张老师一方面埋头于现代的写作课教学实践，另一方面又潜心于古代的写作理论研究。这潜心研究的成果便是他与张绍骞老师联合编选的《古代应用文名篇鉴赏》（吉林文史出版社1991年出版）。这部合作出版的著作，显示了张老师在古代文体理论方面的深厚功力。他不仅从浩瀚的历史典籍中精选了古代诸多应用文名篇，而且还对这些名篇进行了深入浅出的解读。以往的鉴赏家，其赏析重点多在诗词歌赋方面的名家名篇，很少关注应用文名篇，这应该说是一种不足。其实，中国古代的应用文名篇很多，影响很大，既具有很高的实用价值，又具有不可低估的文学价值。尽管已经过去20多年，今天重读张老师的这些鉴赏文字，我们依然可以感受到其中闪烁着的智慧火花与审美风采。正是基于此，张老师的这部分成果纳入本书的第二编古代名篇鉴赏，便在情理之中了。

如果说1980年代的古代名篇鉴赏还仅仅是显露张老师深厚的古代文学理论功底的冰山一角，那么，本书的第一编"古代写作学"可以说是系统展示其理论研究成果的代表之作。1994年，山东师范大学中文系应教学急需，启动汉语言文学专业"专升本"系列教材的编写工程，朱本轩先生担任这套教材的主编，冯中一先生为这套教材撰写序。张老师承担了这套教材中的《古代写作学概论》(青岛海洋大学出版社1995年出版)的编写任务。这本教材原可以由张老师独立编写,但因为中文系在编写系列教材时突出了"我系教师经过思想的、理论的、实践的准备,发挥群体智慧,深入开展的教改实验"(冯中一先生语)的主旨,所以组织教研室相关人员集体编写,我和教研室的其他老师也参与了教材编写工作。张老师负责教材章节体例的总体设计,承担了全书10章中的8章,我和另一老师各自撰写了其中的一章。可以说,张老师承担了这本教材的主体任务。然而,在署名时,张老师并未突出自己,而是与我们两位参与者并列署名,这使我体会到了张老师非同一般的品行。

《古代写作学概论》的联合署名缺憾是显而易见的,这就使张老师的古代写作理论成果未能凸显出来。张老师把《古代写作学概论》中的个人撰写部分拿来编入这本自选集,算是较为完整地还原了他在写作理论研究方面的学术成果。

张老师对古代写作理论的思考,集中体现在他对"古代写作学"理论体系框架的总体设计中。具体来说,其特色就是突出了写作主体的修养在写作中的作用,至于古代写作理论中的构思、传达、修改、灵感、文体、风格等,则是附丽于写作主体之修养这一根本之上的。这无疑是切中肯綮之论。古人讲究"修身齐家治国平天下",这不但是儒家"内圣外王"的人生理想的真实写照,也是文章写作内在规律的重要路径。实际上,文人如果没有社会担当、没有人文情怀、没有社会理想,而仅仅沉湎于一己之世界,那么其作品无论如何是不能长久流传的。只有把写文章视为"经国之大业,不朽之盛事",文人才会真正找寻到实现自我之路。

阅读这些关于古代写作理论方面的文字,使我禁不住想起当年张老师沉潜在古代写作理论长河时的场景。张老师是一个清心寡欲的学者。他虽没有传统文人那种对于烟酒的特殊嗜好，却有着传统文人那种爱书成痴的雅好。20世纪的八九十年代，张老师的经济状况并不富裕，相反，倒是经常有囊中羞涩之虞。尽管如此，他依然对书情有独钟，尤其是搜寻和购买那些古代文学理论方面的书籍，甚至到了嗜书如命的程度。他曾经不止一次地对我说过：我没有其他个人嗜好，只剩下买书读书这个嗜好了，如果连这个嗜好也没有了，人生还有什么滋味！今天想来，这恰是张老师把人生的滋味与古代写作理论有机地衔接到一起的真实写照。也许，这正是张老师会在古代写作理论方面取得显著成绩的根源所在。

作为一个学者，沉潜于理论之中固然值得赞许，而张老师值得钦佩的，还有在古典诗词创作实践中的收获，这便是本书第四编的"诗词创作"。诚如张老师在自我陈述中所叙及的那样，他走上诗词的创作实践之路，并不是刻意为之的人生抉择，而是淤积于内心深处的情感的一种纾解形式。创作这些诗词，既不是刻意追慕古人的皮毛之作，也不是无病呻吟的肤浅之作，而是深蕴着个人人生体验与情感的肺腑之作。对此，张老师曾经这样描述过自己的创作情景："以往，从外面回来，老伴总是做着家务。现在再回来，只有门口的一双拖鞋，卧室里空空的床铺和满桌子上厚厚的灰尘。我终日陷入一种迷茫和痛苦之中，感情脆弱得就要崩溃了。我唯一的排解方式就是写诗，白天写晚上写，晚上开灯又关灯，躺下又起来，这么折腾着。孩子们都劝我，老这样不行，会把身体搞坏的。可是没有用，无时不痛苦，无事不是诗。在马路上听到雷响，就想到天要下雨了，山上老伴的坟头要被淋了，回家就写了《闻雷》（雷声阵阵夜深沉，疑是老妻叩家门。应是东山松盖小，不得为渠蔽雨淋）。"张老师在把自己的人生体验与情感外化的过程中,伴随他的是辗转反侧的不眠长夜、满含泪水的绵绵思绪——尤其令我深感震惊的是,这样的一种创作状态竟然一度成为张老师的一种生活常态。这部分诗作,已经收录于他出版的诗集《鸿爪留踪》中。本来,张老师曾经想把自己的古典诗词全部收录于自选集中,但虑及工程浩大,只好作罢。就此,张老师说:"本书所选的这一组诗,我名之曰'鸿爪留踪续集'。所谓'鸿爪留踪续集'是相对于'鸿爪留踪'而言的。2008年7月,我出版了自己的第一本诗集《鸿爪留踪》。时间已经过去10多年了,我在闲暇之际,依然把生活中的感悟诗絮记录下来,这便是我'鸿爪留踪续集'的这一组诗。"读者朋友阅读这本自选集的古体诗时,不妨可以找到《鸿爪留踪》来对照欣赏,这样也许会对张老师创作的古典诗词有一个更清晰的把握。

从张老师的诗词创作历程来看,他的古体诗有一个清晰的变化发展轨迹,那就是从起初的注重个人情感抒怀到注重社会情感的抒发。注重个人情感抒怀的古体诗,大都是悼念亡妻的,这些古体诗情感细腻而真切,具有打动人心的艺术魅力;注重社会情感抒发的古体诗,有些是谈治国方略的,有些是书写道德力量的,有些是凸显情感力量的,其中不少古典诗词对艺术表达技巧是很讲究的。在我看来,这两种类型的情感书写各有千秋,难分伯仲。从个人情感的抒发来看,其古体诗具有打动人心的情感力量,有望穿越时空的阻遏,抵达未来;从社会情感的抒发来看,其诗作则记录了古典诗词在现代的转换,有望成为居于文化转型时期文人的精神历程的真实记录。

最后需要补充的是,张老师不仅是一位沉潜于古代写作理论研究的学者与古词创作实践的诗人,而且还是一位情系山水的旅行者、摄影者和书法家。张老师寄情于山水之间,通过镜头观照物象,并借助物象表达自我的人生体验与万千思绪;张老师沉潜于书法世界,通过书法修身养性,并借助书法修炼自我的人生性情与飘逸情愫。如果将来张老师的摄影作品与其书法作品结集出版了,那么,我们将会看到一个全新的张廉新老师——那是一个沉潜于古代写作理论研究、辗转于诗词创作实践、寄情于山水、隐逸于书法世界的文化人,那是一个将传统与现代熔铸在一起的、既有古典韵味又有现代精神的文化人!

(原载张廉新:《未晚斋存稿》,中华书局2021年版)

学报主编的现实情怀和历史担当*

——李宗刚代表优秀主编在大会上的发言

尊敬的各位编辑同行,上午好!

非常感谢学报研究会领导给我这样一个参与大会交流的机会,也特别感念这么多与会代表能够静下心来听我发言。我清楚地知道,我们之所以不辞辛劳地来到肇庆,与其说是肇庆的青山绿水吸引着我们,不如说是盛况空前的全国学报会议吸引着我们。在这里,我们走出相对寂寞的办公室,来到学报界精英荟萃的肇庆,握一握那些在微信群里彼此熟悉的新朋友的手,看一看那些已经阔别了许久的老朋友的脸,询问一下那些长期伏案编校稿件的编辑同行们,您在腰椎和颈椎二突出之后,业绩是否也跟着突出了不少?是否做到了新时代的"三突出"?正是因为这些

---

* 2019 年 11 月 26 日,"双一流"建设背景下高校学术期刊的责任与使命学术研讨会暨全国高校文科学报研究会第八届理事会第五次会议在历史文化名城广东肇庆召开。这次会议从千余家高校学报中评选出全国高校社科名刊、精品期刊和优秀期刊。山师学报荣获全国高校社科名刊称号。此外,山师学报主编李宗刚获"全国高校社科期刊优秀主编"、编审孙昕光的专著《大数据时代学术期刊编辑学研究》获"全国高校社科期刊优秀编辑学论文"。本次学术研讨会上,获奖学报单位和个人代表分别作了大会发言。李宗刚作为获奖优秀主编代表,作了大会发言。

思念、牵挂，我们才会从北国、从西域来到温馨如春的南国，再一次汇聚在全国高校文科学报研究会的旗帜下。更何况这次研究会还为我们预备了那么多的礼物，包括我这次获得的高校学报优秀主编称号。

研究会授予我优秀主编称号，的确让我非常兴奋，对此我解读为：我担任主编八年来的所有付出，似乎都被研究会领导的千里眼捕捉到了，这让我找到了在小学时因受到老师表扬而春风拂面的感觉。其实，理性告诉我，全国高校的大部分主编都不容易。不管是全国知名大学的学报主编，还是普通学校的学报主编，家家都有一本难念的经。尽管每家难念的经有所不同，但有一点是相通的，那就是学报的任何点滴进步都是主编带领着编辑没黑没白地干出来的。在他们业绩突出的背后，大部分有腰椎和颈椎的突出作坚强的支撑。那么，我们不禁要追问，包括主编在内的编辑，为什么会为了学报业绩的突出，甘愿拿自己的腰椎和颈椎突出作支撑呢？我想，这便是主编的现实情怀、历史担当、志在诗和远方的理想。

学报主编躲进小楼成一统，似乎可以不管春夏与秋冬，其实并不然。试想，有多少双眼睛似高清晰度的雷达一样搜索着学报的纰漏，有多少作者用满怀期待或不屑一顾的眼神瞟向学报，有多少后人会用再三打量的态度审视我们编辑出来的学报。每每想到这一切，我作为主编便感到如芒在背，寝食难安。为了能够编出一份经得起同代人和后来人检阅的学报，即便是腰椎和颈椎"两突出"又有何妨！也许，这就是学报主编的现实情怀和历史担当！

当然，所有的这些现实情怀和历史担当并不都是一种苦行僧的生活，在学报主编的眼里，这种艰难困苦的跋涉本身还隐含着志在远方的诗意人生！从编辑过程来看，主编和编辑犹如给出嫁前的新娘化妆，化妆后的新娘才会真正焕发出被遮掩了的美丽与浪漫，才有了光彩照人的永恒魅力。作为学报主编，每每看到经过我们化妆后靓丽登场的论文，有的被新华文摘、有的被中国社会科学文摘、有的被高校文科学术文摘和人大复印资料转载，这便使我们的所有付出都得到了回报，这等于同时代人送给我们的鲜花！至于经过我们编辑的稿件，在经过了风吹雨打之后，依然像鲜花一样，摇曳在中国学术的百花园里，那正是主编志在诗和远方的真实写照。

根据自然的规律，一切都会归零，包括主编的腰椎和颈椎的突出在内。但经过我们编就出来的学报不会归零，它犹如一艘永不沉没的诺亚方舟，将承载着我们的现实情怀、历史担当，驶向诗和远方！

附 编

《传承与再造》序

朱德发[*]

唐诗人刘禹锡在《浪淘沙词九首》中有个名句,即"千淘万漉虽辛苦,吹尽黄沙始到金",喻指取得任何可贵的东西务必以韧性精神进行长期的艰苦努力。做学问更需要这种坚忍不拔的耐性和孜孜以求的魄力。李宗刚同志继去年出版了个人著作之后又把《传承与再造》这部文学专论送到我面前,仿佛一股浓烈的学术青春气息扑鼻而来,令我情不自禁地吟出上述刘禹锡的诗句,聊表我由衷的赞赏和真诚的敬佩之情。宗刚上世纪90年代初取得研究生硕士学位后便留校从事写作教学与研究,我们虽然不是同一专业却是相邻的学科;写作专业不少教师在现当代文学学位点上当导师带研究生,两个学科的亲密关系既深化了我与宗刚的师生、同仁、朋友等多重关系,又增加了在治学上相互切磋对话交流的机会。从频繁的接触交谈中,我不仅晓知宗刚内心有个化不开的钟爱"现代中国文学"的学术情结,也感受到他始终未放松对现代中国文学研究的苦苦探索精神,更清楚地了解到他急于考博深造、再上层楼的勃勃雄心。终于2002年宗刚考取了中国现当代

---

[*] 朱德发,山东师范大学文学院资深教授,博士生导师,系著者在攻读博士学位期间的指导教师。

文学专业的博士研究生,为其学术理想之梦的实现创造了良好条件。由于考博之前宗刚在学术研究上已有些积累的成果,读博以后又发愤攻关刻苦写作,所以不到两年就连续出版了两部著作;尽管不能说这些著作都是从"黄沙"里拾来的"金子",然而一个青年学者有了这种"千淘万漉"的艰苦探求精神还愁"金子"捞不到手吗?

况且,摆在眼前的《传承与再造》即拨开黄沙已露出闪闪发光的"金子";这诸多"金子"就是本书的创新点,就是它的真正学术价值所在。通过精读默察,我发现这部现代中国文学研究专著的创新点散布于如下三个主攻方向:

一是中国文学由传统向现代转换的研究。关于现代文学与传统文学关系的探讨是个极为复杂的热门话题,也是近十年现代中国文学研究深化的表现,不少学者对此的研讨已取得令人诚服的成果。相比较而言,宗刚对本课题的研究,有其独到的可取之处:起步早,他在攻读硕士学位时就开始关注传统文学向现代文学的转换,当大学教师以来从未停歇对这个话题的思考,攻读博士学位仍把它作为主攻研究方向之一;不是全方位探讨传统向现代文学的转换,而是集中在中国小说向现代转型的研究上,由此深进去发掘转型的内在特殊规律,并进而发现中国文学向现代转型的整体风貌和总体轨迹;对中国小说向现代转换的考察不是停留在表层结构的变化,乃是从创作主体的文化心理或审美情感的深层开掘小说由古典型转变成现代型的内在机制,这是对"转换"规律的深度研究,并非一般浅尝辄止的探察所能达到的学术境界。比如,著者认为"中国小说由传统向现代转换的逻辑终点则是审美情感,其转换力的驱动和逻辑起点则是理性认知";这是颇有见地的精到判断,合乎中国小说由传统向现代转变的内在规律。的确如比,逮及晚清中国小说发生了结构性转变,并不是创造主体的非理性情感使然,而是"小说界革命"倡导者梁启超等先驱们首先在理论形态上建构一套"新小说"观念系统,使每个致力于"新小说"创作者获得新小说理念,有了创作新小说的理性自觉之后方可进行新小说文本的建构。这种"理论提倡在先,文学创作在后"的逻辑程序,不只是中国小说由传统向现代转换的独特轨迹,几乎整个中国文学向现代转换也未突破这个先验的理论框架。本专著的可贵点,不仅仅从理论上反复阐明了这种规律性的认识,并且结合具体作家从理性到情感的变化以及小说的构成要素,切实而深入地剖析了这种深层的转换机制。

二是从众所周知的研究对象身上寻找新的突破口或价值增长点。百年中国文学虽然是个博大精深的审美文化原创系统,有选择不尽的研究课题也有阐释不完的学术空间,但是从它诞生之日起便有一代代学者在现代中国文学园地上进行辛勤的反复的探索和耕耘,即使学术感悟再灵敏的研究者也难以勘察出一块未开垦的处女地,尤其那些文学巨匠或经典名著的研究差不多达到饱和程度。面对着这样的现代中国文学研究的历史和现状,对宗刚这一代青年学者和博士研究生来说,既是意志的考验又是学养的检验,如何从学习中突围、从承传中超越是他们必须用智慧和行动迅速做出回答的历史的也是学术的重要课题。宗刚对这个严峻课题的回答只能说是刚刚开始,但从他交出的答卷中却可以发觉其学术追询所表现的良好势头,即敏于从梁启超小说观、"林译小说"、巴金文学叙事等"老话题"里发现新的突破口或新的价值增长点,应是对这些研究对象的深化又是对其薄弱点或疏漏处的重新挖掘,为现代中国文学研究宝库增加了学术新值。"林译小说"风靡一时,对现代中国文学史肇始阶段出现的这种特异现象,不少学者做出了各自的解说,但却罕见从多维度多层面进行阐释的有说服力的论著;宗刚敏锐地抓住了"林译小说"这一特异现象且予以"再解读",他从文化心理结构的趋同性和矛盾性、林氏文言翻译话语的特殊魅力与优长以及林氏"补天意识"和"经世意识"对译文的有效制导、接受主体的文化期待和审美需求等维面,比较深入地考察了"林译小说"风靡一时的多种潜在因缘,概括出一些启人深思的独到见解,这是"老话题"研究的深化又是学术上的求新。《自然科学视野中的鲁迅其人其文》角度选得好,虽然学界已有鲁迅与自然科学关系研究的著述,但是从知识结构、文化人格、思维范式以及文本具体内涵、创作原则等角度来探讨鲁迅其人其文所受到的自然科学的既深且广的影响,这应是有开拓有创意又有一定学术含量的研究,也表现出宗刚在鲁迅研究上寻找突破口所花费的苦心。巴金作为现代文学巨擘,对其深入探究也难以觅到新的突破口,宗刚将巴金其人其文置于中西文化交汇点上进行人本与文本互动的同质同构研究,有所深化有所拓展,获得了"巴金作为独特的'这一个'精神个体,创造了独特的'这一个'的文本世界"的充满辩证思维威力的科学结论;不过《巴金五十年代文学叙事的变异》更能窥见宗刚的学术胆识和理论勇气,论著不仅填补了巴金新中国成立后文学叙事研究的薄弱环节,而且做出了一些有深度的理性诠释,提出了一些精到的学术见解。

三是选取经典文本重新解读、重新发现、重新评价,从不同的维度化入文本又化出文本,在破译文本的深层密码上发出自己的声音。这是宗刚在本书中苦苦求索的。《藤野先生》、《新儿女英雄传》、《保卫延安》都可视为现代中国文学史上的经典文本,对它们的解读和阐释见仁见智是正常的学术研究现象,当然在特殊的政治气候下对其进行的歪曲性的误读或诋毁不属于学术研究范围。这三篇经典性的文学作品已有不少的研究成果,当下重新解读欲达新的认知高度,既要以真诚敏细的心灵去感悟文本的原生态审美世界,对其探幽发微以获取新的体验新的认知;又要寻求相应的理论范畴和思维模式,把阅读的新感新知升华到理论高度,纳入富有深度的思维框架进行创造性的概括与阐释。虽然不能笼统地夸说本书的经典文本解读已达到如此的深度和高度,但是至少可以从中看到宗刚在解读文本过程中是竭诚投入的,仿佛以自己的生命去参悟文本中的生命,究竟悟得深不深、准不准另当别论,而给我的感触和启迪却是:对《藤野先生》的解读别开生面,发掘出一些新意蕴,破译了一些人文精神密码;从《新儿女英雄传》中读出了五四文学精神的承传,给人阅读视野一亮的感觉;《保卫延安》的解读也不是老调重弹,而是从真切的感受中发出自己的学术之音,令人对《保卫延安》的文学史价值重新思考。

《传承与再造》作为一部研究现代中国文学的论著,固然是研究主体下大力气从"黄沙"中淘拣出的"金子",但是以严格的示准进一步检验便会发现,有些"金子"尚未达到"赤金"的成色,或身上粘着黄沙,或与黄沙掺在一起,这不能不在一定程度上影响这些"金子"的质量。尽管有这些微瑕,而从总体上观照却掩盖不住全书的创新之光、求是之意、务实之真和开拓之势,这预示着宗刚通过攻读博士学位将在现代中国文学研究上攀上新的台阶。

在我指导的博士研究生中,宗刚已有高级职称,教学、科研的经验较为丰富,据我的观察,他具备在学术研究上"更上一层楼"的良好条件:其一,苦学。也许宗刚有一段工作经历,深晓"学然后知不足"的道理,考取博士以来发愤苦学,博览群书,重读经典。为了分秒必争地抓紧机会多读书,他从省委二宿舍舒服的家庭中走出来,特意住进山师五排房的斗室里,寒冬酷夏,白天黑夜,只要有时间就伏案读书,并且得到家人的竭力支持。有了这种苦学精神,书山再高也能爬上去。其二,好问。宗刚读书多了,随着知识结构的充实,发现的疑难问题也多了,所以不论课堂讨论或者师生见面都可见到宗刚不厌其烦地提问题,有一种打破砂锅问到底的精神。有了这种好问的习惯,就容易形成"问题意识",不断深化研究领域。其三,善思。主要指宗刚在思索问题的过程中偶尔迸发出一些"奇思妙想",尽管有些想法并不成熟也不够深刻,但其中却蕴含着可贵的创造性逻辑机制和出新求异的学术激情。有了这种善思的能力,就会结出丰硕的思维之果。其四,诚实。这既是宗刚的可以信赖的优秀品格之一,又是他致力于文学研究表现出的求真务实的治学态度,虽然他有些"奇思妙想",但在学风上却没有故弄玄虚、华而不实的表现。文如其人,他作学问总是勤勤恳恳、诚诚实实,即使出现创新思维的超越性也不会滑出实事求是的认知轨道。我相信宗刚在今后的治学道路上定会光其所长克其所短,牢记"学者不患才之不赡,而患志之不立"(徐幹语)的古训,以锲而不舍的追求进击精神,在自己耕耘的学术园地里结出更多更好的优质果实。

草于 2003 年 7 月 25 日

《创作成功学》序

蒋心焕[*]

宗刚最近告诉我,要我为他写的《创作成功学》写一篇序。说实在的,在这之前,我还没有听宗刚说起过此事。当他把书稿送给我,要我根据自己的阅读印象写点文字时,我才感到,宗刚的《创作成功学》还是有许多令人眼前一亮的新意的,是值得向读者推荐的。

宗刚是我的硕士研究生,说起来那已经成了上一个世纪的事情了,尽管这期间的间隔才有十几年的时间。他是我所带的研究生中较早的一届,我那时也恰是思维活跃的时期,我和我的学生们,经常就一些问题展开讨论,记得那时宗刚就曾经向我发问过:"老师,你说我们中国现代文学史上的那些文学大家是怎样成功的?"当时的学术界选择研究的热门课题相当多,对此似乎并不是十分在意。我对此也很有兴趣,感到这是一个不应被忽略,但又常常被忽略了的问题。尽管我没有对此展开专门的探讨,但想法和思考还是不少的。至于当时我是怎样回答宗刚的问题,随着岁月的流逝,早已记不清楚了。然而,没想到的是,宗刚这十几年前的发问,却在他心中形成了一个挥之不去的情结,这也算是他在

---

[*] 蒋心焕,山东师范大学文学院教授,系著者在攻读硕士期间的指导教师。

随后的日子里对此课题展开专门探讨的重要缘由。

其实,如果细细地想想,就会发现,我们的中国现代文学研究还没有就作家的成功进行过专门的探讨。我们的一些文学研究热衷于一些大问题的探讨,诸如作家的思想、作家的艺术风格等问题的发问,但就是没有提出过,在历史的长河中,为什么就是这些相貌寻常的平凡人,却成长为中国文学史上令后人仰视的一代文化巨人,他们以自己的文学实践活动,为我们的文学发展涂染上了他们的个性底色;而一些当时和他们曾经不相上下的学人,却没有和他们一样,成长为文学史上的文化巨人,甚至最后默默无闻于乡间,郁郁寡欢于世间,在历史的文化之河中没有留下自己的一点痕迹。如此想来,我们的文学研究对这样的一些现象,实在是缺乏必要的说明。这带来的弊端,一方面体现在,我们对那些有线索可探可寻的成功规律缺少认知;另一方面,我们在通向成功的道路上,也走了一些弯路,多了一些盲目性,没有在实际的文学成功的规律的积极导引下,以最快的速度切入成功的行列中,从而为时代和后人留下自己的华文彩章。

在看到了宗刚对创作成功规律的阐释后,我感到了他在撰写本书时所隐含的意义。在宗刚看来,那些彪炳于文学史册的文学大家之所以能够获得这样的荣耀,并不是无缘无故的,而是有规律可循的,这规律在宗刚那里已经有了独到的阐释。我感到这其中的一些阐释是很有道理的,对读者也是很有启发的。这样说,并不是我们就可以把宗刚的思考当成了最终的规律阐释——与其是这样认为,倒不如说宗刚的思索开启了创作成功学的泉源,这随之汩汩涌出的清澈的甘泉,不但应该为宗刚所拥有,而且也为所有对这一课题感兴趣的学人所拥有。也就是说,我感到宗刚从事这一工作的积极意义,并不在于他的言说达到了一个怎样值得肯定的境界,而在于他的言说为学人的进一步言说提供了一个平台,在这个平台上,创作成功学从其他学科的从属地位中挣脱了出来,开始以一门独立的学科,呈现在人们的学术视野里。

实际上,这正如宗刚和我在交流中所诉说的那样,他的这本书还不能称之为严格意义上的创作成功学。在他的美妙的设想里,他期望把创作成功学当作一个独立的学科,专门地就文学创作中的成功规律进行厘定——这自然就不是当下的这个模样了。当下的这个模样,听他说主要是受制于选修课的缘故,才不得不以这还显得有些纷杂的状态献之于世。在他的选修课中,他本想专门对创作成功学进行独立的阐释,但学生还期望从这门选修课中获取他们在未来的就业中所需要的本领,还需要获取他们在未来的考研中所需要的能力,还需要获取他们毕业时撰写毕业论文的基本技能,所以,为了兼顾这一切,他也就只能忍痛割爱了。尽管如此,我依然感到,他在撰写的过程中,还是注意到了成功学这个中心议题的,这实际上也缘于他的这一基本理念,他认为在所有看似不经意的成功中,都隐含着成功的规律,这不仅体现在文学创作上,也体现在文学研究上。这思路在我看来是正确的。不管是从事文学创作,还是从事文学研究,抑或从事其他学科研究,除了因其学科所具有的独特性之外,其之所以成功,还是有一些共同规律的。这一点,在宗刚的阐释中,已经有了一些回答。

据宗刚和我讲,他之所以对这一课题有了兴趣,主要是得益于美国成功学创立者拿破仑·希尔的影响。希尔在调查走访大量成功人士的基础上,总结了成功学的十七条基本法则,他们尽管获得成功的领域不同,尽管获得成功的大小不同,但这十七条基本法则,他们是都具有的。在这样的阅读过程中,宗刚蓦然感到,成功学所涵盖的领域,不只是经济界和政治界等行当中,在那些文学大师所建构的文本世界中，又何尝不是蕴涵着这样的一些成功规律呢？于是，他由此进行了嫁接，开始了对创作成功学的思考。

在听了宗刚的介绍之后，我接触了拿破仑·希尔的成功学，感到在实际的例证基础上建构起来的成功学理论，是容易让人接受的，这和那种面壁虚构出来的理论，有着不同的建构路径，这在我，也是非常服膺的。尤其是当我们这一代人，经过了一些复杂的世事之后，就更为确切地感受到，像那些终于获得了成功的文学大师级的人物，他们的确是在很多方面显现出了与众不同之处——其实，这也难怪，如果他们处处和众人没有了不同之处，他们岂不就是众人中的一个了吗？他们岂不就是没有获得成功的平凡人了吗？也许，他们那些和众人不同之处，恰恰是他们的不同凡响之处，是他们得以走向成功的根本之点。这在其他行当中如此，在文学创作中和文学研究中又何尝不是如此呢！

在宗刚的字里行间，我读出了宗刚对成功所怀有的独特情愫。渴望成功并在成功中确立自己在历史中的位置，本就是一切有志于未来、不甘于平庸的人的重要文化品格。我们没有必要讳言自己对成功的渴望，就像没有必要讳言自己应该具有与众不同之处一样。这恰如宗刚自己所说，传统曾经赋予了自己以坚忍不拔的精神，这是自己每每处于逆境而不甘沉沦的原动力；但传统也抑制了自己超然不俗的品格，这使自己本可以自由创造的精神，在对众人的认同中几乎消解殆尽。我想，这样的自我反思是很深刻的，宗刚是一个在骨子里不甘于平庸、也不甘于循规蹈矩的人，他渴望自我的人生能够舞出属于自己的姿势，以定格在属于自己的时空里，我觉得这样的一种精神向往，是可赞的，同时也是可实现的。当然，这里的前提是，只要自己没有放弃对成功的追求——这恰如宗刚在他的创作成功学中所阐释的成功学规律那样。

其实,如果从拓荒的角度来看,宗刚的创作成功学是值得肯定的,作为他的硕士生导师,我希望这一处我们所忽略了的文学研究领地,能够在众多学者的耕耘中,于蔚然成风中成长出参天的理论之树。

我退休之后,对学术界问题疏于思索,现在所写的点滴感受,完全出于对宗刚的了解、对这一课题早出丰硕成果的期待。姑且把这些当作序吧。

2004 年 5 月 24 日于山东师大寓所

学者散文拓开的文学新境域

——读李宗刚的《行走于文学边缘》

曹明海*

在中国现当代文学的研究领域中,李宗刚一直致力于建构自己的"新式教育与五四文学的发生"的新场域,学术成果颇丰。近年来,他相继出版了《中国当代文学史论》、《中国现代文学史论》、《父权缺失与五四文学的发生》等学术著作,编选了《炮声与弦歌》、《杨振声文献史料汇编》、《杨振声研究资料选编》等研究资料,显透着文学研究的大气和做学问的扎实。而且,让笔者感到有点惊异的是,他在学术研究和散文写作的交叉地带,《行走于文学边缘》,以"学者散文"的特有真诚和富有意味的语用洒脱,传达文学研究生活中跃动的心灵声息,拓开了一种"学者散文"的文学新境域。

一、用真诚的内心感触,透视学术研究的真义

所谓"学者散文",是与通常所说的学术论文相对而言的。在学术领域,我们读到的大都是学术论文,就是那些形而上的抽象性理论探讨,或者是让外行人不好理解和接受的新的概念和术

---

* 曹明海,山东师范大学文学院教授,博士生导师。

语、理论与观点,别有创见的学术思想与理性智慧。而这里所说的"学者散文"与此不同,它是在学术研究和散文写作之间拓开并营构的文学新境域。简单地说,是一种叙议学术生活的文体。李宗刚的《行走于文学边缘》(山东人民出版社2015年12月)就是这样一种"学术散文化"、"散文学术化"的交叉性复合构成的文体。他的这种"学者散文"是用特别真诚的内心感触,透视学术研究的真义,即写的是对学术的真诚和体认。

散文是真诚的艺术,是一种性情化的文体。倾诉真情,坦露心迹,抒发感触,以深切的感悟,去透视学术研究生活的本相,昭示学术研究的真义,揭示文学研究的底蕴,是李宗刚"学者散文"写作的一个显著特点和美质。无论是对大学教授人生姿势的解读,对学者名家文化情怀的体味,还是对"莫泊桑葬礼上的演说"、对"抗战小说的历史长河的疏浚",以及对"如果狼来了"的三种文化模型和如何"解构与建构既有自我和新的自我"的阐释,都无不是由内心真诚的感触而发,抒写内心的触动和感悟,昭示学术研究领域学人的情怀和生活状态,揭示学术研究背后潜存的能够温暖人心、启迪思想的真义。这就是说,李宗刚的"学者散文"写作,实际上是以率直的真诚和超越学术的情感和心灵视角,去烛照学术研究生活的深层,传达学术研究的足音,诠释种种不同的学术研究现象和学人生活状态,透露着一种对学术研究中人、事的热切关怀和真诚的凝视、解读与沉思,给人一种观照学术思考的直接感。可以说,李宗刚身在学术研究中,他能直面学术,投注于文学研究的场域里,不是以一己个体的小圈子来发私情、说空话、论偏见,而是在融合学术群体生活意识与学术现实本相的基础上透视学术生活的底蕴,真诚地崇尚学术,揭示学术研究的苦恼和欢乐。毫无疑问,李宗刚的"学者散文"写作,是对学术研究生活和学术人生真、善、美境界的真诚探求,也是对他学术理想和人生追求的一种真实写照。

"学者散文"的写作,实际上是对文学研究和学术生活的拥抱和深省,是以真诚的心灵感触楔入学术研究的深层,透视学术生活的特有状态,揭示学术研究的本真价值,切入投注在学术研究生活中的学者们的深层意识和学术心态,描述和刻画他们做学术研究的生活风姿。李宗刚的"学者散文"写作,在每个篇章的字里行间都跃动着这种真诚写实的意象和动情写意的品格。他敞开真诚心灵的天窗,把内心的触角深入学术生活的现实,描述沉思于学术研究的学者生活,叩问他们的学术思考,抒写他们"昨日的生活"报告,描述站在传统文化立场上虚构的乌托邦世界,以及踏入历史边缘的诗意叙说等等,以多彩的学术生活和深厚的学术人生内容为对象,用炽热的真诚、赤心和热词,去昭示我们有着学术生存困惑而又深潜着创造力的学术生活场域,书写学者生活和学术人生所富有的内涵和美质。我们看《王富仁:文化本原的叩问者》,在文学研究领域里,把学问做得极其精细的学者是不少见的,犹如"傲风挺立矢志于自我追求的松柏,他们对脚下的那方文化沃土是挚爱的,他们对头上的那方文化蓝天是神往的","他们将文化本原作为叩问对象,以理性批判和文化再构为己任。他们在促进自我思想茁壮成长的同时,也构建着属于我们这个时代的文化风景"。李宗刚对投注于学术研究的学者作如此真情的述评,对现代文学研究的名家王富仁先生更作了动情的评说:他"走出弥漫着浓郁的儒家文化气息的齐鲁故园,跨入了与齐鲁文化生成环境有着显著区别的西北和首都","他依托着业已根植于灵魂深处的'入世'情结,开始了对社会文化本原问题的执着思考,并最终成就了属于自我的思想体系","他的学术研究没有滞留于象牙之塔,在悄然绽放中沉醉于自我的小天地里;他成了思想界的一个战士,冲锋陷阵于中国文化的'无物之阵'中,为自己切实感悟到的文化理念而呐喊"。这些对名家学术生活的真诚叙说,对其学术精神的描述,特别是作者的语言文字,显然满注着真诚的学术情感和对学术特有的挚爱。只有如此心怀学术,崇尚学术,才能对学术全力投入,拓开灿烂的学术天空。

  读李宗刚的"学者散文"会发现,他的每个文本的语用空间、每个篇章的语义构成中,都流淌着对学术的挚切情感,充溢着对学术的真诚崇尚。无论是对学术生活美质的透视,还是对学术研究环境的描述,都透射着一种真诚的光辉,字字句句都写满了真诚的情意。如《对张守富人生姿势的一种解读》、《大学教授昨日的生活》、《诺贝尔文学奖钟情什么》、《人生的"三度"》等等,都无不跃动着真诚的声息,透露着学术生活的底蕴。可以说,在这些作品中,李宗刚一丝不苟地发掘着学术生活中的善与美,挚诚率真地和我们交流着关涉学术研究、学者生活的切身体悟,强烈的学术研究责任感和时代学术使命,紧紧地包围着他,使他绝不轻易放过每一个揭示学术生活善与美的机会。一位"文化本原的叩问者",一个"执着追求的支点",一片"植根于文化的沃土",一种"情到深处理自现",一场"生命的舞姿"和"让生命充分而自由地燃烧",当今学术研究生活的多彩美致,在李宗刚的散文视野里,都变成了五光十色的思想,透射出学术生活的闪光。对学术研究和学者生活的切身观察,善于追问,敏于思考,是李宗刚"学者散文"写作的一个特有品质。在他的每个作品里所表现的对学术生活的沉思和默想虽然是零散的、片段性的,但却不是随意性的流露和臆说,他具有自己内心真诚的倾向和重心——所有的意向表达和思想生成都维系着当代学术研究和学者的生活处境,都关系着当代学术研究的现实和发展,是一种真诚率直的现实主义理性精神。特别是李宗刚在写作中那些流淌着真诚感情的文字底下,往往融注着一种时代的声息,这就使学术精神得以高扬。

二、不遮掩生命个性,传达学术的生命哲思

在阅读的过程中,我们很容易感受到在李宗刚的"学者散文"写作中,无论是面对学术研究的各种难题,还是身受现实生活的具体困扰,他从不掩饰自我生命个性,总是用敞亮生命的舞姿,传达学术生命的真切声音。这一鲜明的特点,当然是来自他的"内心真诚",无疑也是一种自我生命个性意识和主体心灵纯真的开放。实际上,是在主体个性生命意识定点上进行学术生活和有关人、事现象的透视,着力写在自我个性生命意识里所闪现出来的各种感触、生命的颤动。读来使我们感到在各种学术生活和社会人、事现象的背后,流淌着一种露着生命个性的纯情,一种自我的生命个性释放的能量。如《生命的舞姿》、《生命的展开形式是美丽的》、《让生命充分而自由地燃烧》、《陀螺的魅力》、《生命的叩问》、《永不歇息的收获者》等等,这些篇章都以动情的智慧议论、纯情的生命表白、真情的个性阐说,既撩人情思又发人深省。他显然不是掩饰生命个性的空洞说教,而是袒露着真切的生命舞姿——那是一种随着生命自由律动的舞姿。作者在《生命的舞姿》中作了如此的描写:"在时间的舞台上自由自在地舒展——从绷紧的脚尖到伸展的手指,尽情地释放生命所具有的强力,冲破一切阻遏这生命之舞的形式格律,冲破一切桎梏着自我生命律动的清规戒律。"他要做一个自我的挣脱者,使个性生命重获无拘无束的伸展,展现那"美轮美奂的生命舞姿"。这就是说,作者笔下的"生命的舞姿"、"陀螺的魅力"也好,"离别生命的港湾"、"行进在滑梯上的人生"也罢,实际上都是自由生命个性的展示,生命个性舞姿的展现。应该说,李宗刚"学者散文"的这种自我生命个性的开放,特别是毫无遮蔽性与掩饰性的这个特点,使他的"学者散文"构成了一种富有阅读感召力的美质。

如果说李宗刚的"学者散文"感召你的首先是这种使你无法抗拒的生命个性对内心的拨动,那么在沉思中就会发现,作者对生命个性的流露里还传达着哲思的影子,透射着理性的光点。

哲思和理性是真诚个性和生命的升华和深化。李宗刚的"学者散文"写作,自然富有学者的思考轨迹和理性特质。他与其他的散文作家一样,写的是他自己的学术经历与生活体验。但是,他对学术人生、生活体验而独到的思索,使人能够透过学者生活和学术人生的表面投向真切的内在,而这种"学者散文"内涵的真和美或许就在这里。如《人生的"三度"》中的叙写:"季羡林,生命的长度使得他登上人生的山顶,而那些和他齐名的、甚至比他更负盛名的大师,多已驾鹤西去,当世间仅余下空悠悠的黄鹤楼时,作为坚守者或者守护者,便天然地填充上原来的空缺,成了大师,至于其'国学'如何,人们是无须顾忌的。"这不仅是对大师生活和学术人生的哲思,显然也是对学术人生的长度、生命的密度与高度的深层透视。同时,李宗刚的哲思文字还启示我们:"在文学创作方面的拜伦、雪莱,还有徐志摩,他们的生命密度,在有限的单位时间里,一下子获得了升华,书写了最为瑰丽的人生篇章。……由此说来,人生固然需要足够的长度来支撑,但是,人生更需要足够的密度来淬化。"显然,这种关于学术生命和人生的哲理思考,是对生命的体悟,也是对人生的启迪。

"学者散文"具有学者善于思考的显著特点。李宗刚的学者散文思考是多方面的,能给人以多重多层的理性沉思和哲学启示。如《生命的展开形式是美丽的》中的哲理文字:"时间是残酷的,同时又是美丽的,她的展开区间尽管受着时间的限定,但以怎样的形式展开却掌握在我们自己的手中。我们可以让生命展开得更有价值,使她在该播种的时候播种,在该耕耘的时候耕耘,在该结果的时候结果,在该落叶的时候落叶,如此一个几乎可以称得上完美的、尽可能不留遗憾的生命展开形式,实在是我们应该追求的一种境界。"这种生命展开的美丽思考,是投注于学术研究的学者体验的生命智慧,也是常人应体认的人生哲学。

对于学术生命的追求,李宗刚在《陀螺的魅力》中也作了哲学的诠释:"陀螺的生命在于旋转,陀螺的魅力也在于旋转。"旋转的陀螺,"能够迅疾地借助外力,飞速地旋转起来,在飞速地旋转中,越来越执着地把自己塑造成一个流动不居的存在,一个具有勃勃生机的存在,一个挟持着昂扬向上精神的存在。"在对陀螺的生命和魅力作如此理性分析的同时,作者进一步指出:"陀螺的旋转,得力于它把自己的全部生命都聚焦于那个点上。在那个点上,它找寻到了自己作为陀螺存在的最终归宿。它拒绝了来自各方面的诱惑,执着地把有限的能量都汇总到那个定点上,就是这样一个定点,为它的旋转找寻到了最为坚实的支撑。"应该说,这是对陀螺生命旋转及其魅力的哲学思考与诠释——作为学者,李宗刚在学术研究的过程中,自然也经历过生命的磨难,体验过生命的沉重,也绽放生命旋转的美丽,体悟生命追求的真义。所以,这种对生命的诠释,其实是一种自我体验生成的生命智慧。尤其是他对学术生命的理性考察、哲学的透视,没有虚化的掩饰,摆出以往"不欲以静,天下将自定"的所谓"圣贤祖训"——那是对生命的违背,对人性的压抑。他也没有故作潇洒地写些生命和人生的轻闲文字。

对于学术生命的叩问,也是李宗刚为之投注思索的重笔文字:"人只要活着,不就表明了那生命的火把还依然在时光的隧道里摇曳吗?不就宣示着生命依然地会产生情感和思绪吗?然而,这样的一种人生至高至纯的境界,并不是所有的人都会抵达的。"显然,作者从理性的视点来审视生命,认为生命便是一个过程,一个有着开端又有着终点的过程。在生命短暂的岁月里,人们完成了对人类文化精神的完美对接和传递,并为这种文化精神之光的熠熠生辉而叠加上了他们的生命之光。显然,这就是"学者散文"抒写给我们的诗的哲理。有专家言,历史衰老了,颤颤地倒下了。一个人扶了它一把,另一个人又踩了一脚。扶它的人因为付出了自己的力量而趔趄了一下,踩它的人却因为踩着了它在瞬间加高了自己。生命的真理只诉说残酷的规律,所有活着的人越来越兴旺。或许,这就是李宗刚的"学者散文"对生命叩问的真义和发出的感喟吧。

三、坚守学术研究场域,也行走于文学边缘

在文学研究的圈子里,像李宗刚一样,既是一个学术成绩显著的学者,又是一个常在时间的缝隙中写散文的作者,这是不多见的。记得罗素说过,人类成就中最显著的东西大部分都包含有某种投入和沉醉的成分。李宗刚能在现当代文学研究领域取得这么大的学术成就,可以说,是他投入其中、沉醉其中的结果。他主编着《山东师范大学学报》(人文社会科学版),编审工作细心、责任感强,但没有被任务压倒,在学术研究和编辑工作之余,又写了这么多流淌着真诚、负载着理思的"学者散文"。

李宗刚的"学者散文",有写人写事的,更有写议论说理的。如《在执着追求的支点上》《由鲁迅引发的思考》《穿越历史的隧道》《从人的价值说开去》《严监生与葛朗台》等,在文学研究和

学术生活的场域中,一步一景都显作者以描述的灵气,一人一事都显作者以追叙的热情,写出了丰富而又真实的学者人生,也昭示了作者一颗热诚的内心。尤其在繁重的学术和编辑工作中,李宗刚保持着对生命的恒久热情,这不是身处中年阶段的人能轻易做到的。当笔者读到《永不歇息的收获者》中那些热情而激扬的文字时,不禁深深感动。也许正是这颗恒久不息的心,使得李宗刚像一个执着的行吟诗人一样,在学术和生活的旅途上边走边唱。尽管这吟唱之声,时有抑郁,时有昂扬,但从来没有中止过。他执着的吟咏给学术洒下了不尽的春色和温暖的阳光。

或许,与他学术研究领域的成就相比,李宗刚只能说是一个"行走于文学边缘"的散文写作者,"学者散文"只是一种"闲情"。但这种"闲情"已经融入他的血液和命脉,并被一种更高的生命存在召唤和推动着,使得散文写作和学术研究成为精神与生命的投注。正是在这种精神和生命的投注中,我们看到了李宗刚的"学者散文"如何闪烁着精神的光华并负载着心灵底层的积淀,在学术研究的时光中流淌成一条充满学术生活之美的河流。

作为"学者散文",李宗刚的写作题材并不是很宽阔的,多是从一事一情的学术生活片段入手。一个"追求支点",一次"求学追踪",一种"诗意叙说",一场"生命舞姿",都能使作者抒写开去,激起内心感情的涟漪。但是,这些"小题材"似乎并不真是小的,它们都在作者内心永恒光点的透视中,显现出一种"大气"和"境界"。这种永恒的光点就是对学术执着的投注,对生活热切的挚爱。作者所描述和追忆的人和事,都被放在一个宽阔的时代文化背景上,如执着追求的冯中一先生、文化本原的叩问者王富仁先生,以及对文学史另一种书写路径的探索、在感性上体味外教的文化等等。通过这些人和事,我们能够感受到那个特定时代文化的脉搏律动,能够更深刻地理解当时学者的精神和命运。尽管作者所写的人和事,都不是什么"大事件",而是自己体验到的一些"小事件",但作者又往往能够超越单纯的个人情感,透视有着深厚的学术文化生活的内在底蕴。

作者在《对张守富人生姿势的一种解读》中,就融入了对传统文化的追思,对人生价值的探索,使一篇"人生姿势的解读"具有了深刻的人生哲理,使人读来深受启迪。在传统文化中,我们"追求自我人生姿势的较高境界是'修身齐家治国平天下'。在这样的文化价值导向中,人们把修身当作实现其社会价值的起点,而且还把治国平天下当作人的自我修养的一种外化形式"。所以,传统文化给我们提供的家园,是把修身当作一个人的立身之本,将"琴棋书画、吟诵对酬"当作修身的一种必经门径。"人们在'琴棋书画、吟诵对酬'中,体味着无欲则刚的人生哲理,咀嚼着有所为有所不为的人生旷达,彰显着自我作为生命个体存在的社会价值,透示着在独善其身的同时对'平天下'的向往。"显然,李宗刚的"学者散文",看起来是一些"小题材",但小题材总能反映出大主题。这说明李宗刚的散文写作并非是饭后茶余的消遣,更不是花前月下的闲适,而是非常认真的、富有质感的文化沉思。

作为"学者散文",李宗刚的散文写作不受任何格套的束缚,而是坚守自己的"一方田园",立足于对学术、对生活、对人事的独立的体察、精细的透视、敏锐的感觉。由此,显现出"学者"的主体风度,把自我的主体意识及其相应的表达方式渗透于作为抒写对象的学术研究和学者生活的情境之中。

为坚守自己的这"一方田园",李宗刚的散文写作特别注重自我独到的学术体察和精细生活感受。因为加强这种自我体察和感受力,往往能够消解学术生活和对某种人、事的纯客观描述,以免在写作中过多地充斥状物性、知识性、世俗性的成分,彰显"学者散文"的特有风骨和思辨本色。应该说,散文是感受的艺术,感受能力即散文富有创意的写作能力。一个人在处于遭受拳打脚踢、或在闹市中忙乱之际,对所听到和看到的感受,一定不如深夜独处异常清醒时多。李宗刚"学者散文"独到的体察和感受力,彰显出主体风度和思辨特色,很显然是得力于"学者"有意识地与纯客观的人、事、现实拉开了距离。散文写作是主体性很强的活动,作者主体心灵的自由是审美价值升值的必要条件,而纯客观的人、事无疑与主体审美的自由存在着矛盾。在李宗刚的"学者散文"中,由于他的主体感受与客观的人、事对象拉开一定的距离,具有较大的超越性,因而有了更大的主体情感和思维的自由度,使这种"学者散文"更具一种灵动和思辨的特色。这一点在不少篇章的叙写中都表现得非常明显。如《在执着追求的支点上》《崮山脚下的追思》《回眸那座文史楼》、《为了一种文化的延续》等,这些篇章中都有强烈的主体性体察和敏锐的感受力描写,从而使这些被感受中的人、事对象活生生地呈现在我们面前。作者所追求的不仅仅是反映客观的信息,而是利用客观信息的刺激调动起尽可能多的主观心灵的蓄存,并使之与主体心灵的深层融合。

总之,李宗刚的"学者散文",有着很活跃的自我体察和精细的感受力。这种体察和感受力使他的笔很自如地超越日常学术生活和相关人、事的实用价值的心理定式,使之对客观人、事对象的描述"超然物外",刻意追求着某种主体情感的深化,破译其中被遮掩的密码,把它推向深层性的情感境界。应该说,这就是李宗刚"学者散文"深度和力度之所在。

(原载《创作与评论》2017 年第 9 期)

文学史的转型与史学主体的转型
——评李宗刚著《中国现代文学史论》

郑利萍

作为出生于20世纪60年代的学者,李宗刚以自己对于中国现代文学的研究,汇入到一个时代的文学历史与思想谱系之中,以丰沛的思想资源与探索热情投入文学研究过程,体现出独特的个人思考视角,建构起属于自己的思想空间和文学研究视域,不断实践着自己的学术理想。

一、转型研究:新的视角与题域

自十余年前开始酝酿自己的博士论文起,李宗刚就致力于中国近现代文学的转型研究,对于晚清文学改良、新式教育与五四文学的发生、中国小说由传统向现代化机制转换等题域的思考和论述由此展开。继《新式教育与五四文学的发生》(齐鲁书社2006年9月第1版)、《中国当代文学史论》(山东人民出版社,2014年9月第1版)出版,李宗刚新近出版的论著《中国现代文学史论》(山东人民出版社,2014年12月第1版),汇聚了自己20多年来对于中国现当代文学研究的成果,呈现出李宗刚多年来一直关注的对象,也为20世纪90年代以来文学界、思想界不断探索、争论的题域的最新研究成果,如对小说由传统向现代的转换、文学与政治文化生态的关系、中国现代作家作品研究、文学史书写理论等问题新的掘进与拓展。

中国现代文学有着丰富而复杂的内涵,不断激发着学者的想象力和创造活力。《中国现代文学史论》(以下简称为《史论》)新的视角与题域,首先体现为在对中国近现代文学的转型研究中,将研究的视角从此前的政治社会学层面,转向了进一步在文化意识层面探索"五四"文学精神。

新时期文学与新时期学术史展开时,"五四"和"五四"文学始终是一个难以回避的思想"原点",是中国现代文学研究的一个基本课题,也是《史论》作者将自我生命的发展融入中国现代文学学科发展的一条路径。20世纪90年代以来,随着西方马克思主义、后现代主义、现代性以及大众文化理论等西方学说的大量引入与传播,文化批评和文化研究逐步成了中国学术界的一门显学。但文化批评和文化研究的理论视角和关注中心常常是"超文学"的社会问题、历史问题和思想问题,即使进行文学研究,其对"文学"的进入方式也往往是文学的"外部研究"或"背景研究",阐释的重点是文学的生产、流通和消费方式,而非"文学"的"本体"。《史论》的研究不仅借助传统社会学研究方法的优长之处,更把"文学"纳入整个社会文化生产过程中去考察,客观地分析广阔的社会、思想文化与政治意识形态的关系,同时贴近文学文本、文学现场,既解释文学与时代、社会的关系,也分析众多具有代表性、或具有独特价值的文学现象的内在肌理。

在《史论》中,作者厘清了从古代文学向"五四"新文学转型的内在发展线索,清晰地呈现出中国文学由传统向现代转换的内在线索,并提出了独特的思考与见解:"中国文学由传统向现代的转换,如果我们进一步追根溯源的话,就可以发现,其转换的深远背景是战争。正是因为战争,才促成了中国传统社会的解体,并促成了新式教育的诞生;正是新式教育,才孕育出了区别于中国传统的文化心理结构、具有现代意识的'人';正是这些接纳了新式教育、建构起了现代文化心理结构的'人',才成为五四文学的创建主体和接受主体,并最终创造了区别于中国传统文学的一代新文学——五四文学。"[1]作者敏锐地提出"战争语境"的研究视域,关注到20世纪初对现代中国意识结构直接产生影响的战争,包括甲午战争、辛亥革命对于中国文化的深层次影响。战争激起了中国人救亡图存、富国强兵的现代焦虑,迫使仁人志士兴办教育以输入西方先进文化,使人们接受西方的科学与民主,认同西方现代化的精神实质,并逐渐对自身的文化体制、政治体制进行改革。"只有在历史的变革深入到'文化根本'即基本价值观念和与之相关的民族心理结构的层面,或者说这一认识成为一种基本的觉悟并参与历史的创造时,其变革才会是深入而富有实效的。"[2]战争是中国社会形态被迫向现代转型的激发因素,其结果是封建帝制的崩溃和西方民主体制的尝试,动摇了中国文化的基本价值观念,导致了中国国民文化心理结构的裂变和社会价值观念的重构。在由战争到人的全面觉醒的艰难历史过程中,救亡和启蒙成为"五四"文学的两大母题,"同时也奠定了五四文学的建构方式,即通过新式教育培养具有现代文化心理结构的人来建构五四文学"[3]。《史论》以"战争语境"为题域剖析了"五四"文学转型的内外线索,为中国近现代文学转型研究拓展出新的视野与更为开阔

---

[1] 李宗刚:《中国现代文学史论》,山东人民出版社2014年版,第3页。
[2] 孔范今:《近百年中国文学史论》,人民文学出版社2008年版,第125页。
[3] 李宗刚:《中国现代文学史论》,山东人民出版社2014年版,第6页。

的空间。

其次,《史论》将"五四"文学与现代学术的建立、中西文化渊源等联系起来全面考察,扩大了"五四"文学的研究内涵。在《史论》中,原先进入不了研究者视野的中国社会文化潜结构和许多被忽略了的原始资料得以被发现和激活,成为新世纪以来对于中国现代文学研究的一个重要组成部分。其创新性的拓展与掘进在于:《史论》将现代文学的研究置于与同时期的现代政治、出版、教育、学术、思想发展互动的复杂关系网络中,从不同角度论述了时代政治、思想、文化对于文学的影响,以及文学对于时代主题的感应。《史论》论述了中国现代文学由传统向现代转换的过程,是基于中国文化的承载者在封闭的传统社会系统被打破之后的文化重铸,不是中国文化自然发展的结果,而是中国文化在与西方文化的碰撞中逐步产生的文化位移。在此过程中,虽然人的觉醒与发现是现代文学发现的前提与基础,但中国现代文学则受"立国"这一总的文化构建核心观念的制约,由文学的功能认同出发,在历史实际的演进过程中在很大程度上呈现出教化劝诫、开通民智和精神启蒙的功用。

再次,《史论》从城市意识的觉醒和个体生命意识觉醒的层面,寻求"五四"文学精神的精髓与底蕴,探讨了文学市场对于文学的作用与影响,反映出中国现代文学史新的研究范式与价值取向。《史论》认为,中国小说由传统向现代转换的驱动力和逻辑起点是理性认知,其转换的逻辑终点是审美情感。一方面,晚清文学改良作为"五四"文学革命的预演和先导,以梁启超为代表的知识精英在政治系统和小说系统的交集处发现了小说在政治上的价值与功能,但梁启超在政治层次上对小说的发现,表现在具体的小说创作中,居于支配地位的是理性的宣示,人的内在世界部分被忽略了.而如果文学的发展方向和自我的本体世界相距遥远,文学自身便会自我修复,使理性与情感、世界与自我达到相对平衡。"五四"文学对于"开通民智"功能的强烈认同与热衷,必然造成对于情感这一重要审美范畴的偏离,促成了文学在纠偏过程中向审美追求的转换,表现为20世纪初言情小说的进一步崛起。另一方面,在战争的船坚炮利敲开中国闭锁的国门之后,现代西方器物层面的工业文明进入中国,上海、北京等地现代都市中市民阶层开始形成,也在很大程度上影响到现代中国文学的形态及其发展走向。因此,在基于西方文化的影响由外向内生成的"五四"文学之外,通俗文学以传统文学为基点由内向外生成了现代文学的另一脉流。直至20世纪三四十年代,随着"大众化"和"民族化"等口号在理论探索和创作实践中的深入,"五四"时期创构的新文学与通俗文学呈现出相互接近、异质同归的倾向。

《史论》作者此前的研究所涉及的关于新式教育与"五四"文学发生之间关联的阐释,对于父权缺失与"五四"文学之间关系的阐释,都对《史论》产生了重要的支撑,共同建构着他关于中国近代、现代、当代文学转型与发展研究的思想体系。《史论》作者所看重的,一是史料,二是理论。他在清理中国文学现代转型的资源方面做了大量的工作,非常细致,选取的角度也颇为独特,有学院批评精心研究和建构的学术特征,而无囿于"象牙塔"的定势。《史论》融入了不断发展的文学史观和价值立场,启发着学术界重新认识中国文学现代转型的内涵及"五四"文学发生的内在机制和潜在原因,凸显着思想、文化、学术等诸多因素构成的厚重而长久的力量。

二、史论实践:作品的追踪与重新阐释

从开始学术研究起,《史论》作者就选择了从文学和历史、社会文化之间的交汇区域从事文学研究的路径。探索历史的兴趣、思考文学史深层问题的思想特质,在他最初的研究中就已十分鲜明。无论是对于中国现代文学转型的纵深研究,还是对于作家作品的微观分析,作者的论述都显示出独特的思考角度和深广的文学与文化史背景。对于作家作品的追踪与重新阐释成为他作为史家主体与研究对象主体之间的进一步对话,也成为当代学者的学术精神与历史上的审美精神之间的更深层面的沟通。在《史论》中,作者的研究由"五四"文学推展到整个中国现代文学史的研究,以独特的观察视域与理论体系完成了他对中国现代文学史的重新梳理和解读。他在选择文学史论叙述策略时,"突出历史事实(原始资料)的描述,多侧面、多方位、多层次地展现'原始景观',给读者提供尽可能广泛、开阔的想象与评价的空间"①,不仅对于宏阔的文学历史和文化范畴进行了研究和精准描述,对作家作品的选取与解读也往往能找到人们惯常难以发现的切入角度,"着重于文本本身的内在逻辑变化,即文本在历时性向度上体现出来的、具有逻辑性的文学思想'流'"②。如此品评作家作品,回归文本,呈现出清晰的文学文本自身的内在流变,也反映文本在其时代与文化背景中的坐标,展示出了文学史的又一种观照、探索与叙述方式。

《史论》通过取样透视的方式,选取了现代文学史上在不同时

---

① 钱理群:《中国现代文学史论》,广西师范大学出版社 2011 年版,第 273 页。
② 张光芒:《在感性与理性之间》,人民文学出版社 2015 年版,第 28 页。

代背景和创作向度上最具代表性的几位作家：鲁迅、巴金、丁玲、胡风和张恨水，从不同维度对作家个人的心路历程、创作历程、创作品格进行探索，追踪对其作品的研究在时代变化中的不同样貌并作了精准细致的分析论述。

例如，对于鲁迅作品的再解读，选取了从写作主体的精神世界这一角度审视文本，发掘文本的深层创作动因。《史论》作者认为，鲁迅的散文《藤野先生》的创作动因是由感激藤野先生的知遇之恩，到将藤野先生的科学态度与博爱态度升华为自己的精神资源，作者以翔实的资料对此进行了论述。同时作者还另辟蹊径，富有创造力地从文学史书写的角度聚焦鲁迅的代表性小说《孔乙己》，考察了内地学者王瑶、刘绶松、唐弢、王富仁、钱理群、严家炎以及海外学者夏志清、司马长风对于《孔乙己》的文学史书写，反映了鲁迅研究由关注外部研究到关注内部研究的转变，既论述了该作品作为"典范"的价值与意义，又以此为例寻找到现代文学史书写变迁的某些内在规律。

《史论》用于个案具体研究的史料丰富翔实，对于史料的选择亦精准、得当，以中国现代文学研究全局的视野与眼光，多侧面、多角度地审视着丰富而又独具个性的中国现代文学现象，激活着文学历史上一个个独特的生命个体。更有意味的是，《史论》还将研究对象视为一种心灵的存在方式，追踪并重新阐释其作为历史主客体的合规律性与合目的性的双重内涵。

如果说作者将鲁迅作为中国现代文学主流价值形态的标志性人物进行聚焦，那么，作者对中国现代文学史上另一重要人物巴金的研究，则选择了另一殊途。"巴金之所以走上文学之路，不是像鲁迅等作家那样在理性认知驱动下自觉地进行创作，而是在现实人生的苦闷和绝望的基础上，把文学创作当作其排遣苦闷和绝望的一种方式,进而使自我灵魂得以憩息。"①《史论》从巴金早期的生活环境、疾病体验、留学与交友经历等个人生活历史资料出发,分析其思想成长、内心的文化冲突与其早期文学创作的内在联系,角度独特且令人信服。

  《史论》对于中国现代文学史中具有影响的文学流派及其代表人物的选择与研究,也建立在对史料的细密辨析、对文本的细心体察和对历史多层面、多角度的精细剖析之上。《史论》选择了抗战时期形成的以诗歌和小说创作为主要形式的"七月派",论述了它在对审美主体价值的确认中,以"精神奴役创伤"为其美学的逻辑起点,突出了审美主体高扬的主观战斗精神。作为"七月派"的代表人物,作为一个诗人和理论家的胡风的文艺理论,一直是中国现代文学探讨的话题所在。与众多文艺理论家对于胡风解读的角度不同,《史论》聚焦于从文化层面对胡风的文学观进行透视,阐述了人道主义是胡风批判现实主义文学观突出的思想特征。《史论》提出了胡风文学观的三大文化支点,即对以"五四"为代表的新文化的认同,由"人的解放"导向"社会的解放",以及先行者的文化启蒙是实现新旧文化体系转变的重要途径。这是对于胡风"主观战斗精神"的深入透彻的解释。其中严谨认真的论证,处处可见的独立见解,反映出作者扎实深厚的学术含量。其论述语言也表现出严谨周密、富有思辨力、辩证而不武断、稳健有力的特点。

  《史论》在大量的史料,特别是在新史料的发现与运用基础上,有针对性地以对作家作品的研究为入口,阐释由研究对象而引发的更为宏阔深广的文化现象,同时在文学历史观照中,吸取

---

① 李宗刚:《中国现代文学史论》,山东人民出版社 2014 年版,第 195 页。

文本分析的长处,兼顾精要的文本细读,这些深入而又灵活的治学方法使作者不断有新的发现与拓展。这个发现与拓展的过程,正是作者在文学史研究与书写中形成自己理论建构的过程,也正顺应了文学研究在整体上越来越社会科学化的过程。

三、史学建构:文学史书写理论与史家主体

《史论》的任务,也在于诠释与阐发作家隐藏在作品内外的意义。作品是活在读者的心灵中的,时代的更替,读者的群体意识不断交换,使作品的可认识性也处于不稳定状态。每一个时代,在研究者获得新思想时,也获得了新的眼光,在过往的文学艺术中看到新的精神。描述百年文化的精神谱系,呈现了中国现代文学的精神气象与生命活力,无疑是每一位从事中国现代文学研究的学者与批评家的文化责任。如同社会发展史和其他各类专门史的写作,现代中国文学史的写作也因治史者所处时空的差异、新历史材料的发现、治史者的史学观念尤其是价值预设的变化而不断更新甚至重构。李宗刚的《史论》在论述中国现代文学的转型、中国现代作家作品研究两大部分之外,论述了中国现代文学史的书写理论与实践,对文学史的书写难点与转折点进行了深入的理论探索。

《史论》作者认为,中国现代文学无限认识的可能性决定了中国现代文学史写作面临的挑战性和开拓性,理应以现代中国为文学演变的空间维度,对那些被现有文学史遮蔽了的文学现象,"需要在现代中国文学史观的统领下获得更加清晰的凸显,需要更有深度的阐释"[1]。他提出以"现代中国文学史"的概念来重新整合

---

[1] 李宗刚:《中国现代文学史论》,山东人民出版社2014年版,第255页。

大陆文学和台港文学。《史论》同时探讨了在大学教育的教材编写中,怎样既接受教学实践的检验,又回应教学实践中提出的问题,以及在当今网络时代可以实施的有益策略与方法。《史论》提出了文学史书写的重要原则,即文学史的书写过程,实际上就是文学史书写主体的选择过程。《史论》作者通过选择主体、选择情感、选择发展这三个维度,从理论上论述了在文学史的写作过程中,文学史的写作主体作为选择主体,依恃其思想观念和情感特质,与文学现象、作家作品作为选择客体进行交互作用,最终外化为思想倾向、情感认同和表述风格各异的文学史著作。

《史论》对中国现代文学史书写理论与实践的探索有着独特的意义,它意味着在中国现代文学史的书写中,已呈现出多维度因素介入的结构性特征,治史者主体也自觉地对自身的价值观进行着调整与完善。"从特定意义上说,史家灵魂要获得一种圆融独到的'文学史理念'或'史识',必须借助于主体思维的超越性和创造性、适应性与整合性,因为它不是从先验的理念出发将研究对象'削足适履',也不是以二元对立思维将研究对象拆得支离破碎,而是以完整体悟与通达理解的姿态去感受、发现对象灵魂,使研究主体的灵魂与对象主体的灵魂相对应、相契合。"[①]《史论》反映出史学主体新的价值理念,那些长期被奉为不争之论的认识可能反映了历史发展的某种真实,但如果治史者不固守一元论线性思维模式,就将发现历史事实的更多侧面与更多潜在结构。在中国现代文学史书写实践中,作者实际上既是一个"阐释者",又是一个"发现者"。作为一个"阐释者",治史者主体将考察和研究的

[①] 朱德发:《现代文学史书写的理论探索》,山东人民出版社2010年版,第154页。

对象当作客观的主体，细致地甄别其显在的纹路、肌理与隐含的内部结构。另一方面，治史者主体作为一个"发现者"，把研究对象还原至历史的坐标当中，进入整体文学史的现场，梳理、挖掘研究对象的源流与走向，逐渐透视它背后的意识形态本体，在理性的高度上呈现它的实质。这是一种建立在丰厚的知识谱系、学养储备与探索激情之上，饱含了深刻的历史观照与自觉的社会历史判断的审美方式和文学史书写方式。

《史论》还新增了《中国儿童文学发展论》，对于历来被中国文学史忽略的中国儿童文学发展历程进行应有的补缺。这一部分以较为充分的史料论述了中国儿童文学的孕育、萌芽、发展，呈现了现代儿童观的确立与中国儿童文学的现代化进程，关注到中国儿童文学创作实践，论述了中国现代文学中童话、儿童诗歌、儿童小说、儿童散文、戏剧、科学文艺等文学形式的特征与代表作家作品。《史论》以"五四"时期现代儿童观的确立与中国现代儿童文学的倡导为开端，描述、探寻了中国儿童文学的确立与发展，从1917年至1949年，分三个阶段对中国儿童文学进程进行了梳理、分析，并论述了中国儿童文学的起落消长及其因由。同时，对于儿童文学理论的发展，也在梳理中国儿童文学专论、外来儿童理论的基础上，从理论建设的系统性、儿童文学的本质和功能、儿童文学的特征，及儿童文学评论与儿童文学遗产等方面进行了思考和评述。《史论》将中国儿童文学发展的历史汇入中国现代文学的研究中，使潜隐和被忽略的文学现象被发现与关注，表现出作者作为史家主体的自觉意识和深切眼光。

《史论》作者的学术抱负使他总是寻求有难度和挑战性的、对历史和当今做出更为深入和准确探讨的课题，也总是扎实而不浮泛，切切实实地推进和深化了对于其所致力目标的研究。联系新世纪以来中国现代文学学科发展的历史情境和脉络,考量《史论》的意义和价值,我们不难发现,《史论》有着厚重的历史背景、深层次的现实观照和清晰的学理立场。在《史论》理性的研究与精准的分析论述背后,反映出作者多年以来所致力的多领域多层次递进式的阅读积累,传统与现代、本土与西方共生的知识结构,更潜在的治学者的敏锐感受和悟性,以及对所研究问题追根溯源的耐力与热情,使作者在《史论》等著作中呈现了自己独有的话语体系和精神空间。作者立足于"文学本身",同时又拓宽了传统的文学研究疆域,丰富了文学研究的观照角度,以充分的学术思考与理性逻辑参与了中国现代文学研究精神传统的构建与书写。

(原载《连云港师专学报》2018年第5期)

人生,在学术中绽放出光彩

——山东师范大学李宗刚教授侧记

谢慧聪

在中国现代文学研究界,尤其在五四文学和民国文学教育研究方面,李宗刚是不能不提及的名字。李宗刚,1963年5月生,山东惠民人。1991年山东师范大学硕士毕业后留校任教。2007年晋升教授,2009年被评为山东师范大学中国现当代文学国家重点学科博士生导师。2011年,担任《山东师范大学学报》(人文社会科学版)主编。2018年,被聘任为山东师范大学首届东岳学者拔尖人才。除此之外,他还是中国作家协会会员,并兼任山东省近代文学学会副会长、山东省中国现代文学学会秘书长。

在近五六年的时间里,他没有节假日,没有星期天,心无旁骛,潜心学术,在市场经济喧嚣的大潮中,坚守在文学研究这方土地上,辛勤耕耘,用心思考,这使他在五四文学发生学以及民国文学教育研究方面终有收获,被山东中国现当代文学研究界视为具有一定影响的"六零后"学者。李宗刚近年在学术界声名鹊起,取得了如此的学术成就,其源动力是什么?笔者感受最深的是他对学术的热爱——那种融于生命的学术热情和在学术中升腾的生命激情。

一、艰难的学术起步

20世纪80年代前期,李宗刚在山东师范大学读本科时,选修蒋心焕老师的《中国现代小说史》课,从此开始关注中国现代小说史,并于1988年考取了蒋心焕老师的硕士研究生。李宗刚为人诚实谦和,深得蒋老师的信任与器重。对此,蒋心焕老师说:"宗刚刻苦好学、勤于思考的学风,给我留下了颇深的印象。这是一个把人品和文品、做人和做学问两者相融作为自己追求的有思想有作为的青年。"在攻读硕士学位期间,李宗刚深受蒋心焕老师的中国近代文学转型研究的影响,他的硕士论文就是循着这一课题继续拓展的。为了完成论文,他迎难而上,搜集了大量资料,做了上千张卡片,在长、宽不到10厘米的卡片上密密麻麻地写满了鲁迅、胡适、康德、黑格尔、尼采……小小的卡片上甚至有300多字,总字数约50万字。李宗刚通过资料的爬梳与理论的提升,逐渐形成了自己的学术观点。1991年,他的硕士毕业论文《论中国小说由传统向现代的转换》以文化视角来研究中国近现代文学,尤其是中国小说从传统向现代的转换问题,得到了评委的好评。客观地说,"转换说"在当时学术界还是一个较新的研究课题,学界对此关注和研究不是很多,后来该文的总论部分在《中国现代文学研究丛刊》1994年第4期发表,在学界产生了一定影响。中国近现代文学的转型研究成为李宗刚学术研究的原点,与他后来的五四文学发生学研究可谓是一脉相承。

20世纪90年代,李宗刚研究生毕业后留校任教,主要从事写作课的教学工作,他在教学之余把更多的时间用在了散文随笔的写作上。写作课教学本身对李宗刚的影响是深刻的:一方面,改变了他既有的学术研究路径,即从纯粹的学理性研究转向社会现实问题的反思;另一方面,又促成他在散文随笔的写作实践中走得更远。这一时期的散文,后来收入李宗刚《行走于文学边缘》一书。对此,山东师范大学语文教育专家、博士生导师曹明海曾专门撰文,高度评价李宗刚在散文创作方面取得的成绩。曹明海认为,李宗刚在学术研究和散文写作的交叉地带,"行走于文学边缘",以"学者散文"的特有真诚和富有意味的语用洒脱,传达文学研究生活中跃动的心灵声息,拓开了一种"学者散文"的文学新境域。对此,曹明海从三个维度透视了李宗刚的学者散文,认为他的学者散文"用真诚的内心感触,透视学术研究的真义","不遮掩生命个性,传达学术的生命哲思",'坚守学术研究场域,也行走于文学边缘"。也就是说,李宗刚的'学者散文"有着很活跃的自我体察和精细的感受力。这种体察和感受力使他的笔很自如地超越日常学术生活和相关人、事的实用价值的心理定式,使之对客观人、事对象的描述"超然物外",刻意追求着某种主体情感的深化,破译其中被遮掩的密码,把它推向深层性的情感境界。

新世纪之初,李宗刚又开始了自己的再次转型,那就是再次回到学理性研究这个原点上来。2002年,李宗刚考取朱德发先生的博士研究生之后,他的身心、生命便与学术融为一体,学术的新起点也是他学术的成长期。读博期间,他就在《鲁迅研究月刊》、《山东社会科学》、《东岳论丛》等刊物上发表了《从知遇之恩到精神资源——重新解读〈藤野先生〉》、《〈保卫延安〉的英雄理念及英雄叙事》、《对林译小说风靡一时的再解读》、《鲁迅文化视野中的藤野先生》等,其博士论文的精华部分《新式教育下的学生和五四文学的发生》发表于2006年第2期的《文学评论》,不仅在学界引起一定反响,还标志着李宗刚的学术研究路径已经形成了自己的特色,那就是从文学教育的维度对中国现当代文学进行深入全面的解读。这正如蒋心焕先生为其撰写的序言中所说的那样:"立足学术、又着眼于实践,逐渐形成了一种以理性观照的顿悟式的思维特点,使其较为熟练地掌握了一种观察和评价人物和事件的全新文化眼光和视角,掌握了一种逻辑严密的思维方法和文章笔法。表现在论文的写作上,既不是纯感悟式的,而是力求做到史的学术研究与现实的当代性意义的相互融合。"

在这一阶段,让朱德发先生尤为满意的是,李宗刚对于学术有一股永不服输的劲儿,并且还有一种出自对学术热爱的近乎痴迷的劲儿,用朱德发先生的话来说就是:"宗刚是位抓住一个有价值的研究课题不肯轻易放手的善于穷追猛打的执着学者。"无论身处何处,他都能把自己的点滴思考融汇到学术研究中。熟识他的人,都对他几乎从不离身的电脑包留下了深刻的印象,这台电脑包里装的是一台有些旧的联想 Think pad。无论是在高铁上,还是在各个会议上,甚至在陪着爱人理发与购物的间隙,他要么坐在汽车驾驶室里写作,要么就在商店简陋的椅子上写作。写作成了李宗刚的日常生活中最为重要的旋律。

李宗刚为什么会这样用功?这可以从他时常告诫研究生的话里得到注解。他经常对研究生说,作学术研究就是一场赛跑,有的人一开始跑得很快,但是跑一段就不跑了,这样的话,学问也就停止成长了;有些人一开始跑得不咋样,但他们一直在跑,跑得时间长了,自然会赶上那些一度跑在前面的人。不管学术之路怎样漫长,只要跑,就有希望达到目的地。所以说,"跑"作为一种状态,应该是生命的常态,作学术研究便是让个人始终处于"跑"的状态。只要跑,就会有进步,就会有成就感,就会在跑的艰苦之中找到跑的乐趣,在"苦中作乐"找到它真正的价值。多年来,宗刚老师始终坚守自己的"一方田园",无时无刻不在与时俱进,始终保持着对学术高涨的热情,奔跑在文学研究的最前沿。"李宗刚在学术探究征程上,总是孜孜不倦地进击和追求,越是遇到难题越是敢于攻关,表现出一种不怕啃硬骨头、勇于啃硬骨头的治学精神",这也是最打动朱德发先生的精神所在。

二、艰难的学术蝶变

2011年,李宗刚迎来新的转折点——他从文学院调入文科学报编辑部工作。从此以后,他由单纯的文学院教授转变为学报主编和文学院教授的双重身份,肩负编好学报、教好学生、搞好学术的多重任务。这种双重身份在给李宗刚带来新的血液和动力的同时,无形之中也使他肩上的担子更加沉重。七年来,他总是每天工作到凌晨,白天忙学报,晚上写文章,几乎没有周末,更没有节假日。学报工作繁重的时候,研究生助理经常在夜里一两点也会收到他发过来的已经改好需要核对引文的邮件。学报每一期的每一篇文章,李宗刚都会带领编辑部同仁和研究生助理多次阅读、审阅和校对。他总是告诫大家:在现实浮躁的学术氛围下,很多学者撰写的论文在引用他人的话语时,几乎是"凡引必错",因此学报每篇文章的校对少则七八遍,多则十几遍。从每一句话和每一个字,到每一处引文和注释,他都锱铢必较、精益求精,修改到最后,他还是会一篇不落地审阅,任何一处错误都逃不过他的"火眼金睛",研究生助理印象最深的一次是"已"和"己"的错误,原文应为"已"却被错写成"己",李宗刚在最后一次审阅时发现了这个错误! 李宗刚深知编辑的责任和使命,他像一名永不疲惫的勇士一样,始终精神抖擞、目光如炬,所有用稿从一校到最后定稿,这期间的每一遍校对,每一次修改都被他收集在一起,装订成册,每一期大约能装订三、四册。自2012年至今,已有百余册占满了三个五层高的书架。这一捆捆的修改稿,是他严谨的学术态度的象征,更是《山东师范大学学报》(人文社会科学版)在近几年之所以突飞猛进、大踏步前进发展的见证:学报在2013年的复印资料转载率和转载量中名列高校学报第12名;近五年来学报在复印资料的转载率排名连续稳定在全国高校学报第50名左右。2017年,学报成功进入CSSCI来源期刊扩展版第1名。

学报的七年也是李宗刚学术生命最旺盛、学术思想最醇熟、学术成果最丰厚的七年。学报工作的繁重并没有削减李宗刚对学术的追求和超强的创作力,他像超人一样,永不停歇地创作着、耕耘着。他的研究生大都能够深切感受到他对学术研究那种发自肺腑的执着与热爱。他把自己所有的时间都投入到学术中,他是一位真正扑下身子实干的学者,之所以在最近几年能够在学界声名鹊起,与他集中精力投入学术研究有很大关系。作为一位人文学者,自由选择的时间很多,但李宗刚常年坚持坐班,而且向搞化学实验研究的老师看齐,常常加班加点到深夜,暑假、寒假从不休息。正是这种兢兢业业、踏实肯干的务实精神,使得李宗刚攻克学术上的重重难关,发表了多篇高质量的学术成果,在学术界产生了较大影响。

李宗刚从事学术研究20多年,尤其是近五年来,他相继完成著作7部,共计240万字。其中,已经公开出版的有《新式教育与五四文学的发生》(齐鲁书社2006年版,花木兰文化出版社2012年版)、《中国当代文学史论》(山东人民出版社2014年版)、《中国现代文学史论》(山东人民出版社2014年版)、《父权缺失与五四文学的发生》(人民出版社2016年版)、《行走于文学边缘》(山东人民出版社2015年版)等著作5部;已经完成的两部书稿分别是《民国教育体制与中国现代文学》和《跨界的文学对话》。在《文学评论》《文史哲》《清华大学学报》《中国现代文学研究丛刊》等期刊发表论文 150 余篇,其中,被《新华文摘》《中国社会科学文摘》《高校文科学术文摘》《中国文学年鉴》以及"报刊复印资料"等转载的论文 30 余篇;曾获山东省社会科学优秀成果奖一等奖 2 项,二等奖 2 项,三等奖 2 项;山东省高校优秀科研成果一等奖 4 项;独立主持研究国家社会科学基金项目 2 项(其中 1 项被评为优秀等级)、山东省社会科学规划研究项目等课题 3 项。他参与的研究成果曾经获得第七届高等学校科学研究优秀成果奖(人文社会科学)二等奖 1 项、第五届山东省刘勰文艺评论奖 1 项。在这些成绩背后,我们所看到的是具有超人精神的李宗刚——他以办公室为家、以一种奔跑的姿态始终向前奔跑,真正把学术融入生命!

三、艰难的学术定位

"耕好自己的地",这是李宗刚时常对研究生讲的话,也是他自己一直恪守的原则。他从中国文学的转换研究作为切入点,然后逐渐聚焦于五四文学的发生学研究,最后定位于文学教育研究。李宗刚经过不断的探索,最终把自己的学术研究方向定位于文学教育研究。

李宗刚的学术研究领域涉猎广阔,又有独到的特色。他从中国文学的转型研究这样宏观的命题着眼,逐渐找寻到了五四文学发生学研究这一根本点。五四文学的发生又与新式教育密不可分,于是,他逐渐形成了从教育视角来审视中国现当代文学的独特视阈,这方面的代表性成果便是他的博士论文《新式教育与五四文学的发生》。随着对五四文学发生学研究的深入,他又发现父权丧失与五四文学发生之间存在着内在的因果关系,并围绕这一方向撰写了十几篇研究论文,有的研究论文成为《新华文摘》的封面文章。从新式教育审视五四文学的发生出发,李宗刚又进一步拓宽视野,把学术研究的目光聚焦到民国教育体制与中国现代文学研究上,这一研究得到了国家社科基金项目的资助,在结题时被评定为优秀等级。在完成中国现代文学的教育视角透视之后,他又把目光投向了共和国教育与中国当代文学这一新的研究领域。尤其值得称道的是,他的这一研究再次得到国家社科基金项目的资助。从文学教育的维度出发,李宗刚的系列研究论文均对既有的研究对象进行了新的阐释,如他对鲁迅文学教育的研究成果,得到了《清华大学学报》的青睐。经过多年的耕耘,李宗刚的民国文学教育已经取得了阶段性成果,攻克了一些学术难题,其标志性成果《父权缺失与五四文学的发生》被收入中国当代学术史的重要载体《中国文学年鉴2015》,这使他成为国内关于民国文学教育研究领域中具有相当学术影响力的优秀学者。

李宗刚不仅注重自我学术研究的定位,而且还注重培育研究生从事文学教育研究的兴趣。他指导的研究生有不少人选择了这个课题进行研究。李宗刚将民国时期的文学教育研究分为不同年代下不同地域、不同学校的研究,并将这些学术的新发现点作为研究生论文选题的主要开展范围,并逐渐形成了一定规模,尤其是在山东文学教育研究领域,可以说已经有了阶段性成果:他与其指导的硕士生合作撰写的《民国时期山东文学教育研究》即将出版;他的博士研究生金星则选取了华北联合大学的文艺教育与文学活动作为研究对象,该博士论文在外审时,三个外审专家均打出了A的成绩。

李宗刚的学术研究之所以能够获得顺利提升,与他重视史料有着密切关系。从20世纪80年代开始,学术界把学术研究的基点置于社会思想解放这一平台之上,重视的是对既有历史的再阐释,并在再阐释中灌注进属于作者自己的独立思考。当思想解放大潮过后,学术最终还得重新回归学术本体,这便是学术研究注重对史料的发掘与整理。尽管李宗刚深受80年代思想解放的影响,其学术起步阶段的学术研究重视阐释,但在新世纪之后,他开始重视史料的搜集与整理,并相继出版了5本资料汇编,这便是《炮声与弦歌——国统区校园文学文献史料辑》(人民出版社2014年版,34.7万字)、《杨振声文献史料汇编》(李宗刚、谢慧聪编,山东人民出版社2016年版,44万字)、《杨振声研究资料选编》(李宗刚、谢慧聪编,山东人民出版社2016年版,49万字)、《郭澄清研究资料》(山东人民出版社2016年版,50万字)、《新世纪以来学术期刊研究资料》(李宗刚、孙昕光编选,山东人民出版社2018年版,49万字)。其中,关于杨振声的文献史料汇编和研究资料选编,在学术界产生了较大反响。陈子善在其主编的《现代中文学刊》2017年第4期封三上,以《山东人民出版社推出杨振声研究新著》为题专门刊出了这两本书的书影及介绍。李浴洋在《中国图书评论》2017年第1期评述2016年中国现代文学研究著作时,特别提及了这两本杨振声研究资料和文献。李钧等人在《潍坊学院学报》2017年第3期上撰文指出,杨振声研究系列资料的出版,使杨振声重回人们的视野,改变了文学史上自1987年以来对杨振声作品重复汇编的现状,填补了文学史上杨振声研究资料尚属空白的现状,首次对散落各处的杨振声作品和有关杨振声的评论文章进行搜集、整理、校对与汇编,是杨振声研究的基础性成果,具有重要意义;同时对我们在众多评论文章中可以清晰地把握杨振声其人其形其性其文其事,追踪民国时期新文学在大学里的传播与发展、西南联大时期新文学的成熟等方面,起到了或直接或间接的作用,也为文学教育在大学里的发展留下了广袤的思考空间,其文学史、教育史和学术史价值自不待言!南京师范大学杨洪承教授则认为"汇集编得很用心,很得体,对后来研究者大有益,做了一件体制内不看好,但却功德无量的学术积累工作"。中国社会科学院董炳月研究员对此书更是给予了高度评价。

四、艰难的学术传承

李宗刚不仅注重学术研究,而且还注重学术传承。他作为国家级首届教学名师朱德发先生的博士研究生,其思想和情感深受朱德发先生的影响。朱德发先生注重培养学生的创新能力,注重学术的代际传承,这一优秀的传统在李宗刚那里得到了很好的传承。让李宗刚感动的是,他所在的学科本身便犹如一个使人不断奋进的竞技场,大家相互鼓励,相互支持,共同提高。对此,李宗刚特别提及国家重点学科带头人、国家万人计划"教学名师"魏建在他的学术成长中产生的重要影响,认为自己的点滴成绩都是站在本学科这些学术大家的肩膀上取得的。因此,他把学术研究和培养学生放在同样重要的地位。因教学成绩突出,他曾经3次获得山东师范大学研究生优秀教学奖;2017年,他带领的博士生团队被评为山东师范大学首届"五导"卓越导学团队。李宗刚以他对学术生命般的热爱、激情、超人般的毅力和精神,秉承着"星星之火,可以燎原"的传承使命,不断地灌溉着其门下每一位求学的"小树苗",经他指导的不少学生成功考博继续深造,其中不乏北京大学、南京大学这样的名校,他指导的研究生获国家奖学金者便有7人之多。2018年,他又被评为山东师范大学2018年度"十佳教师"称号。

学术传承离不开"精神导师"的引领。李宗刚虽身兼学报主编的重任,繁杂琐事多,但并没有荒废教书育人的本领,他同时担任本科生"电影欣赏与解读"公共选修课的教学工作,并担任新闻与传媒学院电影学硕士生导师、文学院中国现当代文学专业硕士生导师以及博士生导师。

"精神导师以其开阔的文化胸襟、宽广的人文情怀、严谨的科学态度,深刻地影响到五四文学创建主体精神世界的建构,极大地释放了五四文学创建主体被压抑的创造潜力,促成他们个性自由自在的发展。"李宗刚在《精神导师与五四文学的发生》中是这样说的,在现实的研究生教育中更是这样做的。他带的研究生较多,为此,他定期组织"读书会"。在读书会上,李宗刚不仅在学习上为研究生解疑答惑,更在生活中嘘寒问暖。李宗刚是忙碌的,他对学术、对工作、对学生永远都是热情高涨。他把自己的精力一分为三,一份用在学报的发展上,一份用在教学上,还有一份用在科研中,虽然它们不是孤立的存在,但他对每一份责任都是全力以赴。为了防止自己办公时分心,他工作的那台电脑从来不连接网络;他到现在还用着诺基亚最原始的只能接打电话的手机;他在自己的办公桌前有时一坐就是大半天,旁边除了各种文件,还有下一期要校对审核的学报稿件、要上课的课程表以及自己的写作计划……无论何时,学生们去找他谈论文、谈学习,总能在办公室看到他忙碌的身影。

李宗刚就是这样以一己之力潜移默化"润物细无声"地感染着周围的同事、朋友和他的学生们。他把这些精神力量和学术经验传递给身边的人,精心培育着一代又一代的学生,让每一位与他接触的人都如沐春风。在山东师范大学这片肥沃的土壤上,在学报、文学院和新闻传媒学院的广阔平台上,李宗刚披荆斩棘、勇于探索的精神,正是他所在的山东师范大学中国现当代文学国家重点学科一直以来传承着的人文精神。

(原载2018年10月23日《联合日报》)

附录一：发表论文及散文随笔目录

1990 年

《"中国现代文学现代化与民族化"学术讨论会综述》（蒋心焕、李宗刚），《文史哲》1990 年第 1 期。

《论丁玲女性小说的基本特征》，《泰安师专学报》1990 年第 3、4 期。

1991 年

《在政治层面上诞生的小说观——论梁启超的小说观》（蒋心焕、李宗刚），《安徽教育学院学报》（社会科学版）1991 年第 4 期。《文汇报》1992 年 1 月 22 日"论点摘要"栏目摘要本文论点。

1994 年

《论中国小说由传统向现代的转换》，《中国现代文学研究丛刊》1994 年第 4 期。

《向迎合型文化亮出黄牌》，《世纪风》1994 年第 3 期。

1995 年

《现代行政管理学》（郭永军、金双月、李宗刚、田梓武主编），济南出版社 1995 年版。

《论中国小说创作主体的审美情感由传统向现代的转换》，《山东师大学报》（社会科学版）1995 年第 2 期。

《胡风批判现实主义文学观的文化断面》，《济南大学学报》（综合版)1995年第4期。

《在莫泊桑葬礼上的演说》、《欣赏与创作》、《核时代的文学——我们为什么写作?》鉴赏提要,魏建主编:《著名文学家演讲鉴赏》(李宗刚为副主编之一),山东人民出版社1995年版。

《古代写作学概论》(张廉新、王景科、李宗刚),青岛海洋大学出版社1995年版。

《诗化的生命——冯中一先生逝世一周年祭》,《淄博晚报》1995年11月7日。

《广告挡不住的诱惑》,《新环境报》1995年11月20日。

《旅游的文化意蕴》,《淄博晚报》1995年11月20日。

1996年

《现代经济写作》(参与编写),山东大学出版社1996年版。

《儿童文学概论》(参与编写),山东友谊出版社1996年版。

《论中国小说要素由传统向现代的转换》,《东方论坛》1996年第1期。

《七月派:独特的美学世界》,《山东师大学报》(社会科学版)1996年第2期。

人大复印报刊资料《中国现代、当代文学研究》1996年第6期存目。

《选择主体论》,《黄淮学刊》(哲学社会科学版)1996年第2期。

《新华文摘》1996年第8期存目。

《写作研究论文集(三辑)》,青岛海洋大学出版社1996年版。

《教子成才与爱国主义精神》,《两代人》1996年第5期。

《一种背景》,《淄博晚报》1996年3月13日。

《道德:重找与重建》,《齐鲁晚报》1996年4月30日。
《"廊桥":在梦里? 在梦外?》,《济南时报》1996年5月15日。
《王磊:让追求扎根于校园》,《齐鲁晚报》1996年9月10日。
《球迷,你看懂足球了吗?》,《齐鲁晚报》1996年11月2日。
《无序状态下的无序选择》,《齐鲁晚报》1996年11月5日。
《长征:铸造了真正大写的"人"》,《联合报》1996年11月20日。
《永远的绿色——朱德发教授的生命之路》,《山东党史》1996年第3期。

1997年

《基础写作》(参与编写),山东友谊出版社1997年版。
《在理性与感性漩涡中的创作主体》,《黄淮学刊》(哲学社会科学版)1997年第4期。

《见富田:年逾六旬的大学生》,《齐鲁晚报》1997年1月2日。
《严监生与葛朗台》,《联合报》1997年1月31日。
《阅卷:制约与激励》,《济南日报》1997年3月11日。
《心的底片》,《山东环境报》1997年3月17日。
《如果狼来了》,《联合日报》1997年3月28日。
《可贵的精神财富》,《杂文报》1997年4月4日。
《体味股市》,《齐鲁晚报》1997年4月14日。
《理直气壮地维护自我利益》,《联合日报》1997年4月25日。
《"传销热"的背后》,《联合日报》1997年5月9日。
《造反派与造假派》,《联合日报》1997年6月13日。
《朱德发:甘为学界孺子牛》,《联合日报》1997年7月25日。
《又到职称评定时》,《联合日报》1997年10月10日。
《职称评定中的悖论》,《联合日报》1997年11月4日。

《从堵车现象谈起》,《联合日报》1997年11月14日。
《重估与重构》,《联合日报》1997年11月20日。
《娇惯下的中国足球长不大》,《联合日报》1997年12月5日。
《建立起开放的现代人才评判体系》,《联合日报》1997年12月24日。
《应试教育的误区》,《两代人》1997年第6期。
《游子:回家的行囊有多重》,《山东青年》1997年第8期。
《大学教授昨日的生活》,后收入著者的《行走于文学边缘》,山东人民出版社2015年版。

1998年

《从原塑情感到再塑情感》,《写作研究论文集》(四辑),青岛海洋大学出版社1998年版。
《无意插柳柳成行——漫谈〈写作〉课的学习》,《高教自学考试》1998年第10期。

《对"热"的冷思考》,《联合日报》1998年1月2日。
《悲壮与悲哀》,《联合日报》1998年1月9日。
《扬长避短求发展》,《联合日报》1998年1月20日。
《足球泡沫,该是消退的时候了》,《联合日报》1998年2月13日。
《徘徊于误区的图书馆》,《联合日报》1998年2月24日。
《为26便士而战》,《联合日报》1998年3月13日。
《文化孕育与人才培养》,《联合日报》1998年3月31日。
《皮之不存,毛将焉附?》,《联合日报》1998年4月3日。
《英雄气概何处来》,《联合日报》1998年4月3日。
《对传销业的再思考》,《联合日报》1998年4月17日。
《可怜的集体沉没》,《联合日报》1998年4月24日。

《"断层"谈片》,《联合日报》1998年5月5日。

《吸毒:放逐生命,拥抱死神》,《外向经济导报》1998年6月16日。

《最重要的是创造力的培养》,《联合日报》1998年10月20日。

《"文化垃圾"谁之过?》,《联合日报》1998年12月8日。

《为了一种文化的延续》,《联合日报》1998年12月14日。

《一分一厘总关情》,《共筑长城》,新华出版社1998年版。

1999年

《应用文写作概论》(参与编写),山东友谊出版社1999年版。

《把握〈行政管理学〉的自学脉络》,《自考·职教·成教》1999年第2期。

《如何写好毕业论文》,《自考·职教·成教》1999年第9—10期。

《如何写好短论》,《自考·职教·成教》1999年第15期。

《高校写作课教学模式改革初探》,《山东师大学报》(社会科学版)1999年第2期。

《成人高校写作课教学改革初探》,《中国成人教育》1999年第5期。

《祖国颂》,《外向经济导报》1999年9月3日。

《穿越历史的隧道——评〈康生与"赵健民冤案"〉》,《大众日报》1999年4月23日。

《〈中国抗战小说史论〉简评》,《大众日报》1999年9月24日
  以《对抗战小说历史长河的成功疏浚——评〈中国抗日战争小说史论〉》为题收入《行走于文学边缘》。

2000年

《自考生如何撰写毕业论文》,齐兆言主编:《自学考试毕业论文撰写指导》,齐鲁书社2000年版。

《让生命充分而自由地燃烧》,《自考·职教·成教》2000年第

9期。

《淡泊有为　宁静致远——记蒋心焕先生的文化求索之路》,《联合日报》2000年1月4日。

《激发创造的活力》,《联合日报》2000年5月30日。

《挫折观念的确立与现代性格的培养》,《联合日报》2000年9月5日。

《植根于文化的沃土中——杨洪承博士和他的学术研究》,《联合日报》2000年9月19日。

　　收录于徐仲佳等主编:《范式与重构:多维视野下的中国现当代文学研究》,南京出版社2015年版。

《十月,金灿灿的硕果挂满枝》,《联合日报》2000年10月24日。

《回眸那座文史楼》,《联合日报》2000年10月25日。

《行医作文的人生乐曲》,《联合日报》2000年11月7日。

《谁造就了"温顺的羔羊"》,《山东青年报》2000年11月20日。

《情到深处理自现——读孟嘉的〈一朵喇叭花〉》,《联合日报》2000年12月26日。

2001年

《写作能力测试的新尝试——2001年上半年自考写作试题作文评析》,《自考·职教·成教》2001年第15期。

　　人大复印报刊资料《成人教育学刊》2001年第11期全文转载。

《耕耘在文化的原野上——访北京师范大学教授王富仁》,《自考·职教·成教》2001年7月第13期。

《漫话汉语言文学专业毕业论文的写作》,《自考·职教·成教》2001年第3期。

《论丁玲前期短篇小说的结构模式》,《胜利油田师范专科学校学报》2001 年第 2 期。

《生命的展开形式是美丽的》,《联合日报》2001 年 1 月 17 日。
《住院就是心跳》,《联合日报》2001 年 2 月 19 日。
《王富仁:文化本原的叩问者》,《联合日报》2001 年 3 月 6 日。
《痛惜那逝去的生命之花》,《联合日报》2001 年 3 月 28 日。
《房福贤和他的中国抗战小说研究》,《联合日报》2001 年 5 月 22 日。
《洞穿时空隧道的艺术对话》,《联合日报》2001 年 7 月 31 日。
《写给走向婚礼殿堂的新人们》,《联合日报》2001 年 11 月 1 日。
《栖息于建筑与书法艺术的殿堂》,《联合日报》2001 年 11 月 17 日。
《今天:正在实现着的昨日之理想》,《联合日报》2001 年 12 月 31 日。

2002 年

《写作理论与实践》,天马图书有限公司 2002 年版。
　该书的部分内容后收入著者《行走于文学边缘》,山东人民出版社 2015 年版。
《胶东文化的结晶体——民间语言》,《胶东民间语汇大观》,中国文联出版社 2002 年版。
《应用文写作概论》(参与编写),山东友谊出版社 2002 年版。
《王富仁的文化情怀》,《联合日报》2002 年 1 月 15 日。
《腐败的另一种形式》,《联合日报》2002 年 3 月 4 日。
《麻木的背后》,《联合日报》2002 年 3 月 11 日。
《滥竽充数的背后》,《联合日报》2002 年 3 月 25 日。
《漫话"投机"》,《联合日报》2002 年 6 月 26 日。

《从商者应心怀仁爱济天下》（合作），《经济日报》2002年9月10日。

《在感性上体味外教的文化》，《联合日报》2002年11月26日。

《圣诞节的祝贺》，《山东师大报》2002年12月20日。

2003年

《传承与再造》（勤耕文丛，崔茅、罗珠主编），中国戏剧出版社2003年版。

> 该书的部分内容后收入著者《中国现代文学史论》，山东人民出版社2014年版。

《选择发展论》，《写作与时代》，远方出版社2003年版。

《把思维摇进到文化的层面上》，《中国武术文化专题研究》，齐鲁音像出版社2003年版。

《九十年代中国文学中的理想主义问题》（参与者之一），《莽原》2003年第2期。

《浅谈议论文的写作》，《创新作文》齐鲁书社2003年10月第8辑。

《透析"上有政策，下有对策"》，《党员干部之友》2003年第11期。

> 原发表文章被删减，后收入著者《行走于文学边缘》时恢复了原貌

《可怜的集体沉没》，《明镜月刊》2003年第12期。

《他，依然活在人们心中——山东师范大学冯中一先生八十诞辰纪念活动》，《联合日报》2003年5月20日。

《站在历史边缘的诗意叙说》（朱德发、李宗刚），《大众日报》2003年7月18日。

《大河之水何处来》，《联合日报》2003年8月16日。

《漫话双赢》，《联合日报》2003年8月19日。

《永不歇息的收获者》,《联合日报》2003年9月15日。

《站在现代文化建构的基点上——追索朱德发教授"国家级教学名师"的足迹》,《联合日报》2003年9月23日。

《在现代文化的基点上——朱德发教授和中国现代文学》,《科技日报》2003年10月1日。

2004年

《创作成功学》(繁星文丛,崔苇、罗珠主编),中国戏剧出版社2004年版。

《学术论文的写作》,魏建主编:《中国文学》(山东省五年制师范学院统编教材[试用本]),齐鲁书社2004年版。

《可怜的集体沉没》,《镜鉴》,山东文艺出版社2004年版。

《对林译小说风靡一时的再解读》,《东岳论丛》2004年第6期。

人大复印报刊资料《中国现代、当代文学研究》2005年第2期全文转载。

《论〈保卫延安〉的英雄理念及英雄叙事》,《山东社会科学》2004年第9期。

《论〈平原枪声〉中间叙事的美学意蕴》,《理论学刊》2004年第9期。

《论〈平原枪声〉英雄叙事的独特性》,《商丘师范学院学报》2004年第4期。

《继续教育的文化心理重构功能及意义》,《中国成人教育》2004年第2期。

《对〈新儿女英雄传〉的再解读》,《临沂师范学院学报》2004年第4期。

《自考生撰写毕业论文要合乎学术规范》,《现代教育》2004年第7期。

《永远的绿色——"国家级教学名师"朱德发教授侧记》,《现代教育》2004 年第 1 期。

《自考生如何撰写毕业论文》,《江苏自学考试》2004 年第 7、8 期。

《写在前面的话》,《山东师大报》2004 年 4 月 25 日。

  该文以《不拒绝成长的人生才拥有未来——〈2001 级夜大学员作品选〉序》为题,收入《行走于文学边缘》一书。

《吴晗与〈海瑞罢官〉》,《联合日报》2004 年 10 月 30 日。

2005 年

《从知遇之恩到精神资源——重新解读〈藤野先生〉》,《鲁迅研究月刊》2005 年第 7 期。

《在主流意识形态制导下的十七年文学英雄叙事》,《山东师大学报》(人文社会科学版)2005 年第 6 期。

《"十七年"文学英雄叙事的隐喻性特征》,《河北学刊》2005 年第 6 期。

《民间视阈下〈红高粱〉英雄叙事的再解读》,《烟台大学学报》(哲学社会科学版)2005 年第 1 期。

《鲁迅文化视野中的藤野先生》,《扬州大学学报》(人文社会科学版)2005 年第 2 期。

《巴金五十年代英雄叙事再解读——中国建国初期历史叙事论之一》,《东方论坛》2005 年第 1 期。

  陈思和等主编的《一粒麦子落地——巴金研究集刊卷二》,上海三联书店 2007 年全文收录;

  人大复印报刊资料《中国现代、当代文学研究》2005 年第 7 期目录索引。

《对中国小说由传统向现代转换中一些问题的思考》,《济南大学学报》(社会科学版)2005 年第 3 期。

《真相或误读——关于 90 年代中国诗歌的对话》吴义勤主持,参与对话,收录于吴义勤著《对话的年代》,明天出版社 2005 年。

《双赢与一种新的思维模式》,《现代教育》2005 年第 1 期。

《文化孕育与人才培养》,《现代教育》2005 年第 11 期。

《和儿子一起成长》,《现代教育导报》2005 年 1 月 14 日;《教育文汇》2006 年第 2 期转载。

2006 年

《现代中国文学英雄叙事论稿》(朱德发等著,参与撰写),山东教育出版社 2006 年版。

《中国现代小说美学思想史论》(蒋心焕主编,参与撰写),江苏文艺出版社 2006 年版。

《新式教育下的学生和五四文学的发生》,《文学评论》2006 年第 2 期。

人大复印报刊资料《中国现代、当代文学研究》2006 年第 6 期全文转载;

《山东师范大学文学院建院(系)60 周年学术文选》,中国社会科学出版社 2010 年版。

《新式教育下的教师与五四文学的发生》,《烟台大学学报》(哲学社会科学版)2006 年第 2 期。

《新式教育下的课程设置与五四文学的发生》,《山东师范大学学报》(人文社会科学版)2006 年第 3 期。

《从新的审美范式到新的美学目标——论"十七年"文学英雄叙事建构的内在逻辑》,《福建师范大学学报》(哲学社会科学版)2006 年第 3 期。

《对五四文学发生的历史回眸与当下反思》,《商丘师范学院学报》2006 年第 3 期。

《新式教育下的公共领域与五四文学的发生》,《山东社会科学》2006年第3期。

《科学知识谱系与鲁迅其人其文》,《东岳论丛》2006年第5期。

《科举制度的废除与五四文学的发生》,《徐州师范大学学报》(哲学社会科学版)2006年第5期。

《在战争语境规范下发生的五四文学》,《东方论坛》2006年第4期。

《对张守富人生姿势的一种解读——兼评〈张守富诗词书法选〉》,《中国石油大学胜利学院学报》2006年第4期。

  后收入《墨流心语——张守富诗词·鉴赏》,上海文艺出版社2006年版。

《自然科学视野中的鲁迅其人其文(之二)》,《山东商业职业技术学院学报》2006年第5期。

《从两本书中找寻写作源泉》,《创新作文》2006年第1、2期。

《从自考中走来的学者——杨学民博士的求学踪迹》,《现代教育》2006年第1期。

  《郭澄清的史诗性追求》,《文艺报》2006年10月14日。

2007年

《中国现当代文学500题解》(朱德发主编,副主编:李宗刚、李钧、张学军、周海波、贾振勇),山东教育出版社2007年版。

《对〈大刀记〉两个版本的对比性解读》,《山东师范大学学报》(人文社会科学版)2007年第5期。

  人大复印报刊资料《中国现代、当代文学研究》2007年第12期全文转载。

  山东省作家协会编《文学理论评论卷·齐鲁文学典藏文库·当

代卷》(下册),山东人民出版社 2020 年版,全文转载。

《对新式教育视野下的林译小说的再解读》,《扬州大学学报》(人文社会科学版)2007 年第 4 期。

《蔡元培主导下的北京大学与五四文学的发生》,《聊城大学学报》(社会科学版)2007 年第 3 期。

《人生支点的确立与文章的写作——以鲁迅的文章写作为例》,《写作》2007 年第 19 期。

《抗美援朝战争文学中的英雄叙事分析》,《商丘师范学院学报》2007 年第 11 期。

《从实践中成长起来的新闻理论——评张瑞云的〈报林寻踪〉》,《山东师大报》2007 年 5 月 30 日。

《对规则意识缺少的一次积极修补》,《山东师大报》2007 年 10 月 17 日。

《对文学史另一种书写路径的成功探索——评〈中国现当代文学 500 题解〉》,《山东师大报》2007 年 11 月 21 日。

《人生驿站》,《联合日报》2007 年 11 月 26 日。

2008 年

《撰写学术论文时如何选题》,《中国成人教育》2008 年第 19 期。

《对王蒙早期文学创作的成功学解读》,《山东师范大学学报》(人文社会科学版)2008 年第 5 期。

后收入中国海洋大学出版社 2009 年 10 月出版的《理论与实践——〈王蒙自传〉研究》

《中国古代灵感理论论纲》,《山东商业职业技术学院学报》2008 年第 5 期。

《论"十七年"文学抗日战争英雄叙事》,《海南师范大学学报》(社会科学版)2008年第6期。

2009年

《论"十七年"文学解放战争英雄叙事样式》,《文艺争鸣》2009年第2期。

《对〈大刀记〉从小说到电影的再解读》,《商丘师范学院学报》2009年第2期。

《论"十七年"文学英雄叙事的发展脉络》,《济南大学学报》(社会科学版)2009年第2期。

人大复印报刊资料《中国现代、当代文学研究》2009年第6期全文转载。

《"学"与"文":五四文学创建主体的知识结构及对当下文学的启示》,《济南大学学报》(社会科学版)2009年第3期。

《如何撰写硕士研究生入学考试中的评论文章》,《写作》2009年第9期。

《郑正秋、张石川二元互补性与中国早期电影》,《山东师范大学学报》(人文社会科学版)2009年第4期。

人大复印报刊资料《影视艺术》2009年第12期全文转载。

《对人生永恒存在方式的诗化呈现——电影〈城南旧事〉艺术魅力的再解读》,《理论与创作》2009年第5期。

2010年

《影视学实用教程》(李掖平主编,参编),中国海洋大学出版社2010年版。

《父权缺失与个性意识的觉醒——鲁迅小说〈狂人日记〉新解》,《理论学刊》2010年第2期。

《父权在场/缺失对比下的人生价值——鲁迅小说〈药〉新解》,《鲁迅研究月刊》2010年第4期。

《站在传统文化立场上虚构的乌托邦世界——评司玉笙的小小说〈高等教育〉》,《山东商业职业技术学院学报》2010年第1期。

《巴金的疾病体验思想成长与其早期的文学创作》,《东方论坛》2010年第2期。

《地域文化视阈下文学演变的成功书写——评〈齐鲁文学演变与地域文化〉》(朱德发、李宗刚),《东岳论丛》2010年第12期。

《〈玉梨魂〉:爱情悲剧和人生哲理的诗化表现》,《文艺争鸣》2010年第21期。

《对民间诉求的内在规律性诠释——评电视剧〈沂蒙〉》(李宗刚、郭洪云),《山东师范大学学报》(人文社会科学版)2010年第6期。

2011年

《文学教育与大学的文学传承》,《文艺争鸣》2011年第7期。

《父权疆域的寓言化书写——鲁迅散文〈五猖会〉新解》,《鲁迅研究月刊》2011年第2期。

《文学史对历史转捩点书写的纠结与突围》,《理论学刊》2011年第10期。

《基于新媒体之上的文学生产与文学消费——一场新的文学革命在孕育》,《济南大学学报》(社会科学版)2011年第5期。

《学术论文撰写刍议》,《商丘师范学院学报》2011年第7期。

《由鲁迅引发的思考——纪念鲁迅诞辰130周年》,《山东党校报》2011年11月15日。

2012年

《中国现代文学新编》(魏建、吕周聚主编,参编),高等教育出版社2012年版。

《现代中国文学通鉴》(朱德发、魏建主编,参编),人民出版社2012

年版。

《〈孔乙己〉:在文学史书写中的变迁》,《东岳论丛》2012年第4期。

人大复印报刊资料《中国现代、当代文学研究》2012年第7期全文转载。

《世界视野中的鲁迅国际学术研讨会论文集》,中国社会科学出版社2016年版全文收录。

《孙犁的编辑与批评对中国当代文学的别一种贡献——兼及文学生产的内在规律》,《齐鲁学刊》2012年第6期。

《八〇后文化视阈中的谢晋电影》(李宗刚等),《菏泽学院学报》2012年第6期。

2013年

《以独特的方式参与中国当代文学的建构——对孙犁的编辑和批评家身份的重新解读》,《福建师范大学学报》(哲学社会科学版)2013年第1期。

《论林译〈茶花女〉何以成功登陆中国文学》,《山东社会科学》2013年第6期。

《父权缺失与孔乙己的人生悲剧》,《鲁迅研究月刊》2013年第4期。

《公葬李大钊与二十世纪三十年代的政治文化生态》(李宗刚、陈志华),《中共党史研究》2013年第5期。

《新华文摘》2013年第18期论点摘要。

《党史博览》2014年第12期论点摘要。

《文学史书写中的"历史化"探析——以短篇小说〈班主任〉为例》(李宗刚、余琼),《华夏文化论坛》2013年第1期。

人大复印报刊资料《中国现代、当代文学研究》2013年第9期全文转载。

《学术期刊分级制带来的问题与破解方略》,《西南民族大学学报》(人文社会科学版)2013 年第 7 期。

人大复印报刊资料《出版业》2013 年第 11 期全文转载。

《多元文化元素视阈下的〈山楂树之恋〉》(李宗刚、李宁),《创作与评论》2013 年第 6 期。

《论中国小说创作主体的创作原则的转换》,《海南师范大学学报》(社会科学版)2013 年第 6 期。

《〈国文月刊〉(1940—1949)目录辑校》,《山东师范大学学报》(人文社会科学版)2013 年第 4 期。

《1942—1943 年〈世界学生〉目录辑校》(李宗刚、李静),《齐鲁师范学院学报》2013 年第 5 期。

《1947—1948 年〈诗创造〉目录辑校》(李宗刚、李静),《山东青年政治学院学报》2013 年第 4 期。

《大学的学术传承与学者群落的崛起——山东师范大学现当代文学研究生学者群解读》(李宗刚、赵佃强),《德州学院学报》2013 年第 5 期。

《"如果狼来了"的三种文化模型的阐释》,《山东商业职业技术学院学报》2013 年第 2 期。

《中学生作文是有规律可循的?——以某中学生作文为个案的解析》,《南京晓庄学院学报》2013 年第 6 期。

《生命的叩问》,《齐鲁晚报》2013 年 1 月 16 日。

《人在病中》,《齐鲁晚报》2013 年 1 月 9 日。

《行进在滑梯上的人生》,《齐鲁晚报》2013 年 2 月 21 日。

《陀螺的魅力》,《齐鲁晚报》2013 年 2 月 23 日。

《永远的闺女》,《齐鲁晚报》2013 年 3 月 5 日。

《人生的"三度"》,《齐鲁晚报》2013年3月25日。
《中国"媳妇"非洲走红的启示》(李宗刚、雷晓丽),《大众日报》2013年4月14日。
《如期而至又如期而去的高考》,《联合日报》2013年7月8日。
《生命的舞姿》,《济南日报》2013年7月8日。

2014年

《文学的传播与经典的诞生——传播学视野中的〈班主任〉》(李宗刚、田仁云),《东方论坛》2014年第1期。
    人大复印报刊资料《中国现代、当代文学研究》2014年第1期主体转载。
《胡适早期翻译小说〈决斗〉的文化解读》,《中国现代文学研究丛刊》2014年第4期。
《父权缺失与胡适现代思想的发生》,《烟台大学学报》(哲学社会科学版)2014年第2期。
《从边缘走向中心——莫言小说〈红高粱〉经典化的历史探析》(李宗刚、余琼),《吉林大学社会科学学报》2014年第3期。
《作家全集需注重对作品原貌的呈现——以〈沈从文全集〉收录的〈短篇小说〉为例》(李宗刚、李国聪),《理论学刊》2014年第6期。
《〈学生杂志〉(1938—1947年)文学目录辑校》(李宗刚、李国聪),《山东青年政治学院学报》2014年第4期。
《对当前莫言及其作品研究热的冷思考》(李宗刚、吴楠),《创作与评论》2014年第6期。
《文本的张力与历史的合力——〈班主任〉编发过程的历史阐释》(李宗刚、冯瑞琳),《东岳论丛》2014年第8期。
《核心期刊评估体系的悖论与破解方略》(李宗刚、孙昕光),《西南民族大学学报》(人文社会科学版)2014年第10期。

《父权缺失与五四文学的发生》,《文史哲》2014年第6期。

 人大复印报刊资料《中国现代、当代文学研究》2015年第1期全文转载。

 《新华文摘》2015年第5期主体转载。

 《高等学校文科学术文摘》2015年第1期主体转载。

 人大复印报刊资料《文学研究文摘》2015年第1期主体转载。

 《中国文学年鉴2015》中国文学年鉴社主体转载。

《"文革"后期鲁迅研究的一个缩影——以〈山东师院学报〉"纪念鲁迅逝世四十周年专刊"为例》,《鲁迅研究月刊》2014年第10期。

《对历史涂抹的还原——以沈从文的演讲稿〈短篇小说〉为例》(李宗刚、李国聪),《聊城大学学报》(社会科学版)2014年第5期。

《胡适的父权缺失与母权凸显——兼论中国传统女性在社会转型中的作用》,《山东女子学院学报》2014年第6期。

《父权缺失与李大钊现代思想的确立》,《山东师范大学学报》(人文社会科学版)2014年第6期。

《一般期刊发展路径的积极探索》,《泰山学院学报》2014年第5期。

2015年

《精神导师与五四文学的发生》,《中山大学学报》(社会科学版)2015年第2期。

 《中国社会科学文摘》2015年第8期主体转载。

《鲁迅影像及他者想象性建构》,《山东大学学报》(哲学社会科学版)2015年第5期。

 人大复印报刊资料《中国现代、当代文学研究》2015年第12期全文转载。

《新华文摘》网刊版 2016 年第 6 期。

《期刊学术引文不规范现象的成因探析与应对方略》(李宗刚、孙昕光),《河南大学学报》(社会科学版)2015 年第 6 期。

人大复印报刊资料《出版业》2016 年第 3 期全文转载。

段艳文主编:《2016 中国期刊年鉴》论点摘要,《中国期刊年鉴》杂志社有限公司。

《父权缺失与陈独秀现代思想的形成》(李宗刚、金星),《理论学刊》2015 年第 7 期。

《论"马克思主义理论研究和建设工程"教材建设——以 20 世纪中国文学史教材为例》,《东方论坛》2015 年第 3 期。

《中国现当代文学研究专家朱德发教授》,《玉林师范学院学报》2015 年第 4 期。

《杨振声的文学教育实践与文学教育思想》,《山东师范大学学报》(人文社会科学版)2015 年第 6 期。

《杨振声的文学教育与文学的代际传承》,《山东社会科学》2015 年第 9 期。

《大学教授分级要去体制化》,《联合日报》2015 年 3 月 30 日。

《我的求学道路》,山东省作家协会文学创作室编:《齐鲁文学作品年展 2014》,山东画报出版社 2015 年版。

《岳庙归来话时空》,《时代文学》2015 年第 6 期。

《崮山脚下的追思》,《时代文学》2015 年第 6 期。

2016 年

《民国教育体制与中国现代女性作家》,《社会科学辑刊》2016 年第 1 期。

《民国中小学作文与现代作家的培育》,《齐鲁学刊》2016年第1期。

《民国教育体制下的鲁迅讲演及新文学传承》,《鲁迅研究月刊》2016年第4期。

《通俗教育研究会与鲁迅现代小说的生成》,《文学评论》2016年第2期。

 人大复印报刊资料《中国现代、当代文学研究》2016年第7期全文转载。

 《新华文摘》2016年第14期论点摘要。

 《高等学校文科学术文摘》2016年第5期论点摘要。

 《中国现代文学百年沉思》社会科学文献出版社2020年版论点摘要。

《民国教育体制内的朱自清及其历史影像》(李宗刚、关珊),《福建师范大学学报》(哲学社会科学版)2016年第3期。

《民国教育体制制导下的现代女性作家典范——冰心所接受的文学教育对其文学创作的影响》(李宗刚、丁燕燕),《湖北大学学报(哲学社会科学版)》2016年第5期。

《作家梦与文学创新——以莫言的文学创作为例》(李宗刚、吴霞),《江苏师范大学学报》(哲学社会科学版)2016年第4期。

 《在挥汗如雨的函授日子里》,《筑梦之路——六十载成教往事》,山东人民出版社2016年版。

2017年

《〈新青年〉编辑约稿与鲁迅现代小说的诞生》,《华中师范大学学报》(人文社会科学版)2017年第1期。

 《中国社会科学文摘》2017年第6期主体转载。

 人大复印报刊资料《中国现代、当代文学研究》2017年第5期全文转载。

《社会科学文摘》2017年第2期主体转载。

《高等学校文科学术文摘》2017年第3期主体转载。

《民国文学教育研究的历史、现状与反思》(李宗刚、金星),《北京联合大学学报》(人文社会科学版)2017年第1期。

《革命谱系中朱自清的散文家影像》,《山西大学学报》(哲学社会科学版)2017年第1期。

《民国教育体制下的鲁迅兼课及新文学传承》,《清华大学学报》(哲学社会科学版)2017年第5期。

人大复印报刊资料《中国现代、当代文学研究》2018年第1期全文转载。

《社会科学文摘》2017年第12期主体转载。

人大复印报刊资料《文学研究文摘》2018年第1期。

《民国教育体制与中国现代文学的奠基和发展》,《山东大学学报》(哲学社会科学版)2017年第5期。

《学术界》2017年第10期论点摘要。

《民国教育视阈下的文学想象与文学书写——从叶圣陶的长篇小说〈倪焕之〉说起》,《西南大学学报》(社会科学版)2017年第6期。

《民国教育体制对中国现代文学的正反作用辨析》,《山东社会科学》2017年第12期。

《高等学校文科学术文摘》2018年第1期主体转载。

《新华文摘》2018年第5期论点摘要。

《传统文化在民国教育体制下的整合与提升——以茅盾早期作文与教师批语为例》(李宗刚、谢慧聪),《陕西师范大学学报》(哲学社会科学版)2017年第3期。

《鲁迅讲课及演讲的数据统计》,《临沂大学学报》2017年第1期。

《如何辩证地看待鲁迅与其他文人的骂战》,《中国文学批评》2017年第2期。

《民国教育体制制导下张爱玲的文学创作》(李宗刚、丁燕燕),《福州大学学报》(哲学社会科学版)2017年第6期。

《郭延礼与中国近代文学研究》,《中国社会科学报》2017年3月14日。

《杜鹏程与长篇小说〈保卫延安〉》,《文艺报》2017年6月23日。

2018年

《莫言的文学教育与文学创作关系新探》,《新文学评论》2018年第2期。

《〈补天〉的文化误读与文本阐释》(谢慧聪、李宗刚),《东岳论丛》2018年第7期。

《中国文学研究论文被引存在的问题与对策》(孙昕光、李宗刚),《西南民族大学学报》(人文社会科学版)2018年第7期。

《在圆明园崴了一下脚》,《济南日报》2018年5月15日。

《难忘的学报七年》,《山东文学》2018年第6期。

收入全国高等学校文科学报研究会编辑工作委员会编:《编缘》,贵州大学出版社2018年版。

《大数据时代学术期刊编辑学研究·序》,山东人民出版社2018年版。

《建立中国特色的学术期刊评价体系》,《中国社会科学报》2018年11月27日。

2019 年

《论"文学想象"与"历史存在"的差异性——对十七年文学英雄叙事的再反思》,《东北师大学报》(哲学社会科学版)2019 年第 1 期。

《学术经典是怎样炼成的?——以樊骏〈认识老舍〉为例》(李宗刚、刘武洋),《中国现代文学论丛》2019 年第 1 期。

《孙犁与莫言:从认同走向疏离》,《文学评论》2019 年第 2 期。

  人大复印报刊资料《中国现代、当代文学研究》2019 年第 6 期全文转载。

  人大复印报刊资料《文学研究文摘》2019 年第 3 期主体转载。

  《社会科学文摘》2019 年第 5 期主体转载。

  《高等学校文科学术文摘》2019 年第 4 期主体转载。

《文学应当有力地参与和推动时代进程——作家路遥和蒋子龙当选改革先锋的启示》,《光明日报》2019 年 1 月 30 日。

《1981 年版〈鲁迅全集〉的注释体例及其文学史意义》(谢慧聪、李宗刚),《江西社会科学》2019 年第 8 期。

《我心目中的张廉新老师》,《山东师大报》2019 年 4 月 17 日;后经修订并以《未晚斋存稿·序言》为题,收入《未晚斋存稿》(张廉新著,中华书局 2020 年版)。

《我的八年办刊历程》,《领导科学报》2019 年 4 月 22 日。

《李宗刚:五四与传统文化并非二元对立》(记者倪自放),《齐鲁晚报》2019 年 5 月 4 日。

《散文研究应建立在丰盈资料基础上》,《美文》2019 年 11 月上半月刊第 11 期。

《历史的回顾与现实研究的深化——郭澄清与中国现当代文学学术研讨会综述》,《文艺报》2019 年 12 月 30 日,第 2 版。

附录二:著作(资料)、科研项目及成果获奖情况汇总

一、独立出版著作

1. 《新式教育与五四文学的发生》,齐鲁书社 2006 年版,23 万字。(《新式教育与五四文学的发生》〔繁体版〕,花木兰文化出版社 2012 年版)
2. 《中国当代文学史论》,山东人民出版社 2014 年版,38 万字。
3. 《中国现代文学史论》,山东人民出版社 2014 年版,37.5 万字。
4. 《父权缺失与五四文学的发生》,人民出版社 2016 年版,27 万字。
5. 《行走于文学边缘》,山东人民出版社 2015 年版,36 万字。

二、合作出版著作

1. 《新华文摘(1979—2013)文学作品与评论研究》(李宗刚、田任云、余琼、冯瑞琳著),山东人民出版社 2015 年版,55 万字。

三、编辑研究资料

1. 《炮声与弦歌——国统区校园文学文献史料辑》,人民出版社

2014年版,34.7万字。
2. 《杨振声文献史料汇编》(李宗刚、谢慧聪编),山东人民出版社2016年版,44万字。
3. 《杨振声研究资料选编》(李宗刚、谢慧聪编),山东人民出版社2016年版,49万字。
4. 《郭澄清研究资料》,山东人民出版社2016年版,字数55万字。
5. 《新世纪以来学术期刊研究资料》(李宗刚、孙昕光编),山东人民出版社2018年版,49万字。
6. 《多维视阈下的中国现当代文学》,山东人民出版社2019年版,32万字。
7. 《拓展现代中国文学研究的新格局——朱德发及山师学术团队与现代中国文学研究学术研讨会论文集》(魏建、李宗刚、刘子凌主编),山东人民出版社2016年版,48万字。
8. 《山东省中国现当代文学专业优秀硕士学位论文选(2016)》(魏建、张学军主编,李宗刚、丛新强副主编),山东人民出版社2017年,91万字。
9. 《第三次国内革命战争时期解放区文艺运动资料汇编》(朱德发、蒋心焕、李宗刚编),辽宁人民出版社2018年版,97万字。
10. 《〈山东师范大学学报〉(人文社会科学版)目录摘要汇编(1978—2018)》,贵州人民出版社2019年版,98万字。

四、科研项目

1. 国家社会科学基金一般项目:民国教育体制与中国现代文学研究,2010年6月,编号10BZW104。
2. 国家社会科学基金一般项目:共和国教育与中国当代文学研究,2017年6月,编号17BZW021。

3. 山东省社会科学规划研究一般项目：新式教育与五四文学的发生,2006年12月,编号06BWZ007。
4. 山东省社会科学规划研究一般项目：父权缺失与五四文学的发生,2008年11月,编号08JDC109。
5. 山东省社会科学规划研究重点项目：民国时期山东文学教育研究,2016年11月,编号16BZWJ04。
6. 山东省软科学研究计划项目：山东省高校创新文化平台建设研究,2006年,编号A200628-5。

五、成果获奖情况

(一)独立获得奖项

A. 山东省社会科学优秀成果奖
1. 山东省第22届社科优秀成果奖,《新式教育下的学生和五四文学的发生》(论文),三等奖,2008年6月,编号228。
2. 山东省第27届社科优秀成果奖：《郑正秋、张石川二元互补性与中国早期电影》(论文),三等奖,2013年8月,编号210。
3. 山东省第29届社科优秀成果奖：《新式教育与五四文学的发生》(专著),二等奖,2015年8月,编号为071。
4. 山东省第30届社科优秀成果奖：《父权缺失与五四文学的发生》(论文),一等奖,2016年9月,编号为016,〔该成果于2020年12月获教育部第八届高校科学研究优秀成果奖(人文社科)三等奖〕。
5. 山东省第31届社科优秀成果奖：《精神导师与五四文学的发生》(论文),一等奖,2017年9月,编号为017。
6. 山东省第32届社科优秀成果奖：《鲁迅影像及他者想象性建构》(论文),二等奖,2018年9月,编号为091。

7. 山东省第33届社科优秀成果奖:《通俗教育研究会与鲁迅现代小说的生成》,一等奖。2019年9月,编号为016。

B. 教育厅获奖

1. 山东省高校人文社科优秀成果奖:《传承与再造》(专著),二等奖,2005年1月,编号2004120027。
2. 山东省高校人文社科优秀成果奖:《对林译小说风靡一时的再解读》(论文),三等奖,2005年12月,编号2005230194。
3. 山东省高校人文社科优秀成果奖:《巴金五十年代英雄叙事的再解读》(论文),三等奖,2006年11月,编号2006230034。
4. 山东省高校人文社科优秀成果奖:《新式教育下的学生和五四文学的发生》(论文),一等奖,2007年9月,编号2007R10033。
5. 山东省高校人文社科优秀成果奖:《学术期刊分级制带来的问题与破解的方略》(论文),三等奖,2014年9月,编号2014BR30364。
6. 山东省高校人文社科优秀成果奖:《父权缺失与五四文学的发生》(论文),一等奖,2015年9月,编号2015BR10069。
7. 山东省高校人文社科优秀成果奖:《父权缺失与五四文学的发生》(专著),一等奖,2016年12月,编号2016BR10021。
8. 山东省高校人文社科优秀成果奖:《通俗教育研究会与鲁迅现代小说的生成》(论文),一等奖,2017年12月,编号2017BR10012。

C. 山东省泰山文艺奖

山东省第四届泰山文艺奖(文学创作奖):中国当代文学史论(著作),2019年6月。

(二)合作获得奖项

1. 第五届山东省刘勰文艺评论奖:《现代中国文学英雄叙述论稿》

（合著），（不分等，参与者），2008 年 1 月。

2. 第七届高等学校科学研究优秀成果奖（人文社会科学）：现代中国文学通鉴，（参著）二等奖(17/42)，2015 年 12 月，教社科证字(2015)第 119 号。

3. 山东省泰山文艺奖：李宗刚、寇金玲、孙昕光：《山东师范大学学报》"文艺学栏目"获得二等奖，2016 年 9 月，无编号。

附录三:有关著作的评论文章目录

胡文娜:《改革,给写作课注入了新的活力》,《山东师大报》1998年4月24日。

高轶:《从师乐教勇于改革——李宗刚老师的写作课侧记》,《山东师大报》1999年6月18日。

蒋心焕:《〈写作理论与实践〉序》,天马图书有限公司2002年版。

吕家乡:《写作理论与实践的有意义文本——评李宗刚的〈写作理论与实践〉》,《山东师大报》2003年3月14日。

吕家乡:《我赞成这样教写作课》,《联合日报》2003年9月1日。

朱德发:《吹尽黄沙始到金——李宗刚〈传承与再造〉序》,《联合日报》2004年11月1日。

蒋心焕:《〈创作成功学〉序》,中国戏剧出版社2004年版。

吕家乡(司马德清):《写作是快乐的——读李宗刚的〈创作成功学〉》,《联合日报》2005年5月30日。

朱德发:《〈新式教育与五四文学的发生〉序》,齐鲁书社2006年版。

朱德发:《五四文学发生学研究上的新收获——评李宗刚〈新式教育与五四文学的发生〉》,《联合日报》2007年7月5日。

朱德发:《新式教育与五四文学》,《大众日报》2007年8月3日。

朱德发:《〈父权缺失与五四文学的发生〉序》,人民出版社2016

年版。

朱德发:《五四文学发生学研究的新突破——李宗刚教授著〈父权缺失与五四文学的发生〉评介》,《山东社会科学》2016年第9期。

房福贤、吴辰:《评〈中国当代文学史论〉》,《东方论坛》2015年第1期。

金星、杨洪承:《发现、阐释与重估——评李宗刚〈中国当代文学史论〉》,《海南师范大学学报》(社会科学版)2015年第4期。

杨学民:《整体把握与重点观照——评李宗刚教授的〈中国当代文学史论〉》,《潍坊学院学报》2015年第3期。

吴辰:《学术洞见与学科关怀——评李宗刚〈中国现代文学史论〉》,《山东青年政治学院学报》2015年第4期。

张荣光、李钧:《破解五四文学发生的基因密码——李宗刚〈父权缺失与五四文学的发生〉简评》,《德州学院学报》2016年第5期。

李钧、吴丽彬:《历史的勘探与现实的凸显——评李宗刚等编选的杨振声系列资料》,《潍坊学院学报》2017年第3期。

曹明海:《学者散文拓开的文学新境域——读李宗刚的〈行走于文学边缘〉》,《创作与评论》2017年第18期。

张丽军、妥东:《郭澄清之于当代文学史的独特价值——为当代文学史的重新书写提供了新的精神契机》,《大众日报》2017年5月19日。

《山东人民出版社推出杨振声研究新著》(《杨振声文献史料汇编》、《杨振声研究资料选编》),《现代中文学刊》2017年第4期。

刘东方:《父权的缺失与研究的在场——评李宗刚〈父权缺失与五四文学的发生〉》,《山东青年政治学院学报》2018年第4期。

郑利萍:《文学史的转型与史学主体的转型——评李宗刚的〈中国现代文学史论〉》,《连云港师范高等专科学校学报》2018年第2期。

翟德耀:《贺李宗刚君——读〈中国当代文学史论〉等著志感》,翟德耀:《文苑踏青·评论与鉴赏》,山东人民出版社2014年版。

贾亚茹、于俪婧、辛丽:《点点星火,明明如炬——访李宗刚教授导学团队》,山东师范大学研究生工作部网站。

谢慧聪:《李宗刚:人生,在学术中绽放光彩》,《联合日报》2018年10月23日。

尚晓晖、王玉蕊:《洗尽浮华独匠心　梅花香自苦寒来——记文学院博士生导师、〈山东师范大学学报〉(人文社会科学版)主编李宗刚教授》,《山东师大报》2019年3月13日。

后　记

如果从1988年攻读硕士研究生时算起，我与学术结下不解之缘已经有30余年；如果从1991年硕士研究生毕业留校任教算起，我也有28年的大学教龄了。这三十年左右的时光转瞬即逝，使我深深体会到古人所说"白驹过隙"的个中滋味。尽管白驹过隙是瞬间的事，但白驹毕竟在过隙中曾经闪现过自己的身影，至于这身影在他人看来是否还有价值，则是另外的事了。

这白驹过隙的身影，于我就是自己所涂鸦的一些文字。这些文字尽管在别人眼里不一定有多少价值，但在我却是特别看重的。这也许就是古人所说的"敝帚自珍"吧。其实，"敝帚自珍"并不在于"敝帚"有什么特别之处，也不在于"敝帚"有多少传之后世的价值，而在于"敝帚"与自己的过往岁月紧密联系在一起。看到这些已经略显陌生的文字，我的确有一种见到老朋友的亲切感，马上便回忆起那些已经被岁月湮没了的往事。正是借助这些文字，我穿越了历史的隧道，重新还原那些已经成为过去的故事，切实体会到昨天、今天与明天竟然可以如此紧密地联系在一起。这对自己把握好今天、规划好明天具有极大的意义。

在新世纪第一个十年里，我出版了三四本小册子，除了《新式教育与五四文学的发生》还差强人意外，其他的几本小册子实在是令人汗颜，似乎难以展示于人了。但历史毕竟是不能忘却的，也是无法忘却的。正是基于这样的考虑,我把几本小册子中导师为我精心撰写的序言编入本书附录部分,也算是我对导师精心栽培的纪念吧。我清楚地记得,在那几本小册子出版之前,我的硕士生导师蒋心焕先生和博士生导师朱德发先生都给了我很大的鼓励,使我每每想来便倍感温馨。

在新世纪的第二个十年,我走上了编辑岗位,对编辑工作有了切身体会。于是,我便把过去的文章进行了重新编选,然后加以系统地整合,最终收录到《中国现代文学史论》《中国当代文学史论》和《行走于文学边缘》这三本著作中。这样一来,我算是对走过的学术道路作了较为详尽的总结。这三本著作再加上《新式教育与五四文学的发生》、《父权缺失与五四文学的发生》和《民国教育体制与中国现代文学》,算是我走上学术道路的见证吧。

在这六本书之外,我又出版了这本《跨界的文学对话》,是原来未能收录文章的汇集。这些文章对我来讲,也是至今不能忘怀的。

我之所以把这本书命名为《跨界的文学对话》,主要是考虑到自己走过的学术道路非常曲折。与那些成名较早的青年才俊相比,我的"文学对话"似乎不是那么合规合矩。我留校后便从事写作课的教学工作,而这个工作在大学中文系并不被人看重,甚至被边缘化。但我作为一名写作课教师,对写作是非常热爱的。在毕业后十多年的时间里,我的日子大都是伴随着写作课度过的。在这一时期,我写了不少杂文、散文,有段时间甚至还期待像鲁迅那样走杂文写作的道路。有鉴于此,我特意把以前参与编写写作教材的文字放到本书中,算是对我曾经的写作课教师身份的证明。

在毕业留校的一段时间里,我所在的中文系还开设了文秘专业,而大学里又没有专门的文秘教师,为此,我受命承担了几个学期的行政管理学的教学任务,甚至还参与主编了行政管理学教材,撰写了其中的两章内容。这些文字已经远离了我现在从事的专业,似乎没有再选入本书的必要。但我觉得过去的管理学理论对我还是有着潜在的影响,尤其是我走上学报主编岗位之后,觉得管理学离自己更近了。不仅如此,当我走进文学的殿堂后,发现管理学也不失为一个绝妙的阐释视角,尽管直到今天我还没有撰写出像样的管理学视域下文学阐释的文章来。正是基于这样的考虑,我也就把相关文字收录进本书。

人在体制内,往往身不由己。在大学的场域中,不仅写作课不被看重,而且文学创作也没有相应的空间。大学推崇的是学术论文,推崇的是博士学位。由此,我最终远离了写作课,开启了读博的道路——这个选择导引着我走进学术研究的殿堂。

从事学术研究,有一点是无法规避的,那就是申请研究课题以及课题对自己的规训作用。在2010年争取到了国家社科基金一般项目之后,我由此确立了近期学术研究的方向。日子久了,学术研究成为我的人生展开的基本方式。然而,正所谓没有昨天就没有今天,没有我的写作课理论及实践,也不会有我今天从事学术研究的个人印记。于是,我便决定把过去发表在不同刊物上的文章以及近几年撰写的一些论文,一并收入本书中,算是对既往岁月的纪念吧。

在把自己的这些文章集纳在一起出版时,我还是感到了一丝惶恐。我很清楚地知道,这离我的两位导师蒋心焕先生和朱德发先生对我的期望还有不小的距离。但面对这距离,我并没有放松努力。我始终坚信,只要一步一个脚印地走下去,再长的距离也会缩短。好在经过多年的跋涉,我总算没有蹉跎岁月,这是可以聊以自慰的,这也算是向导师提交的一份答卷吧。

学术研究本身就是一个代际传承的过程,任重而道远。一方面,我要好好地发扬前辈学者的优良传统;另一方面,我还要好好地培养青年学生早日成才,切实尽到自己作为历史中间环节的一份应尽的责任。前面的路还很长,我将继续跋涉,永不停歇。

本书的出版得到了山东省一流学科山东师范大学文学院中国语言文学学科建设经费的资助,得到了山东省一流学科山东师范大学文学院中国语言文学学科编委会的鼎力支持,在此一并表示感谢。

李宗刚

2019 年 12 月